Sommer der Versöhnung

Das Buch

Mill River ist ein malerischer Ort in Vermont. Als die New Yorker Witwe Josie DiSanti mit ihren beiden kleinen Töchtern dort eintrifft, werden sie herzlich aufgenommen. Trotzdem dauert es eine ganze Weile, bis es Josie gelingt, für sich, Emily und Rose wieder eine Existenz aufzubauen. Die ungleichen Schwestern sind in ihrer Kindheit und Jugend unzertrennlich, doch dann zerstört ein tödlicher Unfall ihre Leben. Emily gibt Rose die Schuld an dem furchtbaren Unglück, und Rose droht unter dieser Last zu zerbrechen. Beide Schwestern verlassen Mill River für viele Jahre. Erst der Abschiedsbrief ihrer Mutter Josie bringt sie wieder zusammen. Das Erbe der Mutter wird ihnen nur gehören, wenn sie sich versöhnt haben und gemeinsam eine Aufgabe lösen, die in Mill River auf sie wartet. Aber was heißt das eigentlich – Vergebung?

»Ein zutiefst tröstliches Buch über das, was Menschen verbindet und ihnen Halt gibt.«

Kirkus Reviews über *Sehnsucht nach Mill River*

Die Autorin

Darcie Chan ist Anwältin und Umweltschutzexpertin. Mit elf Jahren begann sie zu schreiben, gewann einen Schreibwettbewerb und träumte seitdem davon, eine erfolgreiche Schriftstellerin zu werden. Darcie Chan lebt im US-Staat New York.

Von Darcie Chan ist in unserem Hause bereits erschienen:

Sehnsucht nach Mill River

DARCIE CHAN

Sommer der Versöhnung

Aus dem Amerikanischen von
Susanne Aeckerle und Marion Balkenhol

List Taschenbuch

Besuchen Sie uns im Internet:
www.list-taschenbuch.de

Für meine Schwestern Carrie und Molly und unsere Eltern Linda und Dennis, die uns drei einander geschenkt haben.

Eltern sollten ihren Kindern keine Reichtümer vererben, sondern den Geist der Ehrerbietung.

PLATON

MIX
Papier aus verantwortungsvollen Quellen
FSC® C083411
FSC www.fsc.org

Ungekürzte Ausgabe im List Taschenbuch
List ist ein Verlag der Ullstein Buchverlage GmbH, Berlin.
1. Auflage Juni 2016

Titel der amerikanischen Originalausgabe: *The Mill River Redemption*
(Ballantine Books, New York, 2014)
Umschlaggestaltung: bürosüd° GmbH, München,
unter Verwendung einer Vorlage von Büro für Gestaltung –
Cornelia Niere, München
Titelabbildung: © HP Canada / Alamy
Satz: LVD GmbH, Berlin
Gesetzt aus der Berkeley Oldstyle Book
Druck und Bindearbeiten: CPI books GmbH, Leck
Printed in Germany
ISBN 978-3-548-61320-8

PROLOG

Ein Neuanfang

Dezember 1983

Josie DiSanti musste ganz von vorn anfangen.

Auf dem breiten Rücksitz ihres Kombis, der von ihrer Tante Ivy gesteuert wurde, biss sich Josie auf die Lippe, um wach zu bleiben. Ihre beiden Töchter Rose und Emily lagen schlafend neben ihr. Es war zwei Uhr morgens, und obwohl kaum etwas zu erkennen war, schaute sie angestrengt aus dem Wagenfenster. Um den Bezug zur Realität nicht zu verlieren, musste sie sich den heutigen Tag fest ins Gedächtnis prägen.

Die entsetzlichen Ereignisse der vergangenen Woche waren verschwommen, und sie kämpfte sich durch den Nebel des Kummers, der sie umhüllte. Tony, ihr Mann, war tot. Alles, was sie besessen hatten, war zerstört, aber sie und ihre Töchter waren *zusammen und am Leben*. Nur darauf kam es jetzt an.

Hin und wieder, im Licht der Scheinwerfer eines vorbeifahrenden Autos, trafen sich Josies und Ivys Blicke im Rückspiegel, doch sie kannte ihre Tante nicht gut genug, um deren Gedanken zu erraten. Ivy war nur selten in Josies Leben aufgetaucht, eine Abfolge kurzer Auftritte, zwischen denen Jahre lagen. Zum letzten Mal hatte sie ihre Tante gesehen, als Ivy ihr einen Zettel in die Hand drückte, während der Sarg von Josies Mutter in die Erde hinabgesenkt wurde. »Ich bin alles, was du noch hast«, hatte sie geflüstert. »Also ruf mich an, wenn du mich je brauchst.«

Jetzt würde sie mit ihren beiden Töchtern bei dieser Tante Ivy wohnen. Tony hatte keine nahen Verwandten, und für Josie war es zu gefährlich, in New York zu bleiben. Ihr Zuhause war zerstört.

Josie wusste nicht, wem sie sonst vertrauen konnte. Ihnen blieb keine andere Möglichkeit.

Seit Stunden fuhren sie in nördliche Richtung. Josie hatte keine Ahnung, wie lange es noch dauern mochte, hoffte aber, sie würden Mill River bald erreichen.

Josie sah hinunter auf Rose, ihre Vierjährige, und strich ihr eine blonde Strähne von der Wange. Sie änderte leicht ihre Sitzposition unter dem Gewicht von Emily, ihrer Zweijährigen, deren roter Lockenkopf an ihr lehnte. Sie waren noch so klein! Josie fragte sich, wie viel von den furchtbaren Ereignissen den beiden wohl im Gedächtnis bleiben würde.

Seit dem Brand war erst eine Woche vergangen. Jeden Tag war Emily mehrfach zu ihr gekommen, die blauen Augen weit aufgerissen, und hatte gefragt: »Wo is Da-dee?« Jedes Mal brach eine neue Woge von Panik und Verzweiflung über Josie herein. Ihr Herz raste, während sie ihre Gefühle unter Kontrolle zu bringen versuchte, ihre Kleine in die Arme nahm und flüsterte: »Daddy ist fort, aber Mommy ist hier und hat dich sehr lieb.« Woraufhin Emily meist davontappte und weiterspielte.

Rose das Geschehene begreiflich zu machen, war schwieriger. »Daddy ist gestorben«, hatte Josie ihr erklärt. »In der Küche war keine Luft mehr zum Atmen, nur Rauch, darum hat sein Körper aufgehört zu funktionieren.« Sie sah keine Möglichkeit, ihrer älteren Tochter zu erklären, wie Tony wirklich ums Leben gekommen war. Zu hören, dass das Feuer ihr den Vater geraubt hatte, war schlimm genug für Rose.

Bis vor einer Woche hatte sich das Wissen der Vierjährigen über den Tod nur auf die Käfer erstreckt, die gelegentlich in ihrem Haus verendeten, und sie war ein fröhliches, sorgloses Kind gewesen. Nun war Rose ungewöhnlich still und in sich gekehrt. Sie ließ Josie nicht aus den Augen. Trotz Josies Erklärungen fragte sie immer wieder: »Wann kommt Daddy nach Hause?« Josie wiederholte dann so sanft wie möglich: »Daddy kommt nicht mehr nach Hause, weil er gestorben ist. Aber er hat dich und Emily und Mommy sehr lieb gehabt, und wir werden Daddy immer lieb haben und an ihn denken.«

Nachdem sie das mehrmals gehört hatte, wurde die kleine Rose wütend, und ihre Augen füllten sich mit Tränen. »Ich will Daddy!«, schrie sie. »Warum hast du ihn im Feuer gelassen, Mommy? Warum hast du ihn nicht rausgeholt? Ich hasse dich!« Josie war sprachlos. Sie konnte ihre ältere Tochter nur an sich drücken, Roses fuchtelnde Arme festhalten, bis das kleine Mädchen aufgab und gegen sie sank.

Schon am Gesichtsausdruck ihrer Töchter erkannte Josie, wann die Fragen und Gefühlsausbrüche bevorstanden, und der Schmerz, den sie empfand, wenn sie in diese unschuldigen Augen blickte, war schlimmer als alles, was sie je erlebt hatte. Irgendwie gelang es ihr, die Mädchen zu beschwichtigen, wenn sie ruhig sprach und das Chaos in ihrem Inneren verschlossen hielt.

Solange Rose und Emily wach waren, verdrängte Josie jegliche Erinnerungen an ihren Mann. Sie vermied es, auch nur an seinen Namen zu *denken*. Erst wenn die beiden Mädchen fest schliefen, erlaubte sie sich zu weinen.

Spät nachts stellte sie sich Tonys Gesicht vor und wie seine unglaublich blauen Augen sie sprachlos gemacht hatten, als sie sich zum ersten Mal begegneten. »Ich liebe dich, für immer«, konnte sie ihn beinahe in ihr Ohr flüstern hören. Wenn sie reglos dastand, spürte sie noch immer seine Umarmung, die Wärme seiner Hände auf ihrer Haut.

In solchen Momenten kamen die Erinnerungen schneller hoch. Wie seine Finger über ihren hochschwangeren Bauch wanderten und er dabei *The Itsy-Bitsy Spider* sang. Wie er die Mädchen als Säuglinge auf dem Arm gehalten hatte, wenn sie Koliken bekamen, sie gewiegt und geschaukelt hatte, bis sie wie durch ein Wunder einschliefen. Wie er sie jeden Abend, wenn er von der Arbeit nach Hause kam, ungestüm umarmt hatte, wie er Gesichter geschnitten und die Stimme verstellt hatte, wenn er ihnen Gute-Nacht-Geschichten vorlas. Und, in jüngerer Zeit, wie er mit Josie bis in den späten Abend hinein auf dem Sofa gesessen und darüber geredet, nein, laut von dem Tag geträumt hatte, an dem sie schließlich genug Geld gespart hätten, um mit der ganzen Familie aus dem engen, gemieteten Reihenhaus in ihr eigenes Heim zu ziehen.

Sich an ihn zu erinnern, erfüllte sie mit einem bitteren, schwachen Glücksgefühl. Wenn die schönen Erinnerungen unweigerlich aufhörten, begannen die schrecklichen. Erneut brach der Kummer über sie herein, quälte sie mit Bildern von blutiger Kleidung und Flammen, die in den Himmel schlugen.

Die Stimme ihrer Tante vom Vordersitz ließ Josie zusammenfahren. »Jetzt ist es nicht mehr weit«, sagte Ivy über die Schulter. »Wir haben die Grenze von Vermont schon vor einer Weile überquert. Bis Mill River sind es nur noch ein paar Meilen.«

Mill River. Josie empfand es als Erleichterung, sich für einen Moment ausschließlich auf diese beiden Wörter zu konzentrieren. Flüsternd, um die Mädchen nicht zu wecken, fragte sie: »Wie ist es dort?«

»Es ist eine nette Stadt«, erwiderte Ivy. »Klein und freundlich. Nahe genug an Rutland und den Skigebieten, um keine Langeweile aufkommen zu lassen, aber weit genug entfernt, um Ruhe und Frieden zu haben, wenn du das willst. Dort wirst du in Sicherheit sein.«

Josie verfiel in sorgenvolles Schweigen. Was würden die Einheimischen von ihr halten, einer Witwe mit zwei kleinen Kindern und einem vom Leben in der Bronx geprägten Akzent? Würden Rose und Emily glücklich sein, an so einem Ort aufzuwachsen? Würde es ihr gelingen, einen vernünftigen Job zu finden? Wie lange würde sie sich auf die Güte dieser Tante verlassen müssen, die sie kaum kannte?

»Wir kommen jetzt in die Stadt.« Ivy bremste den Kombi ab.

Josie sah aus dem Fenster und entdeckte das Ortsschild, auf dem WILLKOMMEN IN MILL RIVER, VERMONT stand.

»Das hier ist die Hauptstraße, an der die meisten Geschäfte sind«, sagte Ivy. »Schade, dass es jetzt dunkel ist, sonst könntest du gleich erkennen, was für ein netter kleiner Ort das ist. Aber du wirst es ja bald sehen.«

Obwohl es schon sehr spät war, brannten noch einige Lichter und ein Teil der Weihnachtsbeleuchtung. Josie bemerkte eine Bäckerei, ein Werkzeuggeschäft und ein Postamt aus rotem Backstein. Nach einer leichten Kurve kamen sie an St. John vorbei, einer alten Steinkirche mit einem kleinen Pfarrhaus dahinter. Sie hielten an einer Kreuzung. Links auf der gegenüberliegenden Seite stand das weiße Rathaus. Dahinter erhaschte Josie einen flüchtigen Blick auf ein hell erleuchtetes Polizeirevier, bevor Ivy scharf nach links von der Durchgangsstraße abbog. Kurz darauf fuhren sie erneut nach links.

»Da sind wir«, sagte Ivy. Sie rollten in die Einfahrt eines hübschen Hauses etwa zwei oder drei Blocks von der Hauptstraße entfernt. Im Scheinwerferlicht erkannte Josie, dass es sich um einen zweistöckigen Bungalow mit großer Vorderveranda im Stil der 1930er Jahre handelte. Ein Fußweg führte quer durch den Vorgarten, vorbei an einem großen Schild mit der Aufschrift DIE BÜCHERSTUBE.

»Ich habe das Schlafzimmer auf dem Dachboden für euch hergerichtet. Lass mich Emily hochtragen. Du kannst Rose nehmen und ein paar von den Sachen, die du sofort ausladen willst.« Ivy griff nach ihrem Mantel und öffnete die Fahrertür. Kalte Luft strömte ins Auto. Ivy fluchte und murmelte etwas, das wie »friert man sich ja den Allerwertesten ab« klang, bevor die Tür wieder zufiel. Josie fröstelte und wickelte eine Decke um Emily, die immer noch fest schlief. Rose bewegte sich neben ihr und öffnete die Augen.

»Mommy«, fragte sie, noch halb schlafend, »wo sind wir?«

Vielleicht lag es an der plötzlichen Stille im Auto nach der stundenlangen Fahrt oder an einer Mischung aus seelischer und körperlicher Erschöpfung. Vielleicht spürte Josie, dass ihre Seele unter dem Gewicht der Trauer Tag für Tag mehr zerbrach. Jedenfalls geriet ihre emotionale Festung ins Wanken, und die Tränen ließen sich nicht mehr zurückhalten. Sie drückte Rose an ihre linke Seite, während sie Emily hielt. Falls sie überlebte, dann ausschließlich wegen ihrer Kinder. Ihre Töchter waren Anker in ihrem Meer der Ungewissheit.

Sie würde sie nicht loslassen.

Sie würde alles geben, alles tun, um dafür zu sorgen, dass sie sicher und glücklich aufwuchsen.

»Rose, Schätzchen«, sagte sie, »wir sind bei Tante Ivys Haus in Mill River. Wir sind zu Hause.«

1

2013

An einem Samstagnachmittag Anfang Mai klopfte Father Michael O'Brien an die Haustür des gepflegten Hauses neben der Bücherstube. Sie öffnete sich sofort, und vor ihm stand Ruth Fitzgerald, die langjährige Besitzerin der Bäckerei in der Stadt.

»Hallo, Father.« Sie hielt ihm die Tür auf. »Bitte kommen Sie herein.«

Der betagte Priester trat ins Haus und blickte sich um. Alles war still, obwohl etliche Menschen versammelt waren. Auf der anderen Seite des Wohnzimmers stützte sich Ivy Collard auf ihren Gehstock und rückte eine Bronzeurne auf einem kleinen Tisch zurecht. Um die Urne standen mehrere Blumensträuße und gerahmte Fotos von Josie DiSanti.

Er bemerkte, wie sich Ivy über die Augen wischte und zu ihm sah, dann zu Rose und Emily, Josies erwachsenen Töchtern. Auch sie weinten, standen jedoch weit voneinander entfernt an entgegengesetzten Seiten des Zimmers. Es war lange her, seit er Josies Töchter gesehen hatte, und noch länger, seit er sie zusammen gesehen hatte. Sie waren älter und trauriger, doch davon abgesehen nicht sehr anders, als er sie in Erinnerung hatte.

Roses Aussehen war makellos. Das blonde Haar fiel ihr bis auf die Schultern, und sie trug ein schlichtes, aber elegantes schwarzes Kleid. Ihre Augen waren ziemlich stark geschminkt, doch die Tränen schienen dem nichts anzuhaben.

Sie stand neben ihrem Mann Sheldon, einem älteren, allmählich kahl werdenden ehemaligen Investmentbanker mit leicht gelangweiltem, wenn auch gebührend ernstem Ausdruck. Ihr neunjähriger Sohn Alex trug einen untadeligen schwarzen Anzug, passend zu dem seines Vaters. Der kleine Junge zappelte weder herum, noch quengelte er. Schweigend stand er zwischen seinen Eltern, wischte hin und wieder eine Träne weg, die hinter seiner Brille schimmerte, und nahm alles in sich auf. Rose hielt den Blick auf die Urne gerichtet und betupfte ihre Augen gelegentlich mit einem Papiertuch.

Emily stand allein, so weit von Rose und deren Familie entfernt, wie es in dem kleinen Wohnzimmer von Josies Haus möglich war. Sie war genauso apart wie Rose, doch ihr äußeres Erscheinungsbild hätte kaum unterschiedlicher sein können. Ihre natürliche Schönheit fiel auch ohne jedes Make-up ins Auge. Sie hatte ein paar vereinzelte Sommersprossen hoch auf ihren Wangen und weiche rote Locken, die sie zu einem losen Pferdeschwanz zurückgebunden hatte. Tränen rannen ihr aus den großen blauen Augen – Augen *genau* wie die ihres Vaters, hatte Josie oft gesagt. Auch Emily trug Schwarz – einen einfachen Rock mit Oberteil und eine schwarze Wolljacke, die zwei Nummern zu groß war. Sie hatte ihre Arme fest um die Taille geschlungen, als wollte sie sich damit aufrecht halten.

»Schön, Sie zu sehen, Father«, sagte Ivy leise. »Schätze, wir sind jetzt so weit. Alles ist genau so, wie sie es wollte.«

»Ja, vielen Dank, dass Sie gekommen sind, Father.« Rose nahm die Schultern zurück und hob das Kinn. »Sie erinnern sich an meinen Mann, Sheldon Frye, und unseren Sohn Alex?«

»Natürlich.« Father O'Brien schüttelte beiden die Hand. »Wie schön, Sie alle wiederzusehen.« Er blickte hinüber zu Emily. »Wenn ich mir auch einen anderen Anlass gewünscht hätte.«

Rose warf Emily einen Blick zu, bevor sie mit der Stimme der älteren Schwester fortfuhr, die das Sagen hatte. »Ich weiß, dass Mom große Stücke auf Sie hielt, Father, und Ihnen für Ihre Hilfe in all den Jahren sehr dankbar war.«

»Ja, das stimmt allerdings«, sagte Emily leise. »Wir wissen es zu schätzen, dass Sie gekommen sind.«

»Ihre Mutter war ein wunderbarer Mensch.« Bedächtig trat er an den Tisch, auf dem die Bronzeurne und die Fotos standen. Er senkte den Kopf, sprach ein stummes Gebet und bekreuzigte sich, bevor er sich wieder zu den anderen umwandte.

»Ich wünschte, wir hätten sie aufbahren können«, sagte Ruth. »Aber Josies Anweisungen waren eindeutig. Ihr war die Vorstellung immer zuwider, im Sarg zu liegen und von allen angestarrt zu werden. Sie wollte nie, dass die Menschen sie so in Erinnerung behielten.« Ruths Stimme brach. Sie entschuldigte sich und verschwand rasch in der Küche.

»Die Arme.« Ivy schüttelte den Kopf und ließ sich auf dem Sofa nieder. »Doch sie hat recht. Und ich nehme an, heute wird das Haus ziemlich voll. Jeder in Mill River mochte Josie. Auch eine Menge Leute aus Rutland kannten sie, weil sie dort so viele Häuser verkauft hat.«

»Ich kann es immer noch nicht fassen, dass sie tot ist«, sagte Rose. »Erst letzte Woche habe ich mit ihr gesprochen. Sie hat nie erwähnt, dass es ihr nicht gut ging oder dass sie Probleme mit dem Herzen hatte.«

Emily schniefte und blickte zu ihrer Schwester hinüber, schwieg jedoch.

Während sich betretene Stille im Raum breitmachte, sah Father O'Brien, wie Josies Töchter kurz Blickkontakt aufnahmen.

»Was die Beisetzung angeht«, sagte er nach einem Moment sanft, »wünschte Josie sich, soweit ich weiß, dass sie im engsten Familienkreis stattfindet. Vielleicht können wir uns später, wenn alle gegangen sind, ein paar Minuten zusammensetzen, um den Zeitpunkt und die Einzelheiten festzulegen? Ich habe heute keine weiteren Termine.«

»Dazu werden wir vermutlich nicht kommen«, erwiderte Ivy, bevor eine der Töchter antworten konnte. »Ich weiß, dass es ungewöhnlich ist, wenn eine Beisetzung nicht direkt nach der Gedenkfeier stattfindet, aber Josie hat es so bestimmt. Sie wollte, dass ihre Töchter sich erst noch um etwas anderes kümmern.« Ivy blickte ihn kurz mit erhobenen Brauen und einem Glitzern in den Augen an, als wollte sie ihm noch mehr mitteilen.

Father O'Brien nickte, musterte sie aber argwöhnisch. Er kannte Ivy gut – genau genommen schon seit den frühen Siebzigern, als sie mit ihrem Verlobten Thomas Dearborn nach Mill River gezogen war. Sie hatten endlich beschlossen, ihr Hippie-Leben aufzugeben und Wurzeln zu schlagen, und die freundliche Stadt in Vermont schien ihnen dafür geeignet.

Ivy und Thomas hatten ein kleines Haus gekauft und in der vorderen Hälfte die Bücherstube eröffnet. Anfangs wirkten sie glücklich, ihr kleiner Buchladen füllte eine Nische und gedieh. Aus Gründen, die Father O'Brien unbekannt waren, hatte Thomas jedoch die Verlobung gelöst und Ivy ein paar Jahre später verlassen. Ivy war geblieben und zu einem stimmgewaltigen, liebevollen, schlagfertigen, leicht derben, großherzigen Fixpunkt von Mill River geworden. Sie wusste alles und kannte jeden. Man konnte nur schwer etwas vor ihr geheim halten, und sobald sie davon erfuhr … tja, dann war es ihr beinahe unmöglich, es für sich zu behalten.

Während er Ivy betrachtete, wurde Father O'Brien klar, dass sie mit etwas hinter dem Busch hielt – etwas, das mit Josies Töchtern zu tun hatte –, doch ihm blieb keine Zeit, darüber nachzugrübeln. Nach und nach trafen die Leute aus der Stadt ein, um von Josie Abschied zu nehmen, und bald bewegte er sich durch das überfüllte Wohnzimmer und unterhielt sich mit den Trauergästen.

Joe Fitzgerald, der Polizeichef von Mill River, betrat das Haus in Uniform. Fitz schlug ihm auf die Schulter, nachdem er mit Josies Töchtern gesprochen hatte.

»Hallo Father«, sagte er. »Schätze, alles läuft gut?«

»So gut es unter solchen Umständen laufen kann«, erwiderte Father O'Brien. »Ruth ist in der Küche. Es trifft sie sehr hart«, fügte er hinzu.

»Sie ist völlig durcheinander, seit wir davon erfahren haben. Josie und sie waren sich sehr ähnlich, das kann ich Ihnen sagen. Ruthie stand Josie fast näher als ihrer eigenen Schwester.« Traurig schüttelte Fitz den Kopf und wandte sich zur Küche. »Ich bleibe ein paar Minuten bei ihr, bevor ich aufs Revier zurück muss.«

Ein konstanter Besucherstrom kam durch die Haustür. Die Menschen machten ihre Runde durch das Wohnzimmer, trugen sich ins Kondolenzbuch ein, blieben vor der Urne und den Fotos von Josie stehen, schüttelten Josies Töchtern und Ivy die Hand und sprachen mit ihnen. Kyle Hansen kam mit seiner Tochter Rowen und Claudia Simon, einer Grundschullehrerin aus Mill River, mit der er seit einigen Monaten zusammen war. Father O'Brien beobachtete, wie Kyle und Claudia mit Emily sprachen, dann mit Rose und ihrem Mann, und wie Claudia in die Hocke ging, um mit Alex zu reden.

Wieder ging die Haustür auf, und eine weitere Menschengruppe marschierte herein. Er nickte den Wykowskis, Pearsons, Burnhams und Lowells zu, als sie an ihm vorbeikamen, doch es gab auch Besucher, die er nicht erkannte. Er war mitten im Gespräch, als jemand ihn freundlich am Ellbogen zupfte. Er entschuldigte sich bei seinem Gesprächspartner und blickte hinunter auf Daisy Delaine, die lächelnd zu ihm aufschaute.

»Father, bin ich froh, Sie hier zu sehen«, sagte sie mit ihrer vertrauten Singsangstimme. Die kleine Frau schob sich die grauen Locken aus dem Gesicht, wodurch ein großes, portweinfarbenes Muttermal zum Vorschein kam, das sich über ihre Wange zog. »Wissen Sie, Josie war eine meiner besten Kundinnen, und ihre Töchter tun mir so leid. Ich habe meinen speziellen Kummertrank für sie gemacht. Denselben, den ich gemacht habe, als Mrs McAllister starb. Wissen Sie noch?«

Daisys Worte erfüllten sein Herz mit Traurigkeit, als er an den noch frischen Verlust seiner besten Freundin dachte, doch er bemühte sich nach Kräften, zu lächeln und sich auf die momentane Situation zu konzentrieren. »Ah ja, Daisy, das war ein sehr starkes Gebräu.«

Daisy strahlte vor Stolz. »Ja, nicht wahr? Es hat mir geholfen, mich besser zu fühlen, daher habe ich mir überlegt, den beiden jeweils ein großes Glas davon zu schenken.« Sie beugte sich näher zu ihm und öffnete ihre Handtasche gerade so weit, dass zwei hohe, mit einer grünlichen Flüssigkeit gefüllte Schraubgläser sichtbar wurden. »Ich bin ein bisschen besorgt«, flüsterte sie. »Ich habe die beiden schon lange nicht mehr gesehen, wissen Sie. Vielleicht erinnern sie sich nicht an mich.«

Father O'Brien lächelte und tätschelte Daisys Schulter. »Sie erinnern sich bestimmt an Sie. Aber es ist nicht leicht für Josies Töchter. Sie sind traurig und müssen doch gute Gastgeberinnen für so viele Menschen sein. Warten Sie lieber, bis die meisten gegangen sind, und geben ihnen den Trank dann. Auf diese Weise bekommen Sie ihre volle Aufmerksamkeit.«

»Das ist eine gute Idee, Father. Danke! Dann schaue ich derweilen mal in die Küche. Ich habe gehört, dass Ruth Kuchen mitgebracht hat.«

Er dachte an Ruth Fitzgeralds berühmten Kirschkuchen … und dass er in letzter Zeit keinen gegessen hatte, weil die Bäckerei renoviert worden war. Gerade wollte er Daisy in die Küche folgen, als Ivy sich ihm in den Weg stellte. Sie zog ihn am Arm in eine Ecke des Zimmers, fort von den Trauergästen.

»Ich wollte vorhin nicht deutlicher werden, Father«, sagte sie mit leiser Stimme, »aber ich muss mich mit den Mädchen zusammensetzen, bevor das alles vorbei ist, und ich hoffte, Sie könnten dazukommen. Es geht um etwas, das ihre Mutter in die Wege geleitet hat, und es wird nicht angenehm werden.«

Sieh an, dachte er, *ich habe mich also nicht getäuscht, was Ivy be-*

trifft. »Ich helfe gern, wenn ich kann. Doch wenn es um eine persönliche Familienangelegenheit geht, sollte es dann nicht zwischen Ihnen und den Töchtern abgemacht werden? Ich möchte mich nicht einmischen.«

»Sie wissen doch, wie die beiden sind, Father. Und was ich ihnen zu sagen habe, tja, das wird einschlagen wie eine Bombe. Wenn Sie dabei sind, werden die beiden sich eher beherrschen und vielleicht sogar zivilisiert miteinander umgehen, denn sie sind immer noch wie Hund und Katze.«

»Das habe ich schon beim Hereinkommen bemerkt«, bestätigte er. »Wann und wo soll dieses Treffen denn stattfinden?«

»Rose will heute Nachmittag mit ihrer Familie nach New York zurückfahren, und Emilys Flug nach Kalifornien geht am Abend, deshalb werden sie wohl so bald wie möglich aufbrechen wollen. Ich dachte, ich nehme die beiden beiseite, wenn es hier etwas ruhiger wird.«

Father O'Brien nickte. »Geben Sie mir einfach Bescheid.«

Als die meisten Besucher Josies Haus verlassen hatten, sah er Ivy zuerst mit Rose sprechen, dann mit Emily. Die Frauen wirkten verblüfft, lösten sich jedoch aus ihren Unterhaltungen und gingen auf Josies Büro neben dem Wohnzimmer zu. Ivy sah hoch und fing Father O'Briens Blick auf. Es war so weit.

Er nickte ihr kurz zu. Obwohl er neugierig auf den Grund für Ivys Zusammenkunft war, bezweifelte er stark, dass es sich um eine freundliche Familienplauderei handeln würde. Vielmehr sagte ihm sein Gefühl, dass er in eine sehr ungemütliche Situation hineingezogen wurde.

2

1983

Spät am Morgen nach ihrer Ankunft in der Bücherstube wurde Josie von einem Kichern und einer kleinen Hand geweckt, die sie in die Nase kniff. Sie öffnete die Augen und sah Emilys lächelndes Gesicht direkt vor sich.

»Guten Morgen, meine Süße.« Sie erwiderte das Lächeln und strich Emily eine rote Strähne hinters Ohr. Für einen Moment, nachdem sie die Augen geöffnet und in Emilys niedliches Gesicht geschaut hatte, war alles in Ordnung. Keine Albträume, keine Wogen von Traurigkeit oder Übelkeit, keine entsetzlichen Erinnerungen. Doch es dauerte nur einen Augenblick, bis die Gelassenheit ausgelöscht wurde und die Realität wieder einsetzte. Josie wappnete sich für einen weiteren Tag in ihrer emotionalen Festung.

An Emilys Seite streckte sich Rose und gähnte. »Mommy?«

»Ja, Rosie?«

»Das ist das beste Bett, in dem ich je gelegen hab. Es ist riesig!« Rose setzte sich auf, ließ sich wieder zurückfallen und ruderte mit Armen und Beinen.

»Ja, nicht wahr? Habt ihr gut geschlafen? Habt ihr Hunger?« Der köstliche Duft von Kaffee und Speck drang bis ins Schlafzimmer herauf. Sie richtete sich auf und rieb sich die Augen. Nachdem sie sich und die Kinder angezogen hatte, führte Josie sie hinab in die Küche. Der kleine Frühstückstisch war mit Tellern voll Speck, gebuttertem Toast und einem Krug Orangensaft gedeckt. Ivy stand am Herd und schlug Eier an einer Schüssel auf.

Zum ersten Mal seit Jahren sah Josie ihre Tante bei Tageslicht. Ivy war sechs Jahre älter und um einiges stämmiger, als Josies Mutter es gewesen war. Sie trug eine verblichene Schlagjeans und ein Batik-T-Shirt, das zu ihrem Stirnband passte. Ihr dunkles Haar war schulterlang und grau durchsetzt. Als Ivy sich zu ihnen umdrehte, hatte Josie ein seltsames Déjà-vu. Die Gesichtszüge waren zwar anders, doch Ivys Lächeln war dem ihrer Mutter sehr ähnlich.

»Seid mir gegrüßt, holde Damen«, sagte Ivy. »Im Schrank da drüben sind Pappteller«, fuhr sie fort und deutete mit dem Kinn in die Richtung, während sie die Eier verquirlte, »und auf der Arbeitsplatte findet ihr Besteck und Tassen. Fühlt euch ruhig wie zu Hause.«

»Was ist hold?«, fragte Rose. Sie sah Ivy mit großen Augen an.

»Das ist ein altmodisches Wort und bedeutet ›hübsch‹«, erwiderte ihre Tante. Sie fing Josies Blick auf und zwinkerte ihr aufmunternd zu. »Habt ihr gut geschlafen? Der Dachboden ist nicht besonders gut isoliert. Kann im Winter ganz schön frisch werden.«

»Ja, es war schön warm und bequem. Vielen Dank.« Josie war es unangenehm, hier in dieser fremden Küche mit ihren Kindern zu stehen und sich Frühstück von jemandem machen zu lassen, den sie kaum kannte. Welche Erleichterung, dass Ivy so gastfreundlich und locker war.

»Vielen Dank für das große Bett«, sagte Rose, was Josie zum Lächeln brachte und Ivy entzückt glucksen ließ.

»Gern geschehen.« Ivy goss die Eier in eine heiße Pfanne, und die Butter zischte. »Ihr Mädchen werdet mit eurer Mom vermutlich eine Weile bei mir bleiben, daher bin ich froh, dass es euch hier gefällt. Zum Glück ist da oben viel Platz, nicht so wie in dieser Ein-Po-Küche.«

Josie hob die Augenbrauen. »Eine Ein-Po-Küche?«

»Oh«, sagte Ivy, »das ist einfach mein Ausdruck für eine Küche, in der nur eine Person genug Platz zum Arbeiten hat. Mehr als einer, und man stößt mit dem Po zusammen. Mögt ihr beiden Rührei?«

Rose nickte, und Emily rief: »Eier!«

Nach dem Frühstück führte Ivy sie durchs Haus. »Hinten gibt es auch einen Garten, doch den könnt ihr unter dem Schnee nicht sehen.« Sie ging von der Küche in den nächsten Raum. »Das hier war mal das Esszimmer, aber ich hab es zu meinem Wohnzimmer gemacht, damit ich den vorderen Teil des Hauses als Laden benutzen konnte. Ich hab nie viel Platz gebraucht.«

Josie sah sich um. Ein unaufgeräumter Schreibtisch war gegen eine Wand gerückt. Ein Sofa und ein nicht dazu passender Sessel auf der anderen Seite waren auf einen RCA-Fernseher ausgerichtet. Auf einem Beistelltisch neben dem Sofa stand ein Miniatur-Weihnachtsbaum.

»Ich sehe nur selten fern«, sagte Ivy, »aber das Gerät funktioniert. Ihr könnt es gerne benutzen.«

»Mommy.« Rose zerrte an Josies Hand. »Dürfen wir *Sesamstraße* gucken?«

»Na klar«, antwortete Josie. »Und *Mister Rogers* auch.«

Nachdem sie an den Türen zu Ivys Schlafzimmer und zum Bad vorbeigekommen waren, schloss Ivy eine schwere Tür auf, die das Wohnzimmer vom Rest des Hauses trennte.

»Die führt in den Laden. Geht nur rein.«

Josie schob die Mädchen durch die Tür und staunte. Das Vorderzimmer des Hauses war das größte, abgesehen vom Dachboden, und randvoll mit Büchern. Hohe Regale säumten die Wände. Bücher häuften sich bis auf die höchsten Regalbretter und waren überall am Boden gestapelt.

Nervös betrachtete sie die vollgestopften Regale und dachte daran, dass so viel Papier auf so engem Raum doch bestimmt eine Brandgefahr darstellte. Sie hoffte, dass Ivy stets einen Feuerlöscher in Reichweite hatte.

Der Raum roch nach warmem Papier und Druckerschwärze, vermischt mit dem schwachen Frühstücksduft, der aus Ivys Küche hereinzog. Kleine Tische und bequeme Sessel in unterschiedlichen Farben standen hier und da zwischen den Regalen. Ein kleiner Schreibtisch mit Stuhl war in eine Ecke geschoben, und die Mitte des Raumes bedeckte ein bunter, abgetretener Teppich, in den WILLKOMMEN IN DER BÜCHERSTUBE eingewebt war.

Ivy folgte Josies Blick. »Den Teppich habe ich extra anfertigen lassen, als ich den Laden eröffnete.« Sie bückte sich zu Rose und Emily hinab. »Mögt ihr beiden Bücher? Schaut mal da drüben.« Ivy deutete auf eine hintere Ecke des Ladens, die durch kleine, farbenfrohe Sitzsäcke abgegrenzt war. Auf einem Schild an der Wand stand KINDERECKE. »Da ist ein ganzer Stapel, nur für euch.«

Josie hielt die Luft an, fürchtete, die Bücher könnten Rose vielleicht an die Gute-Nacht-Geschichten mit Tony erinnern und sie verstören. Tränen stiegen ihr in die Augen, als sie daran dachte, wie wichtig es Tony gewesen war, die Mädchen ins Bett zu bringen. An manchen Abenden brachte er sogar Arbeit mit nach Hause, um sie zu erledigen, nachdem sie eingeschlafen waren.

»Sucht euch schon mal eure Bücher aus«, hatte er mit dröhnender Stimme gerufen, woraufhin Rose und Emily zu ihrem kleinen Bücherregal huschten. Er setzte sich auf Roses Bett, und nach einigem Rangeln um einen Platz auf seinem Schoß saßen die Mädchen still da, wie gebannt, während er vorlas.

Vor allem für Rose waren diese paar Minuten mit ihrem Vater der Höhepunkt des Tages. Josie hatte es amüsiert und gleichzeitig ein wenig verletzt, als ihre ältere Tochter eines Abends zu ihr sagte: »Beeil dich, Mommy, sag Gute Nacht und geh nach unten, damit Daddy vorlesen kann!« Das scherzhaft triumphierende Glitzern in Tonys Augen hatte nicht gerade geholfen.

Nachdem die Mädchen und sie aus dem Krankenhaus entlassen worden waren, hatte man sie in einem Hotel untergebracht, bezahlt vom Roten Kreuz. Josie hatte versucht, ein Gefühl der Normalität aufrechtzuerhalten, hatte neue Bücher gekauft und den Mädchen zur Schlafenszeit vorgelesen, doch sie hatte immer nur ein paar Seiten geschafft, bevor Rose in Tränen ausbrach und nach ihrem Vater verlangte. Statt vorzulesen, kroch Josie jetzt mit Rose unter die Decke und kuschelte mit ihr, bis sie einschlief.

Als Rose nun in der Bücherstube vor Begeisterung kreischte und auf die Kinderecke zurannte, war Josie erleichtert. Emily tappte hinter ihrer Schwester her. *Vielleicht wird Ivys kleiner Laden ihnen helfen, mit allem fertigzuwerden*, dachte sie, als die Mädchen sich auf den Boden plumpsen ließen und in den aufgestapelten bunten Bilderbüchern zu blättern begannen.

»Hier vorne befand sich noch ein zweites Schlafzimmer«, erklärte Ivy, »aber ich habe die Wand rausbrechen lassen, um den Raum zu vergrößern. Im Winter ist es etwas eng. Wenn das Wetter besser ist, stelle ich auch Bücher auf die Veranda.« Durch die Fenster zu beiden Seiten der Eingangstür konnte Josie die Vorderveranda erkennen. »Die Leute sitzen gerne dort draußen und schmökern in Neuerscheinungen, vor allem im Sommer.«

»Das alles hier ist wunderschön«, sagte Josie. »Dein Zuhause, der Laden. Sehr einladend und angenehm. Ich kann verstehen, warum die Leute gerne herkommen.«

»Den Laden am Laufen zu halten, ist nicht leicht«, gab Ivy zu bedenken. »Im Übrigen ist schon fast Zeit, aufzuschließen. Bücher zu verkaufen, ist nicht gerade das einträglichste Geschäft, absolut nicht. Und ich kann nicht alles auf Lager halten, was ich gerne möchte, da ich weder die finanziellen Mittel noch den Platz habe. Aber ich versuche, die Leute zu versorgen, die hierherkommen, und sie kommen von überall her – nicht nur aus Mill River.«

»Ich nehme an, die Leute wissen es zu schätzen, hier eine

Buchhandlung zu haben«, sagte Josie, während Ivy zum Schreibtisch ging und einen Taschenrechner und einen Quittungsblock aus der obersten Schublade nahm.

»Das höre ich andauernd«, erwiderte Ivy. »Ich kann fast jeden Titel bestellen, wenn jemand bereit ist, ein paar Tage darauf zu warten, und ich kaufe und verkaufe auch gebrauchte Bücher. Die Leute können Bücher herbringen, die sie bereits gelesen haben, und wenn sie in annehmbarem Zustand sind, kann ich sie ihnen gutschreiben. Man tut, was man kann, weißt du. Ich jedenfalls. Ich hab's nicht mit Luxus, daher brauche ich nicht viel. Solange ich meine Rechnungen bezahlen kann, bin ich glücklich.«

Ihr Gespräch wurde vom Geräusch der Verandatür unterbrochen. Dann klopfte es laut. Josie erschrak. War man ihr und den Mädchen aus New York gefolgt? Sie entspannte sich, als Ivy aus dem Fenster schaute und lächelte. Ihre Tante drehte das Schild im Fenster um, so dass nun GEÖFFNET zu lesen war, und machte die Tür auf. Ein Mann mit Pelzmütze und in der Winteruniform eines Postboten stand davor.

»Hallo, Larry«, sagte sie. »Was haben Sie denn heute für mich?«

»Sieht nach einer weiteren Büchersendung aus. Sie füllen wohl Ihr Lager für alle auf, die ihre Weihnachtseinkäufe in letzter Minute machen.« Der Paketbote hob den ersten Karton vom Stapel auf seiner Sackkarre.

»So ist es wohl. Stellen Sie die Pakete da drüben ab«, bat Ivy. »Vielleicht schaffe ich es, sie auszupacken, bevor die ersten Kunden kommen.«

»Mach ich.« Larry hievte vier große Kartons in die Bücherstube. Dann griff er nach dem letzten Päckchen, das kleiner und leichter war als die anderen. »Das hier könnte ein Irrläufer sein«, murmelte er, während er das Versandetikett betrachtete. »Ist ein Eilpäckchen mit Ihrer Adresse, aber es ist …« Er verstummte, ein seltsamer Ausdruck huschte über sein Gesicht. Er räusperte sich. »Es ist an eine Mrs Josie DiSanti adressiert.«

»Das bin ich«, sagte Josie leise.

»Oh, wie unhöflich von mir.« Ivy legte den Arm um Josie und schob sie ein Stück nach vorne. »Larry, das ist Josie, meine Nichte. Und Josie, darf ich dir Larry Endicott vorstellen, den nettesten Postboten in Mill River?«

»Den *einzigen* Postboten in Mill River, da die anderen Frauen sind. Zumindest diejenigen, die die Auslieferungsstrecken abdecken.« Larry lächelte Josie an. »Nett, Sie kennenzulernen.«

»Ganz meinerseits.«

»Josie und ihre Töchter werden eine Weile bei mir wohnen«, erklärte Ivy. »Also könnten noch weitere an sie adressierte Sendungen kommen.«

»Ah ja. Bitte schön.« Er reichte Josie das Päckchen. »Ich hoffe, Ihnen gefällt unsere kleine Stadt. Gut, ich muss weiter. Der Wagen ist heute richtig vollgeladen. Der Ansturm vor Weihnachten. Bis Montag!«

»Bis dann«, rief Ivy ihm nach. »Halten Sie sich warm!« Sie schloss die Tür und wandte sich zu Josie. »Seltsam, oder? Dieser überstürzte Abgang? Er wurde plötzlich so komisch, und …«

Josie hielt das Päckchen umklammert und bemerkte nicht, dass ihre Tante mitten im Satz abbrach. Sie starrte nur auf die Schachtel. Ihre Fingerknöchel waren weiß geworden.

»Josie, was ist?«, fragte Ivy. Sie trat zu ihr und entzifferte den Absender des Päckchens. »Oh«, sagte sie nur.

»Ich kann … ich schaff das nicht … nicht jetzt. Erst wenn die Kinder im Bett sind«, brachte Josie erstickt hervor. Sie blickte zu Rose und Emily in der Kinderecke, die zum Glück nichts von ihrer Bestürzung mitbekamen.

»Gib her«, sagte Ivy leise und entwand ihr sanft das Päckchen. »Ich leg das erst mal beiseite. Die Mädchen sollten es auf keinen Fall sehen.«

3

Als er Josies Büro betrat, sah Father O'Brien, dass Rose und ihre Familie bereits auf dem langen Sofa an der Wand saßen. Emily hatte sich in eine Ecke des Raumes verzogen, und Ivy saß an Josies Schreibtisch mit einem Blatt Papier in der Hand. Father O'Brien war erstaunt, auch Jim Gasaway vorzufinden, einen Anwalt und alten Freund.

»Jim, wie schön, Sie zu sehen«, sagte er. »Sie müssen vorhin an mir vorbeigeschlüpft sein. Ich habe Sie nicht hereinkommen sehen.«

»Was zum Teufel geht hier vor, Tante Ivy?«, fragte Rose aufgebracht. Sie funkelte Ivy an, die Arme fest vor der Brust verschränkt.

»Würden Sie bitte die Tür schließen, Father?«, bat Ivy. Nachdem das geschehen war, richtete sie sich auf und blickte zu Josies Töchtern. »Ich weiß, dass keine von euch beiden länger hier bleiben möchte als nötig, daher werden wir dies so schnell wie möglich hinter uns bringen.«

Sie räusperte sich. »Ihr wisst beide, dass Mr Gasaway die rechtlichen Angelegenheiten eurer Mutter abwickelt. Gleichwohl hat Josie diesen Brief für mich hinterlassen, um ihn euch beiden vorzulesen, falls ihr etwas zustoßen sollte. Jim besitzt eine notariell beglaubigte Kopie, daher kennt er die Einzelheiten.«

»Sie hat den Brief Anfang des Jahres geschrieben«, fügte Jim ruhig hinzu.

»Bitte lies ihn vor«, sagte Emily mit leiser, müder Stimme.

Ivy faltete das Blatt in ihrer Hand auseinander, räusperte sich erneut und begann.

An meine Töchter Rose und Emily,
wenn Ihr diese Worte hört, habe ich das Zeitliche gesegnet. Ich vertraue darauf, dass Mr Gasaway und Eure Tante Ivy die Gedenkfeier meinem Wunsch gemäß gestalten werden. Außerdem hoffe ich, dass mein Hinscheiden Euch nicht mit Kummer belastet. Ich werde immer bei Euch sein, und ich habe mir stets nur eines für Euch beide gewünscht – dass Ihr glücklich seid.

Euer Glücklichsein, oder vielmehr der Mangel daran, ist genau der Grund, warum ich diesen Brief schreibe. Ihr beide wart mein Leben. Seit dem Moment Eurer Geburt habe ich mich um Euch gesorgt und Euch geliebt. Wenn auch der Zwist zwischen Euch nicht die Ursache meines Todes war, so wage ich doch zu behaupten, dass er zumindest dazu beigetragen hat. Da ich nun nicht mehr da bin, besitzt Ihr keine direkten Angehörigen außer Tante Ivy und einander.

Ich weiß, dass das Geschehene für Euch beide entsetzlich schmerzhaft war, doch ich weiß auch, dass die Zeit selbst die tiefsten Wunden heilen kann. Jahrelang habe ich Euch gebeten, Euch angefleht, es mit Reden zu versuchen, mit Therapie, mit allem, was Eure Beziehung retten könnte, aber Ihr habt abgelehnt. Daher nehme ich jetzt die Dinge selbst in die Hand, und das auch noch vom Grab aus.

Seit wir nach Mill River gezogen sind, haben wir bescheiden gelebt. Ich habe so hart gearbeitet, wie ich konnte, um für Euch zu sorgen und das Wenige zu sparen, das übrig blieb. Im Lauf der Zeit wuchsen diese Ersparnisse, und meine Arbeit im Immobiliengeschäft verhalf mir zu Kenntnissen, wie man investiert und sein Geld vermehrt. Möglicherweise habt Ihr es bisher nicht gewusst, aber Ihr Mädchen werdet beide eine beträchtliche Summe aus meinem Nachlass erben.

Allerdings gibt es einen Haken.

Ihr wisst, dass ich mehrere Mietobjekte besitze. Zwei davon stehen gegenüber von meinem und von Ivys Haus. Ihr werdet euch sicherlich an diese Häuser erinnern. Eines gehörte der Familie Johnson, das andere den Weiders. Ihr habt dort immer auf der Reifenschaukel und dem Trampolin gespielt. Die Häuser sind klein und schlicht, aber sie sind sauber, bequem und hübsch möbliert.

Natürlich kann ich nicht voraussehen, wann in diesem Jahr Ihr diesen Brief lesen werdet, doch ich erwarte, dass Ihr innerhalb von zwei Monaten danach in jeweils eines der Häuser einzieht. Mr Gasaway wird sich mit Euch treffen, um das Einzugsdatum zu vereinbaren. Ihr könnt es unter Euch ausmachen, wer welches Haus bekommt, oder Mr Gasaway wirft eine Münze, falls Ihr nicht einmal das schafft.

In beiden Häusern oder auf den Grundstücken habe ich für jede von Euch einen Hinweis hinterlassen, den Ihr finden müsst. Die Hinweise bestehen aus zwei unterschiedlichen Gegenständen. Der eine wird den Fundort des Schlüssels für mein Schließfach enthüllen, der andere wird Euch helfen, an ihn heranzukommen. Ihr müsst zusammenarbeiten, um die Hinweise zu finden und sie zum Aufspüren des Schlüssels einzusetzen – tatsächlich ist es der Schlüssel zu meinem Schatz und zu Eurem jeweiligen Anteil daran. (Ich gebe zu, dass dieser Plan kindisch klingt, doch das ist vielleicht angemessen, wenn man bedenkt, dass ich Euch an die Bindung erinnere, die einst zwischen Euch bestand.)

In das Schließfach habe ich eine Kopie meines Testaments gelegt, das verfügt, Euch meinen Nachlass zu gleichen Teilen zuzuweisen. Euch bleiben zwei Monate, in denen Ihr zusammenarbeiten müsst, um das Testament zu finden. Kurzum, Ihr werdet Nachbarinnen sein. Außerdem Partnerinnen in einer Art Schatzsuche. Das mag weder angenehm noch leicht für Euch sein, aber meine große Hoffnung besteht darin, dass Ihr gute Erinnerungen wiederentdeckt, die Euch helfen, die schlechten zu überwinden. Im Idealfall wird dieses Erlebnis die Funkstille zwischen Euch beenden und Ihr werdet vielleicht sogar wieder zu richtigen Schwestern.

Für den Fall, dass Ihr beide meinen Anweisungen nicht folgt und dem Anwalt, Mr Gasaway, den Schlüssel zu meinem Schließfach nach Ablauf der zwei Monate nicht vorlegt, sowie für den Fall, dass Ihr meine

Verfügung vor Gericht anzufechten versucht, habe ich ihn angewiesen, die zweite Version meines Testaments zu vollstrecken. Nach dieser wird mein gesamter Nachlass unter verschiedenen förderungswürdigen Wohltätigkeitsorganisationen aufgeteilt. Falls eine von Euch sich weigert, meinen Anweisungen zu folgen oder versucht, meine Wünsche vor Gericht anzufechten, wird Mr Gasaway die dritte Version vollstrecken, nach der mein gesamter Nachlass der anderen Schwester zufällt.

Ich weiß, was ich von Euch verlange. Ihr müsst alles hinter Euch lassen und zurück nach Mill River ziehen, zumindest vorübergehend. Ich weiß aber auch, dass es Euch beiden möglich sein müsste. Rose, Liebes, Du hast mir oft genug erzählt, dass Du wegen Sheldons Einkommen nicht zu arbeiten brauchst, daher dürfte Dich kein Job davon abhalten, hierherzukommen. Und Emily, Schätzchen, Du warst immer freiberuflich tätig und hast so viele Talente. Ich weiß, Du wirst kein Problem haben, irgendwo hier in der Nähe eine vorübergehende Arbeit zu bekommen.

Genau gesehen kann ich Euch natürlich nicht zwingen, das zu tun, was ich von Euch verlange. Und selbst wenn Ihr es tut, weiß ich, dass das Ergebnis vielleicht nicht die Aussöhnung ist, auf die ich so inständig hoffe. Aber ich bete dafür, dass Ihr beide Zeit miteinander verbringt und zur Vernunft kommt, oder zumindest begreift, was ich für Euch zu tun versuche. Ihr könnt mich für eine törichte alte Frau halten, aber Ihr sollt wissen, dass es nichts gibt, was ich nicht für Euch tun würde. Ich habe Euch beide vom Moment Eurer Geburt an so sehr geliebt. Selbst jetzt bei dem, was ich in die Wege geleitet habe, will ich nur Euer Bestes.

Eure Euch liebende Mutter,
Josephine Collard DiSanti

Schweigen breitete sich aus.

»Das ist doch ein totaler SCHEISS!«, kreischte Rose, bevor sie ihre Stimme zu einem Zischen senkte. »Darauf lassen wir uns auf *keinen Fall* ein – auf diese *kleine Schatzsuche*, oder wie zum Teufel Mom das genannt hat.«

Emily blickte zu Jim Gasaway. »Kann sie … konnte sie wirklich darauf bestehen?«

»Ja, Ma'am«, erwiderte Jim. »Ich muss allerdings einräumen, dass die Hinterlassenschaft Ihrer Mutter zu einer der ungewöhnlichsten gehört, die mir je untergekommen sind. Es hängt quasi alles in einer Warteschleife, aber das Ganze ist legal und bindend. Ich bin überzeugt, dass es vor Gericht Bestand hätte, falls es dazu kommen sollte«, fügte er mit einem gezielten Blick auf Rose hinzu.

»Mädchen, ihr solltet wissen, dass Jim der beste Anwalt hier in der Gegend ist und ein Experte darin, komplexe Treuhandvermögen und Nachlässe zu verwalten«, sagte Father O'Brien leise.

»Wir sollen also alles stehen und liegen lassen und hierherziehen, um *nach einem Schlüssel zu suchen*?«, fragte Emily. »Ich kann nicht glauben, dass Mom uns das antut.«

»Vielleicht war sie nicht mehr ganz bei Verstand«, stimmte Rose zu. »Und was ist mit ihrem Maklerbüro, das ihr so am Herzen lag? Wer wird das führen, bis ihr Nachlass endgültig geregelt ist?«

»Ich prüfe die Bücher, und einer ihrer Angestellten besitzt die Befugnis, Hausverkäufe zu bestätigen«, erwiderte Jim. »Ihre Mutter war sehr darauf bedacht, Notfallpläne zu erstellen.«

Sheldon richtete sich auf und wandte sich an Rose. »Hör zu, ich halte das ja auch für totalen Schwachsinn«, sagte er mit leiser, flehender Stimme. »Aber uns bleiben noch zwei Monate. Wir können uns die Sache genauer anschauen und eine weitere juristische Meinung einholen, wenn wir zu Hause sind. Lass uns jetzt das hier abschließen und dann verschwinden.«

»Ich halte Sheldons Vorschlag für vernünftig«, sagte Ivy. »Jim, vielleicht sollten wir uns nur auf ein Einzugsdatum einigen, beiden die Schlüssel für die Häuser geben und sie erst mal gehen lassen. Sie können eine Weile darüber nachdenken und haben immer noch genügend Zeit, Vorbereitungen zu treffen, wenn sie nachgegeben haben.«

»Wohl kaum«, schnaubte Rose.

»Das wirst du schon«, erwiderte Ivy mit süßlichem Lächeln.

Emily verdrehte die Augen und wandte sich an Jim. »Was soll's. Mir ist es egal, welches Haus ich kriege.«

»WIR sollten das größere bekommen«, sagte Rose. »Wir sind eine Familie. Sie ist nur eine Person.«

Jim Gasaway fischte zwei Schlüsselbunde und ein 25-Cent-Stück aus der Tasche. »Die Häuser unterscheiden sich kaum in der Größe. Aber es ist vermutlich am besten, wenn wir Mr Washington befragen. Alex könnte das doch machen. Wäre das in Ordnung?«

»Darf ich?« Alex grinste hoffnungsvoll und sah seine Eltern an. Rose schwieg, doch Sheldon beugte sich hinab und flüsterte ihm etwas ins Ohr. Emily zuckte mit den Schultern.

»Also gut, Alex«, sagte Jim, »Kopf oder Zahl. Auf drei – fertig? Eins, zwei, drei!« Er warf die Münze hoch, beinahe bis zur Decke.

»Kopf!«, schrie Alex, und es wurde still im Raum, bis die Münze klappernd auf dem Holzboden landete.

»Sieht nach Zahl aus«, verkündete Jim, und als er sich zur Münze hinabbeugte, sah Father O'Brien, wie Alex die Stirn runzelte und zum Sofa zurückwich. »Welches Haus wollen Sie, Emily?«

»Dann nehme ich halt das *größere.*« Sie lächelte und streckte die Hand nach den Schlüsseln aus, die Jim ihr hinhielt.

Rose sprang auf. »Nimm du die Schlüssel, Sheldon. Ich suche unsere Sachen im Wohnzimmer zusammen.« Sie rauschte aus dem Büro.

»Das lief ja besser, als ich erwartet hatte«, murmelte Ivy vor sich hin.

»Was Ihre Ankunft betrifft«, sagte Jim zu Emily. »Je mehr Zeit

Ihnen bleibt, desto besser für Sie beide, nehme ich an. Heute ist der vierte Mai. Lassen Sie uns doch einfach beschließen, dass Sie und Rose am ersten Juli wieder hier sind.«

Emily hatte einen Arm um die Taille gelegt und schaute auf den kleinen Schlüsselbund in ihrer Hand. »Meinetwegen. Ich werde versuchen, zu tun, was Mom verlangt«, erwiderte sie mit trauriger Stimme, »aber ehrlich gesagt, ich glaube nicht, dass es etwas bewirken wird. Es gibt einfach Dinge, die sich nicht reparieren lassen, und nach dem, was zwischen Rose und mir vorgefallen ist …«

Sheldon seufzte und zuckte die Achseln. »Erster Juli.« Er legte Alex sanft eine Hand auf die Schulter, bevor er die Schlüssel entgegennahm, die Jim ihm reichte. »Wir sollten aufbrechen«, sagte er. »Wir haben eine lange Fahrt vor uns, aber wir werden uns auf jeden Fall noch Rat von unserem Anwalt einholen …«

Plötzlich ertönte ein lautes Krachen irgendwo vor dem Büro, gefolgt von Roses Kreischen: »Nein, nein, oh mein Gott, Mom!«

»Oh je«, entfuhr es Father O'Brien. Er öffnete rasch die Tür, und alle vier eilten aus dem Büro auf den Tumult zu.

Das ordentliche, feierlich hergerichtete Wohnzimmer war völlig verwandelt. Auf der einen Seite standen Ruth Fitzgerald und die wenigen noch verbliebenen Kondolenzgäste in einer Gruppe zusammen. Auf der anderen war der kleine, zum Gedenken an Josie dekorierte Tisch umgekippt. In einem Durcheinander aus Asche, zerbrochenem Glas und einer grünlichen Flüssigkeit lagen die offene Bronzeurne, die Fotos von Josie, mehrere Blumensträuße und Daisy Delaine.

»Miss Rose, es tut mir so leid, Miss Rose, ich wollte Ihnen doch nur ein Glas von meinem Kummertrank geben«, stammelte Daisy und versuchte, auf die Füße zu kommen.

»Oh mein Gott«, wiederholte Rose. Sie blinzelte und stolperte rückwärts. Ihr schwarzes Kleid war vorn mit grauem Puder bedeckt, ihre Stöckelabsätze machten scharfe, knackende Geräusche auf den Glassplittern. Sie wischte sich hektisch über das Gesicht und funkelte Daisy wütend an. »Wie konnten Sie … Ist Ihnen klar, was Sie da angerichtet haben?«

»Oh, Miss Rose, ich hab das Gleichgewicht verloren und bin gegen den Tisch gestoßen«, versuchte Daisy zu erklären. Die stämmige kleine Frau war jetzt auf Händen und Knien. Sie schnappte nach Luft, als sie auf den Knien hochkam und einen Glassplitter aus ihrer rechten Handfläche ragen sah.

»Sie dämliche *Idiotin*!«, schrie Rose sie an. »Verflucht, Ivy«, fuhr sie fort und wirbelte herum. »Hättest du keine Urne mit Schraubverschluss besorgen können? Oder zumindest darauf achten, dass dieses billige Ding anständig versiegelt wird?«

»Aber Miss Rose, ich hätte doch nie … Ich wollte das nicht. Es tut mir so leid, Miss Rose.« Weinend umklammerte Daisy ihre verletzte Hand. Die Tränen hinterließen dunkle Streifen auf Daisys mit Asche bedecktem Gesicht.

Father O'Brien und Jim eilten auf Daisy zu, bewegten sich behutsam über den verschmierten Boden und packten sie an beiden Armen. Gemeinsam halfen sie ihr hoch und brachten sie zu Ruth.

»Daisy, Liebes, kommen Sie mit mir. Schauen wir uns den Schnitt mal genauer an.« Ruth legte den Arm um sie. »Tut Ihnen sonst noch was weh?« Jim stützte Daisy von der anderen Seite und ging mit ihnen in die Küche.

»Rose«, sagte Ivy, »ich weiß, dass du verärgert bist, aber das war ein Missgeschick. Im Badezimmer sind frische Handtücher. Du kannst dich säubern, während ich etwas anderes für dich zum Anziehen suche.« Sie näherte sich Rose und wollte nach deren Ellbogen greifen, aber Rose zuckte zurück.

»Ich brauche keine Hilfe«, zischte sie. »Mach schon, Sheldon!« Sie marschierte zur Haustür, riss sie auf und stürmte hinaus.

»Es tut mir leid … die ganze Sache tut mir so leid«, entschuldigte sich Sheldon bei Ivy. »Du weißt, wie sich Rose aufregen kann. Sie ist seit Tagen durcheinander, und heute war es besonders schlimm für sie. Wir sollten lieber aufbrechen … Daisy? Bitte richte ihr von mir aus … von uns allen … dass Missgeschicke passieren, und es gibt nichts zu verzeihen.« Nach einem letzten Blick auf das Durcheinander im Wohnzimmer legte er Alex die Hand auf den Kopf und schob ihn sanft zur Haustür hinaus.

»Tut mir leid, Tante Ivy.« Emily schlang Ivy den Arm um die Schultern. »Ich weiß, du hast dir viel Mühe gegeben, um das hier für Mom nett zu machen. So wie sie es sich wünschte.« Emily hielt kurz inne, und ihre Augen füllten sich mit Tränen, als sie auf die verstreute Asche blickte. »Ich räum das hier auf.«

»Danke, Kind.« Als Emily sich auf die Suche nach Putzmitteln begab, schaute Ivy zu Father O'Brien und schüttelte den Kopf. »Was für ein Desaster.«

Father O'Brien nickte. »Und die arme Daisy, Gott schütze sie, wollte niemandem etwas zuleide tun. Vermutlich ist sie völlig außer sich und muss mit ihrer Hand zum Arzt.«

»Sie ist immer noch in der Küche bei Ruth«, erwiderte Ivy, als Emily mit einem Eimer voll Putzmitteln und Papiertüchern zurückkam, inklusive Josies altem Kirby-Staubsauger. »Könnten Sie nach ihr sehen? Em und ich werden hier schon allein fertig.«

»Natürlich.« Inzwischen hatte Emily den Tisch wieder aufgerichtet und die Urne und den Deckel vorsichtig aufgehoben.

»Ich habe die Urne nicht ausgesucht«, sagte Ivy zu ihrer Großnichte. »Die hat deine Mom selbst ausgewählt, vor Jahren, als sie beschloss, ihre Angelegenheiten in Ordnung zu bringen.«

»Erinnert mehr an eine Vase. Sie hat keinen Schraubdeckel, wie eigentlich üblich, ist aber trotzdem wunderschön. Lass uns versuchen, so viel wie möglich von der Asche zu retten. So könnten wir die Urne immer noch für die Beisetzung verwenden, wie Mom es wollte. Und lass dich von Rose nicht unterkriegen«, fügte Emily hinzu. »Ich weiß, sie sagt manchmal so Dinge, aber glaub mir … was aus ihrem Mund kommt, ist keinen Pfifferling wert.«

4

1983

Während Ivy Kunden bediente und sich nach Kräften bemühte, ihre Weihnachts-Lagerbestände abzubauen, verbrachte Josie den restlichen Tag im Dunstschleier ihres Kummers. Sie nahm sich zusammen, bis Rose und Emily im Dachzimmer eingeschlafen waren. Leise ging sie nach unten und fand Ivy auf dem Fernsehsessel im Wohnzimmer.

Ivy blickte von ihrem Buch auf. »Schlafen sie?«

»Ja.« Josie sank auf das Sofa ihr gegenüber. »Ich glaube, ich würde jetzt gerne das Päckchen öffnen.«

Ivy nickte und verließ das Wohnzimmer. Kurz darauf kam sie mit dem kleinen Päckchen zurück, das der Postbote am Morgen gebracht hatte. »Ich bin in meinem Schlafzimmer, falls du mich brauchst«, sagte sie leise.

Nachdem ihre Tante gegangen war, nahm Josie das Päckchen in Augenschein. Mit zitternden Fingern fuhr sie über die Wörter auf dem Versandetikett – PÄCKCHEN ENTHÄLT KREMIERTE ÜBERRESTE. BITTE MIT SORGFALT UND RESPEKT BEHANDELN. Der Absender war ein Beerdigungsinstitut in der Bronx.

Sie stand auf und nahm das Päckchen mit in die Küche, um das Klebeband aufzuschneiden. Der Versandkarton aus Pappe enthielt einen versiegelten Umschlag und einen rechteckigen Metallbehälter, den sie auf den Tisch stellte. Josie öffnete den Umschlag und faltete den Briefbogen auseinander, sah aber nur »Bescheinigung über Kremierung« und »Anthony Paolo DiSanti«, bevor sich ihre Augen mit Tränen füllten und ihr das Blatt aus den Fingern glitt.

Josie bekam keine Luft. Sie nahm ihren Wollmantel vom Ständer neben der Seitentür, stolperte hinaus und ging los.

Der Bürgersteig war mit einer dünnen Schicht Neuschnee bedeckt, und Josies Schuhe hinterließen die ersten Spuren. Sie schlug die Kapuze hoch und wischte sich hin und wieder mit dem Mantelärmel übers Gesicht. Die glitzernde Weihnachtsbeleuchtung zwei Blocks vor ihr, an der Kreuzung zur Hauptstraße, erregte ihre Aufmerksamkeit.

Sie erreichte die Kreuzung, das weiße Rathaus lag zu ihrer Linken. Rechts reihten sich die kleinen Läden, an die sie sich von der Nacht zuvor erinnerte. Gegenüber, etwas von der Straße zurückgesetzt, stand St. John. Es war nach acht, und die Geschäfte an der Hauptstraße hatten längst geschlossen, doch sie glaubte, einen Lichtschimmer in der kleinen Steinkirche zu sehen. Emotional ausgelaugt, das Gesicht taub von der eisigen Luft, überquerte Josie die Straße und stieg die Stufen zum Portal hinauf. Zu ihrer Verwunderung war die Kirche offen.

Zögernd trat Josie ein, schloss die Tür hinter sich und genoss die Wärme, die an ihr kaltes Gesicht drang. Sie stand in einem kleinen, dunklen Vorraum. Vor ihr befand sich eine große Doppeltür, die ins Kirchenschiff führte. Der Altar war gut beleuchtet, doch das Licht wurde im hinteren Bereich allmählich schwächer, und die Bankreihen nahe der Tür lagen fast vollkommen im Dunkeln. Josie schob sich in eine Bank und setzte sich.

Sie war froh, allein an diesem stillen, warmen, dunklen Ort zu sein. Die Zeit hatte keine Bedeutung mehr. Gern wäre sie in die Dunkelheit geschlüpft und ihrem Kummer entflohen, doch wenn sie die Augen schloss, sah sie sofort die schrecklichen Wörter »kremierte Überreste« vor sich. Sie sank nach vorne, Tränen tropften ihr in den Schoß. Josie hörte nicht, wie ihr Keuchen und Schluchzen im Altarraum widerhallten. Sie konzentrierte sich nur darauf, die anscheinend endlos aus ihr herausströmende Schmerzensflut zu überstehen.

Josie wusste nicht, wie lange sie weinend dagesessen hatte, als sie die Bank unter dem Gewicht einer weiteren Person knarren hörte. Sie drehte sich zur Seite und sah einen Priester neben sich sitzen.

»Ich wollte Sie nicht erschrecken«, sagte er leise. »Ich war gerade dabei, alles für die morgige Messe vorzubereiten, als ich Sie hörte. Und ich wollte schauen, ob Sie vielleicht meinen Beistand benötigen. Mein Name ist Michael O'Brien. Ich bin hier der Seelsorger.«

»Oh, tut mir leid, Father. Ich wollte nicht … ich meine, Sie haben vermutlich geschlossen. Ich habe nur einen Spaziergang gemacht, und mir wurde kalt«, stammelte Josie. Sie stand abrupt auf und wischte sich über die Augen.

»Wenn ich hier bin, ist die Tür immer offen, egal zu welcher Zeit«, sagte Father O'Brien. »Ich sehe, dass Sie sehr traurig sind. Vielleicht sollten Sie meine offene Tür finden.«

Josie blickte auf Father O'Brien hinunter. Er war hochgewachsen und schlaksig, hatte eine hohe Stirn und sah älter aus als Ivy. Obwohl sie inzwischen so weit war, zu Ivy zurückzukehren, hatte dieser Geistliche etwas an sich, das sie dort hielt. Er strahlte Mitgefühl aus. Nach kurzem Zögern ließ Josie sich wieder auf die Bank sinken.

»Ich weiß nicht, warum ich hereingekommen bin«, flüsterte sie. »Ich bin nicht mehr in einer Kirche gewesen, seit … also ich weiß nicht mal mehr, seit wann.«

Father O'Brien lächelte. »Hier ist jeder willkommen«, sagte er schlicht.

Seine Stimme, seine Gegenwart hatten etwas Tröstliches. Josie sah auf ihre im Schoß verschränkten Hände. »Mein Mann ist letzte Woche gestorben«, flüsterte sie. »Bei einem Brand. Wir … ich … habe zwei kleine Töchter, und das Feuer hat fast alles verzehrt, was wir hatten, daher bin ich hierhergekommen, nach Mill River, um bei meiner Tante zu wohnen.« Josie atmete tief durch.

»Ich habe solche Angst, Father. Ohne ihn bin ich verloren. Ich spüre, dass ich immer tiefer sinke. Und meine Tante … die, bei der wir untergekommen sind … ich kenne sie nicht mal. Sie ist alles an Familie, was ich noch habe. Sie ist so gastfreundlich, aber ich komme mir trotzdem wie eine schreckliche Bürde vor, weil ich ein solches Wrack bin und ihr meine Kinder ins Haus geschleppt habe. Ich weiß nicht, wie es weitergehen soll. Ich muss für meine Töchter sorgen, und ich weiß nicht, wie ich das bewerkstelligen soll. Ich komme mir vor, als würde ich ertrinken.« Josie war, als strömte jeder Gedanke, der sie seit Tonys Tod gequält hatte, zusammen mit ihren Tränen heraus.

»Das tut mir so leid, mein Kind«, sagte Father O'Brien. »Könnte ich … darf ich Sie nach Ihrem Namen fragen?«

»Ich heiße Josie.«

»Josie.« Father O'Brien hielt kurz inne, vielleicht um seine Gedanken zu sammeln. »Ich weiß, wie Sie jetzt leiden. Ihre Gefühle sind nach dem Verlust eines Ehepartners durchaus normal. Sie befinden sich erst in der Anfangsphase des Trauerprozesses, und überwältigt zu sein und Angst zu haben, gehört absolut dazu.«

Josie biss sich auf die Lippe, versuchte ihre Fassung zu wahren.

»Für Menschen, die in der Weihnachtszeit jemanden verlieren, ist es immer besonders schwer«, fuhr Father O'Brien fort. »Ich bin so froh, dass Sie heute Abend hergekommen sind. Es ist wichtig, dass Sie jetzt Menschen um sich haben, die Sie unterstützen. Sie sagten, Sie seien bei einer Tante hier in der Stadt untergekommen?«

»Ja, bei meiner Tante Ivy. Sie betreibt den kleinen Buchladen ein paar Straßen weiter.«

»Ivy Collard ist Ihre Tante?«

Josie nickte.

»Ich kenne sie seit Jahren.« Father O'Brien lächelte. »Sie ist …

wie soll ich sagen … temperamentvoll? Aufmüpfig? Aber Sie werden keinen warmherzigeren, großzügigeren Menschen finden.«

»So kommt es mir auch vor. Ivy ist die ältere Schwester meiner Mutter, doch meine Mom und sie sind nie miteinander ausgekommen. Ich hatte sie seit der Beerdigung meiner Mutter nicht mehr gesehen, und ich habe eigentlich nie Zeit mit ihr verbracht. Bis jetzt.«

»Sie brauchen nicht zu befürchten, eine Bürde für sie zu sein. Ich kenne Ivy gut genug, um zu wissen, dass sie es nie als Belastung empfinden würde, Ihnen und Ihren Töchtern zu helfen, vor allem in so einem Moment. Sie sollten versuchen, sich ihr zu öffnen und mit ihr zu reden. Geben Sie ihr eine Chance, für Sie da zu sein.«

Josie dachte über die beruhigenden Worte nach. Vielleicht konnte dieser freundliche Priester eine Frage beantworten, die sie sich in den letzten paar Tagen wohl tausendmal gestellt hatte. »Father, wie lange wird es dauern, bis ich einen Tag durchstehe, ohne zusammenzubrechen? Bis ich an meinen Mann denken kann, ohne das Gefühl zu haben, mir würde das Herz brechen?«

»Das ist bei jedem anders«, erwiderte Father O'Brien, »und unmöglich vorherzusagen. Aber ich kann Ihnen versichern, dass die Zeit letztlich den Schmerz lindern wird. Er mag zwar nicht ganz verschwinden, doch eines Tages werden Sie sich wieder stark fühlen. Sie werden sich an all die schönen Dinge erinnern und glücklich sein, diese Erinnerungen gemeinsam mit Ihrem Mann geschaffen zu haben.« Er zögerte kurz, lächelte leise in sich hinein. »In Psalm vierunddreißig, einem meiner Lieblingspsalmen, heißt es, ›der Herr ist nahe bei denen, die zerbrochenen Herzens sind, und hilft denen, die ein zerschlagenes Gemüt haben‹. Daran glaube ich fest, Josie. Und ich denke, dass Sie und Ihre Töchter in dieser schwierigen Zeit vielleicht aus einem ganz bestimmten Grund in Mill River gelandet sind. Ihre wunderbare Tante ist hier. Die Stadt ist voll von freundlichen und liebenswürdigen Menschen. Ein guter Ort, um Kinder großzuziehen. Und die natürliche Schönheit der Umgebung! Im Herbst glaube ich manchmal, dass unser Herr eigenhändig zum Pinsel greift und die Bäume einen nach dem anderen bemalt.« Er legte ihr leicht die Hand auf die Schulter. »Ich bin Gemeindepfarrer von Mill River, seit ich ein junger Mann war. Ich kenne die Stadt sehr gut. So schwer es jetzt auch ist, Sie sind an einen Ort gekommen, an dem Sie ganz bestimmt über alles hinwegkommen werden. Das braucht seine Zeit, aber Sie sind nicht allein. Ivy wird für Sie da sein, genau wie ich, wann immer Sie mich brauchen.«

Josie saß ganz still, nahm Father O'Briens Worte in sich auf. »Danke, Father«, sagte sie schließlich und kam ein bisschen unsicher auf die Füße. »Ich muss zurück. Ich bin losgegangen, nachdem ich die Mädchen zu Bett gebracht hatte. Ivy ist da, aber die Kinder kennen sie noch nicht so gut. Wenn sie aufwachen, und ich bin nicht da …«

»Natürlich.« Father O'Brien stand ebenfalls auf und ging ein paar Schritte vor ihr her. »Ich werde Sie in meine Gebete einschließen.«

»Nochmals vielen Dank, Father.« Ihr gelang ein schwaches Lächeln, während sie die Kapuze überstreifte und aus der Kirche schlüpfte.

Josie betrat Ivys Haus durch die Seitentür und hängte den Mantel auf. Sie hob die Kremierungsbescheinigung vom Boden auf und sank auf den Stuhl am Frühstückstisch. Ihre Hand zitterte, als sie über den Behälter mit Tonys Asche strich. Vorsichtig zog sie ihn vom Tisch und drückte ihn an die Brust.

»Josie?« Ivys leise Stimme drang in die Küche.

»Ich bin hier«, gab Josie zurück.

Ivy erschien im Bademantel an der Küchentür, einen mitfühlenden Ausdruck im Gesicht. »Ich war ein bisschen besorgt, als ich merkte, dass du das Haus verlassen hast.« Sie kam herein und setzte sich neben Josie. »Ich nahm an, dass du ein bisschen frische Luft brauchtest, Zeit zum Nachdenken vielleicht.«

Josie wollte etwas sagen, war aber plötzlich überwältigt. Unfähig, ihr Schluchzen zu unterdrücken, senkte sie den Kopf, bis ihr Kinn auf dem Behälter in ihren Armen ruhte.

»Oh, Schätzchen.« Ivy rückte näher. Josie lehnte sich an sie, während Ivy sie in den Armen hielt, ihr über das Haar strich, sie sanft wiegte, fast so, wie Josie ihre Töchter oft getröstet hatte. »Ich weiß, dass heute ein schwerer Tag für dich war«, sagte Ivy nach ein paar Minuten. »Auf dich kommen noch viele schwere Tage zu, aber du wirst sie überstehen. Und ich verspreche, dir bei jedem Schritt auf dem Weg zu helfen.«

Die Worte ihrer Tante und der Gedanke an das, was Father O'Brien über Ivy gesagt hatte, ließen Josies Tränen noch heftiger fließen. Als sie schließlich wieder sprechen konnte, sah sie ihre Tante mit verschleiertem Blick an. »Ich weiß nicht, was ich tun soll, wie es weitergehen soll«, flüsterte sie. »Ehrlich, ich habe das Gefühl, dass es für dich eine solche Zumutung ist, die Mädchen und mich hier zu haben. Wir sind doch fast Fremde für dich. Und ich frage mich, wie ich es schaffen soll, die Mädchen allein großzuziehen, für sie zu sorgen. Ich weiß nicht, wie ich das ohne Tony schaffen kann. Jedes Mal, wenn ich an ihn denke … Ich kann nicht an ihn denken. Es tut zu weh.«

»Hör zu«, sagte Ivy. »Erstens mag es ja sein, dass wir uns nicht gut kennen, was verdammt schade ist. Aber das können wir ändern. Du bist immer noch Teil meiner Familie. Im Moment gehörst du mit den Mädchen einfach hierher zu mir. Du bist keine Zumutung. Und zweitens – hatten Tony und du irgendwelche Ersparnisse? Besaß er eine Lebensversicherung?«

Josie schniefte und nickte. »Der Scheck der Versicherung ist in Bearbeitung«, flüsterte sie. »Und wir waren dabei, für die Anzahlung auf ein Haus zu sparen.«

»Na, siehst du«, sagte Ivy. »Du brauchst dir also im Moment

keine Sorgen über eine Arbeit zu machen. Solange du hier bei mir wohnst, wirst du kaum Ausgaben haben. Du dürftest eine ganze Weile mit dem auskommen, was du hast. Außerdem sind die Mädchen so klein, und auch sie machen eine Menge durch. Sie brauchen dich noch ziemlich lange in ihrer Nähe. Wir werden überlegen, welche Arbeit für dich geeignet ist, wenn du so weit bist. Aber im Moment bist du es nicht. Im Moment bist du innerlich wund und voll Trauer, und du musst dir Zeit lassen, um zu heilen.«

Josie wurde allmählich ein wenig ruhiger. Wenigstens atmete sie nicht mehr in abgehackten Stößen.

»Und noch ein Letztes«, fügte Ivy in leiserem Ton hinzu. »Du *musst* an Tony denken. Auch über ihn reden. Das wird schrecklich wehtun, aber du musst dir gestatten, zu weinen, zu fühlen. Du kannst das nicht alles in dir verschließen und erwarten, dass es einfach vergeht. Das wird es nicht. Wenn du es nicht rauslässt, frisst es dich von innen auf, bis nichts mehr übrig ist.«

»Rose und Emily mögen es nicht, wenn ich weine«, setzte Josie an, doch Ivy schüttelte bereits den Kopf.

»Du musst Kindern immer die Wahrheit sagen, mit Worten, die sie verstehen. Bring ihnen bei, dass Weinen etwas Natürliches ist und in Ordnung. Sag ihnen, dass du ihren Daddy vermisst und traurig bist, und dass es dir besser geht, wenn du weinst. Mit der Zeit wirst du weniger weinen, und sie werden verstehen, warum das so ist. Das gehört einfach zum Leben. Nur so stehst du es durch, für dich und für die Mädchen.«

Josie spürte die Erinnerungen und die Trauer hinter ihrer emotionalen Barriere anschwellen und wusste im Grunde ihres Herzens, dass ihre Tante recht hatte. Das Einfühlungsvermögen und Mitgefühl ihrer Tante überraschten sie, da ihre Mutter nur wenig von beidem besessen hatte. Als Josie aufwuchs, hatte ihre Mutter auf fast jede schwierige Situation reagiert, indem sie sich einen weiteren Drink einschenkte und in ihrem Schlafzimmer verschwand. Während sie Ivy zuhörte, staunte Josie darüber, dass jemand so nah mit ihrer Mutter verwandt und doch so anders sein konnte.

»Du bist wirklich gut darin, Dinge in Ordnung zu bringen«, meinte Josie bewundernd. »Mom kam nie mit schwierigen Situationen klar. Das hat sie immer mir überlassen. Ich schätze, ich habe nach einer Weile gelernt, wie ich *sie* aus Schwierigkeiten raushielt, aber ich konnte das nie für mich tun.«

»Abby war im Grunde ein guter Mensch, doch ihre Trinkerei hat sie an vielem gehindert«, erwiderte Ivy. »Zum Beispiel daran, mich zu besuchen, einen guten Job zu behalten und die Mutter zu sein, die du verdient hättest. Und mich hat ihre Sucht daran gehindert, dich besser kennenzulernen, während du groß wurdest.«

»Tja, wie du sagst, jetzt haben wir die Chance dazu.« Josie wischte sich mit dem Ärmel über die Augen. »Wir haben viel nachzuholen.«

5

Duschen und Umziehen im Hotel in Rutland trugen wenig dazu bei, Roses Laune zu heben. Zwei rasch hintereinander getrunkene Martinis zum Essen und ein Kahlúa Mudslide zum Nachtisch nahmen dem Ganzen die Schärfe, doch als Rose und ihre Familie die Rückfahrt nach Manhattan antraten, kochte sie innerlich noch immer vor Wut.

Wie gewöhnlich saß Sheldon am Steuer, und Alex steckte auf dem Rücksitz die Nase in ein Buch.

»Willst du denn gar nichts dazu sagen?«, fragte Rose ihren Mann. »Du starrst schon seit Stunden geradeaus.«

»Was willst du denn von mir hören?« Er wandte sich ihr nicht zu, sah sie nicht einmal an, was sie noch wütender machte.

»Irgendwas. Egal was. Wie wär's mit: ›Mann, das ist echt Scheiße, was deine Mom da abgezogen hat. Wie gut, dass wir ihr Erbe nicht brauchen. Wir können sie einfach zum Teufel schicken, wenn sie da nicht schon ist.‹«

»Rose.« Sheldon seufzte. »Ich hab kapiert, dass du traurig über den Tod deiner Mom bist, und das äußert sich als Wut. Du bist sauer wegen dieses verrückten Plans, den sie da ausgeheckt hat. Und dann der ganze Schlamassel mit der Asche. Es war ein schlimmer Tag.« Er schien seine nächsten Worte sorgfältig abzuwägen. »Ich glaube nur, dass ich dir nicht das sagen kann, was du von mir hören willst ... weil es nicht wahr wäre.«

Rose lachte gackernd. »Das kann doch nicht dein Ernst sein! Das ist ja wohl ein starkes Stück, Sheldon, ehrlich.« Sie wartete auf seine Reaktion, doch er saß ganz still auf dem Fahrersitz, bewegte sich nur, um das Auto durch die Kurven des Highways zu steuern. Rose spürte, wie eine Erkenntnis in ihren alkoholbetäubten Verstand kroch, die Art von Erkenntnis mit lebensverändernder Tragweite.

»Sheldon.« Rose richtete sich auf. »Was meinst du damit, dass ›es nicht wahr wäre‹?«

»Wenn wir ganz ehrlich sein wollen, brauchen wir dieses Erbe. Wir brauchen es dringend.«

»Wie bitte?« Rose sackte der Unterkiefer herunter, aber sie war zu schockiert, um den Mund zu schließen oder darüber nachzudenken, was sie sagen könnte.

»Es ist fast drei Jahre her, dass die Bank Pleite gegangen ist. Wir haben bereits einen Großteil unserer Ersparnisse aufgebraucht. Mein Arbeitslosengeld ist schon vor langer Zeit ausgelaufen. Die gelegentlichen Berateraufträge decken nicht alle Ausgaben. Die Hypothek bringt uns um, und wir können die Eigentumswohnung nicht abstoßen, weil sie überschuldet ist. Die Investitionen haben sich teilweise ausgezahlt, aber es war nicht genug, um die Verluste zu decken, und ein hoher Prozentsatz ging mit der Firma verloren. Ich habe an Wertpapieren verkauft, was ich konnte, um die laufenden Rechnungen zu bezahlen – das Kindermädchen, die Haushälterin, Kreditkarten, Schulgebühren.« Sheldon rasselte das alles herunter, als kreiste es ständig in seinem Kopf. »Auf jede freie Stelle kommen da draußen zehn, zwanzig Kerle wie ich, und niemand will was mit mir zu tun haben, sobald er erfährt, wo ich gearbeitet habe und wie hoch oben auf der Leiter ich war. Uns gehen einfach die Möglichkeiten aus.«

»Warum hast du nie mit mir darüber gesprochen? Findest du nicht, dass ich darüber Bescheid wissen sollte?«

»Du hast dich nie für unsere Finanzen interessiert, und ich war mir nicht sicher, ob du es hören wolltest. Und«, fügte Sheldon leiser hinzu, »ich hoffte, die Situation würde sich bald bessern.«

Rose bemühte sich, die Informationen zu verarbeiten. »Wie viel ist von unseren Ersparnissen übrig?«

»Noch genug für ein paar Monate, vielleicht sechs, wenn wir alle Extras streichen. So viel, dass du über den Sommer nach Mill River gehen und alles Nötige tun kannst, damit du deinen Anteil am Erbe deiner Mom bekommst.«

»So schlimm kann es doch nicht sein, Sheldon.«

»Ist es aber.«

Rose biss die Zähne zusammen. Ihr wurde übel bei dem Gedanken, in einem winzigen Haus zu leben, umgeben von lauter Landpomeranzen. Diesem Hinterwäldlerkaff zu entkommen, war der Hauptgrund gewesen, warum sie nach New York gezogen war. »Und wenn ich es tue? Was passiert mit dir und Alex?«

»Ich werde weiter nach Arbeit suchen und Beratungsaufträge annehmen. Alex muss mit dir nach Vermont. Wir können es uns nicht leisten, ihn ins Sommerlager zu schicken oder Clara den Sommer über zu behalten. Während ich arbeite, wenn auch nur gelegentlich, musst du dich um ihn kümmern. Was bedeutet«, fuhr Sheldon fort und senkte die Stimme zu einem strengen Flüstern, »dass du die Finger vom Alkohol lassen musst.«

»Ist gut, Mom«, warf Alex ein. »Ich werd dir keinen Ärger machen. Ich bin fast zehn. Ich kann auf mich selbst aufpassen.«

Die Stimme ihres Sohnes zu hören, besänftigte Rose. Sie drehte sich um und sah Alex an. Er lächelte hoffnungsvoll. Unwillkürlich erwiderte sie das Lächeln ein wenig, bevor ihr Gesichtsausdruck wieder finster wurde. Rose wandte sich ab und seufzte. Sie lehnte sich auf ihrem Sitz zurück, versuchte die pochenden Kopfschmerzen zu ignorieren und die Gedanken an den Sommer zu verdrängen, der vor ihr lag und der mit Sicherheit schrecklich werden würde.

Auf der langen Rückreise von Vermont nach Kalifornien erinnerte Emily sich daran, wie sehr es ihr zuwider war, an einem

Ort festzusitzen. Während des sechsstündigen Flugs von Boston nach San Francisco saß sie eingeklemmt auf dem mittleren Sitz. Zu ihrer Linken schlief ein Mann mit dem Kopf ans Fenster gelehnt. Der arme Kerl schnarchte immer lauter, bis er von seinem eigenen Grunzen aufwachte und alles von vorne begann.

Die winzige Frau mit dem geflochtenen grauen Haar und der Halbbrille zu ihrer Rechten strickte fieberhaft. Das Klicken ihrer Nadeln, zusammen mit dem Schnarchen, machte Emily fast wahnsinnig.

Mit geschlossenen Augen dachte Emily über die Vorbereitungen nach, die sie treffen musste. Mit ihrem momentanen Job dürfte sie bis Ende Mai, Anfang Juni fertig sein, was vom Timing her ideal war. Da der Plan ihrer Mutter purer Wahnsinn war, ließ sich nicht absehen, was passieren würde oder wie lange sie in Mill River bleiben musste. Sie würde Ende Juni mit dem Auto nach Vermont fahren, statt zu fliegen. *Wenn ich's mir recht überlege*, dachte Emily, *sollte ich vielleicht alles zusammenpacken und mitnehmen.* Ihre paar Möbelstücke konnte sie entsorgen, alles andere würde in ihr Auto passen. Sie mochte es, nicht durch materiellen Besitz gebunden oder belastet zu sein. Sie konnte jederzeit aufbrechen und weiterziehen.

Obwohl ihr die Vorstellung nicht behagte, neben Rose zu wohnen, wusste sie, dass ihre Schwester in Mill River viel unglücklicher sein würde als sie. Falls Rose sich den Wünschen ihrer Mutter fügte, würde sich Emily nicht entgehen lassen, wie Rose ihr schickes Stadtleben hinter sich ließ, um in dem »Kuhkaff« zu versauern, wie sie Mill River nannte.

Emily erkannte, dass Schadenfreude nicht der eigentliche Grund war, den Plan ihrer Mutter zu befolgen. Vor allem wollte sie die Wünsche ihrer Mutter würdigen, Respekt und Dankbarkeit für alles zeigen, was sie getan hatte. Sie würde sich aufrichtig bemühen, zu tun, was ihre Mutter verlangt hatte, egal wie unangenehm es für sie werden könnte.

Außerdem war Emily es leid, wie ein Geist zu leben. Seit dem entsetzlichen Unfall vor vielen Jahren hatte sie sich von einer Stadt zur nächsten treiben lassen, von einer gescheiterten Beziehung in die nächste. Zuerst war sie nach Pittsburgh gezogen, dann nach Chicago. Sie hatte die *Windy City* für San Francisco verlassen, wo sie seither lebte. Sie mochte die Stadt und ihre zahllosen Viertel. Das Wetter dort war gut – nie zu heiß oder zu kalt. Für jemanden mit ihren Fähigkeiten gab es genug Arbeit. Außerdem blieb vom Land nichts mehr übrig, abgesehen von einem Umzug nach Alaska oder Hawaii. Sie war am Rand angekommen, weiter nach Westen ging es nicht.

Trotzdem kam sie allmählich zu der Erkenntnis, dass sie nicht mehr allein sein wollte. Statt anonym in der Menge der Stadtbewohner zu verschwinden, wollte sie irgendwo *leben* und nicht nur als Unbekannte in der breiten Masse existieren. Nachdem sie sich jahrelang auf Versager eingelassen und Tausende Meilen von den wenigen Menschen entfernt gelebt hatte, die ihr nahestanden, sehnte sie sich nach echter Gemeinschaft. Sie brauchte wieder eine *Bindung* – an Menschen, an einen kleineren, vertrauten Ort, an dem sie sich nicht verloren fühlen würde.

Falls dieser Ort Mill River sein sollte, mit all seinen guten und auch schmerzhaften Erinnerungen, würde sie es akzeptieren müssen.

Vielleicht hatte ihre Mutter gewusst, was sie tat.

Vielleicht auch nicht.

Die Gedanken an ihre Sommerpläne hatten Emily vorübergehend vom Tod ihrer Mutter abgelenkt. Die Realität holte sie wieder ein und brachte tiefe Traurigkeit mit sich. Ihre Mutter fehlte ihr schrecklich. Sogar das Nörgeln und die Vorhaltungen über die verfahrene Situation mit Rose fehlten ihr, die Anrufe um vier Uhr morgens, wenn ihre Mutter sich meldete und dabei den Zeitunterschied vergaß. Was würde sie nicht dafür geben, wieder einen dieser Anrufe zu bekommen.

Der Mann neben ihr schnarchte laut und bewegte sich im Sitz. Emily konnte sein Gesicht nicht ganz sehen, doch seine Haarfarbe und das Profil erinnerten sie ein wenig an Sam Kiper, einen Typen, mit dem sie vor Jahren in Pittsburgh zusammen gewesen war. Sam war ihre erste Beziehung nach dem Unfall, und am Anfang hatte sie sich große Hoffnungen gemacht. Doch allmählich hatten ihr gewisse Eigenschaften zu denken gegeben. Sam hatte kein Problem damit, einen Job auf der mittleren Managementebene zu halten, doch er war zu faul, weiter aufsteigen zu wollen. Er hatte einen trockenen Humor, mit Neigung zur Gemeinheit. Für Kinder oder Tiere hatte er nichts übrig. Und nichts, was Emily tat, flößte seiner Persönlichkeit auch nur die geringste Energie oder Wärme ein.

Auf Sam war Riley Woodson in Chicago gefolgt, ein junger Börsenmakler an der Mercantile Exchange, voll von der hektischen Energie und dem Ehrgeiz, die Sam gefehlt hatten. Riley jedoch hatte zwei linke Hände. Als sie zum ersten Mal in sein Reihenhaus in Lincoln Park kam, gestand er ihr, dass er noch nie auch nur einen Hammer in die Hand genommen hatte. So sehr sie ihm gefiel, wenn sie nackt war, sobald sie ihren Arbeitsoverall und den Werkzeuggürtel anlegte, runzelte er jedes Mal die Stirn.

In San Francisco hatte sie gelegentlich ein Date gehabt, aber es war nichts Ernsthaftes dabei herausgekommen. Vielleicht hatte sie zu viel Angst, um sich wieder richtig auf jemanden einzulassen. Vielleicht war sie die Versuche leid, die Fehler ihrer Dates auszugleichen, die Männer zu einem idealen Partner zu formen.

Dieser ideale Partner existierte nicht mehr.

Sie war lange einsam gewesen. Über die Jahre war ihre Mutter stets da gewesen, hatte sie ermutigt, ihr liebevoll zugehört. Ihre Mutter war der einzige Mensch, der wirklich verstand, welchen Verlust ihr der Unfall zugefügt hatte und wie schwierig es war, die Fragmente eines zerbrochenen Lebens wieder zusammenzufügen. Tränen rannen ihr aus den geschlossenen Augen langsam über das Gesicht. Das Klicken der Nadeln neben ihr verstummte. Emily öffnete die Augen und sah, dass die Frau mit dem Zopf sie besorgt anschaute.

»Ich weiß, es geht mich nichts an«, sagte die Frau, »aber ist alles in Ordnung mit Ihnen?«

Emily wischte die Tränen von ihren Wangen und nickte. »Meine Mutter ist letzte Woche gestorben, und ich bin auf dem Heimweg von ihrer Gedenkfeier.« Sie war erstaunt, dass ihr die Worte so leicht über die Lippen kamen.

»Das tut mir leid.« Der Gesichtsausdruck der Frau ging von Besorgnis in Mitleid über. »Sieht aus, als hätten Sie sie sehr geliebt. Ich habe selbst drei Töchter, daher weiß ich, dass die Bindung zwischen Mutter und Tochter etwas Besonderes ist. Natürlich stehen sich meine Kinder auch als Schwestern nahe. Ich bin froh, dass sie einander haben werden, wenn ich einmal nicht mehr bin. Haben Sie Geschwister?«

»Ich habe eine Schwester«, antwortete Emily. Sie fragte sich allmählich, ob ihre Mutter diese Frau irgendwie auf dem Sitz neben ihr platziert hatte.

»Na ja, dann haben Sie wenigstens einander. Das und die Zeit werden alles besser machen«, sagte die Frau. Emily brachte ein schwaches Lächeln zustande und war froh, als die Frau ihr Strickzeug wieder aufnahm.

Vielleicht wird die Zeit ja helfen, dachte Emily. Der Sommer würde für sie der Anfang eines neuen Lebensabschnitts werden. Sie würde ihre Mutter ehren, indem sie zu tun versuchte, worum sie sie gebeten hatte. Wieder Zeit mit Tante Ivy zu verbringen, würde wunderbar sein. Und falls Rose auftauchte, dann würde man eben schauen, was passierte – obwohl es sich bestimmt lohnen würde, zu sehen, wie ihre mit einer Wohnung an der Park Avenue gesegnete Schwester in dem alten kleinen Haus der Johnsons zurechtkam.

6

1983

Für Josie verging die erste Woche in der Bücherstube nur langsam. Die Tage verschwammen ineinander, während sie auf die Mädchen aufpasste und sich bemühte, Ivys Rat zu befolgen, ihre Gefühle nicht zu unterdrücken. Josie merkte, dass es ihr etwas besser ging, wenn sie mit ihrer Tante im vorderen Raum blieb, die Kunden mit betreute und Rose und Emily beim Spielen in der Kinderecke zuhörte. Es hatte etwas vom normalen Leben und verschaffte ihr genug Ablenkung, um ihre Trauer im Zaum zu halten.

Josie klammerte sich an dieses kleine bisschen Normalität, als sie zwei Tage vor Weihnachten oben im Badezimmer stand und sich zum Ausgehen fertig machte. Sie hatte sich Locken gedreht und sogar ein wenig Make-up aufgetragen. Der Lippenstift verlieh ihrem bleichen Gesicht etwas Farbe, und der Abdeckstift unter den Augen verbarg wunderbarerweise die dunklen Ringe und Schwellungen vom unruhigen Schlaf und dem ständigen Weinen. Ihr kam es wie eine Ewigkeit vor, seit sie sich zum letzten Mal besondere Mühe mit ihrem Aussehen gegeben hatte. Ivy war jedoch fest entschlossen, sie und die Mädchen am heutigen Abend mit zu Mill Rivers jährlichem Festessen zu nehmen. Als Josie sich im Spiegel betrachtete, stellte sie erstaunt fest, dass sie sich so zurechtgemacht tatsächlich ein bisschen besser fühlte.

Rose und Emily waren bereits mit neuen Samtkleidern herausgeputzt, passend in Rot und Grün. Sie hatte viel Geld ausgegeben, als sie sie bei einer Einkaufstour nach Rutland am Tag zuvor gekauft hatte. Die beiden hatten auch neue schwarze Lackschuhe bekommen. Wie sie entdeckt hatten, klapperten die Schuhe auf dem Hartholzboden des Speichers laut. Schon bald stampften die Mädchen auf, kicherten und jagten einander von einem Ende des Raums zum anderen.

»Was ist denn das für ein Krawall?«, rief Ivy aus der Küche. »Seid ihr bald fertig?«

»Wir kommen gleich runter«, rief Josie zurück. Sie verteilte Haarspray über ihre Locken und verließ das Badezimmer.

In der Küche nahm Ivy eine große Auflaufform aus dem Ofen.

»Das riecht ja köstlich«, sagte Josie. »Was hast du da gemacht?«

»Meinen berühmten Hühnerauflauf«, erwiderte Ivy. »Der kommt immer gut an. Ist so ähnlich wie Hähnchen à la King, aber ich gebe die Füllung direkt in eine Auflaufform statt auf einen Teig und lege dann selbstgemachte Buttermilchbrötchen zum Überbacken obendrauf. Hab schon vor Jahren gelernt, wie man sie macht, als deine Mom und ich in Nashville aufwuchsen. Thomas war ganz wild darauf. Hier gibt's auch Leute, die wirklich gut kochen können, doch ich habe nie so gute Buttermilchbrötchen bekommen wie im Süden.« Ivy breitete Alufolie über den dampfenden Auflauf und drückte sie an den Rändern fest.

»Sieht wunderbar aus.« Josie fragte sich, wer wohl Thomas sein mochte, beschloss aber, dass jetzt nicht der richtige Zeitpunkt war, danach zu fragen. »Solche Brötchen hab ich bisher nur bei Kentucky Fried Chicken gegessen.«

Ivy lachte. »Colonel Sanders kriegt sie ganz anständig hin, aber die sind nicht so gut wie meine.« Vorsichtig stellte sie die Auflaufform in eine Leinentragetasche. »Also los. Bis zum Rathaus sind es nur zwei Blocks, daher haben wir es nicht weit.«

Josie schaute wiederholt über ihre Schulter, während sie den Bürgersteig entlanggingen. Jedes Mal sah sie nur gemütliche kleine Häuser und Geschäfte, überflutet vom Licht der Straßenlaternen und der Weihnachtsdekoration. Die kalte Luft roch nach Schnee und Fichten, mit einem leichten Hauch von Holzrauch statt Abgasen. Als sie die Hauptstraße erreichten, blickte sie hoch und entdeckte eine große, weiße Villa auf einem Hügel über der Stadt.

»Das alte Haus steht da schon länger, als ich hier bin. Kommt einem fast so vor, als wachte es über uns, nicht wahr?«, fragte Ivy, die Josies Blick gefolgt war. »Ich weiß, dass es dich nervös macht, draußen zu sein, aber du brauchst dir keine Sorgen mehr zu machen. Niemand ist dir aus New York hierher gefolgt, und nur die Polizisten und das Beerdigungsinstitut wissen, wo du bist. Du wirst vermutlich eine Weile brauchen, es zu glauben, aber ihr seid jetzt in Sicherheit.«

Sie erreichten das weiße Rathaus. Josie hielt für Ivy und die Mädchen die Tür auf und lächelte über das Bild, das sich ihr bot. Der große Versammlungsraum war bereits voller Menschen. Girlanden und Lichterketten schmückten die holzgetäfelten Wände, und weiße Papierschneeflocken hingen von den grob behauenen, freiliegenden Deckenbalken herab. Aus einem Kassettenrekorder auf einem Seitentisch ertönten traditionelle Weihnachtslieder. Der Raum war vollgestellt mit Tischreihen und Stühlen, und mehrere lange Tische an der hinteren Wand trugen abgedeckte Schüsseln und Formen. Ivy ging darauf zu, um ihren Auflauf abzustellen, während Josie die Mädchen an die Hand nahm und nach Plätzen suchte.

Ihre Tante kannte nahezu jeden in der Stadt. Beim Essen machte Ivy sie auf mehr Menschen aufmerksam oder stellte sie ihr vor, als Josie je im Gedächtnis behalten konnte. Als es Zeit für den Nachtisch war, sah Josie zu, wie sich Ivy durch die Menge einen Weg vom Büfett zurück zu ihnen bahnte. Ihre Tante reichte jedem der Mädchen einen hübsch verzierten Lebkuchenmann und stellte ein Stück Kuchen vor Josie. »Ich habe schon von diesem Kirschkuchen gehört«, sagte Ivy und betrachtete das Stück, das sie für sich mitgebracht hatte. »Der neue Polizeibeamte, den sie gerade eingestellt haben, wie heißt er noch? Joe Fitzgerald? Seine Frau hat den Kuchen gebacken. Die Leute schwärmen regelrecht davon.« Sie setzte sich, nahm ihre Gabel und schaufelte ein Stück Kuchen in den Mund. »Heiliges Kanonenrohr.« Sie schloss die Augen und kaute langsam. »Probier mal, Josie. Das ist der Hammer, ich sag's dir! Ich muss unbedingt das Rezept haben.«

»Schmeckt phantastisch, nicht wahr?« Die Stimme kam Josie bekannt vor, und als sie aufblickte, sah sie Father O'Brien neben ihrem Tisch stehen. In der einen Hand hielt er einen Teller mit einem großen Stück Kirschkuchen, in der anderen einen Plastiklöffel, den er aufmerksam betrachtete. Als wolle er sich aus seinen Gedanken losreißen, schüttelte er den Kopf und sah mit verlegenem Lächeln auf Ivy hinunter. »Der beste, den ich je gegessen habe, da bin ich mir sicher. Das ist sogar schon mein zweites Stück.«

»Oh! Hallo, Father!«, nuschelte Ivy mit vollem Mund und schluckte rasch. »Haben Sie schon meine Nichte kennengelernt? Das hier sind Josie DiSanti und ihre Töchter Rose und Emily. Sie sind gerade nach Mill River gezogen und werden eine Weile bei mir bleiben.«

Josie sah zu Father O'Brien auf, und er erwiderte ihren Blick mit einer stummen Frage. Wie sie merkte, war er unsicher, ob er preisgeben durfte, dass sie sich bereits begegnet waren.

»Ich habe Father O'Brien schon letzten Samstagabend kennengelernt, als ich spazieren war«, sagte Josie rasch. Sie sah ihm die Erleichterung an. »Ich bin in die Kirche gegangen, um mich aufzuwärmen. Die Tür war offen, und wir haben uns nett unterhalten.« Sie blickte zu Rose und Emily neben sich. »Sagt ihr bitte Hallo?«

»Hallo«, sagte Rose gehorsam. Neugierig musterte das kleine Mädchen Father O'Briens schwarze Soutane und den weißen Kollar, und Josie machte sich auf Fragen gefasst. Emily starrte den

Priester wortlos an und verbarg dann das Gesicht an Josies Hüfte.

»Em ist manchmal etwas schüchtern«, erklärte Josie.

Ivy nahm ihren leeren Teller und stand auf. »Setzen Sie sich doch, Father. Ich habe genug gegessen und wollte mich sowieso Ruth Fitzgerald vorstellen. Ich möchte sie nach dem Rezept für den Kuchen fragen.«

»Danke, Ivy, das ist sehr nett von Ihnen.« Er stellte seinen Kuchen auf den Tisch und setzte sich, während Ivy quer durch den Raum davonging. »Es freut mich, Sie hier zu sehen«, sagte er zu Josie und lächelte sie und die Mädchen an. »Sieht aus, als ginge es Ihnen etwas besser.«

»Ich gebe mir Mühe«, erwiderte Josie. »Eigentlich wollte ich heute Abend nicht herkommen, aber Ivy bestand darauf. Bisher fällt es mir leichter, als ich erwartet hatte. Macht sogar ein wenig Spaß.«

»Sie sollten versuchen, jeden Tag rauszugehen, wenn Sie können. An der frischen Luft zu sein und Menschen kennenzulernen, wird Ihnen guttun. Ich hatte gehofft, Sie hier zu sehen, weil ich etwas für Sie habe.« Father O'Brien griff in seine Tasche, zog einen wattierten, versiegelten Umschlag heraus und reichte ihn ihr. »Ein Weihnachtsgeschenk für Sie und Ihre Töchter.«

»Ein Geschenk?«, fragte Josie. Der Umschlag fühlte sich dick und unförmig an, und sie vernahm ein leises, klirrendes Geräusch, als sie ihn umdrehte. »Für uns?« Sie betrachtete den Umschlag von beiden Seiten, aber es stand nichts drauf. »Father, ich … ich weiß nicht, was ich sagen soll. Ich hätte nie damit gerechnet, dass Sie etwas für uns besorgen würden!«

»Oh. Nun ja, genau genommen ist es nicht von mir, sondern von jemandem aus der Stadt. Jemandem, der anonym bleiben möchte, aber etwas tun wollte, um Ihnen und Ihren Kindern zu helfen. Sie bittet nur darum, dass Sie mit dem Öffnen bis zum Weihnachtsmorgen warten.«

»Was ist da drin?«, fragte Josie.

Father O'Brien verzog den Mund zu einem leichten Lächeln, bevor er ihr antwortete. »Ich bekäme größte Schwierigkeiten, wenn ich es Ihnen sagte.«

Josie musterte ihn. Seine Augen blitzten vergnügt, doch ansonsten gelang es ihm meisterhaft, eine unbewegte Miene beizubehalten. »Na gut«, gab Josie nach. »Ich werde ihn am Weihnachtsmorgen öffnen.«

»Kann ich ihn mal haben, Mommy?«, fragte Rose und streckte die Hand aus, doch Josie verstaute den Umschlag sorgfältig in ihrer Handtasche.

»Nein, Rosie, wir wissen nicht, was da drin ist, daher wird Mommy ihn in ihrer Handtasche aufbewahren.« Sie wandte sich wieder an den Priester. »Father, würden Sie dieser Person bitte von uns danken? Und ihr sagen, ich sei wirklich gerührt, dass sie an meine Töchter und mich gedacht hat?«

»Selbstverständlich. Das mache ich gern«, sagte er, als Ivy schließlich wieder an den Tisch kam.

Ivys Wangen waren gerötet, und sie war ein wenig außer Atem. »Diese Ruth ist ein Schatz, aber sie will nicht verraten, was in dem Kuchen ist. Ich muss mir etwas anderes ausdenken, um es ihr zu entlocken.«

»Das wird Ihnen sicher gelingen.« Father O'Brien wollte sich gerade daranmachen, seine zweite Kuchenportion zu verzehren, als die Türen zum Rathaus aufgestoßen wurden. Eine als Weihnachtsmann verkleidete Gestalt stapfte in die Versammlungshalle und rief: »Ho, ho, ho! Fröhliche Weihnachten!«

»Der Weihnachtsmann!«, schrie Rose. Schon war die Vierjährige vom Stuhl gerutscht und hüpfte auf und ab. An beiden Seiten ihres Tisches rannten Kinder jeden Alters vorbei. Josie sah, dass der Weihnachtsmann einen großen Sack geöffnet hatte und Zuckerstangen und kleine Päckchen an die Kinder verteilte. »Darf ich auch zu ihm, Mommy? Bitte, darf ich?«

»Geh nur«, erwiderte Josie, und Rose flitzte los. »Versuch auch eins für deine Schwester mitzubringen«, rief sie ihr nach. Es machte Josie glücklich, zu sehen, dass sich Rose so munter wie früher verhielt und nicht wie das klammernde, verschlossene Mädchen, das sie seit Tonys Tod gewesen war.

»Die ist aber gar nicht schüchtern«, bemerkte Father O'Brien.

»Nein. War sie nie.«

»Der Mann im Weihnachtsmannkostüm ist Doc Richardson«, erklärte Father O'Brien, während sie zusahen, wie die Kinder ihre Geschenke bekamen. »Der einzige Arzt in der Stadt, schon seit Jahren. Er ist sehr gut.«

»Er spielt jedes Jahr den Weihnachtsmann für die Kinder hier und im Krankenhaus von Rutland«, fügte Ivy hinzu. »Er ist ein guter Arzt und ein guter Mensch. Alle lieben ihn.«

Josie bemerkte, wie sich bei den letzten Worten leise Schwermut in Ivys Stimme schlich. Als sie aufblickte, erregte der nachdenkliche Ausdruck ihrer Tante ihre Neugier. Josie folgte Ivys Blick durch den Raum zu dem Mann im Weihnachtsmannkostüm, und ihr wurde erneut klar, wie wenig sie über Ivy wusste.

Am Weihnachtsmorgen wurde Josie von Rose wachgerüttelt.

»Mommy! Wach auf, wach auf! Wir müssen nachsehen, ob der Weihnachtsmann da war, Mommy!«

»Schon gut, Rosie, gleich«, sagte Josie. Auf dem breiten Bett machte Emily die Augen auf und streckte sich. Nur einen Moment später schoss auch sie hoch und kreischte: »Der Weihnachtsmann!« Josie brachte die Kinder dazu, ihre Hausschuhe anzuziehen, bevor sie alle nach unten gingen.

Ivy füllte bereits die Kaffeekanne mit Wasser. »Fröhliche Weihnachten!«, rief sie, als sie in die Küche kamen. »Junge, Junge, ihr beiden habt dieses Jahr aber Glück. Der Weihnachtsmann hat euch ein paar tolle Spielsachen unter den Baum gelegt.«

Rose rannte ins Wohnzimmer, Josie folgte mit Emily auf dem Arm und war verblüfft über das, was sie da sah.

Ivys kleiner Weihnachtsbaum war fast vollständig unter Geschenken begraben. In buntes Papier gewickelte Päckchen und mehrere Stofftiere häuften sich um den Tisch, auf dem er stand. Zwei gefüllte Socken hingen an der Tischkante, während kleinere Geschenke und Bücher um den Baum selbst gestapelt waren. Nur die Spitze des winzigen Tannenbaums war noch zu sehen.

Josie hatte solche Angst davor, zu viel von ihren begrenzten Ersparnissen auszugeben, dass sie in der letzten Woche nur wenige Geschenke für die Mädchen und Ivy gekauft hatte. Nichts im Vergleich zu dem, was hier ausgebreitet lag. Sie drehte sich um und funkelte Ivy an.

»Schauen wir mal, was ihr bekommen habt, Kinder.« Ivy zwinkerte Josie zu. »Ich glaube, ich habe da ein paar Emily-Erdbeer-Puppen gesehen!«

»Ich kann es nicht fassen, dass der Weihnachtsmann so viel gebracht hat.« Josie setzte Emily ab, damit sie sich mit Rose die Geschenke ansehen konnte, und fügte dann sehr viel leiser hinzu: »Das hätte der Weihnachtsmann aber nicht tun müssen.«

»Aber er wollte es«, erwiderte Ivy mit gedämpfter Stimme. »Sieht aus, als hätte er auch ein paar Geschenke für dich gebracht.« Lächelnd nahm sie zwei Päckchen vom Tisch und gab sie Josie.

»Das hättest du wirklich nicht tun sollen, Ivy«, flüsterte sie.

»Ach was. Ich wollte euch allen ein schönes Weihnachtsfest bereiten. Ich weiß, wie schwer es dieses Jahr für dich ist, aber du brauchst jedes bisschen Freude, das du kriegen kannst. Schau sie dir an.«

Sie beobachteten die Mädchen eine Weile. Emily betastete selbstvergessen die Spielsachen, während Rose an der Seite saß und die duftenden Emily-Erdbeer-Puppen aus dem Karton zog.

»Du solltest sie öffnen.« Ivy blickte demonstrativ auf die Geschenke in Josies Schoß. Josie seufzte und wickelte das Papier von dem größeren Päckchen. Ein Buch, eine schwere, gebundene Ausgabe von Shakespeares gesammelten Werken. Ein Lesebändchen lag in der Mitte des Buches, und als es sich bei der markierten Seite öffnete, sah Josie eine unterstrichene Textstelle aus *Macbeth*:

> Gib Worte deinem Schmerz. Gram, der nicht spricht,
> presst das beladne Herz, bis dass es bricht.

Sie sah ihre Tante mit Tränen in den Augen an. Ivy griff nach ihrer Hand.

»Wie ich schon sagte. Es ist wichtig, über die Dinge zu reden. Das wird dir in Erinnerung rufen, wie du genesen kannst, und dir helfen, nicht zu vergessen, dass ich für dich da bin. Und es wird dir beim Einschlafen helfen, wenn nötig.« Ivy lachte leise. »Shakespeare ist großartig, aber ich kann nur wenig von ihm lesen, bevor es mich ermüdet. Bei Schlaflosigkeit wirkt er Wunder, weißt du.«

Josie lachte und schüttelte den Kopf. »Vielen Dank, Ivy. Ich … kann dir gar nicht sagen, wie dankbar ich dir für das hier bin. Für alles.«

»Ist schon gut. Jetzt mach das andere auf.«

Das zweite Geschenk war klein, nur eine schmale Schachtel. Josie wickelte das Papier ab und hob den Deckel, unter dem ein goldenes, ovales Medaillon auf einem roten Wattebett zum Vorschein kam.

»Das kann ich nicht annehmen, Ivy. Es ist zu viel«, protestierte Josie, doch Ivy wollte nichts davon hören.

»Nein, ist es nicht, überhaupt nicht. Es hat deiner Urgroßmutter gehört. Sie hat es mir vor Jahren geschenkt, da ich die Ältere ihrer Enkeltöchter war, um es eines Tages an meine älteste Tochter weiterzugeben. Da ich keine Kinder habe, lag es einfach in meiner Kommodenschublade. Es ist ein Familienerbstück und daher etwas, das du bekommen solltest.« Ivy nahm ihr das Medaillon ab und ließ es vorsichtig aufspringen. »Hier drin ist Platz für Fotos der Mädchen. Wenn du es trägst, erinnert es dich daran weiterzumachen, wann immer du traurig bist.«

»Die Mädchen … und du, ihr seid der einzige Grund, wieso ich es bis hierhin geschafft habe«, sagte Josie und umarmte Ivy.

»Mommy?«

Josie drehte sich zu Rose um. »Ja, Süße?«

»Weinst du, weil Daddy dir fehlt?«

Josie atmete tief durch. »Mommy weint, weil sie gleichzeitig glücklich und traurig ist. Glücklich, weil Weihnachten ist und wir alle zusammen sind, und traurig, weil Daddy ihr immer noch sehr fehlt.«

»Mir fehlt Daddy auch«, sagte Rose und verzog das kleine Gesicht. »Ich mag die neuen Spielsachen, aber ich hab mir so gewünscht, dass der Weihnachtsmann mir Daddy bringt.«

»Oh, Süße«, brachte Josie erstickt heraus, »nicht mal der Weihnachtsmann kann Daddy zurückbringen, wie sehr ich es mir auch wünschte.«

»Weißt du«, sagte Ivy zu Rose, »es ist in Ordnung, dass dir dein Daddy fehlt und du weinst, wenn dir danach zumute ist. Aber weißt du noch was? Dein Daddy würde nicht wollen, dass du *heute* traurig bist. Er würde sich wünschen, dass du mit deinen neuen Sachen spielst und an all die schöne Zeit denkst, die du mit ihm verbracht hast.«

»Ganz genau«, bekräftigte Josie. »Heute wird Mommy sich ganz viel Mühe geben, an all den Spaß zu denken, den wir mit Daddy hatten, weil er uns alle sehr lieb hatte, und er würde nicht wollen, dass wir am Weihnachtstag traurig sind.«

Rose sah sie mit bebendem Kinn an. Sie ließ die Puppe fallen, mit der sie gespielt hatte, und legte ihren Kopf in Josies Schoß. »Ich werd mir auch ganz viel Mühe geben, Mommy.«

Nach kurzer Zeit richtete sich Rose auf und fragte aufgeregt: »Mommy, was ist mit dem Umschlag?«

»Welcher Umschlag?«, fragte Ivy.

»Oh.« Josie fiel der mysteriöse Umschlag ein, den Father O'Brien ihr beim Festessen gegeben hatte. »Den hatte ich total vergessen. Wartet mal kurz, ich hole meine Tasche.« Sie hastete durch die Küche und die Treppe hinauf zum Dachboden.

»Er war mir ganz entfallen«, sagte sie, als sie mit dem versiegelten Umschlag zurückkam. »Den hat Father O'Brien mir gegeben. Er sagte, es sei ein Geschenk von jemandem, der anonym bleiben wollte. Ich sollte ihn erst am Weihnachtsmorgen öffnen.«

»Seltsam«, erwiderte Ivy. »Dann schauen wir mal, was drin ist.«

Josie riss den Umschlag auf und griff hinein. Sie zog zwei kleine Schlüssel an einem Ring, eine Visitenkarte und einen handgeschriebenen Brief heraus, entfaltete den Brief und las laut vor.

Liebe Josie,
vor Kurzem habe ich von Ihrer Ankunft in Mill River und dem Grund dafür erfahren. Lassen Sie mich Ihnen zunächst mein Beileid für den Verlust Ihres geliebten Gatten ausdrücken.

Wie ich hörte, ist Ihr Mann bei einem Hausbrand ums Leben gekommen, der auch den größten Teil Ihrer Habe zerstörte. Die diesem Schreiben beiliegenden Schlüssel gehören zum Haus neben dem von Ivy Collard. Es ist ein bescheidenes Haus, jedoch in sehr gutem Zustand. Sollte es Ihnen als geeignetes Heim für Sie und Ihre Töchter zusagen, würde ich mich geehrt fühlen, wenn Sie es, zusammen mit einer bescheidenen Summe zum Kauf neuer Möbel, als Geschenk von mir annehmen.

Die Papiere zur Übertragung der Eigentumsrechte an dem Haus liegen in der Anwaltskanzlei Gasaway in Rutland bereit, deren Adresse Sie auf der beiliegenden Visitenkarte finden. Einen Termin zur

Unterzeichnung der entsprechenden Dokumente können Sie mit der Kanzlei vereinbaren, wann immer es Ihnen passt.

Ich wünsche Ihnen und Ihren Töchtern ein frohes Weihnachtsfest.

Herzliche Grüße,

eine Bewohnerin von Mill River

Blinzelnd starrte Josie auf das Schreiben. *Das kann doch nicht wahr sein*, dachte sie, während sie die Schlüssel immer wieder in der Hand umdrehte.

»Na, da brat mir doch einer …«, setzte Ivy an, aber Josie lief schon durch die Küche. Obwohl sie noch im Schlafanzug war, schlüpfte sie in ihre Stiefel und aus der Seitentür hinaus, ohne ihren Mantel überzuziehen.

Die Bücherstube lag auf einem Eckgrundstück mit nur einem Nachbarhaus, daher pflügte sich Josie durch den Schnee im Vorgarten, bis sie das Haus nebenan erreichte. Es war weiß mit grünen Fensterläden und etwa so groß wie das von Ivy. Ein Maklerschild mit der Aufschrift ZU VERKAUFEN ragte aus dem Schnee am Rand des Rasens.

Der Fußweg zur Eingangstür des Hauses war freigeschaufelt.

Josie ging zur Haustür und steckte einen der Schlüssel ins Schloss. Als sie ihn drehte, öffnete sich das Schloss mit leisem Klicken. Sie atmete tief durch und stieß die Tür auf.

Offensichtlich war jemand hier gewesen und hatte die Heizung angestellt, denn drinnen war es angenehm warm. Der Eingangsbereich öffnete sich nach links zu einem Wohnzimmer, und rechts führte eine Treppe ins Obergeschoss. Josie schlüpfte aus ihren nassen Stiefeln und tappte behutsam über den Wohnzimmerteppich. An der gegenüberliegenden Seite gab es einen Kamin, und eine Tür führte in einen kleinen Raum, der als Büro oder Abstellkammer dienen könnte. Zur Mitte hin ging das Wohnzimmer in einen Essbereich über, der wiederum mit der

Küche verbunden war. Hinter einer Tür unter der Treppe zur Rechten befand sich ein kleines Badezimmer.

Josie ging in den Eingangsbereich zurück und die Treppe hinauf. Der erste Stock war viel kleiner, bestand aus zwei Schlafzimmern, eines größer als das andere, mit einem Badezimmer dazwischen. Das ganze Haus war in neutralen Farbtönen gestrichen, mit Teppichböden ausgelegt, und alles wirkte makellos sauber.

Sie ging die Treppe wieder hinab und durch Wohn- und Esszimmer in die Küche. Durch eine Glasschiebetür erblickte Josie einen hübschen Garten, umgeben von einem weißen Zaun. Die Küche war bereits mit Kühlschrank, Spülmaschine und Herd ausgestattet. *Ist zwar nicht riesig, bietet aber Platz für mehr als einen Po,* dachte sie schmunzelnd. Schließlich öffnete Josie die Tür auf der anderen Seite der Küche und betrat eine kleine Waschküche. Eine neu aussehende Waschmaschine samt Trockner stand dort, und es gab auch einen Spülstein sowie ein eingebautes Bügelbrett. Eine Tür führte von der Waschküche in eine kleine Garage.

Hatte ihr wirklich jemand dieses Haus geschenkt? Es war perfekt. Nicht zu groß, aber ausreichend, solange die Kinder heranwuchsen. Rose und Emily konnten sich das größere Schlafzimmer im ersten Stock teilen, und Josie traten Tränen in die Augen, als sie sich vorstellte, wie die beiden nach Herzenslust im eingezäunten Garten spielten. Ivy war ganz in der Nähe, und sie befanden sich in einer sicheren kleinen Stadt, in der ohne ersichtlichen Grund erstaunliche Dinge geschahen. Josie wurde ein bisschen schwindlig.

Sie stützte sich mit einer Hand an der Wand ab, ging zurück ins Wohnzimmer und entdeckte eine kleine, aufgeklappte Weihnachtskarte auf dem Kaminsims. Darauf stand in derselben Handschrift wie im Brief, den sie gerade gelesen hatte: »Willkommen zu Hause, Josie.«

Josie sank zu Boden. Sie zitterte und weinte, versuchte das alles zu begreifen. *Wer konnte so etwas tun? Wer würde es tun?* Sie fragte sich, ob Tony das alles irgendwie von dort aus bewerkstelligt hatte, wo er jetzt war. Sollte es nicht Tonys Werk sein, dann war der Gedanke, dass eine Fremde ihr ein derartiges Wohlwollen entgegenbrachte, überwältigend.

In dem Moment ging die Haustür auf, und Ivy kam mit Rose und Emily herein.

»Mommy!«, rief Rose, und sie eilten alle auf sie zu.

»Josie, ist alles in Ordnung?«, fragte Ivy. Sie beugte sich vor, die Hände auf die Knie gestützt, während Rose und Emily auf den Schoß ihrer am Boden sitzenden Mutter kletterten.

»Alles okay«, keuchte Josie. »Bin nur ein bisschen überwältigt.«

»Dann ist es wohl wieder passiert, schätze ich.« Ivy schüttelte den Kopf.

»Was ist wieder passiert?«, fragte Josie.

Ivy richtete sich auf. »Die Sache mit den mysteriösen Geschenken, die von Zeit zu Zeit in Mill River geschieht. Wenn jemand aus dem Ort etwas wirklich braucht, dann taucht es einfach auf. Manchmal wird es auch anonym überreicht, so wie das hier.« Ivy lächelte. »Das passiert schon seit Jahren, aber niemand hat bisher herausgefunden, wer dahintersteckt. Inzwischen betrachten die meisten diese Zufallsgeschenke einfach als Teil des normalen Lebens hier.«

Josie antwortete nicht. Ihr fehlten die Worte.

»Dieses Haus ist seit Ewigkeiten auf dem Markt«, fuhr Ivy fort. »Schätze, es hat einfach auf deine Ankunft gewartet.«

»Mommy, wird das unser Haus?«, fragte Rose.

Josie zog ihre Töchter an sich. Sie merkte, dass sich ein neues Gefühl in ihr regte, ein kleiner, beruhigender Funke von irgendetwas. Hoffnung? Optimismus? Vielleicht sogar die aufkeimende Erkenntnis, dass sich alles zum Guten wenden würde? Was auch immer es war, es hatte eingesetzt, weil eine Fremde ihr eine Zuflucht geschenkt hatte. Sie würde von diesem Gefühl zehren, würde es nähren, um ihren Töchtern ein sicheres und glückliches Leben zu ermöglichen. Und selbst wenn sie erwachsen waren, selbst wenn Josie es sich eines Tages leisten konnte, in etwas Größeres oder Neueres zu ziehen, so nahm sie sich jetzt fest vor, würde sie weiter in diesem Haus wohnen, als demütige Erinnerung an das Wunder, das ihr zuteil geworden war.

»Ja, mein Schatz«, antwortete Josie, das Gesicht in die roten und blonden Haare gedrückt. Sie schloss die Augen. »Das ist unser Haus. Es wird immer unser Haus bleiben.«

7

Am frühen Nachmittag des 1. Juli war die Bücherstube gut besucht. Ivy war sich des Datums durchaus bewusst, und sie hatte die Häuser auf der anderen Straßenseite im Auge behalten, um zu sehen, ob Rose und Emily auftauchen würden. Als sie endlich eine freie Minute hatte, machte sie sich ein Glas Eistee, ließ sich auf die Verandaschaukel sinken und hängte ihren Gehstock über die Armlehne. Welch angenehmes Gefühl, aus den Sandalen zu schlüpfen! Sie saß noch dort, hielt ihr leeres Glas in der Hand, döste und summte vor sich hin, als eine männliche Stimme sie ansprach.

»Hallo, Ivy, wie geht es Ihnen?«

Sie öffnete die Augen und sah Kyle Hansen mit seiner Tochter Rowen und Claudia Simon auf die Veranda zukommen.

»Sie haben es aber gemütlich«, sagte Claudia lächelnd.

»Mir geht's gut, ich habe es bequem«, erwiderte Ivy. »Suchen Sie etwas Bestimmtes?«

»Tja, wir sind uns da noch nicht so sicher«, antwortete Kyle. »Rowen hatte letzte Woche Geburtstag, und sie wollte herkommen und schauen, was es Neues gibt.«

»Dad und Clau-, ich meine, Miss Simon, haben mir zwanzig Dollar geschenkt!«, verkündete Rowen. »Jeder zehn Dollar, weil ich zehn Jahre alt geworden bin.«

»Und die brennen ihr ein Loch in die Tasche«, fügte Kyle lachend hinzu.

»Also, das neueste Buch aus der Reihe über griechische Halbgötter, die du so magst, ist gerade erschienen«, sagte Ivy. »Ich habe noch ein paar Exemplare vorrätig. Und es gibt auch andere gute Titel. Schau einfach mal und ruf, wenn du etwas brauchst.«

»Super!«, rief Rowen und öffnete die Eingangstür.

Claudia folgte ihr und drehte sich zu Kyle um. »Kommst du mit rein?«

»Nee.« Kyle setzte sich neben Ivy auf die Schaukel. »Aber lasst euch nur Zeit. Ich warte hier und leiste Ivy so lange Gesellschaft.« Nachdem sie in der Bücherstube verschwunden waren, wandte sich Kyle zu Ivy und grinste. »Frauen und ihre Bücher.«

»Frauen?«, fragte Ivy.

»Frauen. Glauben Sie mir, Rowen ist zehn und geht auf die dreißig zu. Manchmal erschreckt es mich richtig, wie schnell sie groß wird.«

Ivy wurde plötzlich auf eine schnittige BMW-Limousine aufmerksam, die am Randstein auf der anderen Straßenseite parkte, gefolgt von einem gemieteten Umzugswagen, der direkt dahinter anhielt.

»Das sind bestimmt Rose und ihre Familie«, sagte Ivy mehr zu sich als zu Kyle. »Ich *wusste*, sie würde kommen.« Seit der Gedenkfeier hatte sie nur ein Mal von Rose gehört, als diese sich wegen ihrer Bemerkung über die Urne entschuldigte und um eine Kopie von Josies Brief bat. Ihre Großnichte hatte mit keinem Wort angedeutet, dass sie den Sommer in Mill River verbringen würde. Ivy war zufrieden, dass sich ihr Gefühl, Rose würde auftauchen, als richtig erwiesen hatte.

»Das ist Ihre Nichte, stimmt's?«, fragte Kyle. »Ich meine, mich von Josies Gedenkfeier an sie zu erinnern.«

»Großnichte, ja, eine von ihnen«, erwiderte Ivy. »Die andere ist Emily, und die erwarte ich auch jeden Moment hier.«

»Von Fitz habe ich ein wenig darüber gehört … irgendwie hat ihre Mom einen Plan aufgestellt, um sie zu zwingen, wieder miteinander zu reden?«

»Ja.« Ivy blickte zu Josies stillem Haus nebenan. Die Jalousien waren heruntergelassen, und der Rasen musste dringend gemäht werden. Sie hatte sich noch nicht daran gewöhnt, das Haus so unbelebt zu sehen, ohne Anzeichen von Bewohnern. Rasch fasste sie Josies Plan für Kyle zusammen und erklärte ihm, warum die Schwestern die nächsten beiden Monate in Mill River verbringen würden.

»Ziemlich ungewöhnlich«, meinte Kyle. »Ich kann mir nicht vorstellen, wie man zwei Menschen, die einander nicht leiden können, dazu zwingen kann, einander zu mögen. Auch dann nicht, wenn sie verwandt sind. Ehrlich gesagt, sollten Menschen, die nicht miteinander auskommen, besser getrennt bleiben.«

Das Geräusch zuschlagender Auto- und Lastwagentüren hallte über die Straße. Ivy und Kyle sahen zu, wie Sheldon, Rose und Alex nacheinander durch die Tür in das kleine Haus gegenüber der Bücherstube traten. Nach ein paar Minuten kamen sie wieder heraus, Sheldon voran, die kreischende Rose hinterher.

»Sheldon, kapierst du denn nicht, wie schlimm das ist? Dir kann es ja egal sein, weil du die nächsten zwei Monate nicht in einem Schuhkarton ohne Klimaanlage verbringen musst!«

Sheldon bemühte sich offensichtlich, Roses Gezeter zu ignorieren. Er wandte ihr den Rücken zu, schloss den Umzugswagen auf, schob die Rolltür hoch und begann Kartons auszuladen. Obwohl sie es von der anderen Straßenseite aus nicht besonders gut sehen konnte, hätte Ivy schwören können, dass Sheldon zusammenzuckte, als Rose wieder loslegte.

»Ist doch egal, wenn der Umzugswagen morgen abgegeben werden muss! Du könntest wenigstens über Nacht bleiben und trotzdem rechtzeitig wieder dort sein. Schließlich hast du ja keinen Job oder sonst was zu tun.«

Ivy richtete sich ein wenig auf. Roses Bemerkung war besorgniserregend. Wenn das stimmte, könnte es eine Erklärung für ihre Rückkehr sein.

Kyle pfiff leise. »Klingt nach einer glücklichen Familie. Fitz hat mir erzählt, was mit Rose bei der Gedenkfeier passiert ist … Sie wissen schon, das mit der Asche … und ich dachte, er würde übertreiben. Aber jetzt …«

»Hat er nicht. Rose ist eine hitzköpfige Chaotin, so viel ist sicher.«

In dem Moment kamen Claudia und Rowen aus dem Laden, jede mit ein paar Büchern.

»Seid ihr klargekommen?«, fragte Ivy. »Alles gefunden?«

»Oh, absolut«, erwiderte Claudia. »Ich könnte Stunden da drin verbringen.«

»Ich könnte da drin *leben*«, ergänzte Rowen. »Miss Ivy, ich habe das Percy-Jackson-Buch genommen, von dem Sie mir erzählt haben, und das erste von *Gregs Tagebüchern*. Viele von meinen Freunden in der Schule lesen die.«

»Die werden dir bestimmt beide gefallen.« Ivy erhob sich von der Schaukel und schlüpfte wieder in die Sandalen. »Jetzt muss ich noch eben kassieren.«

Nachdem das erledigt war, griff Ivy nach ihrem Gehstock. »Da mein schlimmes Knie heute brav zu sein scheint und ich noch keine Mittagspause gemacht habe, werde ich mal über die Straße gehen und meine Nichte und ihre Familie begrüßen.«

»Ist Alex auch mitgekommen?«, fragte Rowen. »Der Junge, der in Mrs DiSantis Haus war?«

»Yep, ist er«, bestätigte Ivy. »Sieht aus, als würde er den Sommer über mit seiner Mom hierbleiben.«

»Können wir auch hingehen und hallo sagen?« Das kleine Mädchen blickte zu Kyle auf. »Bitte, Dad? Ich wette, der kennt keinen in seinem Alter, aber vielleicht möchte er gerne.«

»Klar, das wäre bestimmt nett«, erwiderte Kyle. »Wir haben sowieso nichts anderes vor.« Er hob die Brauen und flüsterte Ivy zu: »Wie gesagt. Zehn und geht auf die dreißig zu.«

Ivy ging ihnen zum Umzugswagen voraus. Rose kam aus dem Haus und erblickte sie, als sie gerade den Bürgersteig erreichten.

»Hi, Tante Ivy.« Rose trug enge Jeans und ein schwarzes Tanktop. Sie schob ihre Sonnenbrille auf den Kopf und wischte sich Schweiß von der Nase. »Ich hätte bei dir geklopft, sobald alles drinnen ist. Sheldon muss noch heute Abend nach New York zurück.«

»Schon gut, Herzchen. Ich habe gerade Pause gemacht und dachte, ich komm mal rüber.« Ivy küsste Rose auf die Wange und drückte sie fest an sich. »Geht's dir gut? Ich bin froh, dass du beschlossen hast herzukommen. Deine Mom würde sich freuen.«

»Klar.« Rose klang gereizt. Sie senkte die Stimme. »Glaub mir, ich freu mich nicht besonders darüber.«

Ivy unterdrückte ein Lachen. »Ich weiß. Ist wahrscheinlich selbstsüchtig von mir, aber ich bin froh, dich für eine Weile in meiner Nähe zu haben. Und Alex. Ach, erinnerst du dich übrigens an Kyle Hansen, einen unserer Polizeibeamten, und an seine Tochter? Und seine Freundin Claudia Simon? Sie waren gerade in der Bücherstube, als ihr vorgefahren seid. Rowen möchte Alex begrüßen.«

»Und wir möchten Sie auch willkommen heißen.« Claudia streckte Rose die Hand hin. »Ich wohne erst seit kurzer Zeit in Mill River, aber es ist ein wunderschöner Ort.«

Ivy sah, wie Roses Lächeln kurz ins Schwanken geriet, dann aber noch breiter wurde als zuvor. »Ich bin hier aufgewachsen«, teilte sie Claudia mit, »und es hat sich kaum verändert.«

»Claudia wohnt drüben an der Hauptstraße, neben St. John, und Rowen und ich wohnen über der Bäckerei«, sagte Kyle. »Wir sind also ganz in der Nähe, falls Sie irgendwas brauchen.«

»Sehr nett von Ihnen«, erwiderte Rose mit demselben falschen Lächeln. »Mein Sohn ist drinnen und richtet sein Zimmer ein, aber ich sage ihm, dass du nach ihm gefragt hast. Das wird ihn bestimmt freuen.« Sie warf einen flüchtigen Blick auf die Bücher in Rowens Händen. »Alex liest auch gerne, daher habt ihr etwas gemeinsam.«

»Wissen Sie, mir ist aufgefallen, dass Ihr Auto neben einem Hydranten steht«, sagte Kyle. »Ich weiß nicht, wer heute auf Streife ist, aber Fitz ist ziemlich streng mit Leuten, die neben Hydranten oder auf Behindertenparkplätzen parken. Ich würde Ihnen an Ihrem allerersten Tag hier wirklich keinen Strafzettel wünschen. Sie könnten einmal um den Block fahren und auf der anderen Straßenseite parken, zumindest bis der Laster fort ist.«

Rose starrte Kyle einen Moment lang mit zusammengekniffenen Augen an, bevor sie antwortete. »Fitz' Frau war die beste Freundin meiner Mom. Er würde wohl kaum zulassen, dass *mir* jemand einen Strafzettel verpasst, vor allem, wenn ich gerade dabei bin, Sachen reinzutragen. Da fällt mir ein, dass ich noch einiges auspacken muss, bevor mein Mann aufbricht. Würden Sie mich entschuldigen?«

»Natürlich, Schätzchen, geh nur«, sagte Ivy.

»Nett, Sie wiedergesehen zu haben«, fügte Claudia hinzu.

»Gleichfalls.« Rose drückte Ivys Hand, lächelte und verschwand im Haus.

Kaum hatte sich die Tür hinter Rose geschlossen, als ein weiteres Auto an den Randstein fuhr und hupte. Ivy drehte sich um und sah Emily am Steuer ihres alten Kombis.

»Genau zur richtigen Zeit«, sagte sie. »Tja, dann könntet ihr auch noch ein paar Minuten bleiben und meine andere Nichte begrüßen.«

Emilys alter Subaru unterschied sich stark von dem ein Stück weiter parkenden BMW. Der verblichene Silberlack des Impreza war zerschrammt, und der Wagen hatte mehrere Beulen. Der Motor dröhnte so laut, dass man ihn auch noch einige Blocks weiter hörte, und das Auto war mit Kartons und Taschen vollgepackt.

Ein großer Hund mit braunen Schlappohren und braun-weiß geflecktem Fell saß auf dem Beifahrersitz und streckte den Kopf aus dem Seitenfenster.

»Tante Ivy!«, rief Emily, als sie aus dem Wagen stieg. Ihre jüngere Großnichte umarmte sie so stürmisch, dass Ivy sich auf ihren Stock stützen musste, um nicht das Gleichgewicht zu verlieren.

»Ich bin froh, dass du es geschafft hast. Ich hatte mir ein bisschen Sorgen gemacht, weil du so ganz allein mit diesem alten Auto quer durchs Land gefahren bist.«

»Ach was, das Auto ist in Ordnung. Braucht einen neuen Auspuff und vermutlich eine neue Kupplung, aber darum kümmere ich mich, wenn ich erst mal eingezogen bin. Und ich war nicht allein.« Emily öffnete die Beifahrertür und hakte eine Leine an das Halsband des Hundes, bevor er vom Sitz sprang. »Das ist Gus. Gus, das sind meine Tante Ivy und« – sie blickte nacheinander zu allen, die neben ihrer Tante standen – »Kyle, oder? Und Rowen? Und, tut mir leid, ich kann mich nicht an Ihren Namen erinnern, aber Sie waren auch bei der Gedenkfeier meiner Mom, nicht wahr?«, sagte sie zu Claudia und errötete.

»Ich heiße Claudia Simon.«

»Claudia, stimmt! Entschuldigen Sie. Also, ich habe diesen Schlawiner hier vor Jahren in einem Tierheim in Kalifornien gefunden. Die Tierpfleger ließen ihn im Katzenraum, während sie die Käfige sauber machten, und all die neugeborenen Kätzchen krochen auf ihm herum, kletterten auf seinen Kopf, knabberten an seinen Ohren, und er lag nur schwanzwedelnd da und ließ es mit sich geschehen.« Emily kraulte den Hund hinter den Ohren, während sie ihn mit tiefer, gedehnter Stimme ansprach. »Der große Junge hier liebt kleine Kätzchen. Wer würde sich denn nicht in so einen goldigen Welpen verlieben?« Gus jaulte zur Antwort und schlug mit dem Schwanz auf den Boden.

»Oh, darf ich ihn streicheln?«, fragte Rowen.

»Er scheint ja ganz brav zu sein, aber das musst du Emily fragen«, erwiderte Kyle.

»Klar. Lass ihn aber erst an deiner Hand schnuppern, damit er dich ein bisschen kennenlernt.«

Rowen gab Claudia ihre Bücher und näherte sich Gus vorsichtig mit ausgestreckter Hand. Der Hund erhob sich, schnüffelte, leckte dann ihre Hand und senkte den Kopf ein wenig, als sie ihn zu streicheln begann.

»Du hast aber nicht viel mitgebracht«, stellte Ivy fest. »Zumindest im Vergleich zu deiner Schwester.« Mit dem Kinn deutete sie auf Roses Umzugswagen und verdrehte die Augen. »Sie sind gerade vor ein paar Minuten eingetroffen.«

»Ich wusste nicht, ob sie kommen würde«, sagte Emily, »aber der Laster? Das wundert mich nicht.« Sie lehnte sich an den Impreza. »Das ist alles, was ich besitze. Der Mietvertrag für meine Wohnung läuft nächsten Monat aus, und da ich ja eine Weile hier sein werde, hab ich ihn nicht verlängert. Hab einfach alles eingepackt und mitgebracht.«

»Wie wär's, wenn Claudia und ich Ihnen helfen, die Sachen reinzutragen?«, fragte Kyle, nachdem kurz Schweigen eingetreten war. »Da Sie ja nur das Auto vollgeladen haben, dürften wir es zu dritt rasch schaffen.«

Ivy sah, wie Claudias Augen sich kurz weiteten, als sie zu Kyle aufblickte. »Äh, ja«, stimmte Claudia rasch zu. »Vielleicht kann Rowen auf Gus aufpassen, während wir ausladen?«

»Das wär super! Darf ich?«

»Wow, vielen Dank. Gus kommt hier schon eine Weile klar. Ich binde seine Leine an den Seitenspiegel, damit er nicht wegläuft, aber das würde er sowieso nicht tun.« Emily sah lächelnd zu Rowen hinunter. »Er lässt sich gern am Bauch kraulen, weißt du?«

Als wäre er dem Gespräch gefolgt, jaulte Gus, ließ sich zu Boden plumpsen und rollte sich auf den Rücken.

Ivy stieß ein lautes Schnauben aus, während sie mit den anderen lachte. »Kluges Kerlchen«, sagte sie. »Ich muss wieder rüber. Du kommst aber noch bei mir vorbei, nachdem du dich eingerichtet hast, nicht wahr, Em?«

»Na klar.« Emily küsste Ivy auf die Wange. »Macht's dir was aus, wenn ich Gus mitbringe?«

»Nö. Nicht wenn er stubenrein ist.« Ivy überquerte die Straße. »Bis später«, rief sie ihnen zu.

Bereitwillig trug Claudia mehrere Ladungen Kleidungsstücke und Kartons in Emilys Haus. Bald befand sich im Auto nur noch eine große, flache Holzkiste mit der Aufschrift ZERBRECHLICH. Claudia hatte keine Ahnung, was sie enthielt, und sie sah, wie Emily sich abmühte, die Kiste aus dem Kofferraum zu ziehen und das eine Ende auf den Boden herabzusenken.

»Das sollte man wohl lieber zu zweit machen.« Kyle eilte zu ihr, packte eine Seite der Kiste und hievte sie zusammen mit Emily mühsam hoch.

»Ich kann auch helfen«, bot Claudia an, doch Kyle schüttelte den Kopf.

»Nee, wir haben sie. Die ist so breit, dass man zu dritt nicht mehr durch die Tür kommen würde.« Claudia versteifte sich, eine automatische Reaktion auf die Bemerkung, die sie früher als Beleidigung empfunden hätte. *Aber jetzt nicht mehr.* Kyle und Emily manövrierten die Kiste über die Eingangsstufen ins Haus. Erst nach ein paar Minuten tauchten sie wieder auf.

»Na, das hat doch ganz gut geklappt.« Kyle wischte sich den Schweiß von der Stirn.

»Kyle?«, rief Ivy von der anderen Straßenseite. Ein Lieferwagen von UPS fuhr gerade von ihrem Haus weg, und auf der Veranda stand ein Stapel neu gelieferter Kartons. »Wie ich sehe, sind Sie ins Transportgeschäft eingestiegen. Würde es Ihnen etwas ausmachen, einer alten Frau bei ein paar schweren Kartons zu helfen?«

»So kommt man vom Regen in die Traufe.« Kyle lächelte gutmütig. »Kein Problem, Miss Ivy«, rief er zurück. »Bin gleich wieder da«, versicherte er Claudia, bevor er über die Straße lief.

Claudia sah ihm nach und schaute dann zu Rowen, die im Gras neben Emilys Auto saß, mit Gus' Kopf auf dem Schoß. »Wow«, sagte sie zu Emily, »sieht aus, als hätte er eine neue beste Freundin gefunden.«

»Ja, ich glaube, Gus ist noch nie einem Kind begegnet, das er nicht mochte«, stimmte Emily zu.

Claudia lächelte. Sie wusste nicht recht, was sie noch sagen sollte. Und das nicht nur, weil sie Emily kaum kannte. Sie war eingeschüchtert, weil Emily so bemerkenswert aussah. Selbst mit dem zerzausten Knoten aus roten Locken, ungeschminkt und mit der von der langen Fahrt zerknitterten, fleckigen Kleidung war Emily bei weitem die bestaussehende Frau, der Claudia je begegnet war.

Und doch wirkte sie freundlich und bodenständig, jedenfalls viel mehr als ihre Schwester. *Neu in der Stadt zu sein, war nicht leicht*, dachte Claudia. *Ob ich ihr irgendwie helfen kann, sich hier willkommen zu fühlen?*

»Sie kennen also niemanden sonst in Mill River?«, fragte sie. »Außer Ivy und Ihrer Schwester, meine ich. Ich wohne auch erst seit einem knappen Jahr hier, aber sobald Sie sich eingerichtet haben, stelle ich Ihnen gerne ein paar von meinen Freunden vor.«

Emily strahlte, doch bevor sie antworten konnte, kam Rose aus ihrem Haus gestürmt. Obwohl Claudia das Gefühl hatte, als habe Emilys Schwester einen Blick in ihre Richtung geworfen, nahm Rose ansonsten keinerlei Notiz von ihnen. Stattdessen strebte sie entschlossen auf ihren BMW zu, ließ ihn an und parkte ihn nach einer raschen Wende auf der anderen Straßenseite. Dann stieg sie aus der Limousine, wiederum ohne auf Claudia und Emily zu achten, überquerte die Straße und kletterte auf den Fahrersitz des Umzugswagens.

»Was zum Teufel?«, murmelte Emily. Wie als Antwort auf ihre Frage sprang der Motor des Lasters dröhnend an, und die roten Bremslichter leuchteten auf.

Gus zuckte zusammen, erhob sich und zog Rowen mit sich.

»Rowen, Schätzchen, komm hier rüber, weg von dem Laster.« Claudia streckte die Hand aus, als Kyles Tochter und Emilys Hund zu ihr kamen.

»Sie wird doch wohl nicht versuchen, das Ding zu fahren?«, fragte Emily.

Prompt begann sich der Laster zu bewegen. Statt näher zu Roses Haus zu rollen, setzte er zurück und krachte gegen Emilys Subaru.

Der laute Knall hallte in der gesamten Straße wider.

»Mein Auto!«, rief Emily.

Claudia zog Rowen an sich. Der Laster ruckelte vorwärts, bis er in einigem Abstand von dem silberfarbenen Kombi zum Stehen kam. Kurz darauf wurde der Motor abgestellt, und Rose ging genervt um den Laster herum. Emily überprüfte bereits die Motorhaube des Impreza.

»Hör zu, es tut mir leid«, setzte Rose an. »Einige von den Sachen, die wir mitgebracht haben, passen nicht ins Haus, und ich wollte den Laster nur etwas näher heranfahren, damit er leichter zu beladen ist.«

»Und darum hast du den *Rückwärtsgang* eingelegt? Ich fasse es nicht. Wir sind noch keinen ganzen Tag hier, und schon demolierst du mein Auto?«

»Was heißt ›demolieren‹? Ich habe doch nur deine Stoßstange angetippt, mehr nicht.«

Emily blieb der Mund offen stehen. »Angetippt? Siehst du das hier nicht?« Sie deutete nach unten. »Die Stoßstange ist vollkommen eingedrückt, und der Kühlergrill hat Sprünge. Ich weiß nicht, was die Reparatur kosten wird, aber ich erwarte von dir, dass du die Rechnung zahlst.«

»Von mir aus.« Rose verdrehte die Augen und schnaubte. »Ehrlich, ich kann gar nicht glauben, dass du immer noch so eine Schrottkarre fährst. Aber da sie schon so viele Beulen und Kratzer hat, wieso regst du dich wegen ein paar mehr so auf?« Sie griff in die Tasche ihrer engen Jeans und zog ein gefaltetes Geldbündel heraus. »Hier«, sagte sie, löste ein paar Scheine aus dem Bündel und reichte sie Emily. »Das sollte auf jeden Fall reichen, um zu reparieren, was angeblich beschädigt wurde. Ehrlich gesagt, weiß ich nicht, ob die Stoßstange und der Kühlergrill nicht schon vorher so waren.«

»Ich hab gerade gesehen, wie du da reingekracht bist!«, brüllte Emily. »Und Claudia hat es auch gesehen, nicht wahr?«

Emily wirbelte herum, suchte Bestätigung, und Claudia nickte rasch.

»Diese zweihundert Dollar decken nicht mal den Eigenanteil ab«, fuhr Emily fort. Sie trat einen weiteren Schritt auf Rose zu und wedelte mit den Geldscheinen. Ihre Stimme wurde lauter. »Vielleicht sollte ich die Polizei rufen und Anzeige erstatten. Und sie anweisen, auch gleich einen Alkoholtest zu machen, wenn sie schon da ist.«

Claudia hatte den Eindruck, als erschauerte Rose leicht unter Emilys Drohung.

»Hoppla, was ist denn hier los?«

Claudia war erleichtert, Kyles Stimme zu hören, und sie wurde ruhiger, als sie ihn über die Straße kommen sah. Erst jetzt blickte sie sich um und bemerkte die zahlreichen Zuschauer, die Roses und Emilys lautstarken Streit aufmerksam verfolgten. Ruth Fitzgerald und Ivy standen auf der Vorderveranda der Bücherstube, zusammen mit mehreren Leuten, die Claudia nicht kannte. Auf dem Bürgersteig, ein Stück entfernt, starrten Daisy Delaine und ihr kleiner grauer Hund in ihre Richtung. Zwei Kinder auf Fahrrädern waren am Randstein stehen geblieben, und der Postbote ließ sich Zeit beim Hinaufsteigen der Stufen zu einem Haus zwei

Türen weiter. Er hatte den Hals gereckt, um mitzubekommen, was passierte.

»Sie ist rückwärts gegen mein Auto geknallt«, berichtete Emily, als Kyle zu ihnen trat. »Ich bin froh, dass Sie hier sind, weil ich gedenke, Anzeige ...«

»Emily, Rose und mir tut der Schaden an deinem Auto sehr leid.« Sheldon war plötzlich aufgetaucht und stellte sich vor Rose. »Ich hab vom Haus aus gesehen, wie es passiert ist. Rose wollte den Laster ein Stück vorfahren, weil ich sie darum gebeten hatte, und sie kam wahrscheinlich mit der Gangschaltung nicht klar. Ich bin sicher, dass sie dein Auto nicht anfahren wollte.«

Sheldons beschwichtigender, versöhnlicher Ton überrumpelte Emily. Sie beruhigte sich und hörte ihm zu.

»Natürlich werden wir die nötigen Reparaturen bezahlen«, fuhr Sheldon fort, und Claudia bemerkte, dass er ein schwarzes Scheckheft in der Hand hielt. »Wenn du mir sagen kannst, wie hoch der Eigenanteil deiner Versicherung ist, stelle ich dir dafür gleich einen Scheck aus. Und sobald du einen Kostenvoranschlag eingeholt hast, lass es mich wissen, falls es noch einen Restbetrag über den Eigenanteil hinaus gibt. Dann komme ich auch dafür auf. Wäre das in Ordnung?« Sheldon nahm eine Visitenkarte aus der Scheckhefthülle und reichte sie Emily. »Hier sind meine Kontaktdaten.«

Claudia war überrascht, wie schnell sich die Spannung auflöste.

»Nun ja, ich denke schon.« Emily nahm die Visitenkarte von Sheldon entgegen. »Wegen des Eigenanteils muss ich in meinen Versicherungsunterlagen nachschauen. Wenn du kurz mit zu mir kommen würdest, könnte ich es raussuchen.«

»Dann ist ja wohl alles geregelt«, sagte Kyle.

Diese Feststellung war für alle ein Hinweis, dass die Show vorbei war. Die Kinder auf den Fahrrädern stießen sich vom Randstein ab und traten in die Pedale. Daisy und ihr kleiner

Hund setzten ihren Spaziergang fort, und die Leute bei der Bücherstube schmökerten weiter. Der Briefträger ging vorbei und nickte Claudia zu, als sei nichts Ungewöhnliches passiert.

Claudia sah Rose in ihrem Haus verschwinden, während Sheldon mit zu Emily ging. Sie konnte sich nicht vorstellen, was die Beziehung der beiden Schwestern so vergiftet hatte, doch Roses höhnischer Umgang mit ihrer jüngeren Schwester war abscheulich. Claudia erinnerte sich noch gut, wie es war, mies behandelt zu werden, und Emily tat ihr leid.

Sobald das Theater auf der anderen Straßenseite beendet war und die letzten Kunden die Bücherstube verlassen hatten, machte sich Ivy ein weiteres Glas Eistee und nahm ihren Platz auf der Verandaschaukel wieder ein. Sie sah, wie Sheldon aus Roses Haus herauskam, ein paar Kartons zurück in den Umzugswagen lud, einstieg und davonfuhr. Rose parkte den BMW wieder vor dem Haus, wo der Umzugswagen gestanden hatte. Danach wurde alles ruhig. Da waren nur die beiden Häuser, Seite an Seite. Die beiden Autos, die davorstanden, der glänzende BMW und der schäbige Subaru, wie Aschenbrödel und seine hässliche Stiefschwester. Und die beiden echten Schwestern in den Häusern, die sich schließlich den Wünschen ihrer Mutter gefügt hatten, nach Mill River zurückgekehrt waren, um den Schatz zu suchen, den sie ihnen hinterlassen hatte.

Bisher funktioniert es, Josie, dachte Ivy mit traurigem Lächeln. *Ich wünschte nur, du wärst hier, um es zu sehen.*

8

1985

An einem kühlen Dienstagmorgen im September fuhr Josie ihren Kombi schwungvoll in die Einfahrt. Emily und sie hatten Rose zugewinkt, als sie in den Schulbus stieg. Danach hatte sie Emily im Kindergarten abgegeben, der im Kellergeschoss von St. John eingerichtet worden war. Dieser neue Ablauf hatte vor ein paar Wochen mit dem Beginn des Schuljahrs angefangen, doch es beunruhigte Josie immer noch, den ganzen Morgen ohne ihre Töchter zu sein. Selbst wenn sie genau wusste, wo sie sich befanden – in der Schule, im Kindergarten oder bei Ivy –, war sie besorgt um ihre Sicherheit. Seit dem Brand waren fast zwei Jahre vergangen, doch sie hatte nach wie vor Angst, die Verantwortlichen für den Tod ihres geliebten Tony würden sie in Mill River finden.

Statt ins Haus zu gehen, lief Josie hinüber zu Ivys Seitentür und trat ein. Wie gewöhnlich saß Ivy am Frühstückstisch und las Zeitung. Ihre Tante blickte auf, als Josie hereinkam.

»Morgen«, sagte Ivy. »Der Kaffee ist noch frisch, und ich habe mit den Pancakes gewartet, bis du kommst. Kalt schmecken sie nicht.« Ivy stand auf und ging zum Herd, neben dem bereits eine Schüssel mit Teig stand. »Alles in Ordnung mit den Mädchen?«

»Ja.« Josie nahm sich einen Kaffeebecher aus dem Schrank. »Ich glaube, sie haben sich allmählich an den Ablauf gewöhnt. Rose ist immer noch ganz aufgeregt, weil sie kein Kindergartenkind mehr ist. Und Emily hat diese Woche noch nicht geweint.

Sie ist auch nicht mehr so ängstlich, seit sie begriffen hat, dass ich sie mittags abhole.«

Ivy nickte. »Ja, und sie sieht, dass Rose jetzt ein großes Mädchen ist, das in die erste Klasse geht. Ein gutes Vorbild für sie.«

»Du weißt, dass sie immer versucht, mit Rose mitzuhalten.« Josie seufzte. »Wie die Zeit vergeht.«

»Je älter man wird, desto schneller. Und wie fühlst du dich damit? Dass sie in die Schule und den Kindergarten gehen, meine ich?«

»Ich komme zurecht. Ich sage mir ständig, dass es nichts mehr zu befürchten gibt. Schließlich ist es fast zwei Jahre her.«

»Das stimmt. Bleib dabei. Eines Tages wird es zu dir durchdringen, und du wirst daran glauben.«

Josie schaute zu, wie ihre Tante Teig in die heiße Bratpfanne gab, und schenkte sich Kaffee ein. Sie setzte sich an den Frühstückstisch und trank aus ihrem Becher. Nach ein paar Minuten drehte sich Ivy um und sah sie an.

»Ist wirklich alles in Ordnung mit dir? Du bist so still.«

»Hab nur darüber nachgedacht, was du gerade gesagt hast. Dass die Zeit schneller verrinnt … darüber, dass jetzt anscheinend vieles schneller verrinnt.«

»Was zum Beispiel?«

»Geld«, erwiderte Josie. »Ich war in den letzten beiden Jahren so vorsichtig, habe versucht, das Geld von Tonys Lebensversicherung und unsere Ersparnisse zu strecken. Unsere Ausgaben waren nicht sehr hoch, vor allem, da ich mir keine Sorgen um Miete oder eine Hypothek machen muss.« Sie lächelte ein wenig, wie immer, wenn sie an ihr Wunderhaus dachte. »Aber trotzdem reicht das Geld nicht ewig. Nun da die Mädchen morgens untergebracht sind, muss ich überlegen, welche Arbeit ich mir suche.«

»Wie lange kommst du denn noch hin?«

»Vielleicht ein weiteres Jahr. Aber hier in der Stadt gibt es kaum Arbeit. Schätze, ich muss mir was in Rutland suchen.«

»Du hast mir nie viel darüber erzählt, was du gemacht hast, bevor du verheiratet warst, nur dass du in einem Juweliergeschäft gearbeitet hast«, sagte Ivy. »Ich wollte es auch nicht ansprechen, weil ich befürchtete, dich nervös zu machen, aber wenn es jetzt um einen Job für dich geht ... warst du auf dem College?«

»Das wollte ich.« Josie blickte in ihren Kaffeebecher. »Mom konnte mich dabei natürlich nicht unterstützen. Sie hatte Glück, wenn sie einen Job für ein paar Monate halten konnte, bevor ihr gekündigt wurde, und sobald sie an ein bisschen Geld kam, hat sie es versoffen. Ich fing schon während der Highschool nachmittags an zu arbeiten, damit ich mir keine Sorgen über das Geld für Miete und Strom machen musste. Wir bekamen Lebensmittelmarken zum Einkaufen. Das war nicht viel, aber ich lernte, damit auszukommen, sodass wir beide zu essen hatten.« Sie schenkte Ivy ein ironisches Lächeln. »Mein Auflauf aus Instantnudeln und Regierungskäse ist einsame Spitze.«

Ivy schüttelte den Kopf und reichte Josie einen Teller mit heißen Pancakes. »Was für eine verdammte Schande. Kein Wunder, dass du nicht gern über sie redest. Ich wünschte, ich hätte gewusst, was in all den Jahren damals mit dir und deiner Mom vorging. Sie wollte nichts mit mir oder deiner Großmutter zu tun haben, nachdem sie abgehauen war. Sie rief kein einziges Mal an. All diese Teenagerjahre, die du hättest genießen sollen ...«

»Das konnte ich nicht, weil ich schon längst erwachsen war«, sagte Josie leise. »Ich hatte mir überlegt, nach Abschluss der Highschool einen Vollzeitjob anzunehmen, eine Weile zu sparen und dann in die Abendschule zu gehen. Ich fand eine Stelle in der Schmuckabteilung von Macy's. Nachdem ich da etwa ein Jahr gearbeitet hatte, kam ein Mann, der einen Verlobungsring kaufen wollte. Ich beriet ihn eine ganze Stunde lang, redete mit ihm über die verschiedenen Varianten. Am Ende kaufte er den Ring nicht, sondern bot mir eine Stelle in seinem eigenen Juweliergeschäft im Diamond District an.«

»Der Mann war Sol?« Ivy lachte. »Daher kennst du ihn also. Er kam zu Macy's, um eine Angestellte zu suchen!«

»Ja«, bestätigte Josie. »Er sagte, man sieht am besten, wie jemand mit Kunden umgeht, wenn man selbst einen spielt. Er bot mir den doppelten Stundenlohn und eine höhere Provision. Das konnte ich nicht ablehnen.«

»Nicht schlecht. Ich wette, das hat es dir leichter gemacht, für die Abendschule zu sparen.«

Josie runzelte die Stirn. »Das hätte es. Ich habe auch eine Zeit lang gespart. Ich hatte mich gerade zum ersten Kurs angemeldet, als Mom den Schock ihres Lebens bekam.« Sie hielt inne und schüttelte bei der Erinnerung daran den Kopf. »Eines Abends kam ich von der Arbeit nach Hause, und die ganze Wohnung war voller Rauch. Mom lag schlafend auf der Couch, und auf dem Herd stand ein Topf. Sie hatte Glück, dass nicht alles in Flammen aufging.« Josie überlief ein Schauder. »An dem Abend sind wir uns wirklich in die Haare geraten. Mom war total erschrocken, als sie erfuhr, was passiert war, und erklärte sich mit einer Entziehungskur einverstanden. Ich glaubte, sie sei ganz unten angekommen und wäre bereit, ihr Leben zu ändern, daher nahm ich das für die Abendschule gesparte Geld und bezahlte damit die Entziehungsklinik.«

»Oh, Schätzchen«, seufzte Ivy. »Ich kann mir nicht vorstellen … wie schlimm das für dich gewesen sein muss.«

»Ich hab es gern getan.« Josie lächelte bitter. »Sie hatte sich vorher nie helfen lassen. Hatte nie zugegeben, dass sie ein Problem hatte. Ich glaubte, wir hätten endlich die Chance für einen Neuanfang. Ich dachte, ich würde halt weiter sparen und später mit der Schule beginnen.«

»Wie lange war Abby in der Entziehungsklinik?«

»Es war ein Dreißig-Tage-Programm«, antwortete Josie. »Bei der Entlassung war sie zum ersten Mal seit Jahren nüchtern, redete davon, sich einen guten Job zu suchen und das Geld an mich zurückzuzahlen, damit ich die Kurse besuchen konnte. In der ersten Woche ging sie zu drei Treffen der Anonymen Alkoholiker. Das war eine gute Woche, die beste, die wir je hatten.« Wieder hielt Josie inne und lächelte, aber das Lächeln verblasste rasch. »Ich glaubte wirklich, dass alles gut werden würde. Doch als ich in der nächsten Woche von der Arbeit kam, fand ich sie auf der Couch, völlig hinüber und sturzbetrunken, genau wie immer.«

Ivy wandte sich ab, um die letzten Pancakes aus der Pfanne zu nehmen. Josie sah, wie sie die Zähne zusammenbiss und den Kopf schüttelte. »Genauso war sie, als wir aufwuchsen. Selbst bevor sie mit dem Trinken begann, blieb sie nie lange bei irgendwas.«

»Ich hätte alles für sie getan.« Josie blinzelte gegen die Tränen an. »Alles. Und es war zum Verrücktwerden. Ich liebte sie so sehr, und ich konnte ihr nicht helfen. Alles, was ich tat, war einfach nutzlos.«

»Jemanden bedingungslos zu lieben, ist niemals nutzlos. Selbst wenn es dazu führt, dass man verletzt wird, kann man trotzdem aus der Erfahrung lernen.« Ivy stellte den Herd ab und setzte sich mit ihrem vollen Teller Josie gegenüber hin. »Aber ich kann mir immer noch nicht vorstellen, wie es war. Wo war dein Vater in all der Zeit? Nachdem deine Mutter mit dir schwanger geworden war, brannte sie mit ihm durch. Deine Großmutter hat versucht, sie aufzuhalten, allerdings nicht entschieden genug, und es war zu spät. Deine Mom kam nie zurück. Wir erfuhren nicht mal, wo sie genau war oder wann du geboren wurdest.«

»Meinen Vater habe ich nie kennengelernt«, erwiderte Josie. »Mom hat nicht gern über ihn gesprochen. Er hat uns verlassen, als ich drei Monate alt war. Ich glaube, da hat sie wirklich ernsthaft angefangen zu trinken.«

»Hast du je daran gedacht, nach ihm zu suchen?«, fragte Ivy.

»Mom bekam 1962 einen Brief von ihm, als ich sechs war. Er

war in Vietnam, und er wollte sich dafür entschuldigen, dass er uns verlassen hatte. Er versprach, alles wiedergutzumachen, sobald er nach Hause kam. Aber er hat es nicht geschafft.«

»Das tut mir leid.«

»Ist schon okay. Ich hatte ihn nie kennengelernt und hatte daher auch nicht das Gefühl, etwas verloren zu haben, nicht so wie Mom.«

»Du hast eine Menge verloren«, meinte Ivy. »Kein Vater, eine funktionsuntüchtige Mutter. Ein Wunder, dass du überlebt hast.«

»Sol Berman war ein Segen«, sagte Josie. »Ich bin ihm immer noch dankbar, dass er mich von Macy's abgeworben hat. Er war wahrscheinlich der einzige Grund, warum ich in der schlimmsten Zeit mit Mom durchgehalten habe. Oft war ich völlig fertig, wenn ich ins Geschäft kam. Er hörte mir zu, wenn ich jemanden zum Reden brauchte. Er witzelte immer, er sei nur so verständnisvoll, weil ich die beste Verkäuferin sei, die er je gehabt habe, und er könne es sich nicht leisten, mich zu verlieren. Aber ich wusste, dass es mehr als das war. Sol gehörte einfach zu den seltenen Menschen, die durch und durch gut und freundlich sind.«

»Dann hast du also lange für ihn gearbeitet, auch noch nach Abbys Tod?«

»Ja, bis ich Rose bekam. Das mit der Abendschule habe ich nie geschafft. Ich wollte zwar, doch vor Moms Tod war es unmöglich. Danach brauchte ich einige Zeit, um wieder zu mir zu kommen, und dann lernte ich Tony kennen. Ehe ich mich versah, waren wir verheiratet, und ich wurde schwanger, daher kündigte ich. Sol war sogar mein Brautführer, da ich sonst niemanden hatte. Er starb ganz plötzlich, als Rose achtzehn Monate alt war. Er fehlt mir.«

»Ich wünschte, ich hätte ihn und Tony kennengelernt und wäre zu deiner Hochzeit gekommen«, sagte Ivy.

»Warum bist du nicht gekommen? Ich habe dir doch eine Einladung geschickt.«

»Ich weiß. Ich habe sie erst einen Monat danach bekommen, und als sie endlich hier eintraf, war sie völlig zerrissen. Da hat die Post wirklich Mist gebaut. Ich hatte ein schlechtes Gewissen und hätte dich fast angerufen, aber es war mir so peinlich. Es war leichter, nicht anzurufen, als einen Monat später mit einer Entschuldigung zu kommen.«

Josie lächelte. »Die Hochzeit war ohnehin nur klein. Dir ist nichts entgangen.«

Ivy schwieg einen Moment. Sie kaute an einem Pancake und betrachtete Josie nachdenklich. »Um auf deine Job-Situation zurückzukommen ... du verfügst tatsächlich über beträchtliche Erfahrung, weißt du.«

»Sol hat mir viel über Diamanten und Edelsteine beigebracht.« Josie war sich nicht ganz sicher, worauf Ivy hinauswollte. »In Rutland mag es ja ein paar Juweliergeschäfte geben, aber –«

»Nein, nein«, unterbrach Ivy. »Hier in der Gegend gibt es keine Juweliergeschäfte. Mir geht es um deine Verkaufserfahrung. Sol sagte, du wärst die beste Verkäuferin, die er je hatte? Wie kam er darauf?«

»Na ja«, erwiderte Josie gedehnt, »er behauptete, ich hätte ein Talent dafür, zu erkennen, ob ein Käufer es ernst meint und welcher Stil zu ihm passt. Ich habe fast bei jeder Schicht einen teuren Verlobungsring verkauft. Manchmal mehr als einen.« Josie blickte auf ihre linke Hand und fuhr an dem Ehering entlang, den sie immer noch trug. »Mit meiner Provision haben Tony und ich die letzte Rate für das Auto bezahlt und ein Kinderzimmer für Rose eingerichtet. Den Rest haben wir für die Anzahlung auf ein Haus gespart.«

»Genau darauf solltest du dich jetzt konzentrieren.« Verwirrt schaute Josie ihre Tante an.

»Häuser, meine ich. Du hast bewiesen, dass du *verkaufen*

kannst. Aber das Einzige, was hier in der Gegend teurer ist als Diamanten, sind Häuser. Für dich sollte es nicht allzu schwer sein, eine Lizenz als Immobilienmaklerin zu bekommen. Du würdest vermutlich genug für dich und die Mädchen verdienen, wenn du ein paar Häuser pro Jahr verkaufst. Außerdem hättest du flexible Arbeitszeiten.«

Josie richtete sich auf und schüttelte dann den Kopf.

»Ich glaube nicht, dass ich das riskieren könnte. Mich so in die Öffentlichkeit zu wagen, meine ich. Dann wäre es sehr leicht, mich und die Mädchen zu finden.«

»Machst du dir darüber *immer noch* Sorgen?«, fragte Ivy und verdrehte die Augen. »Du bist jetzt schon fast zwei Jahre hier, ohne dass es die geringsten Anzeichen für Ärger gegeben hat. Wann begreifst du endlich, dass dich hier niemand behelligen wird?«

Josie seufzte. »Selbst wenn du recht hast – verkaufen sich denn Immobilien heutzutage noch? Ich schätze, dass Immobilienmakler es hier in der Gegend schwer haben. Die Häuser sind klein und die Zinsen hoch.«

»Fast alle hier haben zu kämpfen, um über die Runden zu kommen, nicht nur Immobilienmakler«, erwiderte Ivy. »Aber vergiss nicht, dass die Leute irgendwo wohnen müssen, auch wenn die Zinsen hoch sind. Und du hast schon recht, Mill River ist voll von netten Häuschen, doch auch der Verkauf eines kleinen Hauses ist ein Verkauf. Außerhalb der Stadt gibt es wesentlich größere Anwesen – Ferienwohnungen für die Reichen aus Boston und New York, jede Menge Feriensiedlungen und Eigentumswohnungen rund um Killington. Als jemand, der weiß, wie man verkauft, könntest du wohl kaum etwas Besseres tun, als ins Immobiliengeschäft einzusteigen.« Ivy schaute auf die Uhr an der Küchenwand und sprang auf. »Lieber Himmel, schon neun! Ich muss den Laden aufmachen.« Sie begann die Teller abzuräumen, aber Josie winkte ab.

»Geh nur, ich räume auf«, sagte sie, während sie Ivys Teller auf ihren stellte.

»Danke, Schätzchen.« Ivy öffnete die Tür zum Wohnzimmer. »Aber denk mal über diese Immobiliensache nach. Ich habe einfach ein gutes Gefühl dabei.«

Josie brauchte nur ein paar Minuten, um das Geschirr zu spülen und Ivys Küche aufzuräumen. Sie war auf dem Weg zu ihrem Haus, als Larry Endicott auf seiner täglichen Postrunde ihren Block erreichte.

»Hallo, Miss Josie. Das nenne ich perfektes Timing.« Lächelnd reichte er ihr die Tagespost.

»Danke, Larry«, erwiderte sie. Er tippte sich an die Mütze und setzte seinen Weg fort. Als sie auf die Umschläge in ihrer Hand blickte, stockte ihr der Atem. Der oberste Brief war vom FBI.

Mit wild klopfendem Herzen blickte Josie sich um und lief ins Haus. Ihre Hände zitterten so sehr, dass sie Schwierigkeiten hatte, den Umschlag aufzureißen. Schließlich gelang es ihr, das Schreiben herauszuziehen. Josie las es ein Mal durch, begann zu schluchzen und las es dann noch zwei Mal. Als sie das Ende des Briefes zum dritten Mal erreichte, lehnte sie sich gegen die Eingangstür und ließ sich zu Boden rutschen. Erleichterung, Kummer, Liebe, Wut, Hoffnung und erneute Erleichterung überwältigten sie. Sie schlang ihre Arme fest um sich und wartete, bis der Sturm sich legte.

Als sie sich beruhigt hatte und wieder vernünftig denken konnte, steckte Josie den Brief in ihre Handtasche und lief zurück zur Bücherstube, um sich von Ivy eine Straßenkarte zu borgen. Ein Blick auf die Uhr verriet ihr, dass ihr zweieinhalb Stunden blieben, bevor sie Emily vom Kindergarten abholen musste.

Sie stieg ins Auto und entfaltete die Karte von Rutland County. Seltsam – sie war seit fast zwei Jahren in Mill River und erst jetzt betrachtete sie zum ersten Mal aufmerksam eine Karte der Umgebung. Killington, Proctor, Pittsford, Hubbardton, Castleton, Ira,

Tinmouth, Clarendon … Ihr Blick wanderte gegen den Uhrzeigersinn, und sie las die Namen der Städte, die den kleinen schwarzen Punkt von MILL RIVER umgaben. Ganz genau studierte sie die Gegend. Der Brief aus New York hatte alles verändert.

Josie legte die Karte auf den Beifahrersitz und fuhr rückwärts aus der Einfahrt. Ihre Tante hatte recht. Natürlich besaß sie die Fähigkeiten, um im Immobiliengeschäft Erfolg zu haben. Früher war sie darauf spezialisiert gewesen, die richtige Fassung und den richtigen Käufer, sozusagen das richtige Zuhause, für einen Diamanten zu finden. Jetzt würde sie lernen, das richtige Zuhause für einen Menschen zu finden. Beidem gemeinsam war, dass sie finden musste, was zusammengehörte. Und das entsprach ihrem wahren Talent. Josie lächelte, als in ihren Gedanken allmählich ein Plan heranreifte.

Um erfolgreich zu sein, musste sie die Gegend genauso gut kennen wie die Einheimischen. Sie musste sich mit den Städten und Gemeinden vertraut machen, mit den Vierteln und den Schulbezirken. Das erforderte Zeit und Mühe, doch Josie war bereit, beides zu investieren. Die Zukunft ihrer Töchter und ihre eigene hingen davon ab.

Ein paar Wochen später saß Josie an ihrem Küchentisch, einen gelben Textmarker in der Hand. Ein großer Topf Tomatensoße mit Fleischbällchen köchelte auf dem hinteren Brenner des Herdes vor sich hin. Die Mädchen spielten oben. Das Geplapper und gelegentliche Kichern, die nach unten drangen, bestätigten ihr, dass sie nicht zu viel Unsinn anstellten.

Der Tisch war mit den Arbeitsmaterialien für den Immobilienmakler-Kurs bedeckt, der in Vermont Voraussetzung für die Lizenz war und zu dem sie sich angemeldet hatte. Vierzig Unterrichtsstunden wurden verlangt, die sie morgens absolvieren konnte, wenn beide Mädchen aus dem Haus waren. Nach dem Kurs würde sie eine staatliche und eine bundesstaatliche Prüfung für Immobilienmakler ablegen müssen. Und schließlich musste sie auch noch einen Immobilienmakler finden, der sie als Praktikantin einstellte.

Die Klingel riss sie aus ihren Gedanken, und sie eilte zur Haustür, vor der Ivy stand. Sie war mit einer großen Schreibmaschine beladen.

»Lass mich dir helfen«, sagte Josie, aber Ivy hatte sich bereits hineingeschoben.

»Geht schon«, keuchte sie. »Sag mir nur, wo ich sie hinstellen soll.«

»In den Abstellraum.« Josie lief voraus und öffnete die Tür, die vom Wohnzimmer abging. »Hier drin steht ein alter Kartentisch.«

»Puh«, stöhnte Ivy, nachdem sie die Schreibmaschine abgestellt hatte. »Ich hatte total vergessen, wie klobig das Ding ist. Stand schon seit Jahren auf meinem Speicher.«

»Funktioniert sie noch?«, fragte Josie. Die Schreibmaschine war ein altes elektrisches IBM-Modell. Die grau-grüne Lackierung war verkratzt und an den Kanten abgeschabt, doch die Tasten sahen aus, als wären sie in gutem Zustand.

»Ja, klar. Allerdings ist sie so was wie ein Dinosaurier«, erwiderte Ivy. »Ich hab von den neuen Modellen gelesen, die sie heutzutage in den Büros haben. ›Textverarbeitungssysteme‹ nennen sie das. Die haben einen kleinen Bildschirm, auf dem man das Geschriebene bearbeiten kann, bevor man es ausdruckt.«

»So was Schickes brauche ich nicht«, sagte Josie. »Die hier ist prima. Ich habe an einem Anschreiben und einem Lebenslauf gearbeitet, die ich an einige Maklerbüros schicken möchte. Jetzt werde ich es schaffen, sie bis Montag in der Post zu haben.«

»Je eher, desto besser«, stimmte Ivy zu. Sie wandte sich zur Küche und schnüffelte. »Das riecht aber wirklich gut. Du kochst besseres italienisches Essen als jedes Restaurant, in dem ich je gegessen habe.«

Josie war Ivy gerade in die Küche gefolgt, als Rose und Emily die Treppe herabpolterten. Die kleinen Mädchen stürmten in die Küche, beide waren verkleidet.

»Hi, Tante Ivy! Mom, wir haben Hunger«, rief Rose, und Emily tappte grinsend hinter ihr her.

Josie warf einen Blick auf Rose, die eine Federboa, ein schimmerndes blaues Kleid und eine riesige, runde Sonnenbrille trug, und lachte laut auf. Emilys Aufzug war genauso komisch. Um ihr Haar war ein Seidenschal gebunden, und sie steckte in einem viel zu großen Overall. Eine Augenklappe war um ihren Kopf befestigt, bedeckte jedoch ihre Nase statt eines Auges, und ein falscher Schnurrbart hing schief über ihrer Oberlippe.

»Ihr seht aus, als hättet ihr Spaß«, meinte Ivy.

»Ja. Ich bin ein Filmstar«, erklärte Rose, warf ihre Boa zurück und grinste Ivy an, während ihr die Sonnenbrille über die Nase rutschte.

»Und ich bin ein Pirat!«, krähte Emily fröhlich.

»Warte mal.« Josie sah sich Emilys Gesicht genauer an. »Ich kann mich nicht erinnern, dass ein Schnurrbart in eurer Verkleidungskiste war. Komm her, Em.« Josie zog ihre jüngere Tochter zu sich und hob Emilys Kinn an. Der »Schnurrbart« bestand aus einem Büschel roter Haare, die ihr ins Gesicht geklebt waren.

»Woher hast du -«, setzte Josie an, doch Emilys aufgerissene Augen brachten sie sofort dazu, die Frage an Rose zu richten. »Rosie, hast du deiner Schwester Haare abgeschnitten? Und was ist das da in ihrem Gesicht?« Josie griff nach Emilys Schnurrbart und zog daran. Das ganze Büschel und ein klarer, gummiartiger Klecks hingen an Emilys Haut fest, als sie ihn abzulösen versuchte.

»Aua, lass das«, protestierte Emily. »Das ist mein Schnurrbart, Mom.«

»Ich hab ihr mit meiner Bastelschere nur ein paar Haare abgeschnitten«, sagte Rose. »Und wir haben Gummilösung zum Ankleben genommen, wie in der Schule beim Kunstunterricht. Piraten haben *immer* Schnurrbärte und Bärte, Mom.« Roses Gesicht strahlte auf. »Ich wollte ihr auch einen ganz langen Bart machen, aber wir haben Hunger gekriegt und beschlossen, nach unten zu gehen. Gibt es bald Essen?«

Einen Moment lang war Josie sprachlos. Am liebsten hätte sie zugleich gelacht und Rose angebrüllt. Sie drehte Emily herum und sah sich an, wo Rose die Haare für den Schnurrbart abgeschnitten hatte. Da Emilys Haar so lockig war, fiel die Stelle nicht allzu sehr auf. Es hätte viel schlimmer sein können. So schlimm, wie *ein ganz langer Bart*. Josie hatte plötzlich ein Bild von Emily vor Augen, der die gesamte Lockenpracht am Kiefer klebte. Was für ein Glück, dass sie jetzt heruntergekommen waren, sonst wäre die arme Emily vielleicht kahl geworden.

»Hör zu, Rose«, seufzte Josie, »du darfst weder die Haare deiner Schwester noch deine eigenen schneiden, hast du verstanden? Und Gummilösung sollte man nie ins Gesicht schmieren. Sie hätte in Emilys Augen geraten können, und dann wären wir im Krankenhaus gelandet. Du kriegst großen Ärger, wenn du so was noch mal machst, verstanden?«

»Verstanden«, antwortete Rose widerwillig.

»Und ja, wir essen, sobald ich die Spaghetti gekocht habe.«

»Juhu!« Emily klatschte in die Hände. »Ich mag Sketti und Fleischbällchen!«

»Ich auch!« Rose strahlte. Josies Ermahnungen waren bereits vergessen.

»Ich erst recht.« Ivy lachte und zwinkerte Josie zu. »Na kommt, ihr zwei, wir räumen die Verkleidungssachen weg, damit ihr beim Essen keine Soße darauf kleckert.« Ivy scheuchte Rose und Emily zur Treppe, während Josie das Knoblauchbrot in den Backofen schob und die Spaghetti aufsetzte. Das Essen war nun auf der Zielgeraden, und sie ging zurück in den kleinen Abstellraum. Abgesehen von der uralten Schreibmaschine und dem wackeligen Kartentisch, auf den Ivy sie gestellt hatte, enthielt der Raum nur noch ihren Staubsauger und ein paar an die hintere Wand geschobene Kartons. *Könnte trotzdem irgendwann ein gemütlicher Arbeitsplatz werden*, dachte sie. Für den Anfang freute sie sich, eine Art Arbeitszimmer zu haben, wenn auch ein provisorisches.

»Wir müssen nur noch den Tisch decken«, sagte sie, als Ivy mit den Mädchen wieder herunterkam. Rose kletterte auf einen Stuhl und sah zu, wie Josie die Kappe auf den Textmarker schob und ihr Notizbuch zuklappte.

»Mom«, fragte Rose und deutete auf das noch offene Arbeitsbuch, »warum schreibst du in dein Buch? Du sagst uns immer, wir dürfen nie in ein Buch schreiben, außer es ist ein Malbuch.«

Josie sah auf die gelb markierten Stellen. »Ich schreibe nicht in das Buch, Rosie. Ich markiere. Das macht man, wenn man etwas liest, das man lernen und sich wirklich einprägen muss, damit man es nicht vergisst. Siehst du, wie ich hier viele Wörter mit dem Textmarker gelb unterlegt habe? Das sind die wichtigsten Punkte in diesem Kapitel, und ich möchte sie mir merken, aber sie auch schnell wiederfinden, wenn ich alles noch mal durchlese.«

»Kann ich auch einen Textmarker haben?«, fragte Rose.

»Hmm. Wozu würdest du denn einen brauchen?«

Rose spitzte den Mund und dachte nach.

»Für meine Rechtschreibwörter!«, platzte sie heraus und strahlte Josie an. »Mrs Harp hat uns zehn Wörter gegeben, die wir bis zum Ende der Woche können müssen. Und wir haben am Freitag einen Rechtschreibtest. Glaubst du nicht, dass ich mir die Wörter besser merke, wenn ich einen Textmarker benutze?«

»Tja«, sagte Josie gedehnt, »dafür wäre ein Textmarker sicher gut geeignet.« *Die wird mal Anwältin, so schlagfertig, wie sie ist*, dachte sie. Josie sah hinüber zu Ivy, die Teller aus dem Schrank nahm, und verkniff sich ein Lachen. »Also gut, du kannst einen von meinen benutzen, aber nur, wenn du mir versprichst, dass du ihn ausschließlich für dein Rechtschreib-Arbeitsheft verwendest und NICHT in irgendwelchen Büchern oder sonst wo. Abgemacht?«

»Abgemacht!« Rose streckte die Hand aus und grinste triumphierend, als Josie ihr einen der fluoreszierenden gelben Marker gab. »Ich bring ihn rauf in mein Zimmer. Bin gleich wieder da!«

»Vergiss nicht, immer die Kappe draufzustecken, nachdem du ihn benutzt hast, sonst trocknet er aus«, rief Josie, als Rose aus der Küche flitzte.

»Die hat dich ja glatt um den kleinen Finger gewickelt«, murmelte Ivy und schob Josie beiseite, um die Teller auf den Tisch zu stellen. »Das nenne ich Manipulation durch Logik, und sie ist erst sechs! Da kannst du dich auf was gefasst machen, das sag ich dir. Warte nur, bis sie älter ist.«

»Du hast recht.« Josie nahm sich vor, Roses Bastelschere aus dem Kinderzimmer zu entfernen. »Rose ist teuflisch. Ich werde ein Auge auf sie haben müssen. Mich schaudert bei dem Gedanken, was aus ihr wird, wenn ich das nicht habe.«

9

Am späten Abend saß Claudia wartend auf dem Sofa in Kyles Wohnung und schaltete ziellos durch die Fernsehkanäle, während er Rowen Gute Nacht sagte. Sie dachte an die Vorfälle am Nachmittag, den Streit zwischen den DiSanti-Schwestern und daran, wie er Emily seine Hilfe beim Ausladen angeboten hatte. Er war immer bereit, anderen zu helfen, und das war nur eines der Dinge, die sie an ihm liebte. Ihre Beziehung war in der Zeit ihres Zusammenseins gereift, und Claudia hatte keinen Grund, an Kyles Gefühlen für sie zu zweifeln. Trotzdem machte Emilys Anwesenheit in Mill River sie nervös.

Claudia blickte hinunter auf ihren Bauch und ihre Oberschenkel, die gerade in ihrer Lieblingsjeans steckten. Es hatte sie so viel gekostet – monatelanges Fitnesstraining, striktes Diäthalten, Willenskraft und Tränen –, um in diese Jeans in Größe vierzig zu passen. Ihr Bauch war immer noch nicht so flach, wie sie ihn gerne hätte, und obwohl sie jetzt Normalgewicht hatte und sehr fit war, würde sie *nie* so aussehen wie Emily, die gertenschlank war und obendrein ein hinreißend schönes Gesicht besaß.

Hör auf, so paranoid zu sein, schalt sich Claudia plötzlich. Natürlich war Kyle einfach nur höflich gewesen, wie immer. Ihre Unsicherheit drohte die Oberhand zu gewinnen.

»Sie will immer noch nicht einschlafen«, verkündete Kyle, als er ins Wohnzimmer zurückkam. »Wir haben eine Abmachung getroffen – sie darf noch eine Viertelstunde lesen, und dann wird das Licht ausgemacht.«

»Sie hat sich also schon in die neuen Bücher vertieft?«, fragte Claudia.

»Yep. Die hat sie in ein paar Tagen durch, jede Wette. Hab ich dir erzählt, was der letzte Test ihrer schulischen Leistungen ergeben hat? Dass sie die Lesefähigkeit einer Elftklässlerin hat?«

»Ähm, hast du vergessen, dass ich sie im letzten Schuljahr im Unterricht hatte?«, fragte Claudia lächelnd.

»Ach ja, stimmt.« Kyle grinste, und seine Ohren wurden rot. »Ich kann's wohl einfach nicht glauben.«

»Ist doch nichts falsch daran, ein stolzer Papa zu sein.« Claudia kuschelte sich enger an Kyle. Er hob den Arm, damit sie darunter kriechen und ihren Kopf an seine Brust legen konnte. »Und es wird ihr guttun, wenn sie den Sommer über liest. Viele Kinder machen nichts anderes, als fernzusehen, sobald die Ferien begonnen haben. Wenn die Schule wieder anfängt, ist ihr Gehirn immer noch im Urlaub.« Sie gähnte. »Ich glaube, ich werde morgen mit den Büchern anfangen, die ich mir gekauft habe.«

»Schon nett, Lehrerin zu sein und im Sommer nicht arbeiten zu müssen. Jeden Tag ausschlafen, Romane lesen, Bonbons essen …«

»Ich habe keine Bonbons gegessen!«

Kyle lachte und zog sie fester an sich. »Ich weiß, ich wollte dich nur aufziehen. Und ich freue mich überhaupt nicht auf meine Schicht morgen früh.«

»Aber wir haben noch ein bisschen Zeit, bevor du ins Bett musst. Willst du fernsehen? Oder, hey, hast du nicht inzwischen Kabel? Vielleicht kommt was auf HBO.«

»Ach, und jetzt ist Fernsehen auf einmal gut?«

Claudia richtete sich ein Stück auf und wollte schon mit einer schlagfertigen Erwiderung auf diese Frotzelei reagieren, doch sie kam nicht dazu. Bevor sie auch nur ein Wort hervorbrachte, küsste er sie. Er fuhr ihr mit der freien Hand durch die Haare, ließ dann beide Hände um ihre Taille gleiten und zog sie auf seinen Schoß.

»Glaubst du, sie schläft schon?«, flüsterte Claudia, als Kyles Lippen über ihren Hals wanderten. Sie erschauerte und schloss die Augen.

»Wohl kaum«, sagte er leise. »Aber sie kann ja nicht die ganze Nacht wach bleiben.«

»Und du kannst das?«

Kyle lachte und nahm ihr Gesicht in beide Hände. »Erinnerst du dich an den Abend vor … na etwa fünf Monaten, als wir im King's Lodge zum Essen waren?«

Claudia würde diese erste Nacht, die sie zusammen verbracht hatten, nie vergessen. Sie lächelte und küsste ihn, begeistert, dass er derjenige war, der es angesprochen hatte. »Valentinstag.«

»Genau. Und erinnerst du dich an den plötzlichen Schneesturm, wie wir hierher zurückkamen, uns einen Film ansehen wollten und der Strom ausfiel?«

»Ja«, hauchte Claudia. Kyles Hand glitt unter ihre Bluse, und das Gefühl seiner Finger auf ihrer nackten Haut machte es ihr äußerst schwer, sich zu konzentrieren.

»Dann weißt du vermutlich auch noch, dass wir *beide* den größten Teil der Nacht wach waren.«

»Waren wir«, gab Claudia zu. »Und Schlaf wird sowieso überbewertet.«

Kyle zog sie fest an seine Brust. Claudia war so fixiert auf seinen Mund und seine wandernden Hände, dass sie Emily DiSanti vollkommen vergaß.

Emily war am nächsten Morgen früh auf den Beinen. Gus brachte jedoch nicht so viel Energie auf. Ausgestreckt lag er am Fußende des Bettes. Er hob den Kopf und sah zu, wie sie sich anzog und fertig machte, ließ ihn dann aber mit einem Stöhnen wieder sinken.

»Schlechte Laune, Gus?«, fragte Emily und kraulte ihn an den Ohren. Er jaulte und klopfte kurz mit dem Schwanz. *Armer Kerl*, dachte sie. Emily konnte seinen Widerwillen gegen das Aufstehen gut nachvollziehen. Eine Minute lang spielte sie mit dem Gedanken, wieder unter die Decke zu kriechen. Aber sie hatte überhaupt nichts zu essen im Haus, und sie musste sich nach einem Job umschauen. Außerdem würde sie sich irgendwann mit Rose darüber unterhalten müssen, wie sie am besten vorgingen, so ungern sie nach dem schrecklichen ersten Zusammentreffen am Tag zuvor auch daran dachte.

Als sie die Lebensmittel eingekauft hatte und wieder in die Hauptstraße bog, war die kleine Stadt zum Leben erwacht. Ein paar Autos fuhren auf der Straße, und in der Bäckerei und den anderen Läden herrschte geschäftiges Treiben. Eigentlich hatte sie vor, in ihr Haus zurückzukehren, die Lebensmittel auszuladen und mit Gus hinüber zu Ivy zu gehen. Aber als sie den Werkzeugladen entdeckte, kam Emily plötzlich eine Idee. Sie bog auf einen Parkplatz und ging hinüber zum Laden. Drinnen drehte ein älterer Mann gerade das Schild an der Tür um, auf dem jetzt GEÖFFNET zu lesen war.

»Guten Morgen, junge Dame«, begrüßte er sie, als sie eintrat. »Kann ich Ihnen irgendwie helfen?«

Emily schenkte ihm ein freundliches Lächeln. »Vielleicht«, erwiderte sie. »Sind Sie der Besitzer des Ladens?«

»Das bin ich.« Er warf sich in die Brust. »Mein Name ist Henry Turner. Und Sie sind?«

»Emily DiSanti.« Sofort änderte sich Henrys Gesichtsausdruck.

»Sie sind eine von Josies Töchtern«, sagte er nickend. »Ihre Mom war meine Immobilienmaklerin, als ich dieses Haus vor zehn Jahren gekauft habe. Sie und Ihre Schwester waren da schon weggezogen, aber ich habe Ihre Mom über die Jahre gut kennengelernt. Sie war eine liebe Dame. Ihr Verlust tut mir wirklich sehr leid.«

»Danke«, erwiderte Emily. »Tatsächlich ist Mom der Grund, wieso ich in der Stadt bin. Ich muss noch ein paar Dinge wegen ihres Nachlasses regeln und werde daher wohl einige Zeit hier sein. Ich habe mich gefragt, ob Sie vielleicht hier im Laden Hilfe gebrauchen könnten. Ich kenne mich in handwerklichen Dingen ganz gut aus und könnte Ihnen Vollzeit oder Teilzeit zur Verfügung stehen.«

»Hmm.« Henry runzelte die Stirn, während er sie musterte. Emily hatte diesen Ausdruck schon Dutzende Male gesehen. Er schätzte sie ein, überlegte, ob jemand wie sie Kunden helfen könnte, die Werkzeuge, Rohrmuffen oder Farbe kaufen wollten.

»Ich habe eine Menge Erfahrung mit häuslichen Reparaturen und Renovierungsarbeiten. In den letzten Jahren habe ich mein Geld damit verdient, viktorianische Häuser in San Francisco zu renovieren. Ich kann fast alles – Klempnerarbeiten, Streichen, selbst ein paar Elektroinstallationen«, erklärte Emily.

»Was Sie nicht sagen!« Die Falten auf Henrys Stirn wurden tiefer, als seine Brauen hochschossen. »Wie haben Sie das alles gelernt?«

Emily schmunzelte. »Während ich aufwuchs, war ich diejenige, die alles in unserem Haus repariert hat. Meine Mom war immer zu beschäftigt, und meine ältere Schwester war zu faul, um ehrlich zu sein. Später habe ich Mom geholfen, die Häuser auf Vordermann zu bringen, die sie verkaufen wollte.« Emily hielt inne und überlegte genau, wie sie die nächste Phase ihres Lebens beschreiben sollte. »Nachdem ich Mill River verlassen hatte, bekam ich meinen ersten Job bei einem Bauunternehmer. Er hat mir eine Menge beigebracht. Ich habe auch Kurse an technischen Fachschulen besucht, wenn ich die Zeit und das Geld hatte. Schließlich bin ich weiter nach Westen gezogen und habe Jobs auf eigene Rechnung angenommen. Ich mache das sehr gern.«

Henry sah sie eine Weile schweigend an. Dann ging er zu einem Regal, nahm eines der ausgestellten Werkzeuge herunter und hielt es hoch. »Können Sie mir sagen, was das ist?«

»Eine Rohrzange.«

»Ja. Und wofür wird sie verwendet?«

»Man verwendet sie, um eiserne Installationsrohre und Verbindungsstücke festzuziehen.«

»Stimmt. Warum würden Sie diese Art Zange für solche Arbeiten verwenden?«

Emily lächelte leicht, amüsiert über Henrys unangekündigten Test. »Weil sie verstellbar ist. Viele Rohre und Verbindungsstücke werden aus Weicheisen hergestellt. Und sie sind glatt und gerundet, ohne die Kanten, die eine Standardzange für einen festen Halt benötigt. Eine Rohrzange hat Metallzähne, und die Backen schließen sich, wenn man Vorwärtsdruck ausübt. Beides ist nötig, um ein Rohr aus Weicheisen sicher in den Griff zu bekommen.« Emilys Lächeln wurde breiter, als sie sah, wie Henry der Mund offen stand, und sie beschloss, ihm noch eine Zugabe zu bieten. »Man würde eine Rohrzange allerdings nie für gehärteten Stahl verwenden, zum Beispiel nicht für eine Sechskantmutter, weil die Zähne sie zerstören würden.«

»Mein lieber Scholli«, sagte er schließlich. »Bei all dem, was Sie wissen, sind Sie genau diejenige, die ich einstellen würde, wenn ich könnte. Nur verfüge ich leider nicht über die Mittel, Ihnen einen vernünftigen Job anzubieten. Ich könnte Sie höchstens für zehn oder zwölf Stunden pro Woche zum Mindestlohn einstellen, nur über den Sommer. Das ist nicht viel, aber es würde mir während unserer Hauptsaison ein wenig Luft verschaffen, und Sie hätten etwas Kleingeld in der Tasche.«

»Da würde ich nicht nein sagen, Mr Turner, solange Sie Verständnis dafür hätten, dass ich einen zweiten Job annehmen muss, wenn ich ihn finde.«

»Nennen Sie mich Henry. Und mir ist natürlich klar, dass Sie mehr brauchen als die paar Stunden hier. Ich habe sogar schon eine Idee. Sie kennen doch sicherlich Fitz und Ruth, den Polizeichef und seine Frau?«

Emily nickte. »Ruth war die beste Freundin meiner Mutter.«

»Denen gehört jetzt das große weiße Haus auf dem Hügel«, fuhr Henry fort und deutete über die Schulter in Richtung der McAllister-Villa. »Sie wollen eine Frühstückspension daraus machen, und ich habe so das Gefühl, sie könnten Hilfe beim Umbau gebrauchen. Ich war selbst noch nicht drinnen, aber es ist ein altes Haus. Bestimmt muss da vieles repariert oder erneuert werden, und mit Ihrer Erfahrung wären Sie dafür bestens geeignet.«

»Das klingt ja wunderbar«, meinte Emily. »Vielen Dank für den Tipp, Henry. Ich werde so bald wie möglich mit Ruth sprechen.«

»Gut.« Henry lächelte breit. »Und wenn Sie morgen gegen Mittag herkommen, können wir den Papierkram erledigen und Ihren Dienstplan besprechen.«

Emily gab Henry ihre Kontaktdaten und verließ den Laden mit einem Grinsen im Gesicht. Ein paar Minuten saß sie still in ihrem Impreza, bevor sie den Motor anließ. Vielleicht waren die guten Nachrichten an der Arbeitsfront ein Zeichen dafür, dass es die richtige Entscheidung gewesen war, nach Mill River zurückzukommen. Vielleicht sollte sie wirklich hier sein. Unwillkürlich fragte sie sich, ob es mit Rose genauso gut laufen würde.

Rose war frustriert und kam sich eingesperrt vor. Sie saß auf dem Sofa im drückend heißen Wohnzimmer ihres winzigen Hauses, umgeben von halb geöffneten Kartons, diversen eigenen Möbelstücken und aufgehäuften, bereits ausgepackten Gegenständen. Erschwerend kam hinzu, dass das Haus voll mit den Möbeln war, die ihre Mutter über die Jahre benutzt hatte, um ihre Immobilienangebote wohnlicher zu machen, dazu zahllose Bücher, Nippes und Kartons mit Kleidern. Selbst nachdem Sheldon einige ihrer

Sachen wieder in den Umzugswagen geladen hatte, war sie immer noch »begraben unter ihrem eigenen Scheiß«, wie er es so hilfreich ausgedrückt hatte.

Während ihr Sohn oben wie gewöhnlich in seinem Zimmer las, betrachtete Rose all die Kisten, die sie noch öffnen musste, und überlegte, in welcher das war, wonach sie suchte. Sie hievte sie hierhin und dorthin, stapelte sie neu auf und schüttelte sie, bis sie in einer ein leises Klirren hörte. Ihre Hände zitterten, als sie das Klebeband abriss und sich durch die gefalteten Tücher wühlte. Zwei Flaschen goldener Rum lagen unter den Handtüchern verstaut.

Rose trug die beiden Flaschen in die Küche. Im Kühlschrank waren zum Glück zwei volle Eiswürfelschalen, und sie hatte immer noch ein paar Dosen Cola Light von der Fahrt aus New York. Mechanisch öffnete sie die Küchenschränke, bis sie einen mit Trinkgläsern fand. Rose war fast schwindlig, als sie hektisch Eiswürfel aus der Schale drückte und eine der Rumflaschen öffnete. Eine Rum-Cola kriegte sie auch noch im Schlaf hin.

Mit dem ersten Schluck spürte Rose, wie eine Woge der Entspannung über sie hinwegrollte. Sie kippte den Rest hinunter und schenkte sich noch eine ein, bevor sie auf das Sofa zurückkehrte. Seltsam, wie es ihr im Haus plötzlich kühler vorkam, während sie das süße Brennen des zweiten Drinks genoss.

Rose ließ ihren Kopf gegen die Sofalehne sinken. Endlich fühlte sie sich wohl, doch da klingelte es an der Haustür. Zuerst ignorierte sie es, hievte sich aber nach dem vierten Klingeln mit finsterer Miene hoch.

An der Tür spähte Rose durch den Spion.

Ihre Schwester stand auf der Eingangsstufe.

Rose fluchte leise, wusste jedoch, dass sie das Unvermeidliche nur hinauszögern würde, wenn sie Emily ignorierte. Sie schob den Riegel zurück und öffnete die Tür, ließ die Fliegengittertür aber zu.

Emilys Ausdruck war eine Mischung aus Überraschung und Unsicherheit.

Einen langen Augenblick starrten sie einander stumm an. Schließlich brach Rose das Schweigen.

»Und?«

Emily verschränkte die Arme. »Wir sollten das von gestern hinter uns lassen und darüber sprechen, wie wir die Sache angehen wollen.«

»In Ordnung. Sprich.«

Emily sah demonstrativ auf die Fliegengittertür, die sie voneinander trennte. Rose seufzte und verdrehte die Augen. Sie trat auf die Stufe hinaus und schirmte die Augen vor dem blendenden Licht der untergehenden Sonne ab.

»Hör zu, ich möchte nicht, dass die Sache schwieriger wird als nötig«, sagte Emily. »Hast du eine Kopie von Moms Brief?«

»Ja.«

»Ich auch. Ich habe ihn tausendmal gelesen, und ich nehme an, du auch. Im Brief steht, dass für jede von uns ein Hinweis versteckt ist und es jeweils unterschiedliche Hinweise sind. Ich finde, wir sollten alles auflisten, was in unseren Häusern ist, und es dann miteinander vergleichen.«

Rose dachte darüber nach. Der Vorschlag klang vernünftig und logisch, aber beim bloßen Gedanken daran, aus dem ganzen Durcheinander in ihrem Haus schlau zu werden – es aufzulisten –, bekam sie Kopfschmerzen. Ärgerlich, wie ein zwanzig Sekunden langes Gespräch mit ihrer Schwester den angenehmen Schwips vollkommen vertrieben hatte.

Emily trat von einem Fuß auf den anderen und wartete auf Roses Antwort. »Hast du eine bessere Idee?«, fragte sie schließlich leicht gereizt.

»Ich will hier auch nicht länger bleiben als nötig, doch dazu brauche ich ein paar Tage.« Rose hob das Kinn. »Das ganze Haus ist voll mit dem Scheiß, den Mom da reingestellt hat, und ich bin längst noch nicht fertig mit dem Auspacken meiner eigenen Sachen, ganz zu schweigen davon, ihr Zeug durchzusehen.«

Emily presste die Lippen zusammen. »Gut. Heute ist Montag. Stell in den nächsten Tagen eine Liste von allem auf, was du nicht mitgebracht hast. Wir könnten uns Donnerstagmorgen bei mir treffen und unsere Listen vergleichen. Wenn wir Glück haben, finden wir raus, was die Hinweise sind, und gelangen schnell an den Schlüssel. Bis Ende der Woche könnten wir mit der ganzen Sache fertig sein.« Sie sah Rose direkt in die Augen, drehte sich um und ging.

Rose kehrte ins Haus zurück und schloss die Tür. Sie war überrascht, Alex im Wohnzimmer stehen zu sehen.

»War das Tante Emily?« Alex hatte sich ein dickes Buch unter den Arm geklemmt. Er schob seine Brille hoch, während er seine Mutter ansah.

»Ja, Schätzchen.«

»Warum ist sie hergekommen?«

Rose seufzte. Sie ging zurück zum Sofa und nahm ihr fast leeres Glas. Drei winzige Eisstückchen schwammen in dem Rest ihres verwässerten Drinks. »Sie wollte mit mir darüber reden, wie wir die Hinweise finden, die Grandma für uns hinterlassen hat.«

»Oh.«

Rose wirbelte die verbliebene Flüssigkeit im Glas herum und kippte sie mit einem Schluck hinunter. Alex stand immer noch da. »Was ist, Schatz?«, fragte sie.

»Warum mögt ihr euch nicht, Tante Emily und du?«

Das war eine Frage, mit der sie schon gerechnet hatte, und sie seufzte, bevor sie antwortete. »Weil vor langer Zeit etwas passiert ist, das du noch nicht verstehen würdest. Ich erkläre es dir, wenn du älter bist.« Rose beobachtete Alex' Gesicht, während er über ihre Antwort nachdachte, und war dankbar, als er keine Einwände erhob.

»Müsst ihr beide nicht die Hinweise finden, um an den Schlüssel für Grandmas Schließfach zu kommen?«

»So steht es in dem Brief.«

»Wie wollt ihr das machen, wenn ihr euch nicht mögt?«

»Deine Tante und ich werden eine Liste von allem aufstellen, was sich in unseren beiden Häusern befindet. Wenn wir das getan haben, sehen wir hoffentlich, was auf den Listen unterschiedlich ist. Zwei dieser Dinge dürften dann die Hinweise sein.«

»Ach so. Könnte ich nicht dabei helfen, die Liste von den Sachen hier zu machen?«

Bei dem Angebot ihres Sohnes kam Freude in Rose auf. Sie lächelte ihn an, und das Grinsen, das sich über sein Gesicht breitete, ging ihr zu Herzen. Für einen kurzen Moment war er wieder ein Baby, lächelte sie an, zahnlos und vollkommen glücklich. Sein neunjähriges Lächeln war breiter und hatte Zähne, war ansonsten jedoch unverändert. Sie war es, die sich verändert hatte.

»Klar! Das wäre toll! Wir haben aber noch eine Menge Zeit. Wir müssen Tante Emily die Liste erst am Donnerstagmorgen zeigen.«

»Cool, Mom. Ich kann's kaum erwarten rauszufinden, was das für Hinweise sind! Kann ich gleich damit anfangen?«

»Tu dir keinen Zwang an«, erwiderte Rose. »Oh, und was willst du essen? Ich bin noch nicht zum Einkaufen gekommen, aber ich könnte was bei Pizza Hut bestellen.«

»Okay.« Alex betrachtete einen Kartonstapel in der hinteren Ecke des Wohnzimmers. »Hey, Mom, auf dem Karton hier steht Tante Ivys Name«, rief er. Die Klappen oben am Karton waren ineinander geschoben, ließen sich aber leicht öffnen. »Der ist voll mit Büchern! Sieht aus, als wären sie wirklich alt.«

Alex brachte ihr ein paar Bücher aus dem Karton. Taschenbücher mit verblichenen, abgenutzten Umschlägen und vergilbten Seiten.

»Hmm«, machte sie und sah sich die Titel an. Alles Klassiker – *Ein Baum wächst in Brooklyn, Der Fänger im Roggen, Wer die Nachtigall stört* und *Der Graf von Monte Christo.* »Hast du schon welche davon gelesen?«

»Nee.«

»Solltest du aber. Ist Jahre her, seit ich die gelesen habe, aber sie sind alle toll. Am besten hat mir *Der Graf von Monte Christo* gefallen. Die *ultimative* Erzählung der Rache, könnte man sagen.« Sie hielt inne und sah zu dem geöffneten Karton hinüber. »Weißt du, als deine Tante Emily und ich Kinder waren, brachte Tante Ivy Grandma hin und wieder einen großen Karton mit alten Büchern. Die konnte sie nicht mehr verkaufen, und die Bücherei wollte sie nicht haben. Manchmal waren die Umschläge abgerissen, und aus manchen fielen die Seiten heraus. Grandma hat sie uns trotzdem vorgelesen. Solange sie die Wörter auf der Seite erkennen konnte, war das alles, worauf es ankam.« Rose schmunzelte. »Ich wette, das ist alles Ausschuss aus der Bücherstube.«

»Kann ich sie dann haben?«, fragte Alex. »Ich könnte den ganzen Karton mit in mein Zimmer nehmen.«

»Klar. Pass nur mit dem Karton auf – der ist schwer. Besser, du trägst die Bücher einzeln nach oben.«

Alex räumte den Karton im Handumdrehen aus und verschwand wieder in seinem Zimmer. Rose bestellte telefonisch bei Pizza Hut. Sie hatte sogar Fortschritte beim Auspacken ihrer Kleider gemacht, als es erneut an der Tür klingelte.

Das ging aber schnell, dachte Rose. Sie nahm ihren Geldbeutel aus der Handtasche und eilte zur Tür.

Statt des Pizzaboten blickte Daisy Delaine zu ihr auf und befingerte nervös ein Schraubglas, das mit einer leuchtend orangefarbenen Flüssigkeit gefüllt war, mit einer passenden Schleife darum.

Rose kniff die Augen zu, während sie überlegte, wer da vor ihr stand. Sie brauchte nicht lange, bis ihr einfiel, wo sie sich zum letzten Mal begegnet waren.

»Miss Rose«, brachte Daisy leicht stotternd heraus, »ich habe gehört, dass Sie über den Sommer wieder in der Stadt sind, Miss Rose.« Sie schluckte schwer, und ihre Stimme sank zu einem Flüstern herab. »Es ist mir immer noch sehr peinlich, was im Haus Ihrer Mom passiert ist. Ich wollte Ihnen noch mal sagen, wie leid es mir tut, was ich mit der Asche Ihrer Mutter angestellt habe. Daher habe ich das hier speziell für Sie gemacht«, fuhr sie fort und hielt das Glas hoch. »Es ist ein Vergebungstrank.«

Rose hielt die Hände dicht am Brustkorb, um das Glas nicht berühren zu müssen. Sie sah, wie der Inhalt Schlieren an der Innenseite hinterließ. Was die Flüssigkeit tatsächlich enthielt, ließ sich nicht erkennen.

»Äh, vielen Dank, aber nein«, sagte Rose. Die Wärme, die sie beim Gespräch mit ihrem Sohn erfüllt hatte, verschwand. »Ich weiß, dass Missgeschicke jedem passieren können. Aber Sie sind wirklich eine Idiotin, wenn Sie glauben, dass die Leute Ihre Tränke tatsächlich haben wollen oder dass die überhaupt wirken. Denn wegen dem Scheiß, den Sie zur Gedenkfeier meiner Mutter mitgebracht haben, ist ihre Asche ruiniert. Wir konnten nicht mal genug retten, um eine anständige Beisetzung für sie zu ermöglichen. Also können Sie behalten, was zum Teufel auch immer in dem Glas ist.«

Rose warf einen letzten Blick auf Daisys entsetztes Gesicht und schloss die Tür mit Nachdruck. Ihr war es egal, ob sie die bescheuerte kleine Frau je wiedersehen würde.

10

1985

Ein paar Wochen, nachdem sie Emilys Haare vor Roses Schere gerettet hatte, wachte Josie vor dem Klingeln des Weckers auf. Sie hatte unruhig geschlafen, daher war das Aufstehen fast eine Erleichterung. Am Türknauf ihres Schranks hing ihr neues marineblaues Kostüm unter einem Plastiküberzug. Sie hatte sich auch dazu passende Pumps gekauft und war dankbar, alles zu reduzierten Preisen bekommen zu haben. Um ihre Nervosität unter Kontrolle zu kriegen, atmete sie tief durch. Dann ging sie die Mädchen wecken. Heute hatte sie ein Vorstellungsgespräch bei einem Immobilienmakler in Rutland.

Automatisch führte Josie alle morgendlichen Handgriffe aus und machte die Mädchen für Schule und Kindergarten fertig. Nachdem sie Rose in den Bus gesetzt und Emily in St. John abgeliefert hatte, eilte sie nach Hause zurück und zog sich um. Es war seltsam, so formell gekleidet zu sein, mit Strumpfhose und hohen Absätzen, doch sie dachte nicht länger darüber nach. Sie wollte rechtzeitig in Rutland sein, damit sie das Büro von Circle Immobilien fand und sich vor dem Vorstellungsgespräch noch sammeln konnte.

Josie hatte an viele Makler geschrieben, doch nur einer hatte positiv auf ihre Anfrage nach einer Praktikantenstelle geantwortet. Circle Immobilien war eine kleine Agentur im südwestlichen, überschwemmungsgefährdeten Gebiet von Rutland City, das von den Einheimischen »der Bauch« genannt wurde.

Als sie nach Rutland hinein und durch die Straße fuhr, in der das Büro lag, fühlte Josie sich sofort zu Hause. Die Häuser und Geschäfte, an denen sie vorbeikam, hatten zwar nichts Schickes, und die wenigen Menschen, die sie sah, waren schlicht gekleidet. Aber das war vollkommen in Ordnung. *Das sind einfach normale, hart arbeitende Menschen.* Der »Bauch« erinnerte sie an ihre alte Nachbarschaft in der Bronx, und hier war es bestimmt wesentlich netter als in vielen Gegenden der Bronx, die sie früher gemieden hatte.

Um genau fünf Minuten vor zehn betrat Josie das Büro von Circle Immobilien. Eine kleine Glocke ertönte über der Tür. Im Eingangsbereich roch es nach altem Kaffee, Schimmel und der feuchten, dampfigen Wärme eines Heizkörpers. Der mit grauem Teppich ausgelegte Boden knackte unter ihren Schritten. Ein unbesetzter Empfangstresen und ein Garderobenständer befanden sich zu ihrer Linken. Rechts gab es eine kleine Sitzgruppe mit Tisch, auf dem eine volle Kaffeekanne stand, ein Stapel Styroporbecher und eine Schale mit einzelnen Zucker- und Kaffeeweißer-Päckchen. Eine geschlossene Tür direkt vor ihr führte vermutlich in die Büroräume.

Im Moment war sie allein.

Josie hängte ihren Mantel auf. Sie glättete ihren Rock und entfernte einen Fussel von ihrem Ärmel. Sie überlegte, ob sie sich setzen sollte, als die Tür vor ihr aufschwang.

»Ich dachte doch, ich hätte jemanden hereinkommen hören«, sagte ein Mann und betrat den Eingangsbereich. Er war anscheinend ein paar Jahre älter als sie, vielleicht Mitte dreißig. Er hatte schwarzes Haar und dunkelbraune Augen und trug einen schwarzweißen Sakko mit Hahnentrittmuster. »Mein Name ist Ned Circle. Sie müssen Josie sein.« In der Hand hielt Ned ein Stück kalte, halb gegessene Pizza auf einer Serviette. Er wischte die andere Hand am Hosenbein ab und reichte sie ihr.

»Ja.« Josie schüttelte ihm die Hand. »Ich freue mich sehr, Sie kennenzulernen.«

»Gleichfalls. Kommen Sie mit nach hinten.« Er deutete mit der Pizza auf die offene Tür. »Oh, und ich hoffe, Sie verzeihen mir mein spätes Frühstück. Ich wollte fertig sein, bevor Sie kamen, aber dann führte eins zum anderen, Sie wissen ja, wie das ist.« Er biss in die Pizza und redete weiter. »Die ist übrigens von Ted's, dem Pizzaladen an der State Street. Die beste, die man in Rutland kriegen kann. Ich hab noch ein paar Stücke übrig, falls Sie hungrig sind.«

»Oh, nein, vielen Dank.« Josie folgte ihm. Neds saloppes Auftreten und den schmierigen Handschlag fand sie etwas abstoßend.

»Dann legen wir mal los«, sagte Ned. Sie hatten ein vollgestopftes, unordentliches Büro betreten. Ned setzte sich hinter einen mit Papieren und einem Pappteller voll harter Pizzaränder bedeckten Schreibtisch. Er bedeutete Josie, auf dem Stuhl davor Platz zu nehmen, während er rasch den Pappteller in den Papierkorb schob. »Entschuldigen Sie die Unordnung. Meine Sekretärin hat vor drei Wochen gekündigt, und seither habe ich allein versucht, alles am Laufen zu halten.« Er nahm zwei sauber gefaltete Papierbogen von den chaotischen Stapeln – Josies Brief und ihren Lebenslauf. »Also, Josie … Moment, ist es in Ordnung, wenn ich Sie Josie nenne?«

»Ja. Darf ich Sie dann Ned nennen?«

»Aber bitte doch. Also, Josie, erzählen Sie mir, warum Sie Immobilienmaklerin werden wollen.« Ned biss erneut in seine Pizza und blickte Josie kauend an.

Weil meine Ersparnisse fast ausgegeben sind und ich einen Job brauche, damit meine Kinder was zu essen und anzuziehen haben. Josie sah Ned direkt in die Augen. »Weil es mir Freude machen würde, Menschen dabei zu helfen, das für sie richtige Haus zu finden. Zudem verfüge ich über umfangreiche Verkaufserfahrung.«

Ned sah hinunter auf ihren Lebenslauf. Josie folgte seinem Blick, beobachtete, wie seine Augen den Text überflogen.

»Sie haben Schmuck verkauft.«

»Ja.«

»Wie kommen Sie darauf, dass sich Ihre Fähigkeiten aus dem Schmuckverkauf auf Immobilien übertragen lassen?«

»Wenn Sie Ihr Produkt kennen und Menschen gut genug einschätzen können, um das Passende für jeden Kunden zu finden, dann spielt es keine Rolle, ob Sie versuchen, Diamanten, Immobilien oder sonst etwas zu verkaufen. Sie werden Erfolg haben.«

»Hmm. Laut Ihrem Lebenslauf stammen Sie aus New York. Was hat Sie nach Vermont geführt, wenn ich fragen darf?«

»Ich habe Familie in Mill River. Ich bin vor zwei Jahren mit meinen Töchtern hierhergezogen, nachdem mein Mann gestorben war.«

Ned hörte auf zu kauen. »Oh, das tut mir leid.« Verlegen hielt er inne, überlegte anscheinend, was er als Nächstes sagen sollte.

»Vielleicht könnten Sie mir ein bisschen über Ihre Agentur erzählen?«, bat Josie. »Und auch etwas darüber, welche Erwartungen Sie an eine Praktikantin haben? Meine Lizenzprüfung wird in einigen Wochen stattfinden.«

Ned war sichtlich erleichtert, das Thema zu wechseln. »Natürlich. Nun ja, ich arbeite allein als Makler, und das schon, seit ich Circle Immobilien vor zehn Jahren eröffnet habe. Ich bin in Rutland aufgewachsen, genau genommen hier in der Nachbarschaft. Der Laden ist bisher ganz gut gelaufen, obwohl der Markt bei den momentanen Zinsen schwieriger ist. Um ganz ehrlich zu sein, habe ich eigentlich nicht nach einer neuen Maklerin gesucht, als ich Ihren Brief bekam, aber dann hat Marsha gekündigt – sie war meine Sekretärin –, und sie hat hier wirklich für Ordnung gesorgt. Die Tatsache, dass Sie eine Lizenz anstreben, ist ein echtes Plus.«

Ned nahm den letzten Bissen Pizza und warf den Rand zu den anderen in den Papierkorb. Er blickte sie unschuldig an, während er auf ihre Antwort wartete.

Josie blinzelte. *Hatte sie den Mann richtig verstanden?* Sie schluckte, bemühte sich, ihre nächste Frage so höflich wie möglich zu formulieren.

»Sie wollen mir damit also sagen, dass Sie in Wirklichkeit nach einer … einer neuen Sekretärin suchen, Ned?«

»Tja«, erwiderte Ned gedehnt. »Ich dachte mir, dass Sie als Sekretärin anfangen könnten, weil ich tatsächlich eine Menge zu sortieren und abzulegen habe.« Er deutete auf die Papiere, die sich in seinem Büro stapelten und verstreut herumlagen. »Im Moment ist sowieso wenig los, also könnten Sie für Ihre Prüfung lernen, nachdem Sie hier aufgeräumt haben. Wenn Sie dann Ihre Verkaufslizenz haben, könnten Sie versuchen, ein paar Häuser vorzuführen. Und um zu beweisen, was für ein netter Kerl ich bin, überlasse ich Ihnen sogar ein Immobilienangebot, mit dem Sie anfangen können. Wäre ein guter Test, um zu zeigen, was Sie können. Sollten Sie einen Käufer dafür finden, stelle ich Sie als feste Maklerin ein. Wenn Sie so gut verkaufen können, wie Sie behaupten, würde sich das für uns beide als Vorteil erweisen.«

Nach allem, was sie investiert hatte, um Maklerin zu werden, wollte Josie Ned am liebsten sagen, wohin er sich seinen Vorschlag stecken könnte. Doch ein sehr ruhiger, vernünftiger Gedanke setzte sich gegen ihre Entrüstung durch. Wenn sie als Sekretärin anfing, würde sie nicht auf Provisionsbasis arbeiten. Ihr bot sich die Chance auf ein geringes, aber regelmäßiges Einkommen, mit dem sie ihre Ersparnisse strecken könnte. Sie könnte während ihrer Arbeitszeit zumindest ab und zu für ihre Prüfung lernen und dann gleich mit einem Verkauf loslegen, sobald sie die Lizenz hatte, falls Ned ihr tatsächlich ein eigenes Immobilienangebot überlassen würde.

»Ich habe noch ein paar Fragen«, setzte Josie an.

»Schießen Sie los.«

»Ich würde es in Betracht ziehen, als Sekretärin anzufangen. Aber meine Töchter sind noch sehr klein, in der ersten Klasse und im Kindergarten. Da ich alles bin, was sie haben, muss ich für sie da sein, wenn sie zu Hause sind. Wären Sie trotzdem bereit, mich einzustellen, wenn ich erst mal nur Teilzeit arbeite, morgens, wenn beide Kinder untergebracht sind?«

Ned verzog den Mund. Josie merkte, dass es richtig gewesen war, ihm zu verraten, warum sie nach Vermont gekommen war. Offensichtlich wog Ned sein Mitgefühl für sie gegen seinen dringenden Bedarf an einer Vollzeitkraft ab, die seinen Saustall aufräumte.

»Das dürfte schon hinhauen«, meinte er schließlich. »Aber bei Teilzeit kann ich keine Zusatzleistungen zahlen. Nur den einfachen Stundenlohn.«

»Verstehe.«

Ned nickte und fuhr fort: »Was nicht heißen soll, dass Sie keine zusätzlichen Stunden arbeiten können, wenn Sie die Zeit haben. Mir geht es nicht so sehr um Telefondienst, sondern eher darum, dass der Papierkram und die Ablage in Ordnung kommen. Ich gehe davon aus, dass Sie während Ihrer Stunden hier äußerst effizient vorgehen werden.«

»Darauf können Sie sich verlassen«, erwiderte Josie. »Und nur um mich zu vergewissern, dass ich Sie richtig verstanden habe: Falls ich das Objekt verkaufe, das Sie mir überlassen, arbeite ich von da an ausschließlich als Maklerin und nicht mehr als Sekretärin?«

»Sie haben mein Wort darauf. Und sollten Sie das Objekt tatsächlich verkaufen, werde ich Ihnen sogar hundert Prozent der Provision aus dem Verkauf überlassen. Ich bin ein echt netter Kerl, wissen Sie.«

Josie blickte in Neds schmieriges Gesicht und brachte ein schwaches Lächeln zustande. »Ich könnte diesen Freitag anfangen, gegen neun Uhr?«

»Hervorragend.« Ned schenkte ihr ein breites Grinsen, und seine dunklen Augen leuchteten auf. »Bis dahin mache ich Ihre

Steuerunterlagen und die Provisionsregelung fertig und halte alles schriftlich fest, worüber wir gesprochen haben, damit es keine Missverständnisse gibt.«

»In Ordnung.« Josie stand auf und reichte Ned die Hand. Sein Händedruck fühlte sich nicht mehr so schmierig an. »Vielen Dank, Ned, dass Sie mir diese Möglichkeit geben.«

»Nichts zu danken, Josie. Ich bringe Sie noch hinaus.«

Sie verließen Neds chaotisches Büro und kamen zurück in den Vorraum. Josie zögerte an der Tür, bevor sie hinaustrat. »Mir ist noch etwas eingefallen.«

»Ja?«

»Das Objekt, das Sie mir überlassen wollen … haben Sie schon ein bestimmtes im Sinn?«

Ned lächelte erneut, diesmal ohne Zähne zu zeigen. »Allerdings.«

»Würde es Ihnen was ausmachen … na ja, um ehrlich zu sein, ich bin neugierig. Würde es Ihnen was ausmachen, wenn ich vorbeifahre und es mir anschaue?«

»Ach, überhaupt nicht. Warten Sie, ich hole Ihnen die Adresse.« Er verschwand in seinem Büro und kehrte mit einem kleinen Zettel zurück, den er ihr gab. »Ist nicht weit von hier, ich habe erst letzte Woche das Schild im Vorgarten angebracht. Allerdings muss ich Sie warnen, das Haus ist alles andere als perfekt.«

Josie blickte auf den Zettel und dann wieder zu Ned. »Kein Haus ist perfekt, Ned.«

»Wie wahr, wie wahr. Doch manche sind perfekter als andere. Ich meinte es ehrlich, als ich sagte, dass dieses Objekt ein Test für Sie ist. Dann also bis Freitagmorgen.« Er feixte ein wenig, bevor er sie allein im Eingangsbereich stehen ließ.

Josie schaute auf die Uhr und nahm ihren Mantel vom Garderobenständer. Wenn sie sich beeilte, konnte sie sich noch ihr erstes eigenes Immobilienangebot ansehen, bevor sie Emily abholen musste.

Im Auto fand sie die Straße auf Ivys Karte und fuhr los. Endlich sickerte die Erkenntnis durch. *Sie hatte einen Job.* Zwar keinen tollen, und ihr neuer Chef war … na ja, sie wollte lieber nicht darüber nachdenken, mit welchen Ausdrücken sich Ned beschreiben ließ, damit sie sich ihre gute Laune nicht verdarb … aber sie hatte einen Job!

Innerhalb von wenigen Minuten hatte Josie das Stadtzentrum durchquert. Die von Ned auf den Zettel gekritzelte Adresse gehörte zu einem Haus an der Gleason Road, und diese war leicht zu finden. Josie war erst ein Stück die Straße entlanggefahren, als sie die städtische Müllhalde von Rutland rechts aufragen sah. Sie kam am Zufahrtsweg zur Mülldeponie vorbei und bremste das Auto ab, während sich in ihrer Magengrube eine mulmige Erkenntnis breitmachte.

Direkt hinter der Grundstücksgrenze zur Mülldeponie stand ein winziges Ranchhaus mit einem Schild von Circle Immobilien im Vorgarten. Rasch bog sie in die Einfahrt und starrte das kleine Haus an.

Es war in verwittertem, schmuddeligem Braun gestrichen, und die Schindeln auf dem Dach waren von Schimmel überzogen und teilweise zerbrochen. Das weiße Schild von Circle Immobilien glänzte im Vergleich dazu, und Josie konnte sich nicht vorstellen, dass das Haus in letzter Zeit bewohnt worden war. Die Einfahrt, oder das, was sie davon erkennen konnte, war voller Risse, und ein halb verrotteter Holzzaun umgab den Vorgarten. Josie stieg aus, mochte aber nicht durch die dunklen Fenster schauen aus Furcht vor dem, was sie drinnen erblicken könnte.

Das Schlimmste war jedoch nicht das Anwesen selbst. Höchstens fünfzig Meter und eine dünne Baumreihe trennten den Garten vom Maschendrahtzaun um die Mülldeponie von Rutland. Josie kämpfte mit den Tränen, während sie dem ständigen Rumpeln der Wagen und Bulldozer auf den Abfallbergen lauschte. Durch die kahlen Bäume war in der Ferne ein Haufen Metallschrott zu sehen. Als sich der Wind drehte, brachte er den penetranten Müllgestank mit sich.

Was als vielversprechender und hoffnungsvoller Tag begonnen hatte, endete in Frustration und Verzweiflung. Zitternd lehnte sich Josie an ihr Auto. Wie so oft, wenn sie besorgt oder traurig war, griff sie an das goldene Medaillon um ihren Hals, das Geschenk von Ivy, das nun winzige Bilder von Rose und Emily enthielt. Sie dachte auch an Tony, fragte sich, wie sie ihr Versprechen einhalten sollte. Wie sollte sie es jemals schaffen, in den Immobilienhandel einzusteigen und genug Geld zu verdienen, um ihre Töchter zu ernähren, wenn das erste Hindernis auf ihrem Weg buchstäblich ein Müllberg war?

Während sie auf ihr erstes zukünftiges Immobilienobjekt blickte, verwandelte sich ihre Verzweiflung in Wut. Sie war zu weit gekommen, und es stand zu viel auf dem Spiel, um jetzt umzukehren. Sie war entsetzt, dass Ned so grausam sein konnte, ihr dieses Objekt zu überlassen, und dass er auch noch die Dreistigkeit besaß, es als Geschenk von einem »netten Kerl« zu bezeichnen. Josie biss die Zähne zusammen.

Für Rose, Emily und Tony würde sie weitermachen.

Sie würde eine erfolgreiche Karriere als Immobilienmaklerin starten, selbst wenn das bedeutete, einen Käufer für diesen Schrotthaufen von einem Haus finden zu müssen, das auch noch an einen Schrotthaufen grenzte.

Am Ende würde sie Ned Circle schon zeigen, dass er sie gewaltig unterschätzt hatte.

11

Am Donnerstagmorgen klopfte Rose wie vereinbart an Emilys Haustür. In der Hand hielt sie mehrere zusammengefaltete Papierbögen. Sie packte sie fester, als sie Gebell und dann sich nähernde Schritte hörte.

Emily öffnete die Tür, schaute Rose kurz an und hielt den großen Hund zurück. Sie hatte sich eine Schutzbrille auf die Stirn geschoben, und ihr Gesicht war schweißnass.

»Ich hab dir meine Liste gebracht.« Rose hielt die Papiere hoch. »Sollen wir sie durchgehen?«

Emily nickte. »Zurück, Gus«, sagte sie und hielt die Tür auf.

Rose trat ins Haus. Es war etwas größer als ihres, aber sparsamer möbliert und sehr ordentlich. »Du hast schon ausgepackt?«, fragte sie. Emilys Hund kam zu ihr und beschnüffelte sie, und sie hob die Hände, um nicht mit seiner kalten, feuchten Nase in Berührung zu kommen.

»Ich hab nicht viel mitgebracht«, erwiderte Emily, »und hier stand auch nicht viel drin.« Sie packte den Hund am Halsband und zog ihn weiter ins Haus hinein. Rose folgte in einigem Abstand.

»Wozu trägst du die Schutzbrille?«

»Ich arbeite mit Buntglas.« Emily deutete im Vorbeigehen auf ein Zimmer, das seitlich abging. »Ich habe gerade Stücke für einen neuen Entwurf geschnitten.« Rose erhaschte einen Blick auf einen großen Arbeitstisch, der mit kleinen Werkzeugen und Glasstücken in unterschiedlichen Größen und Formen bedeckt war.

In der Küche nahm Emily einen kleinen Papierstapel auf und ging durch eine Tür auf die schmale Terrasse hinaus. Als Gus an ihnen vorbeiflitzte, setzte sich Emily auf einen alten Terrassenstuhl und blickte erwartungsvoll auf.

»Also … ich habe hier nichts gefunden, was mich ansprang«, begann Emily, nachdem Rose sich gesetzt hatte. Emily breitete ihre Liste auf dem Tisch aus. »Ich habe jedes Zimmer und selbst die Garage durchsucht, aber nichts Ungewöhnliches gefunden. Nur das, was man üblicherweise im Haus hat – Möbel, Geschirr, Bücher, Werkzeug und ein paar Schubladen und Kartons voller Krempel.«

Rose nickte. »In meinem Haus genauso, obwohl ich mehr von Moms alten Dekomöbeln habe als du. Außerdem einige Kartons von Ivy.«

»Hm, vielleicht ist das wichtig. Dass du mehr Möbel hast, meine ich. Vielleicht ist ja einer der Hinweise …«

»Was, ein Stuhl? Oder eine Lampe?«, unterbrach Rose. »Auf keinen Fall. Mom hätte Hinweise gewählt, die eine besondere Bedeutung für sie und für uns haben. Ich versuche mich an Sachen zu erinnern, die passiert sind, während wir aufwuchsen.«

»Wie wär's mit etwas, das mit der Küche zu tun hat?«, fragte Emily. »Denn da haben wir die meiste Zeit verbracht. Mom hat gerne gekocht, auch wenn sie dafür fast immer zu beschäftigt war. Und erinnerst du dich noch an die Sache mit der Spülmaschine?«

»Ja.« Obwohl sie sich unbehaglich fühlte und es ihr unangenehm war, sich mit Emily auseinandersetzen zu müssen, verzog sich Roses Mund zu einem Lächeln. Sie hatte seit Jahren nicht mehr an den Vorfall mit der Spülmaschine gedacht, aber für einen flüchtigen Moment übersprang ihr Gedächtnis all die Schuldgefühle, die verschwommenen Katerstimmungen und die schmerzliche, klaffende Lücke in ihrem Leben, die entstanden war, als Emily jeglichen Kontakt mit ihr abgebrochen hatte. Sie war wieder fast elf Jahre alt, klammerte sich an ihre Schwester und quietschte vor Lachen, während sie sich beide bemühten, nicht auf dem glitschigen Küchenboden auszurutschen.

In diesem kurzen Moment verspürte Rose den überwältigenden Drang, nach Emilys Hand zu greifen. Sie würde sie drücken und Emily um Vergebung bitten. Oder vielleicht waren Worte unnötig, und sie würde irgendwie durch ihre verbundenen Hände die Liebe übermitteln, die sie zu vergessen versuchte. Vielleicht könnte sie einen Weg finden, Emilys Herz zu heilen und ihre Beziehung zu kitten.

Dann, ebenso schnell, verging der Moment, und ihre üblichen Schuldgefühle und die Scham kehrten zurück.

Rose blinzelte heftig und blätterte in ihren Papieren, bis sie die Kopie des Briefes ihrer Mutter fand. »Wir sollen nach zwei unterschiedlichen Gegenständen suchen«, sagte sie beim erneuten Überfliegen. »Ich hab nicht besonders auf die Teller und Sachen in den Küchenschränken geachtet, aber vielleicht besteht einer der Hinweise aus einem alten Kaffeebecher oder so was?«

Emily saß ganz still da, einen wehmütigen Ausdruck im Gesicht. »Könnte sein«, sagte sie schließlich. »Wir sollten beide in unseren Küchen nachsehen. Und ich glaube, wir sollten auch die Bücher in unseren Häusern durchschauen. Mom hat uns vor dem Schlafengehen fast immer vorgelesen. Und im Brief steht, dass einer der Hinweise ›den Fundort des Schlüssels enthüllen wird‹. Es scheint mir naheliegend, dass es sich dabei um ein Buch handelt. Irgendwas darin könnte einen Fundort enthüllen, stimmt's? Also, wie viele Bücher hast du auf deiner Liste?« Emily blickte hinüber auf Roses Papiere.

Rose seufzte. »Die habe ich noch nicht gezählt oder auch nur aufgelistet. Da sind jede Menge Bücher, auf Regalen, in Kartons. Manche so alt, dass sie auseinanderfallen.« Sie bekam Kopfschmerzen und spürte, wie sie gereizt wurde.

»Tja, ich habe auch eine Menge, und ich *habe* sie einzeln aufgelistet«, sagte Emily. »Du musst rübergehen und alle Titel aufschreiben, damit wir sie vergleichen können.«

Verärgert über den herrischen Ton ihrer Schwester verdrehte Rose die Augen. »Und was dann? Falls sie ein Buch als Hinweis gewählt hat, woher sollen wir das wissen? Vor allem, wenn es eines ist, das wir nicht gelesen haben?«

»Mom würde nicht erwarten, dass wir Hunderte Bücher in nur zwei Monaten lesen«, erwiderte Emily. »Wenn einer der Hinweise ein Buch ist, dann eines, das wir schon kennen.«

»Mag sein. Aber selbst dann müssen wir noch herausbekommen, was der zweite Hinweis ist, um den Schlüssel zu finden.«

»Der zweite Hinweis, ›etwas, das euch dabei helfen wird, an ihn heranzukommen‹, könnte auch ein Buch sein, nur ein anderes«, führte Emily an.

Was würde ich nicht für einen Drink geben, dachte Rose. Sie schloss die Augen und stützte ihre Stirn auf die Hand.

»Hör zu, wenigstens haben wir angefangen«, sagte Emily. »Lass uns einfach alle Einzelheiten in unseren Küchen auflisten. Und du solltest die Bücher notieren, die bei dir sind, und ankreuzen, welche du davon schon gelesen hast. Das dürfte nicht allzu lange dauern, nur ein paar Tage mehr. Vielleicht könnten wir uns am Sonntag wieder treffen.«

»Na gut.« Rose stand auf. Sie hatte wirklich damit gerechnet, in ein paar Tagen mit den dämlichen Aufgaben ihrer Mutter fertig zu sein. Sie hatte sogar mit dem Auspacken aufgehört in der Hoffnung, bald wieder abzureisen, doch nun sah es so aus, als würden sie den ganzen Sommer über in Mill River festsitzen. *Na klar*, dachte sie. Wenn ihre Mutter sie hatte zwingen wollen, miteinander in Kontakt zu treten, hätte sie dann nicht auch gewollt, dass sie solange wie möglich nebeneinander wohnten?

Nachdem Rose gegangen war, holte Emily Gus herein und kraulte ihn an den Ohren. »Ich bin bald zurück, Junge, dann machen wir einen schönen langen Spaziergang.« Obwohl Gus protestierend jaulte, schlüpfte sie aus der Haustür. Sie hatte eine Verabredung mit Ruth und Fitz.

»Emily! Komm herein. Ich habe gerade Kaffee gemacht«, rief Ruth, als Emily die Bäckerei betrat. »Oder hättest du lieber Tee?«

»Kaffee ist prima, Ruth. Vielen Dank.«

»Ich weiß nicht, wie viel du über Mary McAllister gehört hast«, sagte Fitz, nachdem sie alle Platz genommen hatten. »Sie war die Dame, die in dem großen weißen Haus auf dem Hügel gelebt hat. Niemand hat je viel von ihr zu sehen bekommen oder auch nur etwas über sie erfahren. Es stellte sich heraus, dass sie ihr Leben lang psychisch krank war und nicht oft aus dem Haus ging. Aber sie hat viel für die Menschen hier in der Stadt getan, ohne dass sie davon wussten.«

»Ich habe jahrelang die Lebensmittel für sie eingekauft«, warf Ruth ein. »Trotzdem habe ich sie nur ein einziges Mal persönlich gesehen.«

»Und sie beschenkt die Leute immer noch auf magische Weise. Als sie im Februar starb, hat sie mir und Ruthie das Haus vererbt«, fuhr Fitz fort. »Wir haben immer davon geträumt, eine Frühstückspension zu eröffnen, und nun, da die Renovierung der Bäckerei nach dem Brand im letzten März abgeschlossen ist, wären wir so weit, mit den Arbeiten an der Villa zu beginnen.«

Emily nickte. »Von außen sieht das Haus wunderschön aus. Ist es in gutem Zustand?«

»Offenbar«, erwiderte Ruth. »Es ist solide gebaut, und Mrs McAllister beauftragte Handwerker mit den notwendigen Instandhaltungs- und Reparaturarbeiten, solange sie dort lebte.«

»Das Haus hat sieben Schlafzimmer, alle bis auf eins mit einem eigenen Bad, aber die meisten wurden nie benutzt«, ergänzte Fitz. »Einige Schlafzimmer sind sogar unmöbliert. Sie standen einfach über siebzig Jahre leer, abgeschlossen und unbenutzt.«

»Wow«, machte Emily. »Klingt beeindruckend. Aber was braucht ihr, um das Haus in eine Frühstückspension zu verwandeln?«

»Um ehrlich zu sein, wir haben noch nicht alles entschieden«, antwortete Ruth lächelnd. »Ich glaube, wir sollten es auffrischen. Neu streichen, sicherlich, und vielleicht neue Teppiche legen und die Hartholzböden abschleifen.«

»Die Badezimmerarmaturen sollten durch neue, moderne ersetzt werden«, meinte Fitz, »und wir müssen wohl auch die Rohrleitungen überprüfen, um zu sehen, ob sie noch intakt sind.«

»Und natürlich die Küche«, warf Ruth ein. »Ich brauche neue Haushaltsgeräte und bessere Arbeitsplatten. In der Küche werden wahrscheinlich die meisten Arbeiten anfallen.«

»Ihr solltet auch an die Grundausstattung des Hauses denken«, sagte Emily. »Heizung und Klimaanlage, und eine Warmwasserversorgung, die ausreicht, wenn alle Gästezimmer belegt sind. Auch die Stromversorgung werdet ihr vermutlich aufrüsten müssen.«

»Du hast recht«, stimmte Fitz zu.

»Wann wollt ihr denn eröffnen?«, fragte Emily.

»Wir haben noch kein Datum festgesetzt«, antwortete Ruth. »Eile besteht sicherlich nicht. Wir dachten, wir arbeiten Stück für Stück und sehen, wie es läuft. Allerdings sind wir beruflich so eingespannt, dass uns wenig Zeit für unser kleines Ruhestandsprojekt bleibt.« Ruth griff nach Fitz' Hand und lächelte.

»Das klingt wunderbar«, sagte Emily. »Doch ich will ehrlich sein. Was ihr da beschreibt, ist viel Arbeit für eine Person. Ich bin mir nicht mal sicher, ob ich für die schwierigeren Reparaturen qualifiziert bin. Alles muss den Vorschriften entsprechen, wenn ihr in dem Haus einen Hotelbetrieb führen wollt. Ihr werdet sicherlich Rauchmelder anbringen und vielleicht auch andere Maßnahmen zum Brandschutz treffen müssen. Und da es ein älteres Haus ist, könnte es Probleme mit Farbe auf Bleibasis geben. Was mich auf meine nächste Frage bringt – welcher Finanzrahmen steht euch denn für die Renovierungen zur Verfügung?«

»Wir können eigentlich alles machen lassen«, antwortete Fitz. »Mrs McAllister hat uns eine großzügige Summe für die Renovierungen hinterlassen. Bevor wir anfangen, müssen wir bei Jim Gasaway einen offiziellen Kostenvoranschlag für die Arbeiten einreichen. Er überwacht die Aufteilung des Erbes. Ich glaube aber nicht, dass es da Probleme geben wird. Es geht nur darum, die richtige Person oder die richtigen Leute für den Job zu finden.«

»Wir wissen, dass du Wunder mit alten Häusern vollbracht hast«, fügte Ruth hinzu. »Deine Mom hat mir von all deinen Projekten erzählt. Wir würden uns freuen, wenn du so viel in dem Haus tust, wie du kannst, und wir werden dir dein übliches Honorar zahlen. Wenn es Dinge gibt, bei denen du Hilfe benötigst, werden wir alle Handwerker beauftragen, die du brauchst.«

»Also gut, abgemacht«, sagte Emily. »Ich arbeite ein paar Stunden in der Woche bei Turner, aber ich habe trotzdem noch viel Zeit. Wann soll ich anfangen?«

»Es könnte einige Wochen dauern. Ich rufe Jim morgen an und bringe die Freigabe der Finanzen ins Rollen«, antwortete Fitz. »Er will sicher einen Plan und einen Kostenvoranschlag sehen.«

»Aber wenn du willst, kannst du dir das Haus schon mal anschauen«, schlug Ruth vor. »Vielleicht könntest du überlegen, was als Erstes gemacht werden sollte.«

»Würde ich gerne. Ich könnte sogar einen Plan ausarbeiten und für euch einen ersten Kostenvoranschlag aufstellen, wenn ihr wollt.«

»Das wäre perfekt«, sagte Fitz.

»Ich habe die Schlüssel oben«, sagte Ruth. »Warte kurz, dann hole ich sie.« Sie verschwand durch den hinteren Raum der Bäckerei, von wo aus eine Treppe zu den beiden Wohnungen im ersten Stock führte. Nach ein paar Minuten war sie zurück, ein wenig atemlos, und reichte Emily einen großen Schlüssel.

Emily bedankte sich bei den Fitzgeralds. »Ich weiß es wirklich zu schätzen, dass ihr mir diesen Job gebt.«

»Ach was«, wehrte Ruth ab. »Wir sind dankbar, dass du gerade jetzt in die Stadt gekommen und bereit bist, uns zu helfen.« Fitz nickte zustimmend. »Es gibt niemanden, den wir lieber beauftragen würden.«

Ruth eilte zu den wartenden Kunden, Emily verließ die Bäckerei und holte Gus ab. Die Fahrt an den Stadtrand und bis vor das Tor der gewundenen Auffahrt zu der großen weißen Villa dauerte nur ein paar Minuten. Emily erschien es am besten, sich das Haus in der strahlenden Mittagssonne anzusehen. Ihr war fast schwindlig vor Erwartung, als sie das Ende der Auffahrt erreichte und ihr Auto parkte.

Sie steckte den Schlüssel ins Schloss und betrat das Haus durch die Hintertür. Aus dem kleinen Vorraum schlug ihr kühle, abgestandene Luft ins Gesicht. Gus winselte hinter ihr, und sie nahm ihn sanft an der Leine und führte ihn weiter in die Küche.

Der große Raum war still und dämmrig. Emily trat ans Fenster über der Spüle und zog die Jalousie hoch. Sie bemerkte, dass die Armaturen und Hähne an der Spüle relativ modern waren, aber alles andere in der Küche – der Boden, die Arbeitsplatten und Schränke – sah nach der ursprünglichen Einrichtung aus. Alles war abgenutzt und musste erneuert werden. Trotzdem erkannte Emily, dass es genügend Platz zum Erweitern und Modernisieren der Küchenausstattung gab, und sie sah bereits Ruth vor sich, die in dem renovierten Raum Kuchen in einen neuen, professionellen Backofen schob.

»Bleib hier, Junge«, sagte Emily, als Gus sich auf den alten Küchenboden plumpsen ließ. »Ich lass nur mal etwas Licht rein.«

Mit langsamen Schritten verließ sie die Küche. Die große Halle, die sie betrat, hatte eine gewölbte Decke, und eine geschwungene Treppe führte in den ersten Stock. Zu ihrer Linken gab es ein Esszimmer, in dem ein verstaubter Kronleuchter an der Decke hing. Rechts befand sich ein kleineres Zimmer, das wohl als Salon oder Bibliothek benutzt worden war. Die wenigen Möbel in den Zimmern waren mit weißen Tüchern abgedeckt.

Emily ging quer durch den Raum auf die schweren Vorhänge zu. Sie packte den dicken Stoff und zog, kniff die Augen zusammen, als Sonnenlicht durch die Panoramafenster flutete. Als sich ihre Augen angepasst hatten, warf sie durch die im Licht tanzenden Staubteilchen einen Blick zurück in den Raum. Erst da wurde die ganze Pracht der Villa sichtbar – die schiere Größe des Hauses, die hervorragenden Holzarbeiten und der Stuck, die erlesenen Gemälde von Pferden und Vermonter Landschaften, die nach wie vor an den Wänden hingen. Emily lächelte. Sie konnte es kaum erwarten, dieses wunderschöne Haus aufpoliert zu sehen, damit alle es bewundern konnten.

Sie drehte sich zum Fenster und schaute auf die kleine Stadt hinunter. Von dort, wo sie stand, war der Blick auf die Hauptstraße absolut perfekt. Ja, fast ganz Mill River war von diesem einzigartigen Aussichtspunkt zu sehen. Sie schaute hinab auf die Bücherstube und auf das Haus ihrer Mutter daneben, in dem sie aufgewachsen war. Ein seltsamer Gedanke, dass sie jetzt in dem ehemaligen Zuhause der Person stand, die ihrer Mutter in der Stunde ihrer größten Not das kleine Haus geschenkt hatte. Nach einer Weile wanderte Emilys Blick vom Haus ihrer Kindheit zu den zwei kleinen Häusern auf der gegenüberliegenden Straßenseite, in denen sie und ihre Schwester den Sommer über festsaßen.

Emily seufzte, als sie an ihr erstes Treffen mit Rose dachte. Es war gut gelaufen, aber es wäre ein Wunder, wenn sie tatsächlich herausbekämen, was ihre Mutter für sie versteckt hatte, ohne sich gegenseitig an die Gurgel zu gehen. Ja, selbst den Anblick ihrer Schwester konnte sie kaum ertragen. Der Gedanke, sich mit ihr zu versöhnen, wie ihre Mutter es sich so sehr gewünscht hatte, war ein Witz.

Sie drehte sich wieder zu dem schönen Raum um. Die Wände konnte sie ausbessern, die Holzarbeiten neu lackieren. Sie wusste, wie man morsche Bodenbretter austauschte und undichte Wasserhähne reparierte, sogar wie man auch stark angelaufenes Metall wieder auf Hochglanz brachte. Sie war sich absolut sicher, dass sie der alten Villa wieder zu ihrer vollen Pracht verhelfen würde.

Und sie war sich ebenso sicher, dass ihre Beziehung zu Rose nicht mehr zu reparieren war.

12

1986

Am ersten Montagmorgen nach Neujahr kam Josie ein paar Minuten früher zu Circle Immobilien, um ein Treffen vorzubereiten. Als sie an der Tür nach dem Schlüssel fummelte, schrak sie unter dem lauten Probealarm der Sirene auf der Feuerwache – von den Einwohnern das »Zehn-vor-neun-Pfeifen« genannt – so zusammen, dass sie fast ihre Handtasche fallen ließ. Seit dem Brand reagierte sie so empfindlich auf laute Geräusche, und bei der verdammten Sirene bekam sie jeden Morgen fast einen Herzanfall.

In der Wärme und Stille des Büros von Circle Immobilien hängte sie ihren Mantel auf und wartete, bis sich ihr Herzschlag beruhigte. Erfreut stellte sie fest, dass das Büro fast so ordentlich war, wie sie es am Freitag verlassen hatte. Seit sie auf Neds Jobangebot eingegangen war, hatte sie alles völlig umorganisiert und aufgeräumt. Die Unterlagen waren jetzt ordentlich in Hängeregistern nach offenen Immobilienangeboten, anstehenden Verkäufen oder abgeschlossenen Verträgen sortiert. Die Oberflächen der Tische, Tresen und Ablageschränke waren leer und staubfrei, und selbst die dunkle Holzfläche von Neds furchtbarem Schreibtisch war teilweise sichtbar.

Über ihrem eigenen ordentlichen Arbeitsplatz hing bereits ihre frisch ausgestellte Verkaufslizenz in einem Rahmen an der Wand. Nun war ihr endlich erlaubt, Hausbesichtigungen vorzunehmen. Leider war Josie zu dem Schluss gekommen, dass es sinnlos wäre, das Objekt vorzuführen, das Ned ihr überlassen hatte. Das heruntergekommene Haus neben der Mülldeponie von Rutland war praktisch unverkäuflich – eine Tatsache, die Ned nicht entgangen war. Er hatte ihr damit eindeutig eine Falle gestellt. Aber sie war entschlossen, ihm nicht die Genugtuung zu gönnen, sie scheitern zu sehen. Nie würde sie Ned merken lassen, wie entsetzt und verzweifelt sie gewesen war, als sie das Anwesen zum ersten Mal gesehen hatte.

Außerdem war ihr bereits eine Idee gekommen.

Für das Anwesen neben der Deponie würde sie einen unkonventionellen Käufer brauchen, und sie hatte für den späten Vormittag ein Treffen vereinbart, das ihr, wie sie glaubte, möglicherweise zu diesem Käufer verhelfen würde.

Josie holte den alten Staubsauger aus dem Putzschrank und saugte den Teppich im Eingangsbereich. Allmählich hatte sie das Gefühl, zu ihrer Berufsbezeichnung sollte auch noch »Hausmeisterin« hinzugefügt werden, aber jetzt war nicht der Zeitpunkt, sich darüber aufzuregen. Nachdem sie den Staubsauger weggeräumt und Kaffee aufgesetzt hatte, kehrte sie an ihren Schreibtisch zurück und ging noch mal die Unterlagen zu dem Anwesen durch.

Um zwanzig nach neun schlenderte Ned herein, spät wie immer. Er war dabei, einen großen Muffin zu verzehren, und schien die Krümelspur, die er hinterließ, gar nicht zu bemerken.

»Morgen«, sagte er mit vollem Mund. »Tut mir leid, dass ich spät dran bin, aber heute ist einfach nicht mein Tag. Gut, Sie haben Kaffee gemacht. Schon irgendwelche Anrufe?« Er wechselte den Muffin von einer Hand in die andere, während er den Mantel auszog, wobei weitere Krümel und einige größere Stücke zu Boden fielen.

»Nein, bisher noch keine«, erwiderte Josie. »Ich habe mir gedacht, dass so kurz nach den Feiertagen nicht viel los sein wird, daher wollte ich mir heute Morgen mein Objekt anschauen. Ich würde gern nachsehen, ob es da noch irgendwas Wissenswertes gibt, das nicht in den Unterlagen steht.«

Das war nicht ganz wahrheitsgemäß, denn sie hatte die Begehung bereits vor Weihnachten durchgeführt. Das Innere des Hauses war sogar noch schlimmer als das Äußere. Undichte Stellen im Dach, leckende Rohre, verdreckter Teppichboden und abblätternde, grauenvoll gemusterte Tapeten verschandelten die Räume. Sie hatte den Verdacht, dass es im Haus noch viel mehr Probleme gab, die nicht so offensichtlich waren. Sie begegnete Neds Blick und lächelte ruhig, zuversichtlich, als hätte sie überhaupt keine Sorgen.

»Gute Idee«, meinte Ned. »Der Besitzer ist Al Celebrezze. Kleiner Italiener, arbeitet unten beim Ford-Händler. Sein Vater hat sich geweigert zu verkaufen, als die Mülldeponie eröffnet wurde und die Stadt ihm Geld für das Grundstück bot. Al sagte, sein Vater hätte auf eine höhere Summe gewartet, aber die Stadt hat ihr niedriges Angebot nie erhöht. Im Rückblick eine ziemlich dumme Entscheidung. Sein Vater ist im Oktober gestorben, und jetzt hat Al das Anwesen am Hals. Er wäre begeistert, wenn Sie ihm helfen könnten, es loszuwerden.« Ned erwiderte ihr Lächeln, während er sich einen Kaffee einschenkte, doch Josie sah, wie das Lächeln zu einem leichten Feixen wurde, ehe er in seinem Büro verschwand.

Nachdem er fort war, bückte Josie sich rasch und hob die größeren Muffinreste vom Boden auf. Ihre Hand zitterte vor unterdrückter Wut, als sie die Krümel in den Müll warf. Sie hatte sehr schnell gemerkt, dass Ned ein Talent dafür hatte, ihr den letzten Nerv zu rauben. *Atme durch*, befahl sie sich. *Konzentrier dich.* Mit großer Mühe wandte sich Josie wieder den Unterlagen für ihr armseliges Objekt zu.

Sie war immer noch damit beschäftigt, als Ned in den Eingangsbereich zurückkam, um seinen Kaffeebecher aufzufüllen.

»Ich habe eine Frage.« Sie blickte gerade rechtzeitig auf, um zu sehen, wie Ned Kaffeeweißer über den Teppich verstreute. »Hier steht eine Anmerkung, dass drei Immobilienmakler das Haus abgelehnt haben, bevor Sie es annahmen. Ich habe mich gefragt, ab Sie je ein Objekt ablehnen würden, wenn Sie der Meinung sind, dass es unverkäuflich ist.«

»Das ist leicht zu beantworten«, erwiderte Ned. Er nahm einen Schluck Kaffee und gab weiteren Zucker hinein. »Ich habe noch nie ein Objekt abgelehnt.«

»Wirklich? Und Sie haben alle verkauft?«

»Natürlich nicht. Aber das ist auch nicht nötig.«

Josie blickte ihn fragend an.

»Selbstverständlich muss man *ein paar* Häuser verkaufen, um durchzukommen. Aber selbst wenn ich glaube, dass ich ein Haus nicht verkaufen kann, ist es einen Versuch wert. Ich könnte eine Überraschung erleben und doch einen Verkauf erzielen. Andere Makler könnten mir einen Käufer dafür vermitteln. Wenn das alles nicht klappt, könnte es mir trotzdem gute Geschäftsverbindungen oder Empfehlungen einbringen. Wichtig ist die Vernetzung, auch wenn man ein Anwesen nicht loswird, und man weiß ja nie. Eine Situation, die Ihnen hoffnungslos erscheint, könnte zu Großem führen.« Lächelnd zog er die Augenbrauen hoch. Ned schien zufrieden mit dem Ratschlag zu sein, den er ihr gegeben hatte.

»Das leuchtet mir ein.« Josie schenkte ihm ein munteres Lächeln. »Danke.«

»Keine Ursache.« Ned prostete ihr mit dem Becher zu, trank einen weiteren Schluck und verschwand wieder in seinem Büro.

Als er fort war, fluchte Josie leise, holte den Staubsauger aus dem Putzschrank und saugte den verstreuten Kaffeeweißer auf. Dann zog sie ihren Mantel an und ging hinaus.

Ihre Situation war alles andere als hoffnungslos.

Um Punkt halb elf kam Josie vor dem Rathaus aus rotem Backstein an. Der Weihnachtsschmuck hing immer noch rechts und links neben der Eingangstür, und die beiden Laternenmasten waren mit festlichen roten und grünen Girlanden umwickelt.

Sie erkundigte sich am Empfang und fand ihren Weg zum Büro des Bürgermeisters. Eine Sekretärin begrüßte sie und führte sie hinein.

»Ms DiSanti? Phil Lawson.« Ein blonder, jüngerer Mann in Khakihosen und Rugbyhemd saß hinter dem Schreibtisch. Er erhob sich und schüttelte ihr die Hand.

»Nett, Sie kennenzulernen, Mr Lawson.«

»Oh, bitte nennen Sie mich Phil. ›Mister‹ ist zu förmlich für dieses Büro.« Er grinste, als er sich setzte und ihr mit einer Geste einen Platz anbot. »Wie ich höre, haben Sie ein paar Fragen zu einem bestimmten Anwesen?«

»Ja«, erwiderte sie. »Ich bin die Maklerin für eine Wohnimmobilie an der Gleason Road. Um gleich zur Sache zu kommen: Ich frage mich, ob die Stadt daran interessiert sein könnte, das Anwesen zu kaufen, es neu auszuweisen und zur Erweiterung der Mülldeponie zu verwenden?«

»Hmm.« Phil öffnete einen Wandschrank und holte eine große Papierrolle heraus. »Ich habe hier eine Karte der Stadt«, sagte er und breitete sie auf dem Schreibtisch aus. »Können Sie mir zeigen, wo sich das Anwesen befindet?«

Josie blickte auf die Karte und deutete auf die Stelle, an der das traurige alte Haus stand.

»Das Grundstück ist ziemlich klein«, sagte er und schüttelte den Kopf. »Vielleicht zu klein für eine wesentliche Erweiterung. Aber es könnte als Umschlagplatz dienen.«

»Umschlagplatz?«

»Ja. Die Deponie wurde 1970 offiziell eröffnet. Inzwischen ist sie fast voll, und wir fangen an zu überlegen, was wir mit all dem Müll machen sollen, wenn die Deponie in ein paar Jahren geschlossen wird.«

»Was werden Sie denn machen?«, fragte Josie.

Phil zuckte mit den Schultern. »Der Müll wird woandershin transportiert. Und wir werden einen Umschlagplatz brauchen, auf dem Müll und Wiederverwendbares sortiert, auf Lastwagen geladen und abtransportiert werden kann. Die Stadt plant bereits, eine solche Anlage auf dem Gelände der Deponie zu errichten, sobald sie geschlossen wird, aber staatliche Vorschriften verbieten es, direkt auf dem Müll zu bauen, selbst wenn er zubetoniert und versiegelt ist. Im Lauf der Jahre gerät er ins Rutschen und senkt sich ab, daher ist er als Untergrund für Gebäude oder Straßen nicht geeignet. Unser Problem ist, dass der größte Teil des Grundstücks bereits mit Müll gefüllt ist und uns nicht mehr genug Platz zum Bebauen übrig bleibt. Diese Parzelle könnte unser Problem lösen. Wie hoch ist der geforderte Preis?«

»Dreißigtausend«, erwiderte Josie. »Es steht auch noch ein Wohnhaus auf dem Grundstück, aber es ist in schlechtem Zustand. Der geforderte Preis entspricht nur dem Marktwert der Parzelle.«

»Hm.« Phil überlegte einen Moment. »Das erscheint mir ein bisschen hoch, vor allem, da das Anwesen nicht viel taugt. Ich denke, zwanzigtausend wären angemessen, und ich glaube, dass der Rat die Summe ohne Probleme genehmigen würde.«

»Der Rat?«, fragte Josie.

»Der Stadtrat«, erklärte Phil. »Er führt die Geschäfte der Stadt und muss alle Ausgaben und Kaufabschlüsse genehmigen.«

»Ach so. Ich dachte, Sie als Bürgermeister hätten die Befugnis, solche Entscheidungen allein zu treffen.«

»Ich wünschte, die hätte ich.« Phil lachte leise. »Das würde mir das Leben erleichtern.«

Josie dachte über das Angebot nach. Es war zwar ein Angebot, aber mit zwanzigtausend Dollar eindeutig sehr niedrig. Sie war es ihrem Kunden schuldig, mehr herauszuholen.

»Ich weiß nicht, ob mein Auftraggeber sich mit so wenig zufriedengeben würde«, teilte sie Phil mit. »Da das Grundstück für die Stadt ja sehr nützlich wäre – was würden Sie dazu sagen, wenn wir uns auf fünfundzwanzigtausend einigen?«

Phil betrachtete sie mit leicht zusammengekniffenen Augen und spitzte den Mund. »Na gut, ich werde Folgendes tun. Ich werde die Stadträte bitten, ein Angebot für das Grundstück in Höhe von fünfundzwanzigtausend zu genehmigen. Ich kann nicht garantieren, dass sie der Summe zustimmen, aber ich werde sie darum bitten. Wenn der Rat den Kauf genehmigt und die Finanzierung bewilligt und Ihr Auftraggeber mit dem Angebot einverstanden ist, werden wir vom Anwalt der Stadt einen formellen Kaufvertrag aufsetzen lassen. Am kommenden Montag ist Stadtratssitzung, und ich werde den Sekretär bitten, den Punkt auf die Tagesordnung zu setzen.«

»Heißt das, die Entscheidung könnte innerhalb einer Woche getroffen werden?«, fragte Josie.

»Ja. Wir bringen die Sachen hier schnell und ohne große Formalitäten über die Bühne.«

»Erstaunlich«, sagte Josie. »Ich bin in New York aufgewachsen, in der Bronx, und ich kann Ihnen sagen, in der Schlange bei der Post habe ich länger gewartet, als das Treffen heute mit Ihnen gedauert hat.«

Phil lachte. »Das überrascht mich nicht. Ich werde Sie anrufen, sobald die Stadtratssitzung beendet ist. Sie sagten, Sie arbeiten für Circle Immobilien?«

»Ja, und ich bin an den meisten Vormittagen im Büro.« Josie reichte ihm eine steife neue Visitenkarte. »Sie können mich auch gerne vorher anrufen, wenn es irgendetwas gibt, womit ich den Vorgang beschleunigen kann. War mir ein Vergnügen, Sie kennenzulernen, Phil. Vielleicht haben wir Gelegenheit, auch in Zukunft zusammenzuarbeiten.«

»Das hier ist eine kleine Gemeinde«, erwiderte Phil. »Bestimmt werden sich unsere Wege erneut kreuzen.«

Josie zitterte vor Erregung, als sie ins Büro zurückfuhr. Selbst in ihren wildesten Träumen hätte sie sich nicht vorstellen können, dass sie das Rathaus mit der Aussicht auf ein Angebot für ihr Objekt verlassen würde. *Freu dich nicht zu früh*, warnte sie sich. Auf keinen Fall würde sie Ned etwas davon erzählen, ehe der Stadtrat ein bindendes Angebot machte.

Als sie schließlich nach Hause kam, parkte sie das Auto in der Einfahrt und eilte nach nebenan in die Bücherstube. Die Ladentür war verschlossen, und Ivys Mittagspausen-Schild hing im Fenster, daher ging Josie nach hinten und durch den Seiteneingang.

»Hallo?«, rief sie. Aus der Küche hörte sie Ivys tiefe und Emilys piepsige Stimme.

»Wir sind hier drinnen«, erwiderte Ivy. Josie betrat die Küche und fand ihre Tante und ihre Tochter beim Mittagessen vor.

»Hi, Mommy«, rief Emily von ihrem Platz am Tisch. »Hühnersalat mag ich richtig gern.« Sie hatte ein halbes Sandwich in ihrer kleinen Hand und ließ fröhlich die Beine baumeln, während sie kaute.

Allein der Anblick ihrer jüngeren Tochter beruhigte Josie. Sie war immer noch nervös, wenn ihre Mädchen nicht bei ihr waren, obwohl sie Ivy vollkommen vertraute und wusste, dass sie sich gut um sie kümmerte.

»Ehrlich? Hmm, das klingt wirklich lecker. Wenn Tante Ivy den Salat gemacht hat, ist er bestimmt gut.«

»Eigentlich war ich das nicht«, sagte Ivy. »Den Salat hab ich von Ruth. Ich hab es aufgegeben, irgendwas zu machen, was sie verkauft, weil nichts so gut wird wie bei ihr.« Mit einem übertriebenen Flunsch griff Ivy nach ihrem Sandwich. »Es ist noch genug da, Josie. Mach dir auch etwas zu essen.«

»Ist schon gut. Ich habe keinen großen Hunger.«

Ivy wandte sich um und sah sie an. »Du hast schon gegessen?«

»Nein, aber ich hab im Moment keinen Appetit.«

»Bist du krank?«

Bei Ivys Frage richtete Emily sich auf. »Musst du spucken, Mommy?«

»Nein, Mommy ist nicht krank«, erwiderte Josie und sah Ivy an. »Ich mach mir eine Tasse Tee und esse später etwas.«

Ivy musterte sie argwöhnisch. »Da steckt doch was dahinter«, sagte sie. »Das war wieder Ned, oder? Hat er dich auf die Palme gebracht? Was hat er denn diesmal angestellt?«

Josie lächelte. »Nein, Ned war es nicht.« Sie nahm ein Glas aus dem Schrank. Aus dem Augenwinkel sah sie, dass Ivy auf eine Erklärung wartete, aber mehr gab sie nicht preis. Die Stille im Raum dehnte sich, bis sie von Ivys gereiztem Seufzen unterbrochen wurde.

»Sag schon, Mädchen«, sagte sie mit vollem Mund. »Ich hab nur noch ein paar Minuten, bevor ich wieder nach vorne muss.«

Josie füllte ihr Glas am Wasserhahn und drehte sich zu ihrer Tante um. »Ich habe vielleicht einen Käufer für das Haus.«

Ivy sackte kurz das Kinn herab. »Ehrlich? Wen? Warte, ich muss die Tür aufschließen und das Schild umdrehen. Komm mit mir in den Laden und erzähl's mir dort. Emily, Schatz, gib mir deinen Teller und den Becher und komm auch mit.« Hastig nahm sie Emilys Lunch an sich und scheuchte sie nach vorn.

Josie brachte Emily auf einem der Sitzsäcke unter, während Ivy den kleinen Buchladen aufschloss. »Jetzt rede schon, bevor die ersten Kunden kommen«, sagte ihre Tante, nachdem sie am Schreibtisch Platz genommen hatte. Josie erzählte Ivy vom Interesse der Stadt an dem Objekt und der bevorstehenden Sitzung des Stadtrates.

»Mommy, hast du ein Haus verkauft?«, fragte Emily.

»Noch nicht, aber das wird sie«, antwortete Ivy. »Und dann wirst du Ned, diesen Idioten, mit der guten Nachricht wie aus heiterem Himmel treffen.« Ivy grinste. »Was würde ich nicht darum geben, sein Gesicht zu sehen, wenn du es ihm erzählst.«

»Ich mag gar nicht darüber nachdenken oder darauf hoffen«, gestand Josie. »Und ich weiß nicht, wie ich die nächste Woche überstehen soll. Ich bin jetzt schon ein nervöses Wrack.«

»Denk einfach nicht daran«, riet ihr Ivy. »Die Zeit wird schneller vergehen, als du glaubst.«

»Und wenn der Rat zusagt, geht es nicht nur darum, es Ned zu erzählen. Er ist mein Makler, daher muss er unterzeichnen, bevor die Sache zum Abschluss kommt.«

»Oh, der wird schon unterschreiben«, meinte Ivy. »Er mag zwar ein begriffsstutziger Hohlkopf sein, aber selbst er würde kein Angebot für dieses Anwesen ablehnen, wenn du es bekommst.«

Trotz ihrer Nervosität brachte Josie ein Lächeln zustande. Ihre Tante behielt für gewöhnlich recht, und sie musste nur eine Woche warten, bis sie erfahren würde, ob sich Ivys neueste Vorhersage bewahrheitete.

13

Am späten Sonntagnachmittag war Alex oben in seinem Zimmer und wünschte sich, er hätte einen WLAN-Anschluss, als er draußen seine Tante Emily sah. Er kroch näher ans Fenster. Emily hatte ihren Hund an der Leine und kam auf sein Haus zu. Er sprang auf und ging leise nach unten. Seine Mutter schnarchte nach wie vor auf dem Sofa, und er schlich auf Zehenspitzen an ihr vorbei, um die Haustür zu öffnen, als Emily gerade die Stufen hinaufkam.

»Ah, hi, Tante Emily«, flüsterte er, als er den Kopf aus der halb geöffneten Tür streckte. Vor der Gedenkfeier für seine Großmutter hatte er seine Tante nie persönlich gesehen. Ihm kam es ein bisschen seltsam vor, mit jemandem zu reden, den er hauptsächlich von den vielen Fotos aus dem Haus seiner Großmutter kannte.

»Hey, Alex.« Emily lächelte ihn an. »Wow, wie toll, endlich mit dir zu reden.«

Sie grinste, und er lächelte zurück. Er hörte seine Mutter immer noch schnarchen, daher trat er aus dem Haus und schloss leise die Tür hinter sich.

»Du hast einen Hund?«, fragte er. »Darf ich ihn streicheln?«

»Klar. Lass ihn nur erst an deiner Hand schnuppern. Du hast ihn wahrscheinlich nicht gesehen an dem Tag, an dem wir eingezogen sind. Sein Name ist Gus, und er liebt Kinder. Genau genommen mag er fast alle Menschen.«

Alex streckte seine Hand zu Gus' Schnauze aus. Der Hund

schnüffelte und wedelte mit dem Schwanz. Alex streichelte sanft über Gus' Kopf, und als er sicherer wurde, kraulte er ihn hinter den samtigen Schlappohren. »Ich wünschte, wir könnten einen Hund bekommen. Viele meiner Freunde in der Stadt haben Hunde, aber Mom kann sie nicht ausstehen. Sie sagt, Hunde sind schmutzig und riechen schlecht.«

Emily seufzte. »Hunde riechen nicht, wenn sie regelmäßig gebadet werden und größtenteils im Haus leben. Ich kann mir jedoch nicht vorstellen, dass deine Mom einen haben will. Sie hat Haustiere nie sonderlich gemocht, und sie machen auch Arbeit.«

»Wolltest du zu ihr? Weil, sie fühlt sich heute nicht gut. Sie schläft schon den ganzen Nachmittag auf dem Sofa.«

»Oh. Na ja, wir wollten uns … Ich weiß nicht, wie viel sie dir von dem erzählt hat, was wir hier machen, aber wir wollten Listen von allem aufstellen, was in unseren Häusern ist, und sie heute vergleichen.«

»Alex?«, kam eine krächzende Stimme aus dem Haus. »Alex, wo bist du? Ist jemand da?« Alex zuckte zusammen, als die Tür aufschwang und Rose mit einer großen, dunklen Sonnenbrille hinter ihm auftauchte. Ihr blondes Haar war zerzaust, und ihr roter Lippenstift war über den ganzen Mund verschmiert.

»Tut mir leid, Mom.« Alex zog die Hand von Gus weg. »Ich bin rausgegangen, um Tante Emily zu sagen, dass es dir nicht gut geht. Ich wollte dich nicht wecken.«

»Ich bin wach«, sagte Rose. »Alex, hast du etwa den Hund angefasst? Du weißt, dass Hunde schmutzig sind. Komm rein und wasch dir sofort die Hände.« Sie hielt die Fliegengittertür auf. Sobald er hineingeflitzt war, trat seine Mutter hinaus auf die Stufe und schloss die Haustür.

Er wusste, er sollte tun, was seine Mutter ihm befohlen hatte, aber statt zum nächsten Waschbecken zu eilen, lehnte er sich an die Wand neben der Tür, wo er dem Gespräch lauschen konnte.

»Was willst du hier?«, fragte seine Mutter.

»Die Woche ist um. Wir hatten vereinbart, uns heute zu treffen, nachdem wir uns alle Küchensachen noch mal angesehen haben und du die Titel aller Bücher in deinem Haus aufgelistet hast. Ich war es leid, darauf zu warten, dass du zu mir kommst.«

»War das heute? Tja, wir sind noch nicht fertig, zumindest nicht mit den Büchern. Ich weiß nicht, wie viel Alex geschafft hat.«

»Was soll das heißen, ›wie viel *Alex* geschafft hat‹?«

»Er listet die Bücher auf. Er hat sogar alle Titel in einer Exceltabelle erfasst«, fuhr Rose fort. »Er hat angeboten, mir zu helfen, und ich fand, es ist eine gute Beschäftigung für ihn. Er verbringt sowieso so viel Zeit mit Lesen, und hier gibt es sonst weiß Gott nichts für ihn zu tun.«

»Die Sache ist wichtig, Rose«, sagte seine Tante. »Alex ist wie alt? Neun? Du überträgst die Verantwortung für diese Aufgabe an einen Neunjährigen?«

»Mein Sohn ist *hochbegabt*. Er hat Klassen übersprungen, und er hat eine unglaubliche Gabe, sich bis in alle Einzelheiten an das zu erinnern, was er liest. Er ist durchaus in der Lage, eine einfache Liste der Bücher in diesem Haus aufzustellen.«

Alex grinste, erfreut über das Lob seiner Mutter und den Vertrauensbeweis.

»Trotzdem ist er erst neun«, sagte Emily. »Und es ist etwas, das *du* tun solltest. Alex kann nicht ahnen, welche Bücher Mom als Hinweis ausgewählt hat, wenn überhaupt, und Mom wollte, dass *wir* es herausfinden.«

»Weißt du, im Moment interessiert es mich einen Scheißdreck, was Mom wollte. Alex ist durchaus fähig, mir zu helfen, und es wird dich nicht umbringen, noch ein paar Tage länger zu warten. Zum Teufel, schließlich haben wir Zeit bis Ende August.«

»Ach, jetzt hast du es plötzlich nicht mehr eilig, mit Moms Angelegenheiten fertig zu werden? Vor ein paar Tagen wolltest du nur noch weg von hier.«

»Das will ich immer noch«, erwiderte Rose. »Aber mir ist jetzt klar, dass es nicht so schnell gehen wird, wie wir es gerne hätten.«

Alex wagte einen Blick aus dem Fenster neben der Tür und sah gerade noch, wie seine Tante die Hand ausstreckte und seine Mutter an sich zog.

»Was soll das?«, brüllte Rose und riss sich rasch von Emily los. »Lass mich gefälligst in Ruhe.«

»Tja, das erklärt alles. Du riechst nach Schnaps und billigem Mundwasser, genau wie immer. Mom hat dir geglaubt, als du ihr sagtest, du hättest das Trinken aufgegeben, aber ich kann nicht behaupten, dass ich überrascht bin. Nach all dieser Zeit und allem, was passiert ist …«

»Ich trinke nicht. Ich genehmige mir nur gelegentlich einen Schluck. Nichts von Belang«, wehrte Rose ab.

»Das ist Schwachsinn, Rose, und es ist von Belang. Du bist allein hier, hast Wichtiges zu tun und ein Kind, für das du verantwortlich bist. Und du hängst den ganzen Nachmittag mit einem Kater oder sturzbesoffen auf dem Sofa herum? Nichts hat sich bei dir geändert, so viel ist sicher.«

»Nichts hat sich geändert, das hast du richtig erkannt. Ich brauche keine Vorträge von dir. Alex geht's gut. Mir geht es gut. Wir werden diese verdammten Listen fertigstellen, wenn wir dazu bereit sind, und bis dahin halte dich mit deinem dreckigen Köter gefälligst von uns fern.« Alex hörte das Quietschen der Fliegengittertür, als seine Mutter dabei war, ins Haus zurückzugehen.

Er drehte sich um und entfernte sich rasch, hörte aber trotzdem noch die abschließende Bemerkung seiner Tante.

»Dir geht's *nicht* gut. Du bist eine elende Säuferin und eine miserable Mutter.«

Als sie sich der Bücherstube näherte, sah Daisy Delaine, dass Ivy und Emily auf der Verandaschaukel saßen. Der kleine graue Hund an ihrer Seite spitzte die Ohren und fiepte.

»Gute Idee, Smudgie! Bevor wir zu Miss Rose gehen, begrüßen wir zuerst Miss Emily. Ich habe mich noch nicht bei ihr entschuldigt. Huh-huh«, rief Daisy. Emily und Ivy unterbrachen ihr Gespräch und blickten zu ihr.

»Oh, hallo, Daisy-Lady«, rief Ivy, während Emily sich die Augen wischte. »Hab Sie schon ein paar Tage nicht mehr gesehen. Geht's Ihnen gut?«

»Ja.« Daisy und Smudgie gingen auf die Veranda zu. »Hatte in letzter Zeit viel in meinem Garten zu tun. Eine Menge Kräuter müssen jetzt gepflückt und getrocknet werden, damit war ich beschäftigt. So habe ich über den Rest des Jahres genug für meine Tränke. Nur war es heute so schön draußen, dass ich beschlossen hab, einen langen Spaziergang mit Smudgie zu machen.«

»Sie haben recht, heute ist ein wunderschöner Tag.« Ivy hob ihren nackten Fuß und wackelte in der Sommerbrise mit den Zehen.

Daisy nickte und schaute zu Emily. »Miss Emily, ich wollte schon die ganze Zeit zu Ihnen und mich für das Missgeschick im Haus Ihrer Mom entschuldigen. Sie wissen schon, das mit der Asche.« Daisy senkte den Kopf und sprach leiser weiter. »Ich habe immer noch so ein schlechtes Gewissen. Ich hab versucht, mich auch noch einmal bei Miss Rose zu entschuldigen, aber sie war nicht besonders erfreut, mich zu sehen.«

»Wie bitte?« Emily richtete sich auf. »Sie waren bei Rose?«

»Mhm, letzte Woche. Ich habe sogar ein Glas speziellen Vergebungstrank für sie gemacht. Sie war aber immer noch sehr wütend. Miss Emily, haben Sie vielleicht eine Idee, was ich tun kann, damit Miss Rose mir verzeiht?«

»Am besten halten Sie sich im Moment von Rose fern, Daisy«, riet ihr Ivy von der Verandaschaukel. »Sie muss mit ihren eigenen Problemen fertig werden, und dazu braucht sie Freiraum. Vielleicht könnten Sie später im Sommer mit ihr reden, jetzt ist keine gute Zeit dafür.«

»Ivy hat recht«, bestätigte Emily. »Hören Sie, Daisy, was da passiert ist, war ein Missgeschick. Da gibt es nichts zu verzeihen. Außerdem hasst Rose Hunde, daher ist es keine gute Idee, mit diesem niedlichen kleinen Wollknäuel zu ihr zu gehen.«

»Oh. Na, dann warte ich, wenn Miss Rose noch einige Zeit hier bleibt.« Daisy schaute auf, um sich zu vergewissern, und war erstaunt über Ivys finsteren Blick und Emilys zu einer harten dünnen Linie zusammengepresste Lippen.

»Das wird sie«, sagte Emily. »Dessen bin ich mir sicher.«

In der Küche ihres kleinen Hauses nicht weit von St. John bereitete Claudia ein Abendessen zu. Kyle wollte vorbeikommen, nachdem er Rowen zu einer Freundin gebracht hatte, und Claudia freute sich auf einen gemütlichen Abend zu zweit.

Eine Pfanne mit Hähnchenfilets brutzelte bereits auf dem Herd. Dank der Kräutermarinade und nur wenigen Tropfen Diätöl waren sie fettarm, aber trotzdem sehr schmackhaft. Sie hatte schon einen grünen Salat und einen frischen Obstsalat zubereitet, die beide im Kühlschrank standen. In einem anderen Topf war eine bunte Mischung aus grünen und Wachsbohnen, die sie mit Meersalz, nativem Olivenöl und einem Hauch Knoblauchpulver würzen würde. Zum Nachtisch hatte sie einen Biskuitkuchen, frische Erdbeeren und Cremefine besorgt, um eine gesündere Version von Erdbeerkuchen mit Sahne herzustellen.

Während der letzten fünf Monate hatte sie festgestellt, dass Kyle eindeutig ein Fleisch-mit-Kartoffeln-Mann war, doch er probierte fast alles, was sie kochte. Claudia musste lächeln, als sie daran dachte, dass er drei Portionen ihrer gefüllten Auberginen nach griechischer Art gegessen hatte.

Ihre Gedanken wurden durch ein leises Klopfen an der Haustür unterbrochen, gefolgt vom Geräusch eines Schlüssels im Schloss.

»Ich bin in der Küche.« Sie wendete die Hähnchenfilets,

lauschte auf Kyles Schritte und spürte, wie er ihr von hinten die Arme um die Taille schlang.

»Hey«, flüsterte er ihr ins Ohr. Sie lehnte sich an ihn und wandte sich zu ihm um.

»Gerade rechtzeitig«, sagte sie. Er gab ihr einen raschen Kuss auf den Mund. »Im Kühlschrank ist frischer Eistee. Und ich glaube, da ist auch noch ein Bier. Wie war deine Schicht?«

»Ruhig«, erwiderte Kyle. Er öffnete die Kühlschranktür und nahm einen Krug heraus. »Aber Fitz erzählte, als er aufs Revier kam, dass es bei den DiSanti-Schwestern heute Nachmittag einen Wutausbruch gab.«

»Einen Wutausbruch?«

»Ja, anscheinend sind sie aufeinander losgegangen und haben sich angeschrien, direkt vor ihren Häusern. Hat Emily ziemlich mitgenommen, zumindest hat Ruth das gesagt. Sie war drüben in der Bücherstube, als es passierte.«

»Da sieht man mal wieder, wie die Gerüchteküche in einer Kleinstadt funktioniert«, meinte Claudia mit einem schwachen Lächeln. Sie verspürte einen leichten Stich Unsicherheit, als er Emilys Namen erwähnte, schüttelte das Gefühl aber rasch ab.

»Ich weiß, es ist schwierig, in Mill River etwas geheim zu halten«, sagte Kyle. »Aber wenn man jemanden in der Öffentlichkeit anschreit, muss einem die Privatsphäre schon ziemlich egal sein.«

»In der Stadt wissen inzwischen sowieso fast alle von Josies letztem Willen. Ich bin gestern mit zwei Kollegen spazieren gegangen – mit Naturkundelehrer Jan und Brenda von der Sonderpädagogik –, und die haben mir erzählt, dass die Leute in der Stadt die Geschichte bereits als Mill Rivers eigene kleine Reality Show betrachten.« Claudia sah Kyle an und ahmte eine dramatische Fernsehansagerin nach. »Werden die DiSanti-Schwestern die versteckten Hinweise auf ihren Grundstücken und den Schlüssel zu ihrem Erbe finden? Wird es ihnen gelingen, ihre

Beziehung wieder zu kitten und das Andenken ihrer Mutter zu ehren? Oder werden sie eine weitere Chance verpassen, ihr Leben zu ändern? Finden Sie es heraus und schalten Sie ein bei der nächsten Folge von *Der Schatz nebenan*.«

»Ein bisschen melodramatisch, aber nicht schlecht.« Kyle grinste sie an.

Claudia verdrehte die Augen. »Ich hab keine Ahnung, was dabei herauskommen wird, wobei es mich auch nichts angeht. Mir macht nur Sorgen, dass Josie DiSanti meine Vermieterin war, und seit ihrem Tod habe ich meine Miete an ihren Anwalt gezahlt. Wenn ihre Erbinnen dieses Haus verkaufen, muss ich eine neue Wohnung suchen. Es wäre leichter, noch im Sommer umzuziehen, bevor die Schule wieder anfängt.«

»Ja, da hast du recht. Die Schwestern haben bis Ende August Zeit, das Rätsel zu lösen. Aber vielleicht brauchen sie gar nicht solange, und du erfährst vorher, was aus diesem Haus wird.«

Claudia nickte. »Das wäre gut. Sie könnten einfach zusehen, dass sie fertig werden und ihr Leben fortsetzen, ohne weiteren Zickenkrieg.«

»Fitz sagt, sie bekriegen sich schon seit Jahren, und es lässt sich nicht voraussehen, wie schlimm es noch wird. Als ich in Boston gearbeitet habe, gab es zwei Frauen in meinem Bezirk, die Nachbarinnen und erbitterte Feindinnen waren. Ich schwöre, wir wurden jeden Tag gerufen, um Streitigkeiten zwischen ihnen zu schlichten. Schließlich mussten wir sie beide verhaften, nachdem es zu einer Prügelei gekommen war.« Kyle lachte leise und schüttelte den Kopf. »Wäre mir gar nicht recht, wenn jemand auf dem Revier anrufen würde, weil sie sich wieder in die Haare kriegen.«

An Claudia nagte erneut Unsicherheit, als sie sich Kyle in seiner schmucken Polizeiuniform vorstellte, wie er den schönen DiSanti-Schwestern wiederholt einen Besuch abstatten musste, um ihre Streitigkeiten zu schlichten. *Und wenn es zwischen den*

Schwestern nun zu körperlichen Auseinandersetzungen kam? Galt ein »Zickenkrieg« angeblich nicht als gewaltige Anmache für Männer?

»Claudia? Erde an Claudia, bitte melden, over.« Kyles Stimme riss sie aus ihren Gedanken.

»Entschuldige. War etwas neben mir. Was hast du gesagt?«

»Wollte nur wissen, was es zu essen gibt. Ich hab Hunger.«

Claudia zählte es auf und prüfte dabei mit dem Finger die geschlagene Creme. »Alles fast fertig, bis auf die Erdbeeren zum Nachtisch. Hier, nimm dir einen Teller.«

»Super«, sagte Kyle. Während sie ihm Hähnchenfilets auffüllte, balancierte er den Teller in einer Hand und schlang den anderen Arm um ihre Taille. »Ich dachte gerade«, flüsterte er ihr ins Ohr, »dass ich mich in die perfekte Frau verliebt habe. Klug, verdammt gut aussehend und dazu auch noch eine gute Köchin. Aber ich glaube, ich hätte gerne etwas anderes als Erdbeeren zum Nachtisch.«

Claudia lehnte sich an ihn und lächelte verschmitzt. »Ach, wirklich? Wie schade.« Insgeheim war sie entzückt, dass er ihr seine Gefühle für sie genau in dem Moment bestätigt hatte, als sie es brauchte. Sie hielt die Servierzange hoch und drehte sich zu ihm. »Ich hab keine Kosten gescheut, weißt du.« Sie klimperte mit den Wimpern. »Ich hab Biskuitkuchen gekauft und Schlagsahne, um Erdbeerkuchen mit Sahne zu machen.«

»Schlagsahne ist gut«, sagte er, und sie kicherte. Er stellte den Teller auf die Arbeitsplatte und zog Claudia fester an sich. »Aber ich weiß nicht, ob wir sonst überhaupt noch etwas brauchen.«

14

1986

»Mommy, du *tigerst* schon wieder herum«, wies Rose sie zurecht, während Josie in der kleinen Küche auf und ab ging. Rose betonte das neue Wort, das sie gelernt hatte, um zu beschreiben, wie ihre Mutter mit der Ungewissheit vor dem möglichen Verkauf ihres ersten Hauses umzugehen versuchte.

»Ach ja? Oh. Kann sein. Nervosität muss man irgendwie abbauen. Esst auf, Mädels. Ich hätte euch heute gerne etwas früher im Bett.«

Daraufhin richtete Rose sich auf und sah ihre Schwester über den Tisch hinweg mit großen Augen an.

»Warum? Heute ist Samstag, also ist morgen keine Schule.« Ihre Mutter antwortete nicht, daher erriet Rose die Antwort selbst. »Gibt es wieder einen Feueralarm?«

»Vielleicht.«

»Warum müssen wir schon wieder einen machen? Wir hatten doch schon so viele.«

»Weil es wichtig ist, oft zu üben, falls mal ein echter Brand ausbricht. Ich möchte, dass ihr Mädchen wisst, wie ihr allein aus dem Haus kommt, wenn nötig.«

Rose seufzte. Diese Erklärung bekamen sie jedes Mal zu hören, und sie wusste, dass es keinen Zweck hatte, zu widersprechen.

Tatsächlich wurden Emily und sie spät in der Nacht durch das hohe Kreischen des Rauchmelders geweckt.

»Oh nein«, stöhnte Emily, setzte sich im Bett auf und schaute sich um. »Ich will nicht raus. Da ist es kalt.«

»Komm schon.« Rose war bereits auf, schlüpfte in ihre Schuhe und zog eine Jacke über ihr Nachthemd. »Das dauert nur ein paar Minuten, und dann sind wir wieder drinnen. Aber wir müssen uns beeilen. Mom wartet.«

Als Emily Schuhe und Mantel angezogen hatte, nahm Rose ihre Schwester an der Hand und führte sie zur Schlafzimmertür. Dort blieben sie stehen, drückten beide die flachen Hände gegen die Tür.

»Fühlt sich nicht heiß an«, sagte Emily.

Rose nickte zustimmend. »Wichtig ist, dass wir es überprüft haben. Wir tun jetzt nur so, also können wir rausgehen.«

Sie öffneten die Schlafzimmertür und gingen zur Treppe.

»Denk daran, dich am Geländer festzuhalten und dich zu ducken, damit du nahe am Boden bist«, ermahnte Rose sie. Mit Emily immer noch an der Hand, ging sie voraus nach unten, durch die vom Kreischen des Rauchmelders durchdrungene Dunkelheit. Während sie sich den Weg nach unten ertastete, überkam Rose die seltsame Erinnerung daran, wie sie eine andere Treppe hinabging. Eine viel größere Hand hielt die ihre. »Nicht so schnell, Rosie«, sagte die Stimme ihres Vaters in ihrer Erinnerung. »Eine Stufe nach der anderen.« Sie wusste noch, dass sie zu ihm aufgeschaut hatte. Doch vor ihrem inneren Auge tauchte kein Gesicht auf, sondern ein gebräunter, muskulöser Unterarm und eine glänzende Armbanduhr.

Sie wusste auch noch, wie sie dieselbe Treppe hinuntergetragen worden war und in dem dichten Rauch kaum Luft bekommen hatte.

Als Roses Fuß auf den Dielenboden trat, wurden die Erinnerungen von der lauten Realität vertrieben. Sie wartete kurz auf Emily, dann gingen sie gemeinsam zur Haustür. Das war der Ausgang, der am nächsten lag, doch als sie ihn erreichten, erkannten sie, dass ein kleiner Luftballon an den Türknauf gebunden war.

»Oh-oh«, machte Emily.

»Ja, das ist ein Kein-Ausgang-Ballon. Das bedeutet, das Feuer ist hier ganz nahe, und wir müssen einen anderen Ausgang finden. Komm, wir gehen in die Küche.« Den einen Arm vor sich ausgestreckt, zog Rose ihre Schwester in der dunklen Küche auf die Glasschiebetür zu. An den Griff war kein Ballon gebunden, also entriegelten sie die Tür und schoben sie auf.

Die eisige Januarluft schlug ihnen entgegen und ließ die Gänsehaut an ihren Beinen fast gefrieren. Rose trat hinaus, aber Emily zögerte.

»Rosie, ich muss Pipi.«

»Komm schon.« Rose zerrte an Emilys Hand. »Halt noch ein paar Minuten durch, bis wir Mom finden. Wir haben es fast geschafft.«

Sie gingen über die Terrasse, hinunter auf den Gartenweg, der vom Schnee geräumt war, und zum Tor. Sobald sie durch das Tor waren, konnten sie um das Haus herum zur Vorderseite gehen und sich mit ihrer Mutter an der üblichen Stelle in der linken Ecke des Vorgartens treffen.

Rose wollte den Holzbalken anheben, mit dem das Tor verriegelt wurde, aber das Metallscharnier saß fest. Es bewegte sich auch nicht, als sie von unten gegen den Balken drückte.

»Rosie, mach schnell«, flehte Emily neben ihr.

»Es sitzt fest.« Roses Zähne klapperten, und der kalte Wind wehte ihr das Nachthemd gegen die Beine. Sie versuchte, mit der Hand von unten gegen den Holzbalken zu schlagen, doch er war nach wie vor unbeweglich. Als sie die Hand auf das Scharnier legte, spürte sie eine kalte Flüssigkeit.

»Ich glaube, es ist vereist.« Rose wischte den Schnee von dem Balken und drückte ihre Hände gegen das Scharnier, erst die eine, dann die andere, um es anzuwärmen. Als sie die Kälte des Metalls auf ihrer Haut nicht mehr ertragen konnte, legte sie die Hände aneinander und hauchte hinein.

»Rose, ich, oh nein«, stöhnte Emily neben ihr. Dann fing sie an zu weinen.

Rose blinzelte ihre eigenen Tränen weg und legte die Hände wieder über das Scharnier. Nach einer weiteren Minute packte sie den Holzbalken und drückte ihn mit aller Kraft hoch. Er hob sich langsam, steif, bis er schließlich aus der Vertiefung kam. Rasch stieß sie das Tor auf.

»Komm.« Sie streckte die Hand nach Emily aus, und als sie die Wärme der kleineren Hand ihrer Schwester spürte, war das eine wunderbare Erleichterung. Gemeinsam stapften sie durch den Schnee um die Ecke des Hauses. Rose entdeckte ihre Mutter am üblichen Treffpunkt. »Da ist Mom.«

»Sie wird böse auf mich sein. Ich hab in die Hose gemacht«, brachte Emily zwischen Schluchzern heraus. »Ich hasse Feueralarm.«

Rose legte den Arm um Emilys Schultern und zog sie an sich. Beide zitterten vor Kälte. »Keine Bange, sie wird nicht böse sein. Sie wird nur froh sein, dass wir es geschafft haben.« Das entsetzliche Geräusch des Rauchmelders war immer noch zu hören, sogar außerhalb des Hauses. »Es macht nichts, wenn du in die Hose pinkelst, solange das Feuer dich nicht kriegt.«

Am Dienstagmorgen erschien Josie rechtzeitig zur Arbeit und hatte kaum ihren Mantel ausgezogen, als das Telefon klingelte. Ein paar Minuten später traf Ned ein, und sie war bereits wieder im Mantel, auf dem Weg nach draußen.

»Ich habe einen Termin wegen des Objekts«, sagte sie, als sie einander an der Eingangstür begegneten. »Wird nicht lange dauern.« Sie eilte hinaus und blickte nicht zurück, um Ned keine Gelegenheit zu geben, Fragen zu stellen.

Eine halbe Stunde später kam sie aus Phil Lawsons Büro und hielt einen großen braunen Umschlag in der zitternden Hand. Ein breites Grinsen lag auf ihrem Gesicht. Trotzdem wartete Josie, bis sie sicher hinter geschlossenen Türen in ihrem Auto saß und ihrer kaum zu beherrschenden Erregung freien Lauf lassen konnte. Sie juchzte und brüllte aus voller Kehle. Als es vorbei war, beugte sie sich vor, lächelte, lachte laut auf, die Augen geschlossen und die Stirn ans Steuer gelehnt.

Ein Klopfen am Fenster schreckte sie auf.

Sie blickte hoch und sah, wie ein gebückter, gut gekleideter älterer Herr zu ihr hereinlugte. Sie kurbelte das Fenster herunter.

»Entschuldigen Sie, Ma'am«, sagte der Mann. »Ich habe Sie brüllen gehört und … wollte mich nur vergewissern, ob alles in Ordnung ist.« Er legte den Kopf schief und wartete auf ihre Antwort.

»Alles in Ordnung.« Sie wischte sich über die Augen und blickte sich um, aber sonst hatte offenbar niemand ihren Jubel mitbekommen. »Ich hab nur sehr gute Nachrichten erhalten und mich wohl davon mitreißen lassen. Doch es war sehr freundlich von Ihnen, sich zu erkundigen.«

»Ach so.« Der Mann nickte, war aber anscheinend nicht so ganz davon überzeugt, dass sie noch alle Tassen im Schrank hatte. »Freudentränen sind gute Tränen. Passen Sie auf sich auf.« Er lächelte und setzte seinen Weg fort.

Josie musste unwillkürlich kichern und ließ den Motor an.

Zurück bei Circle Immobilien, atmete sie tief durch, bevor sie Neds Büro betrat. Er saß zurückgelehnt mit den Füßen auf dem Schreibtisch, vertieft in ein Mitteilungsblatt für Immobilienmakler. In der Hand hielt er einen großen, halb verzehrten Bagel.

»Hi, Ned«, sagte sie. »Haben Sie einen Moment Zeit?«

»Hey, Josie, klar. Wie ist der Termin gelaufen?« Sein Ton war höflich, aber aufgesetzt, und er nahm die Füße nur widerstrebend vom Schreibtisch. »Warten Sie, sagen Sie nichts«, fuhr er fort und rieb sich mit dem Finger ein bisschen Frischkäse aus dem Mundwinkel. »Sie haben Als Schrotthaufen beim Schrottplatz verkauft.« Neds dunkle Augen blitzten auf, während er sie angrinste und einen weiteren Bissen nahm. Offensichtlich fand er sich witzig und hatte keine Ahnung, dass sie es tatsächlich geschafft hatte. Josie verdrehte die Augen, lächelte und spielte mit.

»Nein, ich habe ihn nicht verkauft … noch nicht.« Sie reichte ihm den von der Stadt aufgesetzten Vertrag. »Zumindest nicht, bis Sie dieses Angebot abzeichnen und Al mir sein Einverständnis gibt.« Sie wartete, unterdrückte ein selbstgefälliges Grinsen, während er wortlos das Angebotsschreiben nahm und es zu lesen begann. Nach einem Moment legte er den Bagel ab, woraufhin ein Klecks Frischkäse vom Schreibtisch auf den Boden fiel, blickte jedoch nicht auf. Josie beobachtete, wie seine Augen den Text überflogen.

Als er schließlich ihrem Blick begegnete, war sein üblicher Klugscheißer-Ausdruck verschwunden und einer Spur von Erstaunen gewichen. Es war, als nähme er sie zum ersten Mal richtig wahr.

»Sie haben ein Angebot von der Stadt bekommen. Über fünfundzwanzigtausend.«

»Ja. Die Mülldeponie wird in ein paar Jahren geschlossen. Die Stadt braucht das Grundstück, um darauf einen Umschlagplatz für den Abtransport von Müll und Wertstoffen zu bauen.«

»Also werden sie Als Haus abreißen und das Grundstück anders ausweisen, nehme ich an.«

»Wahrscheinlich. Es würde sich sowieso nicht als Wohnhaus verkaufen lassen. Die Stadt war der einzig mögliche Käufer, der mir einfiel. Zum Glück hielt der Bürgermeister den Ankauf für eine gute Idee und bekam die Zustimmung dafür vom Stadtrat.«

»Sie waren bei Phil Lawson?«, fragte Ned.

Josie nickte. »Vor einer Woche. Der Rat hat das Angebot gestern Abend genehmigt.« Sie verlor allmählich die Geduld. »In Anbetracht dessen, wie verfallen das Ganze ist, halte ich das Angebot der Stadt für mehr als fair. Wenn Sie damit einverstanden sind, würde ich es gerne noch heute Al vorlegen. Ich habe Phil versprochen, ihm bald eine Antwort zu geben.«

»Ja, gut, klar.« Ned seufzte. »Ist ein faires Angebot, und es ist immer gut, bei einem Abschluss die Unterstützung des Bürgermeisters zu haben.« Josie nickte, fragte sich jedoch, ob Ned wirklich schon mal einen Abschluss getätigt hatte, an dem der Bürgermeister persönlich beteiligt gewesen war. Doch eigentlich spielte es keine Rolle.

»Prima. Ich rufe Al gleich an.« Sie streckte die Hand nach dem Vertrag aus, und Ned gab ihn ihr ohne Zögern zurück. »Oh, und was unsere ursprüngliche Vereinbarung betrifft … da ich dieses Objekt verkauft habe, gehe ich davon aus, dass ich zu einer Vollzeit-Maklerin befördert werde?«

Neds Schultern sackten nach vorne, doch er brachte ein schwaches Lächeln zustande. »Das war unsere Vereinbarung. Herzlichen Glückwunsch.« Er reichte ihr die Hand.

»Danke, Ned.« Josie schüttelte die dargebotene Hand und lächelte süßlich zurück. Obwohl sie es normalerweise abscheulich fand, Ned dabei zuzuschauen, wie er irgendetwas zu sich nahm, hatte sie es *gründlich* genossen, ihn Kreide fressen zu sehen.

Al Celebrezze war begeistert, als sie ihn beim Ford-Händler erreichte und ihn von dem Angebot unterrichtete. Er kam in seiner Mittagspause ins Büro, atemlos und strahlend. »Ich kann's immer noch nicht glauben«, sagte er, als er sich mit ihr hinsetzte, um die Einzelheiten durchzugehen.

Josie lachte. »Ich hab einfach Glück gehabt, als ich herausfand, dass die Stadt am Kauf Ihres Anwesens interessiert war.«

»Das hat nichts mit Glück zu tun. Sie haben ein Wunder vollbracht!«, verkündete Al.

»Sie halten mir mehr zugute, als ich verdiene«, entgegnete Josie. »Aber es ist ein gutes Angebot, finde ich. Nach Abzug meiner Provision und der Abschlusskosten sollten beim Verkauf mehr als zwanzigtausend Dollar für Sie herausspringen.«

»Zwanzigtausend Dollar«, wiederholte Al. »So viel habe ich in meinem ganzen Leben noch nicht besessen. Und wir können es gebrauchen, wirklich. Mein Ältester macht in diesem Jahr den Highschoolabschluss, und meine Frau und ich haben uns Sorgen gemacht, wie wir das College bezahlen sollen. Rachel und ich haben so viel gespart, wie wir konnten, aber es reicht immer noch nicht. Dieses Geld ist unsere Rettung.«

»Das freut mich sehr. Und ich sag Ihnen noch was, Al. Das war mein allererstes Objekt und mein allererster Verkauf als Maklerin, und die Tatsache, dass er so viel für Sie und Ihre Familie bedeutet, macht ihn zu etwas ganz Besonderem.«

»Ihr allererster?«, fragte Al. »Tja, da haben Sie ja sofort einen Treffer gelandet, und das auch noch mit einem so miesen Objekt.« Josie lächelte, spürte, wie sie rot wurde, als Al sie nachdenklich ansah. »Ich sag Ihnen was, ich werde dafür sorgen, dass alle von dem erfahren, was Sie für mich getan haben. Wenn ich Ihnen zu ein paar Kunden verhelfen kann, mach ich das gerne.«

Als Josie nach Mill River zurückkehrte, holte sie Emily vom Kindergarten ab und fuhr nach Hause. Es fiel ihr schwer, ihrer jüngeren Tochter nichts von den guten Nachrichten zu verraten, aber sie wollte warten, bis Rose aus der Schule kam, um es den beiden und Ivy gleichzeitig zu erzählen.

Sie wartete mit Emily an der Bushaltestelle vor der Bücherstube, als Rose aus dem Schulbus stieg. »Hi Baby«, sagte Josie und umarmte ihre Sechsjährige. »Komm, gehen wir zu Ivy. Mommy hat für euch alle eine Überraschung.« Sie nahm die beiden Mädchen an der Hand und ging mit ihnen zur Eingangstür.

»Eine Überraschung!«, kreischte Emily und hüpfte neben ihr auf und ab.

»Was für eine?«, wollte Rose wissen und zerrte an Josies Arm. »Sag es uns!«

»Immer langsam mit den jungen Pferden«, erwiderte Josie. »Ich möchte, dass Tante Ivy auch zuhört.«

Ivy kassierte gerade bei einer Kundin, als die drei hereinkamen. Sie schaute auf, während die Dame, die sie bedient hatte, den Laden verließ.

»Okay, Mommy, jetzt sag es uns!«, drängte Rose.

»Und?« Ivy sah Josie erwartungsvoll an.

Josie lächelte und bückte sich, um die Mädchen in die Arme zu nehmen. »Ich habe ein Haus verkauft«, sagte sie mit erstickter Stimme, da ihr plötzlich Tränen in die Augen schossen. »Mommy hat ein Haus verkauft, sie ist jetzt eine richtige Immobilienmaklerin.«

»Heiliges Kanonenrohr!«, rief Ivy. Sie sprang auf und warf Josie fast um. »Ich wusste doch, dass du es kannst«, flüsterte ihre Tante ihr ins Ohr und drückte sie ganz fest.

»Mommy, hast du den Idioten aus heiterem Himmel getroffen?«, fragte Emily. Als Rose sie alle verwirrt anschaute, bogen Ivy und Josie sich vor Lachen. Schließlich, während Ivy noch nach Atem rang, blickte Josie auf ihre Töchter hinunter und lächelte.

»Ich kann kaum fassen, dass du dich daran noch erinnerst, Em, aber ja, ich glaube, das hab ich getan.«

»Da ist jetzt aber ein Freudentanz fällig!«, rief Ivy und streckte den Mädchen die Hände entgegen.

»Freudentanz!«, quiekte Rose. Alle fassten sich an den Händen, lachten und zogen einander auf dem abgetretenen bunten Teppich immer wieder im Kreis herum.

An diesem Abend lud Josie sie alle zu einem seltenen Auswärtsessen nach Rutland ein. Sie würde vom Verkauf eine ordentliche Provision bekommen, daher konnte sie es sich erlauben. Zudem hatte sie das überwältigende Gefühl, etwas vollbracht zu haben, und erfreute sich an Ivys Gegacker, während sie ihrer Tante von dem Gespräch mit Ned erzählte. Trotz der glücklichen Ereignisse dieses Tages empfand sie eine gewisse Lücke, als fehlte jemand Wichtiges bei ihrer Feier. Nachdem Ivy und die Mädchen eingeschlafen waren, setzte sich Josie auf die Bettkante, öffnete ihren Nachttisch und nahm vorsichtig einen rechteckigen Metallbehälter heraus.

In den zwei Jahren seit ihrer Flucht nach Mill River, seit das entsetzliche Feuer ihr Leben zerstört hatte, war sie nicht fähig gewesen, sich von Tonys Asche zu trennen und sie einer letzten Ruhestätte zu übergeben, obwohl Father O'Brien sie dazu ermutigt hatte. Sie wusste, dass es morbid war, doch die Asche in der Metallbox war ihre letzte greifbare Verbindung zu ihm.

Das Feuer hatte alles in ihrem Haus verzehrt – einschließlich sämtlicher Fotos von ihrem Mann, jedes Bildes von ihrem gemeinsamen Leben. Sie hatte kein Foto von Tony im Geldbeutel gehabt, der, abgesehen von den Kleidern an ihrem Leib, die Flammen als Einziges überstanden hatte. Was würde sie nicht für nur ein Foto ihres Mannes geben, eines, das sie den Mädchen zeigen und selbst betrachten konnte. Stattdessen blieben ihr von ihrem Mann nur Erinnerungen, ihre Töchter und die Asche im Metallbehälter.

»Ich schaffe es, Tony«, flüsterte sie dem Kasten zu, so leise, dass sie es selbst kaum hören konnte. »Ich kümmere mich um die Mädchen, wie ich es versprochen habe. Ich fange gerade erst an, aber ich werde gut für sie sorgen. Wo auch immer du bist, du brauchst dir keine Gedanken um sie zu machen oder um mich. Rose und Emily wachsen heran und sind glücklich. Ich bin … glücklich.« Bei dem Eingeständnis drangen ihr messerscharfe Schuldgefühle in die Brust, und die Tränen flossen. Es kam ihr unfair vor, glücklich zu sein, da ihr geliebter Tony so hatte leiden müssen. Sie wischte sich die Wange ab und legte die feuchte Hand auf den Behälter. »Beinahe«, fügte sie leise hinzu.

Tief in ihrem Inneren wusste sie, Tony hätte gewollt, dass sie glücklich war. Ihm wäre es zuwider gewesen, wenn der Schmerz über seinen Tod ihr das restliche Leben verdorben hätte. Sie dachte an die paar Minuten, in denen sie im Auto in Rutland laut gebrüllt hatte, und an den erschrockenen kleinen Mann, der stehen geblieben war, um sich nach ihr zu erkundigen. »Freudentränen sind gute Tränen«, hatte er gesagt. Der alte Herr hatte natürlich recht, und sie wusste, Tony hätte frohlockt, wenn er sie über ihre Wangen hätte laufen sehen.

Nach einem Moment der Stille seufzte sie und stellte den Metallbehälter sanft in ihre Nachttischschublade zurück. »Gute Nacht«, flüsterte sie. »Ich liebe dich, ewig.«

15

Father O'Brien atmete tief durch, als er sich mit langsamen Schritten von St. John entfernte. Die Luft des späten Abends war immer noch warm und schwer von den süßen Düften des frisch gemähten Grases und des Geißblatts, und ihm fiel auf, dass sich allmählich die gelben Blüten der Nachtkerzen auf dem Blumenbeet um das Schild der Kirche öffneten. Eine leichte Brise strich über seinen Kopf, spielte mit den wenigen verbliebenen Haaren. Er hörte das Zirpen der Zikaden und das Quaken der Laubfrösche, in das sich gelegentlich Hundegebell oder das leise Brummen eines Autos mischte. Ein ruhiger, friedlicher Abend, typisch für das sommerliche Mill River.

Wenn das Wetter gut war, machte Father O'Brien gerne einen Spaziergang. Gehen half, seine steifen Hüften und Knie zu lockern, und gab ihm Zeit zum Entspannen und Nachdenken. Der Sommer war die angenehmste Zeit, um im Freien zu sein, wenn die tiefe Kälte des Vermonter Winters längst vergessen war und die Sonne noch lange nach der Abendbrotzeit schien.

Vom Beginn des Frühjahrs an hatte er die täglichen Spaziergänge genutzt, um mit seiner Trauer fertig zu werden. Fast sechs Monate waren vergangen, seit er seine beste Freundin und Vertraute verloren hatte, die zurückgezogen lebende Witwe Mary McAllister. Siebzig Jahre lang hatte er mit ihr eine vollkommen platonische und doch unglaublich enge Beziehung geführt, bis sie sich im Endstadium ihres Kampfes gegen den Bauchspeicheldrüsenkrebs das Leben genommen hatte. Nie war er enger mit jemandem befreundet gewesen; ja, Mary hatte ihm sogar geholfen, seine größte Sünde zu überwinden, und sie war in jeder Weise, die seine Gelübde erlaubten, seine Seelengefährtin gewesen.

Er blickte hinauf zu der weißen Marmorvilla auf dem Hügel über der Stadt, die Marys Zuhause gewesen war. Auch wenn Mary ihr Haus Fitz und Ruth vererbt hatte, rechnete er beinahe damit, ihre Silhouette an einem der Fenster zu sehen, den Blick auf Mill River gerichtet. Immer noch hörte er ihre leise Stimme, und manchmal sah er vor seinem inneren Auge, wie ihr Gesicht in Reaktion auf seine Gedanken und Entscheidungen verschiedene Empfindungen widerspiegelte – Glück, Sorge, Mitgefühl, Missbilligung. Sein Kummer über Marys Tod war inzwischen beherrschbar. Die Zeit dämpfte allmählich die Wucht seiner Gefühle, vor allem hatte er jedoch begriffen, dass Mary nach wie vor ein Teil von ihm war und es immer bleiben würde.

Father O'Brien atmete erneut tief durch und versuchte, sich auf die Gegenwart zu konzentrieren. Heute Abend ging er zielstrebig auf die Bücherstube zu, wo er sich mit Ivy Collard auf eine Tasse Tee treffen wollte. Er hatte sich gefragt, wie es wohl mit ihren Großnichten lief, und als er angerufen und seine Unterstützung angeboten hatte, lud Ivy ihn ein.

Er näherte sich Ivys Eckhaus und bemerkte, dass ihr Verandalicht brannte und auch der vordere Raum erleuchtet war. Durch die offene Eingangstür sah er Ivy Bücher in eines der Regale räumen.

»Sind Sie das, Father?«, rief sie durch die Fliegengittertür, als die Verandastufen unter seinen Schritten knarrten. »Kommen Sie herein, ich räume nur noch auf.«

»Vielen Dank.« Er zog die Tür auf und trat ein. »Sie arbeiten aber noch spät.«

»Sind nur ein paar Dinge, die ich aufgeschoben hatte«, erwiderte Ivy. »Während des Sommers übt meine Verandaschaukel einen unwiderstehlichen Sog aus, und ich bringe es nicht fertig aufzustehen, selbst wenn ich Dinge zu erledigen hätte. Zeigt nur, wie wahr doch der Spruch über den Müßiggang ist.«

»Muße ist gut. Und der Sommer ist kurz«, meinte Father O'Brien.

»Stimmt. Kommen Sie mit nach hinten in die Küche.« Ivy trat vom Regal zurück und öffnete die Tür, die zu ihrem Wohnbereich führte. »Ich setze den Kessel auf, und wir können plaudern.«

Father O'Brien folgte ihr durch das kleine Haus und nahm am Küchentisch Platz. Ivy setzte Wasser auf und brachte einen Teller mit Keksen. »Das sind Haferflocken-Karamellkekse, hab ich heute Morgen gebacken.«

Er griff nach einem Keks, während Ivy an der Arbeitsfläche herumwerkelte, Dinge aus Schränken und Schubladen nahm. Schließlich kam sie mit zwei Bechern und zwei Löffeln an den Tisch, dazu einer kleinen Schale mit verschiedenen Teebeuteln. »Ich habe Zitrone, Zucker und Milch, was immer Sie mögen«, sagte Ivy und nahm ihm gegenüber Platz. »Das Wasser braucht noch ein paar Minuten.«

»Mir reicht ein wenig Zucker.« Father O'Brien musste sich zusammennehmen, um nicht auf den glänzenden Silberlöffel zu starren, den sie ihm hingelegt hatte, und sich stattdessen auf den Keks in seiner Hand zu konzentrieren. »Die sind sehr gut«, bemerkte er, nachdem er erneut abgebissen hatte.

»Danke. Das waren Josies Lieblingskekse. Ich hab keine mehr gebacken, seit … nun ja.« Ivy hielt inne, und er sah beim Aufblicken, dass sie ihn traurig anschaute.

»Mir fehlt Josie auch«, sagte er. »Jemanden zu verlieren, der einem so nahesteht, ist immer schrecklich. Doch wenn es plötzlich passiert, ohne dass man sich vorbereiten oder sich richtig verabschieden kann, ist es ein furchtbarer Schock. Wobei, dem unausweichlichen Tod eines geliebten Menschen entgegensehen zu müssen …« Er fuhr mit dem Finger um den Rand des Kekses und sah Marys Gesicht vor sich. »Ich weiß nicht, ob Sie es auch so empfinden, aber je älter ich werde, desto schwieriger erscheint es mir, jemanden zu verlieren. Vielleicht liegt es daran, dass ich in meinem Alter die wenigen mir nahestehenden Menschen, die noch da sind, schon solange kenne und daher die Bindungen stärker sind. Oder vielleicht hat das Altwerden mich gefühlsmäßig weniger robust gemacht. Ich weiß es nicht.«

»Ich verstehe, was Sie meinen. Ich bin ja auch nicht mehr die Jüngste, wissen Sie.« Ivys Stimme wurde etwas leiser. »Ich kann mir vorstellen, dass Mary McAllisters Ableben Sie schwer getroffen hat.«

»Viel mehr, als ich erwartet hatte«, erwiderte er, »und dabei sind mir Trauer und Verlust nicht fremd. Nur diesmal war ich derjenige, der die Trauerphasen durchmachen musste. Ich hatte eine jüngere Schwester, die als Säugling gestorben ist. Dann war da noch ein Bruder, der vor vielen Jahren verschied. Er war sieben Jahre älter als ich, und wir standen uns von Anfang an nicht sehr nahe. Mary war wie die Schwester, die ich nie hatte. Als wir uns kennenlernten, konnten wir nicht ahnen, dass unsere Leben für Jahrzehnte miteinander verknüpft sein würden. Sie kam einer wirklichen Familie für mich am nächsten.«

Father O'Brien spürte, wie ihm Tränen in die Augen stiegen. Er gestattete sich selten, in Anwesenheit anderer an Mary zu denken, und sprach auch nur selten von ihr. Mit einem Blick zu Ivy stellte er fest, dass auch ihre Augen feucht waren.

»Josie war solange ein Teil meines Lebens. Seit sie nach Mill River kam, war sie wie eine Tochter für mich. Sie füllte eine Lücke in meinem Leben, so viel ist sicher. Nachdem Thomas und ich uns getrennt hatten, fand ich mich mehr oder weniger damit ab, allein zu bleiben. Hatte nie erwartet, eine Familie zu haben, und nie erkannt, wie sehr mir das fehlte, bis Josie kam. Es war ein Segen, sie hier zu haben, und ihre Töchter auch, bis sie groß wurden und fortzogen.«

Father O'Brien nickte schweigend. Er war überrascht, dass Ivy ihren ehemaligen Verlobten erwähnte, Thomas Dearborn, mit dem sie die Bücherstube eröffnet hatte. Er hatte sich immer gefragt, warum sie sich getrennt hatten. Doch es ging ihn nichts an, und Ivy hatte in der Sache nie seinen Rat gesucht. Nun, da sie hier zusammensaßen und gemeinsam trauerten, erwog er, sie nach Thomas zu fragen, entschied sich dann aber dagegen. Es ging ihn immer noch nichts an, und es hatte auch nichts mit dem Grund seines Besuches zu tun.

»Sie wissen ja, dass ich mir Gedanken über Rose und Emily gemacht habe«, sagte er. »Daisy kam vorhin bei mir vorbei. Sie will Rose nach wie vor dazu bringen, dass sie ihr verzeiht, und heute Nachmittag hätte sie es beinahe erneut versucht. Ich hörte, dass Sie und Emily sie davon abgebracht haben. Das war gut.«

»Ja, sie begreift nicht, dass sie sich im Moment lieber von Rose fernhalten sollte. Ist jedoch komisch, wie Daisy immer zu wissen scheint, was vor sich geht. Sie hat ein Talent dafür, zur richtigen Zeit am richtigen Ort zu sein.« Ivy sagte das mit einem kleinen Lächeln, das von einem tiefen Seufzer abgelöst wurde. »Emily war bei mir, als Daisy vorbeikam. Die Mädchen sind sich am Nachmittag in die Haare geraten, und Emily kam hinterher zu mir. Wir beide standen uns immer recht nahe. Rose wiederum … auch wir standen uns anfänglich nahe, aber als sie ins Teenageralter kam …«

Ivy hielt inne und schüttelte den Kopf. »Sie hat größtenteils Distanz gehalten, seit sie hier eintraf. Ich habe sie nur am Tag ihrer Ankunft gesehen und dann noch mal ein paar Tage später, als sie mit Alex herkam, um ihm ein paar Bücher zu kaufen. Aber, wie gesagt, Emily kam zu mir herüber, nachdem sie sich gestritten hatten. Sie glaubt, dass Rose wieder trinkt oder vielleicht nie damit aufgehört hat. Ich weiß, Rose hat Josie davon überzeugt, dass sie keine Alkoholprobleme mehr hätte. Doch möglicherweise war das nicht die Wahrheit. Oder es ist etwas, dem man allzu leicht wieder verfällt.«

Father O'Brien schüttelte traurig den Kopf und bemerkte, wie der Teelöffel vor ihm die Bewegung in einem kleinen, verschwommenen Bild widerspiegelte. »Sucht ist eine mächtige und schreckliche Sache.«

»In der Tat«, stimmte Ivy zu. »Und Trinken scheint das Schlimmste in Menschen hervorzubringen. Emily macht sich hauptsächlich Sorgen um Roses Sohn. Alex ist erst neun, und er ist allein mit ihr da drüben.«

»Glauben Sie, der Junge ist in Gefahr?«

»Nein, im Moment nicht. Aber Emily und ich werden versuchen, die Situation genau im Auge zu behalten. Emily erzählte mir, Rose habe Alex die Aufgabe übertragen, einiges von den Sachen im Haus aufzulisten. Doch ich sage Ihnen, so etwas einem Neunjährigen zu überlassen, zeugt von mangelhaftem Urteilsvermögen.«

Der Teekessel auf dem Herd begann zu pfeifen, und Ivy sprang auf, drehte die Flamme aus und goss heißes Wasser in die leeren Becher.

»Ich habe mir überlegt, wie ich den beiden Schwestern helfen könnte.« Father O'Brien wählte einen Teebeutel aus und tunkte ihn in den Becher. »Vielleicht sollte ich hinübergehen und mit Rose reden.«

»Vielen Dank für das Angebot, Father, aber ich denke, dass das nichts nützen würde, zumindest jetzt noch nicht. Ich finde, wir sollten ihr und Emily die Chance geben, die Sache durchzuziehen. Ich hoffe immer noch, dass die Mädchen das, was ihre Mutter wollte, allein schaffen. Geben wir ihnen ein wenig Zeit. Wir beobachten die Sache so gut wie möglich. Wenn die beiden nicht vorankommen oder sich die Situation weiterhin verschlechtert, würde ich auf Ihr Angebot zurückkommen.«

»Ich tue gern alles, was ich kann. Es wäre nicht das erste Mal, dass ich mit Suchtproblemen zu tun hätte. Ich kenne die ganze Bandbreite.« Father O'Brien warf einen weiteren verstohlenen Blick auf seinen Teelöffel.

»Das glaube ich gerne. Vielleicht könnten Sie auch Emily einen Rat geben. Sie ist frustriert und verärgert, und falls die Dinge ins Stocken geraten, würde sie sich bestimmt besser fühlen, wenn sie wüsste, dass Sie versuchen, das Ganze voranzutreiben. Emily stand Josie so nahe, und sie weiß, dass Sie ihrer Mutter über schwierige Zeiten hinweggeholfen haben. Emily versucht nur, das zu tun, was ihre Mutter wollte. Ich glaube, sie ist in diesem Sommer auch hierher zurückgekommen, um ein für alle Mal hinter sich zu lassen, was zwischen ihr und Rose passiert ist. Auch wenn sie sich das selbst noch nicht eingestanden hat.«

»Und wenn sie nicht wieder zueinanderfinden?«

Ivy zuckte mit den Schultern. »Emily muss zu einem Abschluss kommen. Ich weiß, dass sie den Unfall nie verwunden hat. Er verfolgt sie nach wie vor. Andy auf diese Weise zu verlieren, war schlimm genug, aber weniger offensichtlich ist, dass sie an dem Tag praktisch auch ihre Schwester verloren hat. Die beiden Mädchen standen sich einmal so nahe.«

»Ich erinnere mich«, sagte Father O'Brien.

»Emily ist ständig auf der Flucht, doch vielleicht ist sie nach Mill River zurückgekehrt, um Frieden mit der Vergangenheit zu schließen, ganz gleich, ob es mit Rose funktioniert. Ich glaube, sie weiß, dass sie nur dann weitermachen kann.«

Das Teetrinken mit Father O'Brien hatte länger gedauert, als Ivy erwartet hatte, doch sie war froh darüber. Fast zwei Stunden hatten sie in der Küche gesessen, geredet und gelacht und manchmal Tränen weggewischt. Sie kicherte leise, als sie daran dachte, wie sie beide langsam vom Tisch aufgestanden waren, mit steifen Gelenken vom langen Sitzen. Abgesehen von dem Schmerz auf den harten Holzstühlen war es wunderbar gewesen, sich mit einem alten Freund zu unterhalten, und sie war froh, dass er sich so offen über seinen Kummer geäußert hatte. Sie konnte sich vorstellen, dass die Auseinandersetzung mit einem eigenen, tiefgreifenden Verlust eine gewisse Einsamkeit in sein Leben gebracht hatte, trotz seiner Rolle in der Gemeinde und des ständigen Kontakts mit Menschen.

Father O'Brien war auf demselben Weg wieder gegangen, wie er gekommen war – durch die Eingangstür der Bücherstube. Nachdem sie die Tür hinter ihm verriegelt hatte, beschloss Ivy, obwohl es schon spät war, mit dem Einräumen der neuen Bücherlieferung weiterzumachen. Aus irgendeinem Grund fühlte sie sich nicht müde, und sie grübelte immer noch über den Besuch des Priesters nach. Auf ihren Stock gestützt, schob Ivy mit dem Fuß einen Bücherkarton über den Teppich, bis er nahe bei den Regalen mit Kinderbüchern war.

Ivy setzte sich auf einen kleinen, farbenfrohen Sitzsack, summte vor sich hin, während sie die neuen Bücher etikettierte und Platz dafür auf den Regalen suchte. Sie sah gern die bereits vorhandenen Titel durch, vor allem die Dauerbrenner. So viele in Mill River waren mit ihrem kleinen Laden aufgewachsen. Sie erinnerte sich noch, welchem Kind welche Bücher gefallen hatten. Diese Kinder waren nun erwachsen und hatten selbst Kinder.

Auch Erinnerungen an Rose und Emily stiegen auf, als sie in der Kinderecke saß. Wie oft hatte sie in all den Jahren hinübergeschaut und die Mädchen hier sitzen sehen? Nachdem Josie in diesem grausigen Maklerbüro angefangen hatte und sich jemand um die Mädchen kümmern musste, bis sie heimkam, hatten Rose und Emily über Wochen praktisch in der Bücherstube gewohnt. Sie erinnerte sich noch, wie die Mädchen ihre Hausaufgaben am Küchentisch gemacht, zwischen den Büchern im Laden gesessen, auf dem Speicher gespielt oder Mittagsschlaf gemacht hatten und wie sie heruntergerannt waren, begierig darauf, Josie zu sehen, wenn sie von der Arbeit nach Hause kam.

Ivy seufzte und hoffte, dass Father O'Brien Rose und Emily helfen könnte, falls sie sich an ihn wenden musste. Sie liebte beide Mädchen nach wie vor von ganzem Herzen. Es schmerzte sie, mitansehen zu müssen, wie sie so kalt und hasserfüllt miteinander umgingen und wie sie zusätzlich noch unter ihren eigenen Problemen litten. Schließlich wusste Ivy, wie stark ihre Bindung vor Jahren gewesen war.

Ein paar Stunden nachdem Father O'Brien aus der Bücherstube ins Pfarrhaus zurückgekehrt war, erwachte Rose DiSanti Frye aus ihrem unruhigen Schlummer auf dem Sofa. Im Wohnzimmer war es dunkel, und sie tastete unbeholfen nach dem Fuß der Lampe auf dem Beistelltisch. Das kalte Licht der Glühbirne fiel auf ein wahlloses Durcheinander aus leeren Gläsern und Flaschen. Dahinter standen immer noch viele unausgepackte Kartons, verteilt auf dem Boden, den Sitzflächen und den zusammengewürfelten Möbeln.

Rose setzte sich auf und rieb sich die Augen. Allmählich fiel ihr wieder ein, dass Emily vorhin da gewesen war. Während der größte Teil des Wortwechsels nur eine verschwommene Erinnerung war, stachen die verletzenden Worte ihrer Schwester klar heraus. Erneut packte Rose die Wut, als sie daran dachte, wie ungläubig Emily sie angeschaut hatte bei ihrer Erklärung, warum ihre Liste noch nicht fertig war. Sie sah absolut kein Problem darin, sich von Alex die Bücherliste vervollständigen zu lassen.

Sie blickte sich in dem chaotischen Wohnzimmer um und erkannte, dass sie womöglich unterschätzt hatte, wie lange Alex brauchen würde, um die Bücher und die anderen Sachen im Haus durchzusehen. Vielleicht würde es länger dauern, als Emily für angemessen erachtete. Um sich zu beruhigen, beschloss Rose, nach oben zu gehen und zu sehen, wie weit Alex gekommen war. Möglicherweise wollte sie sich auch vergewissern, dass ihre

Schwester vollkommen falschlag, wenn sie dachte, dass er mit dem Projekt nicht fertig würde.

Als Rose sich den oberen Treppenstufen näherte, vernahm sie das langsame, gleichmäßige Atmen ihres Sohnes. Sie schob die Tür ein bisschen weiter auf und schaute in sein ordentliches Zimmer. Das Licht kam von einer kleinen Lampe auf dem Nachttisch. Alex lag im Bett und schlief fest. Er trug seinen Pyjama, lag aber ausgestreckt auf der Bettdecke. Ein offenes Buch klemmte zwischen seiner Wange und dem Kopfkissen, und die Brille mit den dicken Gläsern hing schief über seinem Gesicht. Rose schlich auf Zehenspitzen möglichst leise durch das Zimmer, um einen Blick auf seinen Laptop zu werfen.

Sie drückte auf die Tastatur, woraufhin der Bildschirmschoner verschwand und eine Exceltabelle auf dem Monitor erschien. Alex kam mit seiner Liste anscheinend gut voran. Rose sah Spalten für die Titel wie auch für Inhaltszusammenfassungen und Zellen zum Ankreuzen, ob sie oder ihre Schwester das Buch gelesen hatten. Viele der Zellen für Inhaltszusammenfassungen waren bereits ausgefüllt. Tatsächlich war sie überrascht, dass Alex schon so viele der aufgelisteten Bücher gelesen hatte.

Eine plötzliche Woge von Stolz und Triumph überkam Rose. Emily war eine Idiotin. Alex mit der Liste zu betrauen, war absolut angemessen. Mit einem selbstgefälligen Lächeln drehte sie sich um und schaute noch einmal auf ihren schlafenden Sohn, doch nach einem Augenblick wich ihr Lächeln einem ruhigen, wehmütigen Ausdruck.

Ganz gleich, wie erwachsen er tat, wenn er wach war, ganz gleich, welche altkluge Miene er oft aufsetzte oder wie er seinen überlegenen Intellekt zur Schau stellte, Schlaf enthüllte stets, wie jung und unschuldig Alex war. Oft musste sie sich ermahnen, dass er erst neun war, aber heute Nacht, während sie auf ihn hinabschaute, lächelte sie verwundert darüber, dass er *schon* neun war. Wo war die Zeit geblieben? Es kam ihr vor, als hätte sie erst vor wenigen Tagen den winzigen Säugling gewiegt, die runzelige, samtige Haut an seiner Stirn geküsst, darüber gestaunt, wie rasch er zu dem einen strahlenden Stern in ihrem Leben geworden war.

So leise sie konnte, verließ sie Alex' Zimmer und holte eine Wolldecke aus ihrem eigenen Schlafzimmer gegenüber. Vorsichtig und sanft zog sie das offene Buch unter seiner Wange hervor, nahm ihm die Brille ab und legte beides auf den Nachttisch. Er bewegte sich ein wenig, drehte den Kopf, als sei er erleichtert, endlich das weiche Kissen am Gesicht zu spüren. Rose faltete die Decke auseinander und breitete sie über Alex. Sie betrachtete ihn noch einen Moment lang, strich ihm das weiche blonde Haar glatt und knipste die Lampe aus.

Unten angekommen, ging Rose in die Küche. Sie wusste nicht, wann sie zum letzten Mal etwas gegessen hatte, und bekam leichte Panik, als sie überlegte, was Alex sich wohl zu essen gemacht hatte. Im Kühlschrank fand sie nur ein Sixpack Bier, knapp zwei Liter Milch, ein paar Stücke Pizza und ein fast leeres Glas Erdnussbutter. In der Speisekammer sah es nicht viel besser aus, und es gab überhaupt nichts Frisches. Seit dem Tag nach ihrer Ankunft war sie nicht mehr im Supermarkt gewesen. Als sie eine leere Packung Frühstücksflocken und mehrere leere Suppendosen im Mülleimer entdeckte, kamen ihr Emilys Worte wieder in den Sinn. *»Du bist eine elende Säuferin und eine miserable Mutter.«* Eine Woge von Schuldgefühlen schwappte über sie hinweg, und die Wahrheit der Beleidigung ihrer Schwester bohrte sich in ihren knurrenden Magen.

Sie ist eine Idiotin, ermahnte sich Rose, und wieder stieg Wut in ihr auf. Mit fest zusammengekniffenen Augen beschloss sie, keine Energie mehr an Gedanken über Emily zu verschwenden. Stattdessen wärmte sie sich ein Stück von der übrig gebliebenen Pizza auf und nahm sich zwei Dosen Bier aus dem Kühlschrank. Da es schon nach zehn war, konnte sie nicht mehr einkaufen, doch sie würde eine Einkaufsliste schreiben und gleich morgen früh losfahren. Besser noch, sie ging vorher mit Alex frühstücken, dann konnten sie zusammen die Vorräte auffüllen. Bei all der Zeit, die er in seinem Zimmer verbrachte, brauchte der arme Junge bestimmt frische Luft.

Sie machte ein Bier auf und dachte darüber nach, wo sie frühstücken konnten. In ihrer Nachbarschaft an Manhattans Upper East Side bekam man ohne Weiteres alles von einem frischen, heißen Bagel bis zu einem raffinierten Omelett mit Gourmet-Kaffee. Hier in Mill River war das ganz anders. Es war schon lange her, seit sie zum letzten Mal in Ruth Fitzgeralds Bäckerei gewesen war, doch sie erinnerte sich, dass man dort anständig frühstücken konnte. Zum Teufel, es war vermutlich die *einzige* Möglichkeit, in der Stadt Frühstück zu bekommen.

Rose war erstaunt, wie viel besser es ihr ging, sobald sie etwas im Magen hatte. Das kalte Bier half auch, und nachdem sie fertig gegessen hatte, blieb sie noch sitzen, die Ellbogen auf dem Tisch und den Kopf in die Hände gestützt. Sie überlegte, was Sheldon wohl machte. Seit drei Tagen hatten sie nicht mehr telefoniert, und ihr letztes Gespräch hatte in bitterem Ton geendet. Arbeitete er wenigstens Teilzeit? Oder hockte er nur in ihrer hinreißenden Wohnung und blies Trübsal, bis sie ihr Erbe und ihre gemeinsame finanzielle Zukunft gesichert hatte?

Rose öffnete das zweite Bier und nahm einen großen Schluck. So sehr sie auch aus Mill River, von ihrer Schwester und den neugierigen Blicken der Einheimischen fort wollte, so wenig freute sie sich darauf, sich mit ihrem niedergeschlagenen, arbeitslosen Mann und der prekären finanziellen Situation in New York auseinanderzusetzen. Vieles in ihrem Leben war ein Schlamassel.

»Du bist eine miserable Mutter.« Die Worte dröhnten in ihren Ohren, auch wenn sie sich nach Kräften bemühte, sie zu verdrängen. Emily wusste überhaupt nichts von Alex. Sie hatte keine Ahnung, wie viel Rose und Sheldon für ihn investiert hatten. Er be-

suchte die besten Schulen, hatte die besten Kindermädchen und die beste, lebenslange Gesundheitsversorgung. Ihm fehlte es an nichts, bis auf die neueste Videospielkonsole, die all seine Freunde hatten. Sheldon und sie waren gegen Videospiele. Sie waren stolz darauf, dass Bücher immer noch zum wertvollsten Besitz ihres Sohnes gehörten.

Alex nahm am Sommerlager für Meeresbiologie teil und sang regelmäßig Soli im Schulchor. Seine Noten lagen weit über dem Durchschnitt. Ja, er war ein hochbegabtes Kind, wegen seines angeborenen Intellekts, aber auch, weil Sheldon und sie seine Brillanz erkannt und gefördert hatten. *Ich bin keine schlechte Mutter.*

Und doch … Rose richtete den Blick auf die Bierdosen. Sie bewiesen, wie wahr die Worte ihrer Schwester waren. Als sie zu weinen begann, merkte sie, dass sie Emily an sich herangelassen hatte. Ärgerlich wischte sie mit dem Handballen über ihre Augen. Sheldon hatte recht. Sie musste mit dem Trinken aufhören, und sie würde es tun, nur um ihrer Schwester zu beweisen, dass sie falschlag. Sie würde Emily keinen weiteren Grund liefern, ihre Erziehung zu kritisieren oder, schlimmer noch, Lügen bei Ivy und dem Rest der Stadt zu verbreiten.

Trotz ihrer Bemühungen, sie zu unterdrücken, machte sich die hässliche Wut weiter in ihr breit, die die Bemerkung ihrer Schwester ausgelöst hatte. Heute Nacht würde sie Emily eine Lektion erteilen. Rose zog eine Schublade auf und wühlte darin herum, bis sie ein stabiles Messer fand. Nach einem trotzigen Blick auf ihr halbvolles zweites Bier schlüpfte sie aus der Haustür.

Die meisten Häuser entlang der Straße lagen dunkel und still da, genau wie Emilys. Unversehens überkam Rose ein seltsames Déjà-vu. Die stillen Häuser, die in der sanften nächtlichen Brise raschelnden Bäume, die stetigen Geräusche der Zikaden und Laubfrösche, die köstliche Erwartung des Unbekannten … das alles war unverändert, wie das Mill River ihrer Jugend. Sie fühlte sich wieder wie ein Teenager, der in die Nacht hinausschlich, aus Gründen, die alles andere als gut waren.

Rose blieb neben ihrem Auto stehen, um sich zu vergewissern, dass niemand sie beobachtete, und hockte sich dann neben einen Vorderreifen von Emilys ramponiertem Subaru. Der Anblick der immer noch verbogenen vorderen Stoßstange heizte ihre Wut noch weiter an, bestärkte sie in ihrem Entschluss, und sie rammte die Klinge des Messers in die schwarze Seitenwand des Reifens.

Zunächst genoss sie die wütende Befriedigung beim leisen Zischen der Luft, die aus dem Reifen entwich. Schließlich hatte sie zur Verteidigung ihres Sohnes und ihrer eigenen Selbstachtung gehandelt. Als sie zu ihrem Haus zurückging, kämpfte sie gegen den Drang an, weiter auf das zähe Gummi einzustechen, Jahre der Kränkung und Feindseligkeit an ihm auszulassen. Gleichzeitig fand sie die Vorstellung beunruhigend, wie die Luft aus dem Reifen in der Dunkelheit verschwand, unsichtbar und für immer verloren.

16

1986

Lange nach neun an einem Freitagabend im Mai begab Josie sich endlich auf den kurzen Heimweg nach Mill River. Sie war dankbar für die freundlichen Frühlingstage, weil das lange Arbeiten etwas erträglicher war, wenn es abends nicht so früh dunkel wurde.

Der Verkauf des Hauses an der Mülldeponie von Rutland hatte sich rasch herumgesprochen. Josie wurde von Kunden bestürmt. Al hatte jedem, der in sein Autohaus kam, und auch jedem, den er kannte, von ihrem wundersamen Verkauf erzählt. Ein Mann hatte unverblümt geäußert, er »hätte es nicht für möglich gehalten, dass irgendjemand Als Dreckloch verkaufen könnte«, bevor er sie bat, als Immobilienmaklerin für sein eigenes Haus tätig zu werden. Ehe sie sich's versah, hatte sie fünf neue Objekte und bereits drei davon verkauft. Sie hatte auch Verkaufsverträge für drei von Neds Objekten unter Dach und Fach gebracht.

Während sie über den Highway fuhr, musste sie unwillkürlich kichern, als sie an Neds Behauptung dachte, eine Situation, die einem hoffnungslos erscheint, könne zu Großem führen. Damit hatte er absolut recht gehabt, wenn auch in einer Weise, die er wohl nicht erwartet hatte.

Die Schattenseite war, dass ihr Beruf die Zeit mit Emily und Rose einzuschränken begann. Ivys Angebot, die Mädchen bei sich in der Bücherstube zu behalten, wenn Josie arbeiten musste, war ein Segen, aber Josie wusste, dass es keine Dauerlösung sein konnte. Sie würde sich bald nach ein paar guten Babysittern umsehen müssen.

Auf jemand anderen bei der Betreuung ihrer Töchter angewiesen zu sein, verursachte ihr starke Schuldgefühle, auch wenn die Betreuerin ihre liebe Tante war. *Ich bin ihre Mutter und ihr einziger Elternteil. Ich sollte bei ihnen sein.* Bei der Arbeit griff Josie oft an ihr Medaillon, der Gedanke an die Fotos ihrer Töchter über ihrem Herzen tröstete sie. Wenn sie ihren Lebensunterhalt verdienen wollte, würde es oft Zeiten geben, in denen sie nicht bei ihren Kleinen sein konnte, das ließ sich nicht ändern.

Sie trat aufs Gas. Sie wollte unbedingt zu Hause sein, bevor die Mädchen eingeschlafen waren. Als sie eintraf, folgte sie dem Klang der Stimmen in die Küche. Die schwere Hintertür stand offen, und Josie hielt vor der Fliegengittertür inne. Ivy und die Mädchen saßen zusammen auf den Stufen zum Garten. Die Luft war frisch, und der Vollmond warf seinen leuchtenden Glanz über alles.

»Seht ihr, der Polarstern ist der hellste Stern am Himmel.« Ivy deutete nach oben. »Und wenn ihr den Polarstern gefunden habt, könnt ihr auch den Kleinen Wagen finden.«

»Was für ein Wagen?«, fragte Emily. Josie unterdrückte ein Lachen, um sie noch nicht auf sich aufmerksam zu machen.

»Einer, der wie ein Bollerwagen aussieht«, erwiderte Ivy leise lachend. »Der Kleine Wagen ist eine Gruppe von Sternen – eine Konstellation –, die am Himmel wie ein Bollerwagen aussieht.« Ihre Tante deutete wieder nach oben und machte eine Bewegung mit der Hand. »Wenn ihr genau hinschaut, könnt ihr eine Linie von Sternen sehen, die mit dem Polarstern endet. Das ist die Deichsel des Wagens. Am anderen Ende bilden drei weitere Sterne ein kleines Rechteck. Das ist das Wagenbett. Zusammen bilden sie den Kleinen Wagen.«

»Ich sehe ihn!«, kreischte Rose, sprang auf und hinunter ins Gras. »Ich sehe ihn, Tante Ivy!«

»Wo?«, fragte Emily. Sie stellte sich neben ihre Schwester, drehte sich langsam um die eigene Achse und spähte weiter nach oben. »Wo? Ich seh den Wagen nicht.«

Rose legte den Arm um Emilys Schultern und richtete den Kopf ihrer Schwester aus. »Schau genau da hin, Em. Die Sterne sind wie kleine Punkte. Du musst so tun, als würdest du die Punkte miteinander verbinden.« Schweigend betrachtete Josie ihre beieinander stehenden Töchter, die nach oben gewandten Gesichter, vom Mondlicht beleuchtet und von Staunen erfüllt.

»Weißt du, wie viel Sternlein stehen an dem blauen Himmelszelt«, sang sie schließlich leise. Beim Klang ihrer Stimme schraken die beiden Mädchen zusammen und schauten zur Tür.

»Mom! Tante Ivy zeigt uns *Kon-stel-la-tionen*!« Rose gab sich Mühe, das schwere neue Wort richtig auszusprechen. Sie deutete stolz zum Himmel. »Schau, da ist der Kleine Wagen!«

»Ja, ich sehe ihn.« Josie trat nach draußen.

»Ich kann ihn nicht sehen«, maulte Emily. »Ich will den Wagen auch sehen, Mom.«

»Manchmal braucht man ein wenig Übung, um ihn zu entdecken«, tröstete sie Emily. »Wir können es an einem anderen Abend wieder probieren. Jetzt ist es aber schon spät, und ihr Mädchen müsst ins Bett.«

»Sie wollten unbedingt auf dich warten, daher habe ich ihnen erlaubt, ausnahmsweise ein paar Minuten länger aufzubleiben«, sagte Ivy. »Dachte mir, ich bringe ihnen in der Zwischenzeit etwas bei.«

Josie lächelte und nickte. »Geht schon nach oben, Mädels. Ich komme gleich nach.« Als Rose und Emily sich an ihr vorbei ins Haus drängten, beugte sie sich vor und flüsterte Ivy ins Ohr: »Ich hab dir was Aufregendes zu erzählen, aber ich will ihnen erste Gute Nacht sagen.« Bevor Ivy antworten konnte, eilte Josie nach drinnen.

Im ersten Stock war es dunkel, obwohl die kleine Lampe im Zimmer der Mädchen ein schwaches Licht durch die offene Tür warf. Josie blieb oben an der Treppe stehen und lauschte auf das, was sie sagten, während sie ins Bett kletterten.

»Vielleicht können wir morgen auf den Spielplatz gehen«, sagte Emily.

»Morgen ist Samstag«, erwiderte Rose. »Mom muss wahrscheinlich arbeiten. Am Wochenende muss sie immer Leuten Häuser zeigen.«

Schuldgefühle kamen durch Josies Erschöpfung nach einer Woche mit Zwölf-Stunden-Tagen hoch, und sie wäre beinahe in Tränen ausgebrochen. Stattdessen biss sie sich fest auf die Unterlippe und trat ins Zimmer.

»Mommy, wir wollten wach bleiben, bis du heimkommst«, erklärte Rose im gebieterischen Ton einer Siebenjährigen. »Tante Ivy hat es uns erlaubt. Bist du böse?«

»Nein, Schätzchen. Auch wenn eure Schlafenszeit längst überschritten ist. Ich bin froh, dass ich euch noch Gute Nacht sagen kann. Was habt ihr denn heute mit Tante Ivy gemacht? Vor dem Sternegucken, meine ich.«

»Wir hatten viel Spaß«, antwortete Emily. »Wir haben ihr geholfen, die neuen Kinderbücher auszupacken.«

»Und sie hat mir beigebracht, wie man echtes Geld wechselt«, fügte Rose hinzu.

»Das ist ja toll. Morgen früh muss ich nicht arbeiten. Was haltet ihr davon, wenn wir auf den Spielplatz gehen und auf dem Heimweg Mittag essen?«

»Dürfen wir?«, schrie Emily und klatschte in die Hände.

»Ich möchte ein Happy Meal!« Rose hüpfte im Bett auf und ab.

»In Ordnung«, sagte Josie lachend. Sie nahm die beiden Mädchen in die Arme und küsste sie abwechselnd auf die Stirn. »Jetzt schlaft aber, damit ihr morgen nicht müde seid!« Josie deckte Emily und Rose zu und küsste beide erneut, bevor sie das Zimmer verließ.

Als sie wieder nach unten kam, saß Ivy schon ganz zappelig auf dem Sofa. »Wenn es nicht darum gegangen wäre, den Mädchen Gute Nacht zu sagen, hätte ich mit dir geschimpft. Erst diese Andeutung zu machen und dann zu verschwinden. Herzchen, du kannst mich doch nicht so hängen lassen.«

Josie lachte. »Ja, ich weiß, du warst in deinem früheren Leben ein Stadtschreier. Tja, ich habe heute eine Empfehlung von Phil Lawson bekommen. Du erinnerst dich, dass ich mit ihm bei dem Haus an der Mülldeponie zusammengearbeitet habe? Er hat meinen Namen an ein Paar weitergegeben, das ein Urlaubsdomizil in Killington kaufen will, und die Frau hat mich heute Nachmittag angerufen. Sie kommt am Sonntag mit ihrem Mann aus New York, damit ich sie herumführen kann.«

Ivy richtete sich auf. »New York? Oooh! Vielleicht sind sie auf etwas Teures aus. Du könntest deine bisher höchste Provision bekommen.«

»Stimmt, aber nicht nur das. Wenn ich ihnen ein Anwesen verkaufen kann, wäre es mein achtes.« Josies Augen blitzten, und Ivy nickte, da sie wusste, worauf Josie hinaus wollte.

»Nach acht Verkäufen kannst du eine Maklerlizenz bekommen. Nicht durch die Schuld der Sterne, liebe Josie, durch eigne Schuld nur sind wir Schwächlinge.« Sie stand auf und streckte sich.

Josies müdes Hirn versuchte vergeblich, den Sinn hinter Ivys letzter Bemerkung zu ergründen. »Wie bitte? Sprichst du wieder von Konstellationen?«

»Das ist aus *Julius Caesar*«, erwiderte ihre Tante. Josie verdrehte die Augen, doch ihre Tante ging nicht darauf ein. »Genau genommen bedeutet es, dass wir, und nicht die Sterne oder welche Mächte auch immer, über unser Schicksal entscheiden. Und du hast genau das getan, Josie. Du hast Ned bei jeder Gelegenheit übertroffen und ausgestochen. Noch ein Verkauf, und du kannst ihn abservieren und dein eigenes Maklerbüro eröffnen.«

»Davon träume ich seit dem ersten Tag, aber ich habe nie geglaubt, dass ich es so schnell schaffen würde. Wenn ich bei ihm aufhören kann, sobald mein erstes Jahr beendet ist, wäre das eine Erleichterung. Ned verdient natürlich Geld durch meine Verkäufe, aber es frisst ihn auf, wenn die Leute mich als Maklerin haben wollen und nicht ihn.«

»Wer auch nur ein bisschen Verstand hat, sieht doch, dass er ein Schwachkopf ist und du der Star.« Ivy wandte sich zum Gehen. »Ich könnte nicht stolzer auf dich sein.«

»Danke, Ivy.« Josie küsste ihre Tante auf die Wange. »Und danke, dass du heute auf die Mädchen aufgepasst hast.« Sie blieb auf der Vorderveranda stehen, bis Ivy sicher in ihrem Haus war, dann schloss sie leise die Tür.

Der Samstag verging wie im Flug mit viel Lachen, Klettergerüste erklimmen, Arbeit und den üblichen Wochenendbesorgungen, und der Sonntag war da, bevor Josie überhaupt zu Atem gekommen war. Adrenalin und Hoffnung hielten sie aufrecht, als sie in dem schäbigen Büro von Circle Immobilien eintraf, um aufzuräumen und frischen Kaffee für ihre Kunden zu kochen.

Edward und Elizabeth Stanfield kamen pünktlich um zwei, und Josie verbrachte den restlichen Nachmittag damit, ihnen Urlaubsdomizile in der Umgebung zu zeigen. Edwards Rolex und Gucci-Slipper und der sagenhafte Diamant an Elizabeths Ehering verrieten Josie auf den ersten Blick, dass das Paar ernsthaft zum Kauf eines Hauses entschlossen war und auch über die nötigen finanziellen Mittel verfügte.

Wie üblich hob Josie sich das beste Objekt bis zum Schluss auf. Alles an dem Anwesen im Chalet-Stil in Killington war spektakulär. Als sie die beiden in den weitläufigen Wohnraum mit den deckenhohen Fenstern und dem Blick auf unberührte Nadelwälder und den Ferienort Killington geführt hatte, trat sie zurück und wartete auf ihre Reaktionen.

»Phantastisch«, sagte Edward.

Elizabeth schwieg, doch während sie aus den riesigen Fenstern schaute, spiegelten ihre strahlenden Augen den Blick auf den Wald und die Berge wider, und als sie nach Edwards Arm griff, wusste Josie, dass sie das Chalet verkauft hatte.

Sie hatte fest damit gerechnet, dass sich die Stanfords in das Haus verlieben würden. Doch womit sie nicht gerechnet hatte, war die Flut von Gefühlen, die in ihr aufstieg, während sie das Paar beim Besichtigen des Hauses beobachtete.

Wie oft hatte sie davon geträumt, mit Tony auf Haussuche zu gehen? Durch die Räume zu schlendern, über Quadratmeter und Stellplätze für die Möbel zu sprechen? Wie oft hatte sie sich den Moment vorgestellt, in dem sie gemeinsam das perfekte Heim finden würden? Wie oft hatte sie ihre kleine Familie vor sich gesehen, Jahre später, warm und sicher untergebracht unter diesem Dach?

Sie hatte schon mehreren Paaren dabei geholfen, ein neues Zuhause zu finden. Was hatte ausgerechnet dieses an sich, das bei ihr eine solche Lawine von Traurigkeit auslöste?

Selbst wenn Tony noch leben würde, wären sie nie in der Lage gewesen, sich die Designerkleidung und Luxusaccessoires der Stanfields leisten zu können. Sie hätten nie ein Haus wie das Chalet finanzieren können, in dem sie jetzt stand, gegen die Tränen ankämpfte und mühsam ein künstliches Lächeln aufrechterhielt. Aber irgendetwas an den Stanfields erinnerte sie genau daran, wie es mit Tony gewesen war.

Edward und Elizabeth waren vollkommen auf einer Wellenlänge. Sie schlenderten durch ein Zimmer nach dem anderen, kommunizierten oft nur durch Mienenspiel. Sie bewegten sich synchron, unabhängig und doch im gleichen Rhythmus. Das Paar trat nie weit auseinander, und oft berührte einer den anderen ganz beiläufig. Die körperliche Anziehung zwischen den beiden war fast greifbar. Und wenn sie sich ansahen, vermittelte ihr Blick eine anhaltende, stille Zuneigung. Die Stanfields waren Seelenverwandte – sie passten perfekt zusammen und waren hoffnungslos verliebt.

Genau wie Tony und sie es gewesen waren.

Es wurde spät, bis sie den Vertrag für die Stanfields aufgesetzt hatte. Nachdem das Paar ihr Büro verlassen hatte, legte sie das fertige Angebot auf Neds Schreibtisch und ging zu ihrem Auto. Allein und in der Dunkelheit allen Blicken entzogen, schluchzte sie auf der Heimfahrt, froh, endlich Neds Leine gekappt zu haben, und doch überwältigt von neuer Trauer und einem tieferen Bewusstsein, wie einsam sie wirklich war.

Als sie in ihr Haus schlüpfte, saß Ivy wie gewöhnlich lesend auf dem Sofa. Ihre Tante musterte sie nur kurz und sprang sofort auf. »Bitte sag mir, dass das Freudentränen sind«, rief sie. Josie rang sich ein Lächeln ab und nickte, woraufhin Ivy sie in die Arme schloss. »Ich wusste es! Oh, du hast es geschafft! Die Mädchen und ich wussten, dass du es schaffst.«

»Jetzt muss ich mich nur darauf konzentrieren, für die Maklerlizenz-Prüfung zu lernen, und sobald mein erstes Jahr bei Ned um ist, kann ich …«

Josie erhaschte einen Blick auf den Küchentisch. Luftballons in allen Farben waren an die Kanten geklebt, und in der Mitte befand sich eine mit Alufolie abgedeckte Platte. Neben der Platte standen ein leeres Weinglas und eine Flasche sprudelnder Traubensaft. Auch eine Karte lag dort, aus zusammengefalteter Pappe, auf der mit Buntstift »MOM« geschrieben stand.

»Was ist das?«, fragte Josie.

Ivy trat zu ihr und schüttelte den Kopf. »Die Mädchen wollten dir ein besonderes Abendessen zu deinem achten Verkauf zubereiten. Sie haben es selbst gemacht. Na ja, ich habe sie beaufsichtigt und ein wenig geholfen, aber das meiste haben sie allein hinbekommen. Schau es dir an.«

Josie klappte die Karte auf und las: »Jetzt kannst du ein Makkler sein. Alles Liebe, Rose und Emily.« Lächelnd blinzelte sie die Tränen weg und hob die Alufolie von der Platte, auf der ein großer, steifer Klumpen aus Makkaroni und Käse lag, dazu ein aufgeschnittener Apfel, der bereits braun wurde, und ein Haufen zerkochter Erbsen.

»Wir wussten nicht, dass du so spät heimkommen würdest«, sagte Ivy. »Ich hab sie sogar noch eine Weile aufbleiben lassen, um auf dich zu warten, aber Emily fielen die Augen zu. Du solltest morgen früh auf jeden Fall mit ihnen reden.«

Josie nickte, hörte Ivys Worte aber kaum. Sie griff an ihr Medaillon. Ihre Töchter hatten zum ersten Mal etwas für sie gekocht, und sie war nicht mal zu Hause gewesen, um es zu essen. Sie nahm die Apfelstücke und stellte alles andere zum Aufwärmen in die Mikrowelle.

Ivy betrachtete sie mitfühlend, als Josie an den Tisch zurückkam, Platz nahm und sich ein Glas Traubensaft einschenkte. Rasch holte ihre Tante ein weiteres Glas aus dem Schrank, hielt es ihr hin, und Josie füllte es ebenfalls.

»Auf Rose und Em.« Josie hob ihr Glas. »Die Schätze meines Herzens.«

17

Emily war bester Laune, als sie mit Gus das Haus verließ und in die Morgenluft hinaustrat. Es war kurz nach sieben, und sie wusste, dass Ruths Bäckerei bereits geöffnet hatte und man dort starken, dunklen Kaffee servierte. Doch als sie auf den Bürgersteig kam, bemerkte Emily, dass ihr Auto seltsam schief am Randstein stand.

Der rechte Vorderreifen war vollkommen platt.

Sofort verging ihr die gute Laune. Sie verdrehte die Augen und fluchte leise. Gus zog jaulend an seiner Leine, aber Emily stand wie angewurzelt auf dem Bürgersteig und stellte ihre Morgenpläne um. Da Montag war, hatte der Werkzeugladen offen, und sie war für den Nachmittag zum Arbeiten eingeteilt. Sie hatte geplant, vorher ihre Liste möglicher Hinweise durchzugehen, und sie wollte Glas für einen neuen Entwurf schneiden, den sie im Kopf hatte. Doch jetzt musste sie sich als Erstes um den Reifen kümmern.

Emily band ihr Haar zum Pferdeschwanz und ließ Gus in den Garten. Es dauerte eine Weile, im Kofferraum alles umzuräumen, um an den Reservereifen zu gelangen.

Die Radkappe ließ sich leicht abnehmen, aber die Radmuttern erwiesen sich als hartnäckig. Sie waren festgerostet, und obwohl Emily mit aller Kraft am Kreuzschlüssel zog, wollten sie nicht nachgeben. Als Nächstes sprühte sie jede Mutter kräftig mit Kriechöl ein. Nachdem sie ein paar Minuten gewartet hatte, damit das Öl Rost und Dreck durchdrang, setzte sie den Kreuzschlüssel neu an und versuchte es noch einmal, stemmte sich so fest wie möglich dagegen, bis sie den Halt verlor und auf den Hintern plumpste. Frustriert und außer Atem sprang Emily auf und stürmte ins Haus. Als sie wieder herauskam, hatte sie einen Brenner, eine Schùtzbrille und eine Gaskartusche dabei.

Die verdammten Radmuttern hatten ihren Meister gefunden.

Sie setzte die Schutzbrille auf und schraubte den Brenner auf die Gaskartusche. Statt die von ihren Entwürfen übrig gebliebenen Glasstücke wegzuwerfen, hatte sie sich beigebracht, wie man sie mit dem Brenner einschmelzen und zu wunderschönen Glasperlen formen konnte, die sie in Perlenläden oder bei eBay verkaufte. Ein Brenner war jedoch auch für viele andere Dinge außer der Perlenherstellung zu gebrauchen.

Emily entzündete die Flamme und richtete sie auf den Kopf einer Radmutter. Das Kriechöl, das sie vorher aufgesprüht hatte, fing sofort an zu qualmen, aber es dauerte nicht lange, bis das Schmiermittel verbrannt war. Nachdem die erste Radmutter mehrere Sekunden lang unter der Flamme gewesen war, schaltete Emily den Brenner aus und nahm den Kreuzschlüssel. Diesmal reichte ein sanfter Zug, und die erhitzte Radmutter ließ sich losdrehen.

Sie hatte das Auto aufgebockt und schob den Reservereifen gerade auf die nun freiliegenden Schrauben, als sie hörte, wie sich Roses Haustür öffnete und schloss. Ihr Neffe kam auf sie zu und blickte dabei alle paar Schritte über die Schulter.

»Hallo«, rief sie, als Alex den schwarzen BMW seiner Mutter erreicht hatte und stehen blieb. Er schaute sich erneut um und kam dann zu ihr herüber.

»Hi«, sagte er. »Mom kommt gleich. Wir gehen frühstücken und fahren hinterher zum Einkaufen.«

»Oh.« Als Erstes schoss ihr durch den Kopf, ob Rose wohl nüchtern war und mit Alex gefahrlos irgendwohin fahren konnte. Sie bemerkte, wie angespannt Alex' Haltung war und wie er ständig zur Tür seines Hauses schielte.

»Das klingt prima. Hey, alles in Ordnung mit dir?«, fragte sie. »Du siehst aus, als hättest du Sorgen.«

Alex runzelte die Stirn, und sie konnte seine gemurmelte Antwort kaum verstehen. »Ich hab dich und Mom gestern reden gehört. Sie ist keine schlechte Mutter.« Seine großen blauen Augen blickten sie gekränkt und wütend an.

Vor Bedauern bildete sich ein Klumpen in Emilys Magen. »Tut mir leid, dass du das mit anhören musstest.« Sie sah ihren Neffen an, überlegte, was sie sonst noch sagen sollte. »So wütend ich auch war, ich hätte das nicht sagen sollen. Die Wahrheit ist jedoch, dass deine Mom trinkt, und das ist weder für sie noch für dich gut.«

Alex schwieg eine Weile. »Dad sagt, dass zu viel trinken eine Krankheit ist und Mom nicht anders kann.«

»Mit der Krankheit hat dein Dad recht«, erwiderte Emily. »Doch sie *kann* anders. Sie muss sich nur ernsthaft ändern wollen, was allerdings für jeden schwer ist.« Sie setzte sich ins Gras und sah Alex direkt in die Augen. »Hör zu, ich weiß, wir kennen uns nicht, und dass du das Gespräch zwischen mir und deiner Mom mit angehört hast, hat dir vermutlich keinen besonders guten Eindruck von mir vermittelt. Tut mir leid, dass es mit uns so angefangen hat.« Emily wartete einen Moment, bevor sie sich wieder dem Reservereifen zuwandte. »Aber, Alex, falls irgendwas mit deiner Mom passiert und du das Gefühl hast, Hilfe zu brauchen, oder wenn du glaubst, *sie* braucht Hilfe, dann bin ich für dich da.«

Alex schien über ihre Antwort nachzudenken. »Sie will mir nicht erzählen, warum ihr euch nicht mögt«, sagte er als Nächstes, »aber sie sagt, es wäre besser, wenn ich mich von dir fernhalte.«

Emily war angewidert von Rose und gleichzeitig betrübt wegen Alex. Außerdem verspürte sie den starken Impuls, alles in ihrer Macht Stehende zu tun, damit Rose sich ordentlich um ihn kümmerte. »Wenn deine Mom es dir noch nicht erklären will, dann ist es sicherlich nicht an mir, das zu tun. Aber wir sind eine Familie. Du bist mein einziger Neffe, und ich fände es echt cool, wenn du und ich uns ein bisschen besser kennenlernen könnten.«

Alex antwortete nicht, doch sein Ausdruck war nachdenklich, während er ihren Blick suchte. Nach einem Moment schaute er erneut über die Schulter.

»Hey, falls du meinst, deine Mom wird sauer, wenn sie dich hier bei mir sieht, geh einfach wieder rüber und stell dich neben ihr Auto. Wir können trotzdem reden.« Sie ermutigte ihn mit einem verschwörerischen Lächeln.

Alex lächelte ebenfalls, obwohl seine Augen mehr Erleichterung als sonst etwas zeigten. Er eilte auf Roses Auto zu und lehnte sich an die Beifahrertür. »Was ist mit deinem Reifen passiert?«

»Keine Ahnung.« Als der Reservereifen in Position war, hob Emily den Kreuzschlüssel und drehte die Radmuttern wieder auf die Schrauben. »Er war platt, als ich heute Morgen nach draußen kam. War vielleicht ein Nagel oder so was. Ich werde ihn mir genauer ansehen, wenn ich mit dem Reservereifen fertig bin. Wie geht's dir denn heute? Ich hab mich gefragt, ob mit dir alles okay war, nachdem du gestern reingegangen warst.«

»Ach.« Er zuckte mit den Schultern. »Mom brüllt dauernd. Ich versuche, ihr dann nicht im Weg zu sein, bis sie sich wieder beruhigt hat.«

»Als wir Kinder waren, hat sie auch ständig gebrüllt«, sagte Emily. »Hat mich fast verrückt gemacht.«

Alex reagierte nicht darauf, und sie wechselte rasch das Thema.

»Deine Mom hat mir erzählt, sie hätte dir aufgetragen, die Bücher in eurem Haus durchzusehen, damit wir herausfinden, ob eines davon der Hinweis ist, den Grandma uns hinterlassen hat.«

»Ja.« Alex' Gesicht strahlte. »Damit bin ich fast fertig. Ich bin sehr akribisch vorgegangen.«

»Akribisch, ja? Das ist toll!« Emily hockte sich neben dem Reifen wieder auf die Fersen. »Meine Liste ist auch fertig, dann können deine Mom und ich sie wohl vergleichen. Wir wissen, dass unsere Hinweise unterschiedlich sind, also müssen wir herausfinden, welche Bücher du in deinem Haus hast, die ich in meinem nicht habe. Ich glaube, nur so schaffen wir es, die möglichen Hinweise einzugrenzen.«

Sie wollte noch etwas sagen, doch Alex überquerte plötzlich den Bürgersteig und bückte sich nach etwas auf dem Rasen zwischen ihren Häusern. Er hob eine Feder auf, die aus dem Gras ragte. Sie war lang und blau, mit schwarzen Streifen und einem weißen Fleck an der Spitze. Alex hielt sie hoch und drehte sie im Sonnenlicht hin und her.

»Sieht aus wie die Schwanzfeder eines Blauhähers«, sagte Emily. »Von denen gibt's hier viele. Ich höre sie morgens immer zanken. Sie schikanieren die anderen Vögel.«

»Ich mag Vögel.« Alex betrachtete die Feder immer noch. »In der Stadt gibt es eine ganze Menge, aber sie sind schwer zu entdecken, bis auf die Tauben.«

»Hier haben wir alle möglichen Arten«, erwiderte Emily. »Kardinäle, Blauhäher, Grackel, Spatzen, Spechte. Wie ist es im Central Park? Da muss es doch von Vögeln wimmeln. Ich meine, ich hätte vor einer Weile mal gelesen, dass auch Falken wieder nach Manhattan zurückgekehrt sind.«

»Stimmt. Im Moment gibt es sechzehn nistende Paare. Sie fressen Tauben und andere Vögel. Wusstest du, dass sie mit einer Geschwindigkeit von mehr als zweihundert Meilen pro Stunde fliegen, wenn sie jagen?«

»Nein, wusste ich nicht. Das ist beeindruckend. Allerdings tun mir die Tauben leid.«

»Ja, schon. Ich würde gern öfter in den Park gehen, aber Mom sagt, sie ist allergisch gegen die ganzen Bäume und Pflanzen. Außerdem mag sie Vögel nicht besonders.«

»Oder Hunde«, fügte Emily hinzu. »Aber, hey, da du jetzt den Sommer über hier bist, wirst du alle möglichen Vögel im Garten sehen.« Stirnrunzelnd beobachtete sie, wie fasziniert ihr Neffe von der Feder war. Auch wenn er in eine privilegierte Welt hineingeboren worden war, fragte sie sich, ob Alex nicht ein zu behütetes Leben geführt hatte. »Ein bisschen Sonne würde dir guttun. Du solltest deine Schuhe ausziehen und barfuß laufen, wenigstens im Gras. Dazu kommst du in der Stadt nicht oft, oder?«

»Ich bin noch nie barfuß durchs Gras gelaufen.« Alex blickte auf seine neu wirkenden Sneakers.

Nach dem Aussehen der Schuhe zu urteilen, kommt er überhaupt nicht viel raus, dachte Emily.

»Alex?«, brüllte Rose. Einen Moment später kam sie in einem Minirock, hochhackigen Schuhen und mit ihrer üblichen großen runden Sonnenbrille heraus. Eine glänzende Ledertasche hing über ihrer Schulter.

»Ich bin hier drüben, Mom«, rief Alex und zog sich rasch zu ihrem BMW zurück. »Ich war schon fertig und hab nur auf dich gewartet.« Emily bemerkte, dass die blaue Feder, die er in der Hand gehalten hatte, mitten auf dem Bürgersteig lag.

»Gut.« Rose ging die Stufen hinab. Emily beobachtete jede ihrer Bewegungen, suchte nach Anzeichen, ob sie betrunken war. Ihre Schwester entriegelte die Türen, damit Alex einsteigen konnte, aber statt zur Fahrertür zu gehen, kam Rose um den BMW herum und lehnte sich an den Kofferraum.

Emily konnte die Augen ihrer Schwester durch die Sonnenbrille nicht erkennen, doch die gekräuselte Oberlippe und das arrogant gehobene Kinn entgingen ihr nicht. Sie konzentrierte sich darauf, ihr Auto herunterzulassen, damit sie die Radmuttern festziehen konnte.

»Alex hat mir heute Morgen erzählt, dass er mit dem Durchsehen der Bücher fast fertig ist. Wir könnten uns morgen treffen, um die Listen noch mal durchzugehen, wenn du willst.«

Emily blickte zu ihrer Schwester auf. »Klar.« Sie tat so, als müsste sie den Kreuzschlüssel neu ansetzen, erhob sich und bewegte sich dabei näher an Rose heran, um dann mehrfach durch die Nase einzuatmen. Da Alex schon auf dem Rücksitz des BMW saß, beruhigte es sie, dass von ihrer Schwester kein anderer Geruch als der eines schweren Parfüms ausging. Sie kniete sich wieder hin und befasste sich mit dem Reifen.

Rose zögerte noch immer, ins Auto zu steigen, und gab einen übertriebenen Seufzer von sich. »Tja, so eine Reifenpanne ist einfach Pech. Schätze, man weiß nie, welche Probleme bei einem alten Auto auftauchen«, sagte sie in leicht spöttischem Ton. Als Emily aufblickte, sah sie gerade noch, wie Rose mit einem perfekt manikürten Finger über den Lack des schwarzen BMW fuhr und ihn auf Staub überprüfte.

»Selbst ein neues Auto ist nur so gut wie sein Fahrer«, platzte Emily heraus.

Rose wirbelte herum und funkelte sie an. »Ich bin eine ausgezeichnete Fahrerin …«

»… wenn du nüchtern bist«, beendete Emily den Satz für sie, den Blick auf den Reservereifen gerichtet.

»Ich würde nie fahren, wenn ich etwas getrunken habe, vor allem nicht mit meinem Sohn im Auto.« Roses Stimme war kaum mehr als ein Zischen. Emily blickte auf und sah, wie Roses Nasenflügel bebten.

»Nun ja, dann habe ich mich vielleicht geirrt, als ich sagte, dass sich nichts geändert hat.« Gelassen blickte Emily auf Roses dunkle Sonnenbrille. Ihre Schwester stand ein paar Sekunden schweigend da, zuckte mit dem Kinn, als überlegte sie, was sie antworten könnte, dann stieg sie ins Auto und knallte die Tür zu.

Selbst nachdem der BMW losgefahren und um die Ecke gebogen war, zitterte Emily immer noch vor Wut. Sie packte den kaputten Reifen und knallte ihn so fest sie konnte auf den Rasen. Er prallte dumpf auf. Emily wischte sich mit dem Unterarm den Schweiß von der Stirn und lehnte sich an die Motorhaube.

»Alles in Ordnung, Herzchen?«, rief eine Stimme von der anderen Straßenseite. Emily richtete sich auf und sah Ivy auf ihren Stock gestützt auf der Veranda der Bücherstube stehen. Sie atmete langsam aus und winkte.

»Mir geht's gut«, beteuerte sie, als sie ihre Großtante erreichte. Ivy streckte ihr den freien Arm hin, um sie an sich zu drücken, doch Emily griff nur nach der Hand und gab Ivy einen Kuss auf die Wange. »Du möchtest mich jetzt nicht drücken. Ich bin verschwitzt und dreckig.«

»Auch gut. Was hast du da drüben mit dem Reifen gemacht?«, fragte Ivy.

»Ihn gewechselt. Er war platt, als ich heute Morgen aus dem Haus kam.«

»Also hast du ihn hingeknallt, um ihn dafür zu bestrafen, dass er platt war?«

»Nein, ich hab nur Dampf abgelassen. Rose hat mich gesehen und meinte, ein paar hilfreiche Kommentare abgeben zu müssen, als ich gerade mit dem Reifenwechsel fertig war.«

»Ach so.«

»Sie wollte mit Alex wegfahren. Sah nicht aus, als hätte sie getrunken«, fuhr Emily fort und nahm damit Ivys nächste Frage vorweg. Sie hoffte, ihr Ton machte deutlich, dass sie nicht weiter auf das Geschehene eingehen wollte.

»Na, das ist wenigstens etwas.« Ivy setzte sich auf die Verandaschaukel. »Schätze, ihr beiden habt keine Fortschritte wegen der Hinweise eurer Mutter gemacht?«

»Nein, aber wir werden uns wohl bald wieder treffen, und ich konnte mit Alex allein reden, bevor Rose herauskam. Der arme Junge erledigt das, was sie tun sollte, und er ist so begierig darauf zu helfen. Rose will, dass er sich von mir fernhält, doch ich werde mir überlegen, wie ich das umgehen kann.«

Ivy nickte. »Wäre vielleicht eine gute Möglichkeit, ihn und Rose im Auge zu behalten.«

»Genau.« Emily seufzte und blickte hinüber zu ihrem Auto. »Wo kann ich einen Reifen reparieren lassen? Ich muss am Nachmittag arbeiten, daher muss ich schauen, ob er noch heute Morgen geflickt werden kann.«

»Bring ihn hinüber zu Russell, an der Route 103. Ist so ziemlich die einzige Werkstatt außerhalb von Rutland, aber sie leisten ehrliche Arbeit. Sie können dir wahrscheinlich auch mit deiner Stoßstange helfen und allen anderen fälligen Reparaturen. Frag nach Bob Russell, dem Besitzer. Wir kennen uns schon lange. Er wird seine Sache gut machen.«

»Okay. Danke, Tante Ivy.«

»Keine Ursache, Schätzchen.« Ivy kickte ihre Sandalen weg, woraufhin leuchtend pink lackierte Fußnägel zum Vorschein kamen. Emily kehrte zu ihrem Auto zurück.

Wenn sie durcheinander oder wütend war, ging es ihr immer besser, sobald sie mit Ivy gesprochen hatte oder auch nur ein paar Minuten bei ihr gewesen war. Sie holte den Reifen vom Rasen und lud ihn in den Kofferraum. Dann hob sie die Feder vom Bürgersteig auf und steckte sie in ihre Gesäßtasche. Sie würde sie Alex geben, wenn sie sich später sahen.

Russells Autowerkstatt war leicht zu finden. Emily fuhr vorsichtig auf den Parkplatz und rollte den flachen Reifen zu Tür des Büros. Ein älterer Mann in einem schmierigen Overall und einer verblichenen Baseballkappe lehnte am Empfangstresen und las in einer zerknitterten Ausgabe des *Rutland Herald*. Als sie eintrat, blickte er auf.

»Hallo, Miss. Kann ich Ihnen helfen?«

»Ja, ich hab leider einen platten Reifen«, erwiderte Emily. »Ich weiß nicht, wie das passiert ist. Sind Sie Bob Russell?«

»Der bin ich.«

»Oh, gut. Mein Name ist Emily DiSanti. Meine Tante Ivy Collard hat mir geraten, zu Ihnen zu gehen.«

»Ivy ist Ihre Tante, ja? Wie geht's ihr denn? Hab schon seit einer Weile nicht mehr mit ihr gesprochen.«

»Eigentlich ist sie meine Großtante, und es geht ihr gut. Genau wie immer.« Er folgte Emily nach draußen und griff nach dem Reifen. Sie war erleichtert, dass Bob den Tod ihrer Mutter nicht erwähnte. Sie folgte ihm, als er den Reifen am Büro vorbei in die angrenzende Werkstatt rollte. Mit einem lauten Grunzen hievte er ihn auf eine niedrige Werkbank neben einem großen Wasserbecken.

»Schauen wir mal, ob wir das Problem entdecken.« Er knipste ein helles Arbeitslicht über dem Reifen an. »Wenn nicht, pumpe ich ihn auf und tauche ihn in das Becken.« Bob bewegte den Reifen ein paar Minuten lang sorgsam unter dem Licht, dann sah er zu ihr auf. »Schlechte Nachrichten, fürchte ich.« Er deutete auf den Rand der Seitenwand, kurz oberhalb der Lauffläche. »Ihr Reifen wurde aufgeschlitzt. Sehen Sie hier?« Emily schaute genauer hin und sah einen dünnen, sauberen Schnitt von etwa drei Zentimetern Länge.

»Sind Sie sicher?«, fragte sie.

»Absolut. Wenn der Schnitt auf der Lauffläche gewesen wäre, hätte ich es nicht mit Sicherheit sagen können. Aber nichts, über das Sie gefahren wären, hätte ihn hier an der Seite durchstechen können. Nein, das war vermutlich irgendein Halbstarker mit seinem Taschenmesser.«

Oder eine über dreißigjährige Halbstarke mit einer Schwäche für Designer-Klamotten und Bacardi Gold, dachte Emily. Bemüht, ihre Wut zu unterdrücken, murmelte sie: »Und da es ein Schnitt in der Seitenwand ist, kann er nicht geflickt werden.«

Bob sah sie überrascht an. »Das stimmt. Der Druck ist dort so hoch, dass Sie einen geplatzten Reifen riskieren würden, wenn der Flicken nicht hält. Interessant, dass Sie das wussten. Die meisten Damen haben keine Ahnung von so was.«

»Ich weiß nur, dass es gefährlich ist«, erwiderte Emily mit einem resignierten Lächeln. »Das heißt wohl, dass ich ihn ersetzen muss, zusammen mit dem anderen Vorderreifen. Wie viel würde das kosten?«

»Kommen Sie mit ins Büro, dann schaue ich nach. Muss nur die verschiedenen Marken raussuchen, die zu Ihrem Auto passen, dann können Sie entscheiden, welche Sie wollen.« Sie kehrten ins Büro zurück, wo Bob auf einem alten Computer zu tippen begann, der am Ende des Empfangstresens stand.

»Übrigens würde ich gerne einen meiner alten Reifen behalten«, sagte Emily. »Ich dachte, ich könnte daraus eine Schaukel für meinen Neffen machen.«

»Hmm. Wissen Sie, ich würde keinen Gürtelreifen für eine Schaukel verwenden«, antwortete Bob, während er weitertippte. »Die Stahldrähte könnten sich lösen und das Kind verletzen. Aber ich habe noch ein paar alte Nylonreifen hinten im Hof. Sie könnten einen von Ihren dagegen eintauschen, dann brauchen Sie nur die Entsorgungsgebühr für einen Reifen zu zahlen.«

»Das wäre toll. Und danke für den Tipp wegen der Drähte.«

Sie lehnte sich an den Tresen. Bobs Hände waren groß und schmutzig, und seine Finger mit dem schwarzen Schmieröl unter den Nägeln wirkten auf der Tastatur deplatziert. Ihr kam der Gedanke, wie sehr sie sich von den perfekt manikürten roten Nägeln ihrer Schwester unterschieden. Der Unterschied warf ein scharfes Licht auf das, was an Rose nicht stimmte, was schon immer ihr größtes Problem gewesen war.

Ihre Schwester war besessen von ihrem Erscheinungsbild – wie sie aussah, was sie trug, was sie fuhr – zu Lasten innerer, wirklich wichtiger Qualitäten. Sie war nie fähig gewesen, sich ihren Fehlern zu stellen, und nach dem Wenigen, was Emily in diesem Sommer von ihr gesehen hatte, war Rose mit der Zeit noch schlimmer geworden. Sie war wie ein Heliumballon, der in den Himmel aufgestiegen war. An irgendeinem Punkt würde ihr glänzendes Äußeres so überdehnt sein, dass es das Innere nicht mehr halten konnte.

Emily war nicht imstande zu beweisen, dass Rose den Reifen aufgeschlitzt hatte, doch ihr fiel sonst niemand ein, der so etwas tun würde, vor allem, da Roses Auto, das direkt vor ihrem geparkt hatte, nicht angerührt worden war. Emily dachte an den spöttischen Blick ihrer Schwester, als sie am Reifen gearbeitet hatte, und sie beschloss, den Vorfall bei der Polizei zu melden. Während sie ihre Haltung am Tresen veränderte, fuhr sie mit der Hand in die Gesäßtasche und ertastete den scharfen Kiel der Blauhäherfeder. Das brachte sie auf eine Idee, eine, die ein kleines, boshaftes Lächeln hervorrief.

Waren Ballons nicht dafür gedacht, zu platzen?

18

1987

Genau ein Jahr nach dem Verkauf des Chalets kündigte Josie bei Ned und begann, selbstständig von zu Hause aus zu arbeiten. Bis zum Oktober hatte sie genug gespart, um kleine Büroräume an der Center Street in Rutland zu mieten. Das war ein guter Standort, umgeben von anderen Geschäften in einer besonders malerischen Straße der Stadt.

An einem wunderschönen Sonntagnachmittag machten sich Josie, Ivy und die Mädchen auf, um das neue Büro anzuschauen. Das Telefon war angeschlossen. Die Büromöbel waren aufgestellt und die Unterlagen eingeräumt, bereit für die Geschäftseröffnung am nächsten Tag. Auf dem Schild über der Eingangstür stand SCHÖNER WOHNEN IMMOBILIEN, und darunter in kleineren Buchstaben »Stets bereit, Käufern und Verkäufern zu ihrem Glück zu verhelfen«.

Auf der Rückfahrt nach Mill River, vorbei an dem in unglaublichen Rot- und Orangetönen gefärbten Herbstlaub, wurde ihr bewusst, wie die Zeit verging. Sie war dankbar, dass sie endlich an Tony denken konnte, ohne vollkommen von ihrer Traurigkeit erdrückt zu werden, dankbar dafür, ihn in ihrem Herzen zu behalten und ihre wunderschönen Töchter großzuziehen und sie gedeihen zu sehen. Die Zeit half ihr, sich langsam von einer trauernden Witwe in eine starke, eigenständige alleinerziehende Mutter zu verwandeln.

Ivy saß schweigend auf dem Beifahrersitz, doch Josie wusste, dass ihre Tante neuerdings auch über die Zeit nachdachte. Mehr als einmal hatte sie Bemerkungen über Josies Beziehungsstatus fallen lassen.

»Du bist ja jetzt schon eine ganze Weile hier. Du bist klug und siehst gut aus, und du bist immer noch so jung«, hatte sie eines Abends geäußert. »Hast du je daran gedacht, wieder jemanden kennenzulernen?«

»Tante Ivy«, hatte Josie mit einem gereizten Seufzen geantwortet, »selbst wenn ich daran interessiert wäre, selbst wenn ich jemanden finden würde, mit dem ich mich verabreden wollte, wie sollte ich das machen? Ich verbringe jetzt immer weniger Zeit zu Hause, und das bisschen, das mir bleibt, ist für die Mädchen bestimmt.«

»Du musst auch an dich denken«, hatte Ivy erwidert. »Ich weiß, dass du Tony immer noch liebst, aber ich glaube, du könntest jetzt auch jemand anderen lieben, wenn dir der Richtige über den Weg läuft. Vielleicht sehnst du dich nach einer Beziehung, ohne es wahrzunehmen. Und der Richtige könnte dir viel zu bieten haben … den Mädchen auch.«

Josie wusste, dass ihre Tante recht hatte, zumindest in gewisser Hinsicht, aber sie mochte sich nach wie vor keinen anderen Mann außer Tony als ihren Ehemann oder als Vaterfigur für Rose und Emily vorstellen. Ja, es lag daran, dass sie Tony noch liebte. Sie würde Tony immer lieben. Doch sie fürchtete sich außerdem davor, in eine Beziehung zu investieren. Sie fürchtete sich davor, dass die Beziehung nicht funktionieren oder, schlimmer noch, dass sich jener schreckliche Tag des Feuers wiederholen würde, bei dem sie die Liebe ihres Lebens so plötzlich verloren hatte.

Nein, sie dachte sich, falls sie dazu bestimmt war, noch mal jemanden kennenzulernen, dann würde es von ganz allein passieren. Wenn nicht, tja, dann wäre das auch in Ordnung. Sie müsste sich keine Sorgen machen, verletzt zu werden, oder dass ihre Töchter wieder verletzt wurden.

Als sie nach Hause kamen, liefen die Kinder der Johnsons und Weiders lachend im Garten auf der anderen Straßenseite herum.

»Mom, dürfen wir zum Spielen rübergehen?«, fragte Rose.

»Bitte, Mom?«, fiel Emily ein.

»Ja, gut. Aber wartet, damit ich sehen kann, wie ihr die Straße überquert. Ihr nehmt euch an der Hand und schaut nach beiden Seiten, und ich will keine Bummelei, wenn ich euch zum Essen rufe.«

Rose und Emily kletterten aus dem Auto. Die Nachbarskinder riefen sie und winkten, und es dauerte nur ein paar Sekunden, bis die Mädchen in die Gruppe aufgenommen worden waren.

Josie verabschiedete sich von Ivy und lud ein paar Sachen aus dem Auto, bevor sie hineinging. Sie brauchte nicht lange, die Küche aufzuräumen und Abendessen zu machen, und bald ging sie zurück zur Haustür, um die Mädchen zu rufen. Sie hielt sich zum Schutz vor der tiefstehenden Abendsonne die Hand über die Augen, während sie die Kinder gegenüber beim Spielen beobachtete.

Die Mädchen saßen auf der Reifenschaukel, Rose oben drauf und Emily unten im Loch. Die anderen Kinder standen zu beiden Seiten und gaben ihnen abwechselnd Anschwung. Statt zu rufen, lehnte sich Josie an die Haustür und schaute zu. Die Mädchen kreischten und lachten, klammerten sich an die Schaukel, während sie in alle Richtungen geschubst und gedreht wurden. Josie griff an ihr Medaillon. Die Mädchen waren inzwischen um einiges älter als auf den winzigen Fotos. Auch da war wieder die Zeit am Werk. *Bald werden sie nicht mehr so spielen,* dachte sie.

Josie beobachtete und lauschte mit offenen Augen und gespitzten Ohren, versuchte, jede Einzelheit aufzunehmen und sich ins Gedächtnis zu prägen. Die tief orangefarbenen Blätter der Eiche glühten im Sonnenlicht, bildeten ein leuchtendes Dach über ihren schaukelnden Mädchen. Roses Pferdeschwanz und Emilys

Locken schwangen durch die Schaukelbewegung und die vor Entzücken zurückgeworfenen Köpfe hin und her. Ihr Lachen, so vertraut und für Josie so leicht von dem der anderen Kinder zu unterscheiden, wehte über die Straße. Schließlich hielt einer der Weider-Jungen die Schaukel an, und Rose und Emily kletterten herunter, taumelnd vor Schwindel und immer noch kichernd. Die Mädchen klammerten sich aneinander, um das Gleichgewicht wiederzufinden und zu Atem zu kommen. Vor Liebe und Dankbarkeit wurde auch Josie ein wenig schwindlig.

Die Zeit verging jetzt immer schneller, und ehe sie sich's versah, würden Rose und Emily erwachsen sein. Dieses Wissen machte die Szene, die Josie gerade beobachtet hatte, umso kostbarer. Sie würde sie bis an ihr Lebensende nicht vergessen.

1990

»Also, Mom, da ich nächste Woche *elf* werde, kann ich da bitte eine Übernachtungsparty mit Pizza geben?«, fragte Rose eines Abends beim Essen. Sie setzte ihre schmeichelnde Stimme und ihren üblichen großäugigen, flehenden Ausdruck ein.

»Das könnten wir machen, Rose, wenn wir es auf Freitagabend legen. Ich könnte früh nach Hause kommen, und du müsstest am nächsten Morgen nicht in die Schule.«

»Danke, Mom!«, kreischte Rose. »Ich möchte Jill, Becky und Sherri aus meiner Klasse einladen und Jennifer Johnson von gegenüber. Und vielleicht frage ich …«

»Weißt du, vier kommt mir wie eine Menge vor«, unterbrach Josie. »Ich weiß, du hättest gerne alle Mädchen aus deiner Klasse dabei, aber das Haus ist wirklich nicht groß genug dafür.«

Rose zog einen Schmollmund.

»Darf ich auch eine Freundin einladen?«, fragte Emily von ihrem Platz am Tisch aus. »Sonst hab ich nichts zu tun, während Rose ihre Party feiert.«

»*Ich* habe Geburtstag«, sagte Rose, bevor ihre Mutter antworten konnte. »Und du hast gesagt, es wäre nicht mehr Platz als für vier.«

»Ich sagte, wir haben nicht genug Platz für deine ganze Klasse«, erwiderte ihre Mutter. »Und ja, du hast Geburtstag, doch wenn deine Schwester auch jemanden hier hat, brauchst du dir keine Sorgen zu machen, dass sie dich und deine Freundinnen nervt.« Rose funkelte sie an und drehte sich dann zu Emily, die ihr ein selbstgefälliges, höhnisches Lächeln schenkte.

Rose begann zu grummeln, doch dann klingelte das Telefon und ihre Mutter sprang auf, bevor sie das Gemaule hörte.

»Hallo?« Josie lauschte eine Weile und trug das Telefon in ihr Büro. Ein paar Minuten später kam sie mit ihrer Handtasche zurück. »Tut mir leid, Mädels, aber ich muss noch mal kurz weg. Es dürfte nicht lange dauern, hoffentlich nicht länger als bis acht. Kümmert euch um das Geschirr, wenn ihr fertig gegessen habt, ja?«

»Machen wir, Mom«, sagte Emily.

»Ihr seid meine Engel. Ivy ist nebenan, und die Telefonnummer vom Büro hängt am Kühlschrank, falls es einen Notfall gibt.«

Kaum war ihre Mutter fort, sprang Rose vom Tisch auf und ließ wortlos alles stehen.

»Hey«, rief Emily. »Mom hat gesagt, wir sollen uns um das Geschirr kümmern.«

»Du hast doch gesagt, dass du es machst«, erwiderte Rose. Sie hüpfte die Treppe hinauf, ohne sich um den angewiderten Blick ihrer Schwester zu kümmern.

Rose hing kichernd am Telefon mit Becky McIntyre, als aus der Küche ein Riesenkrach ertönte. Sie rannte nach unten, wo sie Emily und einen umgefallenen Stuhl auf dem Boden fand, umgeben von den Scherben eines Kaffeebechers. Die Spülmaschine und mehrere Schränke standen offen.

»Was ist passiert?«, fragte Rose. »Hast du dir wehgetan?« Sie bückte sich und half Emily hoch.

»Ich glaub nicht. Ich wollte das saubere Geschirr wegräumen, aber ich konnte das Bord nicht erreichen, auf das die Becher gehören«, erklärte sie. Tränen füllten ihre Augen, als sie die scharfen Keramikscherben auf dem Boden sah. »Das war Moms Lieblingsbecher.«

»Der, den wir ihr letztes Jahr zum Muttertag geschenkt haben?«, fragte Rose, und Emily nickte. Rose hob die beiden größten Scherben auf und hielt sie aneinander. »Mom Nummer 1« war darauf zu lesen.

»Es tut mir so leid«, schluchzte Emily. »Ich wollte ihn nicht zerbrechen. Mom wird so traurig sein.«

Rose schaute ihre jüngere Schwester an, aber statt ärgerlich zu werden, schämte sie sich nur, Emily das Aufräumen der Küche allein überlassen zu haben. Sie war erleichtert, dass Emily sich nicht verletzt hatte. Sie drückte sie fest an sich, was deren Schluchzen nur noch verstärkte.

»Keine Bange, ich bin nicht böse, und Mom wird es auch nicht sein«, versicherte ihr Rose. »Komm, sammeln wir die Scherben auf. Wenn wir mit dem Geschirr fertig sind, klebe ich sie mit Sekundenkleber wieder zusammen.«

Gemeinsam hoben sie die größeren Überreste des Bechers auf und fegten dann alle kleineren auf dem Boden zusammen. Rose trug den Beutel mit den Becherscherben hinauf in ihr Zimmer, wo sie ihn verstecken konnte, bis sie den Kleber fand und Zeit hatte, sie wieder zusammenzusetzen. Dann half sie Emily, das restliche saubere Geschirr wegzuräumen und den Geschirrspüler mit schmutzigem zu füllen.

»Ich glaube, wir haben nicht mehr genug Geschirrspülmittel«, sagte Emily, als sie die grüne, rechteckige Schachtel aus dem

Schrank unter der Spüle holte. Sie kippte die Schachtel um und richtete den Stutzen auf das Spülmittelfach der Maschine, aber es kamen nur noch Pulverreste heraus.

»Mom hat vergessen, welches mitzunehmen, als wir einkaufen waren«, sagte Rose. »Aber das ist nicht schlimm. Wir haben noch genug von dem flüssigen Zeug.« Sie griff nach der Flasche Handspülmittel und füllte das Fach damit. Gleich darauf schloss sie den Geschirrspüler und stellte ihn an. »Siehst du. Jetzt brauchen wir nur noch die Arbeitsflächen abzuwischen, und wir sind fertig. Weißt du, ob Mom irgendwo Sekundenkleber hat?«

»Nein, aber wir könnten in ihrem Arbeitszimmer nachschauen.« Emily hatte die Spülmittelflasche genommen und las die Anweisungen auf der Rückseite durch. »Hey, Rose, bist du sicher, dass man das für die Spülmaschine benutzen kann?«

»Keine Bange, das funktioniert besti …«, setzte Rose an, aber in dem Moment nahm das Geräusch des Spülmaschinenmotors einen seltsamen, dumpfen Klang an. Sie drehte sich gerade um, als ein dicker Strom weißer Seifenlauge aus der Ritze an der Tür der Maschine quoll. Wie ein weißer, schaumiger Wasserfall strömte er in einem stetigen Schwall über den Küchenboden.

»Ach du je, was machen wir jetzt? Was sollen wir machen?«, schrie ihre Schwester. »Es überflutet alles!« Emily stand wie angewurzelt da und sah mit entsetztem Ausdruck zu, wie der Schaum auf ihre Füße zu quoll.

»Mach die Spülmaschine aus!«, befahl Rose.

Emily keuchte. »Das geht nicht. Die läuft schon. Wenn wir die Spülmaschine kaputt machen, bringt Mom uns um.«

Rose flitzte aus der Küche ins Badezimmer, wo sie so viele Handtücher aus dem Wäscheschrank holte, wie sie tragen konnte. Als sie zurückkam, bedeckte die Seifenlauge fast den ganzen Boden und quoll immer noch in rasender Geschwindigkeit aus der Spülmaschine.

Sie rannte mit den Tüchern in die Küche, machte zwei

Schritte auf dem seifigen Boden und merkte, wie es ihr die Füße wegzog. Mit einem kräftigen Platschen landete sie auf dem Hintern.

»Rose!«, rief Emily. »Hast du dir wehgetan?«

Rose keuchte, schnappte nach Luft und schüttelte den Kopf. Sie war unter Handtüchern begraben, und die warme Lauge auf dem Boden hatte die Jeans an ihrem gesamten Hintern durchnässt.

Emily kicherte. »Jetzt sind wir quitt, oder?«

Die gute Laune ihrer Schwester wirkte beruhigend auf Rose. Ganz langsam schob sie ihre Hand unter eines der Handtücher und füllte sie mit Schaum. »Fast«, sagte sie und warf den Schaum nach ihrer Schwester.

Emily sackte das Kinn herunter, als sie den Schaumklecks auf ihrem T-Shirt betrachtete. Dann beugte sie sich hinab, versuchte, nicht auszurutschen, während sie zu einem Gegenangriff ansetzte. Es dauerte nicht lange, und sie waren beide klatschnass und seifig. Sie bewarfen sich weiter gegenseitig mit Schaum und kreischten vor Lachen. Die Spülmaschine versorgte sie stetig mit Nachschub.

»Mom wird so wütend sein«, sagte Emily und hielt sich am Küchentisch fest.

»Na, wenigstens ist der Boden mal richtig sauber«, meinte Rose. »Vielleicht schaffen wir es, alles aufzuwischen, bevor sie nach Hause kommt.«

»Zu spät.«

Beim Klang der Stimme ihrer Mutter schrak Rose zusammen und blickte zur Küchentür, an der Josie und Tante Ivy standen.

»Was zum Teufel ist hier passiert?«, wollte Josie wissen. »Was um Himmels willen habt ihr in die Spülmaschine getan? Warum habt ihr sie nicht abgeschaltet?«

Rose sah zu, wie ihre Mutter die Pumps auszog und in die Seifenlauge trat.

»Pass auf«, rief Ivy von der Tür. »Da drinnen ist es bestimmt rutschiger als auf Schneckenschleim.«

Rose versuchte vergeblich, ein Kichern zu unterdrücken.

Josie schlitterte und platschte zur Spülmaschine, drehte den Knopf mit Nachdruck auf AUS und öffnete die Tür. Eine Wand aus Seifenschaum machte es unmöglich, das Geschirr im Inneren zu sehen, und mehr Lauge und heißes Wasser ergossen sich auf den Boden.

In Emilys Gesicht zeichnete sich reine Panik ab, daher zwinkerte Rose ihr zu, bevor sie sich an ihre Mutter wandte. »Das ist meine Schuld, Mom«, sagte sie. »Das Pulver für die Spülmaschine war ausgegangen, und ich dachte, wir könnten auch flüssiges Spülmittel verwenden, wobei Em sich da nicht so sicher war. Und wir wussten nicht, dass man eine Spülmaschine ausschalten kann, wenn sie schon läuft. Wir haben daran gedacht, aber wir hatten Angst, sie kaputt zu machen.« Sie schaute wieder zu ihrer Schwester, die ihr rasch einen dankbaren Blick zuwarf.

»O je, o je«, kam es leise von Ivy.

»Na gut, ich glaube euch, dass ihr es nicht absichtlich getan habt«, sagte Josie nach einer langen Pause. Sie blickte hinab in die schaumige Masse, die ihr bis weit über die Knöchel reichte.

»Du solltest das Wasser lieber aufwischen, bevor es in den Boden eindringt«, sagte Ivy.

»Ja. Ich hole den großen Besen aus der Garage. Ihr Mädels könnt schon mal die Handtücher aufheben – hoppla!«

Ihre Mutter hatte nur zwei Schritte getan, da wurden ihr die Füße weggezogen, genau wie bei Rose. Sie landete mitten auf dem Küchenboden.

»Mom! Alles in Ordnung?« Rose beugte sich hinüber und versuchte, Josies Hand zu greifen.

»Aua! Ja, alles okay.« Josie lachte ein wenig, als sie vorsichtig wieder auf die Füße kam. Ihr Kostüm war hinten und an den Seiten durchweicht und seifig.

»Rose ist auch ausgerutscht, Mom. So hat unsere Schaumschlacht angefangen«, sagte Emily.

»Nur gut, dass sich niemand verletzt hat«, bemerkte Josie.

»Es hätte schlimmer kommen können.« Ivy stand immer noch in sicherer Entfernung an der Küchentür. »Und wenigstens ist es nur Seife und Spülwasser.«

»Ja«, stimmte Rose zu. »Viel besser als Schneckenschleim.«

19

Als Claudia wach wurde, war sie allein. Langsam öffnete sie die Augen und streckte sich, genoss das Gefühl, lange geschlafen zu haben und vollkommen erholt zu sein.

Auf dem Federkissen neben ihr war in der Mitte der Abdruck von Kyles Kopf zu sehen. Er hatte es geschafft, aufzustehen und zur Frühschicht zu gehen, ohne sie zu wecken. Vielleicht hatten sie sich vor dem Einschlafen so verausgabt, dass sie tiefer geschlafen hatte als gewöhnlich. Sie lächelte bei der Erinnerung daran und fragte sich, ob sie gestern Abend genug Bewegung bekommen hatte, um auf das Laufband verzichten zu können. Es war verlockend. Aber sie erinnerte sich ebenfalls an das köstliche Gefühl, als Kyles Blick bedächtig über ihren nackten Körper gewandert war, daran, wie sich die Anziehungskraft, die sie auf ihn ausübte, in seiner Miene widergespiegelt hatte.

Für jemanden attraktiv zu sein, war immer noch neu für sie, und sie wusste, dass körperliche Anziehung nichts mit Liebe zu tun hatte. Doch ihre Reise von der Fettleibigkeit zum Normalgewicht war lang und mühsam gewesen. Sie hatte nicht vor, die Pfunde wieder zuzulegen oder in die Welt der einsamen Samstagabende und allein verzehrten Käsekuchen zurückzukehren.

Was sie für Kyle empfand, war eine intensive Mischung aus Liebe, Bewunderung und körperlicher Anziehung, die sie oft atemlos machte. Natürlich war sie immer noch äußerst unerfahren in Beziehungsdingen, doch wenn ihr etwas Gutes über den Weg lief, erkannte sie es trotzdem. Kyle war stark, aufrichtig und freundlich, und er war ein wunderbarer Vater. Er sah gut aus, was durch seine inneren Qualitäten noch verstärkt wurde. Während der letzten Monate, in denen ihre Gefühle für ihn stärker geworden waren, hatte sie gemerkt, dass er alles war, was sie sich von einem Partner je erträumt hatte.

Der Gedanke, ihn zu verlieren, nach allem, was sie durchgemacht hatte, nach all den Diäten, dem Fitnesstraining und dem Kampf gegen ihre Unsicherheit, war mehr, als sie ertragen konnte. Obwohl er darauf beharrte, sie als die Person zu lieben, die sie innerlich war, *musste* sie äußerlich attraktiv für ihn bleiben.

Sie würde ihr Normalgewicht halten.

Sie würde auf das Laufband gehen und sich damit belohnen, Kyle bei der Arbeit mit einem Lunchpaket zu überraschen. Denn schließlich war er ihr größtes Laster.

Das Training, Duschen und die Vorbereitung des Lunchpakets für zwei nahmen ein paar Stunden in Anspruch. Mit einem leisen Kichern packte sie auch die restlichen Erdbeeren vom gestrigen Abendessen dazu.

Das Polizeirevier lag an der Hauptstraße, mehrere Blocks von ihrem Haus entfernt, und das Wetter war perfekt für einen Spaziergang. Außerdem bekam sie bei einem Gang durch die kleine Stadt stets gute Laune. Fast immer traf sie jemanden, der sie im Vorbeigehen anlächelte, und um diese Jahreszeit quollen die Kästen an vielen Häusern und Geschäften von Blumen über. Vor sich hin summend näherte sie sich der Eingangstür zum Polizeirevier. Ihre Haut war warm vom Sonnenschein, und sie spürte, wie ihr das Blut in den Kopf schoss vor freudiger Erwartung, Kyle wiederzusehen. Eine kleine Glocke über der Tür kündigte ihr Eintreten an.

Das Hauptbüro des Reviers wurde durch einen hohen Tresen geteilt, hinter dem die Telefonistin und der diensthabende Polizeibeamte für gewöhnlich saßen. Claudia konnte Kyle auf seinem Platz nicht sehen, doch sie hörte seine Stimme. Die Frau, mit der er sprach, stand vor dem Tresen, die Arme leicht darauf gestützt.

»Ich würde mich freuen, wenn Sie vorbeikämen …«, sagte die Frau, hörte aber plötzlich zu sprechen auf, als sie Claudia bemerkte. »Oh, hallo, Claudia«, sagte Emily DiSanti verlegen lächelnd.

Kyles Kopf tauchte über dem Tresen auf, und er erhob sich. »Claudia! Hi! Was machst du denn hier?« Auch er schenkte ihr ein seltsames Lächeln, bevor er wieder zu Emily blickte.

»Ähm, ich dachte, ich bring dir einen Lunch. Als Überraschung«, erwiderte Claudia. »Hallo, Emily.« Alle schwiegen ein paar Sekunden, und Claudia musste sich zusammennehmen, um Emily in ihrer außergewöhnlichen Schönheit nicht unverhohlen anzustarren. Die jüngere DiSanti-Schwester trug ein ärmelloses Top und kurze Jeans-Shorts, die beide ihre muskulösen Gliedmaßen hervorhoben. Ihr langes rotes Haar war zu einem unordentlichen Knoten aufgesteckt, aus dem sich Strähnen gelöst hatten, die ihr ins Gesicht fielen. Sie trug kein Make-up, und ihre makellose Haut war feucht und gerötet, als hätte sie gerade etwas Anstrengendes hinter sich. *Sie sieht aus wie ein verschwitztes Pin-up-Girl*, dachte Claudia.

Emily blickte auf die Tasche in Claudias Hand und dann zu Kyle. »Wow, Sie sind ein Glückskerl.«

»Der glücklichste«, stimmte Kyle zu, und Claudia spürte, wie sich ein zufriedenes Grinsen über ihr Gesicht breitete. »Judy hat heute Telefondienst, aber sie wollte in ihrer Mittagspause etwas erledigen. Ich muss hier nur noch was fertig machen. Willst du in den Pausenraum gehen und auf mich warten?«

»Ja, klar.« Claudia war schon vorher im Pausenraum gewesen und kannte den Weg.

»War nett, Sie wiedergesehen zu haben«, sagte Emily.

»Sie ebenfalls.« Claudia strahlte immer noch. Als sie am Tresen vorbei und den Flur hinunterging, blickte sie über die Schulter zurück zu den beiden, bis sie außer Sichtweite kamen. Obwohl sie sich über Kyles Reaktion auf ihren Überraschungslunch freute, wurde sie das Gefühl nicht los, in ein Gespräch hineingeplatzt zu sein, das sie nicht hören sollte.

Während Claudia das Lunchpaket auspackte, waren die gedämpften Stimmen von Kyle und Emily durch den Flur zu hören. »Machen Sie's gut«, vernahm sie schließlich Kyles Stimme, nun lauter, gefolgt vom Klingeln der Glocke über der Eingangstür. Anscheinend schloss sich die Tür nicht sofort, denn gleich darauf hörte sie die Glocke erneut, als jemand anderes das Polizeirevier betrat.

»Hallo Officer«, sagte eine unverwechselbare Singsangstimme zu Kyle. »Ich bin vorbeigekommen, um Sie etwas zu fragen. Sie wissen, dass ich auf Tränke jeder Art spezialisiert bin, nicht wahr?«, fuhr Daisy fort. »Na ja, und ich hatte eine tolle Idee dazu. Da es draußen ja ziemlich heiß ist, hab ich mir überlegt, dass ich in der Stadt einen Stand aufstellen könnte, um meine berühmten Erfrischungstränke zu verkaufen. So etwas wie einen Limonadenstand stelle ich mir vor.«

O je, dachte Claudia. Sie musste sich ein Lachen verbeißen und spitzte die Ohren, um mitzubekommen, wie Kyle reagierte.

»Verstehe. Und wo würden Sie diesen Stand gerne aufstellen, Miss Delaine?«

»Irgendwo in der Nähe der Geschäfte an der Hauptstraße wäre am besten«, erwiderte sie. »Je mehr Leute ihn sehen, desto besser.«

»Also, ich weiß nicht, ob wir einen Stand im Einkaufsviertel genehmigen können«, sagte Kyle freundlich. »Die städtischen Vorschriften erfordern, dass die Bürgersteige offen und frei von Hindernissen bleiben. Daher wird zum Beispiel von den Ladeninhabern verlangt, ihre Bürgersteige nach einem Schneesturm zu räumen, und deshalb können wir Ihnen einen Stand dort auch nicht genehmigen.«

»Oh«, machte Daisy. »Dürfte ich dann wenigstens einen Stand in meinem Vorgarten aufstellen?«

»Natürlich. Das wäre kein Problem, da er dann auf Ihrem eigenen Grundstück ist. Ich bin neugierig, Miss Delaine … was ist denn eigentlich in Ihrem Erfrischungstrank?«

»Tut mir leid. Ich wünschte, ich könnte es Ihnen sagen, doch alle Rezepte für meine Tränke sind streng geheim. Ich habe aber eine Kostprobe mitgebracht, um Ihnen zu zeigen, was ich an meinem Stand anbieten will.« Claudia hörte ein dumpfes Geräusch, als etwas Hartes auf den Tresen gestellt wurde. »Nur zu. Probieren Sie ihn, solange er frisch und kalt ist.«

Claudia biss sich auf die Lippe, um nicht laut zu kichern.

»Wissen Sie, ich wollte gerade Mittagspause machen, also werde ich ihn in ein paar Minuten trinken«, versicherte Kyle Daisy. »Aber vielen Dank. Sieht erfrischend aus.«

»Keine Ursache. Wenn er Ihnen schmeckt, habe ich noch viel mehr davon.«

Claudia ging auf Zehenspitzen zur Tür des Pausenraums und spähte in dem Moment hinaus, als Daisy in einem hellblauen Sommerkleid das Revier verließ. Endlich. Sie wollte sich wieder an den Tisch setzen, da hörte sie, wie der Bürostuhl hinter dem Tresen zurückgerollt wurde und eilige Schritte durch den Flur auf den Pausenraum zukamen. Kyle stürmte herein, ein Schraubglas mit einer hellrosa Flüssigkeit in der Hand. Bevor sie auch nur ein Wort sagen konnte, stellte er das Glas auf den Tisch und zog sie in seine Arme.

Daisys Anfrage hatte sie vorübergehend von Emilys Besuch auf dem Revier abgelenkt. Was an unguten Gefühlen noch übrig war, vertrieben Kyles Kuss, seine Lippen, die über ihre Kinnpartie und am Hals hinunter wanderten.

»Ich wollte heute Morgen nicht von dir fort«, flüsterte er ihr ins Ohr, woraufhin ihr wie üblich die Knie weich wurden, Hitze in ihr Gesicht schoss und ihr Atem stockte. Sie wich ein paar

Schritte zurück, zog Kyle an der großen Schließe seines Uniformgürtels mit sich, bis sie die sichere Stütze des Pausenraumtischs an ihrem Hintern spürte. Kyle hob sie auf den Tisch, trat einen Schritt näher und legte dabei ihre Schenkel um sich. Er küsste ihre Stirn und strich ihr die noch feuchten Haarsträhnen aus dem Gesicht. »Ich habe den ganzen Morgen an dich gedacht … und an letzte Nacht.«

»Ich auch. Ich wollte nicht den ganzen Tag von dir getrennt sein.« Das veranlasste ihn, sie fester in die Arme zu schließen und sie erneut zu küssen. »Zu dumm, dass du arbeiten musst«, fügte sie hinzu, als sie wieder sprechen konnte. Sie bewegte ihre Hände von seiner Taille abwärts, entzückt über sein scharfes Einatmen. »Ich nehme nicht an …« Sie schaute auf den Tisch und dann anzüglich zu Kyle hoch.

»Claudia …« Sie wusste, dass er versucht war, doch er nahm ihre Hände und legte sie wieder um seine Taille. »Das geht nicht. Ich wage es nicht, so sehr ich auch will«, sagte er auf ihren Blick hin. »Judy könnte jeden Moment zurückkommen. Außerdem wäre es nicht sonderlich bequem.«

»Hmm. Wie wär's dann mit dem Jeep? Wir könnten warten, bis Judy zurückkommt, und dann auf Streife fahren.«

»O Gott, nein.« Kyle lachte kurz. »Das ist verrückt. Im Dienstfahrzeug? Kannst du dir vorstellen, was passieren würde, wenn uns jemand sieht? Vor allem Fitz oder Ron?«

»Na gut.« Claudia schmollte. »Ich dachte ja nur, dass die Scheiben getönt sind, und die Sitze könnten schön weich sein.«

»Das sind sie«, gab Kyle zu. »Butterweiches Leder, und außerdem beheizt. Aber ich kann das nicht riskieren.« Er küsste sie erneut und strich ihr mit dem Handrücken über die Wange. »Heute Abend, okay? Kannst du zu mir rüberkommen, wenn Rowen schläft?« Als sie nickte, atmete er tief durch und richtete seine Aufmerksamkeit auf den ausgepackten Lunch. »Also, was hast du mir mitgebracht?«

»Nichts Besonderes, nur Sandwiches und Obst … die Erdbeeren, die wir gestern Abend nicht gegessen haben.« Kyle lächelte, während er sich setzte. »Wirst du tatsächlich Daisys Trank probieren?« Claudia beäugte das Schraubglas.

»Natürlich nicht. Ich hab ihn nur aus Höflichkeit genommen.« Er griff nach einem Sandwich und biss hinein.

»Eigentlich sieht er gar nicht so übel aus«, meinte Claudia. Die Außenseite des kalten Glases war mit kleinen Tropfen bedeckt, die hinunterliefen und sich zu einer Pfütze auf dem Tisch sammelten. »Na los, probier ihn. Ich fordere dich heraus.«

Kyle zögerte. »Ich mach's, wenn du es auch machst.«

Claudia blickte auf den Trank und dann zu Kyle. »Okay.« Sie hob das Kinn. »Aber du zuerst.« Sie schob das Glas zu Kyle und setzte sich ihm gegenüber. Er nahm es und schraubte den Deckel vorsichtig auf.

»Riecht fruchtig«, sagte er, nachdem er an der rosa Flüssigkeit gerochen hatte. »Auch ein bisschen nach Minze.« Er hob das Glas an den Mund, nahm einen kleinen Schluck, dann einen größeren. »Ist sogar richtig gut. Probier's selbst.« Er schob ihr den Trank hin.

Etwas beruhigt, und weil sie nicht als Feigling dastehen wollte, nahm Claudia einen kräftigen Schluck. Der Trank war ein wässriges Sorbet mit Wassermelonen- und Minzgeschmack, aber sehr sauer. Sie verzog das Gesicht, und ihr stiegen Tränen in die Augen. Kyle lachte, als sie herumwirbelte und zur Spüle in der Ecke des Pausenraums rannte.

»Igitt, was ist das denn? Und wie hast du es geschafft, das zu schlucken, ohne zu zeigen, dass es so sauer ist?« Claudia füllte einen Becher mit Wasser und spülte sich den Mund aus.

»Ich hab mir einfach dein Gesicht vorgestellt, wenn du es trinkst.«

»Na toll.« Claudia warf Kyle einen genervten Blick zu, als sie sich wieder zu ihm an den Tisch setzte. »Mir ist der Appetit vergangen.«

Kyle lachte erneut. »Tja, mir nicht. Und ich muss mich beeilen, damit ich wieder nach vorne kann.« Er aß weiter.

»Warum war eigentlich Emily DiSanti vorhin da?«, fragte Claudia möglichst beiläufig.

»Jemand hat ihren Reifen aufgeschlitzt, und sie wollte Anzeige erstatten.«

»Ehrlich? So was passiert hier nicht oft. Hat sie gesehen, wer es war?«

»Nein, aber sie glaubt, es war ihre Schwester.« Claudia fiel ein, dass Kyle gesagt hatte, der Streit zwischen den Schwestern könnte schlimmere Formen annehmen. »Egal, wer dahintersteckt, Emily hat darum gebeten, dass wir an ihrem Haus vorbeifahren, wenn wir auf Streife sind, um weiteren Vandalismus zu verhindern.«

Claudia versuchte, sich ihren Ärger nicht anmerken zu lassen. Wie gesichert ihre Beziehung auch war, sie konnte sich nicht vorstellen, dass nur eine Frau in Mill River glücklich darüber wäre, wenn ihr Partner nach der Pfeife des ortsansässigen Supermodels tanzte. Anscheinend würde Kyle weiterhin mit den DiSanti-Schwestern zu tun haben, und sie musste mit ihrer lästigen Unsicherheit fertig werden. Zum Glück vertraute sie ihm voll und ganz.

Emily kehrte am frühen Abend von der Arbeit im Werkzeugladen zurück. Normalerweise wäre sie die paar Blocks zu Turner zu Fuß gegangen. Heute war sie jedoch trotz des mickrigen Reservereifens zur Arbeit gefahren, um danach einige Einkäufe nach Hause zu transportieren. Zusätzlich zu der Reifenschaukel hatte Emily noch eine weitere Überraschung für ihren Neffen, und sie konnte es kaum erwarten, sie ihm zu zeigen. Sie hatte auch eine Kleinigkeit für ihre Schwester, musste jedoch bis zum Einbruch der Nacht warten, um sie abzuliefern.

Zu Hause ließ sie Gus in den Garten und steckte die Liste der

Sachen ein, die sie zusammengestellt hatte. Außerdem nahm sie den Bohrer und ein Allzweckmesser aus ihrem Werkzeugkasten, bevor sie auf die Vorderveranda trat. Von ihrem Besuch bei Russell hatte sie einen seiner alten Reifen mitgebracht. Sie hatte ihn mit einem schwachen Bleichmittel von allen Seiten abgeschrubbt und auf die Veranda gelegt, damit er trocknete, während sie bei der Arbeit war. Jetzt bohrte sie rasch mehrere Löcher in eine Seitenwand des Reifens und rollte ihn hinüber zu der großen Eiche, die zwischen ihrem und Roses Haus stand.

Der Baum war riesig, massiv und kräftig, und einer der unteren Äste stand fast waagerecht zur Seite. Die Kinder der Weiders hatten schon vor Jahren eine Reifenschaukel an diesem Ast gehabt, und Rose und sie hatten zahllose Stunden darauf verbracht. Sie bezweifelte, dass Alex je auf einer Reifenschaukel gesessen hatte, und sie fand, dass auch er erleben sollte, was viele Kinder für selbstverständlich hielten.

Während Gus sich auf dem Rasen sonnte, ging Emily in ihre Garage. Unter dem Gerümpel fand sie einen alten Gartenschlauch, von dem sie mit dem Allzweckmesser ein kurzes Stück abschnitt. Der Schlauch würde als Schutzhülle für das Seil dienen, damit es sich nicht am Ast aufscheuerte. Die zusammengeklappte Trittleiter an der Wand war auch gut zu gebrauchen. Sie trug gerade das Schlauchstück und die Leiter zur Eiche, als Alex herauskam. Unter seinem Arm klemmte ein Notizbuch.

»Hallo«, rief sie ihm zu. »Ich hatte nicht erwartet, dich heute noch mal zu sehen.«

»Was machst du da?«, fragte er, als sie die Leiter ins Gras legte. Er stellte sich daneben, trat von einem Fuß auf den anderen.

»Wirst du schon sehen.« Sie lief hinüber zu ihrem Auto und holte eine Einkaufstüte. »Ich hab was zum Vögel beobachten für dich.« Sie griff in die Tüte und zog ein Fernglas heraus. »Das ist ganz schön stark. Damit solltest du die Vögel auch aus weiter Entfernung sehen können.«

Alex riss die Augen auf. »Wow«, stieß er aus, legte sein Notizbuch auf den Rasen und nahm das Fernglas vorsichtig entgegen, als wäre es ein seltener Schatz. »So was hatte ich noch nie, aber … wow. Danke, Tante Emily.« Er lächelte sie an und legte sich den Tragegurt des Fernglases um den Hals. Seinem Gesicht war deutlich anzusehen, wie sehr er sich freute.

»Die Linsen sind verstellbar, und sie haben eine spezielle Weitwinkeleinstellung. Der Karton und die Gebrauchsanleitung sind in der Tüte. Ach, und noch etwas.« Sie griff in die Gesäßtasche und gab ihm die Blauhäher-Feder. »Ich hab sie für dich aufgehoben. Du hattest sie fallen lassen.«

Alex nahm die Feder entgegen. »Stimmt. Ich hatte Angst, dass Mom mich damit sehen und mich anbrüllen würde, dass Vögel Krankheiten übertragen oder so was.«

»Ah ja. Was macht deine Mom denn gerade?«

»Hat sich für ein Nickerchen auf das Sofa gelegt.«

»Hmm.« Emily runzelte die Stirn, bemühte sich jedoch, ihre Besorgnis zu verbergen. »Na ja, sie hat recht – Vögel können tatsächlich Krankheiten übertragen. Aber du wirst die Feder wohl nicht essen, und du wäschst dir bestimmt die Hände, nachdem du sie angefasst hast, oder?«

»Klar«, erwiderte Alex. »Ich werde die Feder sogar waschen, damit sie auch sauber ist.«

Emily lachte. »Das ist eine gute Idee.«

»Und was machst du jetzt mit dem Reifen? Und der Leiter?«

»Mein platter Reifen konnte nicht geflickt werden, daher habe ich ihn gegen einen alten Reifen ohne Stahldrähte eingetauscht, um eine Schaukel für dich zu bauen.«

»Cool! Ich hab noch nie auf einer Reifenschaukel gesessen.«

»Das dachte ich mir schon. Was hast du mit dem Notizbuch vor?«

Alex hob es auf und nahm ein paar zusammengefaltete Blätter heraus. »Ich hab dir eine Kopie von meiner Exceltabelle gemacht, der mit allen Büchern in unserem Haus.« Er hielt ihr die Blätter hin.

»Das hast du alles allein gemacht?«, fragte Emily. Sie war bestürzt über die Anzahl der Einträge auf der Tabelle. »Meine Güte, das sind ja unglaublich viele.«

»Ich weiß. Darum wollte ich dir jetzt auch eine Kopie geben. Ich dachte, du könntest dann schon mal anfangen, unsere Liste mit deiner zu vergleichen.«

»Puh, ja. Das wird mir eine große Hilfe sein.« Emily lächelte Alex an, und er strahlte zurück. Sie lehnte sich an den Stamm der Eiche, um sich die Tabelle genauer anzusehen, die sich über mehrere Seiten erstreckte. Wenn es sich bei einem oder beiden Hinweisen um ein Buch handelte, woher sollten sie und Rose das wissen? Es würde ewig dauern, sie alle durchzusehen.

Wenn das Ziel ihrer Mutter wirklich darin bestanden hatte, ihre beiden Töchter zu zwingen, miteinander in Kontakt zu treten und zusammenzuarbeiten, hatte sie sich einen brillanten Plan ausgedacht, das musste Emily zugeben. Zwar arbeitete sie praktisch nicht mit Rose selbst zusammen, aber das war ebenso gut. Alex war liebenswert, und sie war dankbar für die Gelegenheit, eine Beziehung zu ihrem einzigen Neffen aufzubauen.

»Das ist einfach toll, Alex. Ich werde es heute Abend durchsehen, sobald ich mit dem hier fertig bin. Und wenn du die Liste deiner Mom zeigst, bitte sie doch, die Bücher anzukreuzen, die sie kennt. Ich glaube, wir sollten uns zuerst auf die konzentrieren, die wir gelesen haben.«

Alex nickte. »Ich rede gleich mit ihr, wenn sie aufwacht.«

»In Ordnung.« Emily faltete die Blätter wieder zusammen und steckte sie in ihre Gesäßtasche. »Jetzt sollte ich mich um die Schaukel kümmern, solange es noch hell ist.«

»Ich kann's kaum erwarten.« Alex hob das Fernglas hoch, das um seinen Hals hing, und fuhr mit dem Finger um die runden Linsen. »Tante Emily, ist es okay, wenn ich Mom nicht erzähle, dass du es mir geschenkt hast? Das würde ihr nämlich nicht gefallen.«

»Klar. Aber wie willst du ihr dann erklären, woher du es hast?«

Alex dachte kurz nach. »Ich könnte ja sagen, ich hätte es irgendwo im Haus gefunden. Ich könnte sie sogar dazu bringen, es auf die Liste zu setzen.« Er grinste verschwörerisch, ähnlich wie sie vorher, und sie lächelte.

Ich fange an, ihn zu mögen, dachte Emily.

»Das wird wohl niemandem schaden.« Sie wollte ihren Neffen eigentlich nicht zum Lügen ermutigen, aber sie wollte auch nicht, dass Rose ihm das Fernglas wegnahm.

»Ich geh lieber rein, falls Mom aufwacht.« Alex stand auf, doch statt zu gehen, stellte er sich neben Gus und tätschelte ihm den Kopf. Während er sprach, sah er nicht auf. »Weißt du, ich möchte Mom wirklich helfen, ihren Hinweis zu finden. Sie macht sich Sorgen deswegen ... Dad und sie streiten sich darüber am Telefon, und das regt sie auf.«

»Das glaube ich gern.« Die Worte ihres Neffen gingen Emily ans Herz. »Für mich ist es auch frustrierend, und ich weiß, wie schnell deine Mom sich aufregt. Es ist bestimmt nicht leicht für dich, damit umzugehen. Ich war immer diejenige, die dafür sorgte, dass sie nicht aus der Reihe tanzte und sich nicht alles so zu Herzen nahm, während wir Kinder waren, genau wie du jetzt.« Ihr ging auf, dass dieser behütete, liebevolle kleine Junge unwissentlich ihre immer noch allzu vertraute Rolle als Roses Aufpasserin übernommen hatte.

»Sie haben Geldprobleme«, fuhr Alex fort. Er nahm Blickkontakt auf, und Emily bemühte sich nach Kräften, beim Anblick seines traurigen Gesichts keine feuchten Augen zu bekommen. »Dad hat vor langer Zeit seinen Job verloren, und er hat es nicht geschafft, einen neuen zu finden. Ich höre sie am Telefon, wenn sie glauben, dass ich schlafe. Sie werden unsere Wohnung in New

York verlieren, wenn sie kein Geld von Grandmas Anwalt bekommen.«

Obwohl es ihr nicht leichtfiel, Mitleid für ihre Schwester und Sheldon aufzubringen, die eine höchstwahrscheinlich mehrere Millionen teure Wohnung verlieren würden, begriff Emily, dass es vermutlich das einzige Zuhause war, das Alex je gekannt hatte. Ihre Sorgen um ihren kleinen Neffen wuchsen, und sie würde ihr Bestes tun, ihm eine mitfühlende Unterstützerin zu sein – jemand, der ihn nicht zugunsten eines Nickerchens auf dem Sofa vergaß.

»Geldprobleme können für Eltern sehr aufreibend sein«, sagte Emily, »aber ich weiß, sie würden nicht wollen, dass du dir deshalb Sorgen machst oder Angst hast. Deine Mom und dein Dad lieben dich, und deine Mom wird alles tun, um für dich zu sorgen. Für Menschen, die sie liebt, ist sie eine super Beschützerin. Sie hat sich immer für mich eingesetzt, als wir klein waren.« Emily war erstaunt, sich so positive Dinge über ihre Schwester sagen zu hören. Seit Jahren hatte sie nicht über ihre Kindheitsbeziehung zu Rose nachgedacht.

»Mom ist störrisch.« Alex grinste verlegen. »Dad nennt sie manchmal einen Esel, um sie zu necken.«

Emily gluckste unwillkürlich. »Selbst wenn ihr umziehen müsst«, fuhr sie fort, »werden deine Mom und dein Dad schon damit klarkommen. Genieß doch einfach den Sommer, deine Bücher und probier dein Fernglas aus. Du hast noch den ganzen Rest deines Lebens, um dir Sorgen über Erwachsenenprobleme zu machen.« Sie schenkte ihm ein aufmunterndes Lächeln. »Und ich finde es toll, dass du helfen willst, diesen Schlamassel aufzuklären, den Grandma uns hinterlassen hat. Vielleicht können wir zusammen die Hinweise finden und herausbekommen, wo sie den Schlüssel versteckt hat.«

»Das wäre cool.«

»Gut. Ich werde zwar einiges zu tun haben – zum einen den

Job in Turners Werkzeugladen, zum anderen die Renovierung des großen weißen Hauses auf dem Hügel, die bald beginnen wird.« Emily deutete in Richtung der McAllister-Villa. »Aber lass uns versuchen, uns am Ende der Woche zu treffen, dann habe ich noch ein paar Tage für deine Liste, und du hast Zeit, meine mit deiner Mom durchzusehen.«

»Okay.« Mit einem matten Lächeln wandte Alex sich Roses Haus zu, machte dann aber plötzlich kehrt und schlang seine Arme um Emily. »Danke, Tante Emily, für das Fernglas und, ähm, alles.«

»Gern geschehen.« Sie drückte ihn an sich und grinste, als er sich losmachte. »Du weißt, wo du mich findest, wenn du mich brauchst«, fügte sie hinzu. »Und auch Tante Ivy ist für dich da, vergiss das nicht.«

»Ja, ich weiß. Sie hat angeboten, mir neue Bücher zu leihen, wenn mir die in unserem Haus nicht gefallen, und sie sagte, ich könne jederzeit in die Bücherstube kommen.« Er tätschelte Gus ein letztes Mal. »Bis bald, Junge.«

Die Sonne ging bereits unter, als Emily schließlich zurücktrat und die fertige Reifenschaukel betrachtete. »Wird schon schiefgehen«, sagte sie zu Gus, der gedöst hatte, während sie arbeitete. Sie packte das Seil, zog es zurück, schwang sich auf den Reifen und stieß sich ab. In dem Augenblick, als sie das Seil mit beiden Händen griff, die Füße in das Mittelloch gestellt, und sich der Reifen in der warmen Abendluft drehte und hin und her schwang, vergaß sie ihr trauriges, einsames Nomadenleben, ihre Probleme mit Rose und den Tod ihrer Mutter.

Sie war wieder ein Kind, und es gab nur Freude.

20

1992

Die Zeit setzte ihren unaufhaltsamen Marsch fort, scheinbar immer schneller, während Josie in ihrem Maklergeschäft erfolgreicher wurde und die Mädchen in die Mittelstufe kamen. Obwohl sie ihren Mitarbeiterstab um eine Empfangsdame, einige neue Verkäufer und einen Maklerassistenten erweiterte, hatte sie kaum eine freie Minute. Die wenige freie Zeit verbrachte sie fast immer mit oder für Rose und Emily. Die Mädchen waren gute Schülerinnen, beliebt und an immer mehr Festen und Freizeitaktivitäten beteiligt. Obwohl Josie sich die größte Mühe gab, war ihre Anwesenheit bei Rechtschreibwettbewerben, Schultheateraufführungen und Softball-Spielen nie garantiert. Das erste Abendessen, das ihre Töchter für sie zubereitet hatten und zu dem sie es nicht rechtzeitig nach Hause geschafft hatte, markierte den Beginn einer unvermeidlichen Folge verpasster Ereignisse. Ihr Zeitplan hing oft von ihren Kunden ab, und sie gab den beruflichen Verpflichtungen den Vorrang, wenn sie mit ihrem Privatleben in Konflikt gerieten.

Schließlich musste sie die Rechnungen bezahlen, also hatte ihr Job Priorität.

Besonders schwer war es an den Wochenenden und im Frühjahr und Sommer, wenn der Immobilienmarkt brummte. In diesen arbeitsreichen Zeiten teilte sie ihren Tag in halbstündige Abschnitte ein und versuchte, morgens, abends und zwischen den Terminen Zeit für die Mädchen einzuschieben. Ihr Ritual, einander zur Schlafenszeit laut etwas vorzulesen, war beinahe heilig, und Josie freute sich, dass es ihr meistens gelang, da zu sein.

Dennoch machte sie sich Sorgen, dass es nicht reichte.

In Gedanken führte Josie eine Liste über alles, was sie verpasst hatte. Die neuesten Einträge waren Roses erste Hauptrolle im Schulmusical und Emilys erster Preis für ihr Werk in der Kunstausstellung der Schule. Jedes Mal, wenn die Liste länger wurde und sie sich dem enttäuschten Gesicht einer ihrer Töchter stellen musste, hatte sie das Gefühl, ihr würde ein Stück aus dem Herzen gerissen. Ihre Umarmungen und die Entschuldigungen, die sie den Mädchen ins Ohr flüsterte, konnten ihre Abwesenheit kaum wiedergutmachen. Sie fragte sich, wie andere alleinstehende Eltern das wohl schafften.

An einem Abend, als die Mädchen dreizehn und elf waren, kam sie spät nach Hause und ging hinauf zu ihnen ins Zimmer. Sie waren noch wach. Rose las aus einem Buch auf ihrem Schoß vor, während Emily auf ihrem Bett lag, den Kopf auf den Ellbogen gestützt, und zuhörte. Josie klopfte leise an die offene Tür, trat ein und setzte sich zu Emily ans Fußende.

»Lies ruhig weiter«, sagte sie, als die Mädchen zu ihr aufschauten. »Jetzt kommt eine richtig gute Stelle.«

Das Buch auf Roses Schoß war *Wer die Nachtigall stört*, und sie war fast bei dem Teil der Geschichte, in dem Atticus Finch einen tollwütigen Hund erschießt. Während sie Roses Stimme lauschte, überlegte Josie, wie viel sie und der fiktive Vater in der Geschichte gemeinsam hatten. Sie hatten beide ihre Partner verloren, waren berufstätig und mussten zwei Kinder allein großziehen. Sie waren beide entschlossen, ihre Kinder zu beschützen und ihre Sache gut zu machen.

»Mom?« Roses Frage riss sie aus ihren Gedanken.

»Hmm?«

»Erzählst du uns … na ja, Em und ich haben überlegt, ob du uns was von Dad erzählen würdest.«

»Wie er gestorben ist«, fügte Emily hinzu.

Die Frage überrumpelte Josie. Seit sie alt genug waren, es zu begreifen, hatten ihre Töchter gewusst, dass ihr Vater schon während ihrer frühen Kindheit gestorben war. Josie hatte allerdings nicht oft darüber gesprochen, und die Mädchen kannten keine Einzelheiten.

»Wie kommt ihr auf einmal darauf?«, wollte Josie von den beiden wissen.

»Ich habe Rose danach gefragt, bevor du nach Hause gekommen bist«, erwiderte Emily. »Du hast es uns nie erzählt.«

»Meinst du nicht, dass wir alt genug sind, es zu erfahren?«, fragte Rose. Ihrem Tonfall war zu entnehmen, dass *sie* fand, alt genug zu sein.

Josie atmete langsam aus und überlegte, wie sie antworten sollte. Die Mädchen waren inzwischen älter, aber noch nicht erwachsen, und sie würde ihnen auf keinen Fall die ganze Wahrheit erzählen. Jedenfalls noch nicht. »Er ist bei einem Brand ums Leben gekommen. Ich war unterwegs, um Besorgungen zu machen, und als ich zurückkam, stand das Haus in Flammen. Euer Vater war in der Küche, als ich ihn fand. Er war bereits tot. Ihr beiden wart oben in eurem Zimmer, und es gelang mir, euch hinauszutragen.«

»Was hat den Brand ausgelöst?«, fragte Rose.

»Man ging von Brandstiftung aus«, erwiderte Josie. »Zwei Jahre, nachdem wir hierhergezogen waren, nahm die Polizei endlich jemanden fest.«

Lange war es her, seit sie sich an das schiere Entsetzen beim Anblick der Flammen erinnert hatte, an die Mühe beim Atmen, als der Rauch ihr in die Kehle drang und ihre Lunge verbrannte, während die Kinder nach ihr riefen.

»Sind wir deshalb von New York zu Tante Ivy gezogen?«, fragte Emily.

»Ja. Die Behörden teilten mir mit, unser Haus sei wahrscheinlich aus irgendeinem Grund Ziel eines Anschlags gewesen, und es sei für uns nicht sicher, in New York zu bleiben.«

»Ich kann mich noch an den Abend erinnern, als Tante Ivy kam und wir alle ins Auto gestiegen sind«, flüsterte Rose. »Ist der Mann noch im Gefängnis?«

»Ja, Liebes. Er wird für den Rest seines Lebens dort bleiben.«

»Erzähl uns von Dad«, bat Emily leise, nachdem sie alle eine Weile geschwiegen hatten. Josie bemerkte den sehnsüchtigen Ausdruck im Gesicht ihrer jüngeren Tochter, die die blauen Augen des Vaters hatte, an den sie sich gar nicht mehr erinnern konnte. »Wie war er? Wo habt ihr euch kennengelernt?«

»Er war ein wunderbarer Mensch, in jeder Hinsicht, und er hat euch beide sehr lieb gehabt.«

»Groß, dunkel und gut aussehend, stimmt's, Mom?«, fragte Emily, und Josie nickte lachend. Wieder einmal wünschte sie sich, sie hätte ein Foto von Tony, das sie sich anschauen könnten, gerade jetzt, da seine Eigenschaften und Gesichtszüge bei den beiden Mädchen immer deutlicher zutage traten.

»Wir haben uns bei einem Blind Date kennengelernt«, setzte sie an, erleichtert, dass Emily zu einem Thema gewechselt hatte, an das sie lieber dachte, worüber sie leichter sprechen konnte. »Meine frühere Mitbewohnerin Darlene Giordano hat uns zusammengebracht. Sie hat andauernd versucht, jemanden für mich zu finden, aber die Typen, die ich treffen sollte, waren immer schmierig oder rochen schlecht. Manchmal auch beides.« Rose und Emily kicherten und rümpften die Nase.

»Ich hatte Darlenes Blind Dates irgendwann satt, aber sie sagte, sie habe endlich einen Typen kennengelernt, der perfekt für mich sei. Höflich, gut aussehend und obendrein noch intelligent.«

»Das war Dad?«, fragte Emily, und Josie nickte.

»Ich hab mich mit ihm auf einen Kaffee in einem schäbigen kleinen Diner getroffen. Damals war euer Dad auf dem College und wollte Buchhalter werden. Er arbeitete Teilzeit bei einer Firma für Diamantimporte in New York, und ich war bei einem Juwelier angestellt, daher hatten wir etwas gemeinsam.«

»Fandst du ihn süß?«, fragte Rose.

»Klar. Euer Vater sah sehr gut aus.« Josie spürte, wie sie errötete. »Doch je länger wir miteinander redeten, desto deutlicher wurde mir, dass ich nie einen netteren, offeneren Menschen kennengelernt hatte. Das hat mich eigentlich zu ihm hingezogen. Bei diesem ersten Date blieben wir in dem Lokal, bis es schloss, dann brachte er mich nach Hause. Ich hatte inzwischen so viel Kaffee intus, dass ich nicht schlafen konnte, und war deshalb noch wach, als Darlene von der Arbeit kam. Sie sah mir sofort an, dass es ein Erfolg war.«

»Ich wette, sie hat sich gefreut«, sagte Rose.

»Ja, Darlene hat noch über Jahre damit geprahlt, dass sie uns zusammengebracht hat. Was wohl aus ihr geworden ist? Ich habe lange nicht an sie gedacht.« Josie schwieg eine Weile. »Euer Dad ist jetzt seit Jahren tot, aber ich sehe ihn jeden Tag in euch beiden vor mir. Wenn du die Stirn runzelst und dich auf etwas konzentrierst, Rose, siehst du genau aus wie dein Dad. Du hast seine Sturheit, und auch seine Entschlossenheit. Und Em, ich habe dir schon mal gesagt, dass deine Augen so sind wie seine, aber ich glaube, deinen starken Gerechtigkeitssinn hast du auch von ihm. Euer Vater hat immer darauf bestanden, das Richtige zu tun, auch wenn es einen einfacheren Ausweg gegeben hätte.«

»Ich bin froh, dass du mit Dad zusammengekommen bist«, sagte Emily.

»Ich auch«, schloss Rose sich an.

»Ich bin jeden Tag dankbar dafür, dass ich noch ein letztes von Darlenes Blind Dates riskiert und euren Vater kennengelernt habe.« Josie strich Rose eine Haarsträhne aus dem Gesicht. »Sonst gäbe es euch beide nicht, und wir hätten einander nicht. Das ist es doch, worauf es am Ende ankommt.«

Emily schreckte hoch. Das Zimmer, das sie mit Rose teilte, war dunkel und still, aber etwas hatte ihren Schlaf gestört. Die Uhr auf dem Nachttisch zeigte ein Uhr sechsundvierzig an. Vielleicht hatte Rose einen Albtraum gehabt und laut gerufen, doch die Erhebung auf Roses Bett war still und reglos. Emily wollte die Augen schon wieder schließen, als sie auf der anderen Seite des Raums den Boden knarren hörte. Sie drehte sich um und erblickte Rose, die vollständig bekleidet am offenen Fenster stand.

»Was machst du?« Emily setzte sich auf. Erneut warf sie einen Blick zum Bett ihrer Schwester und fragte sich, was wohl unter der Bettdecke steckte, wenn Rose nicht dort war.

»Schhh. Ich gehe raus.«

»Was?« Emily war jetzt hellwach. »Was soll das heißen, du gehst raus?« Da erst bemerkte sie die tragbare Feuerleiter, die aus dem Fenster hing. Ihre Mutter bestand darauf, sie im Zimmer ihrer Töchter zu lassen. »Du gehst *über die Leiter* raus?«

»Was denn sonst? Tyler und Jason holen mich ab. Tyler Crowe ist der beliebteste Typ in der Schule. Er ist in der *Oberstufe*! Und er hat gerade sein eigenes Auto gekriegt. Crystal kommt auch mit. Sie müssen jede Minute hier sein.« Rose streckte den Kopf zum Fenster hinaus und hielt offensichtlich nach jemandem Ausschau.

»Wohin wollt ihr denn?«

»Ich weiß nicht genau, bloß rumfahren wahrscheinlich. Aber egal. Wir wollen nur ein bisschen Spaß haben.«

»Du spinnst. Und wenn Mom das rauskriegt?«, fragte Emily. »Die bringt dich um.«

»Hör zu, Mom ist fast nur noch zum Schlafen zu Hause. Wenn es sie wirklich interessieren würde, was du und ich machen, wäre sie nicht so. Da hänge ich doch lieber mit meinen Freunden ab. *Die* wollen Zeit mit mir verbringen.«

In dem Augenblick vernahmen sie eine gedämpfte Stimme vom Rasen unter dem Fenster. Rose schaute hinaus und winkte.

»Rose, wenn Mom nun wach wird und merkt, dass du weg bist?«

»Das passiert nicht. Mom findet es nur heraus, wenn du es ihr sagst«, fauchte Rose. »Aber ich weiß, dass du das nicht tun würdest, nicht wahr? Denn wir müssen wirklich aufeinander aufpassen.«

»Ich finde, das ist keine gute Idee«, sagte Emily, wusste jedoch, dass nichts, was sie sagte oder tat, ihre Schwester von ihrem Vorhaben abbringen würde.

»Es wird schon klappen.« Rose stieg hinaus auf die Leiter. »Ich bin vor morgen früh wieder da. Schlaf weiter.« Als Emily sich schließlich aus dem Bett quälte, schaffte sie es gerade rechtzeitig ans Fenster, um Rose und einen Jungen, den sie nicht kannte, zusammen um die Hausecke flitzen zu sehen.

Emily seufzte. Natürlich konnte sie jetzt nicht mehr schlafen. Sie war hin- und hergerissen. Sollte sie den Zorn ihrer Schwester auf sich laden und ihre Mutter wecken oder einfach nur warten, bis Rose zurückkam, hoffentlich unversehrt und unbemerkt? Sie stieg wieder ins Bett und zog sich die Decke über den Kopf. Alles, was mit Rose zu tun hatte, war neuerdings schwierig, und es wurde immer schlimmer.

Ihre Schwester war in der zehnten Klasse der Highschool. So viel hatte sich seit dem Beginn des Schuljahrs verändert. Rose war blond, hübsch und gesellig. Sie war sicherlich das beliebteste Mädchen in ihrer Klasse. Tatsächlich gehörte sie zu den beliebtesten Mädchen der ganzen Schule, und sie hing in letzter Zeit mit einigen Oberstufenschülern herum.

Vielleicht schminkt sie sich deshalb so stark, dachte Emily. Auffälliges Augen-Make-up und Lippenstift waren die Regel, obwohl ihre Mutter nicht damit einverstanden war. Als Rose zum ersten Mal versuchte hatte, mit leuchtend rot geschminkten Lippen und blauem Lidschatten bis an die Augenbrauen zur Schule zu gehen, war ein heftiger Streit zwischen ihr und ihrer Mutter ausgebrochen.

»Wasch dir das aus dem Gesicht, restlos. Meine halbwüchsige Tochter verlässt das Haus nicht in diesem Aufzug«, hatte ihre Mutter beharrt und Roses Kosmetika konfisziert. Es hatte nichts genützt. Am nächsten Tag hatte Rose das Haus mit frisch gewaschenem Gesicht verlassen und war aus der Schule gekommen, als wäre sie gerade einer Kosmetikwerbung in einer Modezeitschrift entsprungen. Mit ihrem großen Freundeskreis kam Rose jederzeit an neues Make-up heran, oder an fast alles, was sie wollte. Dass ihre Mutter auch weiterhin Schönheitsprodukte in Beschlag nahm, schimpfte und ihr Hausarrest aufbrummte, hatte nichts genützt. Schließlich hatte sie es aufgegeben, das Kosmetikverbot durchzusetzen, und Rose schminkte sich jetzt, wie es ihr gefiel.

Das Make-up war nur eine der Veränderungen, die mit Rose vor sich gingen. In der achten Klasse, selbst in der neunten, war Rose eine sehr gute Schülerin gewesen. Im letzten Halbjahr hatte sie im Zeugnis keine einzige Eins mehr gehabt. Sie war zu sehr mit ihrem Aussehen und Sozialleben beschäftigt, und Emily sah sie fast nie Hausaufgaben machen. Schlimmer noch, Rose hatte sich neuerdings eine blasierte Haltung zur Schule angewöhnt.

»Ach, Em, das ist doch bloß eine Inhaltsangabe von einem blöden Buch«, hatte ihre Schwester gesagt, als Emily gefragt hatte, ob sie die Englischaufgabe gemacht habe. »Mrs Wilson ist leicht rumzukriegen. Bei der darf ich auch später abgeben.« Rose drehte sich zu ihr um und zeigte auf ihren Pony, den sie gekräuselt und toupiert hatte. »Wie sieht das aus? Sag schon, ich muss Haarspray draufmachen, bevor alles verrutscht.«

»Gut«, hatte Emily erwidert. Mit ihrer Schwester über die Schule zu sprechen, hatte keinen Zweck. Roses Hauptanliegen war es neuerdings, Zeit mit ihren Freunden zu verbringen.

Emily konnte sich nicht vorstellen, dass sie sich selbst jemals so wegschleichen würde wie ihre Schwester, auch wenn sie die Gelegenheit dazu hätte. Sie war ruhig, schüchtern und längst nicht so beliebt wie Rose. Ihre Schwester bezeichnete sie spöttisch als »langweilig«, doch daran konnte Emily beim besten Willen nichts ändern.

Die Frage war nun, ob sie Rose verpetzen sollte. Einerseits hatte sie Sorge, dass ihrer Schwester etwas zustoßen könnte, wenn sie eine Spritztour und wer weiß was noch machte. Andererseits war sie gespannt darauf, was Rose von ihrem nächtlichen Abenteuer berichten würde, und wollte die Aufregung indirekt miterleben. Schließlich war Rose ihre große Schwester. So weit Emily zurückdenken konnte, war Rose immer da gewesen und hatte auf sie aufgepasst, und Emily liebte sie von ganzem Herzen. So unterschiedlich sie auch sein mochten, und so wohl sie sich in ihrer eigenen Haut fühlte, schaute sie doch zu Rose auf und sonnte sich in jeder Art von Lob, das ihre kühne, witzige, abenteuerlustige Schwester ihr spendete.

Emily zog die Decke vom Kopf und schaute zum offenen Fenster. Natürlich würde sie zu ihrer Schwester halten. Sie würde ihre Mutter nicht alarmieren, sondern in ihrem Zimmer bleiben und auf Rose warten.

21

Eine Stunde, nachdem sie mit Alex zu Abend gegessen hatte, saß Rose noch immer am Küchentisch, hielt sich an einer Flasche Weißwein fest und starrte auf die leeren Pappschachteln, die ihre Mahlzeiten enthalten hatten. Alex hatte nach dem Essen brav seinen Platz aufgeräumt, aber sie hatte noch keinen Finger gerührt. Als ihr Handy klingelte, schaute sie auf die Nummer und verdrehte die Augen.

»Rose?« Sheldon sprach, ehe sie etwas sagen konnte. »Rose, was zum Teufel ist los mit dir? Wie oft hab ich dir schon gesagt, du sollst vorsichtig mit dem sein, was du auf meiner Facebook-Chronik postest? Du weißt, dass ich mein Profil öffentlich halte, während ich auf Jobsuche bin.«

»Hi, Liebling, ich find's auch schön, deine Stimme zu hören«, sagte sie übertrieben geziert, bevor sie mit normaler Stimme fortfuhr. »Ich hab dich vorhin schon ein paar Mal angerufen, und du bist nicht drangegangen. Manchmal glaube ich, Facebook ist die einzige Möglichkeit, Kontakt mit dir aufzunehmen.«

»Ich war unterwegs und habe Besorgungen gemacht. Wenn du's genau wissen willst, ich habe eine neue Druckerpatrone gekauft, und der Akku von meinem Handy war leer. Dann komme ich zurück und finde dein kleines Posting vor, das Gott und die Welt lesen kann.«

Rose versuchte, sich daran zu erinnern, was genau sie Sheldon am frühen Nachmittag an die Facebook-Chronik geschrieben hatte, aber es war irgendwie verschwommen. Sie wusste nur noch, dass sie weinend die Wörter »armselig«, »arbeitslos« und »George Costanza« eingegeben hatte.

»Das war doch keine große Sache, Sheldon. Ich war nur genervt, weil du nicht abgenommen hast.«

»Es *war* eine große Sache, Rose. Ein potenzieller Arbeitgeber hätte sehen können, was du geschrieben hast, und sich dagegen entscheiden können, mich für ein Bewerbungsgespräch in Betracht zu ziehen. Warum machst du so was? Warst du wieder besoffen?«

Rose schwieg. Sie hatte keine vernünftige Erklärung für ihn. Obwohl sie wirklich nicht mehr wusste, was sie geschrieben hatte, schämte sie sich jetzt dafür, Sheldons Jobsuche womöglich gefährdet zu haben.

»Rose, bist du noch dran? Rose?«

»Ja.« Von Gefühlen überwältigt, verzog Rose das Gesicht.

»Rose, wie viel trinkst du?«

Diese Frage, vor allem Sheldons Ton, entfachte so viel Wut, dass ihre Verzweiflung in den Hintergrund trat und sie sich fassen konnte. Sie hatte fest vor, weniger zu trinken, wie sie es am Abend zuvor beschlossen hatte. Heute hatte sie jedoch wirklich etwas gebraucht, um runterzukommen.

»Ich trinke nicht«, sagte sie und leerte ihr Glas in einem großen Schluck. »Aber ich bin unglücklich. Isoliert, eingepfercht in einem Haus, nicht größer als ein Schuhkarton, ohne Klimaanlage. Habe ich schon erwähnt, dass das Haus voller Gerümpel ist und ich es nicht ertrage, in der Nähe meiner Schwester zu sein? Wir haben beide keine Ahnung, was wir suchen sollen, und wir müssen uns durch so viel Scheiß wühlen, dass wir es vielleicht nie finden. Ich will einfach nur nach Hause.«

»Na ja, froh bin ich auch nicht gerade. Mir ist heute ein Beraterjob durch die Lappen gegangen, und deine kleine Aktion hat meine Aussichten auf weitere Aufträge auch nicht gerade verbessert. Du kannst noch nicht nach Hause kommen. Wenn du ein

Zuhause haben willst, zu dem du zurückkehren kannst, solltest du lieber aufhören zu jammern und tun, was du tun musst, um an deine Erbschaft zu kommen. Und halte dich von meiner Facebook-Seite fern. Das ist alles, was ich dir zu sagen habe. Aber ich möchte noch mit Alex sprechen. Allmählich glaube ich, dass er den Sommer hier bei mir verbringen sollte. Wenn du trinkst, bist du nicht in der Lage, für ihn zu sorgen.«

»Ich trinke *nicht*«, fuhr sie ihn an. »Und Alex geht es gut. Du kannst dich selbst überzeugen.« Rose nahm das Telefon vom Ohr und brüllte Alex zu, er solle runterkommen. »Hier.« Sie hielt ihm das Handy hin, als er in die Küche kam. »Dein Vater ist am Apparat.«

Lächelnd nahm Alex das Handy entgegen. »Hi, Dad.« Rose hörte nicht genau, was Sheldon sagte, aber anhand von Alex' Antworten konnte sie dem Gespräch folgen.

»Ja, mir geht's gut. Ihr auch. Nein, nicht zu viel ... Ihr gefällt's hier einfach nicht. Heute Morgen waren wir unterwegs, frühstücken und einkaufen ... Ich hab hauptsächlich gelesen. Ich wollte Mom fragen, ob ich zu Tante Ivy rübergehen und neue Bücher holen darf, wenn ich mit denen hier durch bin ... mhm, ich hab dich auch lieb, Dad. Tschüss.« Er drückte auf die Trenntaste und reichte ihr das Handy.

»Danke.« Sie lehnte sich auf dem Stuhl zurück und überlegte gerade, dass sie es auf dem Sofa doch viel bequemer hätte, als ihr aufging, dass Alex noch immer in der Küche stand und sie ansah.

»Mom, ist alles in Ordnung mit dir?«

Rose schaute ihren Sohn an. Sie lächelte, fest entschlossen, ihm alle möglichen Beschwichtigungen aufzutischen, brachte aber kein Wort hervor. Alex' Augen hinter seiner Brille waren groß und rund. Er wartete darauf, dass sie etwas sagte. Ihre Unterlippe fing an zu beben, und sie wandte das Gesicht ab, damit er ihre aufsteigenden Tränen nicht sah.

»Mom, bitte nicht weinen.« Alex kam näher und tätschelte ihren Arm, als wollte er sie trösten, wüsste aber nicht, wie er das anstellen sollte.

»Komm her.« Sie drehte sich um und wandte ihm ihr tränenüberströmtes Gesicht zu. Als sie die Arme ausbreitete, schmiegte er sich an sie, umschlang ihren Hals und lehnte den Kopf an ihre Schulter, wie damals, als er noch ein Kleinkind gewesen war.

Sie legte ihre Wange an seinen Kopf, atmete den vertrauten, süßen und leicht verschwitzten Geruch seines Haares ein. »Alles wird gut«, brachte sie hervor. »Ich bin jetzt einfach nur frustriert, wegen deinem Dad, wegen allem. Nur nicht wegen dir.«

Alex schwieg zunächst. Dann rückte er ein Stück von ihr ab, um ihr ins Gesicht sehen zu können. »Mom, ich habe mir mit der Bücherliste wirklich große Mühe gegeben. Ich bin fast fertig damit. Ich weiß, du hast gesagt, ich soll mich von Tante Emily fernhalten, aber ich möchte wirklich bei der Suche nach Grandmas Hinweisen helfen. Weil ich doch so schnell lese, könnte ich die Bücher für dich überfliegen. Ich hab schon viele gelesen, und wenn du mir sagst, welche du davon kennst, könnte ich mit Tante Emily darüber sprechen. Dann musst du es nicht machen. Bitte, darf ich das? Ich möchte, dass du nicht mehr traurig bist.«

Rose lächelte unter Tränen. Alex war so ernsthaft und unschuldig. Er hatte keine Ahnung, was passiert war, weshalb Emily und sie sich damals entzweit hatten, keine Ahnung, wie schwer es ihr fiel, mit dem Wissen zu leben, was sie getan hatte, und jetzt gezwungen zu sein, neben der Person zu wohnen, die sie am stärksten daran erinnerte. Meist konnte sie es verdrängen, es in einen dunklen Winkel ihres Kopfes sperren, weit weg von dem stetigen Gedankenfluss, der sie durch den Tag brachte. In letzter Zeit war es jedoch schwierig geworden, die finstere Episode zu ignorieren, die sie schon längst hatte vergessen wollen.

»Ich weiß, mein Schatz. Ich bin so froh, dass du bei mir bist.« Sie ergriff seine Hände. »Ich wünschte, ich könnte dir das ganze

Projekt überlassen. Aber ich fürchte, deine Tante und ich sind die Einzigen, die deine Großmutter gut genug kannten, um die Hinweise zu erkennen. Stell doch einfach deine Bücherliste fertig und zeig sie mir. Ich gebe dir die Liste, die ich vom restlichen Kram im Haus gemacht habe, und du kannst alles zu Tante Emily rüberbringen. Eine Kopie ihrer Liste hab ich schon, also können wir alles getrennt durchsehen. So müssen deine Tante und ich uns erst dann wieder treffen, wenn einer von uns etwas zu den Hinweisen eingefallen ist.«

Alex lächelte. »Okay. Bis morgen früh hab ich die Bücherliste fertig, versprochen.« Er warf einen Blick auf ihr Weinglas und zog an ihrer Hand. »Geh doch rauf und nimm ein Schaumbad. Dann geht's dir vielleicht wieder besser. Ich kann die Küche aufräumen.«

Rose seufzte und stand langsam auf. »Das mach ich.« Sie beugte sich vor und drückte Alex einen Kuss aufs Haar. »Ich weiß, ich sage es viel zu selten, aber ich hab dich lieb, Alex. Ich weiß nicht, was ich ohne dich tun würde.«

Alex wartete, bis er die Schritte seiner Mutter oben auf der Treppe hörte, bevor er sich rührte. *Heul nicht, nur Mädchen weinen*, befahl er sich. Obwohl er sich größte Mühe gab, traten ein paar Tränen aus seinen Augenwinkeln, und er wischte sie wütend weg, wobei er nicht einmal die Brille abnahm.

Da er alles nur verschwommen und verzerrt sah, fiel es leichter, einfach für einen Moment die Augen zu schließen. Das milderte auch seine Besorgnis. In seiner Phantasie konnte er überall hingehen, an jeden beliebigen glücklichen Ort. Er beschloss, sich seinen letzten Geburtstag vorzustellen, als seine Mutter ihn am Morgen mit einem strahlenden Lächeln geweckt hatte.

»Herzlichen Glückwunsch zum Geburtstag, Schätzchen!«, hatte sie gesagt und ihn in die Arme geschlossen. »Du bist neun geworden! Ich kann es kaum glauben, und du? Ich hab dich so lieb! Beeil dich und zieh dich an. Clara hat dein Frühstück schon fertig, und ich habe für heute etwas Besonderes geplant. Eine Überraschung!«

Obwohl es ein Schultag Anfang Mai gewesen war, hatte sie mit ihm zum ersten Mal einen Ausflug nach Coney Island gemacht. Es war super, nur sie beide, den ganzen Tag im Kinderparadies. Noch besser war, seine Mutter so glücklich und sorglos zu sehen. Sie hatte keine abfälligen Bemerkungen über die dreckigen Bürgersteige gemacht. Sie hatte kein Wort über seinen Vater verloren oder sich darüber beklagt, dass sie von der Sonne Kopfschmerzen bekam. Sie hatte Zuckerwatte und Funnel Cakes gekauft und gelacht, als er darauf hinwies, dass Senf von ihrem Hot Dog vorn auf ihre Bluse getropft war und einen gelben Klecks hinterließ.

Er hatte alle Fahrgeschäfte im Kinderpark ausprobiert. Dann hatte er sich verzweifelt an einen Autoskooter geklammert und abwechselnd gekichert und geschrien, während seine Mutter am Steuer saß. Sie waren an der Wand entlanggeschlittert und mit anderen Skootern zusammengestoßen. Nach der dritten Runde, als ihre Seiten schmerzten und ihnen schwindlig war, hatten sie sich untergehakt und waren zum Wonder Wheel gegangen.

Sie hatten sich auf jeden Fall das Beste bis zum Schluss aufgehoben. Von der hoch aufgestiegenen Gondel am äußeren Ring des berühmten Riesenrads, fast fünfzig Meter über dem Boden, konnte er meilenweit sehen – auf die heranrollenden Wogen des weiten Ozeans, auf die Stadt, die sich zu den anderen drei Seiten erstreckte, auf die Sonne, die hinter den Wolkenkratzern in der Ferne allmählich unterging. Frische, salzige Luft strich über ihre Gesichter und fuhr ihnen durch das Haar. Er war beschwingt, beinahe überwältigt von dem Hochgefühl.

»Es ist, als wären wir Vögel. Als würden wir fliegen!«, hatte er zu seiner Mutter gesagt.

»Ja, genau«, stimmte sie ihm ruhig und wehmütig zu. »Als würden wir fortfliegen.« Er hatte sich gewundert, dass seine Mutter bei der Bemerkung nicht das Gesicht verzogen hatte, da sie Vögel nicht mochte. Aber sie hatte nur seine Wange gestreichelt, ein wenig gelächelt und in die Ferne geschaut.

Die Erinnerung an Salzwasser und Sonnenschein verblasste und wurde durch den anhaltenden Geruch nach Mikrowellengerichten ersetzt. Alex hörte über sich auf den knarrenden Bodendielen die Schritte seiner Mutter zum Bad, dann das gedämpfte Rauschen von Wasser, das in die Badewanne eingelassen wurde. Erst dann nahm er die halbvolle Weinflasche, die noch auf dem Tisch stand, und leerte sie ins Spülbecken.

Mit einer Einkaufstüte in der Hand trat Emily auf ihre Vorderveranda. Der Mond war aufgegangen, die Straße war ruhig. Sie schaute zu Roses Haus hinüber und freute sich, dass sogar die Lichter in der oberen Etage aus waren. Leise ging sie zu ihrem Auto, um die letzte Tüte zu holen, die sie von der Arbeit mit nach Hause gebracht hatte. Diese Tüte war schwerer als die andere, weil sie Vogelfutter enthielt.

Mit ihrem Autoschlüssel durchbohrte sie die Futtertüte, fuhr mit den Fingern hinein und zog das Plastik auseinander, um die Öffnung zu vergrößern. Ein paar Mal griff sie in das Futter und ließ die winzigen Körner durch die Finger rinnen. Zunächst war es eine angenehme Empfindung, die Erinnerungen an ihre Kindheit wachrief. Wie oft hatte sie ihre Hand in die Tüte gesteckt, die ihre Mutter immer parat hielt, um das Futterhaus im Garten zu füllen. Allerdings brachte eine Erinnerung die nächste mit sich, und schon bald war sie wieder eine Viertklässlerin, die an einem trostlosen, verregneten Morgen auf den Bus wartete, nur wenige Schritte von der Stelle entfernt, an der sie jetzt stand.

Sie war an der Reihe gewesen, ein Anschauungsobjekt für den Unterricht mitzubringen und etwas darüber zu erzählen. Tante Ivy hatte ihr geholfen, ein Vogelhäuschen aus Eisstielen zu bauen, und ihre Mutter hatte ihr erlaubt, etwas Vogelfutter in die Schule mitzunehmen, damit sie das Häuschen vor das Fenster ihres Klassenzimmers stellen konnte, falls ihre Lehrerin einverstanden war.

Als sie an der Bushaltestelle stand, Vogelhaus und Futter sorgfältig in einem Schuhkarton verpackt, näherte sich ein älterer Junge, den sie nicht kannte.

»Was ist in dem Karton?«, wollte er wissen.

Emily hatte ihm nicht sofort geantwortet. Sie war damals sehr schüchtern gewesen. Stattdessen wich sie einen Schritt zurück unter den Schirm, den Rose über sie beide hielt.

»*Was ist in dem Karton?*, hab ich gesagt.«

»Ein Vogelhaus für den Anschauungsunterricht«, flüsterte sie.

»Na, wenn man es anschauen soll, dann zeig her.« Der Junge riss ihr den Karton aus den Händen, öffnete ihn und holte das Vogelhaus heraus.

»Bitte gib es wieder her.« Emily warf einen Blick über die Straße zu ihrem Haus, doch ihre Mutter war schon zur Arbeit gefahren. Die Bücherstube nebenan war noch nicht geöffnet, und die Fenster waren dunkel. Außerdem fiel ihr auf, dass die anderen Kinder an der Haltestelle inzwischen gespannt darauf warteten, was passieren würde.

Offensichtlich darauf bedacht, seinem Publikum etwas zu bieten, grinste der Junge und ließ ihr Vogelhaus auf den Bürgersteig fallen.

»Ups.«

Emily wusste noch, wie ihr Gesicht heiß geworden war, als sie die Bruchstücke der zusammengeklebten Eisstiele auf dem nassen Beton angestarrt hatte.

»Das war das Schulprojekt meiner Schwester«, brüllte Rose und stellte sich vor sie. »Sie hat dir nichts getan. Warum bist du so gemein?«

»Ach, das war doch nur ein Versehen. Aber da es kaputt ist, nehme ich an, braucht sie das hier auch nicht mehr.« Der Rüpel öffnete den kleinen Behälter mit Vogelfutter. Er grinste wieder, dann stürzte er sich auf sie und bewarf sie mit dem Inhalt. Roses Versuch, sie beide mit dem Schirm zu schützen, kam eine Sekunde zu spät. Emily spürte noch immer, wie die Körnchen gegen ihr Gesicht prallten und sich in ihren roten Locken verfingen.

Sie erinnerte sich genau an Roses Gesichtsausdruck. Mit zusammengekniffenen Augen und bebenden Nasenflügeln hatte Rose die Körner von ihrem langen, blonden Pferdeschwanz gestreift. »Du solltest dich lieber entschuldigen«, zischte sie mit zusammengebissenen Zähnen.

»Sonst was?« Er lachte und musterte Rose verächtlich. »Du bist doch bloß ein *Mädchen*. Obwohl, ich hätte nichts gegen so einen schönen Schirm.«

Rose starrte ihn einen Moment lang an, bevor sie den Schirm zuklappte und ihm hinhielt. »Na gut. Da.«

Offenbar in dem Glauben, einen weiteren Sieg errungen zu haben, trat der Junge einen Schritt vor. Sobald er in Reichweite war und noch bevor er oder jemand anderes begriff, was sie vorhatte, senkte Rose das spitze Ende und riss es dann ruckartig hoch. Die feste Mittelstange landete zwischen den Beinen des Rüpels, der fluchend in die Knie ging. Emily wusste noch, wie sie Rose angestarrt hatte, entsetzt, ehrfürchtig und stolz zugleich, während sich der Junge stöhnend beide Hände über den Schritt gehalten hatte.

»Du musst dich bei *meiner Schwester* entschuldigen.« Rose gab ihm mit dem Schirm einen Schlag auf den Hintern. »Und ja, ich *bin* ein Mädchen. Vergiss das nicht.«

Emily stand noch immer auf der Veranda und sah den frisch gewaschenen BMW ihrer Schwester im Mondlicht glänzen. Irgendwie hatte die schüchterne Viertklässlerin in ihr, die sich vor dem Rüpel aus ihrer Jugend duckte, einen Vorbehalt gegen das, was sie plante. So war sie nicht. Das war einfach nicht nett. Und trotzdem … ihr Blick wanderte zurück zu ihrem eigenen Auto, an dem vorne rechts noch immer der schmale Reservereifen aufgezogen war. So vieles hatte sich verändert. Sie kannte und verstand die Rose von heute nicht, die einst beschützende Schwester, die sich der Realität nicht stellen konnte und ihre Zukunft ruiniert hatte.

Emily schaute sich noch einmal um, dann trug sie das Vogelfutter und die kleinere Tüte die paar Schritte über den Bürgersteig zu Roses Wagen. Vorsichtig, weil sie nicht wusste, ob der BMW eine Alarmanlage mit Berührungssensor hatte, nahm sie eine Handvoll Futter und streute es über den schwarzen Kofferraum. Sie umrundete das Auto und ließ das Vogelfutter auf die Kühlerhaube, das Dach und alle anderen flachen Stellen rieseln, von denen es nicht herunterfallen würde. Als sie mit ihrem Werk zufrieden war, nahm sie die leichtere Einkaufstüte und kippte den Inhalt, den sie Gus zu verdanken hatte, auf den Boden vor der Fahrertür.

Wenn ihre Schwester, die Hunde und Vögel verabscheute, das Vandalenspiel anfangen wollte, würde sie Rose liebend gern von ihrer eigenen Medizin kosten lassen.

22

1995

»Komm schon, Em, bitte, ja? Mom hat eine späte Besprechung, und sie ist stur. Sie gibt mir das Auto nicht, wenn du nicht mitkommst. Wo ich jetzt meinen Führerschein habe, würde ich doch wie eine absolute Loserin aussehen, wenn Mom mich hinfährt.«

Emily verdrehte die Augen. Im Gegensatz zu Rose ging sie nur selten zu Football-Spielen und nahm nie an den anschließenden Tanzveranstaltungen in der Schule teil. Die Musik war immer so laut, und auch wenn sie hätte tanzen können, hätte sie keinen Freund gehabt, der mit ihr getanzt hätte.

»Wieso kannst du nicht bei einer anderen Cheerleaderin mitfahren? Die gehen doch auch alle hin.«

»Ich lasse mich andauernd mitnehmen«, nörgelte Rose. Sie zupfte ihre rot-weiß-blaue Uniform mit dem Minutemen-Logo der Schule zurecht. »Das wird langsam öde. Kannst du nicht einfach mitkommen, nur dieses eine Mal? Du kannst doch ein Buch mitnehmen, deinen Skizzenblock oder so was, und dich in ein leeres Klassenzimmer setzen. Du musst ja nicht tanzen. Wir treffen uns dann, wenn es vorbei ist.«

Emily seufzte. Sich ihrer Schwester zu verweigern, war immer aussichtslos.

Am Ende nahm sie ihre Hausaufgaben für Englisch mit. Nach dem Football-Spiel, als Rose in der dunklen Turnhalle verschwand, schlüpfte Emily in ein unverschlossenes Klassenzimmer. Erstaunlicherweise konnte sie die wummernde Rockmusik größtenteils ausblenden und sich auf ihren Lesestoff konzentrieren.

Als die Musik aufhörte, schaute Emily auf die Wanduhr und sammelte ihre Sachen ein. Es war kurz vor elf. Bestimmt würden die anderen Schüler allmählich die Turnhalle verlassen. Sie hielt nach Rose Ausschau und wartete, bis die letzten herauskamen, aber ihre Schwester war nicht dabei.

Sie schloss sich den Schülern an, die zum Parkplatz gingen. Der alte Kombi ihrer Mutter stand noch dort, wo sie ihn vor dem Spiel abgestellt hatten. Emily lehnte sich an die Heckklappe. Sie rechnete damit, dass Rose bald auftauchen würde. Doch nach einer Viertelstunde war der Kombi das einzige Auto auf dem Parkplatz.

Emily legte ihre Bücher auf die Kühlerhaube und ging wieder zur Schule zurück. Drinnen brannte kein Licht mehr, die Türen waren abgeschlossen. Bevor sie sich auf den Heimweg gemacht hatten, mussten sich die Aufsichtspersonen vergewissert haben, dass nach dem Tanz niemand mehr im Gebäude geblieben war. Aber wenn Rose nicht drinnen war, wo war sie dann?

Ein Anflug von Panik überkam Emily.

Vielleicht ist sie mit ein paar Freundinnen weggefahren. Aber nachdem Rose so einen Wirbel darum gemacht hatte, selbst mit dem Auto zum Spiel zu fahren, war das unwahrscheinlich. *Vielleicht wurde sie tatsächlich im Gebäude eingeschlossen.* Emily achtete nicht weiter auf die frostige Herbstluft und ging um die Schule herum, schaute durch die Glastüren der Haupteingänge und zog an den Griffen in der Hoffnung, eine Tür zu finden, die noch offen war.

Die Rückseite der Schule grenzte an das Footballfeld. Als Emily um die Ecke des Gebäudes bog, nahm sie eine Bewegung bei den Tribünen auf der anderen Seite wahr. Jemand war kurz hinter den Tribünen hervorgetreten. Dann vernahm sie eine wütende weibliche Stimme, gefolgt von einem Schrei, der abgewürgt wurde.

Rose.

Emily rannte zu den Tribünen. Kampfgeräusche waren zu hören – das Scharren von Schuhen auf dem Boden, vermischt mit tiefem Gelächter und gedämpften Schreien.

Emily sah zwei große, muskulöse junge Männer. Einer versuchte, Roses Arme hinter ihrem Rücken festzuhalten und ihr die Hand über den Mund zu legen, doch sie wand sich und trat mit aller Kraft zu, um sich zu befreien. Der andere Mann griff lachend unter ihre Cheerleader-Uniform. Keiner von beiden hörte, wie Emily sich näherte.

»Das ist meine Schwester! Lasst die Finger von ihr!«, schrie Emily aus vollem Hals. Die Männer wirbelten überrascht herum. Im ersten Moment herrschte Schweigen.

»Na, sieh mal einer an«, sagte einer der beiden schließlich. »Jetzt brauchen wir sie nicht zu teilen.«

»Und die da ist ein *Rotschopf*«, erwiderte der andere. Er grinste anzüglich und kam auf Emily zu.

Der ist bestimmt schneller als ich, dachte Emily, und selbst wenn sie weglaufen würde, wäre keine Hilfe in der Nähe. Im Übrigen konnte sie Rose nicht allein lassen. Emilys Beine begannen zu zittern. Nur kurz begegnete sie dem Blick ihrer Schwester, aber es reichte. Eine Woge der Energie schien aus Roses grünen Augen in Emilys blaue zu strömen und erfüllte sie mit neuem Mut. Das Zittern ließ nach.

»Hände weg von meiner Schwester!«, schrie Emily. Sie lief nicht fort, zuckte nicht einmal. Sie funkelte den Mann, der auf sie zukam, wütend an und deutete zum Schulparkplatz. »Unsere Mutter wartet da drüben im Auto, und ihre beste Freundin ist mit dem Polizeichef verheiratet. Wenn wir in dreißig Sekunden nicht da sind, und vielleicht sogar dann, wird jeder Cop von Rutland County hinter euch her sein. Ich an eurer Stelle würde jetzt sehen, dass ich von hier wegkomme.«

Der Mann, der sich ihr näherte, blieb wie angewurzelt stehen und schaute über die Schulter zu seinem Kumpel. Im selben Augenblick gelang es Rose, ihrem Angreifer in die Hand zu beißen.

»Au! Verdammt, die hat mich gebissen!« Er ließ Rose los, stieß sie grob zu Boden und hielt sich die blutende Hand.

»Ach, scheiß drauf«, sagte der andere. Die beiden verschwanden unter den Bäumen hinter dem Sportplatz.

»Rose!« Emily eilte zu ihrer Schwester und half ihr auf die Beine. »Bist du verletzt? Haben sie …«

»Nein. Mir geht's gut«, antwortete Rose.

»Wir müssen zum Auto, falls sie zurückkommen. Wo ist deine Tasche?« Ihre Schwester schien wie versteinert, daher suchte Emily unter der Tribüne, bis sie Roses Tasche auf dem Boden fand. Schnell kehrte sie zu ihrer Schwester zurück. »Komm jetzt.«

»Mein Gott, Em.« Rose trat einen Schritt vor, taumelte und fing hemmungslos an zu weinen. Stützend legte Emily ihr den Arm um die Taille. Rose roch nach Schweiß, nach dem teuren Parfum ihrer Mutter und nach Alkohol.

Als sie zum Auto kamen, zog Emily die Schlüssel aus Roses Handtasche und half ihr auf den Beifahrersitz.

»Du bist vierzehn. Du kannst nicht fahren«, protestierte Rose, als ihr klar wurde, was Emily vorhatte.

»Ich weiß, dass du getrunken hast, und du bist noch völlig durcheinander wegen dieser Typen«, erwiderte sie. »Und ich *kann* fahren. Ich habe mit Mom in den Seitenstraßen geübt. Besser nüchtern ohne Führerschein fahren als betrunken und jemanden umbringen. Es sei denn, du willst lieber Mom anrufen, damit sie uns holt.«

Rose lehnte sich auf ihrem Sitz zurück. Emily nahm ihr Schweigen als Einverständnis und ließ den Motor an.

»Ich dachte, du wärst zum Tanzen gegangen. Was hast du da draußen gemacht, hinter der Tribüne?«, fragte Emily. »Kanntest du die Typen?«

Rose rieb sich die Augen und kramte in ihrer Tasche nach einem Papiertuch. »Den einen, den ich gebissen habe, hab ich beim Spiel kennengelernt. Danach kam er an und flirtete ein bisschen, und ich hab ihn zum Tanz geschmuggelt. Wir sind rausgegangen, um ein bisschen abzuhängen, weil er was zu trinken hatte. Ich wusste nicht, dass auf dem Platz jemand auf ihn wartete.«

Emily biss die Zähne zusammen. Jetzt war nicht der richtige Moment, um Roses schlechte Menschenkenntnis zu kritisieren. »Du musst sie anzeigen. Die Typen gehören ins Gefängnis.«

»Machst du Witze? Mom wird mich nie wieder aus dem Haus lassen, wenn sie davon erfährt. Und dich auch nicht. Du musst es mir schwören, Em. Du darfst niemandem was davon erzählen.«

Emily seufzte. Sie hielt das Lenkrad fest umklammert, während sie vom Schulparkplatz fuhr. Das Entsetzen, das sie vorher unterdrückt hatte, breitete sich in ihr aus. Sie richtete ihre Gedanken auf ihre Schwester, um nicht die Fassung zu verlieren, bevor sie zu Hause waren. »Rosie, bist du sicher, dass alles in Ordnung ist? Musst du ins Krankenhaus?«

»Mir geht's gut«, wiederholte Rose, und es klang, als wollte sie es sich selbst einreden. »Wenn du nur fünf Minuten später gekommen wärst …« Sie wandte sich zu Emily. Ihr dicker Lidschatten war verschmiert und rann ihr über das Gesicht. »D-danke.«

»Jetzt sind wir wohl quitt«, sagte Emily mit bebender Stimme. Sie schenkte Rose ein schwaches Lächeln, obwohl ihre Unterlippe zitterte. »Dabei hatte ich nicht mal einen Schirm.«

23

Rose sortierte den Papierstoß. Sie hielt einen Ausdruck von Alex' Tabelle in der Hand, ihre eigene, handschriftliche Liste von Gegenständen im Haus und eine Kopie von Emilys Liste, die Alex von ihrer Schwester bekommen hatte. Viele Posten in jeder Spalte waren gelb unterlegt. Sie hatte versucht, die Bücher und Gegenstände zu kennzeichnen, die höchstwahrscheinlich Hinweise sein könnten, doch jetzt, als sie die zahlreichen gelben Markierungen vor sich sah, wurde ihr klar, dass sie nicht viel weitergekommen war. Vom langen Betrachten der Seiten hatte sie Kopfschmerzen, was auch nicht gerade förderlich war.

Nicht herausfinden zu können, was ihre Mutter womöglich als Hinweis hinterlassen hatte, war unglaublich frustrierend. Zwar war Alex begierig zu helfen, doch er wusste zu wenig über seine verstorbene Großmutter und über Roses Jugendzeit in Mill River. Sicherlich war dieses Wissen erforderlich, um hinter den idiotischen Plan ihrer Mutter zu kommen. Sie gab es nur ungern zu, aber ihre Schwester hatte recht. Wenn sie Mill River so schnell wie möglich wieder verlassen wollten, blieb ihnen nichts anderes übrig, als gemeinsam über die Listen zu sprechen und sie durchzugehen.

Rose holte tief Luft. Sie hätte alles für einen Schuss Wodka in ihrem Orangensaft zum Frühstück gegeben, aber der Wein, den sie am Vorabend getrunken hatte, war der letzte Alkohol im Haus gewesen. Eine Fahrt zum Spirituosenladen war definitiv angesagt. Obwohl es vorerst auch so ging. Wenn sie mit Emily zusammenarbeiten musste, würde sie stocknüchtern sein. Ihrer Schwester einen Grund für Kritik zu geben, war das Letzte, was sie wollte.

Rose griff nach ihrer Tasche und den Schlüsseln. »Alex, ich gehe ein bisschen raus. Bleib im Haus«, rief sie die Treppe hinauf.

»Klar, Mom«, antwortete er aus seinem Zimmer. »Ich lese sowieso gerade.«

Typisch, dachte sie. Rose ging hinaus und sah Emilys Schrottkarre, die ein Stück weiter unten am Straßenrand parkte. Das hieß, ihre Schwester war zu Hause.

Rose war schon auf dem Bürgersteig, als ihr auffiel, dass etwas mit ihrem eigenen Wagen nicht stimmte. Gestern war ihr schwarzer BMW noch makellos gewesen. Jetzt war der Lack fleckig, überzogen mit kleinen, schwarz-weißen Klumpen und Klecksen. Sie eilte hinüber, um das Ganze näher in Augenschein zu nehmen. *Das müssen Hunderte gewesen sein*, dachte sie. Ihr schönes, frisch gewaschenes Auto war bedeckt mit Vogeldreck. Als hätte sich ein ganzer Schwarm darauf niedergelassen.

Sie überlegte noch, wie sie zur Waschanlage kommen sollte, ohne in einem derart verdreckten Auto gesehen zu werden, als ihr das Vogelfutter auffiel. Nicht viel, nur ein paar Schalen von Sonnenblumenkernen und ein paar kleinere, nicht gefressene Kerne, die zwischen dem Kot auf der Kühlerhaube liegen geblieben waren. Rose richtete sich auf und spürte, wie Wut in ihr hochkochte. Sie lief zu Emilys Haus und schlug mit der Faust gegen die Tür.

Sofort fing Emilys Hund an zu bellen. Bis ihre Schwester den Köter gebändigt hatte und an die Tür gekommen war, zitterte Rose dermaßen, dass sie Schwierigkeiten mit der Aussprache hatte.

»Ich habe mein Haus in der Absicht verlassen, hierherzukommen und dich zu fragen, ob du das hier mit mir durcharbeiten willst.« Rose hielt den Papierstapel hoch. »Aber jetzt bin ich hier, um dir zu sagen, dass du dich gefälligst von meinem Auto fernhalten sollst.«

Emily riss die Augen weit auf, doch Rose kannte sie gut genug, um zu sehen, dass die Überraschung gespielt war. »Dir auch einen guten Morgen.« Emily begegnete Roses wütendem Blick gelassen. Sie hatte eine Tasse Tee in der Hand und nahm einen Schluck, bevor sie fortfuhr. »Und ich habe keine Ahnung, was du meinst. Hat etwa jemand einen Reifen aufgeschlitzt oder so?«

Roses Nasenflügel bebten. »Du hast ihn mit Vogelscheiße überzogen. Weißt du denn nicht, dass die Chemikalien in Vogelkot den Lack beschädigen?«

Emily beruhigte den jaulenden Hund, der sich an ihr vorbei zur Tür hinausdrängen wollte. »Oh, bitte, Rose, niemand kann Vögel zwingen, an einen bestimmten Platz zu scheißen.« Emily grinste. »Wenn es dir jedoch ernst ist mit dem Durchsehen der Listen, darfst du gerne reinkommen.«

»Du kannst das Unschuldslamm spielen, solange du willst, aber ich *kenne* dein Gesicht, und ich *weiß*, wann du lügst. Ich werde meinen Wagen – ERNEUT – waschen lassen, und wenn am sauberen Lack auch nur der leiseste Schaden ist, wirst du die Reparatur zahlen.«

»Den Teufel werd ich tun.«

»Und ich werde vielleicht Anzeige erstatten, wenn ich schon unterwegs bin«, sagte Rose.

»Nur zu«, erwiderte Emily. »Du kannst ohnehin nichts beweisen.«

Rose biss die Zähne zusammen und hätte beinahe die Hand gegen ihre Schwester erhoben. Obwohl sie wusste, dass Emily recht hatte, konnte sie sich kaum zurückhalten, ihrer Schwester das hämische Grinsen aus dem Gesicht zu schlagen.

»Was die Listen betrifft«, fuhr Emily fort, »fällt mir kein Buch oder Gegenstand in deinem oder meinem Haus auf, die Mom uns als Hinweise hinterlassen hätte. Wahrscheinlich ist auch dir nichts aufgefallen. Da es in Moms Brief heißt, der Schlüssel für ihr Bankschließfach sei auch irgendwo auf unseren Grundstücken versteckt, werde ich die Suche nach den Hinweisen aufgeben und mich lieber auf das Versteck konzentrieren. Wenn du unsere Lage schnell beenden willst, schlage ich vor, dass du es auch so machst.« Mit diesen Worten nahm Emily ihren Hund am Halsband, zog ihn ins Haus zurück und knallte die Tür zu.

Frustriert schrie Rose die geschlossene Tür an, bevor sie sich zusammenriss. Sie drehte sich um und ging die Stufen hinunter zum Bürgersteig. Daisy Delaine schlenderte auf der anderen Seite von Emilys Auto am Straßenrand entlang und starrte sie an. Ein kleiner grauer Hund zog an der Leine in Daisys Hand.

»G-guten Morgen, Miss Rose«, stammelte Daisy mit scheuem Lächeln.

»Ein Scheiß-Morgen ist das«, fuhr Rose sie an. Sie kramte in der Handtasche nach ihren Schlüsseln und rannte regelrecht zu ihrem Wagen. An der Fahrertür blieb sie stehen und hatte die Schlüssel gerade herausgezogen, um aufzuschließen, als sie merkte, dass sie in etwas hineingetreten war. Sie rechnete damit, dass es ein Kaugummi war, schaute hinunter und schnappte nach Luft. Das, was sich unter ihrem linken Fuß befand und über die Ränder ihrer schönen neuen Jimmy-Choo-Korksandale quoll, war viel ekliger.

»Sie sollten Ihre Hundescheiße aufsammeln, hören Sie?«, schrie Rose hinter Daisy her. Die kleine Frau zuckte zusammen, doch Rose kümmerte sich nicht weiter um Daisy. Gegen zunehmende Kopfschmerzen und einen starken Brechreiz ankämpfend, streifte Rose vorsichtig die Sandale von ihrem linken Fuß, hielt sie mit ausgestrecktem Arm von sich weg und humpelte wieder in ihr Haus.

Emily, die Rose vom Fenster aus beobachtete, brach in schallendes Gelächter aus, als sie sah, wie ihre Schwester eine Sandale auszog und ins Haus trug.

»Na gut, mein Schnuckel, machen wir uns an die Arbeit«, sagte sie zu Gus, der neben ihr am Fenster saß. Emily hatte bereits jede Kammer, jede Schublade und jeden Schrank durchsucht, ohne einen Schlüssel für das Schließfach zu finden, aber es gab noch viele andere Stellen, an denen er versteckt sein könnte. Gus trottete hinter ihr her, während sie von Zimmer zu Zimmer ging und die oberen Kanten der Fenster- und Türrahmen abtastete. Sie holte sich eine Taschenlampe und schaute hinter und unter jedem Möbelstück nach. Sie suchte sogar in Entlüftungsrohren und an den Abflussleitungen unter den Waschbecken.

Nach stundenlanger, erfolgloser Suche war Emilys nächstes Ziel die Garage, die sie ebenso sorgfältig durchstöberte. Das war eine viel schmutzigere und unangenehmere Aufgabe, die zum selben Ergebnis führte. Als sie mit der Garage fertig war, ging sie in die Küche, wischte sich das dreckige, verschwitzte Gesicht mit einem Papiertuch ab und schenkte sich ein Glas Eistee ein.

Emily nahm die Kopie des Briefs ihrer Mutter vom gewohnten Platz auf dem Tisch im Esszimmer mit hinaus auf die Vorderveranda, um ihn zum hunderttausendsten Mal zu lesen. Sobald sie jedoch im Liegestuhl saß, wanderte ihr Blick plötzlich zum verlassenen Haus ihrer Mutter hinüber. Er blieb an der Betonstufe am Ende des Weges hängen. Dort hatte sie früher mal mit Andy gesessen. Sie hatten eine Decke aus dem Haus mitgenommen und sich darin eingemummelt, um einen Meteoritenschauer zu beobachten. Doch die Sternschnuppen waren unbemerkt geblieben. Sie konnte sich nur daran erinnern, dass Andy neben ihr gesessen und sie leidenschaftlich geküsst hatte …

»Hi, Tante Emily.«

Die Stimme ihres Neffen schreckte sie auf. Alex stand unten an den Verandastufen.

»Hey!« Sie faltete den Brief zusammen und steckte ihn in die Tasche. »Ich hab mich schon gefragt, wann ich dich wiedersehen würde. Alles klar?«

»Ja.« Alex schaute zurück zu seinem Haus. »Mom schläft wieder, deshalb habe ich gedacht, ich geh mal raus.«

»Das freut mich.« Alex' niedergeschlagene Miene hellte sich auf. »Deine Bücherliste war eine große Hilfe«, fuhr sie fort. »Sie war so detailliert und vollständig, und sie hat deine Mom und mich davon überzeugt, dass wir keine Zeit haben, nach den Hinweisen zu suchen. Wir sollten uns lieber nur auf den Schlüssel konzentrieren, und vielleicht werden wir ihn schneller finden, wenn wir beide danach suchen.«

»Ich kann doch auch helfen, oder?«

»Aber sicher!« Alex strahlte noch mehr. »Ich glaube sogar, dass deine Mom froh ist, wenn du ihr hilfst. Ein ganzes Haus nach einem so kleinen Gegenstand abzusuchen, ist viel Arbeit. Ich hab den ganzen Tag dazu gebraucht.«

»Du hast schon dein ganzes Haus durchsucht?«

»Ja, ich hab im Haus und in der Garage nachgesehen, aber keinen Schlüssel gefunden. Vermutlich werde ich jetzt das Dach und den Garten überprüfen müssen.«

»Vielleicht ist er hier nirgendwo«, sagte Alex. »Er könnte ja auch in *unserem* Haus sein.«

»Stimmt. Aber ich muss gründlich vorgehen. Wenn ich die letzten Winkel bei mir durchsucht habe, ohne ihn zu finden, wissen wir, dass er drüben bei euch ist.«

Alex nickte. »Was hattest du da vorhin in der Hand?«

»Den Brief, den deine Grandma mir und deiner Mom hinterlassen hat. Ich wollte ihn gerade noch mal lesen, falls da etwas drinsteht, vielleicht irgendein Hinweis, der mir vorher entgangen ist. Deine Großmutter war immer äußerst sorgfältig.«

»Mom hat mir ihre Kopie des Briefes zu lesen gegeben, daher kenne ich ihn auswendig«, sagte Alex.

»Tatsächlich? Den ganzen?«

»Ja. Ich hab ein fotografisches Gedächtnis. Wenn ich etwas gelesen habe, vergess ich's nicht wieder.«

»Ist das dein Ernst?« Die Behauptung ihres Neffen überraschte Emily, und sie war neugierig darauf, was er wirklich konnte. Sie zog den Brief aus der Tasche und faltete ihn auseinander. »Na schön, dann wollen wir mal sehen«, forderte sie ihn mit verschmitztem Lächeln heraus. »Sag mir, was drinsteht.«

Alex lächelte ebenfalls, doch dann wurde seine Miene ernst. Er zitierte den Brief ihrer Mutter wortwörtlich.

Rose hatte nicht gelogen, was Alex' Intelligenz betraf.

»Wow, Alex. Das ist … du bist … einfach toll. Ich kenne niemanden, der sich etwas so gut merken kann. Funktioniert das bei allem, was du liest?«

»So ziemlich. Deshalb muss ich nichts öfter als einmal lesen. Und wenn ich etwas nochmal lesen möchte, was mir richtig gut gefällt, brauche ich das Buch dafür nicht mehr. Ich mache es einfach im Kopf.«

»Dann ist es so, als hättest du eine eingebaute Bibliothek da drinnen.« Emily tippte sich mit dem Finger an die Schläfe.

»Ja, irgendwie schon. Weißt du, ich hab eine Idee, wo der Schlüssel sein könnte.«

»Wirklich?«

»Ja. In Grandmas Brief steht, dass du und Mom ›Partnerinnen in einer Art Schatzsuche‹ sein werdet, richtig? Und jedes Mal, wenn man von einem Schatz hört, ist er doch irgendwo vergraben, oder?«

»Tja … Genau, das ergibt einen Sinn. Und weißt du, in dem Brief steht ja nicht, dass der Schlüssel unbedingt in einem unserer Häuser ist. Da steht, dass er irgendwo in den Häusern oder auf den *Grundstücken* ist. Deshalb könnte er sehr wohl in einem unserer Gärten sein!«

Emily war begeistert. So *musste* es sein. Die Antwort lag auf der Hand, und es sähe ihrer Mutter ähnlich, in ihrem Brief eine so genaue Wortwahl zu treffen, um diese Information zu übermitteln. Und wie oft hatte sie mit Rose in ihrer Kindheit bei den verrückten nächtlichen Brandschutzübungen das Haus verlassen, um sich mit ihrer Mutter *im Vorgarten* zu treffen? Sie betrachtete den Rasen vor sich, ein weites Feld von Möglichkeiten.

»Aber woher sollen wir wissen, wo wir graben müssen?«, fragte Alex.

»Das ist einfach. Wir besorgen uns einen Metalldetektor, so einen, wie man ihn benutzt, um Sachen am Strand zu finden. Ich arbeite im Werkzeugladen an der Hauptstraße, und mein Chef würde mir bestimmt einen zum Einkaufspreis bestellen.« Emilys Gedanken überschlugen sich. »Pass auf … du gehst rein und durchsuchst euer Haus möglichst schnell und gründlich. Währenddessen kümmere ich mich um einen Metalldetektor, den wir beide benutzen können.«

»Okay. Ich werd's Mom auch sagen. Vielleicht lässt sie mich unseren Garten absuchen, wenn du den Detektor hast. Aber wenn der Schlüssel nun auf deinem Dach ist? Oder auf unserem Dach?«

»Ich kann immer noch rauf und da nachsehen. Wenn wir nichts Vergrabenes finden, mache ich das. Aber irgendwie glaube ich nicht, dass der Schlüssel auf unseren Dächern ist. Ich kann mir nicht vorstellen, wie deine Grandma dort hinaufgekommen sein sollte, um ihn zu verstecken. Sie hatte Höhenangst.«

»Gut. Ich fange sofort an zu suchen! Das ist wie eine echte Schatzsuche!«

Emily kicherte. »Sieht so aus.« Wenigstens würde ihr armer Neffe ein wenig Freude an der Suche haben. »Sag Bescheid, wenn du was findest.«

Eine Woche nach ihrem Gespräch mit Alex fuhr Emily von der Arbeit eilends nach Hause und lud einen großen Metalldetektor aus dem Kofferraum. Sie steckte ihren Arm in die feste Stützmanschette und wollte den Detektor gerade einschalten, als Ivy von der anderen Straßenseite herüberrief.

»Ich fürchte mich fast zu fragen, was du mit dem Ding da machen willst.«

»Komm her, dann zeig ich es dir.« Emily wartete, bis Ivy an ihrem Gehstock die Straße überquert hatte. »Das ist ein Metalldetektor«, erklärte sie ihrer Großtante. »Der kann im Boden Gegenstände in der Größe von Münzen und Schlüsseln bis zu einer Tiefe von zwanzig Zentimetern aufspüren und größere Objekte bis zu einer Tiefe von einem Meter.«

»Und du benutzt ihn für die Suche nach …«

»… Moms Bankschließfachschlüssel, ja«, ergänzte Emily. »Rose und ich können mit den Sachen in unseren Häusern nichts anfangen, und wir kommen nicht darauf, was die Hinweise sein könnten. Ehrlich gesagt, ich glaube nicht, dass ich es im Moment aushalte, mit ihr im selben Raum zu sein. Wir suchen einfach direkt nach dem Schlüssel.«

»Hmm.« Emily nutzte das Schweigen ihrer Großtante und schaltete den Metalldetektor an. Langsam setzte sie sich in Bewegung und schwenkte den Teller gleichmäßig vor sich hin und her.

»Bist du sicher, dass das die beste Vorgehensweise ist?«, fragte Ivy, als Emily die erste Bahn beendet hatte und wieder auf sie zukam. »Nicht nach den Hinweisen zu suchen, meine ich?«

»Ich bin mir überhaupt nicht sicher, fand die Idee aber so gut wie jede andere. Den Schlüssel zu finden, darauf kommt es schließlich an. Wir haben drinnen schon alles durchsucht …« Sie verstummte, als der Metalldetektor einen lauten Piepton von sich gab.

»Was ist das? Hast du was gefunden?« Ivy trat zu Emily und starrte auf den Boden unter dem Gerät.

»Schon möglich.« Emily blieb an der Stelle stehen und bewegte den Teller, um sicherzugehen, dass tatsächlich etwas Metallenes im Boden war. »Warte hier«, sagte sie zu ihrer Großtante. Dann zog sie vorsichtig den Arm aus der Manschette am Griff, legte den Detektor auf den Boden und eilte ins Haus.

Rasch kam sie mit einer kleinen Gartenschaufel zurück. Da auf der Rasenfläche nichts aus Metall zu sehen war, kniete sie sich hin, stach ein paar Rasenstücke aus und drehte sie um. In der dritten Schaufelladung glitzerte etwas. Emily zog den Gegenstand aus der Erde.

Es war ein kleiner, goldfarbener Schlüssel.

»Heiliger Strohsack!«, rief Ivy.

Emily stockte der Atem. Ihr Herz raste, angetrieben von einem Adrenalinstoß, unter dem ihre Glieder prickelten. »Das glaub ich jetzt nicht.«

»Los, zeig her«, forderte Ivy. Mit zitternder Hand reichte Emily ihr den Schlüssel. Ivy hielt ihn hoch, betrachtete ihn aus der Nähe und stöhnte. »Tut mir leid, Kind, aber das ist er nicht. Der Schlüssel eurer Mutter ist kleiner, und er ist silberfarben. Außerdem ist eine Zahl eingraviert. Ich glaube, es war 338, die Nummer des Schließfachs.«

»Mist. Ich wusste, dass es nicht so leicht sein würde.« Emily befand sich in jenem eigenartigen, bebenden Zustand, wenn man wieder auf den Boden der Tatsachen kam, nachdem die Hoffnungen hoch hinausgeschossen waren. »Aber hey, wenigstens wissen wir, dass der Metalldetektor funktioniert, oder?« Sie erhob sich, nahm das Gerät auf und steckte den Arm wieder in die Manschette.

»Ich fühle mit dir.« Ivy wischte sich über die Stirn und schaute zu den dichten, grauen Wolken hinauf. »Du wirst eine Weile hier draußen brauchen, und es wird immer schwüler.«

»Ich weiß«, erwiderte Emily mit einem resignierten Seufzer. »Den ganzen Garten abzusuchen, wird dauern. Ich hatte allerdings auch nicht damit gerechnet, heute Abend fertig zu werden.«

»Na ja, wenn du weitere Schlüssel oder sonst etwas Interessantes findest, bring es zu mir. Diese Häuser stehen schon ewig hier, und man kann nie wissen, was da alles im Boden gelandet ist.«

»Ja, danke, Tante Ivy.« Emily lächelte ihrer Großtante zu und widmete ihre Aufmerksamkeit wieder dem Rasen. Hin und wieder ging der Alarm los, und sie blieb stehen und grub. Sie fand einen Kronkorken, mehrere Münzen und eine alte Herrenuhr mit Metallarmband. Ein paar Mal nahm Emily sich vor, für heute Schluss zu machen, doch dann ging der Alarm erneut los, und schon lag sie auf den Knien und schaufelte. Es war wie eine Sucht.

Emily war mitten auf dem Rasen und grub wieder einmal, als sie einen zweiten Schlüssel fand. Er war kleiner als der erste und silberfarben, und ihr Herz machte einen Satz, als sie ihn hastig aus dem Erdreich zog. Sie drehte ihn um, hielt ihn hoch und suchte nach einer eingravierten Zahl. Nichts. Enttäuscht steckte Emily den Schlüssel in die Tasche zu den anderen Gegenständen, die sie gefunden hatte. Sie war dankbar, dass Ivy den Schlüssel, nach dem sie suchte, bereits beschrieben hatte. So blieb es ihr erspart, dass ihre aufkeimenden Hoffnungen wieder zerschmettert wurden wie beim ersten.

Sie überquerte den Gartenweg und ging geradeaus weiter. Knapp eine halbe Minute später piepte der Detektor erneut. Sie beugte sich vor und schaute ins Gras. Diesmal musste sie nicht graben, da etwas Silbernes aus dem Boden ragte. Emily griff danach und zog.

Noch ein Schlüssel.

Sollte das ein Witz sein? Emily fragte sich, wie sie in einem derart kleinen Gartenstück so rasch hintereinander drei Schlüssel hatte finden können.

Allmählich dämmerte es ihr, dass da etwas nicht stimmte. Sie nahm die Suche wieder auf, schritt ihre Bahnen aber viel schneller ab. Der Detektor schlug erneut an, und sie reagierte automatisch. Legte das Gerät ab. Kniete sich hin. Grub.

In Sekundenschnelle hielt sie den vierten Schlüssel in der Hand. Er war auch silberfarben, aber nicht der ihrer Mutter.

In der nächsten Viertelstunde fand sie drei weitere Schlüssel. Einer war goldfarben, einer silberfarben, und der dritte sah aus wie der Schlüssel für ein Puppenhaus. Der Bart war silberfarben, aber auf einer Seite des Schlüsselgriffs war »Looney Tunes« eingeprägt. Auf der anderen Seite war ein buntes Bild von Tweety.

Ruckartig hob Emily den Kopf.

Sie wirbelte zu Roses Haus herum und schaute auf den kleinen Schlüssel in ihrer Hand. Tweetys große blaue Augen starrten sie an.

Ihr Blick wanderte zu Roses schwarzem BMW, während sie in ihre Tasche griff und die anderen Schlüssel herauszog. Die glänzende Oberfläche wirkte bei allen neu, weder verwittert noch matt, wie es bei einem Schlüssel zu erwarten wäre, der längere Zeit im Boden gesteckt hatte. Tatsächlich sahen sie so aus, als wären sie aus genau denselben modernen Rohlingen gefräst, die sie im Werkzeugladen verwendete, um Schlüssel nachzumachen. Sie hielt die Schlüssel nacheinander hoch und verglich die Zahnung.

Soweit Emily feststellen konnte, war sie identisch. Alle sieben Schlüssel passten in dasselbe Schloss.

In Sekundenschnelle war sie an Roses Haustür. Drinnen war alles dunkel und still. Sie wollte anklopfen, hielt dann aber inne, nahm einen Schlüssel und steckte ihn ins Schloss. Als sie ihn drehte, sprang der Türschnapper klickend zurück. Eigentlich brauchte sie keinen Beweis dafür, was ihre Schwester getan hatte, doch da war er – stichhaltig und unverkennbar.

Emily holte tief Luft und betrat Roses Haus. Das Wohnzimmer lag gleich neben der Diele, und sie musste nicht weit gehen, bis sie Rose fand, ausgestreckt auf dem Sofa. Da sie Alex nicht in die Sache hineinziehen oder ihn beunruhigen wollte, schlich Emily auf Zehenspitzen über den Teppich und beugte sich zu ihrer schlafenden Schwester hinunter. Der allzu vertraute Geruch nach Rum stieg ihr in die Nase.

»Rose.« Emily wartete einen Augenblick, bis ihre Schwester sich rührte und etwas vor sich hinmurmelte. »ROSE!«

Rose riss die Augen auf, dann den Mund.

»Beweg deinen Arsch, auf der Stelle.« Emily drehte sich um, ging zur Haustür hinaus und ein Stück den Bürgersteig entlang. Kurz darauf tauchte Rose auf, schwankend, zerzaust und stinkwütend.

»Wie kannst du es wagen? Was fällt dir ein, in mein Haus einzubrechen?«, kreischte sie und kam die Stufe herunter.

»Ich bin nicht eingebrochen, du blöde Kuh.« Emily zog je eine Handvoll Schlüssel aus ihren Taschen und ließ sie auf den Bürgersteig zwischen sie fallen. »Ich habe die Tür mit einem der zahlreichen Schlüssel aufgeschlossen, die du netterweise in meinem Garten vergraben hast. Was hast du dir bloß dabei gedacht? Wenn Moms Schlüssel da vergraben ist, dauert es jetzt viel länger, ihn zu finden. Oder hast du so viel Spaß daran, dich volllaufen zu lassen, dass es dir inzwischen total egal ist?«

»Was ich in meinem Haus mache, geht dich nichts an. Und mir ist es sehr wichtig, Moms Schlüssel zu finden. Alex und ich haben schon in unserem Haus gesucht. Da ist er nicht, also werden wir jetzt vermutlich, ich weiß auch nicht, hier draußen anfangen zu suchen.« Sie wedelte unbestimmt mit der Hand. »Alex ist total aufgeregt wegen des Detektors. Du kannst inzwischen wahrscheinlich ziemlich gut damit umgehen.« Rose lachte, geriet ins Schwanken und verlor beinahe das Gleichgewicht.

»Sieh dich doch an. Du bist so betrunken, dass du kaum stehen kannst. Und wo ist Alex? Oben in seinem Zimmer? Weißt du es überhaupt? Ich schwör dir, Rose, ich bin drauf und dran, Sheldon anzurufen und ihm zu sagen, was für ein Wrack du bist.

Aber vielleicht sollte ich lieber die Polizei anrufen und sie bitten, das Jugendamt einzuschalten. Allem Anschein nach bist du kaum in der Lage, für dich selbst zu sorgen, erst recht nicht für Alex. Reiß dich zusammen! Das ist die letzte Warnung.« Sie drehte sich um und betrat ihren Rasen, doch ihre Schwester stürmte hinter ihr her.

»Die letzte Warnung? Oooh, da krieg ich aber Angst! Meinem Sohn geht's gut, das sieht doch jeder. Ich hab mir nur einen Drink gegönnt, nachdem Alex und ich auf der Suche nach Moms Schlüssel das ganze Haus auf den Kopf gestellt hatten. Sheldon würde das absolut verstehen. Jeder würde das, außer vielleicht eine, die so unglücklich mit ihrem eigenen Leben ist, dass sie anderen Ärger machen muss.«

Emily versuchte, Rose nicht weiter zu beachten, ihr den Rücken zuzukehren und ihre Bemerkungen als irres Gerede einer Säuferin abzutun. Beinahe gelang es ihr.

»Eigentlich«, fuhr Rose leicht lallend fort, »steht es dir nicht zu, mir oder sonst jemandem zu sagen, man solle sich zusammenreißen. Wie lange ist es her, seit du Mill River verlassen hast? Vierzehn Jahre? Was hast du schon vorzuweisen? Kein Haus, keinen Mann, keine Kinder. Keine nennenswerten Besitztümer, bis auf ein paar Kisten Gerümpel, die in deine Schrottkarre passen. Du begreifst immer noch nicht, dass Menschen andauernd etwas Schlimmes, sogar Furchtbares zustößt. Normale Menschen kommen darüber hinweg. Aber du, du ziehst einfach von einem Ort zum nächsten mit deinem Scheißauto und deinem dreckigen Köter und ertrinkst in Selbstmitleid. *Du* musst dich zusammenreißen.«

Emily wirbelte herum und schlug Rose ins Gesicht. »Ich hätte alles, was ich nicht habe, wenn du nicht wärst!«, schrie sie. Bevor Rose wusste, wie ihr geschah, stürzte Emily sich mit voller Wucht auf sie und warf ihre Schwester zu Boden. Obwohl Rose nicht nüchtern war, konnte sie sich ganz gut zur Wehr setzen, aber

Emily war außer sich, sie schäumte vor jahrelang angestauter Wut, und sie war wild entschlossen, ihre Schwester ordentlich zu vermöbeln.

Sie wusste nicht, wie lange sie sich mit fliegenden Fäusten herumgewälzt hatten, bis eine laute, autoritäre Stimme schließlich zu ihnen durchdrang.

»Was zum Teufel geht hier vor?«, donnerte Ivy. »Ihr hört besser mit diesem Unsinn auf, bevor ich meinen Stock nehme und euch beide verhaue. Schämt euch! Sich wie zwei Schulgören zu prügeln, noch dazu in aller Öffentlichkeit! Ihr habt Glück, dass niemand die Polizei gerufen hat. Was würde eure arme Mutter bloß dazu sagen, wenn sie hier wäre?«

Emily saß rittlings auf Rose und schaute zu Ivy auf, die sie beide wütend anfunkelte. Sie versetzte ihrer Schwester noch einen letzten Hieb und sprang auf. Auch Rose kam auf die Beine, sagte aber nichts, sondern drehte sich um und lief zu ihrem Haus.

»Was sollte das?«, wollte Ivy wissen.

»Sie weiß nicht, wann sie besser den Mund hält«, erwiderte Emily. »Und ich sag dir noch was, Tante Ivy. Ich bin fertig mit ihr. Ich habe mir Mühe gegeben, wirklich. Ich weiß, was Mom wollte, aber Rose ist unmöglich. Mir ist egal, was mit Moms Erbe passiert. Wenn ich den Schlüssel nicht alleine finde, dann scheiß drauf! Rose kann alles haben. Und ich schwöre, ich werde dafür sorgen, dass die Leute in der Stadt sich selbst davon überzeugen können, was sie für ein Mensch ist.«

24

1997

Während sie die Rohre unter dem Waschbecken im Bad auseinandernahm, hörte Emily ihre Mutter im Wohnzimmer weinen. Wäre diese Situation neu oder eine Ausnahme gewesen, wäre sie zu ihr gegangen und hätte sie so gut wie möglich getröstet. Doch dass Rose aus dem Haus stürmte und ihre Mutter schluchzend zurückließ, war alles andere als neu.

Nach ein paar Minuten ging die Haustür auf, und Emily vernahm die leise, besänftigende Stimme ihrer Großtante Ivy. Es dauerte eine Weile, bis ihre Mutter sich so weit beruhigt hatte, dass sie zusammenhängende Sätze hervorbrachte, und Emily bekam Bruchstücke ihrer Unterhaltung mit.

»... weiß nicht, was ich mit ihr anfangen soll«, seufzte Josie. »Sie treibt sich mit älteren Jugendlichen herum ... mag den Jungen nicht, mit dem sie sich trifft.«

»... außer Rand und Band, so wie deine Mutter in Roses Alter«, sagte Ivy. Emily sah ihre Großtante förmlich vor sich, wie sie den Kopf schüttelte.

»... droht damit, nach der Highschool wegzugehen. Ich habe Schuldgefühle, weil ich nie da bin. Ich hätte merken müssen, was passiert ...«

»... kannst dir keine Vorwürfe machen. Du hast alles versucht ...«

Heute haben sie sich ziemlich heftig gestritten, dachte Emily, als sich der Röhrensiphon unter dem Waschbecken löste. Sie stopfte einen Lappen in das offene Rohr, das aus der Wand kam, und versuchte den Inhalt des Siphons in den Eimer zu schütten, den sie daruntergestellt hatte. Verstopfte Abflüsse frei zu machen, hatte sie aus der Not heraus gelernt. Wie oft hatte sich Rose ohne Erlaubnis ein Schmuckstück ihrer Mutter ausgeliehen und es in den Abfluss fallen lassen? Oder sich ins Waschbecken übergeben, wenn sie es nach einer Party nicht mehr rechtzeitig zum Klo geschafft hatte? Aus welchem Grund auch immer, Emily hatte ihrer Schwester unzählige Male den Gefallen getan, das Problem zu beheben. Das erste Mal, als sie die Rohrleitung auseinandergenommen hatte, war eine Katastrophe gewesen – sie hatte nicht daran gedacht, einen Eimer unter die Rohre zu stellen, um die angestaute Schweinerei aufzufangen –, aber jetzt war es Routine.

Als nur noch Wasser aus dem Siphon kam, wappnete Emily sich und steckte einen Finger ins Rohr. Sie konnte einen Klumpen glitschiger, übel riechender Haare herausfischen, in dem sich der goldene Ohrring ihrer Mutter verheddert hatte. Emily atmete erleichtert auf. Obwohl es ekelhaft war und leichter gewesen wäre, wenn der altmodische Siphon eine Reinigungsöffnung gehabt hätte, war es ihr wenigstens gelungen, den Ohrring herauszuholen. Sie legte ihn zur Sicherheit in den Medizinschrank und ging in die Küche, um den Siphon dort auszuspülen, bevor sie die Rohre wieder zusammenschraubte.

Emily machte sich Sorgen um ihre Schwester, die inzwischen in der Oberstufe war. Rose hatte so schlechte Noten, dass sie Gefahr lief, das Klassenziel nicht zu erreichen, und sie interessierte sich fast ausschließlich für ihr Äußeres und für die Freunde, mit denen sie abhing. Sie hatte auch einen Freund, einen verrufenen Typen namens Linx, der seinem Aussehen nach über zwanzig war. Emily war ihm einmal mitten in der Nacht begegnet, als er die tragbare Feuerleiter heraufgekommen war und Rose gesagt hatte, sie solle sich beeilen.

Ihre Mutter hatte lange gebraucht, bis sie herausfand, dass Rose die Leiter benutzte, um in den frühen Morgenstunden nach

Belieben zu kommen und zu gehen. Schließlich war Rose erwischt worden, nachdem sich in der Stadt Gerüchte verbreitet hatten, sie sei bei einer Gruppe von Teenagern gesehen worden, die auf einem Parkplatz in Rutland herumlungerten. An einem Abend kurz danach hatte ihre Mutter Roses mit Kissen vollgestopftes Bett und die Leiter bemerkt, die aus dem Fenster hing. Emily wusste noch, wie Rose durch das Fenster wieder hereingeklettert war, beschwipst und kichernd, und ihre Mutter vorfand, die im Dunkeln auf sie wartete.

Natürlich war ihrer Mutter klar, dass Emily von Roses Treiben gewusst haben musste, und Emily hatte einiges zu erklären. Sie war zwischen die Fronten geraten und musste ihre Mutter anlügen oder ihre Schwester verpetzen, obwohl sie doch beide liebte. Schließlich gab sie zu, ein paar Mal mitbekommen zu haben, wie Rose das Haus verließ, aber sie tat so, als wüsste sie nicht, wie lange Rose die Feuerleiter schon in Gebrauch hatte.

Emily seufzte und ging wieder ins Bad. Ihre Mutter drüben im Wohnzimmer weinte nicht mehr, aber sie redete noch immer mit Ivy.

»... weiß nicht, was ich im Moment anderes machen soll, als sie gehen zu lassen«, sagte ihre Mutter gerade. »Sie ist jetzt praktisch erwachsen.«

»Tja, vielleicht bringt das wahre Leben da draußen sie wieder zur Besinnung«, erwiderte Ivy. »Ich sage dir, was sie jetzt braucht, ist liebevolle Strenge ...«

Manchmal fragte sich Emily, wie sie die Anspannung zwischen ihrer Mutter und Rose in den letzten Jahren unbeschadet überstanden hatte und dabei ein relativ normaler Mensch geblieben war. Der ständige Konflikt lastete schwer auf ihr. Sie hatte sich die größte Mühe gegeben, ihre Schwester zur Vernunft zu bringen, sie davon zu überzeugen, dass heimliches Ausreißen, Trinken und Vernachlässigung der Schule ihr auf die Dauer schaden würden.

»Em, ich kriege von Mom schon genug Standpauken zu hören«, hatte Rose ihr kurz nach ihrem achtzehnten Geburtstag gesagt. »Die brauche ich von dir nicht auch noch. Gott, ich kann's kaum erwarten, endlich ein für alle Mal von hier abzuhauen.«

»Du weißt, ich sage das nur, weil ich mir Sorgen um dich mache«, erwiderte Emily. »Ich verstehe nicht, wieso es dir hier nicht gefällt.«

Rose verdrehte die Augen. »Hast du nie das Gefühl, dass hier *nichts* los ist? Tag für Tag triffst du dieselben Leute, nie passiert was Neues oder Aufregendes, immer dasselbe. Ich finde das … *erstickend*. Als wäre jeder Tag, den ich hier verbringe, vergeudet.«

»Ich finde Mill River nicht so schlecht. Mir gefällt, dass es hier ruhig und sicher ist. Außerdem sind Mom und Tante Ivy hier. Und mich gibt's ja auch noch.«

»Ja, aber Tante Ivy hat mit ihrem Laden zu tun, und Mom ist nie da, wie gehabt, wobei mir das inzwischen egal ist. Du und ich werden uns immer nahestehen, aber wir werden jetzt älter. Wir werden nicht immer am selben Ort sein und dasselbe machen.«

»Ich weiß. Du könntest doch wirklich erst nach der Highschool weggehen, wenn du willst. Ich mach mir nur Sorgen, dass du in große Schwierigkeiten gerätst, wenn du so weitermachst. Wenn du dich einfach auf die Noten konzentrierst und das Schuljahr beendest, würdest du es wahrscheinlich aufs College schaffen, und dann ziehst du aus und bist frei.«

Rose hatte gelacht. »Du kannst die brave Tochter sein und aufs College gehen, wenn du willst. Ich hab's satt, irgendwo festzusitzen – in einem Klassenzimmer, in diesem Haus, egal wo. Ich bin jetzt erwachsen. Ich gehe fort, und Mom kann mich nicht aufhalten.«

»Wohin willst du?«, fragte Emily.

»Ich weiß nicht. Vielleicht nach Boston. Oder nach New York. Linx hat Familie in Brooklyn. Wir könnten uns Jobs suchen und dann womöglich zusammen eine kleine Wohnung nehmen.

Vielleicht kann ich sogar irgendwo vorsprechen. Ich wollte schon immer Schauspielerin werden. Probieren geht schließlich über studieren, stimmt's?«

Vielleicht lag es daran, dass sie jünger als Rose und nicht so selbstsicher war, aber Emily konnte sich nicht vorstellen, ihre Familie und ihre Heimatstadt einfach so zu verlassen. Sie war glücklich in Mill River. Sie konnte sich sogar vorstellen, eines Tages, nach dem Studium, in die Stadt zurückzukehren, falls sie in der Nähe einen Job finden würde. Natürlich wusste sie nicht, wo es sie hinführen würde, aber sie war sich wenigstens sicher, dass ihr Weg geradlinig sein würde, gut durchdacht und wahrscheinlich das genaue Gegenteil von Roses.

Ein paar Stunden nach ihrem lautstarken Wortwechsel saß Josie auf dem Sofa im Wohnzimmer und wartete darauf, dass Rose nach Hause kam. Sie hoffte, ihre Tochter würde irgendwann in der Nacht zurückkehren, doch nach der heftigen Auseinandersetzung wusste sie nicht, ob Rose überhaupt auftauchen würde. Dass Rose endgültig verschwand und den Kontakt zu ihrer Familie abbrach, so wie Josies Mutter es getan hatte, war das Letzte, was Josie wollte. Ihre Augen waren rot und geschwollen vom Weinen, und nach ihrer Unterhaltung mit Ivy war ihr klar geworden, dass sie Rose gehen lassen musste, wenn sie eine Beziehung zu ihr aufrechterhalten wollte. Nein, sie musste sie sogar ermutigen fortzugehen und hoffen, dass ihre Tochter nicht mit weiteren Fehlentscheidungen ihr Leben ruinierte.

Kurz vor vier Uhr morgens schrak Josie aus dem Schlaf hoch, als ein Schlüssel in die Haustür gesteckt wurde. Sie richtete sich auf und rieb sich die Augen, als Rose hereinkam. Sie nahmen kurz Blickkontakt auf, dann hob Rose das Kinn und ging rasch zur Treppe.

»Rosie, bitte, hör mir kurz zu.« Josie stand auf und machte einen Schritt auf ihre Tochter zu. »Ich bin es leid, zu brüllen und dir Vorträge zu halten. Bitte, hör dir einfach an, was ich dir zu sagen habe. Du musst auch nicht antworten.«

Rose blieb am Fuß der Treppe stehen, drehte sich zu ihr um und schaute sie argwöhnisch an.

»Wenn du ausziehen willst, um irgendwohin zu gehen und zu tun, was du deiner Meinung nach hier in Mill River nicht tun kannst, dann geh. Ich werde dich nicht aufhalten. Du sollst wissen, dass es mir leidtut, nicht für dich da gewesen zu sein, als du mich gebraucht hast. Wenn ich nicht so viel gearbeitet hätte, oder wenn ich mehr davon mitbekommen hätte, was in deinem Leben los ist, würden wir vielleicht jetzt nicht hier stehen.« Josie brach die Stimme, als sie fortfuhr. »Du sollst wissen, dass ich dich mit jeder Faser meines Herzens liebe. Alles, was ich getan habe, war für dich und Emily. Ihr beide seid mein Leben. Ich bitte dich nur, schließ mich aus deinem nicht aus. Du bist jetzt erwachsen, und du willst deine Freiheit … die steht dir zu … das ist schon in Ordnung. Ich werde dir nicht mehr im Weg stehen. Versprich mir nur, wenn du jemals mein Haus verlässt, dass ich dich nicht vollständig verliere. Das würde ich nicht überleben.«

Roses Unterkiefer arbeitete, ihre Augen blitzten. »Na schön«, sagte sie leise, triumphierend, bevor sie die Treppe hinaufschoss.

Die restliche Woche über herrschte unheimliche Stille im Haus. Rose kam und ging, wie sie wollte, während Emily meist für sich blieb. Josie vergrub sich in die Arbeit. Sie hatte Besprechungen mit ihren Maklern und führte täglich Hausbesichtigungen durch, wobei es ihr größte Mühe bereitete, ihre professionelle Fassade aufrechtzuerhalten. Ihr fröhliches Auftreten täuschte über den emotionalen Tumult in ihrem Innern hinweg.

Als sie am Sonntagnachmittag von der Arbeit zurückkehrte, kam Rose gerade mit einem Koffer und einer großen Reisetasche die Treppe herunter, hinter ihr Emily mit blassem, tränenüberströmten Gesicht und Panik in den Augen.

»Was ist hier los?«, fragte Josie.

»Ich hau ab«, erwiderte Rose, als sie den Fuß der Treppe erreichte. »Ich gehe mit Linx nach New York. Seinem Onkel gehört ein Restaurant, und er kann uns beiden Jobs geben. Wir können bei ihm wohnen, bis wir was Eigenes haben.«

Josie hatte Mühe, ihre Stimme zu beherrschen. »Rose, ich … ich weiß nicht, was ich sagen soll.« Sie war derart schockiert über den Aufbruch ihrer Tochter, dass sie kaum sprechen konnte. *Und wenn ich nun eine Viertelstunde später gekommen wäre? Hätte sie wirklich das Haus verlassen, ohne sich zu verabschieden?*

Rose stellte ihr Gepäck ab. Zum ersten Mal seit Monaten war ihre Miene ernst und ohne Feindseligkeit.

»Ich habe viel über das nachgedacht, was du gesagt hast, Mom. Ich möchte dich nicht verlieren. Ich will nur Raum, um mein Leben zu leben.« Josie blieb sprachlos, während Rose auf sie zukam und sie fest umarmte. Sie schlang die Arme um ihre Tochter, ihre Erstgeborene, deren Foto sie noch immer in einem goldenen Medaillon um den Hals trug.

Dann trat Rose zurück, und Josie erschrak, als sie sah, dass ihre ältere Tochter auch weinte. »Ich werde euch beiden schreiben, und ich versuche, jede Woche anzurufen, damit ihr wisst, dass es mir gut geht.« Sie schaute von Josie zu Emily. »Und es *wird* mir gut gehen, Mom. Richtig *gut*.«

Rose trat zu Emily und umarmte sie auch. »Denk dran, was ich dir gesagt habe«, raunte sie ihrer jüngeren Schwester ins Ohr. Draußen ertönte eine Hupe. Rose hob den Koffer und die Reisetasche auf und eilte zur Tür. »Mir wird's gut gehen«, wiederholte sie. Dann war sie verschwunden.

25

Alex konnte noch immer nicht richtig glauben, was er gerade gesehen hatte, und trat vom Fenster zurück. Er wusste nicht, was den Streit zwischen seiner Mutter und seiner Tante ausgelöst hatte, aber als er ihre lauten Stimmen gehört hatte und von seinem Schreibtisch aufgestanden war, um nach draußen zu schauen, rangen die beiden miteinander auf dem Rasen.

Er ging hinunter in die Küche. »Mom?«, rief er. Seine Mutter stand vor dem Kühlschrank, klopfte Eiswürfel aus einem Behälter und weinte. »Mom? Ist alles in Ordnung? Ich hab dich mit Tante Emily gesehen …«

»Schätzchen, würdest du mir das Geschirrtuch da drüben reichen?«, bat seine Mutter. Er nahm das Tuch von der Anrichte und gab es ihr. Dann sah er schweigend zu, wie sie das Eis darin einwickelte und an ihr Auge drückte.

»Mom, warum habt ihr euch geprügelt?«

»Ich will nicht darüber reden, Alex. Aber hör zu, tust du mir einen Gefallen? Wartest du bitte einen oder zwei Tage und fragst dann Tante Emily, ob du ihren Metalldetektor ausleihen kannst, sobald sie damit fertig ist? Wir müssen in unserem Garten nach dem Schlüssel deiner Großmutter suchen, aber ich komme mit deiner Tante einfach nicht mehr klar.«

»Okay.« Alex war begeistert, dass seine Mutter den Metalldetektor haben wollte. Insgeheim stellte er sich vor, wie er ihn benutzte, den ominösen Schließfachschlüssel fand und ihn seiner Mutter überreichte. *Sie wäre so stolz auf mich und würde dann lä-*

cheln, statt so wie jetzt zu weinen, dachte er. Da sie derart außer sich war, wusste er nicht, was er seiner Mutter sonst noch sagen sollte, daher griff er einfach nach ihrer Hand und drückte sie.

»Danke, mein Schatz.« Überraschend legte sie das Geschirrtuch weg und zog ihn in eine erdrückende Umarmung. »Ich bin so dankbar, dass du hier bist«, flüsterte sie in sein Haar. »Ich weiß nicht, wie ich das ohne dich durchstehen würde.«

Am Samstag nach ihrer Auseinandersetzung mit Rose saß Emily um die Mittagszeit auf ihrer Vorderveranda, verfütterte ihr Sandwich teilweise an Gus und betrachtete die Ausbeute ihrer morgendlichen Metalljagd, die sie auf dem Geländer ausgelegt hatte: weitere Münzen, einen Highschool-Ring aus dem Jahre 1982 und eine Gabel, die beinahe in der Mitte durchgebrochen war. *Hat wahrscheinlich einen Rasenmäher geschrottet*, dachte sie. Emily hatte noch weitere sieben Schlüssel gefunden, darunter zwei von der Sorte »Tweety«. Offensichtlich hatte Rose die Schlüssel mit dem Vogelbild für eine besonders clevere Idee gehalten.

Emily warf einen Blick auf den Rasen ihrer Schwester und lächelte. In ein oder zwei Tagen würde Rose ein ähnlich pfiffiges Geschenk erhalten.

Sie wollte sich gerade daranmachen, die restliche Gartenfläche abzusuchen, als Alex aus dem Haus trat. Sie überlegte rasch und steckte die Schlüssel, die sie gefunden hatte, in die Tasche. Er kam über den Rasen auf sie zu.

»Hi«, sagte er, schaute ihr aber nicht direkt in die Augen. »Ich habe dich und Mom gesehen, draußen im Garten.«

»Oh, Alex«, erwiderte sie und bedauerte zutiefst, dass ihr Neffe ihr letztes Zusammentreffen mit Rose beobachtet hatte. »Es tut mir so leid. Das war nicht richtig von uns. Eigentlich ist es unverzeihlich, dass wir uns geprügelt haben, und ich schäme mich dafür. Deine Mom und ich sind einfach … wir sind sehr unterschiedlich und haben jede unsere eigene Meinung. Außerdem hatte sie wieder getrunken, bevor wir uns gestritten haben.«

Alex trat von einem Fuß auf den anderen. »Willst du wirklich die Polizei einschalten? Denn ich komme klar, weißt du. Mir geht's gut. Dad ruft jeden Abend an, um sich nach mir zu erkundigen, und Mom ist schon lange so. Ich bin daran gewöhnt.«

Emily seufzte. Ihr Neffe tat ihr leid. »Ich werde niemanden hinzuziehen, Alex. Ich möchte nur, dass deine Mom sich am Riemen reißt und tut, was deine Grandma wollte. Ich glaube, alles wird besser, sobald ihr beide wieder nach New York fahren könnt.«

»Ja, ich auch. Und Dad glaubt das auch.« Alex schwieg eine Weile. »Hast du den Schlüssel schon gefunden?«

Jede Menge, dachte Emily.

»Nein, bisher nur Müll. Komm, sieh es dir an.« Sie winkte ihn zu sich auf die Veranda. Er betrachtete die Gegenstände auf dem Geländer. »Der Metalldetektor funktioniert allerdings richtig gut, und ich habe noch eine kleine Fläche vor mir, also haben wir vielleicht Glück. Im Übrigen können wir dann euren Garten durchsuchen, falls wir den Schlüssel hier nicht finden.«

»Mom hat gehofft, du würdest mir den Metalldetektor leihen, wenn du damit fertig bist.« Gus erhob sich von seinem Nickerchen auf der Fußmatte vor der Tür und schnüffelte an Alex, der dem Hund die Ohren kraulte.

»Klar. Das Gerät ist nicht allzu schwer, und es ist leicht zu bedienen. Wenn wir am Ende euren Rasen absuchen müssen, werde ich dir beibringen, was zu tun ist, und überlasse es dir.«

»Cool.« Alex' Grinsen verblasste. »Ich glaube, nur wenn ich den Schlüssel finde, kann ich Mom wieder glücklich machen.«

Am Sonntagmorgen wachte Rose auf, kniff die Augen zusammen und drehte sich zum Fenster. Zunächst fiel ihr auf, dass der Schmerz in ihrem Auge allmählich nachließ. Zu ihrer Überraschung und Freude war der Himmel klar und blau, eine willkommene Abwechslung von den Wolken und der unangenehmen Schwüle, die den Sommer bisher geprägt hatten.

»Alex, Schatz, bist du wach? Ich glaube, letzte Nacht ist eine Kaltfront aufgezogen«, sagte sie, als sie in sein Zimmer kam. Sie setzte sich aufs Bett, und er räkelte sich. Zwei Taschenbücher lagen mit den aufgeschlagenen Seiten nach unten am Fußende.

»Hier drinnen ist es schon kühler«, stellte er fest. »Als wär eine Klimaanlage an.« Alex richtete sich auf und suchte auf dem Nachttisch nach seiner Brille. »Ich glaube, ich hab gestern zu lange gelesen.«

»Das ist nichts Neues.« Rose dachte, wie schön es war, sich wohl zu fühlen statt zu schwitzen, und zerzauste ihm die Haare. »Ich glaube, wir sollten Ventilatoren an die Fenster stellen, um durchzulüften.«

»Kann ich ein bisschen weiterschlafen?«, fragte Alex und legte sich wieder hin. »Ich bin noch müde.«

»Klar. Heute liegt nichts an. Ich mache Frühstück und lass es auf dem Tisch stehen.« Sie beugte sich vor, küsste Alex auf die Stirn und ging wieder hinaus.

Unten öffnete Rose alle Fenster sperrangelweit. Auch die schwere Haustür schloss sie auf und ließ sie offen stehen. Sie genoss die frische Brise, die ihr durch das Fliegengitter ins Gesicht wehte. Als sie jedoch hinunter auf den Rasen vor dem Haus schaute, verschwand ihre gute Laune.

Zu beiden Seiten der Treppe und des Wegs, der von ihrer Haustür weg führte, waren breite Bahnen des Rasens gelb und verdorrt. Sie ging hinunter, um es besser sehen zu können. Als sie sich zum Haus umdrehte, erkannte sie mit Unbehagen, dass die großen, abgestorbenen Flächen Buchstaben waren, die jemand in den Rasen gebrannt hatte:

DICHT

Rose schnappte nach Luft und schaute sofort zu Emilys Haus hinüber. Sie wollte sich schon auf den Weg dorthin machen, hielt sich aber zurück. Nach einem letzten wütenden Blick auf den Rasen lief sie die Stufen zu ihrem Haus hinauf und griff nach ihrem Handy.

Ihre Hand zitterte so stark, dass es ihr schwerfiel, das Handy zu halten, während sie im Polizeirevier von Mill River anrief.

»Polizeirevier Mill River, Sie sprechen mit Officer Hansen.«

»Hallo, mein Name ist Rose DiSanti Frye. Mein Garten ist verunstaltet worden, und ich möchte, dass jemand kommt, um die Sache aufzunehmen.«

»Das tut mir leid, Ms Frye. Sie wohnen in der Maple Street, nicht wahr? Gegenüber von der Bücherstube?«

»Ja, direkt gegenüber, Nummer 130.«

»Gut. Ich bin in ein paar Minuten da und sehe es mir an.«

Rose legte auf. Sie stand an der Haustür und starrte geradeaus, um nicht auf den Rasen schauen zu müssen, als Alex hinter sie trat.

»Mom? Wolltest du nicht Frühstück machen? Ich kann auch Müsli essen, wenn du dich anders entschieden hast.«

»Das wäre gut, Schätzchen.«

»Mom?« Alex kam näher. »Mom, ist alles in Ordnung? Stimmt was nicht?«

»Mir geht's gut, Alex. Jemand hat den Rasen vor unserem Haus verunstaltet, und ich warte auf die Polizei.«

»Du hast die *Polizei* gerufen? Echt?« Er stellte sich auf die Zehenspitzen und versuchte, einen Blick auf den Rasen zu werfen. »Was ist passiert?«

»Ein Wort wurde in den Rasen geätzt. Jemand muss etwas darauf gegossen haben, damit das Gras in Form der Buchstaben abstirbt.«

»Ist es ein schmutziges Wort?«

Rose zögerte kurz, bevor sie antwortete. »Nein.«

»Kann ich es dann sehen?«

Sie hielt die Tür auf. »Schau es dir an und komm sofort wieder rein.« Alex lief hinaus und starrte ein paar Minuten auf den Rasen, bevor er zurückkam.

»Was glaubst du, wer das war? Meinst du, es war Tante Emily?«

Klar war sie es, dachte Rose.

»Das wissen wir nicht.«

»Wer es auch getan hat, das war nicht sehr nett, aber wenigstens hat er ein Wort genommen, das unseren Rasen beschreibt. Ich meine, das Gras ist doch *dicht*. Vielleicht war derjenige neidisch darauf, wie schön der Rasen aussieht? Meinst du nicht auch, Mom?«

Trotz allem, was er gelesen hatte und woran er sich spontan erinnern konnte, war ihr genialer, süßer, naiver Sohn noch nicht so weit, die Doppeldeutigkeit des Wortes zu begreifen, geschweige denn die Beleidigung, die es für alle sichtbar darstellte. Rose hatte auch nicht vor, es ihm zu erklären. Sie war erleichtert, als ein Jeep des Polizeireviers von Mill River am Straßenrand anhielt.

»Bleib drinnen, Alex.« Sie setzte die Sonnenbrille auf und trat vor die Tür, als ein Polizist aus dem Wagen stieg und auf dem Bürgersteig auf sie wartete.

»Hi. Ms Frye? Ich bin Officer Hansen. Wir haben telefoniert. Und ich glaube, wir sind uns diesen Sommer schon mal begegnet.«

»Ja. Nun, Sie sehen ja, was passiert ist.« Rose senkte die Stimme, damit Alex das Nächste nicht mitbekam. »Und ich bin mir sicher, dass es meine Schwester Emily war, aber ich kann es nicht beweisen.«

»Ihre Schwester?«

»Ihnen ist wohl bekannt, dass sie nebenan wohnt.« Mit einer Kopfbewegung deutete Rose auf Emilys Haus.

»Darf ich fragen, was Sie zu der Annahme veranlasst, es sei Ihre Schwester gewesen?«

Rose verdrehte die Augen. »Wir kommen nicht gut miteinander aus. Das ist nur der jüngste Vorfall.«

»Lassen Sie mich zuerst Ihre Kontaktdaten aufnehmen.« Der Polizist hielt ein Klemmbrett hoch. Rose gab ihm ihre Telefonnummer und ihre New Yorker Adresse.

»Und Ihnen gehört dieses Anwesen?«

»Nein, es hat meiner Mutter gehört, und jetzt ist es Teil ihres Nachlasses. Ihr Anwalt verwaltet das Anwesen. Ich … halte mich hier nur für ein paar Monate auf, um etwas zu regeln.«

Der Polizist nickte. »Sie sollten den Anwalt Ihrer Mutter über den Vorfall in Kenntnis setzen. Haben Sie Ihre Schwester dabei gesehen, wie sie sich am Rasen zu schaffen gemacht hat?«

»Nein.«

»Haben Sie sonst jemanden in der Nähe Ihres Hauses gesehen? Jemanden, den Sie nicht kannten?«

»Nein.«

»Und fiel Ihnen das heute zum ersten Mal auf? Ist Ihnen oder dem Anwesen heute oder vor Kurzem ein weiterer Schaden zugefügt worden?«

Sie dachte an ihr mit Vogeldreck bedecktes Auto, und eine neue Woge der Wut überkam sie. »Nein, nicht dass ich wüsste. Ich habe es bemerkt, kurz bevor ich Sie anrief.«

»Na gut.« Der Polizist schaute auf ihren Rasen und grinste verstohlen. »Ich will den Ernst der Lage nicht verkennen, aber Sie haben in gewisser Weise Glück gehabt. Es hätte eine Obszönität sein können … statt einer Art Kompliment, wenn man so will.«

Rose verdrehte die Augen hinter der Sonnenbrille. *Zuerst ihr Sohn, jetzt der Polizist, und es gab keine Möglichkeit, ihnen klarzumachen, dass das Wort auf ihrem Rasen absolut kein Kompliment war.*

»Wissen Sie, Ms Frye, vor Kurzem hat Ihre Schwester bei uns Anzeige wegen Vandalismus erstattet. Ein Reifen an ihrem Auto wurde aufgeschlitzt. Sie wissen nicht zufällig etwas darüber?«

Obwohl sie eine erfahrene Lügnerin war, brauchte sie dem Polizisten nur in die Augen zu schauen, um zu wissen, dass er sich nicht an der Nase herumführen lassen würde. Rose war froh über ihre Sonnenbrille, und das nicht nur, weil sie ihr blaues Auge gut verbarg.

»Nein, ich habe zwar gesehen, wie sie vor kurzem einen Reifen gewechselt hat, aber ich habe keine Ahnung, wie es passiert ist.«

Er schaute sie eine Weile an, ohne etwas zu sagen, und nickte dann. »Okay, Ms Frye. Ich werde zu Ihrer Schwester gehen und nachfragen, ob sie hierzu eine Aussage machen kann, aber wir können nicht mehr viel ausrichten. Wenigstens haben Sie diesen Vorfall jetzt gemeldet, falls Sie noch weiteren Ärger haben sollten.«

»Prima. Sie wissen nicht zufällig, womit man Gras so zurichtet?«

Der Polizist schaute auf die gelben, verdorrten Buchstaben und zuckte mit den Schultern. »Ich bin kein Experte in Rasenpflege, aber ich nehme an, dass ihn jemand mit Roundup besprüht hat. Das ist ein schnell wirkender Unkrautvernichter, und man kann ihn praktisch überall kaufen. Wenn Sie die Buchstaben verbergen wollen, könnten Sie den ganzen Bereich damit einsprühen, und innerhalb von ein, zwei Tagen wird alles so gelb. Dann können Sie es umgraben und neuen Rasen säen.« Er reichte ihr ein Blatt von den Papieren auf seinem Klemmbrett. »Hier ist eine Kopie des Polizeiberichts. Rufen Sie uns umgehend an, falls noch etwas passiert.«

»Danke.« Rose nahm das Blatt entgegen. Sie sah dem Polizisten nach, als er zu Emily hinüberschlenderte, dann ging sie ins Haus, um ihre Tasche zu holen. Nur mühsam vermochte sie ihr Bedürfnis nach einem doppelten Rum mit Cola zu unterdrücken, aber das musste bis zum Nachmittag warten. Jetzt wollte sie zum Gartencenter, und zwar schnell.

Alex stand noch im Flur. »Zieh dir Schuhe an«, sagte sie im Vorbeigehen. »Wir fahren weg.«

Sobald Father O'Brien sich nach der Sonntagsmesse von den letzten Gemeindemitgliedern verabschiedet hatte, räumte er die Sakristei auf und zog legere Kleidung an. Während er im Pfarrhaus zu Mittag aß, blätterte er ein paar Unterlagen durch, die sich mit dem neuen Hayes Memorial Park beschäftigten, dem geplanten Naherholungsgebiet der Stadt. Die Entwürfe für das Land, auf dem sich Samuel Hayes' Pferderanch befunden und Mary ihre Kindheit verbracht hatte, machten sich prächtig. Es war ein schönes Anwesen, unterhalb einer schmalen Straße gleich hinter der Stadtgrenze gelegen. Das Gelände war umzäunt worden, bald würde man einen Spielplatz und ein Basketballfeld anlegen. Auch andere Sporteinrichtungen würde es geben – eine Baseball-Raute und zwei Tennisplätze. Zwei Picknicktische waren ebenfalls in Auftrag gegeben.

Das Beste war, dass er ein Denkmal für Marys Grab hatte anfertigen lassen, eine marmorne Verkörperung von ihr als junger Frau, wie er sie in Erinnerung hatte. Seine Rückschau auf die Trauerfeier, die er für sie abgehalten hatte, fiel eher bittersüß aus. Mary war oben auf dem Hügel beigesetzt worden, auf dem das alte Farmhaus ihres Vaters gestanden hatte. Es war ein guter Platz, unter einer Gruppe Zuckerahorne und mit Blick über das ausgedehnte Anwesen. Er tröstete sich damit, dass Mary selbst bei der Ausgestaltung des neuen Parks geholfen hatte, der schon bald für alle geöffnet würde.

Aufgrund seiner Arthrose fiel ihm das Aufstehen schwer, und er stellte sein Geschirr langsam in die Spüle. Auf der Anrichte lagen zwei Päckchen, die Ivy ihm gegeben hatte. Er nahm eins davon mit, als er das Pfarrhaus verließ.

Draußen drang die Wärme der Sonne in seine Schultern, linderte die Schmerzen in seinen Knien, und er wusste, seine Gelenke würden sich beim Gehen lockern. Er hatte am Nachmittag nur noch eine Sache zu erledigen – eine Art Beratungsgespräch –, aber die Person, die er beraten wollte, wusste noch nichts von seinem bevorstehenden Besuch.

Als er die Hauptstraße überquerte, dachte er an den Anruf, den er zwei Abende zuvor von Ivy Collard erhalten hatte. »Ich glaube, es ist an der Zeit, dass ich auf Ihr Angebot zurückkomme, mit den Mädchen zu reden«, hatte sie gesagt. »Emily erzählt, sie arbeiten nicht zusammen und sprechen kaum miteinander, und es ist schon fast August. Ich fürchte, ihnen läuft die Zeit davon. Und ich habe etwas, das Sie den beiden geben könnten, von Josie. Sie hat für beide eine kleine Botschaft vorbereitet, die sie in so einem Fall bekommen sollten.«

Er bog gerade um die Ecke in die Maple Avenue, als Kyle Hansen aus Emilys Haus trat. Kyle war in Uniform, und der Dienstwagen stand am Straßenrand. Er lächelte, als Father O'Brien näher kam.

»Wie geht es Ihnen, Father?«, fragte er. »Sie haben sich einen guten Tag für einen Spaziergang ausgesucht.«

»Hi, Kyle. Es ist schön heute«, stimmte er ihm zu. »Allerdings bin ich in offizieller Mission hier, und Sie wohl auch. Ich hoffe, alles ist in Ordnung.«

»Ach.« Kyles Lächeln verschwand, und er schüttelte den Kopf. »Ich weiß nicht ganz, was ich davon halten soll, Father. Diese beiden …«

»Die beiden DiSanti-Schwestern, meinen Sie?«

»Ja. Die sind wie Hund und Katze, und dass sie nebeneinander wohnen, ist nicht gerade hilfreich. Rose glaubt, Emily habe ihren Rasen verunstaltet.« Er deutete auf Roses Haus.

Father O'Brien drehte sich um und sah die gelben Buchstaben im Rasen. »Ach du meine Güte.«

»Ich weiß. Emily leugnet, etwas damit zu tun zu haben. Natürlich kann man nichts beweisen.«

Father O'Brien seufzte und schüttelte den Kopf.

»Ich glaube, beide haben ernsthafte Probleme«, fuhr Kyle fort. »Vielleicht können Sie sie zur Vernunft bringen.«

»Vielleicht.« Father O'Brien tätschelte Kyle die Schulter. »Ich gebe mir Mühe.«

Emilys Überraschung, als sie ihn auf ihrer Veranda sah, war offensichtlich. »Father O'Brien! Kommen Sie herein«, bat sie und öffnete die Tür weit. »Gus, zurück, mein Junge, lass Father O'Brien durch.« Während sie ihm die Tür aufhielt, warf sie einen Blick an ihm vorbei auf die Straße, als hätte sie mit jemand anderem gerechnet. »Was führt Sie her?«

»Guten Tag, Emily. Mir ist aufgegangen, dass ich Sie schon längst in der Stadt hätte willkommen heißen müssen. Da habe ich mich gefragt, ob Sie vielleicht Zeit hätten, ein paar Minuten zu plaudern?«

»Klar«, erwiderte sie lächelnd. »Kommen Sie rein. Ich wollte mir gerade ein Eis gönnen. Möchten Sie auch eins?«

»Je nachdem.« Er folgte ihr. »Welche Sorten haben Sie denn?«

»Pekannuss und Schoko-Minze.«

»Oh«, sagte er, »ich glaube, der Pekannuss kann ich nicht widerstehen.«

»Die sollen Sie haben.« Sie kamen an einem kleinen Raum neben der Diele vorbei, der wie eine Hobbywerkstatt aussah. Father O'Brien blieb unwillkürlich stehen und schaute hinein. Das Zimmer war in eine Glaswerkstatt verwandelt worden. In der Mitte stand ein Tisch, bedeckt mit Glasscheiben und Rollen kupferfarbener Metallfolie. Kleinere, zurechtgeschnittene Glasstücke lagen ebenfalls auf dem Tisch, neben einem Brenner und verschiedenen Werkzeugen.

Es waren jedoch die großen Fenster, die seine Aufmerksamkeit erregt hatten. Das mittlere Fenster war klar, stand offen und ließ frische Luft herein. Aber die Fenster zu beiden Seiten waren fast vollständig hinter eingefassten fertigen Buntglasbildern verborgen, die an den Fensterrahmen lehnten und von der Decke hingen. Die hereinscheinende Sonne drang durch das Buntglas und warf bunte Strahlen in alle Richtungen.

»Du meine Güte«, rief er aus. »Die sind ja wunderschön.«

»Oh.« Emily kam wieder zu ihm zurück. »Das ist mein kleines Hobby.«

»Ich wusste nicht, dass Sie mit Buntglas arbeiten.«

Sie zuckte mit den Schultern. »Das habe ich mir im Lauf der Jahre beigebracht. Als ich begann, Häuser zu renovieren, bin ich darauf gekommen. Ich mache es wirklich gern. Im Moment fange ich ein neues Projekt in der McAllister-Villa an. Ich helfe Ruth und Fitz, sie zu einer Frühstückspension umzubauen.«

»Ruth hat es erwähnt, als ich sie zuletzt sah.« Father O'Brien war von den schönen Kunstwerken an den Fenstern noch immer fasziniert.

»Möchten Sie sehen, was ich vorhabe, Father?« Emily deutete auf einen Beistelltisch, auf dem unter einer großen Glasscheibe ein Entwurf auf einem Leuchtkasten lag. Als sie das Licht einschaltete, sah er, dass der erleuchtete Entwurf eine Szene mit grasenden Pferden auf einer von Hügeln und Bäumen umgebenen Weide zeigte.

»Ruth hat mir erzählt, dass Mary McAllister Pferde auf dem Anwesen hielt, im Stall unterhalb des Hauses, und dass ihr Vater Morgans züchtete. Ich dachte, das wäre ein schönes Bild für das Haus – eine Darstellung der Pferde und der Landschaft von Vermont, meine ich.«

»Eine hervorragende Idee«, stimmte er ihr zu. »Ich bin oft mit Mary ausgeritten. Sie hatte eine schwarze Stute namens Ebony, die sehr zahm war … und sehr geduldig mit unerfahrenen Reitern wie mir.« Er lächelte, und Emily sah, wie seine Augen sich bei der Erinnerung einen Moment lang verschleierten. »Sie hatte auch eine braune Stute namens Penny und einen roten Wallach namens Monarch. Das waren schöne Tiere. Ich freue mich schon darauf, das hier zu sehen, wenn es fertig ist.«

In der Küche füllte Emily eine großzügige Portion Eis in eine Schale und reichte sie ihm. »Hier, bitte. Löffel sind in der Schublade direkt neben dem Herd.«

»Danke.« Er legte das eingewickelte Päckchen auf den Tisch, damit er das Eis entgegennehmen konnte, und zog beklommen die Schublade auf. Nur kurz warf er einen Blick in den Besteckkasten, bewunderte die stabilen Esslöffel und die kleineren, zarteren Teelöffel. Ein paar nicht dazu passende Servierlöffel unterschiedlicher Größe lagen neben dem Besteckkasten, und selbst diese waren reizvoll.

So schön, und so eine günstige Gelegenheit, dachte er, doch seit Marys Tod hatte er sein Versprechen gehalten und die Kraft besessen, seine Sucht zu bekämpfen. Als er vorsichtig einen Esslöffel anhob, sah er Mary vor sich, die anerkennend nickte und aufmunternd lächelte.

»Setzen Sie sich doch, Father«, forderte Emily ihn auf, als sie am Küchentisch Platz nahm. »Ich hoffe, Sie haben nichts dagegen, wenn ich das sage. Aber ich habe das Gefühl, dass Sie nicht nur hier sind, um mich in Mill River willkommen zu heißen.«

»Ja, da gibt es tatsächlich noch andere Gründe.« Er zog einen Stuhl heran und setzte sich zu ihr. Rasch nahm er einen Löffel Eis und lächelte ihr zu. »Das schmeckt übrigens gut. Vielen Dank.«

Emily nickte, erwiderte sein Lächeln und wartete darauf, dass er fortfuhr.

»Zunächst wollte ich fragen, ob Sie und Ihre Schwester sich über eine Bestattung für Ihre Mutter einig geworden sind.«

»O je«, erwiderte Emily. »Nein, darüber haben wir überhaupt noch nicht gesprochen. Eigentlich haben wir kaum ein Wort gewechselt. Das macht mir zu schaffen. Ich weiß, dass Ivy noch Moms Asche hat, was sie in eine missliche Lage bringt. Aber wir sind einer Entscheidung über ihre Beisetzung noch nicht näher als bei der Gedenkfeier.«

Father O'Brien nickte. »Wichtig ist, dass ihre sterblichen Überreste in geweihte Erde kommen. Sie sollen nur wissen, dass ich gern helfe, wenn Sie und Ihre Schwester so weit sind. Ich bin mir sicher, dass Ivy nichts dagegen hat, die Asche aufzubewahren, schließlich stand sie Ihrer Mom so nahe. Ivy hat erwähnt, dass sie sich Sorgen um Rose und Alex macht. Sie vermutet, dass Rose wieder trinkt.«

»Dessen bin ich mir sicher«, sagte Emily verbittert. »Ich glaube nicht, dass sie jemals aufgehört hat.«

»Sucht ist etwas Schreckliches.« Father O'Brien nahm noch einen Mundvoll Eis und fuhr mit dem Daumen über den glatten, polierten Stiel des Löffels in seiner Hand. »Ich bin überzeugt, dass man sie nur dann überwinden kann, wenn die Entscheidung von innen kommt, mit dem Trinken, dem Rauchen oder womit auch immer aufzuhören. Allerdings ist es beunruhigend, dass Rose ihren kleinen Sohn bei sich hat, solange sie trinkt.«

»Ich weiß. Aber ich behalte Alex im Auge, und wir beide haben uns ein wenig kennengelernt. Rose hat ihm vieles überlassen, worum Mom uns gebeten hat, und er macht seine Sache bisher wirklich gut. Er ist ein toller kleiner Junge, klug und freundlich und liebevoll, trotz seiner Mutter. Ich habe allmählich den Eindruck, dass er die meiste Zeit für sich selbst sorgt, und ich glaube, er kümmert sich auch ein bisschen um Rose. Das kann ich sehr gut nachempfinden.«

»Wie meinen Sie das?«, fragte Father O'Brien.

Emily schnaubte. »Als wir aufwuchsen, habe ich alles Mögliche für Rose getan. Ich habe Mom angelogen darüber, wo sie sich aufhielt, habe mich um sie gekümmert, wenn sie betrunken von ihren heimlichen Ausflügen zurückkam oder am Morgen einen Kater hatte. Ich habe immer gekocht und abgewaschen, weil Mom solange gearbeitet hat. Rose hat gemacht, was sie wollte, und ich sehe nicht, dass sich das geändert hat. Alex scheint sich nach der Aufmerksamkeit und Anerkennung seiner Mutter zu sehnen. Aber nach allem, was er mir erzählt, liegt sie meistens betrunken auf dem Sofa.«

»Glauben Sie, ein Anruf beim Jugendamt wäre angebracht?«

»Ich habe ihr schon damit gedroht, aber ich glaube nicht, dass sich dadurch etwas ändern würde. Rose kann ihre Trinkerei gut vertuschen und zeigt sich von ihrer besten Seite, wenn es sein muss. Alex weist äußerlich keine Anzeichen von Misshandlung oder Vernachlässigung auf. Er ist wohl genährt, trägt saubere Kleidung und hat ein schönes Zuhause. Er ist klug und liebt seine Mutter so sehr, dass er sich niemals über sie beklagen würde. Ich denke, ein Sozialarbeiter hätte seine liebe Mühe, etwas zu finden, das falschläuft.«

Father O'Brien schwieg eine Weile, bevor er wieder das Wort ergriff. »Ich weiß, dass auch Ivy sich um ihn sorgt. Auch wenn es Alex anscheinend gut geht, nach allem, was Sie sagen, kommt mir das Ganze so vor, als würde hier ein Kind durchs Raster fallen. Als könnte etwas Schreckliches passieren, wenn wir am wenigsten damit rechnen. Aber Sie haben wahrscheinlich recht, ein offizieller Besuch vom Jugendamt würde jetzt nichts bringen. Ich habe ohnehin vor, persönlich mit Rose zu sprechen, und zwar bald.«

»Dann viel Glück. Wenn Sie eine Rüstung haben, sollten Sie die anziehen, nur für den Fall.«

»Meine Rüstung ist spiritueller Art, und die habe ich immer bei mir«, erwiderte er lächelnd. »Ich bin noch quicklebendig, daher glaube ich, sie hat mich bisher gut beschützt.«

»Father, darf ich etwas fragen … na ja, es ist ein bisschen peinlich, aber wie kommt es, dass Sie solange hier in Mill River geblieben sind? Ich dachte, Priester werden ziemlich herumgeschoben.«

»Ja, das stimmt. Die meisten Priester ziehen etwa alle fünf Jahre um, und in der Regel sollen katholische Geistliche sich mit siebzig Jahren zur Ruhe setzen. Bei mir wurde schon vor langer Zeit eine Ausnahme gemacht. Ein Bischof hat mir zuliebe eine päpstliche Freistellung erwirkt. Um es kurz zu machen, meine Anwesenheit hier wurde gebraucht, damit eine Person versorgt war, die nicht allein überleben konnte. Ich bin hiergeblieben, um mein Versprechen zu halten und diese Fürsorge zu gewährleisten.«

»Sie sprechen von der Witwe McAllister, nicht wahr? Nach der letzten Gemeindeversammlung hat Mom mich angerufen und mir davon berichtet. Sie war so gerührt über das, was Mary im Lauf der Jahre für alle hier getan hatte.«

»Ja, der Großvater ihres Mannes, Conor McAllister, hatte beträchtlichen Einfluss. Als Marys Mann plötzlich verschied und der Rest der Familie sich gegen sie wandte, war er der Einzige, der sich ihrem Wohlergehen verpflichtet fühlte. Außerdem stand er mit der Diözese in Burlington auf gutem Fuße, und Bischof Ross konnte auf Conors Ersuchen hin meine Freistellung erwirken. Ich hatte Glück und bin dankbar, dass die Kirchenobersten sich seither daran gehalten haben.«

»Ich hoffe, dass Mrs McAllisters Tod Ihren Verbleib hier nicht in Gefahr bringt.«

»Das glaube ich nicht. Mill River ist eine kleine Gemeinde, und es wird zunehmend schwieriger, Geistliche zu finden. Auch wenn ich weit über dem normalen Pensionsalter bin, gehe ich davon aus, dass der derzeitige Bischof von Burlington mich solange in dieser Gemeinde halten wird, bis ich nicht mehr kann.«

»Das klingt so, als wären Sie sicher«, sagte Emily lächelnd. »Das freut mich. Ich glaube, meine Mom hätte sich auch gefreut.«

Er erwiderte ihr Lächeln und beschäftigte sich eine Weile mit seinem Eis, das schneller schmolz, als er es essen konnte. Er rang mit sich, wie er das nächste Thema anschneiden sollte. »Könnte ich *Ihnen* eine etwas peinliche Frage stellen?«, brachte er schließlich hervor. »Ihre Tante Ivy hat erwähnt, dass Sie und Rose gänzlich aufgehört haben, nach den Anweisungen Ihrer Mutter zusammenzuarbeiten. Sie macht sich Sorgen, dass Sie den versteckten Schlüssel für das Bankschließfach nicht rechtzeitig vor Ablauf der Frist finden.«

»Aha«, unterbrach Emily ihn. »Jetzt verstehe ich, was hier vor sich geht. Ivy hat Sie hergeschickt, um mich zur Vernunft zu bringen.«

»Ivy ist sehr beunruhigt.« Er schob das Päckchen über den Tisch. »Sie hat mich gebeten, Ihnen das hier zu geben. Sie sagte, Ihre Mom habe gewollt, dass Sie es erhalten, wenn die Zeit reif ist. Ivy hat das Gefühl, es könnte jetzt so weit sein.«

Stirnrunzelnd streckte Emily die Hand nach dem Päckchen aus, öffnete es aber nicht.

»Ich weiß nur zu gut, wie sehr Ihre Mutter darunter gelitten hat, dass Sie und Rose bereits solange zerstritten sind«, fuhr Father O'Brien fort. »Ich habe Sie beide schon als kleine Mädchen gekannt. Es gab eine Zeit, in der Sie unzertrennlich waren und einander sehr lieb hatten. Ihre Mutter hat von ganzem Herzen geglaubt, dass so eine Liebe niemals vergeht, und auch ich glaube es. Sie kann unterdrückt und von negativen Gefühlen und schrecklichen Taten getrübt, aber nicht zerstört werden. Ich frage mich, ob Sie nicht irgendwo in sich einen Funken dieser Liebe zu Ihrer Schwester wiederentdecken könnten, der Ihnen hilft, den letzten Wunsch Ihrer Mutter zu erfüllen?«

»Ich gebe mir die größte Mühe, Father«, erwiderte Emily monoton. »Ich bin für den Sommer hergekommen, um das zu tun, was meine Mutter in ihrem letzten Brief von uns verlangt hat. Ich dachte, es würde mir schwer fallen, hier zu sein, ständig daran zu denken, was zwischen Rose und mir vorgefallen ist. Damit lag ich richtig, aber es hat auch sein Gutes. Ich habe endlich das Gefühl, dort zu sein, wo ich hingehöre. Hier fühle ich mich meiner Mom nahe, obwohl sie gestorben ist. Aber was Rose betrifft …

Ich weiß nicht, was ich für sie empfinde, Father. Lange Zeit war es eine Mischung aus Wut, Verbitterung und Abscheu, seit kurzem wird es schlimmer. Ich bin mir ziemlich sicher, dass ich sie nicht mehr liebe, und ich glaube nicht, dass ich es könnte, auch wenn ich wollte.«

»Wenn Sie Ihre Schwester überhaupt noch lieben, erkennen Sie es jetzt vielleicht nicht. Doch ich glaube, dass es so ist, und dass diese Liebe der Schlüssel ist, ihr zu verzeihen, was sie getan hat. Ich weiß, das ist nicht leicht, aber Vergebung wird Ihnen helfen, sich von all Ihren negativen Gefühlen zu lösen. Wenn auch nur ein Funken Hoffnung besteht, dass Sie beide Ihre Beziehung neu aufbauen, wie Ihre Mutter es sich wünschte, dann müssen Sie Rose zuerst vergeben.«

»Rose hat nie die Verantwortung dafür übernommen, was sie mir angetan hat. Was sie mir genommen hat. Mein Leben wäre so anders verlaufen, wenn es jenen Abend nicht gegeben hätte. Ich glaube nicht, dass ich ihr je verzeihen kann, wenn sie nicht einsieht, was sie getan hat und dass ihre Trinkerei der Grund für das war, was vorgefallen ist. Und sie muss wirklich begreifen, was ich verloren habe.«

Nachdem Father O'Brien gegangen war, machte Emily zögernd das Päckchen auf. Darin war ein Band mit Shakespeares gesammelten Werken, ganz ähnlich dem, den ihre Mutter auf ihrem Nachttisch liegen gehabt hatte, solange Emily denken konnte.

Zwischen den Seiten steckte ein altes Polaroid-Foto, ein vergilbtes Bild von Emily und Rose, vor vielen Jahren während eines Besuchs des Marmormuseums in Proctor aufgenommen. Sie standen nebeneinander vor einem weißen Marmorblock und schnitten Grimassen. Emily erinnerte sich vage daran, für dieses Foto posiert zu haben, während ihre Mutter Rose und sie gebeten hatte, nett zu lächeln, statt zu schielen und die Zungen rauszustrecken wie geifernde Monster.

Emily schaute auf die Seite, die das Foto markierte. Eine Passage aus dem *Kaufmann von Venedig* war gelb unterlegt.

Die Art der Gnade weiß von keinem Zwang.
Sie träufelt wie des Himmels milder Regen
Zur Erde unter ihr; zwiefach gesegnet:
Sie segnet den, der gibt, und den, der nimmt;

Sie betrachtete das Foto noch einmal, wobei sie darauf achtete, dass ihre Tränen nicht darauf tropften. Als sie es umdrehte, fiel ihr Blick auf die Handschrift ihrer Mutter.

Emily, manchmal muss man weit in die Vergangenheit schauen, um die Kraft und Gnade zu finden, zu vergeben und weiterzumachen. Ich weiß, wozu dein Herz fähig ist. Ich glaube an dich, und ich liebe dich. Mom

26

2000

Knapp vier Jahre, nachdem sie miterlebt hatte, wie ihre Schwester von zu Hause fortgegangen war, stand Emily neben dem Weihnachtsbaum im Haus ihrer Mutter und schaute aus dem Fenster. Sie war so nervös und aufgeregt, dass auch Ivys Summen in der Küche und Andys Arm um ihre Schultern nicht halfen.

»Ich kann es kaum erwarten, dass du meine Schwester kennenlernst«, sagte sie zu ihm.

Andy lachte und drückte sie an sich. »Das hast du in der vergangenen Woche schon mindestens hundert Mal gesagt.«

»Ich weiß. Ich bin einfach nur gespannt darauf, sie wiederzusehen.«

Rose hatte seit dem schrecklichen Tag, an dem sie ihre Sachen gepackt und gegangen war, in New York gelebt. Bei ihren sporadischen Anrufen zu Hause war ihre Mutter immer als Erste am Apparat gewesen, und wenn sie zufrieden sein konnte, dass Rose lebte und alles in Ordnung war, hatte sie den Hörer an Emily weitergereicht. Ihre ältere Schwester neigte dazu, die Gespräche an sich zu reißen, und plauderte über Linx und ihr letztes Vorsprechen. In Emilys Ohren klang es jedoch, als wäre Roses Leben in New York eine Idee zu perfekt.

Als Rose anfing, Briefe zu schreiben, bestätigte sich Emilys Verdacht. Die an ihre Mutter waren wie Niederschriften ihrer munteren Anrufe. Die an Emily hingegen waren im Stil eines Bewusstseinsstroms gehalten, manche zogen sich über mehrere

Tage hin, mit verschiedenen Daten, die quer über die Seiten neben die entsprechenden Passagen gekritzelt waren. Diese Briefe offenbarten, wie schlecht es Rose wirklich ging.

Mit ihrer Beziehung zu Linx war es ungefähr ein Jahr nach ihrer Ankunft in New York bergab gegangen. Vor kurzem hatte sie endgültig mit ihm Schluss gemacht. Trotz der hässlichen Trennung hatte sie noch immer den Job bei Linx' Onkel im Restaurant. Als Kellnerin und inzwischen auch neue Barkeeperin war Roses gutes Aussehen hilfreich fürs Geschäft, und sein Onkel hielt sie für zu wertvoll, um ihr zu kündigen. Er hatte es ihr gesagt, kurz bevor er ihr an den Hintern fasste und ihr anbot, nebenher ein bisschen dazuzuverdienen.

Ohne Linx, der einen Teil der Rechnungen bezahlt hatte, war das Geld knapp. Rose hatte eine beengte Dachwohnung in einem alten Gebäude bezogen. Es gab keinen Fahrstuhl, und die Wohnung im dritten Stock war nicht größer als ein Schrank, aber besser als nichts. Ihre knappe Freizeit investierte sie in die Schauspielerei, doch nachdem sie Dutzende Male für Theaterstücke und Werbespots vorgesprochen hatte, war Rose noch immer keine Rolle angeboten worden.

Emily erschütterten die Briefe. Natürlich wäre ihre Mutter außer sich vor Sorge gewesen, hätte sie die Wahrheit über Roses Leben erfahren, doch weder sie noch Emily hätten Rose zwingen können, nach Hause zurückzukehren. Emily achtete sorgfältig darauf, ihre Briefe von Rose vor ihrer Mutter zu verbergen, während sie jedes Mal dankbar war, wenn ein neuer eintraf. Sie antwortete stets postwendend und bat Rose inständig, doch wieder nach Hause zu kommen, ihren Schulabschluss nachzuholen und einen Neuanfang zu machen, aber ihre Schwester war stur und stolz. Rose wollte absolut nicht zugeben, dass sie einen großen Fehler gemacht hatte, als sie fortging. Die Briefe trafen nach wie vor ein, und Emily blieb nichts anderes übrig, als ihrer Schwester auch weiterhin gute Ratschläge zu geben und ihre Unterstützung anzubieten.

Sobald Emily sich am Middlebury College eingeschrieben hatte und ins Studentenwohnheim gezogen war, hatte sie keine Schwierigkeiten mehr, die Korrespondenz vor ihrer Mutter zu verbergen. Jetzt war Emily im zweiten Studienjahr. Rose und sie waren beide aus dem Haus, lebten aber in zwei völlig verschiedenen Welten. Rose hatte lange Arbeitsstunden durchzustehen, die Einsamkeit nach einer gescheiterten Beziehung und die wachsende Enttäuschung über ihre Fehlentscheidungen. Emilys Leben hingegen war glücklich und aufregend, erfüllt mit interessanten Seminaren, neuen Freunden und ihrer ersten festen Beziehung.

Sie hatte Andrew Coulter im ersten Studienjahr bei einem Kunstkurs kennengelernt. Während Emily den Kurs für ihren angestrebten Abschluss als Kunstlehrerin brauchte, befolgte Andy die Vorschriften des Colleges, wonach Medizinstudenten Kurse außerhalb des Hauptfachs Biologie belegen mussten. Zufällig standen ihre Staffeleien nebeneinander, und Emily war überrascht, wie schnell sie sich kennengelernt hatten, während sie das Zeichnen mit Bleistift und Kohle übten. Andys Haar war hellbraun, und sie konnte nicht genau sagen, ob seine Augen blau oder grün waren. Oft war sie dankbar, auf ihre Staffelei starren zu können, während er mit ihr sprach, denn ein Blick in diese Augen brachte sie ganz durcheinander.

Es war gut, dass Andy Kinderarzt und nicht Künstler werden wollte, denn auch am Ende des Semesters, nach vielen Stunden der Übung, brachte er bloß Strichmännchen zustande. Allerdings stellte er sich stets gut gelaunt vor die Staffelei, und Emily fand seine unbeholfenen künstlerischen Versuche reizend. Sie hatte ein paar seiner Zeichnungen aufgehoben, die er ihr geschenkt hatte, unter anderem ein Stillleben, das eine schiefe Weinflasche und eine unförmige Obstschale darstellte. Darunter stand die Frage »Gehst du mit mir essen?«. Dieses erste Date hatte zu einer schwindelerregenden, glücklichen Beziehung geführt, einer ersten großen Liebe, bei der Emily sich schon nach Andy sehnte, bevor sie sich verabschiedet hatten.

Sie wollte Rose unbedingt alles über Andy erzählen, von den schönen Dingen, die sie erlebten, aber es schien nie der richtige Moment dafür zu sein. So sehr sie ihr Glück mit Rose teilen wollte, sie brachte es nicht über sich, von Andy zu schwärmen, nachdem ihre Schwester sich beklagt hatte, wie schrecklich alles war. Emily hatte Rose schließlich berichtet, sie habe einen netten Typen getroffen, mit dem sie seit einem Jahr zusammen sei. Rose würde Andy persönlich kennenlernen und mehr über ihre Beziehung erfahren, wenn sie an den Feiertagen nach Hause kommen würde.

Rose rief inzwischen öfter an, häufig in Tränen aufgelöst und derart lallend, dass Emily Probleme hatte, sie zu verstehen. Noch beunruhigender war, dass Rose sich regelmäßig weder an vergangene Unterhaltungen erinnern konnte noch an das, was sie geschrieben hatte. Offensichtlich hatte ihr Alkoholkonsum zugenommen, und Emily fürchtete, dass sie in weitaus schlimmerem Zustand war als zu der Zeit ihrer heimlichen nächtlichen Ausflüge aus dem Fenster. Rose persönlich zu sehen und mit ihr zu sprechen, wäre gut. Emily hoffte, wirklich mit ihr zu reden und vielleicht zu ihr durchzudringen. Vor allem aber vermisste Emily ihre große Schwester einfach.

Der Wagen ihrer Mutter bog in die Einfahrt und unterbrach ihre Gedanken. »Oh, da sind sie!« Emily hüpfte auf und ab und grinste Andy an.

»Wird auch Zeit«, sagte Ivy, die aus der Küche kam. »Die Soße ist seit gut zwanzig Minuten fertig, und mein Arm tut mir weh vom Rühren.«

Emily riss die Haustür auf und umarmte Rose stürmisch, sobald sie hereingekommen war. Als sie sich voneinander lösten und Ivy ihrerseits Rose in die Arme geschlossen hatte, drehte Emily sich zu Andy um und zog ihn nach vorn. »Andy, das ist meine große Schwester Rose. Rose, das ist Andy Coulter.«

»Hi, Andy.« Rose schüttelte ihm die Hand. »Schön, dich endlich kennenzulernen.« Obwohl Rose ihm ein Lächeln schenkte, fielen Emily unweigerlich die Ringe unter ihren Augen und der von Traurigkeit getrübte Blick auf.

»Gleichfalls«, erwiderte Andy und sah dabei nervös zu Emily hinüber.

»Andy wollte euch alle kennenlernen, daher habe ich ihn eingeladen, die Feiertage mit uns zu verbringen«, erklärte Emily.

»Eigentlich tat ich ihr leid, weil ich sonst allein gewesen wäre«, sagte Andy. »Meine Eltern sind für ihre zweiten Flitterwochen auf einer Kreuzfahrt, deshalb wusste ich nicht, wohin.«

»Wir sind froh, dich bei uns zu haben, Andy. Und Ivy, hier duftet es wunderbar«, rief Josie. »Ist noch etwas zu tun?«

»Nein. Wascht euch die Hände und setzt euch. Und«, Ivy drückte Rose noch einmal an sich, »ich kann es kaum erwarten, alles über deine neuesten Abenteuer in der großen Stadt zu erfahren.«

Ivys Bemerkung bestätigte Rose nur, wie heikel es war, auf einen Besuch nach Hause zu kommen. Alle waren immer so neugierig, was sie in New York machte. Arbeitete sie noch im Restaurant? Hatte sie jemand Neues kennengelernt? Wie sahen ihre Zukunftspläne aus? Wollte sie jemals etwas anderes mit ihrem Leben anfangen? Ihre Tante Ivy stellte die meisten Fragen und wollte unablässig »auf den neuesten Stand gebracht« werden. Rose fand es schrecklich, ihrer Familie nichts Aufregendes berichten zu können, nichts, was die anderen stolz auf sie gemacht oder sie dazu gebracht hätte, ihr mit Achtung zu begegnen.

Diesmal allerdings hatte sie ihnen wirklich etwas zu berichten, woran sie sich mit jedem Funken Hoffnung klammerte, den sie noch besaß. Beim Essen, als alle Teller gefüllt waren und die Fragen eindringlicher wurden, legte sie die Gabel ab und lächelte.

»Ich habe etwas zu verkünden. Etwas, weswegen ich ziemlich aufgeregt bin.« Sobald alle Augen auf sie gerichtet waren, teilte sie ihnen die Neuigkeit mit. »Ich habe eine Rolle in einem kleinen Stück bekommen.« Sie wartete. Ihre Mutter hörte auf zu kauen, und Emily strahlte. Tante Ivy ließ sogar einen Jubelschrei los.

»Wirklich?«, fragte ihre Schwester. »Das ist ja phantastisch!«

»Erzähl uns davon«, bat Ivy. »Was ist es? Eine Show am Broadway?«

»Hm, nein. Es handelt sich um ein Stück, das in einem kleinen, neu eröffneten experimentellen Theater aufgeführt werden soll. Es heißt *Die Reise ins Ich* und handelt von einem Mann, der einen Herzinfarkt erleidet und ins Koma fällt. Während er bewusstlos ist, bekommt er eine zweite Chance. Er kann in seinem Leben zurückreisen und seine Fehler wiedergutmachen.«

»Das klingt echt cool!«, rief Emily. »Welche Rolle spielst du?«

»Eine frühere Freundin – du weißt schon, diejenige, die fast die Richtige war. Es ist nicht die Hauptrolle, aber doch immerhin ein Anfang. Ich habe gehört, dass Casting-Agenten manchmal zu solchen Vorstellungen kommen, deshalb könnte es womöglich zu etwas Größerem führen.«

»Hmm, stimmt«, sagte ihre Mutter. »Man kann nie wissen. Mein früherer Chef hat einmal zu mir gesagt, dass selbst eine Situation, die einem aussichtslos erscheint, zu Großem führen könnte, und er hatte recht.«

»Obwohl *das* ja nicht aussichtslos klingt«, wandte Emily rasch ein, und Rose schenkte ihr ein dankbares Lächeln. »Die Schauspielkunst ist ein hartes Brot. Es dauert eine Weile, bis man den Fuß in der Tür hat und den Durchbruch schafft, und das klingt doch so, als könnte damit etwas Gutes in Gang gesetzt werden.«

»Genau«, stimmte Ivy ihr zu. »Es ist ein Anfang.«

»Ich glaube, darauf sollten wir anstoßen«, sagte Andy, und alle hoben ihr Glas, um Rose viel Erfolg zu wünschen.

Ein wunderbarer Augenblick, aber das sollte es auch bleiben – ein Augenblick. Schon wenige Minuten nach dem Anstoßen standen Emily und Andy im Mittelpunkt der Unterhaltung. Rose schob den Rest ihres Roastbeefs und den Kartoffelbrei auf ihrem Teller hin und her, während sie schweigend zuhörte. Sie war durchaus begeistert, ihre schüchterne Schwester neben Andy sitzen und vor Glück strahlen zu sehen. Emilys Augen leuchteten jedes Mal, wenn sie Andy anschaute, und ihrer Mutter und ihrer Tante Ivy war immer deutlicher anzusehen, dass er ihnen gefiel.

Aber warum auch nicht?, dachte Rose. Er entsprach allem Anschein nach der elterlichen Checkliste für den idealen Freund. Höflich? Abgehakt. Klug und ehrgeizig? Abgehakt. Gut aussehend, humorvoll und vor allem fürsorglich und respektvoll gegenüber Emily? Abgehakt, abgehakt, abgehakt. Andy war der Teddybär, den man sich mit kleinen Kindern auf dem Schoß vorstellen konnte, der Typ mit dem trotteligen Grinsen, der tolle Streiche zustande brachte und verblüffende Umarmungen. Dennoch sah Rose die Intelligenz und einen Hauch Ernsthaftigkeit in seinen blaugrünen Augen, die in Verbindung mit seinem entschlossenen Kinn davon zeugten, dass Andy kein Weichei war.

Unwillkürlich fiel ihr auf, wie anders er doch war als Linx, der nichtsnutzige Rowdy, dem sie nach New York gefolgt war. Linx war immer der böse Junge gewesen, der Schlägertyp. Als Teenager hatte sie ihn für die personifizierte Spannung und Rebellion gehalten. Leider hatte sie jedoch auf die harte Tour erfahren, dass Linx innerlich ein unsicherer Wackelpudding war. Wie oft hatte er ihr verboten, ohne ihn auszugehen, oder ihr vorgeschrieben, was sie anziehen sollte? Wie viele Beulen und Prellungen hatte sie im Laufe ihrer Beziehung verbergen müssen? Kaum zu glauben, dass sie noch vor ein paar Jahren für so einen vulgären, unbeholfenen Kontroll-Freak alles stehen und liegen gelassen hatte. Selbst jetzt, da sie nicht mehr zusammen waren, legte Linx Wert darauf, hin und wieder im Restaurant vorbeizukommen, um sie zu schikanieren. Sie hatte Angst, er könnte ihr etwas antun, um ihr heimzuzahlen, dass sie Schluss gemacht hatte.

Nein, Andy ist garantiert nicht so wie Linx, und das ist gut so, dachte Rose. Er war nur ein weiteres Beispiel für alles, was Emily anscheinend einfach so in den Schoß fiel: eine harmonische Beziehung zu ihrer Mutter, ein gewisses Selbstvertrauen und eine Vorstellung, wer sie war und was sie vom Leben wollte, eine gelassene Zufriedenheit mit dem, was sie hatte. Und jetzt auch noch ein Mr Perfect, mit dem sie sich eine gemeinsame Zukunft vorstellen konnte.

In ihrem eigenen Leben dagegen war alles nur schwierig. Nichts schien so zu laufen, wie sie es sich wünschte. Selbst nach dem Erfolg, eine erste Rolle als Schauspielerin ergattert zu haben, warnte eine innere Stimme sie davor, sich allzu viele Hoffnungen zu machen. Schließlich war es nur experimentelles Theater mit einer behelfsmäßigen Bühne und einer Besetzung, die niemand kannte.

Später saß Rose auf ihrem alten Bett im Zimmer in der ersten Etage, das sie immer mit Emily geteilt hatte, und lauschte der leisen Unterhaltung zwischen Emily und Andy unten im Wohnzimmer. Die Turteltauben sollten sich gute Nacht sagen, aber sie kuschelten auf der Bettcouch, die ihre Mutter für Andy hergerichtet hatte. Ihre Stimmen drangen zu ihr herauf, unterbrochen von Momenten des Schweigens und dem gelegentlichen lauten Quietschen der Federn unter der Matratze des ausgezogenen Sofas.

Rose wollte nicht in den Kopf, dass ihre jüngere Schwester eine Liebesbeziehung hatte. Für sie war Emily noch immer das kleine Mädchen mit lockigen roten Zöpfen, oder die stille Schülerin an der Highschool, die anscheinend nicht in der Lage war, sich stylish anzuziehen. Obwohl sie sich über Emilys Glück freute, musste sie sich wohl erst daran gewöhnen, dass ihre Schwester mit jemandem zusammen war.

Rose vernahm Emilys leises Lachen. Sie wusste nicht, wie

lange ihre Schwester noch dort unten bleiben würde, aber sie war das Warten leid. Sie ging an ihren Koffer und holte eine kleine Flasche bernsteinfarbenen Rum heraus. Der erste Schluck war immer eine Erleichterung, ein angenehmes, vertrautes Brennen, das ihre Verzweiflung im Handumdrehen dämpfte. *Dem Himmel sei Dank für diese eine Konstante*, dachte sie. Sobald sie etwas getrunken hatte, würde alles wieder in Ordnung sein.

2001

An einem stürmischen Tag im März, knapp drei Monate nachdem Emily ihren Freund allen vorgestellt hatte, legte Josie in ihrem Arbeitszimmer den Hörer auf, unterdrückte einen Juchzer der Vorfreude und schaute sich rasch um, ob alles in Ordnung war. Das Haus war makellos, wie üblich. Sogar der Küche sah man nicht an, dass sie dort vor kurzem die Lasagne zubereitet hatte, die nun im Ofen brutzelte. Ihre Mädchen waren zu Hause – Emily in ihren Frühjahrsferien vom College, und Rose, weil Josie sie gebeten hatte, für ein paar Tage nach Mill River zu kommen. Rose würde an einem bedeutsamen Ereignis teilnehmen, wie Josie versprochen hatte.

Der Anruf am späten Nachmittag kam von Andy. Er wartete darauf, am Bahnhof in Rutland abgeholt zu werden. Alle außer Emily wussten, dass er zu Besuch kam. Aber die größere Überraschung für ihre jüngere Tochter würde der Grund für seinen Aufenthalt in Mill River sein.

Josie bekam feuchte Augen, als sie an den Anruf dachte, den sie einen Monat zuvor von Andy erhalten hatte. Es war in der letzten Februarwoche gewesen, und sie hatte in ihrem Arbeitszimmer zu Hause die Unterlagen für ein paar neue Immobilienangebote durchgesehen. Andys Anruf kam überraschend, und zunächst hatte sie befürchtet, dass etwas Schlimmes passiert war.

»Nein, nein, Mrs DiSanti, alles ist in bester Ordnung«, hatte er ihr versichert, aber seine Stimme hatte leicht gezittert, als er fortfuhr. »Ich habe mich gefragt ... hätten Sie wohl ein paar Minuten Zeit für mich? Ich rufe auch gern noch mal an, wenn es gerade nicht passt.«

»Aber sicher. Natürlich, legen Sie los.«

»Okay.« Er holte tief Luft. »Tja, ich wollte mit Ihnen reden, weil ich weiß, dass Emilys Vater gestorben ist, als sie noch sehr klein war, und dass Sie Emily und Rose allein großgezogen haben. Sie waren ihre Eltern, Mutter und Vater zugleich. Sie wissen, dass Emily und ich jetzt schon eine ganze Weile zusammen sind. Sie ist der tollste Mensch und das Wichtigste in meinem Leben. Ich habe noch nie jemanden wie sie kennengelernt, und ich könnte mir nicht vorstellen, den Rest meines Lebens ohne sie zu verbringen. Ich liebe sie ...« Andys Stimme brach, und Josie ging das Herz über, als er sich wieder gefasst hatte und fortfuhr. »Ich liebe sie von ganzem Herzen, und ich würde sie sehr gern bitten, meine Frau zu werden. Ich rufe Sie heute an, weil ich Sie um Ihren Segen bitten möchte.«

»Oh, Andy, Sie haben mich zum Weinen gebracht«, sagte Josie und wischte sich die Augen. »Ich weiß, dass Emily Sie ebenso liebt, wie Sie Emily, und ich halte Sie für einen wunderbaren Menschen. *Natürlich* haben Sie meinen Segen. Ich könnte mir keinen besseren Mann für meine Tochter wünschen und keinen netteren Schwiegersohn.«

»Danke, vielen Dank.« Andy klang erleichtert. »Ich glaube, ich habe bei der Schwiegermutter-Lotterie den Hauptgewinn gezogen, und ich verspreche Ihnen, ich werde alles in meiner Macht Stehende tun, um Emily glücklich zu machen.« Er hielt einen Moment inne. »Da ist noch etwas, worüber ich mit Ihnen sprechen wollte. Nämlich, wie ich den Heiratsantrag stellen möchte.«

»Sie haben schon eine Vorstellung? Und Sie wollen es *mir* verraten? Oh, ist das aufregend!«

Andy lachte. »Nun ja, ich habe mich gefragt, ob wir Em in unseren Frühlingsferien in ungefähr einem Monat eine Überraschung bereiten könnten. Im Augenblick geht sie davon aus, dass wir die Ferien getrennt verbringen. Ich besuche angeblich meine Verwandten in Providence, und sie fährt zu Ihnen und ihrer Großtante Ivy. Aber was wäre, wenn ich mitten in der Woche in Mill River auftauchen und dort vor der ganzen Familie um ihre Hand anhalten würde?«

»Oh, Andy, das wäre prima! Ich bereite alles vor, was Sie brauchen. Tante Ivy wage ich jetzt noch nicht einzuweihen – sie kann nichts für sich behalten –, aber, du liebe Güte, allein bei dem Gedanken bekomme ich Gänsehaut!«

Jetzt war der Tag von Andys überraschendem Heiratsantrag endlich gekommen, und es war an der Zeit, den Plan in die Tat umzusetzen.

»Em?« Josie trat ins Wohnzimmer, in dem Emily auf dem Sofa saß und las. »Ivy hat gerade angerufen. Sie hat ein paar neue Bücher einzuräumen, und sie fragt, ob du ihr dabei helfen könntest. Sie kann die Kartons nicht mehr so herumschieben wie früher.«

»Klar, mach ich.« Emily klappte ihr Buch zu.

»Danke, Schätzchen. Ich mache das Abendessen fertig. Ich rufe an, wenn ich so weit bin, und du solltest Ivy bitten, mitzukommen. Schläft Rose noch?«

»Ja, ich glaube.« Emily stand schon an der Haustür. »Sie musste länger arbeiten und im Morgengrauen aufstehen, um ihren Bus hierher zu kriegen. Wenn wir sie ein bisschen länger schlafen lassen, ist sie beim Abendessen besser gelaunt.«

Sobald Emily aus dem Haus war, rief Josie die Treppe hinauf nach Rose.

»Rose, es wird Zeit. Kannst du runterkommen?« Nachdem sie

Roses brummige Antwort vernommen hatte, ging sie in die Küche und holte Geschirr und Gläser heraus, um den Tisch zu decken. Sie hatte eigens für die Gelegenheit neue Gläser gekauft, und eine Flasche Champagner stand schon im Kühlschrank.

»Ist alles fertig?«, fragte Rose mit verschlafener Stimme, als sie in die Küche kam.

»Ja, Andy steht am Bahnhof in Rutland. Könntest du meinen Wagen nehmen und ihn abholen? Ich decke den Tisch und bereite alles vor, damit es perfekt ist, wenn alle da sind. Emily ist drüben bei Ivy und hilft ihr, ein paar Kartons auszupacken, und Ivy weiß, dass sie Emily solange beschäftigen soll, bis ich anrufe.«

»Okay.« Rose kicherte. »Ich bin lange nicht gefahren, weißt du.«

»Das schaffst du schon«, sagte Josie. »Wir sind hier in Vermont, nicht in New York City. Die Schlüssel sind in meiner Tasche.«

»Und deine Tasche ist …?«

»Auf dem Schreibtisch im Arbeitszimmer. Und, hey, falls Andy irgendwo anhalten will, um Blumen zu kaufen, bring ihn zu Hawley's in der Center Street. Die haben immer so hübsche Sträuße. Aber sieh zu, dass ihr so schnell wie möglich wieder hier seid.«

Josie hörte am Rande, wie die Haustür auf- und zuging, dann vernahm sie das Anspringen des Motors. In fliegender Hast umrundete sie den Tisch, stellte Teller und zarte Stielgläser auf, legte Servietten und Besteck daneben, bis alles perfekt war. Unterdessen zog das würzige Aroma der Lasagne durch das Haus. Josie holte sie aus dem Ofen und stellte sie zum Abkühlen auf den Herd. Sie richtete einen grünen Salat an und mixte eine Balsamico-Vinaigrette. Als sie schließlich auf die Uhr schaute, war sie überrascht, dass seit Roses Aufbruch über eine Stunde vergangen war.

Sie werden jede Minute hier sein, dachte sie. Josie fragte sich, ob sie bei Ivy anrufen sollte, überlegte es sich aber anders. Ihre überschwängliche Vorfreude verstärkte die Ungeduld, und es war besser, wenn sie anrief, nachdem Rose mit Andy eingetroffen war. Josie setzte sich auf einen Küchenstuhl und wartete.

Weitere dreißig Minuten zogen sich dahin, bevor sie hörte, wie die Haustür aufging. Sie eilte in die Diele und erblickte Emily. Ivy folgte ihr mit reumütiger Miene.

»Wir haben alles erledigt und nahmen an, du hättest das Essen fast fertig«, sagte Emily munter. »Es duftet köstlich.«

»Ja, es kann gleich losgehen. Ich warte nur noch auf Rose. Ich habe sie losgeschickt, um schnell noch etwas zu besorgen, aber sie dürfte jede Minute wieder da sein.« Josie warf einen Blick aus dem Fenster. Es war kurz vor sieben und fast dunkel.

»Wow, Mom, du hast dich selbst übertroffen.« Emily nahm ein Champagnerglas in die Hand. »Gibt's einen besonderen Anlass?«

»Oh, ich dachte nur, es wäre doch nett, ein schickes Dinner zu haben, wenn wir schon mal alle zusammen sind.«

»Du weißt, dass du einen Platz zusätzlich gedeckt hast«, stellte Emily mit einem prüfenden Blick auf den Tisch fest. »Mit Rose sind wir nur zu viert.«

»Ich frage mich, wo Rose bleibt«, sagte ihre Mutter, ohne auf ihre Bemerkung über das zusätzliche Gedeck einzugehen. »Em, weißt du, ob sie ein Handy hat? Vor einiger Zeit hat sie erwähnt, dass sie gern eins hätte, aber die einzige Nummer, die ich habe, ist die von ihrer Wohnung.«

»Ich glaube, sie hat noch keins. Was sollte sie denn holen?«

Josie antwortete nicht. Stattdessen schaute sie zu Ivy hinüber, die den Kopf schüttelte und die Schultern hob.

»Was ist?«, fragte Emily und schaute zwischen den beiden hin und her. »Hier geht doch etwas vor. Was ist los?«

Ivy spitzte den Mund, als versuchte sie, zu schweigen, doch

Josie sah, dass die Entschlossenheit ihrer Tante nachließ. *Jetzt legt sie los*, dachte Josie, als Ivy anfing zu plappern.

»Das ist nur eine kleine Überraschung, die wir für dich vorbereitet haben. Wir wollten ja nichts sagen, aber Andy hat sich zu einem kurzen Besuch entschlossen. Rose ist nach Rutland gefahren, um ihn abzuholen.«

»Echt? Er kommt her?« Emily strahlte.

Josie warf Ivy einen Blick zu und nickte, dankbar, dass ihre Tante nicht den eigentlichen Grund für Andys Besuch preisgegeben hatte. »Ich vermute, eine Woche ohne dich war ihm zu lang.«

»Kann schon sein«, erwiderte Emily.

»Aber du solltest überrascht tun, wenn er kommt, ja?«, bat Ivy. »Andy wollte nicht, dass du es erfährst, und wenn er hört, dass wir es dir gesagt haben …«

»Du meinst, dass *du* es ihr gesagt hast …«, unterbrach Josie sie mit aufgesetzt strengem Blick.

»… ja, dann ist der Teufel los«, beendete Ivy den Satz.

»Keine Bange.« Emily ergriff lächelnd Ivys Hand. »Er wird es nie erfahren.«

27

Am späten Sonntagnachmittag bog Kyles Pickup in Claudias Einfahrt. Rowen winkte grinsend vom schmalen Rücksitz aus, als Claudia die Beifahrertür öffnete.

»Hi, Claudia! Was bringst du denn zur Grillparty mit?« Neugierig blickte die Kleine auf die mit Folie abgedeckten Schüsseln, die Claudia in den Händen hielt.

»Selber hi«, gab sie zurück. »Ich habe gefüllte Eier und Obstsalat gemacht. Nichts Besonderes, aber ich hoffe, Jean hat beides noch nicht.«

»Und wenn schon, es kommen ja viele Leute zum Grillfest«, sagte Kyle. »Allein ihre beiden Jungs könnten wahrscheinlich die Hälfte vom allem verdrücken.«

»Ich kann's kaum erwarten, Jimmy und Johnny wiederzusehen. Die haben eine Menge coole Sachen«, freute sich Rowen.

»Ich bin mir sicher, dass du ihnen fehlst«, erwiderte Claudia. »Ich weiß, dass es dir bei ihnen gut gefallen hat, während die Bäckerei wiederaufgebaut wurde.«

»Ja. Wäre schön, einen Bruder zu haben. Oder eine Schwester.« Sie schaute ihren Vater an und zog vielsagend die Augenbrauen hoch.

»Soso.« Kyles Ohren wurden rot. Er verdrehte die Augen und sah Claudia an. Sie lächelte. Rowen ließ schon seit einiger Zeit solche Andeutungen fallen.

Als Kyle in die Einfahrt der Wykowskis bog, wehte ihnen der Geruch nach Holzkohlerauch und gegrilltem Fleisch entgegen.

Der SUV der Fitzgeralds stand neben dem Dienstwagen der Polizei. Rowen entdeckte die Wykowski-Jungen, die Frisbee spielten, sprang aus dem Pickup und rannte los, bevor Claudias Füße den Boden erreicht hatten.

»Bleib aber im Garten«, rief Kyle seiner Tochter nach. Rowen wandte sich um und winkte kurz, um zu zeigen, dass sie ihn gehört hatte.

»Ich liebe Grillpartys.« Kyle nahm eine Einkaufstüte mit Hamburger- und Hot-Dog-Brötchen aus dem Wagen, dann gingen sie gemeinsam in den Garten hinter dem Haus. Die Wykowskis hatten eine große Veranda, die sich über die gesamte Breite des Hauses erstreckte. An einem Ende war ein Tisch aufgestellt, der mit Zutaten und allen möglichen köstlich aussehenden, aber gehaltvollen Beilagen bedeckt war. *Vielleicht gönne ich mir ein kleines bisschen Kartoffelsalat*, dachte Claudia, als sie die Auswahl betrachtete. Sie bemerkte zwei appetitliche Kuchen am anderen Ende des Tisches, höchstwahrscheinlich beigesteuert von Ruth. *Wenn ich es mir recht überlege, hebe ich mir die Kalorien lieber für den Nachtisch auf.*

»Hi Kyle, Claudia«, rief Ron herüber. Er wendete Burger auf einem Grill am anderen Ende der Veranda. Fitz stand neben ihm, zusammen mit einem Mann in Polizeiuniform, den Claudia nicht kannte. »Da drüben liegen Getränke auf Eis. Bedient euch und kommt rüber.«

Kyle griff in die mit Eis gefüllte Wanne neben dem Tisch. »Für dich das Übliche?«

»Ja, gerne.« Er reichte ihr eine Cola Light und nahm für sich ein Bier aus dem Eis.

»Matt kennst du noch nicht, oder?«, fragte Kyle. »Fitz hat ihn vor ein paar Wochen eingestellt, als Ersatz für Leroy. Er hat zwar jetzt Dienst – hat mich vorhin abgelöst –, aber ich glaube, Fitz hat ihm erlaubt, das Revier zu verlassen und herzukommen, damit er alle etwas besser kennenlernt. Komm, ich stelle dich ihm vor.« Er legte einen Arm um ihre Taille, als sie sich dem Grill näherten.

»Hallo, ihr beiden«, begrüßte Fitz sie.

»Schön, dass ihr kommen konntet.« Ron wandte sich ihnen zu. »Hab Sie schon länger nicht gesehen, Claudia. Wie lief denn Ihr Sommer bisher?«

»Bestens. Für eine Lehrerin ist der Sommer immer schön.«

»Tja, Sie sehen auch erholt und glücklich aus«, meinte Fitz.

»Ich glaube, sie hat Matt noch nicht kennengelernt«, sagte Kyle. »Claudia, das ist Matt Campbell, unser neuer Kollege. Matt, darf ich dir Claudia Simon vorstellen?«

»Hi.« Claudia schenkte Matt ein Lächeln. Er hatte dunkles Haar, dunkle Augen und ein freundliches Gesicht. Sie schüttelte ihm die Hand. »Schön, Sie kennenzulernen.«

»Gleichfalls, Ma'am«, erwiderte Matt.

Claudia war überrascht. Schon lange hatte niemand mehr »Ma'am« zu ihr gesagt.

»Sie müssen Nachsicht mit ihm haben.« Fitz schlug Matt auf die Schulter. »Matt kommt frisch vom Militär – Marineinfanterie –, aber die Förmlichkeit hat er noch nicht abgelegt.«

»Marines? Wow. Wo waren Sie denn stationiert?«

»Hauptsächlich im Nahen Osten«, erwiderte Matt. »Zwei Einsätze im Irak, dann einer in Afghanistan. Als es jedoch darum ging, sich wieder zu verpflichten, fand ich, dass es Zeit für eine Veränderung war. Außerdem war mir klar, dass ich nicht noch zwei Jahre in der Wüste zubringen wollte.«

»Wenn Sie erst einen Winter bei uns erlebt haben, könnten Sie die Entscheidung bereuen«, sagte Claudia, und alle kicherten. Kyle zog sie an sich.

»Keine Bange, ich weiß, was auf mich zukommt«, beruhigte Matt sie. »Ich bin in Maine aufgewachsen, und ich freue mich richtig auf die Kälte und den Schnee.«

»Seine Ausbildung an der Polizeiakademie hat er wie im Flug

absolviert«, warf Fitz ein. »Ich glaube, wir haben einen guten Fang gemacht.«

»Genau«, stimmte Kyle zu. »Und eine wesentliche Verbesserung im Vergleich zu dem vorigen Inhaber des Postens. Wo wir gerade davon sprechen, hat jemand gehört, wie es mit Leroys Prozess steht?«

Claudia erschauerte. Allein beim Namen des ehemaligen Polizisten, der sie gestalkt hatte, bekam sie Gänsehaut. Leroy Underwood hatte die Bäckerei in Brand gesteckt, weil er den irrwitzigen Plan gefasst hatte, sie aus Kyles darüber liegender Wohnung zu retten und so ihre Zuneigung zu gewinnen.

»Ich habe zufällig am Freitag mit dem Staatsanwalt gesprochen«, erwiderte Fitz. »Sieht ganz so aus, als würde Leroy sich auf einen Vergleich einlassen. Sie arbeiten noch an den endgültigen Bedingungen, aber er hat mit Sicherheit eine harte Zeit vor sich.«

»Das sind gute Neuigkeiten.« Claudia wollte nichts mehr über Leroy hören. »Ich schau mal, ob Jean noch ein bisschen Hilfe in der Küche braucht.« Sie drückte Kyles Hand, bevor sie durch die Schiebetür in die Küche huschte.

»Hey, Mädels«, rief sie Jean und Ruth zu. »Kyle und ich sind gerade angekommen. Ich habe ein paar Schüsseln auf den Tisch gestellt. Kann ich noch helfen?« Ruth stand am Spülbecken und presste Zitronen für einen Krug Limonade aus, während Jean eine Auflaufform mit Baked Beans aus dem Ofen holte.

»Wir sind fast fertig«, erwiderte Jean. »Aber wären Sie so nett, diese Bohnen auf den Tisch zu stellen? Ich schneide dann schon mal ein paar Zutaten für die Burger klein.«

»Klar.« Claudia nahm die Ofenhandschuhe und den Untersetzer, die Jean ihr reichte, und trug die Auflaufform vorsichtig nach draußen. Die dicke, braune Soße blubberte noch an den Rändern, und bei dem Duft nach Speck und braunem Zucker, der aus der Form aufstieg, knurrte Claudia der Magen.

Sie brauchte eine Weile, bis sie für die Bohnen Platz geschaffen hatte. Während sie die Schüsseln und Platten verschob, hörte sie Kyle mit den Polizisten am anderen Ende der Veranda plaudern.

»Da Sie nun den Job hier gefunden haben, sollten Sie sich nach einer netten Frau umsehen, mit der Sie sich niederlassen können«, sagte Fitz gerade.

»Ja, ein nettes Mädchen würde dich im Winter wärmen«, fügte Ron hinzu. »Du kannst es bei der jüngeren DiSanti-Schwester probieren, wie heißt sie noch? Emily? Sie ist Single, wie man hört.«

Claudias Rücken versteifte sich, als Emilys Name fiel. Ihre Bewegungen wurden langsamer, damit sie noch am Tisch stehen bleiben konnte.

»Ein hübsches Mädchen«, stimmte Fitz zu. »Waren Sie nicht heute bei ihr, Kyle?«

»Ja. Ihre ältere Schwester hat im Revier angerufen, um Vandalismus auf ihrem Grundstück anzuzeigen. Jemand hat mit Unkrautvernichter das Wort ›dicht‹ in ihren Rasen geschrieben. Rose war total außer sich und davon überzeugt, dass Emily dafür verantwortlich ist, obwohl es sich nicht beweisen lässt. Ich habe einfach nur Roses Aussage aufgenommen und bin dann zu Emily rüber, um mit ihr zu sprechen. Natürlich wusste Emily von nichts.«

Na wunderbar, dachte Claudia.

»Ruth sagt, der Plan ihrer Mutter, dass sie sich am Ende versöhnen, funktioniert nicht so gut«, warf Fitz ein.

»Das kann man so sagen«, erwiderte Kyle. »Die beiden sprechen kaum miteinander, und an Emilys Auto wurde vor kurzem ein Reifen zerstochen.«

»Also, Matt, Sie sollten wissen, dass so etwas hier selten vorkommt«, betonte Fitz.

»Du glaubst also, Rose hat den Reifen aufgeschlitzt?«, fragte Ron.

»Das vermute ich. Ich hätte schwören können, dass sie gelogen hat, als ich sie heute danach fragte. Aber auch in diesem Fall hat keiner was gesehen. Was Emily betrifft, na ja, sie tut mir leid. Sie hat viel durchgemacht, und ich finde sie netter als Rose. Trotzdem glaube ich, Rose hat recht, und Emily hat den Rasen verwüstet. Und da sie sich jetzt gegenseitig ihr Eigentum zerstören, ist nicht abzusehen, wie schlimm die Sache noch wird.«

»Genau das, was ich brauche – eine rachsüchtige Frau mit einer Schwäche für Unkrautvernichter«, scherzte Matt, und die Männer lachten.

»Ach was«, frotzelte Ron. »Ich glaube, darüber kannst du ganz gut hinwegsehen, wenn du sie erst zu Gesicht bekommen hast. Im Übrigen bist du von den Marines und hast drei Fahrten in die Hölle überstanden. Ich bin mir sicher, du könntest mit ihr fertig werden.«

Die Schiebetür zur Veranda ging auf, und Jean und Ruth kamen mit einem Krug Limonade und einem Teller voll Tomatenscheiben und Zwiebelringen heraus.

»Schatz, sind die Burger fertig?«, rief Jean ihrem Mann zu.

Claudia hörte Rons Antwort nicht. Sie dachte noch über die Unterhaltung der Männer nach und versuchte, sich nicht an Kyles Besuch bei den DiSanti-Schwestern zu stören. Natürlich war er dienstlich dort gewesen. Noch dazu hatte er kein Wort gesagt, als Fitz sich anerkennend über Emilys Aussehen geäußert hatte. Das machte sie *sehr* glücklich.

Der Rest des Abends war irgendwie verschwommen. Claudia nahm sich ein Stück von Ruths Kuchen – ein *kleines* Stück –, aber die unwiderstehliche Blaubeerfüllung und die knusprige Kruste waren die Sünde wert. Das einzige Problem war nur, dass der Nachtisch viel gehaltvoller war als alles, was sie sonst aß, und ihr wurde ein wenig mulmig.

»Alles in Ordnung?« Kyle beugte sich zu ihr und flüsterte ihr ins Ohr. »Du bist so still.«

»Mir ist ein wenig flau«, erwiderte sie. »Magenschmerzen.«

»Willst du gehen? Ich habe morgen wieder Frühschicht, daher hätte ich nichts dagegen, wenn wir jetzt aufbrechen.« Sie nickte dankbar.

Nachdem sie sich von den Wykowskis und den anderen Gästen verabschiedet hatten, setzte Kyle sie zu Hause ab. Er küsste sie sanft im Flur, während Rowen im Pickup wartete. »Gute Nacht. Ich rufe dich morgen an, um zu hören, wie es dir geht.«

Als er fort war, tigerte sie durchs Haus. Sie wollte weder auf das Laufband noch fernsehen oder lesen, und sie war auch nicht müde. Schließlich ging sie ins Badezimmer. Schon lange hatte sie sich kein ausgiebiges heißes Bad mehr gegönnt, und sie beschloss, dass sie das jetzt brauchte.

Claudia drehte den Wasserhahn auf. Ihr rosa Lieblings-Badezusatz stand auf dem Wannenrand, und sie gab eine ordentliche Portion ins Wasser, bevor sie sich auszog und in den blubbernden Schaum stieg. Während die Besorgnis aus ihrem Körper wich, nahm sie den Badezusatz noch einmal in die Hand und las den auf der Rückseite abgedruckten Songtext von »Love Sweet Love« durch. Wie wahr die Worte doch klangen. Jeder Tag mit Kyle, jede Erinnerung, die sie mit ihm verband, war schöner und wertvoller als die zuvor. Und wenn die letzten Monate ein Hinweis darauf waren, was noch kommen würde, konnte sie sich auf wunderbare Dinge freuen.

Kurz vor neun hatte Ivy endlich die Bücherstube für Montag aufgeräumt. Wie üblich, wenn sie noch spät arbeitete, nutzte sie die Zeit zum Nachdenken. Sie fragte sich, ob Father O'Brien Gelegenheit gehabt hatte, mit den Mädchen zu sprechen, und wie sie wohl reagiert hatten. Bald war August, und Rose und Emily schienen mit der Suche nach Josies Schlüssel seit ihrer Ankunft in Mill River keinen Schritt weiter gekommen zu sein. Besondere Sorge bereitete es ihr, dass sie vor kurzem aneinandergeraten waren.

Ein leises Klopfen an ihrer Haustür schreckte sie auf. Als sie das Licht auf der Veranda einschaltete und hinausschaute, stand Alex da, mit einem Bücherstapel, den er vorsichtig auf den Armen balancierte.

»Das ist ja mal eine Überraschung«, sagte sie und hielt ihm die Tür auf. »Ich wollte gerade das Licht ausmachen.«

»Hi, Tante Ivy.« Er reichte ihr den Stapel. »Mom hat gesagt, die hier könnte ich dir bringen, wenn ich nicht zu lange fortbleibe.«

»Du weißt, du bist immer willkommen und kannst bleiben, solange du willst. Woher hast du die? Sie sehen ziemlich alt aus.«

»In unserem Haus stehen ein paar Kartons mit deinem Namen drauf. Die sind voll mit alten Büchern. Mom sagt, das ist deine Ausschussware. Ich bin sie trotzdem durchgegangen, und das hier sind die, mit denen ich fertig bin. Ich wusste nicht, ob du sie zurückhaben willst.«

»Na ja, ich denke schon. Ich weiß nicht mal mehr, wann ich die Kartons gepackt habe. Das muss Jahre her sein. Ich hab deiner Grandma immer gebrauchte Bücher gegeben, die sie deiner Mom und deiner Tante vorlesen konnte. Vielleicht kann ich sie spenden. Du sagst, du hast die hier schon gelesen?«

»Ja. Ich lese ziemlich schnell.« Alex betrachtete die vollgestopften Regale in der Kinderecke. »Du hast ja eine Menge Kinderbücher.«

»Immer schon. Lesen ist so wichtig, besonders für Kinder, und ich habe immer gedacht, je früher man es lernt, desto besser. Mir gefällt es, wenn sie mit strahlenden Augen hier reinkommen und ein neues Buch aus dem Regal ziehen.«

»Warum hast du nie geheiratet und Kinder bekommen?«

Alex' Frage überrumpelte sie. »Na ja, vermutlich … Die Wahrheit ist, dass ich fast geheiratet hätte. Ich war mal verlobt mit einem Mann namens Tom. Er ist mit mir hierher nach Mill River gekommen und hat mir geholfen, den Laden aufzumachen. Wir wollten uns niederlassen und eine Familie gründen und glücklich sein bis an unser Lebensende, verstehst du? Aber irgendwann wurde mir klar, dass ich ihn nicht liebte. Ich hatte mich in einen anderen verliebt … jemanden, der mich auch liebte, mich aber nicht heiraten konnte.«

»In wen warst du denn verliebt?«

»Ach, das ist so lange her, es spielt jetzt keine Rolle mehr. Allerdings habe ich nie aufgehört, mir Kinder zu wünschen. Aber es sollte einfach nicht sein.«

»Ich glaube, du wärst eine tolle Mom gewesen.«

»Weißt du, irgendwie hatte ich das Gefühl, eine zweite Chance zu bekommen, als deine Grandma mit deiner Mom und Tante Emily hierherkam. Ich betrachte … betrachtete … deine Grandma als meine Tochter. Ich habe sie wie eine solche geliebt, und deine Mom und deine Tante Emily waren immer wie meine Enkelinnen. Und du – du bist wie ein Urenkel für mich, obwohl du eigentlich mein Urgroßneffe bist.«

Sie sah Alex an, dass er sich über ihre Antwort freute. Seine bleichen Wangen röteten sich leicht, und er blickte lächelnd auf seine Schuhe. »Danke«, sagte er, drehte sich zur Tür um, zögerte dann aber. »Tante Ivy?«

»Hmm?«

»Wenn ich dich noch etwas frage, würdest du mir versprechen zu antworten, ohne zu sagen, dass ich dafür nicht alt genug bin?«

Ivy schaute in Alex' große blaue Augen und überlegte, was er wohl wissen wollte. »Na ja, das kann ich erst mit Bestimmtheit sagen, wenn ich die Frage kenne. Du willst doch nicht etwa fragen … na ja, ich meine, du weißt schon, wie Babys gemacht werden, oder?«

Alex kicherte. »Ja, das weiß ich. Das hat Mom mir schon vor Ewigkeiten erzählt.«

Ivy entspannte sich und fiel in sein Gelächter ein. »Nun, das war wirklich die einzige Frage, vor der ich Angst hatte. Also, schieß los.«

»Okay. Warum hassen Mom und Tante Emily sich?«

Ivy spürte, wie das Lächeln aus ihrem Gesicht wich, als ihr klar wurde, dass diese Frage viel schwerer zu beantworten war als die nach den Bienchen und den Blümchen.

»Vor langer Zeit ist etwas passiert, aber die beiden wollen mir nicht sagen, was«, fügte Alex leise hinzu. »Ich bin kein kleines Kind mehr, Tante Ivy. Ich bin alt genug, um es zu erfahren.«

Sie setzte sich auf einen größeren Sitzsack und überlegte krampfhaft, was und wie viel sie preisgeben sollte. Ihr fiel ein, was sie Josie vor Jahren geraten hatte, als ihre Nichte versuchte, Rose und Emily den Tod ihres Vaters zu erklären. »Du musst ihnen die Wahrheit sagen, mit Worten, die sie verstehen«, hatte sie Josie geraten. Jetzt, als sie diesen goldigen kleinen Jungen anschaute, wurde ihr klar, dass der Ratschlag noch immer vernünftig war. »Ach, Schätzchen«, seufzte sie, »das war eine furchtbar herzzerreißende Geschichte.«

28

2001

Rose kam auf dem Vordersitz des Wagens ihrer Mutter wieder zu sich. Ihr Kopf pochte, und kalte Luft traf auf ihre feuchte Gesichtshälfte. Die einzigen Lichtquellen waren die Scheinwerfer, die eine Baumgruppe beleuchteten, sowie die flimmernden Anzeigen am Armaturenbrett. Fast die gesamte Windschutzscheibe war fort, ebenso das Fenster auf ihrer Seite, bis auf ein paar vereinzelte Glassplitter, die noch im Rahmen hingen.

Sie stellte fest, dass ihr Körper eigenartig abgewinkelt war, beinahe seitwärts, und dass die Beifahrerseite etwas tiefer lag als die Fahrerseite. Auch die Wagendecke war niedriger – ihre Haare streiften daran entlang, wenn sie sich bewegte. Sie versuchte, ihr Gesicht zu berühren, aber ein unerträglicher Schmerz schoss in ihren linken Arm.

Jetzt kam alles wieder – Andys überraschender Besuch in Mill River, wie sie ihn am Bahnhof abgeholt und dann noch angehalten hatte, um Rosen zu kaufen, kurz bevor sie aus Rutland hinausfuhren. Rose drehte sich zum Beifahrersitz um.

»Andy?« Sie kniff die Augen zusammen, konnte aber nur die Silhouette von Andys Hinterkopf erkennen, der an der Beifahrertür lehnte. Sein Gesicht wurde von dem großen Blumenstrauß verdeckt, den er in den Händen gehalten hatte.

»Andy?«, wiederholte Rose. Sie drehte sich leicht auf ihrem Sitz, woraufhin ein neuer stechender Schmerz in ihre Bauchgegend fuhr. Vorsichtig streckte sie die rechte Hand aus und berührte Andys Arm. Mit der wenigen Kraft, die sie hatte, packte sie seine Schulter und versuchte ihn zu wecken, aber er reagierte nicht.

»O mein Gott. O mein Gott.« Rose kämpfte gegen die aufsteigende Panik an. Blitzartig flackerten Erinnerungen auf – das flüchtige Bild eines Hirsches, der vor dem Wagen aus dem Gebüsch sprang, verzweifeltes Herumreißen des Lenkrads, das Gefühl, durch die Luft zu fliegen, ein Aufprall, bergab rollen, immer weiter, und dann nichts. Sie drückte die Schulter gegen ihre Tür und langte mit dem rechten Arm über ihrem Körper nach dem Griff, aber die Tür ging nicht auf.

»Hilfe«, flüsterte sie, Tränen rannen ihr über das Gesicht. Ihre Stimme war heiser und kaum zu hören. »Helft mir, helft uns, bitte«, brachte sie ein wenig lauter hervor. Hin und wieder fuhr ein Auto vorbei, doch das Brummen des Motors entfernte sich jedes Mal so schnell, wie es herangekommen war.

Andy neben ihr war reglos und still.

»Andy!«, rief Rose. Ohne auf den Schmerz zu achten, streckte sie den Arm wieder aus. »Andy, kannst du mich hören? Bitte, wach auf.« Ihre Finger fanden Andys Unterarm, dann sein Handgelenk. Sie spürte keinen Puls, nur Wärme.

Rose bemühte sich nach Kräften, die Augen offen zu halten. Sie wusste nicht, wie spät es war oder wie lange sie im Wagen gesessen hatte, doch der Schmerz in ihrer Bauchgegend wurde schlimmer, das Atmen tat weh. Irgendwann schlug sie die Augen auf und sah die Bäume durch die zerbrochene Windschutzscheibe. Sie warfen abwechselnd rotes und blaues Licht zurück. *Wie seltsam*, dachte sie, bevor ihr die Augen wieder zufielen.

Emily saß am Esstisch ihrer Mutter. Ihre Tante Ivy saß neben ihr, während ihre Mutter nervös in der Küche auf und ab lief. Die Lasagne für das Abendessen stand auf dem Herd, abgekühlt und unberührt. Es war nach neun, und Rose und Andy waren noch immer nicht da.

»Da stimmt etwas nicht. Sie müssen Probleme mit dem Auto gehabt haben, einen Platten oder so«, sagte Josie, als sie wieder an den Tisch kam. »Ivy, meinst du, wir könnten losfahren und sehen, ob wir …«

Es klingelte an der Tür.

»Oh, endlich!«, rief Josie, und Emily atmete erleichtert auf. Sie drehte sich zur Tür um, als ihre Mutter hastig öffnete, war aber überrascht, Ruth Fitzgerald zu sehen, die, gefolgt von ihrem Ehemann in Polizeiuniform, in den Eingangsbereich trat.

»Was ist los? Was ist passiert?«, fragte Josie sofort, und Emily und Ivy stellten sich neben sie.

»Jo, es hat einen Unfall gegeben«, sagte Ruth. »Fitz war auf Patrouille und hat dein Auto auf einer Böschung an der Route 103 gefunden.«

»Rose …«, stammelte Josie, doch Ruth ergriff ihre Hände und unterbrach sie.

»Hör zu. Rose ist verletzt, aber sie lebt und ist bereits unterwegs in die Notaufnahme. Wir sind hier, um dich ins Krankenhaus zu bringen. Hol deinen Mantel.«

»Was ist mit Andy?«, fragte Emily. »Rose wollte ihn abholen. War noch jemand mit ihr im Wagen?« Sie schaute zwischen Ruth und Fitz hin und her und begann zu zittern. »Und?«

Emily schauderte, als Ruths Gesicht sich in Falten legte und Fitz sich räusperte. »Ja, er war da, Emily«, sagte Fitz mit ruhiger, belegter Stimme. »Tut mir leid, dass ich es dir sagen muss, doch er hat es nicht geschafft. Die Sanitäter haben versucht, ihn an der Unfallstelle wiederzubeleben, aber er war schon tot, als wir den Wagen fanden.«

Emily spürte, wie ihre Beine nachgaben, als die anderen ihre Hände ausstreckten, um sie zu stützen.

Der Rest der Nacht wurde zu einem unwirklichen Wirrwarr aus Tränen, Umarmungen und gedämpften Gesprächen. Sie versammelten sich im Warteraum des Krankenhauses, beteten und hofften, dass Rose durchkommen würde. Schließlich tauchte kurz nach zwei Uhr morgens ein Chirurg auf, um sie über den neuesten Stand zu unterrichten.

»Ihre Tochter ist jetzt aus dem OP«, sagte er und schaute Josie in die Augen. »Ihre Milz war gerissen, was zu größeren inneren Blutungen geführt hat, aber wir konnten sie stoppen. Außerdem hat sie eine Gehirnerschütterung, einen gebrochenen Arm und drei gebrochene Rippen sowie ein paar leichtere Schürfwunden. Die Genesung wird eine Weile dauern, doch wir gehen davon aus, dass sie es schaffen wird. Sie hatte großes Glück, dass die Polizei sie so bald gefunden hat.«

»Oh, Gott sei Dank, und auch Ihnen vielen Dank, Doktor«, sagte Josie. »Wann können wir zu ihr?«

»Sie ist jetzt im Aufwachraum, und sie wird auf die Intensivstation verlegt, sobald sie vollends aus der Narkose erwacht ist, wahrscheinlich innerhalb der nächsten ein bis zwei Stunden. Dort können Sie sie besuchen, aber nur für jeweils ein paar Minuten. Ich werde eine Schwester bitten, Ihnen Bescheid zu geben, sobald sie verlegt ist.«

Erschöpft sank Emily auf einen Stuhl. Die Erleichterung, die sie empfand, als sie hörte, dass Rose überleben würde, war überlagert von der Trauer um Andy. Sie wusste nicht, was sie machen sollte. Ein Leben ohne ihn konnte sie sich nicht vorstellen.

»Emily?« Eine vertraute Stimme schreckte sie auf. Ein älteres Paar, beide mit tränenverschmierten Gesichtern, hatte das Wartezimmer betreten. Langsam dämmerte ihr, wer sie waren. Mike und Melissa Coulter – Andys Vater und Mutter. Sie hatte sie über Neujahr kennengelernt, gleich nach Andys Besuch in Mill River. Emily stand auf und umarmte sie beide.

»Wir kommen gerade aus der Leichenhalle«, flüsterte Mike. »Wir sind ins Auto gestiegen und hierher gefahren, direkt nach dem Anruf … wir mussten ihn amtlich identifizieren.«

»Man hat uns mitgeteilt, deine Schwester sei hier«, sagte Melissa, »und wir sind vorbeigekommen, um zu fragen, wie es ihr geht.«

»Sie ist operiert worden«, brachte Emily hervor, »aber der Arzt meint, sie wird durchkommen.«

»Gott sei Dank«, sagte Melissa. »Das ist eine gute Nachricht, ein echter Segen.« Andys Vater nickte zustimmend.

»Es tut mir so leid. Ich weiß nicht, wie es passiert ist«, sagte Emily. »Ich wusste nicht einmal, dass Andy mich besuchen wollte.«

Melissa schaute zu ihrem Mann auf, Tränen rannen ihr über die Wangen. Mike nickte noch einmal und hielt eine kleine Papiertüte hoch. Mit zitternder Hand griff Andys Mutter in die Tüte und zog eine kleine Samtschachtel heraus.

Emily spürte, wie sich ein Arm um ihre Taille legte. Sie drehte sich um. Ihre Mutter stand neben ihr. Ivy stellte sich auf ihre andere Seite, aber beide schwiegen und warteten darauf, dass Andys Mutter etwas sagte.

»Sie haben uns … seine persönlichen Sachen gegeben«, berichtete sie, schaute auf die Tüte und unterdrückte ein Schluchzen. »Seine Brieftasche, seine Schlüssel und so. Das hier war in seiner Manteltasche … der Grund, warum er dich überraschen wollte. Wir sind der Meinung, du solltest es haben. Andy hätte es so gewollt.«

Melissa drückte ihr die Schachtel in die Hand.

Emily schaute die Schachtel an und hatte Angst, sie zu öffnen, da sie bereits vermutete, was darin war. Aber Andys Eltern standen erwartungsvoll vor ihr. Langsam hob sie den Deckel an. Bevor neue Tränen ihr die Sicht raubten, erhaschte sie einen Blick auf einen atemberaubenden, mit einem Diamanten versehenen Verlobungsring, der auf dem Samt schimmerte.

Emily stand auf dem Treppenabsatz im ersten Stock und sah zu, wie Rose sich auf den Arm ihrer Mutter stützte, während die beiden langsam die Treppe heraufkamen. Seit dem Unfall waren zwei Wochen vergangen. Vor einer Woche war sie nach Rhode Island zu Andys Beisetzung gefahren, und jetzt war ihre Schwester endlich aus dem Krankenhaus entlassen worden.

Mit zögernden Schritten trat Rose in das Zimmer, das sie früher geteilt hatten, und atmete auf, als sie ihr altes Bett erreicht hatte. Ihr linker Arm war in Gips, und eine verheilende Schnittwunde zog sich von ihrer Augenbraue über die linke Gesichtshälfte. Sie wirkte mager und blass, und sie konnte noch immer nicht stehen, sitzen oder liegen, ohne vor Schmerzen zusammenzuzucken.

»Möchtest du etwas essen?«, fragte Josie. »Ich könnte dir ein Sandwich oder etwas Suppe machen.«

»Nein, jetzt nicht, Mom«, erwiderte Rose. »Ich möchte mich einfach nur ausruhen.«

»Wie wäre es mit einem Mineralwasser oder einfach nur Eiswasser? Du musst ausreichend Flüssigkeit zu dir nehmen.«

Rose seufzte. »Na schön, dann hol mir eine Cola.«

»Gut. Ich bin gleich wieder da. Em, würdest du ihr helfen, etwas Bequemeres anzuziehen?«

»Klar, Mom.« Als Rose sich an eine Kissenwand lehnte, die ihre Mutter auf dem Bett aufgeschichtet hatte, ging Emily zu Roses Koffer und machte den Reißverschluss auf.

»Da müsste ein sauberer Schlafanzug drin sein, grau mit rosa Blumen«, sagte Rose, die Augen geschlossen.

Emily fand den Schlafanzug zusammengelegt unter ein paar anderen Kleidungsstücken. Sie zog ihn heraus und entdeckte eine kleine Glasflasche, die aus den Sachen darunter hervorragte. Sie holte auch diese heraus.

»Was ist das?«, fragte Emily und hielt die halb leere Rumflasche hoch.

Als Rose ihre Frage ignorierte und sich in die Kissen lehnte, sah Emily unwillkürlich Andys Leiche vor sich, wie sie in dem mit Satin ausgekleideten Sarg gelegen hatte. Davor hatte sie sich auf ihrer Fahrt zu seiner Beisetzung am meisten gefürchtet – obwohl der Schock, von Andys Eltern als seine Verlobte vorgestellt zu werden, ähnlich schwer wog –, dass sie ihn zum letzten Mal sehen würde. Diese Erinnerung würde für alle Zeit in ihr Gedächtnis geprägt sein.

Den Bestattern war es gelungen, ihn ansehnlich aufzubahren, aber noch immer waren deutliche Anzeichen des Schädeltraumas sichtbar gewesen, das Andy beim Unfall erlitten hatte. Seine Frisur hatte irgendwie falsch ausgesehen, da sie seine Haare so gekämmt hatten, dass sie die Schwellung verbargen. Außerdem sollte die dicke Schminke zweifellos Prellungen überdecken. Der Sicherheitsgurt hatte Andy nicht geschützt, als der Wagen sich überschlagen hatte und das Dach eingedrückt worden war.

Während Rose im Krankenhaus lag, driftete Emily tagelang zwischen Weinen und Schlafen, sofern es möglich war, und wachte wieder auf, von Albträumen und unablässiger Angst gequält. Was ihre Schwester, halb bei Bewusstsein, von sich gab, half auch nicht. Es schwankte zwischen dem Aufschrei »Nein! Nein!« und Bitten um Vergebung. Als sich ihr Zustand stabilisiert hatte, berichtete Rose ihnen allen, was passiert war, oder zumindest das, woran sie sich angeblich erinnern konnte. Aber Emily hegte immer noch den verzweifelten Wunsch, mehr über Andys letzte Augenblicke auf Erden zu erfahren.

Besonders eine Frage hatte sie an ihre Schwester. Eine Frage, die sie sich selbst gestellt hatte und nur ungern ihrer Schwester stellen wollte. Eine Frage, deren Antwort sie kannte, obwohl sie sich einredete, dass sie falsch war. Sie hatte gezögert, sich auf eine längere Unterhaltung mit Rose einzulassen, solange diese im Krankenhaus gewesen war. Aber jetzt, da sich Rose zu Hause und auf dem Wege der Besserung befand, hatte sie Zeit und Gelegenheit dazu.

»Rose?«, fragte Emily. Sie setzte sich neben Rose auf die Bettkante. Ihre Schwester schlug die Augen auf und schaute sie an. »Ich weiß, du hast uns schon erzählt, was passiert ist, aber … ich mache gerade ziemlich viel durch.« Emilys Stimme war belegt. »Gibt es noch etwas über den Unfall … oder Andy …?«

Rose seufzte. »Ich habe euch alles gesagt. Wir haben bei Hawley's angehalten, bevor wir Rutland verließen, und wir waren auf der 103 Richtung Mill River. Wir haben ein bisschen geplaudert. Ich kannte ihn ja nicht so gut, verstehst du, aber er war total aufgeregt wegen seines Plans. Ein Hirsch lief uns vor den Wagen, bevor ich auch nur vom Gas gehen oder sonst etwas tun konnte. Ich bin ausgewichen, um ihn nicht anzufahren, und das Letzte, woran ich mich erinnere, ist, dass der Wagen über die Leitplanke ging.« Roses Stimme zitterte, als sie die Zusammenfassung beendete. »Em, ich weiß nicht, was ich noch sagen soll. Es tut mir leid. Wirklich.« Sie weinte, und ihr Blick fiel auf die Rumflasche, die Emily noch in den Händen hielt.

Emily schaute Rose mit Tränen in den Augen an. »Ich muss dich noch etwas fragen, und du musst mir die Wahrheit sagen. Du hast geschlafen, bevor Mom dich bat, Andy abzuholen. Hattest du getrunken?«

»*Nein*, ich bin an dem Tag nicht betrunken gefahren. Im Krankenhaus haben sie mir eine Blutprobe abgenommen. Alles normal.«

»Alkohol baut sich mit der Zeit ab. Du wurdest nicht sofort gefunden, erst ein paar Stunden, nachdem du hier aufgebrochen warst. Ich habe dich gefragt, ob du getrunken hattest, bevor du das Haus verlassen hast.«

Rose machte den Mund auf und wieder zu, und Emily schnitt ihr das Wort ab, ehe ihre Schwester die Lüge aussprach, die ihre Miene ankündigte.

»Ist dir klar, dass du anders gefahren wärst und das Auto vielleicht besser unter Kontrolle gehabt hättest, wenn du nüchtern gewesen wärst? Dass Andy dann noch hier bei mir sein könnte?«

Emily schlang die Arme um sich. Sie spürte, dass ihre Gefühle mit ihr durchgingen.

»Mein Blutalkohol war *normal*«, wandte Rose ein. »Es ist bewiesen, dass ich fahrtüchtig war. Das war ein Scheißunfall, okay?«

Emily legte die Hände an die Stirn und strich sich über die Haare. »Du lügst *mich* an, deine *Schwester*. Kannst du nicht mal *mir* die Wahrheit sagen? Gott, ich weiß nicht, warum ich nicht vorher gesehen habe, was du bist.« Sie schüttelte den Kopf. »Ich war immer für dich da, immer. Habe dich gedeckt, während du dich draußen herumgetrieben hast, hab deine traurigen Briefe gelesen, mir dein Gelalle am Telefon angehört und versucht, dich zu unterstützen, während du eine dumme Entscheidung nach der anderen getroffen hast. Hättest du das auch für mich getan? Das kann ich mir nicht vorstellen. Und jetzt besitzt du nicht einmal den Anstand zuzugeben, was wirklich passiert ist. Ich bin diejenige, die dir angeblich am nächsten steht, aber du kannst nicht einmal *mir* gegenüber ehrlich sein.« Sie wischte sich über die Augen. »Weißt du noch, was du mir an dem Tag gesagt hast, als du von zu Hause weggegangen bist? Ich weiß es noch. Du hast gesagt, auch wenn wir voneinander getrennt leben, könnte nichts zwischen uns kommen. Weißt du was? Das war absolute Scheiße.« Schluchzend warf sie die halb leere Rumflasche an die Wand.

»Em …«, sagte Rose, aber Emily fuhr fort.

»Wie viele sind da noch drin?« Emily ging wieder an den Koffer und warf Kleidungsstücke auf den Boden. Sie fand noch zwei weitere Schnapsflaschen und hielt sie ihrer Schwester hin.

»Du hast ein Alkoholproblem, Rose. Versuch nicht, es abzustreiten. Ich weiß es, obwohl du es gut verbergen kannst.«

»Ich habe *kein* Alkoholproblem.« Roses Stimme war abwehrend, arrogant. »Stimmt, ich genehmige mir hin und wieder einen, um runterzukommen, aber das ist nicht von Bedeutung. Ich bin Barkeeperin, um Himmels willen. Ich weiß genau, wie Leute sind, die echte Alkoholprobleme haben.«

»Siehst du die hier?«, schrie Emily ihre Schwester an. Sie hielt ihr die Flaschen vors Gesicht. »Siehst du? Deswegen *hast du jemanden umgebracht.*« Dann schleuderte Emily die Flaschen mit aller Kraft gegen die Wand, der ersten hinterher.

Rose fuhr zusammen, als das Glas zerbrach und der Whiskey darin in dunklen Striemen über die beigefarbene Wand rann, sagte aber nichts. Emily zitterte so stark, dass sie kaum sprechen konnte.

»Hast du überhaupt mal jemanden mehr geliebt als dich selbst? *Ich* schon. Mom, Tante Ivy, und dich. Und *Andy.*« Ihre Stimme brach, als sie seinen Namen aussprach. »Er war das Wunderbarste, was mir je passiert ist. So sehr habe ich noch niemanden geliebt, und ich weiß, er hat dasselbe für mich empfunden. Er war meine Zukunft. Und du hast sein Leben und meines in die Hände genommen und weggeworfen, so wie du es mit deinen leeren Schnapsflaschen machst. Und weißt du was, Rose? *Du* hättest bei dem Unfall sterben sollen. Ich wünschte, es wäre so gewesen. Deshalb kannst du dich zum Teufel scheren. Da gehörst du hin.«

Emily stürmte zur Tür. Ihre Mutter war mitten auf der Treppe, als sie an ihr vorbeilief.

»Emily? Ich habe Glas zersplittern hören. Was ist los? Wohin gehst du?«

»An die frische Luft. Und ich kehre heute Abend wieder zur Uni zurück, wenn Ivy mich fährt.«

»Was? Warum willst du denn fort? Ist alles in Ordnung mit deiner Schwester?«

»Frag sie doch selbst«, sagte Emily. »Aber sie ist nicht mehr meine Schwester.«

29

Claudia wollte gerade das Haus verlassen, als das Telefon klingelte.

Das Schaumbad vom Abend zuvor, der gesunde Schlaf danach und eine ausgiebige Runde auf dem Laufband hatten Wunder gewirkt. Sie war beschwingt und voller Energie, und ihre Laune wurde noch besser, als sie Kyles Stimme vernahm.

»Hallo, meine Schöne, geht es dir ein bisschen besser als gestern Abend?«

»Ja«, antwortete sie lächelnd. »Als ich heute Morgen wach wurde, ging es mir gut, und ich bin gerade auf dem Weg nach draußen. Ich will bei Ruth einen Kaffee trinken und dann nach Rutland, um vielleicht ein paar neue Klamotten für die Arbeit zu kaufen. Die Sommersachen sind runtergesetzt.«

»Klingt nach Spaß«, meinte er. »Na ja, soweit Shoppen Spaß machen kann. Besser jedenfalls, als im Büro oder im Streifenwagen zu sitzen.«

»Stimmt. Ich ruf dich heute Abend an, ja?«

»Okay. Ich liebe dich.«

»Ich dich auch. Bis dann.«

Sie ging zur Tür hinaus, aber es fühlte sich an, wie auf Wolke sieben zu schweben.

Während ihr kleiner grauer Hund an seinem gewohnten Platz auf dem Küchenstuhl saß und sie beobachtete, legte Daisy Delaine letzte Hand an einen Geschenkkorb mit Obst, Gemüse und

Süßigkeiten. Erzeugnisse aus ihrem Garten, Schokokekse, die sie nach eigenem Rezept gebacken hatte, sowie selbstgemachte Erdbeermarmelade steckten in dem mit einem Tuch ausgeschlagenen Korb.

»Wie sieht das aus, Smudgie?«, fragte sie den kleinen Hund, als sie die Sachen drapierte. »Wird Miss Rose nicht überrascht sein von unserem Korb? Das Gemüse ist perfekt, und die Kekse sind total lecker, wenn ich das mal so sagen darf!« Smudgie bellte und wedelte mit dem Schwanz.

Die beiden unerfreulichen Begegnungen mit Miss Rose hätten andere vielleicht von weiteren Versuchen abgehalten, mit ihr ins Reine zu kommen, doch Daisy hatte beschlossen, es noch einmal zu versuchen. Sie riss eine Seite aus einem alten Notizbuch und kritzelte eine schlichte Entschuldigung darauf. Dann faltete sie das Blatt zusammen und steckte es mitten in den Korb zwischen zwei große Tomaten.

»Wir tun, was wir können, nicht wahr, Smudgie? Das sagt Father O'Brien immer.« Daisy hob den kleinen Hund hoch und drückte ihn an sich. »Ich hoffe, Miss Rose glaubt mir. Es tut mir wirklich so leid«, flüsterte sie ihm ins Ohr.

Mit einem ähnlichen Päckchen unter dem Arm, wie er es auch Emily schon gebracht hatte, näherte sich Father O'Brien dem Haus von Rose DiSanti, wobei er immer langsamer wurde. Er freute sich zwar ganz und gar nicht auf die bevorstehende Unterhaltung, aber er zögerte vor allem, weil er sich genau überlegte, wie er seinen unerwarteten Besuch erklären sollte. Als Roses Haus an der Straßenecke in Sichtweite kam, beschloss er, wie üblich vorzugehen – schlicht, freundlich, geradeheraus, grundehrlich.

Nachdem er geklopft hatte, wurde die Tür rasch geöffnet, doch zu seiner Überraschung stand Alex vor ihm.

»Hi, Father«, sagte er.

»Guten Morgen, Alex. Ist deine Mutter zu Hause? Ob ich sie vielleicht kurz sprechen könnte?«

»Wer ist da, Alex?«, ertönte Roses Stimme aus dem Innern des Hauses, und bevor das Kind antworten konnte, hörte Father O'Brien Schritte, und die Tür ging weiter auf.

»Oh, hallo Father«, sagte Rose. »Was für eine Überraschung. Ich wusste nicht, dass Sie vorbeikommen wollten.«

»Ich weiß, und ich entschuldige mich, dass ich nicht vorher angerufen habe. Ivy hat mich zum Mittagessen eingeladen, aber ich bin ein paar Minuten zu früh dran, daher dachte ich mir, ich schaue kurz bei Ihnen vorbei, wenn ich schon in der Nähe bin.«

»Oh, dann kommen Sie doch rein«, sagte sie, aber ihr war anzuhören, dass sie von der Aussicht auf Gesellschaft nicht gerade begeistert war.

Alex schaute zu ihm auf, dann zu seiner Mutter. »Ich geh wieder rauf in mein Zimmer, Mom. Okay?«

Rose nickte, und Alex machte sich aus dem Staub.

»Bitte, nehmen Sie Platz.« Rose deutete auf einen Sessel. »Ich habe mir gerade Cola eingeschenkt. Kann ich Ihnen etwas zu trinken anbieten?«

»Nein, danke.« Father O'Brien ließ sich vorsichtig auf dem Sessel nieder und legte das Päckchen auf den Schoß. Rose setzte sich ans Ende des Sofas, möglichst weit von ihm entfernt. Ihm fiel auf, dass sie ein blaues Auge hatte, und sie bemerkte seinen Blick.

»Ich bin diese Nacht gestolpert und gegen mein Bett gefallen«, sagte sie und berührte ihr Auge.

»Ich habe mich schon gewundert«, gab er zu. »Aber gut, dass es abheilt.« Er wandte den Blick ab und schaute sich um. Stapel von Kartons und Möbelstücke waren so im Zimmer verteilt, dass man dazwischen hindurchgehen konnte, um an die Möbel zu gelangen, die tatsächlich benutzt wurden. Beinahe wie in einem Labyrinth, dachte er.

»Und, wie läuft es denn so in der Kirche, Father?« Rose trank einen Schluck und schaute ihn über den Rand ihres Glases an.

»Gut. Es ist noch immer eine kleine, freundliche Gemeinde. Obwohl Ihre Mutter mir dort sehr fehlt, und Sie beide auch, selbst nach so vielen Jahren noch.«

»Mom haben die Gottesdienste dort immer gefallen. Sie mochte alles an Mill River, besonders, wie nah sich die Menschen sind.«

»Ja. Ich nehme an, darin unterscheidet sich der Ort sehr von New York. In einer so großen Stadt kann man sich leicht verlieren.«

»Hmm.« Rose spitzte die Lippen und zog die Augenbrauen hoch, und ihm war nicht klar, ob sie ihm zustimmte, oder nur versuchte, nicht unwirsch zu reagieren. Er beschloss fortzufahren.

»Ihrer Mutter hat es stets Sorge bereitet, dass Sie dort waren. Sie wusste, wie es in der Stadt zugeht.«

»Ja, sie ist in der Bronx aufgewachsen. Father, ich möchte nicht unhöflich sein, aber ich werde das Gefühl nicht los, dass Sie nicht hier sind, um Konversation zu treiben.«

Father O'Brien holte tief Luft. »Das stimmt. Ich bin unter anderem hier, weil ich mich frage, wie Sie und Ihre Schwester mit den Anweisungen Ihrer Mutter zurechtkommen. Wie ich hörte, läuft es nicht so besonders.«

»Offensichtlich hat Ivy Ihnen aufgetragen, mich zu besuchen. Das hätte ich mir denken können.«

»Eigentlich habe ich angeboten, mit Ihnen zu sprechen, und sie hat es angenommen. Dass Sie und Emily den Anweisungen Ihrer Mutter nicht gefolgt sind, ist nur eine Sache, die sie beunruhigt.«

Rose seufzte. »Wir geben uns die größte Mühe, Father. Ich zumindest. Was meine Schwester macht, kümmert mich nicht. Ich kann ihren Anblick wirklich nicht ertragen, daher gehe ich ihr aus dem Weg, so gut ich kann. Wir haben noch über einen Monat Zeit, den Schlüssel zu finden, und diese Häuser sind ja nicht gerade Villen. Wir *werden* ihn finden. Sie beide brauchen sich keine Sorgen zu machen.«

Father O'Brien nickte. »Schön.« Er nahm das Päckchen vom Schoß und reichte es ihr. »Ich habe Ivy auch gesagt, dass ich Ihnen das hier bringen würde. Es ist von Ihrer Mutter, Ivy sollte es Ihnen geben, wenn die Zeit reif ist.«

»Von meiner Mutter?« Rose nahm das Päckchen argwöhnisch, beinahe ungläubig entgegen. »Was ist da drin?«

Father O'Brien zuckte mit den Schultern. »Das weiß ich nicht, aber ich bin mir sicher, dass Sie ungestört sein wollen, wenn Sie es öffnen.«

Rose schaute auf das Päckchen in ihrer Hand und kaute auf der Unterlippe.

»Da ist noch etwas, worüber ich mit Ihnen sprechen möchte«, sagte Father O'Brien. »Es ist ein heikles Thema, aber ich will offen zu Ihnen sein. Ihre Tante Ivy ist davon überzeugt, dass Sie ziemlich viel trinken, Rose. Sie hat Angst um Sie und um Alex, und sie befürchtet, es könnte außer Kontrolle geraten.«

Rose riss den Kopf hoch, ihre Augen funkelten. »Ich habe KEIN Alkoholproblem, Father, und ich kümmere mich hervorragend um meinen Sohn. Immer schon.«

»Ihr Sohn macht den Eindruck, als sei er gut versorgt«, entgegnete er nüchtern, »aber Sie haben ein Alkoholproblem, Rose, denn Cola ist sicher nicht das Einzige, was Sie dort in Ihrem Glas haben. Ich weiß, dass Sie lange mit Alkohol zu kämpfen hatten, spätestens seit dem Unfall.«

Rose verdrehte die Augen und wandte sich ab. »Es gibt Menschen, die gern bereit sind, Ihnen zu helfen, aber Sie müssen sich eingestehen, dass Sie ein Problem haben, und von sich aus Hilfe suchen.«

»Father, ich brauche keine Hilfe, und ich muss nicht hier sitzen und mir das anhören.« Rose sprang vom Sofa auf. »Vielleicht kennen Sie meine Familie, seit ich klein war, und vielleicht waren Sie mit meiner Mutter gut befreundet, aber mich kennen Sie eigentlich nicht. Überhaupt nicht. Sie können nicht einfach in mein Haus kommen und mich beschuldigen, eine … eine Trinkerin zu sein … die ihr Kind vernachlässigt.«

»Niemand hat behauptet, dass Sie Ihr Kind vernachlässigen.« Father O'Brien bemühte sich, leise und besänftigend zu sprechen. »Und was das Trinken angeht, konstatiere ich nur eine Tatsache, so ungern Sie es auch hören wollen. Sich eine Sucht einzugestehen, fällt schwer, ganz gleich welche. Ich weiß das.«

»Sie wissen das? *Woher* wollen *Sie* denn das wissen? Durch Küchenpsychologie?«

»Natürlich bin ich kein Arzt, Rose. Aber ich kann nachfühlen, was Sie durchmachen. Ich habe sehr viele Menschen mit Suchtproblemen beraten … und ich bin selbst suchtkrank.« Nach diesem Eingeständnis verstummte Father O'Brien. Er hatte nicht vorgehabt, diese Wahrheit offen zuzugeben; tatsächlich war es das erste Mal seit Jahrzehnten. Es war ihm einfach herausgerutscht, und jetzt wartete er auf Roses Reaktion.

Sie zog die Augenbrauen hoch. »*Sie* sind suchtkrank?«

Er nickte ernst. Rose kniff die Augen zusammen, und er konnte nicht einschätzen, ob sie wirklich verwirrt war oder ein Lächeln unterdrücken wollte.

»Und, was ist es bei Ihnen, Father? Drogen? Oder Koffein?«

»Nein, nichts davon. Ich bin süchtig nach … Diebstahl. Besonders Löffel. Obwohl ich gerade auf dem Wege der Besserung bin.«

Rose blieb der Mund offen stehen. Sie starrte ihn eine Weile an und brach dann in Gelächter aus. »Sie sind ein Geistlicher und ein … Löffelsüchtiger auf Entzug? Das ist total witzig, Father, echt. Vielleicht das Lustigste, was ich je gehört habe. Vor Ihrem nächsten Besuch werde ich vorsichtshalber mein Besteck wegschließen.« Sie kicherte, bis sie merkte, dass er nicht lachte, nicht einmal lächelte.

»Für mich ist das ganz und gar nicht witzig, Rose. Zwanghaftes Stehlen ist ein ernstes Problem, so wie Ihres. Sie sind vielleicht noch nicht bereit, es sich einzugestehen, aber Sie sollten darüber nachdenken, was ich Ihnen gesagt habe, und Sie sollen wissen, dass ich Tag für Tag einen ähnlichen Kampf mit mir austrage. Zu oft bittet ein Suchtkranker, vor allem bei Alkohol- oder Drogenabhängigkeit, erst dann um Hilfe, wenn etwas Schreckliches passiert ist. Am Ende verletzt er sich oder jemand anderen.« Father O'Brien sprach noch eindringlicher weiter. »Der Unfall vor vielen Jahren war eine Tragödie, die für ein Leben reicht, meinen Sie nicht? Ich bin heute Nachmittag hierhergekommen, weil ich verhindern möchte, dass Ihnen, Rose, so etwas Entsetzliches noch einmal zustößt. Auch Ivy will es verhindern. Aber wir können Ihnen nur helfen, wenn Sie sich selbst helfen wollen.«

Rose biss die Zähne zusammen und schwieg.

Father O'Brien erhob sich vom Sessel. »Ich finde allein raus.« Als er an die Haustür kam, drehte er sich zu Rose um. Sie stand noch immer dort und biss sich auf die Lippe, einen nachdenklichen Ausdruck im Gesicht. »Bitte, denken Sie darüber nach, was ich Ihnen gesagt habe, und seien Sie versichert, dass ich zu den Menschen gehöre, die Ihnen helfen wollen«, sagte er. »Ich schließe Sie in meine Gebete ein.«

Nachdem Father O'Brien ihr Haus verlassen und Rose ihr Glas wieder gefüllt hatte, setzte sie sich aufs Sofa und riss das Päckchen auf, das er mitgebracht hatte. Das Buch mit Shakespeares Stücken war steif und neu, im Gegensatz zu dem alten Exemplar, das ihre Mutter jahrelang als Einschlafhilfe verwendet hatte.

Warum wollte Mom wohl, dass ich das bekomme?, fragte sich Rose. Sie blätterte es durch und zog ein kleines Foto heraus, das zwischen den Seiten steckte. Darauf war sie mit Emily zu sehen, noch im Kindesalter, aneinandergeschmiegt auf einem Sitzsack in der Bücherstube. Ein großes Bilderbuch lag aufgeklappt quer über ihren Knien, und Emily, mit Schnuller im Mund, lehnte sich an ihre Schwester. Das Foto musste kurz nach ihrer Ankunft in Mill River entstanden sein.

Auf den Seiten, zwischen denen das Foto geklemmt hatte, war eine kurze Passage aus *Hamlet* gelb unterlegt.

> Sei dir selber treu,
> und daraus folgt, so wie die Nacht dem Tage,
> du kannst nicht falsch sein gegen irgendwen.

»Wirklich, Mom?«, sagte Rose laut. Tränen der Wut stiegen ihr in die Augen. Wild schaute sie zur Decke und durch den Raum, unsicher, wohin sie sich wenden sollte. »Meinst du wirklich, dass ich das nicht versuche? Weißt du denn nicht, dass ich jeden Tag aufwache, jeden beschissenen Tag, und darüber nachdenke, was ich bin, was ich getan habe, und dass ich niemals zurück kann, um es zu ändern, obwohl ich alles für diese Chance gäbe?«

Sie schlug das Buch zu und warf es quer durch den Raum. Das Foto entglitt ihr und fiel verkehrt herum auf den Teppich. Da erst bemerkte sie die vertraute, elegante Handschrift auf der Rückseite. Sie hob das Foto auf und las.

Rose, für einen Neuanfang ist es nie zu spät. Man braucht Kraft, Mut, Demut und den echten Willen, sich zu ändern, aber es ist nie zu spät. Du bist und warst schon immer zu Großem fähig. Ich glaube an dich, und ich liebe dich, Mom.

30

2011

»Mom, ich brauche noch mehr Kleiderbügel«, sagte Emily. »Sind in deinem Schrank noch welche übrig? Die Blusen im Trockner sind fast fertig, und ich möchte nicht, dass sie zerknittern.«

»Meine Güte, Em, du bist doch nicht extra aus San Francisco gekommen, um mir die Wäsche zu waschen?«

»Nein, aber die hat sich in deinem Zimmer gestapelt. Ich dachte mir, ich helfe ein bisschen, da du eine anstrengende Woche hinter dir hast.«

Seufzend wandte sich Josie vom Wohnzimmerfenster ab. »Das stimmt, und ich weiß es zu schätzen, Liebes. Alte Gewohnheiten sind schwer abzulegen, nehme ich an.«

»Du meinst, dass ich dir die Wäsche wasche? Oder dass du zu viel arbeitest?«

»Beides.« Josie lächelte, als Emily die Augen verdrehte. »Im Schrank sind jede Menge Kleiderbügel. Bedien dich.«

Emily war gerade nach oben gegangen, als draußen eine Autotür zugeschlagen wurde.

Josie sprang auf, holte tief Luft und schlüpfte zur Haustür hinaus.

»Hey, Mom.« Rose stieg aus einem glänzenden rotbraunen BMW. Sie schob ihre Sonnenbrille ins Haar und lächelte.

»Oh, Rosie, ich freue mich so, dass du hier bist. Du hast mir gefehlt.« Josie ging auf ihre ältere Tochter zu und schloss sie in die Arme. »Du kommst ein bisschen spät. War viel Verkehr unterwegs?«

»Aus der Stadt rauszukommen, ist immer nervig, aber ab Westchester lief es flüssig.«

»Na ja, jetzt bist du hier. Komm, wir gehen rein. Ich habe kalte Limonade im Kühlschrank.«

Josie war versucht, Rose am Arm zu nehmen, doch ihre Hände waren dermaßen kalt und feucht, dass sie es sich anders überlegte. Stattdessen hielt sie die Tür auf, um Rose mit ihrem kleinen Koffer hereinzulassen.

»Komm, setz dich, Liebes«, sagte sie und führte Rose in die Küche.

»Lass mich einfach eine Weile stehen, Mom. Ich war stundenlang im Auto eingepfercht. Ich wollte noch auf einem Rastplatz Halt machen, aber da ich schon spät dran war …«

Rose verstummte, als auf der Treppe schnelle Schritte zu hören waren. Sie drehte sich um und sah Emily, die auf die Küche zukam.

»Was macht *sie* denn hier?« Rose wirbelte herum und funkelte ihre Mutter an, bevor sie sich wieder Emily zuwandte.

»Mom? Was geht hier vor?« Emily hatte in jeder Hand ein paar Kleiderbügel. Sie blieb stehen, starrte Rose an und wich dann zurück.

»Kinder, bitte, bitte, hört mir kurz zu«, sagte Josie. »Jetzt, da ihr beide hier seid, möchte ich einfach …«

»Was möchtest du?«, fragte Rose. »Sollen wir uns küssen und versöhnen? Herrgott, ich fass es nicht.«

»Hast du mich deshalb gebeten vorbeizukommen? Für dieses kleine Stelldichein?« Emily schnaubte. »Ich stecke mitten in einer umfangreichen Renovierung. Ich hatte Subunternehmer und Lieferungen für die nächsten Tage eingeplant, und durch meine Abwesenheit wird alles total verzögert. Du hast versprochen, dass du uns nie zur selben Zeit einlädst.«

»Schätzchen, ich weiß, aber das ist zehn Jahre her. *Zehn Jahre* sind seit dem Unfall vergangen. Damals habt ihr euch zum letzten Mal gesehen. Ich weiß, es war schrecklich, aber euer Zwist dauert schon zu lange.«

»Das soll wohl ein Witz sein«, fauchte Emily. »Ich kann nicht fassen, dass du mir das antust.«

»Ihr seid Schwestern. Ihr braucht einander.« Josies Ton war flehentlich. »Ich weiß, dass ihr es nicht so seht, aber so ist es, und irgendwann werdet ihr das verstehen.«

»Einen Scheiß werden wir«, knurrte Rose. »Ich habe vor langer Zeit alles gesagt, was ich über jenen Abend zu sagen habe. Wenn du mich jetzt entschuldigen würdest, ich fahre, solange ich es noch vor dem Feierabendverkehr schaffe.« Sie ging zur Haustür und schnappte sich ihren Koffer.

»Rosie, bitte, warte doch«, bat Josie, aber Emily stellte sich ihr in den Weg. Ihre jüngere Tochter drückte ihr die Kleiderbügel in die Arme und stapfte wieder nach oben.

Josie wusste nicht, wohin mit den Kleiderbügeln, sie verhakten sich, und einige fielen zu Boden. Bis sie endlich zur Haustür hinauskam, saß Rose in ihrem Auto und hatte den Motor bereits angelassen.

»Rose, bitte, Rose!«, rief sie, doch ihre ältere Tochter gab Gas und fuhr die Straße hinunter, ohne sich nach ihr umzudrehen. Kurz darauf kam Emily mit einem prall gefüllten Rucksack heraus.

»Ich gehe zu Ivy. Morgen früh fliege ich, wenn die Fluggesellschaft mir das Ticket umtauscht.« Emily wischte sich über die Augen und wollte sich auf den Weg zur Bücherstube machen. Josie hielt sie am Arm fest.

»Em, bitte. Tut mir leid, dass ich dich so verärgert habe. Willst du nicht bei mir bleiben?«

Emily schaute ihr lange in die Augen. »Du begreifst es nicht, Mom«, sagte sie schließlich. »Rose und ich … daraus wird nichts. Das kann man nicht reparieren. Und es wird höchste Zeit, dass du aufhörst, es zu versuchen.«

Josie sah ihr nach, als sie zu Ivy lief und durch die Hintertür verschwand. Sie ging wieder ins Haus und saß zusammengesackt auf dem Sofa, als Ivy leise anklopfte und hereinkam.

»Das war eine bescheuerte, verzweifelte Idee, und du wusstest, dass es wahrscheinlich nicht funktionieren würde, die beiden auf diese Weise zusammenzubringen, aber wenigstens hast du es versucht.«

»Ich kann es nicht ertragen, wenn sie sich für den Rest ihres Lebens hassen. Das wird mein Tod sein, und sie werden so einsam sein. Ich werde niemals aufgeben. Das kann ich nicht. Aber ich weiß nicht, was ich noch tun soll.«

Ivy beugte sich vor, umarmte sie und drückte ihr einen Kuss auf die Wange. »Kind, du musst einsehen, dass du alles in deiner Macht Stehende getan hast.«

2013

Im Laufe der Zeit, nachdem ihr Versuch gescheitert war, ihre Töchter zusammenzubringen, fand Josie Trost in ihrem kleinen Haus in Mill River. Jedes Zimmer weckte glückliche Erinnerungen an die Kindheit und Jugend der Mädchen. Sie konnte die Augen schließen und sich zurückversetzen, wie sie beim Essen mit ihnen am Küchentisch saß oder ihnen bei den Hausaufgaben half. Wie oft hatten sie sich vor dem Fernseher versammelt, um sich gemeinsam Filme und Weihnachtssendungen anzuschauen? Im Badezimmer hatte sie ihnen Schaumbäder gemacht, wenn es ihnen gut ging, hatte sie mit dem Schwamm gewaschen, wenn sie Fieber hatten, und ihnen gezeigt, wie man Make-up auftrug, als sie Teenager wurden. Und das Zimmer der beiden war immer die letzte Station gewesen, bevor sie zu Bett gegangen war.

Selbst während der ersten harten Jahre, als die Mädchen noch klein waren und Josie ständig erschöpft war, und später, als ihr Verhältnis zu Rose immer mehr auf Konfrontation hinauslief, war sie es nie leid geworden, ihre schlafenden Gesichter zu betrachten. Auch jetzt blieb sie auf dem Weg ins Bett manchmal am früheren Kinderzimmer stehen. Sie konnte beinahe das Kichern und Flüstern der beiden Schwestern hören, die sich über ihre Träume austauschten.

In den Jahren, nachdem ihre Töchter ausgezogen waren, hatte Josie ihr bereits erfolgreiches Maklerbüro noch weiter ausgebaut. Sie beschäftigte inzwischen ein Dutzend Händler und tätigte selbst noch Immobiliengeschäfte. Ein freier Tag war für sie ein seltenes Vergnügen. Heute aber, am ersten Mittwoch im März, dem Tag nach der jährlichen Gemeindeversammlung in Mill River, blieb Josie zu Hause. Noch in Schlafanzug und Morgenrock schenkte sie sich eine Tasse frischen Kaffee ein und machte es sich auf dem Sofa bequem.

Allerdings blieb sie nicht zu Hause, um sich zu entspannen, Schlaf nachzuholen oder Besorgungen zu machen. Sie erwartete einen wichtigen Anruf, den sie weder bei der Arbeit noch unterwegs erhalten wollte.

Sie blickte zum Telefon auf dem Beistelltisch neben ihr. Gleichzeitig strich sie sanft und behutsam über den kleinen Knoten in der linken Brust. Genau vor einer Woche hatte sie ihn beim Duschen entdeckt, und unter ihrem Schlafanzug war die Stelle jetzt blutunterlaufen und wund von der Biopsie, die sie vor zwei Tagen hatte machen lassen.

In den beiden Tagen hatte sie heftige Gefühlsschwankungen erlebt. Angst und Sorge standen natürlich an erster Stelle, nicht nur um sich, sondern auch um Rose und Emily. Sie wusste sehr wohl, dass eine Krebsdiagnose bei ihr bedeuten würde, dass ihre Töchter einem viel höheren Risiko ausgesetzt wären, auch an Krebs zu erkranken. Deshalb müsste sie, selbst wenn sie es vorgezogen hätte, eine Krebsdiagnose und die nachfolgende Behandlung für sich zu behalten, Rose und Emily darüber in Kenntnis setzen, falls die Biopsie entsprechend ausfiele.

Falls.

In Gedanken hatte sie bereits tausendmal geprobt, wie sie es ihnen sagen würde.

Außerdem hatte sie Angst vor der Behandlung, die sie über sich ergehen lassen müsste, und vor der Frage, ob sie am Ende erfolgreich wäre. Was sollte aus ihren Töchtern werden, wenn sie an Krebs starb? Nachdem sie ihre Mutter unter einer schrecklichen Krankheit hätten leiden sehen, wären sie allein. Für immer. Sie wäre nicht mehr da, um sie anzutreiben und zu ermutigen, und die winzige Chance, dass Rose und Emily sich irgendwann einmal versöhnten, ginge dann gegen null.

Plötzlich klingelte das Telefon. Josie fuhr so heftig zusammen, dass Kaffee aus dem Becher auf ihren Schoß schwappte.

»Hallo?«, meldete sie sich, obwohl sie die Nummer ihrer Ärztin auf dem Display erkannte. Josie hörte ihr schweigend zu und versuchte, sich trotz ihres klopfenden Herzens auf die Stimme der Ärztin zu konzentrieren. Als sie die Wörter »gutartig« und »Fibroadenom« vernahm, atmete sie erleichtert aus. Anscheinend hatte sie die Luft angehalten, denn sie blieb eine Weile keuchend und zitternd auf dem Sofa sitzen, nachdem sie aufgelegt hatte, und wischte sich die Freudentränen ab.

Die Horrorszenarien und die leidvollen Unterhaltungen, die sie sich in den letzten Tagen vorgestellt hatte, wichen langsam und allmählich aus ihren Gedanken.

Um sie schneller zu vertreiben, versuchte Josie fieberhaft, über etwas anderes nachzudenken. Sie kam auf die Gemeindeversammlung am Abend zuvor. Da sie während der Veranstaltung von Sorgen abgelenkt gewesen war, hatte sie die außergewöhnliche Warmherzigkeit nicht spüren können. Jetzt aber, von Erleichterung durchflutet, war Josie imstande, die Liebe und Güte nachzuempfinden, die so vielen zuteil geworden war.

Die Sitzung hatte genauso begonnen wie alle anderen, an die sie sich erinnern konnte. Fitz hatte die Versammlung zur Ordnung gerufen, über Budgets abstimmen lassen und die weiteren Punkte auf der Tagesordnung abgearbeitet. Dann aber war Father O'Brien nach vorn getreten, um ein Schreiben von Mary McAllister vorzulesen, die etwa siebzig Jahre in dem großen weißen Haus oberhalb des Ortes gelebt hatte. Josie hatte natürlich im Lauf der Zeit alle Gerüchte über Mary gehört – dass sie eine Hexe war oder vielleicht an einer schweren Krankheit litt. Wie fast alle Anwesenden war Josie zu Tränen gerührt, als sie Marys tragische Geschichte vernahm und von ihrer Großzügigkeit erfuhr. Jetzt wusste sie, dass ihr eigenes Zuhause, das kleine Haus, das ihr vor vielen Jahren wie durch ein Wunder in den Schoß fiel, in Wirklichkeit ein Geschenk von Mary gewesen war. Die alte Witwe hatte Mill River und seine Menschen geliebt, und sie hatte alles in ihrer Macht Stehende getan, um ihnen zu helfen, trotz ihrer Platzangst und Sozialphobie, die sie in ihrem Haus gefangen hielten.

Die Gemeindeversammlung bot Mary eine Möglichkeit, nach ihrem Tod zu den Bewohnern zu sprechen, ihre Zuneigung zu den Nachbarn auszudrücken, um die sie sich seit Jahren gekümmert hatte, ohne sie persönlich kennenzulernen. Josie fand die Entschlossenheit, mit der Mary dieses Lebensziel verfolgt hatte, und ihren Erfolg unglaublich inspirierend. Sie verglich Marys lebenslanges Bemühen mit ihrem eigenen langwierigen Versuch, Rose und Emily zu einer Versöhnung zu bewegen.

Josie gab sich selbst die Schuld, dass durch so etwas Schreckliches die einst enge Beziehung ihrer Töchter in die Brüche gegangen war. Nachdem sie nach Mill River gezogen waren, hatte es ein paar Jahre lang so ausgesehen, als würde alles gut. Doch im Nachhinein, da ihre Familie zerbrochen und keine Versöhnung in Sicht war, wurde ihr klar, wie töricht diese Annahme gewesen war. Zudem wurde sie älter, was die Situation erschwerte. Die

Jahre, die immer tiefere Falten in ihrem Gesicht hinterließen, verbreiterten auch die Kluft zwischen ihren Töchtern. Und auch wenn sie keinen Brustkrebs hatte, war ihr die eigene Sterblichkeit drastischer bewusst geworden. Nun hatte sie Angst, ihr Leben könnte zu Ende gehen, bevor ihre Töchter die Chance hatten, wieder zueinanderzufinden.

Josie dachte erneut an Mary McAllister, an den Plan der alten Frau, den ihr Tod in Gang gesetzt hatte. Sie hatte auf diese Weise ihr Ziel erreicht und endlich mit den anderen im Ort kommuniziert. Sollte sie Marys Beispiel folgen und Rose und Emily mit einem ähnlichen Plan helfen?

Josie legte die Hand auf das goldene Medaillon an ihrem Hals und erhob sich vom Sofa. Sie würde ein paar Tage warten, bevor sie Jim Gasaway anrief, nur um sicherzugehen, dass sie alles bedacht hatte. Doch im Grunde ihres Herzens wusste sie, was zu tun war. Vor langer Zeit hatte sie ihre Kinder aus einem brennenden Haus gerettet. Jetzt würde sie ihr Versprechen an Tony einlösen und alles tun, um sie noch einmal zu retten. Sollte ihr Tod nicht bewirken, dass ihre Töchter die Bedeutung ihrer Beziehung zueinander erkannten, so würde dieser allerletzte Versuch, ihre Versöhnung herbeizuführen, ihnen eine Mahnung sein, welchen Schatz sie aneinander hatten.

»Danke, Fred. Ich weiß es zu schätzen, dass du die Sterbeurkunde persönlich vorbeibringst«, sagte Ivy. »Du warst immer für mich da.«

Dr. Richardson nickte und umarmte sie, bevor er die Eingangstür zur Bücherstube öffnete. »Ich weiß, du hast eine schwere Zeit vor dir, meine Liebe, also ruf mich an, wenn du noch etwas brauchst.«

Nachdem der Arzt gegangen war, stützte Ivy sich auf ihren Stock und schaute noch einmal auf das Dokument, das sie in der Hand hielt. Eine offizielle Sterbeurkunde mit Josies Namen oben und Freds Unterschrift als zuständigem Rechtsmediziner darunter zu lesen, war noch immer ein Schock. Das Haus ihrer Nichte nebenan war dunkel und still, doch sie wurde das Gefühl nicht los, dass Josie jede Minute auf einen spontanen Besuch durch die Küchentür kommen könnte. In den nächsten Tagen jedoch, wenn die Gedenkfeier stattfand und Rose und Emily eintrafen, um ihrer Mutter die letzte Ehre zu erweisen, würde die Erkenntnis, dass sie nicht mehr da war, allmählich zu ihnen allen durchdringen.

31

Aus seinem Zimmer hatte Alex Bruchstücke der Unterhaltung seiner Mutter mit Father O'Brien mitbekommen. Er lag bäuchlings auf seinem Bett, ein aufgeschlagenes Buch unter dem Kinn, hatte aber kein Wort gelesen. Er war überrascht gewesen, wie gut Father O'Brien über seine Mutter Bescheid wusste und wie ehrlich er war. Father O'Brien hatte seiner Mutter genau das gesagt, was Alex ihr gern gesagt hätte, und er hatte es getan, ohne laut zu werden oder sich einschüchtern zu lassen.

Alex war beeindruckt.

Er hatte viel über seine Mutter und ihre Trinkerei nachgedacht, besonders nach der Prügelei zwischen ihr und seiner Tante und seit Tante Ivy ihm erzählt hatte, warum die beiden nicht miteinander klarkamen. Er wusste nicht, wie er dazu stand. Vor allem war er traurig, und seine Mutter und seine Tante taten ihm leid.

Obwohl er sich wie ein Verräter an seiner Mutter vorkam, hatte er Mitgefühl mit seiner Tante Emily. Der Tod seiner Großmutter war der erste, mit dem er sich auseinandersetzen musste, und es war schrecklich gewesen. Er vermutete, dass es für Tante Emily ebenso schlimm gewesen sein musste oder schlimmer noch, als ihr Freund ums Leben gekommen war. Außerdem glaubte er, dass Tante Emily genau wusste, wie sich seine Mutter unter Alkoholeinfluss verhielt und wie furchtbar es für ihn war, wenn sie sich einen Drink einschenkte.

Dennoch war die Liebe zu seiner Mutter stärker als alles andere. Alex wusste einfach, dass seine Mutter ihn genauso liebte, und er sehnte sich danach, ihr zu helfen, das Trinken aufzugeben. Wenn man nur den Teil abtrennen könnte, der so dringend Alkohol brauchte, dann wäre alles viel besser. Aber er wusste nicht, wie er es anstellen sollte. Er war nicht mutig genug, sie zur Rede zu stellen, nicht so wie Father O'Brien, und er fürchtete, man würde ihn ihr wegnehmen, wenn er jemandem die Lage schilderte. Alex seufzte und legte das Kinn auf das offene Buch.

Ich wünschte, sie könnte weg von hier, dachte Alex. Aber er wusste, dass seine Mutter mit Sicherheit bis Ende August hier festsaß, oder bis sie und seine Tante den Schließfachschlüssel seiner Großmutter gefunden hatten. Er kniff die Augen zu und wünschte sich wieder einmal, er könnte herausbekommen, wo der Schlüssel war. Seine Tante Emily hatte nichts davon gesagt, dass sie ihn in ihrem Garten gefunden hatte, daher würde sie ihm vielleicht den Metalldetektor leihen.

Eine Zeit lang stellte Alex sich vor, wie er den Schlüssel entdeckte und ihn seiner Mutter präsentierte. Ihr Gebrüll unterbrach seinen Tagtraum. Er lauschte, während das Gebrüll in Weinen überging, und fragte sich, ob er sie wohl trösten sollte, doch dann bohrte sich der Klingelton ihres Handys in seine Gedanken. Es war die vertraute Titelmelodie aus *Seinfeld,* demnach rief sein Vater an.

Er schlich an seine Zimmertür, um die Stimme seiner Mutter besser zu hören.

»Alles in Ordnung, Sheldon, echt. Nein, wir haben nichts gefunden – *was*?«

Schweigen – Alex wusste, dass seine Mutter versuchte, am Telefon nicht zu weinen.

»Du musst *nicht* herkommen. *Ihm geht es gut, und ich trinke nicht.*«

Wieder Schweigen.

»Und was willst *du* mit Alex in New York anfangen? Wie willst du denn auf Jobsuche gehen, wenn er dort ist? Du hast selbst gesagt … Ich sagte, es geht mir *gut*, und ihm auch. Mir ist egal, wenn du mir nicht glaubst. Es geht nicht, dass Alex mit dir zurückfährt. Ich brauche ihn hier. Ich *brauche* – Sheldon? *Sheldon*?«

Er hörte seine Mutter fluchen, danach ein Geräusch, als hätte sie ihr Handy an die Wand geworfen.

Da wusste Alex, was passieren würde. Sein Vater war unterwegs, um ihn zu holen. Er wusste nicht wann, und er wollte seine Mutter jetzt nicht danach fragen. Aber ihm war klar, dass seine Zeit in Mill River ablief und seine Chance schwand, den Schlüssel seiner Großmutter zu finden.

Das vertraute Ploppen eines Korkens, der aus einer Weinflasche gezogen wurde, löste in ihm eine neue Woge der Verdrossenheit aus. Es war kurz nach Mittag, doch seine Mutter wollte anscheinend schon zum Sofa übergehen. Sein Verdacht bestätigte sich, denn er hörte die Bodendielen knarren, als sie von der Küche ins Wohnzimmer ging.

Denk an den Metalldetektor, sagte sich Alex und schloss die Augen. *Vielleicht reicht die Zeit noch.* Er würde ein wenig lesen, bis seine Mutter eingeschlafen war, dann würde er nach nebenan zu seiner Tante gehen.

Zum ersten Mal an diesem Tag konzentrierte er sich auf sein Buch. *Wer die Nachtigall stört*, eins der alten Bücher, die seine Mutter ihm überlassen hatte, als sie hier eingezogen waren. Er hatte die Bücher im Haus so schnell gelesen, wie er konnte, und auch schon die Hälfte der zerfledderten Bände im Karton aus der Bücherstube.

Alex fand die Stelle, an der er aufgehört hatte. Als er die Seite zum nächsten Kapitel umschlug, stellte er überrascht fest, dass einige Passagen in grellem Gelb unterlegt waren. Zunächst ging er über die Markierungen hinweg. Während er jedoch die Wörter verschlang, merkte Alex, dass alle gekennzeichneten Stellen mit Geschenken und Schmuckstücken zu tun hatten, die der Einsiedler im Ort für die junge Protagonistin und ihren Bruder hinterlegt hatte. Alle Geschenke hatte er in das Astloch einer Eiche am Rande seines Grundstücks gelegt.

Einer Eiche.

Alex hob den Kopf und schaute zu seinem Schreibtisch, auf dem die Kopie der Liste seiner Tante und seine eigene fein säuberlich aufgestapelt lagen. Er musste sie nicht noch einmal lesen, um zu wissen, dass er irgendwie vergessen hatte, die alten Bücher aus dem Karton in sein Verzeichnis aufzunehmen. Er erinnerte sich außerdem, dass seine Mutter mehr als die Hälfte der Posten auf seiner Tabelle und auf der Liste von Tante Emily angestrichen hatte, bevor sie den Versuch aufgab, bestimmte Gegenstände als Hinweise auszuschließen. Alex' Hände wurden feucht, er wurde nervös. Seine Mutter hatte die Angewohnheit, alles mit Textmarker zu bearbeiten, und hier lag ein Buch vor ihm, das gezielt in ihrem Haus platziert worden war, um sie auf die Markierungen aufmerksam zu machen. Vielleicht war er auf etwas gestoßen.

Alex stand auf und trat ans Fenster, das zum Haus seiner Tante hinausging. Er konnte jedoch nicht viel davon erkennen, da die große Eiche, an der die Reifenschaukel hing, ihm den Blick verstellte.

Er griff nach dem Buch und schloss die Augen, um sich an bestimmte Passagen im Brief seiner Großmutter zu erinnern. »Die Hinweise bestehen aus zwei unterschiedlichen Gegenständen. Der eine wird den Fundort des Schlüssels für mein Schließfach enthüllen … der andere wird Euch helfen, an ihn heranzukommen …«

Alex öffnete die Augen und schaute wieder aus dem Fenster in das dichte Laub der Eiche.

Der Schlüssel war in dem Baum versteckt. Das Buch gab die Stelle preis, dessen war er sich sicher. Nun musste er nur auf den

»Gegenstand« kommen, der ihm helfen würde, »an ihn heranzukommen«, wie seine Großmutter versprochen hatte.

Alex schlich möglichst leise nach unten. Er spähte um die Ecke ins Wohnzimmer, wo seine Mutter ausgestreckt lag und schnarchte. Einerseits hätte er sie am liebsten wachgerüttelt, um ihr lauthals seine Entdeckung kundzutun, andererseits hielt ihn die Vorstellung gefangen, den Schlüssel seiner Großmutter ganz allein zu finden. Vielleicht könnte er beides haben, wenn er sie weckte, ohne ihr den genauen Grund zu nennen, damit sie mitkam und zusah, wie er den Schlüssel fand.

»Mom?« Er strich ihr sanft über den Arm. »Mom, würdest du mit rauskommen und mir helfen? Mom?«

Seine Mutter kniff die Augen nur fester zu, statt sie zu öffnen. »… so müde, Alex.« Ihre Stimme war schwach, sie lallte. »Hat das nicht Zeit bis nachher?«

»Es ist wirklich wichtig, Mom, und ich glaube, du wirst dich total darüber freuen.« Alex rüttelte am Arm seiner Mutter, doch die einzige Antwort, die er bekam, waren ein tiefer Seufzer und ein leises Schnarchen, als sie das Gesicht zur Sofalehne drehte.

Obwohl es ihn drängte, wusste er aus Erfahrung, dass jeder weitere Versuch, sie aufzuwecken, zwecklos war. Seitdem sein Vater den Job verloren hatte, war seine Mutter so oft auf dem Sofa zusammengesackt, träge und völlig betrunken. Er konnte sich noch an das erste Mal erinnern, als er sie so erlebt hatte – einen Tag, nachdem sein Vater mit seinen Sachen in einem Karton früh von der Arbeit nach Hause gekommen war. An dem Abend hatten sie sich lautstark gestritten, solange wie noch nie.

Davor war seine Mutter normaler gewesen. Für gewöhnlich war sie auf den Beinen und hatte ihn fröhlich empfangen, wenn er von der Schule nach Hause kam, begierig, ihn nach seinem Tag zu fragen. Damals hatte sie Witze gerissen, einen Literaturkreis für Frauen gegeben und manchmal sogar das Abendessen gekocht.

Und wenn ich den Schlüssel nun finde? Dann kommt alles wieder in Ordnung, dachte er. *Wir könnten alle zusammen nach New York fahren, wenn Dad herkommt, und Mom würde wieder so wie früher.*

Er schaute auf sie hinunter und wünschte, sie würde plötzlich wach werden und mit ihm nach draußen kommen. Dann bahnte sich jedoch ein anderer, unangenehmer Gedanke einen Weg durch seine Enttäuschung. *Und wenn ich mich nun irre?* Wenn er sie dazu brächte, aufzustehen, und der Schlüssel wäre nicht im Baum, würde sie wütend und genervt reagieren. *Nein*, entschied er, *besser, wenn ich alleine nachschaue*. Rasch schlüpfte er aus der Hintertür und lief hinüber zur Eiche. Das Auto seiner Tante stand nicht am Bürgersteig, daher war er wirklich allein.

Eine Zeit lang umrundete er den Baumstamm und suchte ihn ab, aber ein Astloch war nicht in Sicht. Er überlegte kurz und ging dann wieder ins Haus. Als er herauskam, hatte er das Fernglas bei sich, das seine Tante ihm geschenkt hatte. Wieder ging er um den Baum herum, diesmal in größerem Abstand, damit er die höheren Teile des Stammes durch das Fernglas betrachten konnte. Er blieb stehen, kurz bevor er gegen die Reifenschaukel prallte, aber dass er den Zusammenstoß vermeiden wollte, war nicht der Grund für sein plötzliches Innehalten.

Er hatte ein kleines, dunkles Astloch etwa anderthalb Meter über dem Ast entdeckt, an dem die Schaukel hing.

»Euch helfen, an ihn heranzukommen«, überlegte Alex.

Was brauchte er, um an den Schlüssel im Astloch heranzukommen? Alex senkte das Fernglas und schaute am Baum vorbei zur Garage seiner Tante. Da drinnen stand eine Leiter, die sie benutzt hatte, um die Reifenschaukel aufzuhängen. Außerdem hatten seine Mutter und er keine Leiter in ihrem Haus gefunden. Er ging zur Garage seiner Tante. Das Rolltor war heruntergelassen und verschlossen, aber an der Seite der Garage befand sich eine kleine Tür. Er drehte den Türknauf.

Die Tür ging auf.

Die Aluminiumleiter lehnte an einer Wand und war schwerer, als er gedacht hatte, aber er konnte sie seitwärts kippen und durch die Tür ziehen. Unter der Eiche legte er sie ins Gras und versuchte, sie auszuklappen. Die Gelenke klemmten jedoch und öffneten sich erst, als er mit dem Fuß gegen eine Sprosse trat.

Er packte die ausgeklappte Leiter an der einen Seite und richtete sie auf. Dann zog er sie unter den Ast, an dem die Schaukel hing, weit genug vom Baumstamm und den Wurzeln entfernt, damit sie gerade stand. Alex lehnte sich gegen die Leiter, um ihre Standfestigkeit zu prüfen, und lächelte, als sie sich nicht bewegte. Schließlich legte er das Fernglas an den Baumstamm und begann, auf die Leiter zu steigen.

Alex war noch nie auf eine Leiter geklettert, und sein Herz schlug schneller mit jedem Schritt nach oben. Der Ast befand sich etwa einen Meter über dem Bügel der Leiter. Er musste sich daraufstellen, um auf den Ast zu gelangen. Von der Sprosse, auf der er stand, konnte er bereits den Ast erreichen und sich daran festhalten, während er weiter hinaufstieg. Vorsichtig streckte er die Hände zum Ast aus und stellte einen Fuß auf den Bügel. Er zählte bis drei, bevor er rasch ein Bein über den Ast schwang.

Sobald er rittlings darauf saß, hielt Alex inne, holte tief Luft und überlegte, wie er weiter vorgehen sollte. Er musste sich auf den Ast stellen, um an das Astloch zu kommen. Schnell rutschte er bis auf Armeslänge an den Stamm heran. Er hielt sich mit den Händen am Ast fest und versuchte, nicht nach unten zu schauen, während er sich auf den Ast kniete. Langsam streckte er die Hände nach dem Stamm aus, um das Gleichgewicht nicht zu verlieren, stellte einen Fuß flach vor sich auf den Ast und erhob sich.

Ein tolles Gefühl, ungesichert auf dem Ast zu balancieren. So hoch oben war er noch nie gewesen, außer in einem Haus oder auf einem anderen festen Bauwerk. Seine Sinne waren besonders scharf. Alex konnte die Straße zu beiden Seiten überblicken. Er hörte genau, wo die Zikaden in den Ästen über ihm zirpten, und mit der Energie, die durch seinen Körper strömte, hatte er den Eindruck, als könnte er auf die Dächer der Häuser in der Nachbarschaft springen. Aber er ermahnte sich, dass er für etwas viel Wichtigeres hier heraufgekommen war.

Jetzt war das Astloch direkt über seinem Kopf. Er konnte zwar nicht hineinschauen, musste aber nur die Hand ausstrecken. Alex holte tief Luft und griff in das Loch.

Seine Finger trafen auf harte, stachelige Zweigspitzen, die spröden Ränder trockener Blätter, und dann auf etwas Weicheres. Er umfasste das weiche Material und holte ein kleines Fellbüschel heraus. Er erschrak und duckte sich an den Stamm, denn zunächst glaubte er, etwas Lebendiges in der Hand zu halten. Das Fell entglitt ihm und landete geräuschlos unten im Gras. *Hab ich die Hand in ein Eichhörnchennest gesteckt?*

Alex blieb ein paar Minuten reglos stehen, um sich zu beruhigen. In der Hoffnung, dass das, was sich im Astloch eingenistet hatte, nicht mehr dort war, griff er noch einmal hinein. Diesmal spürte er etwas Glattes mit deutlicher Kante. *Ein verschließbarer Plastikbeutel*, dachte er, während er ihn vorsichtig aus dem Astloch zog.

Es war tatsächlich ein etwa handtellergroßer Beutel. Als er ihn genauer betrachtete, konnte er kaum glauben, was er vor sich hatte. In dem durchsichtigen Plastikbeutel steckte ein goldenes Medaillon – das, das seine Großmutter immer getragen hatte – mit einem kleinen silbernen Schlüssel, der auch an der Kette hing.

»Ja!«, brüllte er, doch sein Freudenschrei ging im anschwellenden Rauschen des Eichenlaubs unter, in das eine heftige Sommerbrise fuhr. Einen Moment lang war er wieder auf dem Riesenrad und flog mit seiner Mutter durch den Himmel.

Obwohl ihm vor Aufregung schwindlig war und er seiner Mutter unbedingt zeigen wollte, was er gefunden hatte, wusste Alex, dass er beim Abstieg vorsichtig sein musste. Er würde beide Hände benötigen, um wieder auf die Leiter zu kommen, aber er trug ein T-Shirt und Shorts ohne Taschen. Er überlegte, ob er das Medaillon und den Schlüssel auf den Rasen werfen sollte, brachte es aber nicht über sich, sie loszulassen. Vorsichtig setzte er sich wieder rittlings auf den Ast und holte die Kette aus dem Beutel. Sie war gerade so lang, dass er sie über den Kopf streifen konnte.

Da der Schlüssel nun in Sicherheit war, konnte der Wind den Plastikbeutel übernehmen. Alex rutschte auf dem Ast nach hinten, bis er die Leiter sah. Aus irgendeinem Grund schien sie viel weiter unterhalb des Astes zu stehen als beim Aufstieg. Alex beugte sich vor, bis sein T-Shirt die Rinde berührte. Er verlagerte das meiste Gewicht auf den Bauch, schob das linke Bein langsam auf den Ast und ließ das rechte hinunterhängen, bis er mit dem Zeh die Leiter berührte.

Mit dem Fußballen auf dem Bügel der Leiter richtete er sich auf und belastete den Fuß mit seinem vollen Gewicht. Das wäre geschafft, dachte er. Dann versuchte er, das linke Bein vom Ast herunterzubekommen, doch der Absatz seines Turnschuhs blieb an der Rinde hängen. Der kurze Ruck reichte, um ihn aus dem Gleichgewicht zu bringen. Er spürte, wie die Leiter kippte und er nach hinten fiel. Er klammerte sich an den Ast, kratzte mit den Fingernägeln über die Rinde. Seine Hände suchten krampfhaft nach einem Halt, fanden aber nichts.

Daisy trottete mit dem Korb, den sie für Rose zusammengestellt hatte, die Maple Street entlang. Er war schwerer als erwartet, vor allem, da sie ihn bereits an einigen Häuserblocks vorbei geschleppt hatte. Als sie die Ecke vor der Bäckerei erreichte, blieb sie stehen, stellte den Korb ab und war dankbar für die leichte Brise, die ihr das Gesicht abkühlte und die Haare zerzauste.

»Daisy? Brauchen Sie Hilfe?«

Claudia Simon trat neben sie und deutete auf den Korb. »Der sieht schwer aus. Kommen Sie, ich helfe Ihnen.«

»Oh, Miss Claudia, würden Sie das tun? Ich bringe ihn nur um den Block, zu Miss Rose, aber es fällt mir schwerer, als ich dachte.«

»Kein Problem. Ich war gerade unterwegs zu Ruth, um einen Kaffee zu trinken, aber das kann ich auch noch machen, wenn wir das hier abgegeben haben.« Claudia nahm den Henkel des Korbs an einer Seite, Daisy an der anderen. »Und, wofür ist das? Ein Geschenk?«

»Gewissermaßen. Eine Entschuldigung für das, was bei der Gedenkfeier für ihre Mutter passiert ist. Ich … ich habe die Asche ihrer Mutter verschüttet.« Sie schaute auf ihre Schuhe und beobachtete, wie ihre Füße sich über die Betonplatten des Bürgersteigs bewegten.

»Oh, stimmt. Ich habe davon gehört. Aber Daisy, das war ein Missgeschick. Das versteht Rose doch bestimmt. Außerdem habe ich gehört, dass Rose furchtbar schwierig ist. Vielleicht ist es keine gute Idee, wenn Sie zu ihr gehen.«

Daisy schüttelte den Kopf. »Ich weiß, dass Miss Rose noch immer ziemlich wütend auf mich ist, doch was passiert ist, war meine Schuld. Um ehrlich zu sein, Miss Claudia, ich glaube nicht, dass sie mir verzeihen will. Ich glaube, sie mag mich nicht besonders. Aber was passiert ist, macht mir zu schaffen, und ich versuche noch ein Mal, es wiedergutzumachen. Wenn das nicht funktioniert, werde ich wenigstens froh sein, dass ich mir die größte Mühe gegeben habe. Dann muss ich mir keine Sorgen mehr darum machen, was sie von mir hält.«

»Das ist sehr klug, Daisy.« Daisy schaute zu Claudia auf und stellte überrascht fest, dass sich ihre Mundwinkel zu einem schwermütigen Lächeln verzogen hatten. »Ich wünschte, ich würde mir nicht so viele Gedanken darüber machen, was die Menschen über mich denken. Jedenfalls bestimmte Menschen.«

»Sie müssen einfach nur lernen, mit sich selbst zufrieden zu sein, Miss Claudia. Ich bin etwas anders als die meisten Menschen. Sie wissen schon, weil ich Tränke und so was herstellen kann. Ich habe lange gebraucht, um das zu akzeptieren und zu erkennen, wenn man sich selbst so mag, wie man ist, dann spielt es keine Rolle mehr, was andere von einem halten. Und jetzt bin ich die meiste Zeit zufrieden.« Daisy grinste, während sie um die Ecke zu Roses Block bogen.

Als sie eine umgefallene Leiter unter der Eiche vor den beiden Häusern der DiSanti-Schwestern sah, dachte sich Daisy nicht viel dabei. Doch beim Näherkommen fiel ihr Blick auf einen daneben liegenden Jungen. Er lag auf dem Rücken, ein Bein unter sich. Sein Gesicht war von ihr abgewandt, aber sie sah eine Brille auf seiner Wange, die noch hinter einem Ohr klemmte.

Es war Miss Roses Sohn Alex.

Daisy und Claudia ließen den Korb auf dem Bürgersteig stehen und liefen zu ihm. Während Claudia ihm den Puls fühlte und prüfte, ob er noch atmete, berührte Daisy die Wange des kleinen Jungen, dann seine Schulter. Aber sie wusste nicht, ob sie kräftig genug waren, ihn zu transportieren, und ob sie es überhaupt versuchen sollten.

»Alex?«, fragte Daisy. Panik stieg in ihr auf, als der Junge reglos blieb.

»Er lebt«, sagte Claudia, »aber wir müssen Hilfe holen, und ich habe mein Handy nicht dabei.«

Daisy richtete sich auf und schaute sich um.

Emilys Haus war still, und ihr Auto stand nicht da, doch Roses schwarzer BMW parkte am Randstein. Sie rannte zu ihrer Haustür.

»Miss Rose! Miss Rose!«, schrie sie. Daisy klingelte und hämmerte mit aller Kraft gegen die Tür. »Miss Rose, kommen Sie schnell, es geht um Alex! Er ist verletzt, Miss Rose!«

Als die Tür schließlich aufging, wirkte Rose, als hätte sie tief und fest geschlafen. »Was ist los?«, fuhr sie Daisy an. »Was soll das heißen, Alex ist verletzt?«

»Er liegt da hinten auf dem Boden.« Daisy deutete in die Richtung. »Da, unter dem Baum. Miss Claudia und ich haben ihn dort gefunden …«, setzte sie an, doch Rose schoss an ihr vorbei zur Eiche.

»Alex? O Gott, Alex!« Sie kniete sich neben ihren Sohn und berührte sein Gesicht, seine Haare. »Schatz, wach auf. Wach auf, Alex.« Ruckartig schaute sie hoch. »Rufen Sie einen Krankenwagen!«, schrie sie. »Laufen Sie zu Ivy rüber und rufen Sie die 9-1-1 an!«

Daisy nickte und entfernte sich. Ivy und Father O'Brien traten gerade aus der Bücherstube, als sie die Vorderveranda erreichte.

»Wir brauchen … Krankenwagen«, keuchte sie schwer atmend. »Miss Roses kleiner Junge … unter dem Baum.«

Father O'Brien warf ihr einen kurzen Blick zu und schaute dann über die Straße zu Claudia und Rose, die im Gras knieten. »Gehen Sie zu ihnen«, sagte er zu Daisy und Ivy. »Ich rufe Hilfe.«

In der großen Halle der McAllister-Villa arbeitete Emily daran, die Dielenböden abzuschleifen. Möbel und Teppiche waren in die angrenzenden Räume geschafft worden. Sie hatte eine elektrische Schleifmaschine gemietet und war mit dem ersten Durchgang fast fertig. Die Ecken des Raums hatte sie noch vor sich, dann würde sie den Boden fegen und saugen, aber damit wollte sie am nächsten Morgen weitermachen.

Emily schaltete die Schleifmaschine ab und war überrascht, als sie eine Sirene hörte. Sie trat ans Fenster und sah gerade noch, wie ein Krankenwagen die Hauptstraße entlangraste. Sirenen waren in Mill River selten. Das Herz schlug ihr bis zum Hals, als sie sah, wie der Krankenwagen von der Hauptstraße abbog, ein paar Häuserblocks weiter fuhr, bevor er erneut abbog, diesmal in die Maple Street. Sie sammelte ihre Sachen ein und lief nach draußen. Der Krankenwagen war an der Bücherstube langsamer geworden, und sie hatte schon Angst, er könnte für Ivy gerufen worden sein.

Da ihr Kombi endlich zu dringend notwendigen Reparaturen bei Russell war, hatte sie sich Ruths Auto geliehen, um zur Villa zu kommen. Jetzt fuhr sie mit waghalsiger Geschwindigkeit zurück in die Stadt. Als sie in die Maple Street einbog, erschrak sie. Der Krankenwagen, dessen Lichter noch rotierten, stand nicht vor der Bücherstube, sondern vor ihrem eigenen Haus. Tante Ivy, Father O'Brien, Claudia Simon und Daisy drängten sich neben ein paar anderen Leuten auf dem Bürgersteig und sahen zu, wie eine Trage in den Wagen geschoben wurde. Emily konnte nicht erkennen, wer darauf lag, aber ihr Mund blieb vor Schreck offen stehen, als ihre Schwester auch einstieg. Ihr fiel nur ein Grund ein, warum Rose freiwillig in einen Krankenwagen steigen würde.

Alex.

Emily parkte das Auto und sprang hinaus, doch der Krankenwagen fuhr ab, bevor sie die Umstehenden erreichte. »Ich hab ihn hierher fahren sehen, als ich in der McAllister-Villa gearbeitet habe. Was ist passiert?«, fragte sie ihre Großtante.

»Keiner weiß etwas Genaueres, aber wir glauben, dass Alex von dem Baum da gefallen ist.« Ivy rieb sich die Augen, Tränen rannen über die Falten in ihrem Gesicht. »Daisy und Claudia kamen zufällig vorbei und haben ihn im Gras gefunden, bewusstlos. Er war noch nicht wieder bei sich, als sie ihn abtransportiert haben.«

»Bringen sie ihn nach Rutland ins Krankenhaus?«

»Wahrscheinlich«, erwiderte Ivy. »Ich weiß, dass es zwischen dir und Rose nicht gut läuft, aber sie ist jetzt völlig allein. In Anbetracht der Lage glaube ich, wir sollten alle ins Krankenhaus fahren.«

Father O'Brien nickte zustimmend.

Claudia nahm diesen Vorschlag offensichtlich als Hinweis, sich zu verabschieden. Sie umarmte Emily und Ivy und bat sie eindringlich, sie anzurufen, falls sie etwas tun könnte.

Als Claudia sich entfernte, sah Emily, wie Ivy leise mit Father O'Brien sprach. Sie war besorgt und ängstlich. Natürlich verstand sie, dass ihre Großtante seine Gesellschaft in so einem Moment als tröstlich empfand, doch der Gedanke an einen Geistlichen im Krankenhaus behagte ihr ganz und gar nicht. Nur allzu oft waren letzte Ölung und bevorstehender Tod damit verbunden, und sie konnte den Gedanken nicht ertragen, ihren Neffen zu verlieren. Doch weder ihre Angst noch ihr Unbehagen würde sie davon abhalten, mit ihnen zu fahren.

»Also gut«, sagte sie schließlich. »Mein Auto ist in der Werkstatt, aber wenn wir deins nehmen, Tante Ivy, dann kann ich fahren.«

»Wenn Sie mich bitte am Pfarrhaus absetzen würden, komme ich in meinem Pickup nach«, sagte Father O'Brien. »Vielleicht ist es besser, wenn mehr als ein Auto zur Verfügung steht.«

An jedem anderen Tag hätte Emily womöglich versucht, dem betagten Father auszureden, sich ans Steuer zu setzen, doch heute nickte sie nur.

»Ich hole eben meine Schlüssel und die Tasche«, sagte Ivy. »Bin gleich wieder da.« Sie eilte über die Straße.

Daisy stand dabei, hörte sich an, was geplant wurde, und hielt einen großen Korb mit Gemüse und Konserven umschlungen. »Das wollte ich Miss Rose bringen«, erklärte sie, als sie Emilys neugierigen Blick sah. »Miss Claudia hat mir beim Tragen geholfen. Ich wollte noch ein letztes Mal versuchen, mich zu entschuldigen.«

»Das ist nett von Ihnen, Daisy. Dass Sie gerade zur rechten Zeit hier waren, hat Alex wahrscheinlich das Leben gerettet.« Daisy wurde rot, woraufhin das portweinfarbene Muttermal auf ihrer Wange nicht mehr so auffiel. »Wobei mir einfällt, ob Sie mir wohl einen Riesengefallen tun könnten? Ich habe Gus heute Abend weder gefüttert noch ausgeführt, und ich habe keine Ahnung, wie lange ich im Krankenhaus sein werde. Könnten Sie sich um Gus kümmern, bis ich wieder da bin?«

»Oh, Miss Emily, aber gern doch.« Daisys verweinte Augen leuchteten. »Er kann sogar mit zu mir kommen. Ich weiß, dass Smudgie sich über Gesellschaft freuen würde!«

Emily lief ins Haus. Sie warf ein paar Dosen Hundefutter in eine Einkaufstüte, legte Gus die Leine an und eilte mit ihm wieder nach draußen. »Da ist er«, sagte sie und überreichte Daisy Hundefutter und Leine. Gus wedelte mit dem Schwanz und bettelte jaulend um Aufmerksamkeit.

»Keine Sorge, Miss Emily. Ich werde gut auf ihn aufpassen, solange Sie mich brauchen. Es wird sein wie in einer Hundepension.« Daisy streichelte Gus den Kopf. »Ich hoffe, dem kleinen Alex ist nichts Schlimmes passiert«, fügte sie hinzu.

»Ich auch, Daisy, und nochmals vielen, vielen Dank«, sagte Emily. In dem Moment kam Ivy mit ihrer Tasche am Arm über die Straße gelaufen. »Wenn wir Father O'Brien abgesetzt haben, bringen wir Sie mit Gus zu Ihnen, damit Sie den Korb nicht den ganzen Weg wieder zurückschleppen müssen.«

Auf der kurzen Fahrt nach Rutland sagte Emily nicht viel, während Ivy sich laut fragte, was Alex wohl geritten hatte, auf die Eiche zu klettern. Emily hatte Angst um ihren Neffen und wurde von einem Déjà-vu heimgesucht, als sie sich dem Krankenhaus näherten. Dasselbe Gefühl hatte sie auch gehabt, als Andy gestorben und Rose verletzt worden war. Genau wie damals schien die Fahrt eine Ewigkeit zu dauern, als liefe die Zeit rückwärts in dem Versuch, die bevorstehende Qual von ihnen abzuwenden.

Sie betraten das Krankenhaus durch den Eingang der Notfallambulanz und gingen in das Wartezimmer, in dem vor langer Zeit Emilys Welt zusammengebrochen war. Als sie die Reihen identischer Stühle sah, den tristen Teppichboden und die Stapel zerfledderter Zeitschriften, hatte sie Mühe, die Erinnerungen zu verdrängen, die sie überfluteten. *Das ist jetzt nicht der richtige Zeitpunkt*, ermahnte sie sich. *Wir sind wegen Alex hier. Ihm zuliebe musst du positiv denken.*

Im Wartezimmer waren nur ein paar Leute, darunter auch Rose, die sich angespannt auf einem Stuhl an der Seite zusammenkrümmte.

»Rose?«, sprach Ivy sie an, und sie gingen auf sie zu. Gleichzeitig kam jedoch ein Mann in OP-Kleidung ins Wartezimmer und rief: »Ms Frye?«

Sofort sprang Rose auf und ging zu ihm. Emily und Ivy traten näher. Rose, die ihnen noch immer den Rücken zuwandte, hörte dem Arzt zu und nickte, aber auch Emily verstand, was er sagte.

»… Ergebnisse des CT. Ihr Sohn hat ein Epiduralhämatom. Das heißt, er hat eine Blutung im Schädelinnern, die Druck auf sein Gehirn ausübt. Alex muss operiert werden, damit dieser Druck so schnell wie möglich abgebaut wird. Wir haben die Neurochirurgie im Fletcher-Allen-Krankenhaus in Burlington alarmiert, und ein Rettungshubschrauber ist unterwegs, um ihn dorthin zu transportieren. Er dürfte in wenigen Minuten hier eintreffen.«

»Kann ich … kann ich mitkommen? Bitte, lassen Sie mich mitfliegen«, bat Rose mit bebender Stimme.

»Das dürfte kein Problem sein«, erwiderte der Arzt. »Bleiben Sie hier im Wartebereich. Eine Schwester kommt in wenigen Minuten, um Sie zum Landeplatz zu bringen.«

Rose nickte noch einmal, während der Arzt davoneilte, blieb jedoch reglos stehen. »Rosie, Liebes?« Ivy trat zu ihr und legte ihr den Arm um die Schultern. »Wir haben gehört, was der Arzt gerade gesagt hat. Hast du Alex gesehen, seit du hier bist?«

Rose schüttelte den Kopf und warf einen Blick über die Schulter zu Emily. Ihr Gesicht war fleckig und gerötet, und sie weinte hemmungslos.

»Hast du Sheldon erreicht?«, erkundigte sich Ivy.

»Noch nicht, aber ich habe Nachrichten hinterlassen«, brachte Rose unter Schluchzen hervor. »Oh, Tante Ivy, das ist alles meine

Schuld.« Sie sank in Ivys Arme, und Emily sah, wie ihre Großtante versuchte, Rose zu trösten.

»Nein, Schätzchen, das ist es nicht.« Ivy strich Rose über die zerzausten blonden Haare. »Kinder klettern nun mal alle naselang auf Bäume. Das gehört dazu, wenn man Kind ist, und das hier ist so ein verrückter Unfall, wie er eben manchmal passiert.«

»Nein«, sagte Rose. »Das war kein Unfall. Er wollte, dass ich mit ihm nach draußen komme, und ich bin nicht mitgegangen.« Sie öffnete die Faust und hielt Ivy die Hand hin. »Das hier trug er um den Hals. Er hat es herausgefunden, ganz allein. Es muss im Baum versteckt gewesen sein.«

Emily trat einen Schritt näher und starrte mit Ivy auf Roses Hand. Sie sah das Glitzern von Gold und Silber – ein vertrautes Medaillon und ein Schlüssel mit der eingravierten Nummer »338«, der unverkennbar echt war.

32

Sobald sie nach Hause kam, versuchte Claudia, Kyle anzurufen, um ihm mitzuteilen, was Alex zugestoßen war. Er nahm jedoch nicht ab, und die Telefonistin im Revier sagte ihr, er sei nicht da. *Wahrscheinlich wieder auf Patrouille*, dachte Claudia. Sie war besorgt und verunsichert, das grässliche Bild des kleinen, bewusstlos im Gras liegenden Jungen ging ihr nicht aus dem Kopf. Am Ende beschloss sie, sich doch wie geplant auf den Weg nach Rutland zu machen.

Claudia fand ein paar schicke Blusen und ein neues Paar Laufschuhe, aber als sie ihre Sachen bezahlte und von der Kasse hinaus ins Einkaufszentrum schaute, musste sie sich eingestehen, dass sie nach Alex' Unfall keine rechte Lust auf Shoppen hatte. Sie brauchte allerdings noch Lebensmittel. Ihr Kühlschrank war ziemlich leer, und der große Supermarkt im Einkaufszentrum hatte eine schöne Salatbar und eine bessere Produktauswahl als der kleine Lebensmittelladen in Mill River.

Vielleicht lag es daran, dass sie sich so um Alex sorgte, oder dass sie den Kardinalfehler begangen hatte, hungrig einkaufen zu gehen, doch als Claudia aus dem Supermarkt kam, befand sich eine Schachtel Entenmann's-Donuts in einer ihrer Einkaufstüten. Oh, sie hatte auch jede Menge Obst und Gemüse gekauft, aber sie hatte sich ihr Lieblingsgebäck schon so lange nicht mehr gegönnt. *Ich werde sie mir einteilen*, dachte Claudia. *Jeden Tag einen, nach dem Training, und ich werde die Schachtel im Wagen lassen, um nicht in Versuchung zu geraten.*

Auf dem Heimweg kam sie am King's Lodge vorbei, dem schicken Restaurant, in das Kyle sie am Valentinstag ausgeführt hatte. Ein warmes Prickeln überlief sie bei dem Gedanken an das wunderbare Dinner ... und an die darauf folgende, unvergessliche gemeinsame Nacht. Das war eine willkommene Ablenkung von ihrer Besorgnis.

Sie war schon fast wieder in Mill River, als ihr die Anzeige wegen Vandalismus einfiel, die Kyle bearbeitet hatte. Er hatte eine Beschädigung von Rose DiSantis Rasen erwähnt und dass jemand das Wort »dicht« hineingeätzt hatte. Sie war mit Daisy nicht bis zu Roses Haus gekommen und plötzlich neugierig darauf, den Schaden mit eigenen Augen zu sehen. Claudia kam sich ein wenig albern vor, weil sie dem Drang zu gaffen nachgab, aber Vandalismus war eine absolute Seltenheit in Mill River. Sie würde nur ein paar Minuten brauchen, um vorbeizufahren und einen kurzen Blick auf den Rasen zu werfen. *Eigentlich kann ich auch für Alex eine Kleinigkeit in der Bücherstube besorgen, wenn ich schon da bin*, dachte sie. Claudia fiel ein, dass Rose erwähnt hatte, wie gern er las, daher wären ein paar Bücher genau das richtige Geschenk zur Genesung.

In Mill River bog Claudia in die Maple Street ein. Die Bücherstube lag auf der einen Seite, Roses Haus auf der anderen. Sie bremste ab und spähte aus dem Seitenfenster in den Vorgarten. *Da hat sich aber jemand richtig ausgetobt*, dachte sie. Wie Kyle gesagt hatte, war das Wort »dicht« im Rasen zu sehen, die Buchstaben durch gelbes, abgestorbenes Gras kenntlich gemacht. Eigenartigerweise schien jedoch das Gras um die Buchstaben herum auch abzusterben. Es war verwelkt, und ganze Flecken nahmen eine bräunlich-gelbe Färbung an, wenn auch noch nicht so stark wie bei den Buchstaben. Fast so, als hätte jemand absichtlich Unkrautvernichter über den gesamten Rasen geschüttet, um das Wort zu verbergen.

Claudia wollte nicht zu lange vor dem Haus stehen, um keinen Verdacht zu erregen, daher gab sie wieder Gas, nachdem sie eine Weile im Schneckentempo gefahren war. Sie hatte erst ungefähr sechs Meter zurückgelegt, als sie eine Vollbremsung machte.

Kyles Pickup stand direkt vor Emily DiSantis Haus am Randstein.

Ihr erster Gedanke war, dass es unmöglich Kyles Pickup sein konnte, da er eigentlich noch im Dienst sein sollte. Aber es war eindeutig seiner. Sie starrte auf die vertraute Beule am hinteren linken Kotflügel, die einer Begegnung mit einem Einkaufswagen zu verdanken war. Als sie den Fuß von der Bremse nahm und langsam an dem Wagen vorbeirollte, sah sie hinten den Autoaufkleber der Grundschule von Mill River, den sie Rowen letztes Jahr mit nach Hause gegeben hatte. Direkt daneben befand sich das grüne Kennzeichen, dessen Nummer sie auswendig kannte.

Ihre Gedanken überschlugen sich, während sie die Straße hinunterfuhr und kurz vor der Kreuzung anhielt. Sie verrenkte ihren Hals, um noch einen Blick auf Kyles Pickup zu werfen, als Emilys Haustür aufging. Claudia umklammerte das Lenkrad und konnte kaum glauben, was sie sah. Kyle kam heraus, schaute sich rasch um und lief zu seinem Wagen. Allmählich wurde Claudia sich anderer Dinge bewusst.

Das Auto, mit dem Emily zuvor gefahren war, stand direkt hinter Kyles Pickup, was bedeuten musste, dass Emily inzwischen vom Krankenhaus in Rutland wieder nach Hause gekommen war.

Kyle trug keine Uniform.

Rowen war nicht bei ihm.

Claudia fuhr an, gab Gas und machte sich wieder auf den Weg zur Hauptstraße. Sie musste nach Hause, um zu verarbeiten, was sie gerade gesehen hatte.

Da ist was im Busch, dachte sie, während sie in ihre Einfahrt bog. Sie nahm die Einkaufstüten aus dem Kofferraum und knallte den

Deckel zu. Sie schaffte es kaum ins Haus, bevor sie zu weinen anfing.

Hätte sie es nicht gerade mit eigenen Augen gesehen, dann hätte sie nie gedacht, dass Kyle imstande wäre, sie zu betrügen. Wie hatte sie nur so dumm, so blind sein können? Es musste Anzeichen gegeben haben – vielleicht waren sie ihr entgangen, oder sie hatte sich jeglichen Verdacht ausgeredet. Offensichtlich hatte sie Kyle verkannt und ihre eigene Naivität unterschätzt. Er war ihre erste feste Beziehung, ihre erste große Liebe, ihr erstes Ein und Alles. Sie hätte erkennen müssen, dass niemand so perfekt war, wie Kyle nach außen hin schien. Es gab keine Wunder, und keine echte Beziehung funktionierte glücklich bis ans Ende aller Tage wie im Märchen.

Claudia lehnte sich mit dem Rücken an den Kühlschrank und glitt nach unten, bis sie neben den Einkaufstüten auf dem Boden saß. Sie funkelte die Selleriestangen und den knackigen grünen Salat wütend an, die über den Rand ragten. Was hatte das alles für einen Sinn? Die ganze Mühe, ihr Essverhalten zu ändern, sich Köstlichkeiten zu versagen, sich jeden Morgen zum Laufen aufzuraffen, war anscheinend eine absolute Zeitverschwendung. Als sie dick gewesen war, hatte niemand Gefallen an ihr gefunden. Jetzt, da sie Normalgewicht hatte, waren offenbar nur Stalker wie Leroy und untreue Mistkerle wie Kyle an ihr interessiert.

Welchen anderen Grund sollte er haben, drüben bei Emily zu sein?, fragte sie sich.

Emily. Widerwille stieg in Claudia auf, als sie sich an die erste Begegnung mit ihr erinnerte – bei der Gedenkfeier für Josie DiSanti. Sie hatte so viel Mitgefühl mit Emily gehabt, wie sie allein in Josies Wohnzimmer stand, während die ältere Schwester Unterstützung von Mann und Sohn hatte. An dem Tag, an dem Emily nach Mill River gezogen war, hatte Claudia tatsächlich ihre Sachen ins Haus geschleppt. Sie hatte ihr angeboten, sie mit ihrem Freundeskreis bekanntzumachen. Und noch an diesem

Morgen, kurz nach Alex' Unfall, hatte sie Emily warmherzig umarmt, um sie zu trösten. Nicht im Traum hätte sie daran gedacht, dass die rothaarige Hure sich offenbar schon anderweitig getröstet hatte. Emilys Verhalten war besonders abstoßend angesichts der Freundlichkeit, die Claudia ihr entgegengebracht hatte.

In der Einkaufstüte, die am weitesten von ihr entfernt stand, sah Claudia die Ecke einer weißen Pappschachtel. Ohne groß nachzudenken, sprang sie auf und griff danach. Innerhalb weniger Sekunden stand sie an der Anrichte und hatte sich ein großes Glas Milch eingeschenkt. Sie öffnete die Entenmann's-Schachtel. Das Wasser lief ihr im Mund zusammen. Ein Dutzend Donuts lagen vor ihr. Claudias Hand hielt knapp über den mit Zimtzucker und Puderzucker bestreuten Verlockungen inne. Ihre Unentschlossenheit dauerte nicht lange, der Puderzucker gewann.

Es war so lange her, dass sie sich auch nur einen einzigen Donut gegönnt hatte. Sie konnte sich nicht erinnern, wann sie das letzte Mal wirklich mit Hingabe gegessen hatte, besonders Dinge, die normalerweise nicht auf ihrer Liste erlaubter Nahrungsmittel standen. Diesmal hatte sie nicht vor, es nur bei einem Donut zu belassen. Claudia wählte einen mit Puderzucker aus, brach ein Stück ab, tunkte es in die Milch und schob es sich in den Mund. Die weiche Süße war unvergleichlich köstlich. Sie legte sich um ihre Zähne, glitt durch den Hals und breitete sich im ganzen Körper aus. Perfekt, um ihre verletzten Gefühle zu verdrängen, wenigstens für ein paar Minuten.

Nach drei weiteren Donuts legte sie eine Pause ein, um etwas Milch zu trinken. Ihr war es egal, dass Zimt und Puderzucker Flecken auf ihrer Bluse hinterließen und dass Krümel auf die Anrichte und den Küchenboden fielen. Vielleicht lag es an der enormen Zuckerzufuhr, die sich allmählich bemerkbar machte, aber es tat *so gut*, zu essen.

Als die Schachtel halb leer war, drangen die ersten Nadelstiche der Wut durch ihren Zuckerrausch. Claudia begann, ein wenig langsamer zu kauen. Da sie nun Klarheit hatte, beschloss sie, schnell zu handeln, um die Oberhand zu behalten und sich den letzten Rest Selbstachtung zu bewahren. Zumindest hatte sie eine Erklärung verdient. Wie gut, dass Kyle nicht ahnte, von ihr in flagranti erwischt worden zu sein.

Claudia schniefte und nahm einen einfachen Donut aus der Schachtel. Sie würde Kyle ohne Vorwarnung mit der Wahrheit konfrontieren. Sobald sie sich satt gegessen hatte – was noch lange nicht der Fall war –, würde sie Kyle anrufen. Sie würde ihn einladen, nein, sie würde verlangen, dass er vorbeikam. Sobald er da war, würde sie ihm seinen Besuch bei Emily vorhalten.

Ob er es nun zugab oder versuchte, sich mit Lügen herauszuwinden, selbst wenn er sie um Verzeihung bäte, würde sie ihm in die Augen schauen und ihn zum Teufel schicken.

Rose saß im Wartezimmer der chirurgischen Abteilung des Fletcher-Allen-Kinderkrankenhauses von Vermont. Der zwanzigminütige Flug nach Burlington war ihr erster mit einem Helikopter gewesen, doch sie hatte den Blick kaum von Alex abgewandt. Ihr Sohn war die ganze Zeit nicht zu Bewusstsein gekommen. Sie hatte sich angestrengt, über dem Dröhnen der Rotoren etwas zu hören, das regelmäßige Piepen der Geräte, die Alex' Puls und seine Atmung überwachten, um sicherzugehen, dass er noch lebte. Gleich nach der Landung hatte das Personal ihn rasch hineingebracht, direkt in einen Operationssaal, der für ihre Ankunft vorbereitet war.

Sie konnte sich kaum daran erinnern, ihr Einverständnis zur Operation unterzeichnet zu haben. Der Chirurg, der herausgekommen war, um mit ihr zu sprechen, hatte Begriffe wie »intrakranieller Druck« und »Gehirnresektion« verwendet, und man hatte keine Angaben gemacht, wie lange die Operation dauern würde. »Mindestens ein paar Stunden, aber wir wissen es erst, wenn wir angefangen haben«, hatte der Chirurg ihr auf ihre

Frage hin geantwortet. Dann hatte man sie im Wartezimmer allein gelassen, emotional erschöpft und voller Angst um ihr einziges Kind, mitten in einem Meer unpersönlicher, blau gepolsterter Stühle.

Sie saß in der hinteren Ecke des Wartezimmers, in sicherer Entfernung von allen anderen, inzwischen seit über zwei Stunden. Jede Minute, die verging, erschien ihr wie eine Ewigkeit. Überwältigt von Schuld, Scham und Furcht, schloss sie die Augen und lehnte den Kopf an die Wand. *Was habe ich getan?*

»Du bist eine elende Säuferin und eine miserable Mutter«, hatte ihre Schwester gesagt. Und Father O'Briens Worte vom Morgen waren erstaunlich vorausschauend gewesen. »Zu oft bittet ein Suchtkranker, vor allem bei Alkohol- oder Drogenabhängigkeit, erst dann um Hilfe, wenn etwas Schreckliches passiert ist«, hatte er gesagt. »Am Ende verletzt er sich oder jemand anderen.«

Er hat recht, und Emily auch, dachte Rose. *Alex ist meinetwegen hier, weil ich meine Aufgabe als Mutter nicht erfüllt habe.* Sie verzog das Gesicht, als ihr die Wahrheit dessen bewusst wurde, was man ihr gesagt hatte. Sie hatte ein Alkoholproblem, das Menschen, die sie liebte, unsäglichen Schmerz bereitet hatte und Alex das Leben kosten könnte. »Die Ärzte werden ihn retten«, flüsterte sie vor sich hin. »Bitte, bitte, sie sollen ihn retten. Bitte, bitte …«

Rose wusste nicht, wie lange sie in dieser Position verharrt hatte, und sie schrak zusammen, als eine Hand ihre Schulter berührte. Sie sprang auf. Tante Ivy, Emily und Father O'Brien standen neben ihr.

»Bin ich eingedöst?«, fragte sie. »Hat jemand nach mir gesucht? War jemand hier, um mich über Alex' Zustand zu informieren? Ist er aus dem OP?« Mit wildem Blick und etwas desorientiert schaute sie sich im Wartezimmer um, aber weder Ärzte noch Schwestern waren zu sehen.

»Wir sind gerade erst gekommen, Liebes«, sagte Ivy, »aber es sieht nicht so aus, als wäre jemand hier gewesen, um mit dir zu sprechen. Wie lange ist er drin?«

Rose warf einen Blick auf ihre Uhr. »Es dauert schon zwei Stunden. Ihr hättet nicht kommen müssen.« Rose schaute zu Father O'Brien und ihrer Schwester. »Ich habe nicht mit euch gerechnet.«

»Wir alle lieben Alex«, sagte Emily.

»Und dich auch«, fügte Ivy hinzu, allerdings entging Rose nicht, dass Emilys Mund sich bei dieser Bemerkung zu einer festen, schmalen Linie verzog. »Hast du Sheldon schon erreicht?«

»Ja, endlich. Er versucht, einen Flug zu bekommen, aber der einzige Direktflug startet heute Abend erst nach zehn«, erwiderte Rose. »Mit dem Auto kommt er am schnellsten her, doch auch wenn er kurz nach unserem Gespräch abgefahren ist, kann er nicht vor ...«

Sie verstummte, als ein Mann in OP-Kleidung das Wartezimmer betrat. Um seinen Hals hing noch ein weißer Mundschutz, als hätte er ihn gerade abgezogen.

»Ms Frye?«, fragte der Mann und schaute sie direkt an. Es war derselbe Chirurg, der kurz mit ihr gesprochen hatte, als sie die Formulare unterschrieb.

»Ja. Wie geht es Alex?«

»Er ist aus dem OP, und alles lief gut. Jetzt ist er auf dem Weg in den Aufwachraum, und Sie werden ihn dort bald sehen können. Eine der Schwestern dürfte in ein paar Minuten hier sein und Sie holen.«

»Wird er wieder gesund?«

»Ich wünschte, ich könnte Ihnen eine präzise Antwort geben, Ms Frye, aber dafür ist es noch zu früh. Wir konnten seine Schädeldecke an beiden Seiten der Fraktur anheben und die Blutgerinnsel entfernen, die Druck auf sein Gehirn ausübten. Wir haben den Schädel außerdem mit einer Mikroplatte und Schrauben stabilisiert und eine Dränage eingesetzt, bevor wir ihn wieder zumachten. Vom Aufwachraum wird Alex auf die pädiatrische Intensivstation verlegt. Wenn nach etwa einem Tag alles gut aussieht, werden wir ihn langsam aus dem künstlichen Koma holen und erste neurologische Tests vornehmen. Frühestens dann bekommen wir eine genauere Vorstellung davon, was zu erwarten ist.«

Rose kämpfte erneut gegen die Tränen an. »Glauben Sie, er wird sich vollständig erholen?«

»Das könnte gut sein«, erwiderte der Chirurg, »aber, wie gesagt, es ist noch zu früh für Vermutungen oder Vorhersagen. Es ist auch sehr gut möglich, dass Alex von der Verletzung einen dauerhaften Hirnschaden davonträgt. Sie sollten sich auf alle möglichen Resultate einstellen.«

Rose nickte. »Danke, Herr Doktor. Vielen Dank für alles, was Sie für ihn getan haben.« Der Raum begann sich um sie zu drehen, und sie versuchte, sich auf die mitfühlenden Augen des Chirurgen zu konzentrieren. Er streckte die Hand aus und berührte ihren Arm.

»Wissen Sie, ich habe einen Sohn und eine Tochter. Ich weiß, wie schwer das für Sie sein muss, und Sie sollen wissen, dass es ein paar Dinge gibt, die Alex' Chancen vielleicht verbessern. Erstens sind Kinder robust und erholen sich rasch. Außerdem spielt die Zeit in solchen Fällen eine wesentliche Rolle. Sie haben ihn sehr schnell zur Operation hergebracht, was sehr wichtig war. Er kann von Glück sagen, dass Sie zur Stelle waren.«

Das war ich nicht, dachte Rose. *Ich war nicht da*. Sie nahm kaum zur Kenntnis, dass der Chirurg ihren Arm tätschelte, bevor er ging.

»Alles wird gut«, sagte ihre Großtante. Rose spürte Ivys Hand auf dem Rücken, doch in dem Moment trat eine Krankenschwester durch die Doppeltüren.

»Ms Frye?«, fragte sie, und Rose nickte. »Sie können Ihren

Sohn jetzt sehen. Wenn Sie wollen, kann noch jemand mitkommen.«

Rose schaut hinter sich zu Ivy, Emily und Father O'Brien. Sie begegnete dem Blick des Priesters und zog die Augenbrauen hoch. Er nickte leicht auf ihre stumme Frage hin.

»Kann Father O'Brien mich begleiten?«, fragte Rose.

»Selbstverständlich«, erwiderte die Schwester. »Bitte folgen Sie mir.«

Rose blieb das Herz stehen, als sie den ersten Blick auf Alex im Krankenhausbett warf. Er wirkte so klein und schwach zwischen den Laken. Sein Kopf war mit einem weißen Verband umwickelt, der bis auf die Stirn reichte. Schläuche kamen aus seinem Mund, festgehalten von weißem Pflaster unter der Nase und auf den Wangen. An seiner Brust hafteten mehrere Elektroden. Die einzigen Geräusche im Raum waren das Piepen der Monitore an seinem Bett und das leise Zischen des Beatmungsgeräts.

Sie beugte sich über sein Gesicht und suchte nach einem Anzeichen von Bewegung oder Bewusstsein.

»Alex, Schätzchen, Mommy ist hier. Du bist im Krankenhaus, aber du wirst wieder gesund. Kannst du mich hören?«

Sie bekam keine Antwort, weder Augen noch Gesicht zeigten eine Regung. Nichts außer dem rhythmischen Geräusch der künstlichen Beatmung.

»Alex.« Rose beugte sich noch tiefer über sein Gesicht, so tief, dass sie mit den Lippen seine Wange berührte. »Ich bin hier, Schatz, und ich hab dich lieb«, flüsterte sie. Als sie sich aufrichtete, wischte sie sich hektisch über die Augen. *Wenn ich weine, ist er immer ganz verstört*, dachte sie.

»Rose«, sagte Father O'Brien leise, »nehmen Sie meine Hand.« Er hielt sie ihr hin. Als sie danach griff, senkte Father O'Brien den Kopf und begann zu beten.

»Himmlischer Vater, wache mit uns über Dein Kind Alex und

mach, dass er wieder vollständig gesund wird, was nur Du ihm zu schenken vermagst …«

Wie Rose da neben Father O'Brien stand, war ihr, als wäre sie wieder sieben Jahre alt, in einem weißen Kleid, bereit für ihre Erstkommunion. Sie konnte sich noch an den Tag in der kleinen Steinkirche von Mill River erinnern. Sie war ein wenig nervös gewesen, als sie vor der Gemeinde stand. Als sie an der Reihe war, eine Oblate zu empfangen, hatte das Lächeln auf Father O'Briens Gesicht sie vollkommen beruhigt.

Er war jetzt so viel älter, hatte schütteres, weißes Haar. Die Hand, mit der er ihre umfasste, war nicht annähernd so fest wie damals, als er ihr die erste Oblate zur Kommunion in den Mund gelegt hatte. Dennoch, die Güte und Wärme, die Father O'Brien immer ausgestrahlt hatte, beruhigten sie nach wie vor.

»Father?«, flüsterte sie. Sie schaute in sein gealtertes Gesicht und spürte unvoreingenommene, bedingungslose Zuneigung. »Alles, was Sie mir heute gesagt haben … entsprach der Wahrheit. Wäre ich … wäre ich wach gewesen und hätte mitbekommen, wie Alex das Haus verließ, hätte er sich nicht verletzt. Wenn er einen Hirnschaden hat, oder wenn er … nicht mehr aufwacht, dann ist es meine Schuld … die Folge meiner Trinkerei.« Sie holte tief Luft, bemüht, in Alex' Gegenwart ruhig und gleichmäßig zu sprechen. »Ich brauche Hilfe. Ich möchte eine gute Mutter sein.« Ihre Stimme wurde leiser und krächzend. »Womöglich wacht Alex nicht auf. Und wenn doch, wenn ich eine zweite Chance bekomme, sehe ich sie nicht als selbstverständlich an. Aber ich bin nicht stark genug, um allein zu schaffen, was ich tun muss.«

Father O'Brien schenkte ihr ein Lächeln, so wie er es immer schon getan hatte. »Natürlich werde ich Ihnen helfen. Und ich glaube fest daran, wenn Ihr Sohn wieder aufwacht, wird er Ihnen auch helfen.«

33

In der Küche ihres kleinen Hauses an der Hauptstraße legte Claudia die Hände auf die Anrichte und schloss die Augen. Das Glas Milch, das sie sich eingeschenkt hatte, war leer, und in der Entenmann's-Schachtel, die offen vor ihr stand, war noch ein Donut ohne Zuckerguss. Sie hatte ein Stück abgebissen, aber sie konnte ihn einfach nicht aufessen. Sie hatte das Gefühl, ihr Magen würde explodieren.

Sie klappte die Donut-Schachtel zu und schob sie in den Schrank. Im Moment konnte sie nicht einmal ihren Anblick ertragen. Sie holte einen Schwamm aus der Spüle und wischte mechanisch die Krümel und den Puderzucker weg, die auf der Anrichte und dem Boden verstreut waren. Als sie damit zufrieden war, zog sie im Schlafzimmer die mit Puderzucker verschmutzte Bluse aus und holte ein frisches Oberteil aus dem Schrank. Schließlich ging sie ins Bad, um sich das Gesicht zu waschen.

So sieht Völlerei aus, dachte sie, als sie einen Waschlappen anfeuchtete und in den Spiegel schaute. Die Tränen, die ihr beim Essen über das Gesicht geströmt waren, hatten sich mit Zimt, Puderzucker und Donut-Krümeln vermischt. Die klebrige Masse hatte sich um ihren Mund und ihr Kinn gelegt, als hätte sie einen weißen Schnurrbart und Kinnbart.

Sobald sie die Spuren ihrer Fressorgie abgewaschen hatte, griff sie nach dem Telefon und wählte Kyles Nummer.

»Hey, Süße!«, sagte er, als er ihre Stimme hörte. »Ich habe gerade an dich gedacht. Wie war deine Einkaufstour?«

»Schön«, erwiderte sie und versuchte, ihre Stimme möglichst normal klingen zu lassen. »Obwohl es mir gerade nicht so gut geht.«

»Ist dir wieder schlecht? Dasselbe wie gestern Abend?«

»Hmm, ich glaube schon.«

»Soll ich vorbeikommen?«

Claudia zögerte mit der Antwort. Er klang wirklich besorgt, und nach allem, was sie wusste, tat es weh, ihm zu antworten.

»Wäre das möglich?«

»Klar. Ich will sehen, ob Ruth eine Weile auf Rowen aufpassen kann, dann komme ich.«

Nach nur wenigen Minuten stand er vor ihrer Haustür. Als sie ihn hereinließ, küsste er sie auf die Stirn und umarmte sie stürmisch, aber sie versteifte sich.

»Was ist los?« Er trat zurück und sah sie fragend an.

Sie schaute ihn zum ersten Mal an. »Wir müssen reden.«

»Oh, okay.« Er wirkte perplex, und Claudia war beeindruckt von seinen schauspielerischen Fähigkeiten.

»Ich möchte, dass du mir zuhörst, ohne mich zu unterbrechen«, setzte sie an. »Das hier fällt mir nicht leicht. Ich hätte nie gedacht, dass es mit dir so weit kommen würde, aber jetzt ist es passiert.«

Kyle machte den Mund auf und schloss ihn wieder, als sie den Finger hob.

»Ich weiß über dich und Emily Bescheid.« Sie gab sich die größte Mühe, streng zu klingen, doch ihre Stimme stockte, und sie war den Tränen nahe. »Ich habe schon seit einer Weile vermutet, dass etwas zwischen euch läuft, so wie du an dem Tag auf dem Revier mit ihr gesprochen hast. Ich weiß, du warst bei ihr, um mit ihr über den Vandalismus zu reden, obwohl du es mir gegenüber nie erwähnt hast. Ich habe mir gesagt, dass ich mir das alles einbilde. Ich hatte mich auch schon fast überzeugt, bis ich vorhin sah, wie du aus ihrem Haus kamst.«

Kyle wollte etwas sagen, doch sie schnitt ihm das Wort ab.

»Ich will keine Entschuldigungen hören. Versuch nicht, es zu leugnen. Ich will nur wissen, warum du es gemacht hast.«

»Claudia, es ist nicht, was du denkst. Da läuft nichts …«

»Blödsinn!«, schrie sie, und die Tränen flossen. »Sag mir einfach die Wahrheit. Was hat dir an mir nicht gefallen? War ich nicht hübsch oder lustig genug? Hatten wir nicht genug Sex? Oder hat Emily dir auf andere Weise den Kopf verdreht?« Allmählich wurde ihr schlecht. Ihr Magen war nicht an derartig gewaltige Nahrungsmengen gewöhnt, geschweige denn an eine Überfrachtung mit reinem Zucker und Fett, und ihr Gemütszustand war alles andere als hilfreich.

»Meine Güte, Claudia. Wie kommst du denn darauf? Ich liebe dich, und ich dachte, du empfindest dasselbe für mich.« Kyle schüttelte den Kopf, und seine braunen Augen verengten sich vor Wut. »Nach all der Zeit, die wir zusammen sind, vertraust du mir denn gar nicht?«

»Streitest du ab, dass du heute bei Emily warst?«

»Nein. Und um ehrlich zu sein, ich fasse es nicht, dass du mir nachspioniert hast.«

»Das habe ich nicht«, entgegnete sie. »Ich wollte auf dem Heimweg an Roses Haus vorbeifahren, um mir den Schaden am Rasen anzusehen, von dem du bei der Grillparty erzählt hast. Und da bist du aus Emilys Haus gekommen. Es sah auch nicht so aus, als wärst du dienstlich dort gewesen.«

»Stimmt«, sagte er im selben barschen Tonfall, den sie angeschlagen hatte, ging aber nicht auf Einzelheiten ein.

Claudia hob das Kinn und gab sich entschlossen. »Dann habe ich also recht.«

»Nein, hast du nicht. Tatsächlich könntest du nicht weiter von der Wahrheit entfernt sein«, fuhr Kyle sie an. Er wirbelte herum und stapfte hinaus, wobei er die Haustür hinter sich zuschlug.

Mit rumorendem Magen stand Claudia so lange im Flur, bis sie hörte, wie er seinen Pickup anließ, dann rannte sie ins Bad. Sie schaffte es gerade noch, die Klobrille anzuheben und sich über die Schüssel zu beugen. Zwischen Brechanfällen keuchte und schluchzte sie, als gäbe sie mehr als ihren Mageninhalt von sich. Fast so, als würden die wunderschönen Erinnerungen, die sie mit Kyle verband, und das Glück, das ihr in den vergangenen Monaten das Herz erwärmt hatte, Stück für Stück herausgerissen.

Als sie schließlich wieder zu Atem kam, drückte sie auf die Klospülung und lehnte sich an die Wand. Der Gedanke, Kyle zu verlieren, war zu viel, zu viel für ihr gequältes Herz und ihren aufgewühlten Magen. Sie fühlte sich in jeder Hinsicht leer, schloss die Augen und versuchte, an nichts zu denken.

»Wie geht es ihm?«, fragte Emily, als Ivy aus Alex' Krankenzimmer kam. Während man Alex auf die pädiatrische Intensivstation verlegt hatte, war sie hinunter in die Cafeteria gegangen und hatte Kaffee und Sandwiches geholt. Sie war die Einzige, die Alex nach seiner Operation noch nicht gesehen hatte, aber sie hatte Angst davor, wie Rose auf ihre Anwesenheit reagieren könnte.

»Ist immer noch unter Narkose«, erwiderte Ivy. »Himmel, ist das gruselig, wie zerbrechlich er wirkt, der arme Kerl. Rose hält sich tapfer, aber so gerade eben, glaube ich. Gut, dass Sheldon bald kommt.« Interessiert schaute sie auf das Tablett mit Bechern und Sandwiches, das Emily in den Händen hielt.

Father O'Brien kam auf sie zu. »Ich habe gerade erfahren, dass es in der Nähe des Krankenhauses ein Ronald-McDonald-Haus gibt. Da Alex wohl eine Weile hier bleiben wird, gehe ich vorbei, sobald es geöffnet hat, und sehe nach, ob sie Platz für Rose und Sheldon haben. Ansonsten gibt es auch einen Familienraum für Eltern und Angehörige im sechsten Stock des Baird-Gebäudes. Da können Sie sich waschen oder ein bisschen schlafen.«

»Danke, Father«, sagte Ivy. »Ich habe nicht einmal darüber nachgedacht, wie lange wir wohl hierbleiben werden.«

»Ich helfe doch gern.«

»Ich bin mir nicht sicher, ob sie Alex' Zimmer verlassen will, aber Rose wird sich irgendwann auch ausruhen müssen, um bei Kräften zu bleiben«, sagte Ivy. »Em, wir können das Tablett nehmen und uns hier hinsetzen, wenn du reingehen willst.«

»Klar.« Emily reichte Father O'Brien das Tablett und nahm einen Becher Kaffee und ein Sandwich herunter. Ivy stützte sich matt auf ihren Gehstock und machte sich auf den Weg in den Wartebereich. Father O'Brien folgte ihr nicht sofort. Stattdessen wandte er sich mit nachdenklicher Miene an Emily.

»Emily, erinnern Sie sich noch an unsere gestrige Unterhaltung? Als ich Sie fragte, ob Sie Ihre Schwester noch lieben?« Sie nickte, und er fuhr fort. »Ich glaube, was Alex zugestoßen ist, wird Folgen für Rose haben. Und ich glaube, wenn noch etwas von Ihrer Liebe da ist, dann muss sie das wissen und spüren, jetzt mehr denn je.«

Father O'Brien hielt ihren Blick noch kurz fest, bevor er Ivy folgte. Emily holte tief Luft und trat leise in Alex' Zimmer.

Rose saß auf einem Stuhl neben seinem Bett. Eine Hand lag auf Alex' kleinem Arm, und ihr Kopf war nach vorn gesunken, sodass ihr Kinn fast auf ihrer Brust ruhte. Emily bemühte sich, die schwere Tür leise zu schließen, doch das Klicken des Schlosses schreckte ihre Schwester auf.

»Ich bin's nur«, sagte Emily, als Rose ruckartig den Kopf hob. »Ich habe dir etwas aus der Cafeteria mitgebracht.« Sie ging langsam zu Rose und reichte ihr den Becher und das in Folie verpackte Sandwich. »Der Kaffee ist nicht gerade toll, aber ich dachte, er ist besser als gar nichts.«

»Danke.« Rose legte das Sandwich auf einen Rolltisch neben Alex' Bett und nahm einen Schluck aus dem Becher.

Emily betrachtete Alex. Er lag so ruhig da, bis auf das leichte Heben und Senken seiner Brust, und es war herzzerreißend, seine schmale Gestalt über zahllose Schläuche und Drähte an Monitore und andere Geräte angeschlossen zu sehen.

»Hat sich was verändert?«, flüsterte Emily.

Rose schüttelte den Kopf. »Die Ärzte haben gesagt, solange er unter Narkose ist, tut sich noch nichts.«

»Weißt du, wie lange sie ihn so belassen?«

»Mindestens einen Tag, vielleicht länger. Das hängt davon ab, wie sich der Druck auf sein Gehirn entwickelt.« Rose streckte die Hand zu Alex' Gesicht aus und streichelte sanft seine Wange, dann den Teil der Stirn, die nicht vom Verband bedeckt war.

Emily nickte, obwohl Rose es nicht bemerkte, weil sie den Blick nicht von Alex abwandte.

»Ich nehme an, Sheldon wird bald hier sein, oder?« Ihrer Schwester rann eine Träne aus dem Augenwinkel.

»Ja, bald, hoffe ich.«

Emily nickte noch einmal. Sie kam sich unbeholfen und fehl am Platz vor. Sie trat ein paar Schritte zurück und wollte schon leise den Raum verlassen, als Rose wieder das Wort ergriff.

»Jetzt verstehe ich, was ich dir genommen habe«, sagte sie.

Emily erstarrte. Langsam wandte Rose ihr das tränennasse Gesicht zu und schaute sie an.

»Alex ist das Wunderbarste, das Kostbarste in meinem Leben, so wie Andy es für dich war. Falls Alex nicht mehr aufwacht, oder wenn er aufwacht und nicht mehr er selbst ist, dann ist es meine Schuld. So wie Andys Tod meine Schuld war.«

Emily spürte, wie ihr das Atmen schwerfiel, als Roses Worte direkt in sie eindrangen und auf einen Schmerz trafen, der noch immer tief in ihr saß.

»Ich hatte was getrunken, am Nachmittag, bevor Mom mich bat, Andy abzuholen. Ich hatte ein paar Stunden geschlafen, als sie mich weckte, daher dachte ich, ich könnte fahren. Da war wirklich ein Hirsch, der direkt vor unser Auto sprang. Ich weiß nicht, wie schnell wir fuhren, aber ich reagierte nicht rechtzeitig. Mir kam es wie in Zeitlupe vor. Ich riss das Lenkrad herum, um dem Tier auszuweichen, und dann flog der Wagen durch die

Luft. Ehrlich gesagt, wusste ich nicht genau, ob der Alkohol meine Fahrweise beeinflusst hat oder nicht. Ich bin mir immer noch nicht sicher. Aber es könnte sein. Ich hatte Angst, ins Gefängnis zu müssen, und ich habe nach dem Unfall nichts zugegeben. Warum auch, wenn mein Blutalkoholspiegel normal war, als sie ihn getestet haben? Im Übrigen war es sowieso zu spät. Ich konnte nichts ändern, konnte Andy nicht zurückholen. Ich habe mir immer wieder eingeredet, dass es bloß ein Unfall war, in der Hoffnung, mich selbst davon zu überzeugen.«

Emily zitterte, während sie ihrer Schwester zuhörte. Sie hatte Angst vor dem, was sie sagen könnte, wenn sie versuchen würde zu sprechen. Sie wischte sich mit dem Handrücken die Tränen ab und schlang die Arme um ihre Taille.

»Im Grunde meines Herzens wusste ich, was ich getan hatte.« Rose beugte sich vor und glättete die Decke über Alex' Brust. »In gewisser Weise wusste ich, dass ich für Andys Tod verantwortlich war, dafür, dass ich dein Leben verpfuscht hatte. Aber ich habe nicht dazu gestanden. Ich habe es verdrängt. All die Jahre habe ich versucht, die Schuldgefühle zu ignorieren und weiterzuleben. Ich war so egoistisch, und ich wusste nie, habe nicht einmal versucht zu verstehen, wie es für dich gewesen sein muss, jemanden zu verlieren, den du von ganzem Herzen geliebt hast.«

»Du weißt noch immer nicht, wie es ist, nicht so richtig«, flüsterte Emily und warf einen Blick auf Alex.

»Das mag sein«, gab Rose zu. »Ich wage es kaum, daran zu denken, was mit Alex sein könnte. Ich bin nicht so stark wie du, Em. Ich glaube, ich würde es nicht überleben, ihn zu verlieren.«

»Alex zuliebe hoffe ich, dass du es nicht herausfinden musst.« Emily drehte sich um und griff nach dem Türknauf.

»Emily?«

Sie hielt inne, obwohl sie so schnell wie möglich den Raum und ihre Schwester hinter sich lassen wollte, aber aus unerfindlichen Gründen wandte sie sich Rose wieder zu.

»Es tut mir wirklich leid, was ich dir angetan habe. Und Andy. All die Jahre habe ich mich geweigert, das zuzugeben, mir einzugestehen, was ich bin. Ich bin … ich bin eine Alkoholikerin. Wahrscheinlich seit der Highschool. Es war immer leichter, zu trinken, als sich mit einem Problem auseinanderzusetzen, und nach dem Unfall war es die einzige Möglichkeit, dem Schuldgefühl zu entkommen.« Roses Körper bebte unter der Wucht ihrer Schluchzer.

»Es ist erbärmlich, dass es so weit kommen musste, damit du dir das eingestehst«, sagte Emily. »Du hättest schon längst etwas gegen deine Trinkerei unternehmen müssen.«

»Du hast recht«, brachte Rose erstickt hervor. »Ich hätte Mom um Hilfe bitten sollen. Mehrfach stand ich kurz davor, aber jedes Mal redete ich mir ein, sie würde mich mit ihrer eigenen Mutter vergleichen und sich von mir abwenden. Ich werde es immer bereuen, dass ich mich nicht an sie gewandt habe, solange sie noch lebte. Aber ich habe Father O'Brien gerade um Unterstützung bei meinem Entzug gebeten, denn ich möchte Alex eine bessere Mutter sein, falls … wenn er aufwacht. Das hat er verdient. So wie Sheldon eine bessere Frau verdient hat und du eine bessere Schwester. Daher frage ich dich, ob du es wohl über dich bringst, mir diese Chance zu geben. Gibt es eine Möglichkeit, dass du mir verzeihst, was ich dir angetan habe?«

Emily starrte Rose lange schweigend an. »Wäre ich für Alex' Unfall verantwortlich«, sagte sie schließlich, »wärst *du* imstande, *mir* zu verzeihen?«

Rose schaute wieder auf Alex. »Das weiß ich nicht«, gestand sie. »Das wäre schwer, vielleicht unmöglich. Ich glaube nicht, dass ich jemandem so etwas verzeihen könnte, es sei denn, ich liebte den Menschen genauso wie Alex.«

Ermöglicht Liebe wirklich Vergebung, oder erschwert sie diese nur? Vielleicht beides, dachte Emily.

Immer schneller wirbelten Erinnerungen durch ihren Kopf.

Rose, die im Schulbus auf dem Platz neben ihr saß und die Rüpel aus der vierten Klasse anbrüllte, den Mund zu halten, nachdem sie sich über Emilys rote Haare lustig gemacht hatten. Rose, wie sie bei einem Streit fest an denselben Haaren zerrte, während Emily gleichzeitig an den blonden Haaren ihrer Schwester zog. Rose, die ihr an all den Abenden, an denen ihre Mutter noch spät gearbeitet hatte, eine Gutenachtgeschichte vorlas. Wie sie mit Rose im Kinderzimmer saß, beide von Windpocken bedeckt, und sie sich gegenseitig Galmeisalbe auf die schwer zu erreichenden juckenden Stellen tupften. Rose, die nach dem Vorfall mit der Spülmaschine heimlich und pedantisch den Lieblingsbecher ihrer Mutter mit Sekundenkleber wieder zusammenfügte. Rose, die ohne zu fragen Emilys Taschengeld »borgte«, damit Linx ein Sixpack holen konnte, sobald sie aus dem Fenster gestiegen war. Rose, die ihr beibrachte, wie man sich die Augen schminkt, und ihr sagte, wie es sich anfühlt, einen Jungen zu küssen. Rose, wie sie am Telefon schluchzte und lallte, während Emily gerade für die Zwischenprüfung am College lernen musste. Und nach dem Weihnachtsbesuch, als sie endlich Andy mit nach Hause gebracht hatte, um ihn ihrer Familie vorzustellen, wie Rose sie zum Abschied umarmte und ihr zuflüsterte, wie froh sie sei, dass Emily so einen tollen Mann gefunden habe.

Als Emily die Augen in dem Versuch schloss, aus dem emotionalen Wirbelsturm schlau zu werden, stellte sie sich Father O'Briens Gesicht vor. »Sie waren unzertrennlich ... Sie hatten einander sehr lieb«, hatte er gesagt, und natürlich stimmte das. Sie hatte Rose geliebt, obwohl und weil sie so unterschiedlich waren, in all den Jahren der Auseinandersetzungen und Tränen, bevor Rose von zu Hause weggegangen war, und danach, bis Andy ums Leben kam. Die Frage war jetzt, ob von dieser Liebe noch etwas geblieben war. Father O'Briens ruhige, alte Stimme hallte tief in ihrem Innern wider. »Wenn Sie Ihre Schwester überhaupt noch lieben, erkennen Sie es jetzt vielleicht nicht.

Doch ich glaube, dass es so ist, und dass diese Liebe der Schlüssel ist, ihr zu verzeihen, was sie getan hat.«

Die schwere Tür des Zimmers wurde plötzlich aufgerissen, und Sheldon platzte herein.

»Rose.« Er eilte an Emily vorbei zu ihrer Schwester und Alex. Rose stand auf und sank in seine Arme. Emily hielt die zufallende Tür fest und schlüpfte hinaus. Zu bleiben wäre übergriffig, und sie musste allein sein.

Aus Alex' Zimmer lief sie durch leere Krankenhausflure. Sie stieß auf eine Tür mit dem Schild PERSONALAUSGANG und öffnete sie. Die frische Luft draußen verschaffte ihr Erleichterung. Das Krankenhaus war steril und erstickend, und ihre wirbelnden Empfindungen waren ganz offensichtlich darauf aus, den letzten Sauerstoff aus ihrer Lunge zu pressen.

Ein paar Meter von der Tür entfernt stand eine Parkbank, auf die Emily sich setzte. Der Himmel hatte ein klares Mitternachtsblau und war mit Sternen übersät, ganz ähnlich wie bei ihrem ersten Date mit Andy. Nach dem Dinner waren sie am späten Abend zurück zum Campus gegangen und hatten sich auf die rote Granitbank im Innenhof gesetzt. Er hatte sie unter diesen Sternen zum ersten Mal geküsst, bei einer ebensolchen kühlen Nachtbrise, die über ihr Gesicht strich.

Später in demselben Frühjahr hatte er sie mit einem Wochenendausflug in eine gemütliche Hütte im Branbury-State-Park überrascht. Sie hatten vorgehabt, zum Wasserfall von Lana oder zu den Rattlesnake Cliffs hinaufzuradeln, doch letzten Endes blieben sie die ganze Zeit in der Hütte, weil sie nicht voneinander lassen konnten. Auch da, fiel Emily ein, hatte nachts eine frische Brise geweht, durch das offene Fenster, als Andy mit ihr geschlafen hatte.

Danach hatten ihre Zukunftspläne rasch Gestalt angenommen. »Du kannst unterrichten, während ich das Studium beende«, hatte er gesagt. Sie hatten nebeneinander gelegen, seine

Finger strichen über die weiche Haut an ihrem Bauch. »Sobald ich Arzt im Praktikum bin, können wir uns ein Haus suchen. Etwas Altes und Schönes, das du restaurieren kannst.«

»Groß genug für Kinder«, sagte sie. »Mindestens zwei oder drei.«

»Mindestens«, stimmte er ihr zu, das Wort an ihrem Mund flüsternd.

Sie hatte davon geträumt, Andy zu heiraten, eine Familie mit ihm zu gründen, ihre Kinder großzuziehen und sie ins Erwachsenenleben zu entlassen. Dann wären sie zusammen alt geworden, hätten mit den Enkelkindern in demselben alten Haus gespielt und den Lauf der Jahreszeiten vom Fenster aus beobachtet.

Emily zitterte. Mit geschlossenen Augen spürte sie Andy förmlich an ihrer Seite auf der Bank. Die leichte Brise wehte einen Hauch seines Rasierwassers zu ihr, seine flüsternde Stimme. Er war bei ihr.

Und doch war er nicht da.

Trotz der langen Zeit, die vergangen war, und obwohl sie nach Andys Tod andere Beziehungen gehabt hatte, tat ihr das leere Herz noch immer weh, und sie sehnte sich nach dem, was hätte sein können. Selbst wenn sie wollte, wie sollte sie in diesem Herzen die Vergebung aufbringen, um Rose eine zweite Chance zu gewähren?

Fast sechsunddreißig Stunden später betrat Ivy als Letzte Alex' Zimmer. Der kleine Junge war noch immer bewusstlos und wurde künstlich beatmet, und der Chirurg, der die Operation durchgeführt hatte, beugte sich mit einer Stiftlampe über ihn, schob sanft ein Augenlid hoch, dann das andere.

»Seine Pupillen reagieren normal, was ein gutes Zeichen ist«, sagte der Chirurg. »Der Druck in seinem Schädel ist seit der OP auch stabil geblieben. Wir haben die Narkosemittel den ganzen Morgen über reduziert, und jetzt bekommt er gar keine mehr.«

»Warum ist er dann nicht wach?«, fragte Rose.

»Der Körper braucht Zeit, um die ganzen Medikamente abzubauen«, erklärte der Chirurg. »Wir warten ab und beobachten ihn weiter. Wenn Alex wieder zu Bewusstsein kommt, werden die Schwestern sofort Kontakt mit mir oder dem diensthabenden Arzt aufnehmen.«

»Danke, Herr Doktor«, sagte Sheldon. Er legte Rose den Arm um die Schultern, während sie Alex im Auge behielt. Der Chirurg schenkte ihnen ein kurzes Lächeln und eilte aus dem Zimmer.

»Mach doch mal eine Pause, Rose«, ermunterte Sheldon seine Frau leise. »Du hast diesen Raum kaum verlassen, seitdem du hier bist. Hol dir was zu essen, oder ruh dich kurz im Familienzimmer aus. Nimm einfach dein Handy mit. Ich rufe dich an, wenn eine Veränderung eintritt.«

»Das ist eine gute Idee«, bekräftigte Ivy. »Du möchtest doch munter und ausgeruht sein, wenn er wach wird. Aber im Moment bist du einfach nur erschöpft.«

»Gestern Abend habe ich im Familienzimmer geduscht«, sagte Emily. »Ist ganz nett da.«

»Und ich komme gerade von dort«, ergänzte Ivy. »Da gibt es abgeschlossene, lärmgedämmte Zimmer, in denen man schlafen kann, und ich konnte eins für uns reservieren. Außerdem haben sie weiche Sofas, Fernsehen und Internetzugang. Komm doch mit, und schau es dir an.«

»Na ja, ich könnte wohl kurz weg.« Rose sah zu Sheldon. »Wenn du mir versprichst, dass du mich anrufst, sobald sich etwas tut.«

»Wird gemacht.«

»Ich zeige dir, wo es ist«, sagte Ivy. »Father O'Brien, kommen Sie doch auch mit.«

»Danke«, erwiderte er. »Ich hätte nichts dagegen, ein paar Minuten an einem bequemen Platz zu sitzen.«

»Wenn sich *irgendwas* verändert …«, wiederholte Rose, an

Sheldon gewandt, während Father O'Brien, Emily und Ivy nacheinander den Raum verließen.

»Keine Sorge.« Sheldon hob sein Handy. »Ich weiche nicht von seiner Seite.«

Ivy hielt die Tür auf und wartete. Rose nickte, beugte sich vor, küsste Alex auf die Wange und folgte ihr zögernd aus dem Zimmer. Während ihr Stock sie für gewöhnlich zur Langsamsten in einer Gruppe machte, ging Ivy auf einmal Father O'Brien und ihren Großnichten voraus. Natürlich waren alle erschöpft, besonders Rose. Sie hoffte nur, dass das, was sie im Familienraum erwartete, ihnen in dieser schweren Zeit ein wenig Trost spenden würde, vielleicht sogar Freude.

»Da sind wir«, sagte Ivy, als sie den Eingang zum Familienraum erreichten. Sie meldete sich beim Pfleger an und führte die anderen durch einen Flur mit mehreren geschlossenen Türen. »Das hier ist unser Zimmer«, sagte sie, bevor sie tief Luft holte und die letzte Tür öffnete.

Der Ruheraum hatte keine Fenster. Es gab zwei gemütliche, durch einen Nachttisch getrennte Betten, bezogen mit frischer weißer Bettwäsche und mit Bergen von Kissen. Ein großes Sofa nahm eine Ecke ein. In der anderen befand sich eine Stehlampe mit einem Leselicht neben einem großen Schaukelstuhl, der mit der Rückenlehne zur Tür stand. Eine Lampe auf dem Nachttisch und die Stehlampe waren die einzige Beleuchtung im Raum. Ivy wartete, bis Rose, Emily und Father O'Brien hinter ihr eingetreten waren, und machte die Tür zu.

»Hübsch«, sagte Rose, während sie sich umschaute, doch ihr stockte der Atem, als sich der Schaukelstuhl leicht bewegte. Ivy packte ihren Stock fester und beobachtete, wie Emily und Father O'Brien Roses Blick folgten. Das einzige Geräusch, das die Stille im Raum brach, war das leise Knarren des Schaukelstuhls.

Langsam erhob sich Josie DiSanti und drehte sich zu ihrer Familie um.

34

Josie zitterte, als sie zum ersten Mal seit langer Zeit einen Blick auf ihre Töchter warf. Sie waren so unterschiedlich und schön wie eh und je, obwohl beide, vor allem Rose, tiefe, dunkle Ringe unter den weit aufgerissenen Augen hatten.

»Mom?« Rose schluckte. Ihre ältere Tochter stieß einen kleinen Schrei aus und trat einen Schritt vor, bevor ihre Beine versagten. Emily griff rasch zu, packte Roses Arm und zog ihre Schwester wieder auf die Füße. Father O'Brien hinter ihnen bekreuzigte sich und stützte sich am Türknauf ab.

»Ich weiß, das ist ein furchtbarer Schock für euch.« Josie eilte auf ihre Töchter zu, begierig, sie zu berühren, ihnen zu zeigen, dass sie wirklich vor ihnen stand. Rose zitterte, und Josie streckte die Hand aus und zog sie an sich. »Ich weiß über Alex Bescheid. Es tut mir so leid. Das sollte nicht passieren, das alles sollte nicht so ausgehen.« Tränen liefen ihr über die Wangen, und als sie zurücktrat und Roses Gesicht zwischen ihre Hände nahm, weinte auch ihrer ältere Tochter.

»Du bist tatsächlich am Leben?«, flüsterte Emily. »Du bist nicht gestorben?« Sie war kreidebleich, und als Josie sich von Rose abwandte, um Emily in die Arme zu schließen, begann ihre jüngere Tochter zu schluchzen. Josie drückte sie fest an sich und wappnete sich innerlich vor dem Ansturm von Fragen, der nun einsetzen würde.

Bald löste Emily sich aus der Umarmung. »Ich verstehe das nicht. Wir haben eine Gedenkfeier für dich abgehalten. Deine

Asche … Daisy hat deine Asche verstreut. Aber das war gar nicht deine?«

»Nein, Schätzchen«, erwiderte Josie.

»Von wem war sie dann?«, wollte Rose wissen. »Mein Gott, das muss ein schrecklicher Irrtum gewesen sein.«

»Nun, ja und nein«, sagte Josie. »Ich schwöre, ich wollte nicht, dass jemand zu Schaden kommt.«

Emily schaute sie an und kniff die Augen zusammen. »*Du* wolltest nicht … soll das heißen, wir sollten denken, dass du tot bist? Mit Absicht?«

Auf der Suche nach den richtigen Worten machte Josie den Mund auf und zu.

Roses geschwollene, verweinte Augen wurden schmal, sie atmete stoßweise. »Was soll der SCHEISS, Mom? Warum würdest du uns so etwas antun wollen? Deinen Tod vortäuschen? Wirklich? Hast du eine Ahnung, was wir deinetwegen durchgemacht haben? Wir haben unser Zuhause verlassen, sind hierhergekommen, haben unser Leben auf Eis gelegt, und wozu? Offensichtlich gibt es nichts zu erben.« Rose griff sich an die Stirn. »Hast du das getan, damit du zusehen kannst, wie wir uns gegenseitig fertigmachen? Oder vielleicht, damit Alex bei dem Versuch, mir bei der Erfüllung deiner idiotischen Forderungen zu helfen, einen Unfall hat und am Ende im Krankenhaus um sein Leben kämpft?« Sie wirbelte zu Father O'Brien herum. »Haben Sie davon gewusst?«

»Nein … das habe ich nicht«, stammelte er.

»*Du* etwa?«, fragte sie, an Ivy gewandt.

»Unglaublich«, murmelte Emily, als Ivy auf ihre Schuhe starrte. Emily sah zu Josie, fing ihren Blick auf und hielt ihn fest. Sie zitterte, wischte sich die Tränen ab, während sie Mühe hatte, die Worte herauszubringen. »Wie konntest du nur so grausam sein? Warum hast du uns das angetan?«

Ivy wandte sich an Emily. »Eure Mutter muss euch etwas erklären.«

»Ja«, sagte Josie. »Höchste Zeit, dass ihr alles erfahrt.«

»Ich glaube, wir sollten uns alle hinsetzen«, warf Father O'Brien ein. »Zumindest *ich* muss mich setzen.« Er ging zum Sofa und ließ sich an einem Ende nieder.

Ivy lehnte sich an ein Bett und legte ihren Stock neben sich. Josie nahm beide Töchter an die Hand und zog sie sanft in Richtung Sofa. Rose und Emily setzten sich neben Father O'Brien, während Josie am anderen Ende des halbrunden Sofas Platz nahm, ihnen gegenüber.

»Ich wollte nicht, dass so etwas Schlimmes passiert«, fing Josie an. »Ihr beiden Mädchen solltet mich für tot halten, weil es die einzige Möglichkeit war, die mir einfiel, damit ihr wieder zusammenkommt und endlich euren Zwist beilegt. Ob ihr es begreift oder nicht, Familie ist alles. Das habe ich auf die harte Tour erfahren. Meinen Vater habe ich nie kennengelernt. Meine Mutter war nie für mich da, und ich hatte keine anderen Angehörigen, während ich aufwuchs. Wisst ihr, wie viel besser mein Leben gewesen wäre, wenn ich eine liebevolle Mutter oder einen fürsorglichen Vater gehabt hätte, oder auch nur ein Familienmitglied, das sich um mich gekümmert hätte?

Euer Vater hatte auch nicht viele Verwandte – nur einen Onkel und ein paar Vettern mütterlicherseits. Als wir heirateten, haben wir uns darauf gefreut, endlich eine eigene Familie zu gründen. Ihr beide wart alles für uns. Als euer Vater ums Leben kam, hattet ihr nur noch mich. Es war meine Aufgabe, mich um euch zu kümmern. Deshalb sind wir nach Vermont gezogen. Das FBI sagte, wir sollten New York zu unserem eigenen Schutz verlassen, und daran habe ich mich gehalten.«

»Was soll das heißen, das FBI?«, fragte Rose. »Dad ist bei einem Hausbrand ums Leben gekommen. Was hatte das FBI damit zu tun?«

Josie wurde nervös, wie immer, wenn sie sich an den Tag erinnerte, an dem Tony gestorben war. »Da gibt es ein paar Dinge im

Zusammenhang mit dem Tod eures Vaters, die ich euch nie erzählt habe. Als das alles passierte, wart ihr zu klein, um es zu begreifen. Später hatte ich Angst, etwas zu sagen, weil ich euch nicht beunruhigen wollte. Hinzu kam, dass der zuständige Beamte keinen Zweifel daran ließ, dass wir umso sicherer wären, je weniger ich preisgab.

Kurz vor Weihnachten 1983 brachte ich euch zum Mittagsschlaf ins Bett und ging los, um ein paar Besorgungen zu machen. Euer Vater war an dem Tag zu Hause, daher blieb er bei euch. Als ich zurückkam, stand unser Haus in Flammen. Ich rannte hinein und schrie nach euch allen. Euren Vater fand ich in der Küche, auf einem Stuhl sitzend. Ich weiß noch, dass ich ihn schüttelte und versuchte, ihn zu wecken. Er reagierte nicht, weil er schon tot war … nicht infolge des Brandes, sondern weil man ihm in die Brust geschossen hatte.«

Josie hielt inne, um ihre Gedanken zu sammeln. Ihre Töchter starrten sie an. Schock hatte die Wut auf ihren Gesichtern abgelöst, und Josie tat das Herz weh, denn sie wusste, was sie mit ihren Gefühlen anrichtete.

»Als mir klar wurde, dass er tot war, hielt mich nur euer Geschrei von oben aufrecht. Bis heute kann ich den Rauch riechen. Das ganze Haus war voll davon, und die Hitze des Feuers war überwältigend.

Irgendwie habe ich es die Treppe hinauf in euer Zimmer geschafft und euch beide in Decken gewickelt. Ich trug noch meinen schweren Wollmantel, habe euch auf meine Hüften gesetzt und mich nach unten durchgekämpft. Da konnte ich den Boden durch den Rauch schon nicht mehr erkennen, Flammen züngelten an den Wänden zur ersten Etage hinauf. Ihr habt geschrien und gehustet, und ich habe mir immer wieder gesagt, das sei ein gutes Zeichen. Es bedeutete, dass ihr noch bei mir wart. Schließlich gelangten wir nach draußen, aber danach weiß ich nicht mehr viel. Noch immer ist es ein Gewirr aus Sirenen und Rauch.

Ein paar Tage später bin ich im Krankenhaus wieder zu mir gekommen. Man sagte mir, wir seien wegen Rauchvergiftung eingeliefert worden, aber euch beiden gehe es gut, und ich würde mich rasch erholen. Da habe ich geweint, weil ich so glücklich darüber war, aber auch am Boden zerstört, weil euer Vater tot war.«

»Warum hätte jemand unseren Dad umbringen sollen?«, fragte Rose flüsternd.

Josie brauchte eine Weile, um wieder ruhig sprechen zu können. »Euer Vater hat als Buchhalter bei einer großen Import-Export-Firma für Schmuck in Manhattan gearbeitet. Er wurde direkt nach dem College eingestellt und hat sich bewährt. Als du zur Welt kamst, Rose, war er schon zwei Mal befördert worden. Im Lauf der Zeit jedoch erhielt euer Vater immer mehr Einblick in die Firma, und er begann, Unregelmäßigkeiten in der Buchführung festzustellen. Er hatte Angst, mir mehr darüber zu erzählen. Ich wusste nur, dass er den Verdacht hatte, die Firma wasche Geld und handle auf dem Schwarzmarkt mit Diamanten, und dass eine Menge mächtiger Leute daran beteiligt seien.

Am Abend vor dem Brand kam er spät nach Hause und sagte, wir müssten mit euch beiden die Stadt verlassen. Die Führungskräfte seiner Firma wussten, dass das FBI hinter ihnen her war und eine Hausdurchsuchung plante, und sie setzten euren Vater unter Druck, mit ihnen zu ›kooperieren‹. Ich fragte ihn, ob sie ihn bedrohten, und er schwieg, aber er war nicht der Mann, den man einschüchtern und dazu bringen konnte, das Falsche zu tun. Nein, euer Vater sagte, wir würden für ein paar Tage fortgehen, lange genug, damit die FBI-Agenten anrücken und reinen Tisch machen konnten. Dann würde er aussagen und Personenschutz für uns alle beantragen. Wir packten ein paar Sachen zusammen und wollten am nächsten Abend bei Einbruch der Dunkelheit aufbrechen. An dem Nachmittag war ich unterwegs, um noch rasch ein paar Travellerschecks bei der Bank und Windeln für Emily zu holen.«

Josie schüttelte den Kopf, bevor sie fortfuhr. »Ich wusste nicht, ob sie jemals den Verantwortlichen für den Brand und den Mord an eurem Vater finden würden. Das Feuer hat alles zerstört, einschließlich aller Beweismittel, die womöglich existiert hatten. Das war, bevor DNA-Analysen und andere raffinierte Techniken routinemäßig bei Ermittlungen eingesetzt wurden, müsst ihr wissen. Sie konnten nur die sterblichen Überreste eures Vaters einäschern lassen und mir zuschicken, nachdem wir in Mill River untergekommen waren.

Noch lange nach unserem Umzug zu Ivy hatte ich Angst, dass derjenige, der euren Vater umgebracht hatte, uns finden würde. Schließlich erhielt ich zwei Jahre später einen Brief vom Generalstaatsanwalt, in dem er mir mitteilte, jemand sei festgenommen worden. Ein anderer Krimineller habe sich auf einen Deal im Strafprozess eingelassen und ausgesagt. Sein Name sei Peter Salvucci. Er wurde am Ende wegen Brandstiftung und vorsätzlichen Mordes verurteilt und sitzt noch heute im Gefängnis. Um es kurz zu machen, jemand in der Firma hatte entschieden, man könne eurem Vater nicht vertrauen, und ein Auftragsmörder, Salvucci, brachte ihn um, als ich unterwegs war. Entweder wusste er nicht, dass ihr beide oben geschlafen habt, oder er fasste den Entschluss, euch nicht zu erschießen. Aber er steckte das Haus in Brand. Ein Wunder, dass ich rechtzeitig wieder zu Hause war.«

Rose, Emily und Father O'Brien hörten gespannt zu. Josie schaute sie abwechselnd an, während sie sprach, und sie war überrascht, als Emily, die ihr am nächsten saß, nach ihrer Hand griff.

»Das Zeugenschutzprogramm war damals noch ziemlich neu«, fuhr Josie fort. »Das FBI wollte niemanden in das Programm aufnehmen, der nicht als Zeuge in einem Prozess aussagte oder mit einem Zeugen verwandt war. Euer Vater war tot, also konnte er nicht als Zeuge auftreten, und wir kamen nicht in das Programm. Aber da der Mörder noch frei herumlief, riet mir der zuständige Ermittler, die Stadt zu verlassen und niemandem zu sagen, wohin wir gingen. Ich war ganz allein, verängstigt und trauernd, mit zwei kleinen Töchtern. Tante Ivy fiel mir als Einzige ein, die uns aufnehmen würde, obwohl ich sie damals kaum kannte. Gott sei Dank war sie für mich da, für uns, als wir nach Mill River kamen. Ohne Ivy hätte ich es nie überlebt, euren Vater zu verlieren und euch beide allein großzuziehen. Sie hat mich in meinem Glauben bestärkt, dass die Familie wichtiger ist als alles andere.«

»Die Familie *ist* das Wichtigste«, sagte Ivy mit belegter Stimme. »Ich bin genauso froh, dass du mit den beiden Mädchen in mein Leben getreten bist. Davor war auch ich allein.«

Josie schenkte Ivy ein dankbares Lächeln und wandte sich wieder an ihre Töchter. »Ich habe euch beide vom Tag eurer Geburt an geliebt. Ich habe bis zur Erschöpfung gearbeitet, um für euch zu sorgen, euch ein besseres Leben zu ermöglichen, als ich es hatte.« Sie schaute auf ihre Hand, die Emily noch immer fest umfasst hielt. »Ich habe euch beide in vieler Hinsicht im Stich gelassen. Rose, ich gebe mir die Schuld, dass du dem Alkohol verfallen bist, als du ein Teenager warst. Ich hätte erkennen müssen, was mit dir los war, und dem einen Riegel vorschieben sollen. Und Em, du hast uns immer zusammengehalten. Aber dafür hätte ich verantwortlich sein müssen, nicht du. Ich war so darauf fixiert, zu arbeiten, euch zu versorgen, doch ich habe für das Falsche gesorgt. Wir haben so lange von der Hand in den Mund gelebt … Mein Streben nach mehr Geld war übertrieben, ich hätte euch mehr von mir geben sollen. Oft war ich nicht da, wenn ihr mich gebraucht hättet. Aber ich habe immer versucht, euch die bestmögliche Mutter zu sein. Ich hoffe, ihr glaubt mir das. Dieses Versprechen habe ich mir gegeben, als ihr geboren wurdet, und ich habe es fast jeden Tag wiederholt, nachdem euer Vater umgebracht wurde.

Während die Zeit verging, und ihr beide nicht miteinander reden wolltet, machte ich mir immer größere Sorgen. Das i-Tüpfelchen war dann wohl, als im letzten Winter ein Knoten in meiner Brust festgestellt wurde. Gott sei Dank war er am Ende gutartig, aber ich hatte wirklich Angst. Dadurch wurde mir klar, wenn Ivy und ich nicht mehr lebten, gäbe es kaum eine Chance, dass ihr beiden wieder zueinanderfindet.

Bei der letzten Gemeindeversammlung, als ich sah, dass Mrs McAllister eine Möglichkeit gefunden hatte, den Menschen in Mill River nach ihrem Tod die Hand zu reichen, kam mir die Idee, eure Versöhnung nach meinem Tod in die Wege zu leiten. Doch ich hatte keine Ahnung, wann meine Zeit kommen würde. Zu viele Jahre wären vielleicht noch ins Land gezogen, Jahre, nach denen es euch womöglich noch schwerer gefallen wäre, eure Beziehung wieder ins Reine zu bringen. Und wenn ich ehrlich sein soll, war ich auch egoistisch. Ich wollte euch wieder als Schwestern erleben und wissen, dass mein Plan funktioniert hatte, solange ich noch lebte, und nicht auf dem Totenbett liegen und mich fragen müssen, was wohl passieren würde. Ich wusste, dass eine solche Täuschung viele Menschen verletzen würde.« Josie kamen erneut die Tränen, und das Sprechen fiel ihr plötzlich sehr schwer. »Du hast ja so recht, Em. Euch Kindern so etwas anzutun, war unsäglich grausam von mir als Mutter. Aber ich dachte, die langfristige Belohnung, falls es funktionieren sollte, würde den unmittelbaren emotionalen Tribut wettmachen.« Josie schaute zu Rose, deren Gesicht noch immer fleckig und nass war. »Ich hätte nie gedacht, dass jemand wegen meines Plans körperlich zu Schaden kommen würde. Ich dachte, ihr würdet herausfinden, wo der Schlüssel versteckt ist, und Emily würde auf die Leiter steigen, um ihn zu holen.« Sie wandte sich mit flehender Miene an ihre jüngere Tochter. »Früher, als Kind, warst du immer mein Äffchen, das auf alles hinaufkletterte. Ich hätte mir nie vorstellen können, dass Alex mit einbezogen würde und sich bei dem Versuch, zu helfen, verletzen könnte.«

»Wie um alles in der Welt hast du denn den Schlüssel da oben in den Baum bekommen?«, fragte Emily. »Ich habe nie erlebt, dass du etwas Höheres bestiegen hast als eine Fußbank.«

»Jim Gasaways Sohn hat ein Geschäft für Gartenpflege. Ich habe ihn jahrelang damit beauftragt, überwucherte ländliche Anwesen aufzuräumen, bevor sie zum Verkauf angeboten wurden. Ich bat ihn vorbeizukommen, um Pflanzen und Bäume zu beschneiden. Ihm machte es nichts aus, den Schlüssel für mich ins Astloch zu legen, obwohl es ein eigenartiger Auftrag war.« Sie schaute ihre ältere Tochter an. »Ich habe mir vorgestellt, du würdest die markierten Passagen in der alten Ausgabe von *Wer die Nachtigall stört* finden und als deinen Hinweis erkennen.«

Rose wischte sich mit einem feuchten, zerknitterten Papiertuch die Augen ab. »Das hätte ich vielleicht, wenn ich Alex das Buch nicht zum Lesen gegeben hätte. Er hat das Ganze am Ende alleine herausbekommen. Ich hätte ihn besser beaufsichtigen sollen. Aber weißt du was, Mom? Ich wäre nie mit ihm in diese Lage geraten, wenn du nicht wärst. Sollte Alex es nicht schaffen, oder falls er nicht … nicht mehr derselbe ist, wenn er aufwacht …« Rose verstummte, als sie zu Emily hinüberschaute, und Josie bemerkte einen stummen Austausch, eine Art gegenseitiges Verständnis in ihren Augen.

Emily umfasste die Hand ihrer Mutter noch fester, und Josie sah ihr die aufsteigende Wut an. »Weißt du, wie verheerend es war an dem Abend, als Ivy mich anrief, um mir mitzuteilen, dass du gestorben bist? Die ganzen Jahre über wolltest du, dass Rose und ich uns versöhnen. *Du* wolltest es. Wir nicht. Hast du dir jemals überlegt, dass das, was du wolltest, vielleicht nicht unbedingt das Beste für uns war? Was du getan hast, ist nicht zu entschuldigen.«

»Absolut«, stimmte Rose ihr zu.

»Ich wusste, es würde für euch beide schrecklich«, sagte Josie mit kaum hörbarer Stimme. »Mir tut so leid, was ihr durchgemacht habt. Ich habe es doch nur getan, weil ich davon überzeugt war, dass es in eurem Interesse ist, wenn ihr wieder gegenseitig an eurem Leben teilhabt. Das glaube ich noch immer, aber ich sehe ein, dass es dumm von mir war, davon auszugehen, ihr würdet mir zustimmen. Und Father, es tut mir auch leid, was ich Ihnen angetan habe«, sagte sie, an Father O'Brien gewandt. »Wir waren so viele Jahre lang Freunde, und Sie waren in den schwierigsten Zeiten meines Lebens für mich da. Ich hätte es Ihnen so gern gesagt, aber ich dachte, es würde besser funktionieren, wenn Sie nicht Bescheid wüssten.«

»So geht man nicht mit einem Freund um«, erwiderte er mit grimmiger Miene. »Sie liegen vielen Menschen sehr am Herzen, Josie, und Ihr vorgetäuschter Tod war für uns alle niederschmetternd. Haben Sie eine Ahnung, was die arme Ruth Fitzgerald durchgemacht hat?«

Josie hatte Father O'Brien noch nie dermaßen wütend und verletzt erlebt, und es traf sie tief, dass Ruth um sie getrauert hatte. Dennoch hatte sie mit alldem gerechnet. »Ich weiß«, sagte sie leise. »Ich habe daran gedacht, dass die Menschen so reagieren würden. Aber als mein Plan heranreifte, habe ich mich gefragt, ob es etwas gibt, was ich nicht für meine Töchter tun würde. Die Antwort lautete immer nein. Ich habe mich auch gefragt, ob meine Kinder und meine engen Freunde Verständnis haben und mir verzeihen würden. Die Antwort lautete immer ›ich glaube schon‹. Vermutlich ist jetzt der Zeitpunkt gekommen, euch alle um Verzeihung zu bitten.«

Father O'Brien schwieg eine Weile. Er spitzte die Lippen und atmete laut aus. Josie glaubte, ein Nachlassen der Wut in seinen Augen zu erkennen, war sich aber nicht sicher.

»Josie, auch wenn Alex wieder gesund wird, wenn Ihre Familie und Freunde Ihnen vergeben, komme ich nicht umhin, Ihr ganzes Vorhaben für kriminell zu halten«, sagte er.

»Das wäre es auch«, erwiderte Josie, »wenn die Sterbeurkunde, die Sie gesehen haben, bei Gericht hinterlegt worden wäre. Das wäre aber gar nicht möglich gewesen, da alle Sterbeurkunden in Vermont inzwischen elektronisch ans Gericht weitergeleitet werden. Dr. Richardson hat mir den Gefallen getan, eine alte Papierversion auszustellen und zu unterzeichnen. Dafür musste ich ihm versprechen, sie ausschließlich zu verwenden, um die Mädchen von meinem Tod zu überzeugen. Sie bei Gericht einzureichen oder als Grundlage für rechtliche Schritte zu benutzen, wie zum Beispiel um Versicherungssummen zu beziehen, wäre Betrug gewesen.«

Emily schnaubte. »Ein schöner Gefallen. Er könnte noch immer seine Approbation verlieren, weil er so etwas getan hat. Im Übrigen kennst du ihn nicht so gut, oder? Warum hat er das für dich getan?«

Josie schaute zu Ivy, und ihre Tante verdrehte die Augen. »Eigentlich hat er mir den Gefallen getan. Und er hat mir auch einen Karton mit Asche aus seinem Kamin für die Gedenkfeier gegeben. Fred und ich kennen uns schon lange.«

»Die Asche war einfach nur schlichte alte Kaminasche?«, fragte Rose, und Ivy nickte.

»Was soll das heißen, ihr kennt euch schon lange?«, wollte Emily wissen.

»Wir waren mal … zusammen. Das ist lange her«, erwiderte Ivy. »Jetzt, da wir unsere lang gehüteten Geheimnisse beichten, ist es vermutlich an der Zeit, dass ihr meines erfahrt. Fred ist der eigentliche Grund, warum Thomas und ich uns getrennt haben. Wir lernten uns kennen, nachdem ich mit Thomas nach Mill River gezogen war. Wir verliebten uns. Das hatten wir nicht kommen sehen, aber sobald es passiert war, wollten wir zusammen sein. Ich habe mit Thomas Schluss gemacht. Fred war entschlossen, Jane zu verlassen, doch dann stellte sie fest, dass sie schwanger war. Das veränderte alles. Er wollte sich nicht von seiner schwangeren Frau scheiden lassen. Das machte man damals einfach nicht, und er gehört ohnehin nicht zu denen, die es gemacht hätten, selbst wenn es üblich gewesen wäre. Wir waren also verliebt und versuchten, unser Leben getrennt weiterzuführen in einer Kleinstadt, in der jeder alles herausbekommt. Und hier sind wir noch immer. Die Zeit hat die Anziehung, die wir füreinander empfanden, gemildert. Heute sind wir nur gute Freunde mit einem Geheimnis, aber wir fragen uns manchmal schon, was hätte sein können.«

»Und wir dachten immer, du könntest nichts für dich behalten«, stellte Emily ernüchtert fest.

»Man weiß nie, oder? Ich hätte es zumindest beichten sollen.« Ivy warf Father O'Brien einen reumütigen Blick zu.

»Es ist nie zu spät«, erwiderte er.

»Stimmt. Vielleicht gebe ich auch deshalb alles gleich weiter, was mir zu Ohren kommt, weil ich diese Riesenbombe so lange mit mir rumgetragen habe. Etwas anderes hatte da keinen Platz mehr.«

»Von Moms Plan hast du auch niemandem etwas gesagt«, betonte Rose.

»Nein, das habe ich nicht, so verrückt er auch war. Ehrlich gesagt, wollte ich ebenso wie sie, dass ihr Mädchen Frieden miteinander schließt. Ich weiß, wie es ist, ein Leben im Streit mit der eigenen Schwester zu führen. Die Großmutter, die ihr beide nie kennengelernt habt, war meine jüngere Schwester. Ja, sie hatte viele Schwierigkeiten, unter anderem ein ernstes Alkoholproblem, aber sie war *meine Schwester.* Ich habe sie geliebt, auch nachdem sie durchgebrannt war und jeglichen Kontakt mit mir und dem Rest der Familie abgebrochen hatte. Sie fehlt mir noch immer.

Wenn ich irgendwie helfen könnte, euch Mädchen so ein Leben ohne Schwester zu ersparen, war ich bereit. Und eure Mom brauchte jemanden, der alles im Auge behielt und sie im Notfall informierte.« Ivy schaute Rose an. »Ich habe sie angerufen, sobald der Krankenwagen mit dir und Alex abgefahren war.«

»Wo waren Sie denn nun die ganze Zeit, Josie?«, fragte Father O'Brien.

»In New York, als Untermieterin in einer kleinen Wohnung, nicht weit von der Arthur Avenue. Ich hatte das Gefühl, dass ich nach fast dreißig Jahren damit klarkommen würde, wieder dort zu sein.« Sie schaute auf ihre Töchter. »Da ich euren Vater so plötzlich verloren hatte und überstürzt fortgehen musste, habe ich nie mit der Stadt abgeschlossen. Ich hatte das Bedürfnis, zu sehen, wo wir gelebt hatten, wo das Haus einmal gewesen war. Außerdem wollte ich eine Weile dort sein, wo ich aufgewachsen bin.« Sie lächelte wehmütig. »Unser altes Haus, das niedergebrannt war, wurde wieder aufgebaut, aber der Block sieht noch ziemlich genauso aus, nur älter und heruntergekommener. Tatsächlich fiel mir der Anblick leichter, als ich erwartet hatte.

Ich hatte allerdings noch einen Grund, zurückzukehren. Ich wollte etwas von eurem Vater haben, um es euch beiden zu geben.« Sie stand auf und trat zum Schaukelstuhl, neben dem ihre große Tasche auf dem Boden stand. Josie nahm sie und brachte sie zum Sofa.

»Mir ist es gelungen, Leo Campanelli ausfindig zu machen, den einzigen Onkel eures Vaters. Er ist zweiundneunzig und lebt jetzt bei einem seiner Söhne in Brooklyn. Er kann nicht so gut hören, ist aber noch vollkommen bei Verstand. Leo und euer Vater standen sich nicht besonders nah, aber er kam zu unserer Hochzeit, und er hat euch beide ein paar Mal gesehen, als ihr klein wart.«

Josie griff in ihre Tasche und zog einen großen braunen Briefumschlag heraus. »Damals, als wir alle in New York wohnten, wurden noch altmodische Fotos gemacht, mit Kamera und Film.

Bei dem Brand ist fast alles aus unserem gemeinsamen Leben zerstört worden, darunter auch unsere Fotos. Im Lauf der Jahre habe ich mir so oft gewünscht, ich hätte nur ein einziges Foto von eurem Vater, das ich euch zeigen könnte. Sein Gesicht war mir in Erinnerung geblieben. Ich habe ihn in euch wiedererkannt, in euren Mienen und Persönlichkeiten, als ihr aufgewachsen seid. Aber ihr habt ihn nie sehen können.«

Mit zitternder Hand griff Josie in den Umschlag und zog ein paar alte Fotos heraus. »Leo hatte nach all den Jahren noch ein paar Bilder von ihm, von uns«, sagte sie leise und reichte sie ihren Töchtern.

Emily, die ihr am nächsten saß, nahm die Fotos entgegen. Josie beobachtete, wie ihre Mädchen sich vorbeugten, die Köpfe zusammensteckten, um die Fotos zu betrachten. Das erste war ein kleinformatiger Abzug ihres Hochzeitsfotos, eine Nahaufnahme, direkt vor dem Altar. Rose und Emily schauten auf das Bild, besonders auf Tonys lächelndes Gesicht.

»Sein Mund und sein Lächeln sind wie bei mir«, sagte Rose. »Und Em, du hast tatsächlich seine Augen.«

Kurz darauf gab Rose das Hochzeitsfoto an Father O'Brien weiter, während Emily das zweite Bild hochhielt, eines von Tony mit den beiden Mädchen. Er kniete mit einem Bein am Boden und hielt den Säugling Emily in der rechten Armbeuge. Rose stand zu seiner Linken und umklammerte die silberne Armbanduhr, die Tony für gewöhnlich getragen hatte. »Auf dem Foto bist du ungefähr zwei Jahre alt, Rose«, sagte Josie. »Ich konnte dich um nichts in der Welt dazu bewegen, in die Kamera zu schauen. Du wolltest nur die schimmernde Uhr deines Vaters festhalten.«

»An die Uhr kann ich mich noch erinnern. Manchmal hat er erlaubt, dass ich sie anzog.« Rose berührte mit dem Finger das Uhrenarmband auf dem Foto.

Emily hatte noch kein Wort zu den Fotos gesagt, aber beim

Betrachten rannen Tränen über ihre Wangen. Josie wusste, dass sie im Gegensatz zu Rose überhaupt keine Erinnerung an ihren Vater hatte. Auf den kostbaren, am Rand vergilbten Bildern sah Emily ihn jetzt zum ersten Mal.

Das letzte war ein altes Polaroid-Foto, das in einem Garten aufgenommen worden war. Josie und Tony standen lächelnd nebeneinander, jeweils mit einem Mädchen auf dem Arm.

»Das hat Leo gemacht, im Sommer vor dem Brand. Wir waren nach Brooklyn gefahren, zu Leos Sohn, um zu grillen. Wir hatten so viel Spaß miteinander, und euer Vater hat auf dem ganzen Heimweg darüber gesprochen. Er wollte, dass wir uns auch so ein Haus leisten könnten, in dem ihr beide Platz zum Spielen hättet und wir die Familie einladen könnten.«

»Ein echtes Familienfoto«, sagte Emily schließlich. »Ich wünschte, alles wäre so geblieben, wir alle zusammen.«

»Ich weiß, Schätzchen.« Josie strich Emily sanft eine rote Haarlocke aus dem Gesicht. »Ich auch. Aber wir hatten eine glückliche Zeit zusammen mit eurem Vater, und nachdem wir uns in Mill River niedergelassen hatten, folgten auch viele glückliche Jahre. Für diese Zeit mit euch beiden werde ich ewig dankbar sein.«

Rose starrte vor sich hin. »Ich bin zu erledigt, um noch denken zu können. Noch nie war ich so froh und so unglaublich sauer zugleich.« Emily nickte zustimmend.

Mit bebendem Kinn holte Josie tief Luft, während sie nacheinander die tränenüberströmten Gesichter ihrer Töchter betrachtete. »Ich bete jetzt nur, dass es Alex gut geht, und wenn er gesund wird, dass ihr beide es irgendwie schafft, mir zu vergeben, was ich euch angetan habe. Dass ihr Frieden miteinander schließt, damit wir wieder eine echte Familie sein können.«

Rose und Emily schauten zu ihr auf und sahen sich dann an, ohne zu antworten. Josie warf einen Blick auf Father O'Brien, der reglos am Ende des Sofas saß. Sie wandte sich an Ivy, die mit den

Schultern zuckte und den Mund öffnete, um etwas zu sagen, als der Titelsong aus *Seinfeld* die Stille im Raum durchbrach.

Rose fuhr zusammen und griff hektisch in ihre Jeanstasche. »Mein Handy«, sagte sie, zog es hervor, schaute auf das Display und meldete sich.

»Sheldon? Was ist los?« Rose kniff die Augen zusammen und stieß einen merkwürdigen Laut aus, halb Lachen, halb Schluchzen, während sie zuhörte. »Ich bin gleich da.« Josie schlug das Herz bis zum Hals, als ihre ältere Tochter aufsprang und trotz frischer Tränen lächelte.

»Alex ist aufgewacht«, brachte sie hervor, »und er fragt nach mir.«

35

Emily kniete auf dem Holzboden in der Marmorvilla und hielt einen Moment inne, um Hals und Rücken zu strecken. Den ganzen Morgen war sie in dem großen Raum mit einem Eckenschleifer an den Fußleisten entlanggekrochen und hatte die alte Bodenpolitur an den Stellen entfernt, die sie mit der großen Schleifmaschine nicht hatte erreichen können. Eine langwierige, mühselige Arbeit.

Dennoch ging es ihr gut damit, nach den anstrengenden Nächten im Krankenhaus von Burlington wieder im eigenen Bett zu schlafen und die normale Routine aufzunehmen. Die körperliche Arbeit in der Marmorvilla war ermüdender als sonst, immerhin hatten die letzten Tage ein erhebliches Schlafdefizit verursacht, aber sie war auch reinigend. Die Bewegung half ihr, den Stress abzubauen, dem sie nach Alex' Unfall ausgesetzt war. Außerdem hatte sie Zeit, darüber nachzudenken, wie sie mit ihrer Mutter umgehen sollte und was aus ihrer Unterhaltung mit Rose folgen würde.

Als Emily die Ecke des Wohnzimmers erreichte, schaltete sie die Maschine aus und ersetzte das abgenutzte Schleifblatt durch ein neues. Doch statt ihre Arbeit wiederaufzunehmen, setzte sie sich an die Wand und fuhr mit den Fingern über die glatte Fläche des benutzten Schleifpapiers. Was gäbe sie dafür, könnte sie auch ihr Inneres so einfach glätten und über die Täuschung durch ihre Mutter hinwegkommen. Sie war tief gekränkt und fühlte sich innerlich rauer als das gröbste Schleifpapier. Außerdem wünschte sie sich, in dieser Hinsicht wie Rose zu sein. Ihre Schwester würde einfach ihre Wut an irgendjemandem auslassen, statt ihre Gefühle in sich zu verschließen, die sie dann von innen aufzehrten.

Sie war in ihre Heimatstadt zurückgekehrt, um sich allem zu stellen, was passiert war, um ihr Leben wieder auf die Reihe zu kriegen. Sie hatte ihre Zeit in Mill River dafür nutzen wollen, sich mit vielem auszusöhnen und die Vergangenheit wirklich ruhen zu lassen. Stattdessen war sie verletzter, wütender und verwirrter als bei ihrer Ankunft. Besonders die Wut jagte ihr Angst ein.

Diesmal jedoch würde sie nichts unterdrücken, nichts schwelen lassen. Sie war es leid wegzulaufen.

»Em? Emily, bist du da?« Die Stimme ihrer Mutter hallte von der Küchentür durch das Haus.

Emily runzelte die Stirn angesichts des unheimlichen Timings ihrer Mutter.

»Da bist du ja, Liebes.« Josie setzte ihre Sonnenbrille ab und trat in den großen Raum. »Im ersten Moment dachte ich schon, dass du Feierabend gemacht hast.«

»Hi, Mom.« Sie schaute zu ihrer Mutter auf und fummelte an der Schleifmaschine herum. Eine lange, unangenehme Pause entstand, bevor ihre Mutter wieder das Wort ergriff.

»Alex macht sich wirklich gut. Man hat ihn von der Intensivstation in ein normales Krankenzimmer verlegt. Als ich heute Nachmittag ging, saß er aufrecht im Bett und aß ein normales Mittagessen. Nichts mehr mit Brühe und Wackelpudding. Der Arzt sagt, Alex' Hirnfunktionen seien laut Testergebnissen normal, und er könne in einer Woche entlassen werden, wenn nichts Unvorhergesehenes eintritt.«

»Das sind gute Nachrichten. Rose und Sheldon sind doch bestimmt erleichtert. Wie halten sie sich?«

»Jetzt besser. Sie konzentrieren sich auf Alex. Darauf, dass er gesund wird und sie ihn nach Hause holen können.«

Erneut trat Schweigen ein. Emily spürte die Wut, die in ihrer Brust rumorte, und fuhr mit dem Finger über den Schalter am Schleifgerät. Sie war versucht, es einzuschalten, weiterzuarbeiten und ihre Mutter einfach links liegen zu lassen. Sie verzog den Mund zu einem schiefen Lächeln, als ihr klar wurde, dass Rose das tun würde. Doch so wütend sie auch war, brachte sie es nicht über sich, ihre Mutter so zu behandeln.

»Hör zu, Liebes, ich weiß, du bist noch sauer auf mich. Das werfe ich dir nicht vor, und ich weiß, du brauchst Zeit, um alles zu überdenken und ... zu entscheiden, ob du mir verzeihen kannst. Ich wollte dir auch nur noch einmal sagen, wie leid es mir tut, dass ich dich verletzt habe, dass alles so ausgegangen ist.«

»Eine Frage hätte ich noch an dich.« Emily stand auf und schaute in die müden Augen ihrer Mutter. »Als du dein Verschwinden geplant hast, die Wohnung in New York gesucht, uns den Brief geschrieben, die Gedenkfeier für dich inszeniert hast – ist dir da auch nur ein einziges Mal in den Sinn gekommen, wie es für mich und Rose sein würde, von Ivy angerufen zu werden und gesagt zu bekommen, dass du tot bist? Hast du dir wirklich reiflich überlegt, wie es uns damit gehen würde?«

Ihre Mutter machte den Mund auf, um ihr zu antworten, doch Emily gab ihr keine Chance.

»Ich glaube nämlich, du hast es dir nicht überlegt. Denn sonst wäre dir klar geworden, wie furchtbar es für uns sein würde, und du hättest das nicht durchgezogen. Aber wenn du dich nicht in unsere Lage versetzt hast, ist es noch schlimmer. Du wolltest eine glückliche kleine Familie – *du* wolltest sie, nicht wir –, und du warst bereit, alles dafür zu tun. Und das ist einfach nur egoistisch und grausam.«

»Was ich getan habe, habe ich für *eure* Zukunft getan, Emily, für deine und Roses, nicht für meine. Das wirst du vielleicht erst richtig begreifen können, wenn du eigene Kinder hast, aber versuche, dich in *meine* Lage zu versetzen. Ich sage dir, es ist eine reine Qual für jede Mutter, wenn sie sieht, wie ihr Kind leidet, und noch schlimmer ist es, wenn sie ihm den Schmerz nicht abnehmen kann. Und was mit dir und deiner Schwester passiert ist … das konnte ich nicht mit einem Pflaster und einem Kuss beheben. Ich habe Jahr für Jahr zugesehen, wie du und deine Schwester gelitten habt. Wie hätte ich als Mutter nicht versuchen sollen, euch zu helfen? Mag sein, dass ich den falschen Weg gewählt habe, doch ich hatte im Lauf der Jahre alles versucht. Ich wollte nicht verschenken, was ich für die letzte und beste Chance hielt, damit ihr beide wieder glücklich werdet. Und ich stehe dazu. Ich habe nie aufgegeben, wenn es um euch ging. Welche anständige Mutter täte das?«

Josies Kinn zitterte, während sie auf die Antwort ihrer Tochter wartete. Emily brannten heiße Tränen in den Augenwinkeln. »Wenn du uns wirklich geliebt hast …«

»… dann hätte ich was getan? Euch im Stich gelassen, damit ihr euer unglückliches Leben in völliger Zerstrittenheit weiterführt? Vielleicht hätte ich das tun sollen, doch ich habe eine Entscheidung getroffen, und zwar in bester Absicht. Es nicht zu versuchen, wäre falsch gewesen. Im Grunde meines Herzen glaube ich, dass du weißt, wie sehr ich dich und deine Schwester liebe. Aber ich bin nicht perfekt. Das ist niemand. Und selbst Menschen, die einander über alles lieben, können schreckliche, schmerzhafte Fehler machen. So wie ich, und wie deine Schwester.«

Emily schwieg.

»Ich weiß, wie es ist, wenn man die Liebe seines Lebens verloren hat und danach versucht weiterzumachen«, fuhr ihre Mutter stockend fort. »Ich weiß jedoch, euer Vater hätte sich gewünscht, dass ich wieder glücklich werde, und ich habe mir die größte Mühe gegeben. Andy hat dich so geliebt, und er würde dir dasselbe wünschen. Wenn du die Vergangenheit nicht um deinetwillen ruhen lassen und wieder glücklich werden kannst, solltest du es für ihn tun.«

Leise verließ ihre Mutter den Raum. Emily starrte auf ihre verschlissene Arbeitsjeans und die Sicherheitsschuhe, während ihre Tränen dunkle Flecken auf dem staubbedeckten Boden hinterließen. Ihre Mutter hatte recht. Es tat weh, sich das einzugestehen, und der Gedanke, was Andy sich für sie gewünscht hätte, war noch quälender. Selbst nach der langen Zeit besaß sie noch seinen Verlobungsring und eine Mappe mit seinen albernen Strichzeichnungen, und sie spürte noch immer seine blaugrünen Augen, die ihr direkt ins Herz schauten.

Claudia lag in ihrem Haus neben St. John auf dem Sofa und sah fern. In den letzten Tagen hatte sie die meiste Zeit dort verbracht, hatte Trübsal geblasen, gegessen, wonach ihr der Sinn stand, und das Laufband außer Acht gelassen. Seit er aus ihrem Haus gestürmt war, hatte sie Kyle weder gesehen noch etwas von ihm gehört. Bis auf eine befreundete Kollegin, die anrief, um ihr mitzuteilen, Alex sei mit dem Hubschrauber ins Fletcher Allen in Burlington gebracht worden, hatte Claudia mit niemandem gesprochen.

Sich im Wachzustand eine Sendung nach der anderen anzusehen, war eine annehmbare Ablenkung gewesen. Nun aber, während sie eine Schachtel Junior Mints leerte und durch die dürftigen Spätabendprogramme zappte, erinnerte sie alles an Kyle. Altmodische Schnulzen, Wiederholungen von *Cops*, selbst die lächerlichen Telefonsex-Werbungen … gerade so, als machte das Fernsehen sich über sie lustig.

Claudia schaltete den Fernseher aus und schloss die Augen. Wenn sie doch nur den Verstand abschalten könnte, um nicht an Kyle denken zu müssen, könnte sie vielleicht einschlafen.

Sie musste eingedöst sein, denn ein leises Klopfen an der Haustür schreckte sie auf. Oder hatte sie geträumt?

Claudia richtete sich auf und lauschte. Wieder klopfte es an der Tür.

»Claudia?«

Es war Kyle. Sie hatte keine Ahnung, warum er gekommen war, aber sie wollte ihn nicht sehen.

»Claudia, ich weiß, dass du da bist. Hör zu, wir müssen reden. Ich will es nicht so belassen, wie es ist, und ich muss dir einiges erklären. Das alles ist ein Riesenmissverständnis. Bitte mach die Tür auf.«

Claudia ballte die Fäuste und sprang auf. Sie zögerte, bevor sie die Haustür öffnete, und zwang sich, ruhig zu bleiben, doch sobald sie Kyle anschaute, kamen Bitterkeit und Kränkung wieder in ihr hoch.

»Da gibt es kein Missverständnis. Ich weiß, was ich gesehen habe. Du kannst jetzt gehen.«

Kyle seufzte gereizt. Seine Miene war ernst, doch ohne die Wut, die er ein paar Tage zuvor gezeigt hatte. »Du musst mich ausreden lassen. Wenn du gehört hast, was ich zu sagen habe, und dann immer noch willst, dass ich gehe, werde ich gehen. Aber vorher nicht.«

Es sah Kyle gar nicht ähnlich, so streng mit ihr zu reden. Und sie sah verboten aus – kein Make-up, strähnige Haare, zu einem schiefen Pferdeschwanz gebunden –, dazu noch eine lästige Magenverstimmung. Aber es spielte keine Rolle mehr, was er von ihr hielt. Er hatte ihr Vertrauen auf übelste Weise missbraucht. So sehr sie ihn auch liebte, sie würde ihn auf keinen Fall mehr zurücknehmen.

»Also schön. Je schneller wir das hinter uns bringen, desto besser.« Er nickte und drängte sich an ihr vorbei ins Wohnzimmer.

»Komm, setz dich zu mir«, sagte er, nahm auf dem Sofa Platz und pochte auf das leere Polster neben sich. Sein Gesicht war ruhig und frei von Wut.

Sie setzte sich in die Sofaecke, sah ihn an und wartete.

»Ich war drei Mal in Emily DiSantis Haus«, fing er an. »Ein Mal an dem Tag, als sie einzog und wir ihr halfen, ihre Sachen reinzutragen. Ein zweites Mal am vergangenen Sonntag, als ich dienstlich mit ihr über den Vandalismus im Vorgarten ihrer Schwester sprach. Und ein drittes Mal am Montag danach, als du mich gesehen hast und ich dort war, um das hier zu holen.« Kyle zog eine kleine, mit einem Band umwickelte Schachtel aus seiner Jackentasche und stellte sie auf den Couchtisch.

Na toll, dachte Claudia. *Er versucht es auf die ›Schenken und schleimen‹-Tour.*

»Am Tag ihres Einzugs erzählte sie mir, dass die schwere Kiste, die wir ins Haus trugen, voller Glas sei. Meines Wissens hast *du* das Atelier nie gesehen, das sie dort eingerichtet hat. Sonst wüsstest du, dass Emily eine Buntglaskünstlerin ist, noch dazu eine sehr begabte. Als du mir den Überraschungslunch aufs Revier gebracht hast, war sie auch da, und ich habe sie gefragt, ob sie etwas Besonderes für dich anfertigen könnte, zu unserem Halbjährigen. Ich hatte etwas ganz Spezielles im Sinn, und sie nahm den Auftrag an.

Am Sonntagabend war sie fertig, und ich hatte es gerade abgeholt, als du mich aus ihrem Haus kommen sahst. Du solltest wissen, dass Emily zu dem Zeitpunkt nicht einmal zu Hause war – sie war noch mit Ivy im Krankenhaus. Das Päckchen stand auf ihrem Wohnzimmertisch. Sie hat mich auf dem Handy angerufen, um mir zu sagen, sie hätte die Tür extra nicht abgeschlossen.«

Claudia starrte Kyle an. Sie hatte mit nichts von dem, was er bisher gesagt hatte, auch nur im Entferntesten gerechnet.

»Als Allison starb«, fuhr Kyle fort, »glaubte ich wirklich nicht, mich noch einmal verlieben zu können. Zumindest nicht so, wie ich sie geliebt hatte. Ich dachte immer, ich würde Rowen allein großziehen und vielleicht hin und wieder mit einer Frau zusammen sein, sobald Rowen älter und ich dazu bereit wäre. Ich habe nie damit gerechnet, noch einmal jemanden zu finden, mit dem ich den Rest meines Lebens verbringen wollte. Aber dann habe ich dich kennengelernt, und die Vorstellung von mir als alleinerziehendem Vater löste sich in Wohlgefallen auf.« Er hielt inne und warf einen Blick auf die eingewickelte Schachtel. »Bevor ich noch etwas sage, solltest du das öffnen.«

Sie betrachtete die Schachtel auf dem Tisch und schaute dann in seine braunen Augen. Das kleine Geschenk war rechteckig, ein wenig größer als ein Satz Karten, aber viel schwerer, als sie erwartet hatte.

»Los«, drängte er. »Mach es auf.«

Wortlos löste Claudia das Band um die Schachtel und schob den Deckel auf. Nach kurzem Zögern griff sie hinein und nahm eine kleine, dunkelblaue, in Silber gefasste Dose aus Buntglas heraus. Der Deckel verschlug ihr den Atem. Er stellte eine Winterszene dar, ein dünner Silberdraht trennte das weiße Milchglas im Vordergrund vom dunkelblauen Glas im Hintergrund. Winzige, glänzende Kristalle in Herzform waren in das blaue Glas eingelassen. *Ein Schneesturm*, dachte Claudia und musste die Tränen schlucken, als ihr plötzlich klar wurde, warum Kyle genau dieses Bild gewählt hatte.

»Der Schneesturm vom Valentinstag«, setzte sie an, verstummte aber, als Kyle sich langsam vom Sofa erhob und vor ihr auf dem Boden niederkniete.

»Schau hinein«, sagte er leise, und Claudia wusste jetzt, was sie dort finden würde und was vor sich ging. Sie weinte wieder, ihr lief die Nase, und sie wollte sich gar nicht erst vorstellen, wie rot und verquollen ihr Gesicht sein musste. Sie bemühte sich nach Kräften, nicht daran zu denken, als sie den schönen Glasdeckel anhob.

Die Dose war mit blauem Samt ausgeschlagen, passend zum Glas, und in der Mitte lag ein Ring mit einem funkelnden Diamanten.

Claudia schnappte nach Luft und versuchte, ihren Mund zu bedecken, doch Kyle ergriff ihre Hand und hielt sie fest.

»Claudia, sieh mich an«, sagte er. Sie schniefte laut und schaute blinzelnd in sein Gesicht. Als sie sah, wie feucht seine Augen waren, musste sie noch mehr weinen. »Ich liebe dich. Ich liebe den Menschen, der du bist – deinen Sinn für Humor, deine Wärme, deine Intelligenz, deine Zuneigung zu Kindern und deine Liebe zu meiner Tochter. Mir gefällt, dass du trotz deines guten Aussehens nicht eingebildet bist oder es heraushängen lässt. Ich liebe deine Entschlossenheit, deine Kreativität und deine Abenteuerlust. Ganz besonders gefällt mir deine wilde Phantasie, auch wenn sie dich manchmal in Schwierigkeiten bringt.«

Ihr Lachen, mit dem sie die Wahrheit seiner letzten Feststellung anerkannte, klang wie ein ersticktes Keuchen. Sie begriff, dass auch alle anderen wunderbaren Dinge stimmten, die er gerade über sie gesagt hatte, und dass sie stolz auf sich war. Was hatte Daisy noch gesagt – dass es keine Rolle spielte, was andere von einem hielten, wenn man sich selbst so mochte, wie man war? Seit sie angefangen habe, sich selbst zu mögen, sei sie die meiste Zeit zufrieden? Als ihr Daisys Ratschlag in den Sinn kam, liefen ihre Tränen nur schneller. Zum ersten Mal im Leben glaubte Claudia ansatzweise, dass sie der Liebe wert war – Kyles und ihrer eigenen. Konnte es sein, dass diese furchtbare Missdeutung ihrerseits nur passiert war, um sie davon zu überzeugen?

Kyle wartete einen Moment, damit sie sich fassen konnte. »Du hast mir so viel Wärme und Leidenschaft geschenkt«, fuhr er fort. »Ich wünsche mir nichts sehnlicher, als den Rest meines Lebens mit dir zu verbringen. Ich verstehe, wie das alles auf dich gewirkt haben muss. Aber es hat mich fast umgebracht, als du mich beschuldigt hast, dich zu betrügen, und dir dann nicht einmal meine Erklärungen anhören wolltest. Ich habe dich nie angelogen, Claudia, ich will nur dich. Niemals würde ich absichtlich etwas tun, was dich verletzen könnte. Ich möchte nur wissen, ob du mir vertraust, ob du mich respektierst und mich liebst. Willst du meine Frau werden?«

»Kyle«, brachte Claudia mühsam hervor, »ich bin so eine Idiotin. Es tut mir wirklich leid.« Das waren die einzigen Worte, die ihr über die Lippen kamen, bevor sie die Arme um seinen Hals schlang und ihn küsste.

Kurz darauf wischte Kyle ihr mit dem Daumen die Tränen von der Wange. Er grinste. »Du hast Süßigkeiten gegessen.«

»Ja«, gab Claudia zu. »Unter anderem.«

Kyle lachte. Seine braunen Augen waren feucht, als er ihr prüfend ins Gesicht sah. »Und, was ist mit meiner Frage?«

»Ja«, sagte sie unter Tränen. Sie zitterte. »Ich liebe dich von ganzem Herzen. Ja.«

»Ich liebe dich auch.« Kyle drückte ihre Hand, griff nach der Glasdose und nahm den Ring heraus. Vorsichtig schob er ihn über ihren Finger, stand auf und zog sie mit hoch. Gemeinsam betrachteten sie prüfend ihre Hand, die sie ausstreckte und hin und her bewegte, damit der Diamant funkelte.

Claudia schaute lächelnd auf den Ring. »Den will ich nie wieder ablegen.«

»Gut«, erwiderte Kyle und gab ihr keine Chance mehr, noch etwas zu sagen. Er legte beide Hände unter ihr Kinn, hob ihr Gesicht und küsste sie noch einmal.

Sein Kuss war anders, drängender, und Claudia war mehr als bereit. Sie führte ihn an der Hand aus dem Wohnzimmer ins Bad und drehte die Dusche auf. »Komm, wir fangen hier an«, flüsterte sie, als der Wasserdampf sich ausbreitete. »Ich habe ein paar schwere Tage hinter mir.«

Kyle nickte und lachte leise. »So schön«, raunte er ihr ins Ohr, während sie sich gegenseitig auszogen. Er hatte wieder diesen Ausdruck in den Augen, der ihr Herz rasen ließ und ihre Gedanken vollständig zum Erliegen brachte.

Bei jeder Handbewegung spürte sie das eigenartige, wunderbare Gefühl des Verlobungsrings an ihrem Finger. Claudia öffnete die Tür zur Dusche, trat hinein und zog Kyle hinter sich her. Gänsehaut breitete sich auf ihrer Haut aus, als sie die Wärme seiner Hände und das heiße Wasser auf ihrem Rücken spürte.

»Komm näher«, sagte sie, aber er zog sie schon an sich und beugte sich vor, um ihren Hals zu küssen. Sie erschauderte, während seine Hände hinabglitten, sie keuchte und lehnte sich an ihn. Der Dampf hüllte sie ein. In diesem Augenblick spülte das Glück das Elend der vergangenen Tage fort, und sie waren die einzigen Menschen auf der Welt.

Knapp zwei Wochen nach Alex' Unfall schloss Rose leise die Tür zu seinem Zimmer im kleinen Haus gegenüber von der Bücherstube und kam die Treppe hinunter.

Sheldon saß auf dem Sofa und schaute auf. »Wie geht es ihm?«

»Gut. Er schläft.« Rose setzte sich neben ihren Mann. »Ich bin bei ihm geblieben, bis er eingeschlafen ist.«

»Das ist gut. Je mehr Ruhe er bekommt, desto schneller wird er gesund.«

Rose nickte und schaute sich im Zimmer um. Für sie war es nach wie vor verblüffend, dass die überschüssigen Möbel hinausgeschafft und ihre Habseligkeiten ausgepackt und eingeräumt worden waren. »Ich kann immer noch nicht glauben, was Mom in den paar Wochen geleistet hat. Jetzt sieht es viel größer aus, und die Einrichtung … tja, die hätte auch ein Profi nicht besser hingekriegt.«

»Das war deine Mom, also *war* ein Profi am Werk«, sagte Sheldon. »Doch es ist nett. Klein, aber einladend.«

Rose gähnte und rieb sich das Genick.

»Leg dich doch auch ein bisschen hin«, schlug Sheldon ihr vor. »Das wird dir guttun nach einer Woche auf Stühlen und in fremden Betten.«

»Nachher vielleicht«, erwiderte Rose, »aber zuerst möchte ich an die frische Luft, glaube ich.«

Obwohl Sheldon da war, oder gerade deshalb, brachte sie es nicht über sich, auf dem Sofa ein Nickerchen zu machen. Beim letzten Mal …

»Ich bleibe hier und passe auf Alex auf«, sagte Sheldon. »Es ist schön draußen. Tank ein bisschen Sonne.«

Rose schaute ihren Mann an, zum ersten Mal seit langer Zeit richtig. Seine Schläfen waren grauer, und die Falten auf seiner Stirn traten deutlicher hervor. Er hatte ebenso dunkle Ringe unter den Augen wie sie. Er wusste alles, was passiert war, kannte auch den Grund, warum Alex alleine und unbeaufsichtigt draußen gewesen war. Sie hatten als Paar noch vieles aufzuarbeiten, aber auch Rose allein, wenn sie wollte, dass ihre Ehe hielt. Doch trotz des Widerwillens und seiner Wut wegen ihres Alkoholproblems und trotz seines Entsetzens über Alex' Verletzung war er da und schaute sie mit Augen an, die noch immer voller Liebe waren.

Das hatte sich nicht verändert. An dem Abend, an dem sie ihn im Publikum ihres verhängnisvollen Bühnendebüts zum ersten Mal sah, hatte er sie genauso angeschaut. Bis jetzt hatte sie es nicht zu schätzen gewusst, natürlich nicht. Aber sie verstand allmählich, dass Alkohol viele Wahrheiten vernebeln konnte. Wie sie am Ende zu einem Ehemann wie Sheldon gekommen war, der sie trotz ihrer vielen Probleme und Unzulänglichkeiten liebte, war ein Wunder, das sie nie begreifen würde.

Rose legte ihre Hand an Sheldons Wange. »Vielleicht gehe ich einen Moment zu Ivy rüber. Ich bin auf der anderen Straßenseite, falls Alex wach wird.« Er nahm ihre Hand und drückte sie, während sie ihn auf die Stirn küsste.

Als sie zur Bücherstube kam, stand die Tür offen, doch im vorderen Raum war niemand. Sie klopfte an die Tür, die in Ivys Wohnräume führte.

»Tante Ivy?«

»Ich bin für kleine Mädchen, Kind«, rief ihre Großtante. »Warte, ich komme gleich raus.«

Rose schaute sich um. Auch die Bücherstube hatte sich nicht verändert. Noch immer stapelten sich Büchertürme auf den Regalen, und in der Kinderecke gab es nach wie vor Sitzsäcke. Aus einer Laune heraus ließ Rose sich auf einen davon fallen. Ihr kam das Foto aus der Shakespeare-Ausgabe in den Sinn, auf dem sie und Emily genau an dieser Stelle saßen.

»Lange her, seit ich dich in der Ecke gesehen habe.« Ivy war wieder aufgetaucht.

»Zu lange, glaube ich.«

»Wie geht's Alex?«

»Ganz gut. Er schläft gerade, aber er würde sich bestimmt freuen, wenn du nachher vorbeikommst.«

»Klar, mach ich.« Ivy lächelte. »Weißt du noch, wie du immer auf die Sitzsäcke eingeprügelt hast?«

»Wie bitte?«, fragte Rose. Eine schwache, ferne Erinnerung war durch Ivys Frage aufgetaucht, doch sie kriegte sie nicht vollständig zu fassen.

»Als ihr nach Mill River kamt«, fuhr Ivy fort, »warst du so klein und so verzweifelt über den Tod deines Vaters. In den ersten Monaten wussten deine Mom und ich nicht, was wir mit dir anfangen sollten. Du hast alle angeschrien, konntest nicht schlafen und hast nicht immer akzeptiert, was sie dir über den Brand erzählt hat. Schließlich beschlossen wir, dass du einen ungefährlichen Weg brauchtest, deine Gefühle rauszulassen, und ich hab dir gesagt, du sollst rüberkommen und auf einen Sitzsack einprügeln, wenn du traurig oder wütend bist. Einen haben wir sogar vorübergehend ins Haus deiner Mom verlegt, damit du ihn jederzeit zur Verfügung hattest.«

»Hmm. So einen hätte ich gebraucht, als Mom im Krankenhaus auftauchte.«

»Das glaub ich dir sofort.« Ihre Großtante lehnte den Stock an den Schreibtisch und ließ sich auf einem Stuhl nieder. »Hast du mit ihr gesprochen, seit du wieder zu Hause bist?«

»Noch nicht. Keine Ahnung, ob sie überhaupt weiß, dass wir zurück sind. Und offen gestanden bin ich mir nicht sicher, ob ich sie sehen will, nach allem, was sie getan hat.« Rose rang um Fassung.

»Ich bin genauso dankbar wie du, dass Alex gesund wird, und deiner Mom geht es nicht anders. Sie wollte dir und deiner Schwester helfen, endlich alles hinter euch zu lassen, mehr nicht. Sie hat es getan, weil sie euch beide liebt. Denk darüber nach … Wäre Alex aus irgendeinem Grund unglücklich, müsstest du Jahr für Jahr mitansehen, wie er allmählich vor die Hunde geht, würdest du dann nicht alles in deiner Macht Stehende tun, um ihm zu helfen? Eure Mom möchte euch beide glücklich sehen.«

»Das weiß ich. Mom würde nie etwas machen, womit sie uns wehtut, jedenfalls nicht absichtlich.« Sie schniefte und wischte sich die Tränen von den Wangen. »Weißt du, soweit ich mich erinnere, war ich zum letzten Mal für längere Zeit richtig glücklich, als ich noch sehr klein war und hier mit Mom und Em und mit dir nebenan aufwuchs. Nie hätte ich gedacht, dass ich das jemals über Mill River sagen würde. Aber es stimmt. Ich würde alles dafür geben, mich wieder so zu fühlen.«

»Das kommt wieder, Liebes«, sagte Ivy leise. »Das wird. Du wirst ein bisschen Hilfe benötigen wegen der Trinkerei, und du musst dich erholen und Sheldon und Alex den Vorrang geben. Wenn du deiner Mutter verzeihst und Emilys Vertrauen und Vergebung erlangst, wird es leichter, sofern sie bereit ist, dir zu verzeihen. Das alles braucht seine Zeit, aber die hast du. Und du hast Menschen, die dich lieben.«

Rose schluchzte in ihre Hände, als die Fliegengittertür zur Bücherstube aufging. Bevor sie aufspringen und ihre Tränen verbergen konnte, beugte sich ihre Mutter über sie, strich ihr mit sanfter Hand über die blonden Haare und zog sie in die Arme.

»Rosie, meine Rosie«, vernahm sie die weiche Stimme ihrer Mutter am Ohr, »ich wollte nicht lauschen, aber Ivy hat recht. Du *kannst* wieder glücklich werden.«

Rose lehnte sich an ihre Mutter und wurde von einem heftigen Gefühlssturm überwältigt. Sie konnte es unmöglich in Worte fassen, doch zum ersten Mal seit langem fühlte sie sich frei.

»Mom«, flüsterte sie, brachte aber nicht mehr heraus.

Ihre Mutter verstand anscheinend, was sie sagen wollte. Rose spürte, wie sie ihre weiche Wange an ihren Scheitel legte. »Ich hab dich auch lieb, Rose, und ich werde dir bei jedem Schritt auf deinem Weg helfen.«

Die Zeit heilt alle Wunden.

EPILOG
Ein Neuanfang

An einem strahlenden Samstagmorgen Mitte September schaltete Emily ein paar Meilen südwestlich von Mill River das Radio leiser und bremste ihren alten Subaru ab, als sie in die kleine Stadt Wallingford in Vermont fuhr. Sie war leger gekleidet, trug Jeans und T-Shirt und hatte die Haare zu einem Pferdeschwanz gebunden. Gus saß auf der Rückbank hinter ihr, schnüffelte in die warme Luft hinein und streckte ab und zu den Kopf aus dem Fenster.

Emily bog nach links in die Church Street und dann auf den Parkplatz der Entziehungsklinik, in der ihre Schwester stationär behandelt wurde. Rose stand bereits vor dem Gebäude und wartete auf sie.

»Hey«, rief Emily durch das geöffnete Seitenfenster. Das Haar ihrer Schwester war mit einer Spange zurückgehalten, und sie trug wie üblich ihre dunkle Sonnenbrille. Rose hob grüßend die Hand, und Emily hielt an. »Du kannst deine Tasche da reinlegen, neben Gus«, sagte Emily und deutete hinter sich. »Stell einfach meine Werkzeugkiste auf den Boden.«

»Okay.« Rose öffnete die hintere Tür und machte Platz für ihre kleine Reisetasche.

Emily schenkte Rose einen kurzen Seitenblick, als sie auf dem Vordersitz Platz nahm. Sie war überrascht, keinen gehässigen Kommentar über Gus zu hören oder zumindest zu sehen, wie Rose angeekelt den Mund verzog bei dem Gedanken, dass ihre teure Tasche so dicht neben dem Hund stand. Weder sie noch

Rose sagten etwas, als Emily rückwärts auf die Straße setzte, und das Schweigen wurde mit der Zeit unangenehm. Emily verspürte keine Feindseligkeit, nur eine wachsende Unsicherheit, da Rose so kleinlaut neben ihr saß, vertraut und doch irgendwie anders. Zum ersten Mal in ihrem Leben konnte sie ihre Schwester nicht einschätzen.

»Wie geht es dir?«, fragte Emily und fuhr auf die Schnellstraße.

»Gut«, erwiderte Rose. »Ein bisschen müde.«

»Ist es komisch, draußen zu sein?«

»Ja. Die Sonne ist so hell. Und es ist merkwürdig, keinem Zeitplan unterworfen zu sein, frei entscheiden zu können, was ich als Nächstes mache. Witzig, dass man die Freiheit nach zwei Wochen dort völlig neu zu schätzen weiß.«

»Na ja, das Programm dauert nur einundzwanzig Tage«, sagte Emily. »Noch eine Woche, dann bist du wieder draußen.«

»Bis auf die ambulanten Behandlungen«, erinnerte Rose sie. »Aber die meiste Zeit werde ich wieder in der realen Welt sein.«

»Konzentrier dich jetzt einfach darauf, heute deine Zeit zu Hause zu genießen. Alex kann es kaum erwarten, dich zu sehen, und er brennt darauf, die ›Überraschung‹ aufzumachen, die Sheldon und du für ihn bestellt habt. UPS hat sie vor ein paar Tagen geliefert.«

Rose lächelte. »Er bettelt schon seit langem um eine Xbox. Er ist so ein guter Junge, und offensichtlich haben alle Jungs in seinem Alter eine. Wir sind zu dem Entschluss gekommen, dass es ihm nicht schaden dürfte, wenn er ein wenig Zeit mit Videospielen verbringt.«

»Alles in Maßen. Weißt du, er hat sich total gefreut, dass seine Haare an der Stelle nachgewachsen sind, wo sie für seine OP abrasiert werden mussten. Er hat auch ein paar neue Freunde in der Schule gefunden. Sheldon hat sich Sorgen gemacht, wie er wohl akzeptiert würde, da er in die Hochbegabtenklasse eingeschult worden ist. Aber offenbar finden die anderen Kinder es cool, dass er eine Hirnoperation hatte.«

Rose verdrehte die Augen und lächelte. Emily warf einen Blick zu ihrer Schwester und stellte fest, dass sie auf ein kleines, abgegriffenes Foto von Alex in ihrer Hand schaute. »Er hat mir so gefehlt. An ihn zu denken hat mich aufrecht gehalten, besonders in den ersten Tagen des Entzugs. Seit der Schwangerschaft mit ihm war ich nicht mehr so lange trocken. Jetzt bin ich zwei Wochen nüchtern und habe noch einen weiten Weg vor mir.«

Das gilt für vieles, dachte Emily.

»Wie kommt Sheldon mit Mom aus?«, fragte Rose.

»Gut, glaube ich. Sie hat ihn im Kurs für Immobilienmakler untergebracht. Heute Morgen hat er seine erste Stunde, sonst hätte er dich abgeholt. Mom sagt, er ist auf dem finanziellen Sektor ein Genie, und er hat sie begleitet, um zu lernen, wie man Häuser zeigt. Sie meint, es wird nicht lange dauern, bis er selbst Objekte anbietet.«

Rose nickte. »Ich glaube, er konnte sich nie vorstellen, New York zu verlassen, aber er hat dort noch keinen unbefristeten Job gefunden, und er weiß, dass es mir wichtig ist, während meiner Genesung hier zu sein. Dass Mom ihm eine Stelle angeboten hat, ist ein weiterer Grund für uns zu bleiben, wenigstens vorläufig.«

»Stimmt. Im Übrigen kann Mom nicht ewig arbeiten, auch wenn sie es meint. Sie braucht jemanden, der das Maklerbüro irgendwann übernimmt. Wäre doch schön, wenn es in der Familie bliebe.«

Emily verließ die Schnellstraße und bog in die kleinere Straße, die nach Mill River führte. Obwohl die Herbstfärbung erst in ein paar Wochen ihre volle Pracht entfalten würde, leuchteten die Blätter bereits in allen Orange-, Rot- und Goldtönen. Sie überquerten die überdachte Brücke am Fluss, nach dem der Ort benannt war. Als sie die Hauptstraße erreichten, erblickten sie die McAllister-Villa auf dem Hügel in der Ferne.

»Da oben habe ich mit Ruth und Fitz gearbeitet«, sagte Emily. »Das Haus ist einfach hinreißend. Wir renovieren und modernisieren es, um daraus eine Frühstückspension zu machen. Wenn du willst, nehme ich dich mit und zeige es dir, wenn du wieder zu Hause bist.«

»Gern«, erwiderte Rose. »Ich habe mich immer gefragt, wie es wohl von innen aussieht.«

Inzwischen näherten sie sich dem Ende der Hauptstraße und passierten mehrere kleine, ältere Häuser und Wohnwagen. Emily fuhr zusammen, als Rose plötzlich aus dem Fenster zeigte.

»Ist das Daisy Delaine?«

Emily kniff die Augen zusammen, um zu sehen, wen ihre Schwester meinte. Vor ihnen stand eine kleine, stämmige Frau auf der Veranda eines Wohnwagens. Der Garten davor war angefüllt mit Keramiktieren, einer großen Vogeltränke und allen möglichen Windrädchen. Daisy stand mit dem Rücken zur Straße, war aber unverkennbar, als sie eine Gießkanne über eine hohe, eingetopfte Gartenchrysantheme hob.

»Ja.« Emily fuhr langsamer. »Wieso?«

»Ich muss mit ihr reden«, sagte Rose. »Würdest du bitte anhalten? Ich weiß, dass alle auf uns warten, aber ich brauche nicht lange, und ich muss es tun.«

»Okay.« Emily hielt am Straßenrand an, nur ein paar Häuser von Daisy entfernt, und sie beobachtete im Rückspiegel, wie ihre Schwester zurück zu der kleinen Frau ging, die ihre Blumen goss. Daisy blieb der Mund offen stehen, als Rose sie ansprach. Kurz darauf gingen sie zusammen in den Wohnwagen.

Gus drängte sich durch den freien Raum zwischen den Vordersitzen und drückte seine feuchte Nase an ihre Wange. Emily lächelte, hob die Hand und legte sie um seine weiche Schnauze.

»Wir halten nur kurz an, Gussie.«

Das eigenartige Gefühl der Unsicherheit ließ sie nicht los, während sie ihre Wange sanft an das samtig weiche Gesicht des Hundes schmiegte. Roses Verhalten war überraschend, und Emily fragte sich, ob es eine oberflächliche, vorübergehende Veränderung war oder ob damit etwas Echtes und Dauerhaftes begann. Noch wichtiger war die Frage, welche Art von Schwester Rose sein würde, falls sie sich tatsächlich gewandelt hatte. Und welche Art von Schwester wollte sie im Gegenzug sein?

Rose schob ihre Sonnenbrille über die Stirn und schaute sich in Daisys kleinem Wohnwagen um. Die Möbel im Wohnraum, in dem sie standen, waren nicht schick, aber alles war sauber und ordentlich.

»Möchten Sie sich nicht setzen, Miss Rose?«, fragte Daisy. »Und möchten Sie etwas trinken? Ich habe leckeren Pfefferminztee im Kühlschrank.« Daisy eilte in die Küche und holte einen großen Becher aus einem Schrank.

»O nein, nichts zu trinken, danke«, wehrte Rose ab. »Das ist sehr nett von Ihnen, aber ich kann nur ein paar Minuten bleiben.«

Daisy nickte, blieb jedoch in der winzigen Küche, umklammerte den Becher und starrte Rose mit runden, neugierigen Augen an. Rose fiel auf, dass Daisys kleiner grauer Hund, der still auf einem der Stühle am Küchentisch saß, sie fast mit demselben Ausdruck ansah. Rose folgte Daisy in die Küche, zog einen Stuhl hervor und setzte sich.

»Daisy … ich muss mich bei Ihnen entschuldigen … mehr als ein Mal, genau genommen. Ich habe mich in vieler Hinsicht geirrt. Ich weiß nicht einmal, wo ich anfangen soll.« Rose spürte, wie ihre Wangen brannten, und holte tief Luft, bevor sie fortfuhr. »Wie ich Sie bei der Gedenkfeier für meine Mutter behandelt habe, war absolut falsch. Es war vollkommen unangebracht und grausam.«

»Oh, Miss Rose …«, fing Daisy an, doch Rose hob die Hand.

»Ich möchte nicht unhöflich sein, aber bitte, bitte lassen Sie mich zu Ende bringen, was ich zu sagen habe«, unterbrach Rose sie. Daisy nickte. »Ich habe keine Ahnung, was in Ihren Tränken ist, doch ich habe gehört, dass die Leute in der Stadt sie seit Jahren kaufen. Ich glaube nicht, dass sie Geld für etwas ausgeben würden, das es nicht wert ist, daher muss etwas dran sein, etwas Besonderes, das ich einfach nicht begriffen hatte. Ich hatte nicht das Recht, Ihre Tränke schlecht zu machen.

Und noch etwas«, fuhr Rose fort, »nämlich das Wichtigste. Ohne Sie hätte ich den kostbarsten Menschen in meinem Leben verloren. Sie haben meinen Sohn gerettet, Daisy. Hätten Sie es aufgegeben, sich bei mir für etwas zu entschuldigen, das nur ein Missgeschick war, hätten Claudia und Sie Alex nicht gefunden, dann hätte er seine Verletzungen wahrscheinlich nicht überlebt. Ich schulde Ihnen so viel … so viel, dass ich nie wiedergutmachen kann, was Sie getan haben.« Rose klemmte beide Hände zwischen die Knie, Tränen rannen über ihre Wangen und tropften in ihren Schoß.

Daisy hörte noch immer ruhig zu, ihre Miene schwankte zwischen kindlicher Verwunderung und sanftem Mitgefühl. Als Rose verstummte, zog sie den Stuhl neben Rose unter dem Tisch hervor und setzte sich.

»Miss Rose«, sagte Daisy, »Sie kennen die Geschichte vielleicht nicht, aber ich wusste nicht, wer meine Mutter war – nicht die Mutter, die mich adoptierte, sondern die mich zur Welt gebracht hat –, bis zu dem Abend, an dem sie starb. Ungefähr ein Jahr vorher hatte ich sie allerdings persönlich kennengelernt, und ich bin immer noch so froh, dass ich die kurze Zeit mit ihr hatte. Ich habe keine Kinder, doch ich weiß, was es mir bedeutet hat, Zeit mit meiner Mutter zu verbringen. Ich habe nichts Besonderes für Alex getan, Miss Rose. Vermutlich bin ich durch Zufall für ihn da gewesen. Ich bin nur froh, dass es ihm gut geht, und dass Sie noch viel Zeit mit Ihrem kleinen Jungen verbringen können. Sie schulden mir nichts.«

Rose schaute in Daisys freundliches, rundes Gesicht, konnte aber nicht sprechen.

»Was die Asche angeht«, sagte Daisy. »Ich will nicht lügen und behaupten, Sie hätten meine Gefühle nicht verletzt, Miss Rose. Ich weiß, ich bin anders als die meisten Menschen, und manchmal sind die Leute wütend auf mich. Sie schreien mich sogar an. Doch ich habe auch Gefühle, so wie Sie. Wenn ich mich darüber ärgere, wie jemand mich behandelt, dann denke ich daran, was meine Mutter mir erzählt hat. Sie hat immer gesagt, dass niemand perfekt ist. Außerdem hat sie gesagt, ich sollte immer freundlich und nachsichtig sein und nur das Beste in den Menschen sehen, auch wenn sie es in sich selbst nicht erkennen. Seit ihrem Tod habe ich viel darüber nachgedacht, was sie mir beigebracht hat, und ich weiß im Grunde meines Herzens, dass sie recht hatte.« Daisy streckte ihre pummelige Hand aus und tätschelte Roses Knie. »Alles ist in Ordnung zwischen uns, Miss Rose. Wir fangen einfach von vorn an.«

»Danke.« Rose schluckte. »Danke.« Sie umarmte Daisy und brauchte danach eine Weile, um sich zu fangen, bevor sie wieder klar und deutlich sprechen konnte. »Meine Schwester wartet im Auto auf mich. Und meine Mom erwartet uns in ihrem Haus.«

Daisy lächelte. »Ich komme mit Ihnen raus. Ich muss meine Chrysanthemen fertig gießen. Noch ein paar Tage, dann sind sie reif für die Ernte!« Sie öffnete ihre Haustür und führte Rose auf die Veranda. »Tee aus Chrysanthemen ist für vieles gut, müssen Sie wissen. Er bringt die Haut zum Schimmern, und er hilft gegen eine schwere Erkältung.« Sie flüsterte, als sie fortfuhr. »Chrysanthemensaft ist eine der Zutaten für meinen Krankheitsvertreibungstrank. Aber verraten Sie das niemandem, ja? Das ist ein Geheimnis.«

»Okay«, sagte Rose. »Einen schönen Tag noch, Daisy.«

»Danke gleichfalls, Miss Rose.« Daisy grinste sie an und nahm die Gießkanne zur Hand.

Wieder im Wagen wandte sich Rose an Emily. »Du hast nicht zufällig Papiertücher hier drinnen?«

»Nein, aber im Handschuhfach ist eine Rolle Toilettenpapier für Notfälle. Bedien dich.«

Rose machte das Handschuhfach auf, fand eine halb zerdrückte Rolle Toilettenpapier und riss etwas ab, um sich die Nase zu putzen. »Mom macht sich sonst Sorgen, wenn sie mich so aufgelöst sieht.«

Emily schnaubte. »Ein bisschen Sorge ihrerseits ist nichts verglichen mit dem, was sie uns den Sommer über angetan hat.«

»Ja, ich weiß. In der Entziehungsklinik hatte ich jede Menge Zeit, darüber nachzudenken. Irgendwie kann ich immer noch nicht fassen, dass sie das getan hat, allerdings glaube ich, dass ihre Absichten gut waren. Jedenfalls bin ich bereit, es hinter mir zu lassen und nach vorn zu schauen.«

»Ich habe Mom letzte Woche endlich gesagt, dass ich ihr verzeihe«, gestand Emily, »aber ich habe mir das Recht vorbehalten, noch eine Weile wütend zu sein.« Sie warf Rose einen neugierigen Blick zu und schaute zurück auf Daisys Wohnwagen. »Es geht mich ja eigentlich nichts an, doch ich wüsste schon gern, was da drinnen passiert ist.«

»Ich versuche wiedergutzumachen, was ich getan habe«, erklärte Rose. »Das ist Teil des Programms, aber ich würde es auch tun, wenn dem nicht so wäre. Daisy ist eine von vielen Menschen, die ich verletzt habe.«

»Oh«, sagte Emily. Rose wischte sich die Nase und tupfte die Augen ab. Als sie ihre Sonnenbrille wieder aufsetzte, schaute sie zu ihrer Schwester hinüber. Emilys Hände lagen dicht nebeneinander oben am Lenkrad, und ihr Blick war starr geradeaus gerichtet.

»Da wir gerade von Vergebung sprechen, ich habe überlegt, ob du wohl eine Antwort auf meine Frage hast«, sagte Rose leise.

»Auf die, die ich dir im Krankenhaus gestellt habe, kurz bevor Sheldon eintraf.«

Emily schwieg und schaltete vor einem Stoppschild mechanisch herunter. Bevor sie auf die Kreuzung fuhren, griff Rose nach der Hand ihrer Schwester auf dem Schalthebel. Sie sagte nichts. Sie drückte nur sanft Emilys Hand und ließ die Berührung das vermitteln, was Worte nicht vermochten.

Der alte Impreza stand im Leerlauf vor dem Stoppschild. Emily warf einen flüchtigen Blick auf Rose, bevor sie erneut starr nach vorn sah. Ihre Augen füllten sich mit Tränen. Einige Momente vergingen, bis sie sprechen konnte.

»Ich bin mir nicht sicher, ob ich es kann.« Emily bewegte ihre Hand, um Roses Druck zu erwidern. »Ich kann nichts versprechen. Viel hängt von dir ab, und davon, wie es mit dir weitergeht. Aber wenn es dir ernst damit ist, dein Leben zu ändern, wenn du dir wirklich Mühe gibst, das wieder aufzubauen, was wir einmal hatten, dann ... Ich glaube, ich will es probieren.«

»Sie dürften jede Minute hier sein«, sagte Josie zu Father O'Brien und schob eine abgedeckte Schüssel Kartoffelsalat in den Kühlschrank. Der alte Priester saß mit einer halb leeren Tasse Kaffee an ihrem Küchentisch. »Sie brauchen nur etwas Zeit, sich umzuziehen, bevor wir zum Friedhof hinübergehen. Ich hoffe, Sheldons Kurs ist rechtzeitig zu Ende.« Sie schaute zu Father O'Brien, während sie sich die Hände wusch und an einem Küchenhandtuch abtrocknete. Er hielt den Teelöffel hoch, den sie ihm zum Kaffee gegeben hatte, und drehte ihn in der Hand.

»Father? Ist alles in Ordnung? Jetzt sagen Sie mir nicht, die Spülmaschine hat Rückstände an dem Löffel hinterlassen.«

»Nein, nein, schon gut. Der Löffel ist absolut sauber. Ich habe nur bewundert, wie schön er das Sonnenlicht einfängt.«

»Oh, Gott sei Dank. Ich hätte mich geschämt, wenn er schmutzig gewesen wäre.« Sie kicherte leise. »Mein Besteck ist so alt, und ich bin überrascht, dass es überhaupt noch glänzt.«

»Alte Sachen verlieren vielleicht ihr gutes Aussehen, aber sie können noch viel länger nützlich sein, als man denkt.«

»Das stimmt«, erwiderte Josie. »Und dann und wann trifft man auf eine unbezahlbare Antiquität, die immer noch funktioniert.« Sie schenkte dem betagten Priester ein Lächeln voller Zuneigung.

Er erwiderte es und legte den Löffel behutsam auf den Tisch. Er tätschelte den Stiel, bevor er seine Tasse in die Hand nahm.

Plötzlich fiel Josie auf, dass sie Alex seit einer Weile weder gesehen noch gehört hatte. »Alex, was machst du?«, rief sie. »Bist du so weit?«

»Ja, Grandma«, antwortete er aus dem Wohnzimmer.

»Warum bist du so still?« Sie spähte aus der Küche, um nach ihm zu sehen. Alex saß auf dem Zweiersofa. Er trug einen schicken dunkelblauen Anzug. Sein blondes Haar war auf einer Seite etwas kürzer, aber der Unterschied war kaum noch festzustellen. Er hatte ein gerahmtes Foto in den Händen.

»Ich habe mir nur das hier angeschaut«, sagte er, als er in die Küche kam, um es ihr zu zeigen. Es war das Foto von ihr und Tony mit ihren Töchtern beim Grillfest im Sommer. »Mom lächelt genauso wie Grandpa.«

»Ja, genauso«, stimmte Josie ihm zu, als sie das Bild betrachtete. »Ich glaube, das könnte mein Lieblingsfoto sein, aber ich bin dankbar, dass ich alle drei habe. Ich weiß nicht, ob ich einen Gedenkgottesdienst für deinen Großvater überstehen würde, wenn ich diese Fotos nicht bekommen hätte.«

»Selbst wenn Sie die Bilder nicht gefunden oder seine Asche nicht die ganze Zeit aufgehoben hätten, wäre er noch immer bei Ihnen«, sagte Father O'Brien leise.

»Sie haben recht, Father. Natürlich.« Josies Blick wanderte zum Kamin im Wohnzimmer und zu dem kleinen Metallbehälter auf dem Sims, aber sie wurde rasch vom Geräusch schlagender Autotüren vor dem Haus abgelenkt.

Sie eilte ans Fenster und schaute hinaus. Rose, Emily und Gus waren schon auf dem Bürgersteig und sahen Ivy entgegen, die über die Straße auf sie zukam.

»Mom!«, schrie Alex. Er öffnete die Haustür und lief direkt zu seiner Mutter. Rose kniete nieder, um ihn in die Arme zu schließen. Emily und Ivy warteten so lange.

Josie schloss die Augen. »Lös Sturmnacht nicht durch Regenmorgen ab«, flüsterte sie vor sich hin. *Wenn sich von jetzt an nur alles einspielt.*

Father O'Brien schien ihre Gedanken zu lesen. »Es ist immer noch ein wenig seltsam, Rose und Emily so zusammen zu sehen«, sagte er leise über ihre Schulter hinweg. »Vielleicht besteht ja noch Hoffnung.«

»Hoffnung ist etwas Wunderbares.« Josie berührte das Medaillon an der Kette um ihren Hals und lächelte.

DANK

Oberflächlich betrachtet, scheint das Schreiben eines Romans ein einsamer Prozess zu sein, doch nichts könnte der Wahrheit ferner liegen. Sehr viele Menschen waren so liebenswürdig, mir bei diesem Roman auf unterschiedliche Weise beizustehen.

Zunächst möchte ich mich bei den Menschen bedanken, die so freundlich waren, sich trotz ihrer engen Terminplanung die Zeit für meine vielen Fragen nach technischen Einzelheiten zu nehmen. Zu diesen Menschen gehören Carl Chilstrom, Bibliothekar am Gemological Institute of America, der mich über die Preise für Diamanten in den siebziger und achtziger Jahren unterrichtete; Thomas Scott, Sekretär am Fletcher Allen PICU, der mir die Einrichtung und Besuchsregelungen erklärte; Andrew Costello, zuständiger Staatsanwalt für Rutland, Vermont, der meine Fragen nach dem Verfahren städtischer Akquise von Grundbesitz beantwortete; Dr. Steven Shapiro, leitender Rechtsmediziner des Staates Vermont, der mich mit Informationen versorgte über ortsansässige Rechtsmediziner und Verfahren, mit denen Sterbeurkunden in diesem Staat archiviert werden; Alan Shelvey, städtischer Bauleiter und Beauftragter für öffentliche Bauvorhaben in Rutland, Vermont, der mir historische Informationen über die städtische Mülldeponie und das Rathausgebäude zukommen ließ; Jeff Wennberg, ehemaliger Bürgermeister der Stadt Rutland, der mich über die Geschichte, die Politik, Umweltprobleme und die Bürgerschaft der Stadt und des Umlandes in Kenntnis setzte; Bonnie Hawley, Besitzerin von Hawley's Florist, die mir erlaubte, ihr Blumengeschäft in diesem Buch zu erwähnen; Lucy Notte und Lisa Polcaro, die mir die Route 103 und andere Straßen in der Region, in der diese Geschichte angesiedelt ist, detailliert beschrieben; Dr. Viviane Tabar, Neurochirurgin am Brain Tumor Center im Memorial Sloan-Kettering Cancer Center in New York City für ihre Information über die Diagnose und Behandlung von pädiatrischen Epiduralhämatomen; sowie Anita Baiker-Buckholz, eine wunderbare Freundin und außergewöhnliche Immobilienmaklerin, für ihre aufschlussreichen und unterhaltsamen Geschichten über gekaufte und verkaufte Anwesen.

Als Nächstes muss ich meiner fröhlichen Schar Testleser danken, meinen lieben Freundinnen und Freunden Lena Ottusch, Michelle Johnson-Weider, Tim und Beverly Trushel, Elizabeth SanMiguel, Deidre Woods, Sherri Miller, Anita Baiker-Buckholz, Ruth Uyesugi und Cynthia Webb, sowie meinen Familienangehörigen, als da sind Linda Tomasallo, Carrie Tomasallo, Dennis Tomasallo, Susan Tomasallo und Sheila Wheeler – ich schätze euch sehr. Eure einfühlsame und ehrliche Rückmeldung hat dieses Buch sehr viel besser gemacht. (Hier möchte ich besonders die Bemühungen von Lena Ottusch und Susan Tomasallo hervorheben, die schnell und begeistert jeden wichtigen Entwurf dieser Geschichte gelesen haben!)

Von Elizabeth Letts, einer befreundeten Autorin, habe ich so viel über das Verlagswesen erfahren. Danke, Elizabeth, dass du meine »große Schriftstellerschwester« warst und mir mit Rat und Tat zur Seite gestanden hast, ein wunderbarer Resonanzboden und ein echter Quell der Inspiration. Auch an dich, Jenny Bent, geht mein Dank, deren Tweets über meine Arbeit als Schriftstellerin mir schon im frühen Stadium eine unerwartete Publicity bescherten. Ein Dankeschön jeweils an Hannah Elnan und Jenny Stephens, Assistentinnen meiner Lektorin und Agentin, für alles, was ihr macht. Und an Jane von Mehren, denn ich bin noch immer dankbar dafür, dass du mir die Gelegenheit gabst, mit so vielen reizenden und begabten Menschen bei Ballantine Bantam Dell zu arbeiten.

Ich möchte mich bei meiner Verlegerin bedanken, Libby McGuire, sowie bei Kim Hovey, Jennifer Hershey und Kate Miciak. Ich kann Ihnen gar nicht sagen, wie sehr ich Ihre Unterstützung, Ihr

Feedback und Ihre Begeisterung zu schätzen weiß. Vielen Dank auch an meine Pressesprecherin Lindsay Kennedy, und an Susan Corcoran in der Presseabteilung; an meine Vertriebsmanagerin Maggie Oberrender und an Kristin Fassler, die die Werbeabteilung leitet; an meine Manuskriptbearbeiterin Briony Everroad und meine Korrektorin Jennifer Rodriguez; an Marietta Anastassatos, die Künstlerin, die das hinreißende Cover für dieses Buch entworfen hat; und an den Rest der wunderbaren Menschen bei Ballantine, deren Fürsorge und Unterstützung zur Veröffentlichung und Markteinführung dieses Romans geführt haben.

Dank an meine exzellente Lektorin Kara Cesare, die mir zu einer ersten, tollen Erfahrung mit dem Verlagswesen verholfen hat. Ich habe noch immer Ehrfurcht vor Ihrem Talent, das Beste aus einer Geschichte herauszuholen, sowie davor, dass wir von Anfang an auf derselben Wellenlänge lagen und noch liegen. Sie sind wirklich meine »verlegerische Seelenverwandte«!

Vielen Dank an meine geduldige, unermüdliche, kluge, lustige und weise Freundin und Agentin Laurie Liss, für alles. Du allein warst anfangs bereit, mit mir ein Risiko einzugehen. Du bist auf der Achterbahn, die meine verlegerische Reise war, bei mir geblieben und hast den perfekten Verlag für mich gefunden. Dein Ratschlag und deine Mühe haben mir geholfen, die Arbeit für den Lebensunterhalt zu finden, von der ich immer geträumt habe. Mit einem Wort: Wundertäterin!

Schließlich würde ich gern meinem engsten Familienkreis danken, der mich zuverlässig und konstant unterstützt und ermutigt hat: meiner Mom Linda, meinem Dad und meiner Stiefmom, Dennis und Susan, meinen Schwestern Carrie und Molly, meiner Schwiegermutter und meinem Schwiegervater, Gloria und Robert, und meinem Schwager und meiner Schwägerin Titus und Erin, meinem Mann Tim und meinem kleinen Schnuckel Gavin – ihr alle bedeutet mir unendlich viel. Ihr seid mein Licht und meine Inspiration. Ich werde euch immer lieben!